La profecía del mundo OYRUN

(SACRIFICIOS)

III

La profecía del mundo OYRUN

(SACRIFICIOS)

III

MARTA STERNECKER

SAGA OYRUN

1. Magos oscuros

2. El colgante de los cuatro elementos

3. Sacrificios

4. Luz y oscuridad

© Del texto 2019:

MARTA STERNECKER

© Diseño de cubierta:

RAFAEL RODRÍGUEZ SAEZ

© Diseño de maquetación interior:

MARTA STERNECKER

© Fotografía de cubierta:

FOTOLIA

1ªEdición: 2016

2ªEdición: 2019

ISBN: 978-84-09-16046-4

www.martasternecker.com

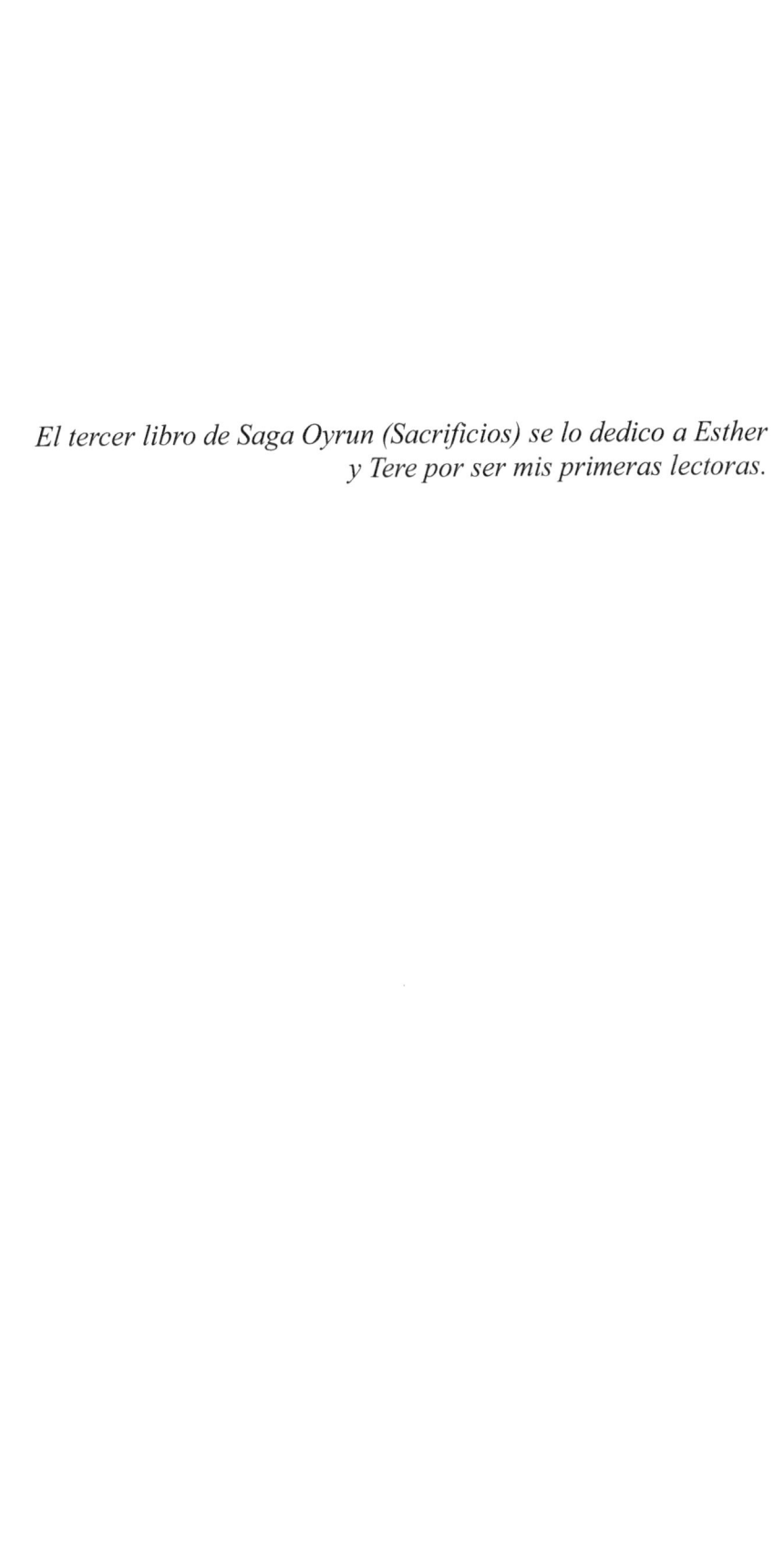

El tercer libro de Saga Oyrun (Sacrificios) se lo dedico a Esther y Tere por ser mis primeras lectoras.

ÍNDICE

PARTE III

LA PROFECÍA DICE:

La oscuridad se instalará en el mundo Oyrun por siglos hasta que el colgante de los cuatro elementos vuelva a aparecer en manos de un guerrero fuerte, valiente y de honor. Dicho guerrero vendrá de tierras lejanas, de un mundo diferente al conocido para derrotar a siete magos oscuros con la fuerza del viento, la tierra, el agua y el fuego. Nada ni nadie podrá apartarlo de su misión, pues de hacerlo podrá llevar al mundo a una oscuridad eterna, sin esperanza para las razas y para el propio salvador de Oyrun.

La magia de Gabriel aparecerá en manos del elegido. Cumplirá su destino y restaurará el equilibrio entre las fuerzas del bien y el mal, para luego volver al mundo de donde provino.

Siglos pasarán hasta el momento de su llegada, pero la esperanza que el elegido aparezca será fuerte, y las razas lucharán unidas hasta que la batalla final se celebre.

PRÓLOGO

Dormía profundamente cuando alguien empezó a darme palmaditas en la cara de forma suave pero insistente. Gruñí al ser molestada, y quise taparme la cabeza con la sábana para que la persona en cuestión me dejara dormir un poco más.

—Julia, vamos, —la voz de mi hermano sonó insistente y empezó a zarandearme por los hombros. Fue entonces cuando recordé los últimos sucesos en la Tierra, el caos que reinaba desde que Ayla regresó a Oyrun dejándonos con unos monstruos que asesinaban a todo aquel que encontraran por delante.

Abrí los ojos, sobresaltada.

—¿Orcos? —Pregunté, asustada.

—Sí, rápido —me sacó de la cama y empezó a ponerme unas zapatillas—. Hay que encontrar un refugio antes que lleguen aquí.

Escuché golpes en la escalera del edificio, seguidos de las órdenes de los soldados que ordenaban salir a la gente de sus casas. El ejército fue levantado semanas atrás por orden del rey para proteger a la gente.

Mi madre apareció en la habitación con una mochila cargada a los hombros; todos teníamos una donde llevábamos los enseres básicos por si debíamos abandonar nuestros hogares de forma precipitada.

—Daos prisa —pidió con una nota de angustia.

—Ya estamos —le contestó David cogiéndome de la mano; se echó mi mochila y la suya a la espalda. Mi hermano era mayor que yo, contaba con veintiún años y metro ochenta de altura—. ¿Papá ya está?

—Sí.

—¡Espera! —Solté la mano de mi hermano al recordar el puñal que tenía guardado en el cajón de mi escritorio. Lo cogí colocándomelo a la espalda, con él me sentía más segura, fue el regalo que me dio Raiben, un elfo de Oyrun, justo antes de marcharse.

Mi hermano me miró con ojos de desaprobación, pues tan solo tenía doce años recién cumplidos como para llevar un arma como aquella, no obstante, no objetó nada.

Le volví a coger de la mano y salimos del piso.

Encontramos a los soldados que apremiaban a la gente a salir de sus casas en las escaleras. <<Vamos, vamos>> insistían, <<Cojan solo la ropa de abrigo>>, <<dense prisa>>.

Al salir a la calle noté el frío de la noche, estábamos a apenas seis grados y el abrigo que llevaba encima del pijama no era suficiente. Maldije no haber cogido también la bufanda.

Una explosión se escuchó muy próxima a nosotros cuando bajábamos la calle Independencia para llegar a la calle Valencia, siguiendo las indicaciones de los soldados.

Nos cubrimos la cabeza instintivamente.

—¡Se han vuelto locos! —Exclamó mi padre protegiendo a mi madre con su cuerpo, y mi hermano a mí—. ¡¿Acaso quieren destruir Barcelona?! Solo son monstruos armados con espadas y hachas, no hace falta disparar proyectiles.

—Cálmate papá —intentó tranquilizarle mi hermano.

—¿Dónde nos llevan? —Pregunté al llegar a la calle Valencia.

Las luces de la ciudad se apagaron para sorpresa de todos y Barcelona se sumió en la oscuridad. Exclamaciones de pánico se escucharon a nuestro alrededor y rápidamente mi hermano me pasó un brazo por los hombros por miedo a que con el gentío nos separáramos.

Solo la luz de la luna y las estrellas permitían ver nuestros rostros a duras penas, el cielo nunca se pudo ver tan claro como aquella noche y me pregunté si toda Barcelona estaba sin luz o solo era nuestro distrito.

—¡Orcos! —Empezó a gritar alguien—. ¡Orcos! ¡Ya vienen!

Acto seguido la gente empezó a correr en desbandada presa del pánico, fuimos arrastrados por la corriente de personas entre empujones y quejas, había quien no le importaba pisar a aquellos que caían al suelo. Nuestros padres corrían a nuestro lado, pero poco a poco la marea de gente los apartó de nosotros pese a que intenté agarrar a mi madre con todas mis fuerzas para continuar juntos. La llamé, asustada, grité con todas mis fuerzas para que volviera a mi lado pero su visión, protegida en brazos de mi padre, se perdió entre todo aquel tumulto de gente. Al final, viendo los empujones y pisadas, David nos metió en una portería y dejó que toda la gente corriera en masa, me abrazó con más fuerza; su respiración era acelerada y pude ver el miedo en sus ojos.

—Esperaremos aquí —dijo, no muy convencido.

Otro proyectil hizo retumbar las paredes del edificio donde esperábamos y acto seguido los sonidos de disparos se escucharon como petardos en un día de San Juan. Luego un rugido ensordecedor hizo que los cristales de los comercios y ventanas de los pisos más próximos temblaran avisando de la llegada de una bestia mucho más grande que un orco.

Mi hermano y yo, ambos abrazados, muertos de miedo y temblando, nos asomamos levemente. Solo fue un segundo, pero bastó para ver como un dragón, de la medida de un autobús, era alcanzado en pleno vuelo por un proyectil del ejército. Cayó justo en medio de la calle Valencia, mientras los cazas que le dispararon pasaron rozando los edificios en busca de más dragones.

El animal, monstruo o como quisieras llamarle, fue herido de forma mortal amputándole una pierna trasera y abriéndole un boquete en el estómago. Pero en un último aliento de vida se resistía a abandonar el mundo de los vivos, gimiendo y arrastrándose por el asfalto. Dejando un reguero de sangre a su paso.

El dragón nos vio y emitió un potente rugido empezando a reptar en nuestra dirección.

—David —llamé a mi hermano que parecía haberse quedado paralizado—. ¡David!

Reaccionó ante mi grito histérico y salimos corriendo del portal donde nos habíamos refugiado para alcanzar a aquellos que ya habían huido.

Miré atrás una vez, al igual que mi hermano, y ambos abrimos mucho los ojos cuando comprobamos que la enorme criatura abría sus terribles fauces y de lo más profundo de su garganta una llama salía al exterior como un río de fuego.

David me echó al suelo en el acto, me cubrió con su cuerpo y la llamarada pasó rozándonos. Fue, segundos después, cuando un grupo de quince soldados nos alcanzó en busca de rezagados. Formaron dispuestos para el combate y vaciaron sus municiones sobre el cuerpo del dragón.

La enorme criatura cayó al fin y suspiré aliviada. Por un momento creí que la muerte nos iba a alcanzar en manos de aquella horrible bestia.

—¿Estás bien? —Me preguntó David—. ¿Estás herida?

—Estoy bien, tranquilo —respondí aún tendida en el suelo.

Mi hermano me abrazó, dando gracias.

—Vaya regalito nos ha dejado Ayla —susurró.

PARTE I

AYLA

De camino por Andalen

Akila, el lobo, había desaparecido, siempre correteaba por el bosque yendo y viniendo mientras el grupo seguía el camino. En ocasiones se le escuchaba aullar, veíamos alguna sombra de él entre los árboles o aparecía de pronto para volverse a ir a los pocos segundos. Pero llevaba más de dos horas sin dejarse ver y empecé a preocuparme, no solía estar tanto rato alejado del grupo y el seguir avanzando sin saber por dónde andaba me inquietaba.

—¡Akila! —Le llamé. Puse dos dedos en mis labios y silbé lo más alto que pude—. ¡Akila, ven!

—Tranquila —Laranar se encontraba a mi lado masajeándose el oído derecho ante el inesperado silbido. No recordé que los elfos tenían un oído muy fino, superior al de los humanos—. Habrá salido a cazar, regresará cuando menos te lo esperes.

Hacía dos días que habíamos abandonado Mair, país de los magos, con el Paso in Actus, una técnica que te permitía ir de un lugar a otro en apenas dos segundos. Marchábamos en aquellos momentos por Yorsa, es decir, el conjunto de reinos que dominaban los humanos. Las razas de los otros países denominaron así las tierras de los hombres por el constante cambio de países que surgían, se alzaban y se desplomaban a lo largo de los milenios, por las continuas guerras que de tanto en tanto acometían los humanos entre ellos mismos. En aquellos momentos, el terreno que pisábamos pertenecía al reino de Andalen, y el paisaje no era más que un bosque de pinos, con vegetación arbustiva alrededor.

Nuestra misión no era otra que llamar la atención sobre los dos magos oscuros que quedaban por derrotar y así devolver la paz a Oyrun. El colgante de los cuatro elementos —un objeto alargado de la medida de un palmo y acabado en punta, de un material parecido al cuarzo— me había escogido como la elegida para devolver el equilibrio entre las fuerzas del bien y el mal, arrancándome de mi hogar —la Tierra— y trasladándome a Oyrun, un mundo donde elfos, magos, humanos y otros seres mágicos habitaban aquel extraño pero fascinante planeta.

En un primer momento fueron siete los magos oscuros por eliminar pero, poco a poco, con la ayuda de los amigos que había hecho en Oyrun, fui derrotándolos hasta que solo quedaron dos, los más fuertes y poderosos. Practicaban magia negra, sacrificaban personas para hacerse más fuertes y hacían esclavos a pueblos enteros para llevar a cabo sus planes de dominar el mundo. Danlos, el más fuerte de todos ellos, había conquistado Creuzos, país de orcos, trolls y seres malignos. Bárbara, la esposa de Danlos, era igual de cruel que este. La diferencia entre ambos era, que mientras Danlos era frío y calculador, la maga oscura era más bien impulsiva y de poca paciencia. Tenían un hijo en común llamado Danter, apenas un bebé de un año de edad.

Mi única arma contra los magos oscuros —el colgante— me otorgaba el poder necesario para controlar el fuego, la tierra, el aire y el agua. Pero el colgante se quebró en decenas de fragmentos por un pequeño accidente que ocasioné al principio de llegar a Oyrun, y me vi obligada a recuperar las esquirlas viajando por todo el mundo hasta que, poco a poco, logré reunir tres cuartas partes del colgante original. El resto del colgante se encontraba en manos de los magos oscuros, y aquello dificultaba sobremanera mi misión pues con él obtenían un gran poder.

Acaricié el colgante de los cuatro elementos mientras caminábamos por el bosque, lo llevaba colgando del cuello a través de una fina cuerda de color marrón. Debía estar visible para tentar a Danlos y Bárbara de atacar y así poder matarles, pero hasta el momento no hubo suerte. Ni siquiera los cuervos que utilizaban como espías se veían por el cielo.

Solté el colgante y me detuve notando como el estómago se revolvía en mi interior. Laranar se detuvo al verme parar e intenté disimular forzando una sonrisa.

—¿Estás bien? —Me preguntó.

—Sí —respondí.

Aún no se lo había dicho, me daba miedo las consecuencias que tendría la noticia, yo misma acababa de enterarme.

Justo un día antes de nuestra llegada a las tierras de Andalen, cuando Esther escondió una prueba de embarazo para que encontrara entre mi equipaje, me di cuenta de que las náuseas, vómitos y mareos que tenía no eran normales. Era malestar de embarazada, y la prueba de embarazo confirmó mis más terribles sospechas.

Me hubiera gustado tener a Esther, una de mis mejores amigas, a mi lado, para contar con su apoyo, pero después de encontrar la última esquirla ella prefirió quedarse en la Tierra, su hogar.

Tuve un momento de pánico cuando vi que la prueba de embarazo daba positivo, teniéndome que sentar antes que cayera al suelo. Pero luego me di cuenta de lo que realmente significaba, ¡iba a tener un hijo de Laranar! Iba a tener un hijo junto con la persona que más amaba en el mundo entero, aquel que me protegía y me adoraba con solo respirar. Y el miedo dio paso a la alegría, quizá una alegría que no debía sentir, que era peligrosa, pero no pude evitarlo. Estaba feliz, aunque al tiempo preocupada. En cuanto acabara la misión con los magos oscuros la profecía dictada en la Isla Gabriel —la Isla de los dragones dorados— marcaba que regresaría a la Tierra sin posibilidad de quedarme en Oyrun. Una vida sin Laranar y sin mi hijo, era peor que cualquier otro mal que pudieran hacerme, y daño me habían causado a raudales desde que fui nombrada la elegida.

—Estoy bien, de verdad —le insistí a Laranar volviendo a iniciar la marcha—. Vamos, el grupo nos espera.

El grupo que me acompañaba en mi misión estaba formado por mi protector, es decir, Laranar, mi príncipe elfo de cabellos dorados, lisos y largos hasta pasados los hombros, con una mirada que te sumergía en el color azulado y morado de sus ojos, y una sonrisa que dejaba ver una dentadura blanca y perfecta. El resto de componentes del grupo lo formaban una guerrera llamada Alegra, última superviviente del clan de *Los Domadores del Fuego*. Raiben, otro elfo de Launier, buen guerrero y amigo de todos. Y, por último, Dacio, un mago destinado a protegerme y ayudarme en nombre de Mair.

De todos los componentes del grupo, Dacio era el que más motivos tenía para ver a nuestros enemigos muertos, pues era el hermano pequeño del mismísimo Danlos, y fue el único superviviente cuando el mago oscuro acabó con toda su familia, sus padres y una hermana pequeña de cuatro años. Por fortuna, mil años después de aquella desgracia había encontrado la persona con quien respaldarse a raíz de la misión que aún llevábamos a cabo. Pues él y Alegra, iniciaron una relación de noviazgo al año de conocerse. No resultó fácil para ninguno de los dos admitir que se habían enamorado, pues el mago siempre fue un seductor con las mujeres obteniendo de ellas lo que se le antojaba sin apenas chascar los dedos, y Alegra era una guerrera orgullosa y cabezota que no quiso caer rendida a sus pies fácilmente. Y aquello supuso un reto para Dacio, que sin quererlo acabó enamorándose de la única chica que le dijo *no*, a sus continuas insinuaciones.

Mirando a Dacio, no era de extrañar la facilidad con que conquistaba a las mujeres. Era un hombre atrayente. Fuerte, esbelto, alto y guapo; con un cabello de un color indefinido, pues en un primer momento parecía castaño con unos leves reflejos cobrizos, pero cuando le daba el sol se aclaraba siendo casi rubio. Lo llevaba despeinado confiriéndole un aire interesante. Y sus ojos eran grandes y expresivos del color del chocolate. Todos sus rasgos eran finos pero a la vez varoniles.

—Podríamos tomar dirección Barnabel —propuso Alegra, cuando al caer la noche todos descansábamos alrededor de una hoguera cenando las perdices que pudimos cazar durante el día—. Si de camino a la ciudad Danlos no aparece, lo hará en Barnabel.

—¿Por qué estás tan segura? —Le preguntó Raiben.

—Por mi hermano —respondió la Domadora del Fuego—. Querrá utilizarlo de nuevo para llegar a Ayla y así poder matarla. Si le hacemos creer que Edmund colaborará con él, tendremos la oportunidad de tenderle una trampa.

Edmund, el hermano pequeño de Alegra, fue secuestrado con apenas once años por el mago oscuro cuando atacó la villa de los Domadores del Fuego. Toda la villa pereció en el ataque y solo su hermana y él se salvaron de tal masacre. Años después, cuando fui secuestrada por Urso —el último mago que se logró derrotar— huyó conmigo de Danlos obteniendo la tan ansiada libertad que le habían arrebatado de pequeño. Ya debía contar con dieciséis años y unos meses atrás ingresó en la escuela militar de Barnabel para formarse como soldado del reino de Andalen.

Alegra propuso que su hermano fuera el cebo para sacar al mago oscuro de su madriguera porque ya utilizó al chico en mi contra para poder matarme. Pero Edmund, un Domador del Fuego en toda regla, se negó a ello pese a la amenaza de Danlos de matar a su hermana si no le obedecía. Alejarse de mí fue la única solución que encontró para no ser utilizado como la marioneta del mago oscuro, pese a que aquello podía suponer volver a ser esclavo de Danlos si volvía a por él, pues estaría indefenso. Ni diez mil hombres podrían protegerle del mago oscuro.

—Son doce días hasta Barnabel —pensó Dacio—. Es tiempo de sobra para que Danlos aparezca. Si no lo hace creo que la idea de Alegra podría funcionar.

Alegra asintió.

—Ayla, ¿tú qué opinas? —Me preguntó Laranar.

—Podría funcionar —respondí—. Y en poco más de un mes Oyrun podría volver a tener paz después de tantos siglos.

—Paz —mencionó Raiben como si aquello fuera un sueño—. ¡Qué Natur te escuche!

Sí, que la diosa de la naturaleza me escuchara, pues de no aparecer pronto el embarazo se haría evidente y mis movimientos serían limitados. No me imaginaba luchando contra un mago oscuro embarazada de siete u ocho meses.

Suspiré y miré a Laranar, este se inclinó y me dio un pequeño beso en los labios.

—Ya te dije que no debías preocuparte —dijo mirándome a los ojos y acto seguido Akila salió de entre unos arbustos moviendo la cola y dándome un saludo lobuno.

Era un lobo enorme, de pelaje gris, casi blanco, alimentado desde que apenas era un adolescente por nosotros, adquiriendo un tamaño mucho mayor que un lobo corriente pues el hambre de tanto en tanto estaba presente cuando vivían en estado salvaje.

—¡Akila! —Nombré con cariño, abrazándole—. Me tenías preocupada, creí que te había pasado algo.

Quiso lamerme el rostro, pero enseguida lo retiré.

Pobreza

La llegada a Barnabel no fue como lo imaginé. Una ciudad que siempre había rebosado de vida y color, se encontraba triste y oscura. Era un día nublado, acorde con el estado de ánimo de la gente, que vagabundeaba por las calles intentando encontrar algo que llevarse a la boca. Los rostros de las personas eran pálidos y demacrados, vestían ropas sucias y raídas, y algunos niños iban completamente desnudos por las calles. Por un momento me recordó a la ciudad de Tarmona cuando estaba en manos de Urso. Nadie sonreía, estaban desnutridos y no veías confianza en los ojos de la gente. El olor era nauseabundo, olía a meados, basura, sudor y mierda.

Una niña se cruzó en nuestro camino, no tendría más de diez años, pero al pasar junto a ella miró a Laranar, Dacio y Raiben con una sonrisa que en un primer momento no supe identificar. Segundos después, al percatarme de lo que había pretendido, me volví enseguida para buscarla, pero ya había desaparecido.

Negué con la cabeza, desconcertada, ¿cómo podía insinuarse una niña a un hombre? ¿Tanta hambre tenía?

No era la única, por la calle había niños haciendo rapiña y jovencitas que no contaban los quince años prostituyéndose por un trozo de pan.

—¿Qué ha ocurrido? —Pregunté mientras marchábamos calle arriba—. ¿Cómo ha podido Aarón permitir esto? Su pueblo pasa hambre.

Aarón era el senescal del reino. En el pasado perteneció al grupo que me acompañaba, cuando el rey Gódric aún vivía y Aarón solo era general.

—No es un hombre que ignore a su pueblo —respondió Raiben—. Pero los orcos han hecho muchos estragos en sus tierras, no deben tener alimentos suficientes para abastecer a todo el mundo.

—Danlos aún pretende hacer esclavos —comentó Alegra que caminaba unos pasos por delante de mí—. Ataca a las aldeas indefensas y esclaviza a todo aquel que le es útil, al resto, los mata sin compasión.

Suspiré.

—Hay que hacer algo —dije y miré a Laranar—. ¿Launier no podría ayudar en algo?

—Mi padre, el rey, ya les mandó semillas para replantar los campos, y solicitó voluntarios para ayudar a Andalen. Pero la ayuda ha ido principalmente a Tarmona, que es donde más se necesitaba después de reconquistar la ciudad. No sabíamos que Barnabel, la capital, estuviera en este estado. Le mandaré una carta a mi padre para que mande ayuda de inmediato.

—Comida, por favor —se me plantó un niño de apenas cinco

años, sucio, con el pelo revuelto y descalzo, delante de mí. Puso sus manos a modo de plato esperando que le diera algo de comer. Se me partió el alma y no dudé en sacar la carne ahumada que me quedaba para dársela.

—Toma —dije tendiéndole el paquete.

—Gracias —dijo sorprendido, en cuanto continué la marcha le escuché gritar—. ¡No! ¡No!

—¡Dámela! —Un niño más mayor pretendía quitársela. Lo aparté enseguida del pequeño, pero entonces este se puso a llorar—. Yo también tengo hambre.

—Creo que tengo… —eché mano a mi bolsa cuando Laranar me cogió del brazo para apartarme de él—. ¿Qué haces?

—Mira la calle —advirtió.

Decenas de niños y no tan niños, nos miraban expectantes, esperando ver qué sacaba de mi bolsa de viaje.

—Hay que llegar al castillo, esta zona no es segura —dijo Dacio de inmediato.

—No, por favor —dijo el niño que lloraba y me cogió de la chaqueta—. Comida.

Raiben lo apartó de mí, siendo cuidadoso al tratarse de un niño.

—Eres la elegida —me reconoció una mujer que llevaba a un bebé en brazos—. ¡Ayúdanos! ¡Danos de comer! ¡Mi hijo se muere!

Más gente se aproximaba y empecé a asustarme.

—Dacio, Raiben —les alertó Laranar sin dejar de sujetarme del brazo—. Hay que salir de aquí.

Dacio asintió, cogió unas cuantas piedras del suelo y las lanzó al aire, se trasformaron en monedas de oro que cayeron desparramándose por el suelo. Una muchedumbre se abalanzó sobre ellas mientras el grupo corrió para ponerse a salvo.

—Hay que llegar al castillo, allí estaremos a salvo —dijo Alegra mientras corríamos—. ¿Durará mucho esa ilusión?

—Apenas unos minutos —respondió Dacio—. En cuanto vean que no son más que piedras se enfurecerán.

Logramos traspasar la muralla del segundo nivel de la ciudad, hecha en piedra, donde residía la gente más acaudalada: artesanos, nobles, familias respetables... Todos ellos tenían buenas casas, construcciones firmes, y no barracas o casuchas pequeñas. Seguramente disponían incluso de un pequeño huerto y unos cuantos animales de granja con los que poder alimentarse sin problemas. Pero lo que me sorprendió, fue ver a un número desproporcionado de soldados caminando por calles de alto nivel cuando la verdadera delincuencia, donde se sucedían más robos, crímenes y violaciones, era en la parte inferior de la ciudad.

Al entrar bajo la protección del castillo un aire distinto se respiraba. Los jardines estaban bien arreglados, había soldados que iban y venían haciendo sus cambios de guardia con total normalidad, los sirvientes y esclavos que trabajaban en el castillo estaban bien alimentados, al menos.

La reina Irene ya nos esperaba cuando entramos en la sala de recepciones y nos inclinamos ante ella como marcaba el protocolo. Era una mujer de unos treinta y cinco años; cabellos oscuros y ojos grises; piel clara y cara fina. Había sido la esposa del difunto rey Gódric, quien la había maltratado desde el primer momento que contrajeron matrimonio cuando ella solo tenía quince años. Por suerte aquel desgraciado murió cuatro años atrás, su recuerdo era de los peores que conservaba en mi memoria. Intentó violarme, pero Laranar llegó justo a tiempo para detenerle.

Ahora el senescal se ocupaba de las labores del reino hasta que el rey Aster, que debía contar ya con once años, cumpliera la mayoría de edad.

—Sed bienvenidos —nos recibió la reina; y antes que pudiera continuar Aarón entró en la sala. Al verlo, quedé sin palabras, había envejecido diez años desde la última vez que le vi meses atrás. Su pelo negro, liso, y largo hasta justo los hombros, empezaba a mostrar las primeras hebras blancas de la vejez. Sus ojos marrones presentaban profundas arrugas, y su frente finas líneas de preocupación constante. Llevaba una barba bien cuidada, que también mostraba las primeras canas de la edad, aunque conservaba en su mayoría el color negro de la juventud. Su edad poco más de cuarenta años, pero con una apariencia de casi cincuenta.

—Amigos —dijo en un suspiro—. Me alegro de veros —dejó las formalidades a un lado y se aproximó a nosotros. Al verme sonrió, cogiéndome por los hombros con cariño—. Ayla, tienes buen aspecto, me alegro.

—Gracias, me gustaría decir lo mismo de ti, pero te veo cansado —respondí.

—Agotado, más bien —miró al resto y los saludó, uno a uno.

—¿Aarón, en qué podemos ayudar a tu pueblo? —Preguntó Dacio—. Hemos visto el ambiente de pobreza y hambre en las zonas más bajas de la ciudad. Alegra me habló de ello cuando la vine a buscar con Daniel después de haber viajado a la Tierra, pero es diez veces peor a lo imaginado.

—Intento suministrar la comida lo mejor que puedo, pero nunca es suficiente. Las gentes han abandonado sus campos por miedo a ser atacados por Danlos; en consecuencia, no hay nadie que trabaje las tierras y aporte alimentos al reino. Los que aún no han abandonado sus aldeas se ven atacados cada día por orcos que incendian sus cosechas y matan al ganado. Si no hay cultivo no hay comida. No puedo alimentarles por más que quiera. He intentado animarles a volver a sus casas prometiendo que durante cinco años ninguno tendrá que pagar impuestos, pero pocos son los que se han decidido a abandonar la ciudad.

—¿Tarmona y Caldea están en la misma situación? —Preguntó Laranar.

—Tarmona aún se recupera de Urso y muchas de las personas que habéis visto de camino al castillo eran esclavos liberados de Tarmona, jamás volverán a pisar esa ciudad. En cuanto a Caldea… viven una situación parecida, no tan grave como Barnabel, pero no pueden ayudarnos.

Suspiré.

—Ayla, tú podrías acabar con Danlos —pidió la reina levantándose de su trono—. Con Danlos y Bárbara muertos, la gente ya no tendría miedo de volver a sus casas.

—No es tan fácil —respondí—. No puedo presentarme en Luzterm y picar a la puerta para retar a Danlos y Bárbara. Un millón de orcos me daría la bienvenida. La fuerza del colgante es grande, pero no tanto, y gasto muchas energías a la hora de utilizarlo.

—¿Entonces? —preguntó—. ¿Cuál es tu plan?

—Edmund —respondí.

El plan de utilizar a Edmund como cebo no dio el resultado que esperábamos. El chico fue puesto alerta sobre nuestras intenciones y todos esperábamos ansiosos el momento que el mago oscuro lo utilizara para acabar conmigo, pero nada de eso ocurrió y no lo entendimos. ¿En qué pensaba Danlos? Desde que recuperé la última esquirla no volví a soñar con él ni una sola vez. Siempre se comunicó conmigo de aquella manera, a través de los sueños. Pero daba la sensación que se había rendido, tirado la toalla.

¿Era posible que tuviera miedo de atacarme directamente, como habían hecho el resto de sus compañeros antes que matara a todos ellos? Me hacía cruces, tenía más miedo yo de enfrentarme a él que él de mí. Y la espera se hacía interminable.

Había pasado un mes, y el embarazo seguía su curso. Aún no tenía una barriguita que se pudiera apreciar, pero no faltaba mucho para ello. Mis pechos habían aumentado de volumen de forma considerable, además de estar muy sensibles.

Temía el momento que Laranar se diera cuenta, me preocupaba su reacción. Siempre tan protector, seguro que querría llevarme a un lugar seguro donde poder pasar el embarazo sin peligro. Pero después de eso, ¿qué? Eliminar a Danlos y Bárbara era esencial para que las gentes volvieran a los campos.

Un día, apoyada en la repisa de una ventana del castillo, observando los jardines, Laranar vino a buscarme con rostro serio y preocupado. Su paso era acelerado, caminando a grandes trancos por el largo pasillo. Me incorporé de inmediato sabiendo que algo sucedía.

—¿Danlos? —Pregunté, entre esperanzada y temerosa, antes que llegara a mi altura.

—Debemos volver de inmediato a Launier —dijo al llegar junto a mí.

—¿Ha ocurrido algo en tu país? —Pregunté, desconcertada.

—No, pero acaban de comunicarme de un brote de peste en los bajos fondos de la ciudad. Es peligroso para ti, podrías contagiarte y…

No acabó la frase, cerró los ojos un instante no queriendo pensar en la posibilidad que muriera. A mí se me erizó el vello, sintiendo un escalofrío, al conocer la noticia. Muchos morirían y nadie estaría a salvo de esa enfermedad donde muy pocos lograban superarla.

Pensé en mi hijo, si caía enferma él también moriría. Por otro lado, si nos marchábamos de la ciudad, Danlos podía no aparecer, ¿o sí? Al fin y al cabo, tampoco aparecía en Barnabel por más que esperábamos a que el mago oscuro se decidiera a utilizar a Edmund para eliminarme.

—Laranar —le toqué un brazo, intentando tranquilizarle—, no me ocurrirá nada, tranquilo. No pienso morir ahora después de todo por lo que he pasado.

Mi protector me abrazó y respiró el aroma de mis cabellos hundiendo su cabeza en ellos. Respondí a su abrazo apoyando mi cabeza en su pecho. Estuvimos un año separados cuando Urso me secuestró, la incertidumbre de si estaba viva o muerta para Laranar fue horrible. Igual de horrible que mi experiencia como esclava. Ninguno de los dos quería volver a pasar por algo así, y una enfermedad mortal colgaba como un cuchillo sobre nuestras cabezas.

—No puedes morir —me suplicó.

—Te lo juro —respondí y le miré a los ojos. Estaba tranquila por él, los elfos no enfermaban y no corría el riesgo de contraer la peste—. Pensemos en positivo, quizá de camino a Launier, Danlos aparece con un poco de suerte.

—Mejor que no —dijo, sin dejar que sus brazos me soltaran—. Dacio y Alegra, creo que no nos acompañarán.

—¿Por qué? —Pregunté extrañada que nos abandonaran en un momento así.

—Alegra no quiere dejar a su hermano, y Edmund se niega a abandonar el ejército ahora que se va a graduar. Dacio está intentando convencerla, pero la veo muy decidida.

—Dacio no la dejará sola —supe y me soltó.

Me pasé las manos por el rostro, cansada.

Pensaba en mi hijo, más que en cualquier otra cosa, pero al tiempo no podía dejar que Alegra se arriesgara sin intentar convencerla.

—Dame una semana —le pedí a Laranar, mirándole directamente a los ojos. Frunció el ceño, no estando conforme—. Convenceré a Alegra de algún modo, no podemos abandonarla. No quiero que muera si cae enferma.

—No piensa marcharse sin su hermano —me advirtió.

—Entonces, convenceré a Edmund.

EDMUND

Un sacrificio y un destino que cumplir

El comandante Durdon pasó un brazo alrededor de mi cuello con aire sonriente y me atrajo hacia él. Era el único Domador del Fuego que quedaba vivo a parte de mí y mi hermana, por ese motivo me trataba con tanta confianza.

—Ya es hora que pruebes a una mujer —dijo, justo en la entrada de una casa del placer.

No supe qué responder, en consecuencia, todos los mandos que impartían clases en la academia militar empezaron a reír abiertamente.

Veintidós alumnos de la academia me acompañaban, todos igual de nerviosos, inexpertos a lo que haríamos en breve. Nos graduábamos a la mañana siguiente en un acto que presidiría el senescal del reino, la reina de Andalen y el mismísimo rey de once años de edad. Familiares y amigos esperarían en unas gradas construidas para tal evento, orgullosos de ver la entrega de diplomas.

Pero antes había que celebrar con los compañeros que pasábamos de cadetes a soldados. Y, en aquel momento, después de pasar más de la mitad de la noche visitando todas las tabernas del segundo nivel de la ciudad, bebiendo sin parar, llegamos a la última parada, un burdel.

El club de alterne constaba de tres plantas y las ventanas que daban a la calle estaban abarrotadas de prostitutas que nos lanzaban besos al aire junto con gestos obscenos.

Durdon me guio al interior, aún rodeándome por un brazo el cuello.

—¿Y Sofi? ¿Dónde está Sofi? —Preguntó a una de las chicas que había apostadas en los pasillos de aquel lugar.

—Arriba, te está esperando —le respondió una que alcanzaría los cuarenta y tenía unos bustos más que generosos.

Subimos unas escaleras, adornadas de chicas que se nos acercaban demasiado.

—Quietas —Durdon las apartaba de mí—. Es su primera vez, y por los Dioses que probará a la mejor.

No pude evitar sonrojarme aún más.

—¿Seguro que son mujeres libres? —Quise cerciorarme.

—No hay esclavas, tranquilo —me repitió por quinta vez—. ¡Sofi! ¡Sofi!

Los gritos de Durdon se escucharon por toda la tercera planta, que al contrario de las otras dos, esta no estaba abarrotada de prostitutas.

Unas puertas se mantenían cerradas a lado y lado del pasillo, otras abiertas. Por una de ellas, salió una chica de unos veinte años, alta, delgada, de cabellos rubios y ojos marrones, rostro fino y labios maquillados de un fuerte color rojo. Llevaba una bata de seda de color salmón a modo de vestimenta, con un provocativo escote que daba lugar a la imaginación.

—Hola, Durdon —dijo acercándose a él contoneando su cuerpo sutilmente.

Tragué saliva y Durdon me liberó de su abrazo.

—Hoy tengo un encargo muy especial para ti —le habló mi camarada—. No te preocupes por el dinero, yo me encargo. Pero trátalo como a un rey.

La chica me miró, traviesa.

Yo sonreí como un bobo.

—No tienes por qué preocuparte —dijo la chica acercándose a mí—. Me traes un niño, pero te devolveré un hombre.

A un gesto me indicó que la siguiera.

Miré a Durdon que sonreía más que yo.

—Aprovecha esta noche muchacho —me guiñó el ojo—. No tendrás una igual en toda tu vida.

No me hice rogar, seguí a Sofi a su habitación. Una vez cerré la puerta y nos quedamos solos, ella se quitó la bata de seda mostrándome su cuerpo desnudo.

Mis pantalones se sacudieron de inmediato, notando como la sangre viajaba toda ella a mi entrepierna.

—¿Cómo te llamas? —Me preguntó Sofi, acercándose para desvestirme.

—Edmund —respondí, cuando me sacó la camisa.

—Muy bien Edmund —sonrió, me desabrochó los pantalones e introdujo una mano en ellos—. Hmm… esto promete.

De mí solo salió una risa nerviosa, casi tonta.

El alba me pilló con Sofi bailando encima de mi entrepierna, sus pechos, jóvenes y libres se balanceaban al ritmo de sus sacudidas. Mis manos la acariciaban notando la suavidad de su piel, de sus senos. Ella echó la cabeza hacia atrás y se tensó gimiendo, aquello hizo que no pudiera aguantar más y me dejé llevar entre otro gemido de placer.

Luego me miró, dejando que sus cabellos cayeran hacia delante y me sonrió.

Le devolví la sonrisa mientras se hacía a un lado y salía de dentro de ella.

La abracé, rodeándola con un brazo, satisfecho. Sofi pasó sus dedos por mi torso desnudo.

—Debo marcharme —dije con pesadez—, en unas horas me gradúo.

—Espero volverte a ver —respondió mirándome a los ojos.

Quise besarla en los labios, pero no me dejó. Se sentó en el borde de la cama y cogió la bata de seda del suelo, cubriendo su bonito cuerpo.

—Hemos hecho de todo esta noche, pero no me has dejado besar tus labios —dije viendo que se alzaba—. ¿Por qué?

Sonrió con picardía, para luego marcharse de la habitación sin responderme.

Me encogí de hombros y empecé a vestirme.

Al salir de la habitación y bajar los tres pisos encontré el burdel en un estado de letargo. Todas sus ocupantes habían estado trabajando aquella noche gracias a mis compañeros, y solo una mujer mayor se encontraba despierta apoyada en la entrada del burdel, fumando un cigarro con aire descarado.

En cuanto pisé la calle respiré profundamente, estirando todo mi cuerpo, bostecé y con paso tranquilo me dirigí de vuelta a la academia militar. Era temprano, la ciudad despertaba con los primeros rayos de sol y aún faltaban tres horas para el gran evento. Aprovecharía en asearme y vestirme con el traje de gala. Luego iría a ver a Alegra antes que mis obligaciones me impidieran estar un rato con ella.

Al doblar una esquina casi topé con una mujer.

—Perdone —me disculpé.

Me miró seria, pero no dijo una palabra. Continuó su camino y la seguí con la mirada. Fruncí el ceño, ¿de qué la conocía? Su cara me resultaba familiar.

La mujer se detuvo y me miró por encima del hombro.

Debía contar con poco más de cuarenta años, morena y de ojos marrones. Sus ropas eran las de una simple campesina, nada especial, pero algo me llamaba la atención. La conocía, estaba seguro, ¿pero dónde la había visto antes?

—¿Quieres que te prediga el futuro… Edmund?

Abrí mucho los ojos. La mujer tocaba una moneda que le colgaba del cuello y, lentamente, me acerqué a ella.

—Usted —la ubiqué en mi memoria, sorprendido de encontrarla. Mis piernas empezaron a temblar, mi estómago se contrajo y el vello del cuerpo se me erizó al reconocerla—. La bruja.

—Maga —me corrigió de inmediato.

Llegué a su altura y ella se volvió para hacerme frente.

—Vino a mi villa justo antes que Danlos la destruyera —recordé estupefacto—. Todo lo que nos advirtió se ha cumplido, todo.

—Pero no me creísteis —replicó—. ¿Y ahora?

Alcé mi mano, ofreciéndosela, para que me leyera el futuro.

—¿Volveré a ser su esclavo? —Le pregunté, serio.

La mujer miró mi mano fugazmente, se dio la vuelta y quiso marcharse.

—¡Eh! —Exclamé—. ¿Qué hace?

La detuve cogiéndola de un hombro.

—Soy una nula —dijo seria—. Apenas tengo magia, solo el don de adivinar el futuro. Y, créeme, no quieres saberlo ahora mismo.

Fruncí el ceño.

—Eso debo decidirlo yo —repuse—. Tengo que saber si volveré a ser su esclavo. La duda me come por dentro, en ocasiones no puedo ni dormir solo de pensar en esa posibilidad.

—Ya te lo advertí hace cinco años, muchacho. Todos tus actos se verán condicionados a salvar a tu hermana, pero una cosa mucho más importante te depara el destino. Algo, que será determinante para el futuro de Oyrun.

—Ya salvé a mi hermana en el ataque a mi villa, ese fue mi sacrificio, y hace un año salvé a la elegida, ese es el destino del que habla. Ya he cumplido, ahora, dígame si Danlos volverá a por mí.

Volví a tenderle la mano, pero la mujer sonrió, sin mirarla.

—No has entendido nada. Tu sacrificio está por llegar y tu destino aún no se ha cumplido.

—¿Cómo puede estar tan segura? —Alcé la voz al ver que quiso marcharse de nuevo.

—Porque una vez lo cumplas… —se volvió levemente y me miró a los ojos. Luego, negó con la cabeza—. Disfruta de este tiempo que te queda. Ya te dije que serías el que más sufrirías con diferencia.

Bajé los hombros, decepcionado.

—Él volverá a por mí —entendí.

—Siempre estarás ligado al innombrable, de una forma u otra. Siempre.

La cogí de un brazo para evitar que se marchara.

—Dígame que por lo menos me vengaré, que le devolveré de alguna manera todo lo que nos ha hecho a mi hermana y a mí —le supliqué.

La mujer me miró a los ojos.

—Tu venganza es tu destino… y tu muerte.

Abrí mucho los ojos y la solté.

La mujer se marchó con paso tranquilo.

Quedé paralizado en medio de la calle.

Danlos volvería a por mí, era un hecho y nada ni nadie podría cambiar aquello. Pero de alguna manera cumpliría mi venganza, encontraría la forma de vengarme costara lo que costara.

Cuando llegué a la academia militar todos los preparativos para el evento estaban paralizados. Nadie trabajaba, y encontré a mis compañeros reunidos, con algunos maestros, en el gran patio central donde debíamos graduarnos.

Alec, un amigo, se dirigió a mí en cuanto me vio.

—Una desgracia —dijo antes de llegar a mi altura—. La reina ha caído enferma por la peste.

Abrí mucho los ojos. ¡La reina! ¡Enferma!

Localicé a Durdon entre el gentío de compañeros que no paraban de hacer preguntas a los maestros, y corrí a él.

—Comandante Durdon —le llamé y me miró—. ¿Es cierto? ¿Nuestra reina está enferma?

—Me temo que sí, y las expectativas no son buenas por lo que he escuchado. Se ha suspendido vuestra graduación hasta nuevo aviso.

Quedé literalmente con la boca abierta y Durdon puso una mano en mi hombro.

—No temas, estáis graduados aunque no se os dé el diploma aún.

—No es eso —respondí—. La reina…

—Sí, lo sé. Pero ahora solo podemos esperar y rezar.

Tragué saliva y pensé en el rey Aster de apenas once años y su hermano pequeño, el príncipe Tristán, de nueve. Unos niños que ya habían perdido a su padre en la guerra y ahora quizá perdieran a su madre por la peste.

Apreté los puños, maldiciendo esa enfermedad. Ya se había llevado a alrededor de doscientas personas desde que apareció el primer foco, y solo había pasado una semana.

El senescal ordenó quemar los cuerpos de los apestados en el exterior de las murallas, y cada día se alzaba una columna de humo que bañaba la ciudad. Las casas de los enfermos eran selladas y marcadas con una cruz blanca, en ocasiones los familiares de los apestados los abandonaban a su suerte tirados en la calle por miedo a ser contagiados.

La estampa era deprimente, ya fuera por la situación de hambre que continuaba albergando la ciudad o por una enfermedad que no distinguía de clases.

Mi hermana Alegra no tardó en personarse en la escuela y preguntar por mí. Por lo que tuve que ir a la entrada de la academia dejando a mis compañeros cuando aún hablábamos del estado de la reina.

—Te lo suplico —me pidió desesperada al verme llegar—. Ven con nosotros a Launier, estaremos a salvo de la peste.

—Alegra, ahora soy soldado, mi deber es proteger la ciudad. Vete tú, no tienes por qué quedarte.

—Eres mi hermano —dijo como si me hubiera olvidado de ello—. No puedo abandonarte.

Miré a un cadete que pasaba en ese instante a nuestro lado y apreté los dientes. Luego seguro que tendría burlas al respecto, nadie tenía una hermana tan pesada como la mía. ¿Acaso no entendía Alegra que marcharse justamente ahora era de cobardes?

—Pues debes hacerlo —respondí firme, imponiéndome—. Ya no soy un crío, sé cuidarme solo, no me pasará nada. Pero tú debes ir a Launier.

—No.

—¡La elegida se está poniendo en peligro por ti! —Alcé la voz y mi hermana se encogió, agachó la cabeza—. Debería haber partido hace una semana, lo sabes, pero cada día ha venido a verme para convencerme que abandone con vosotros la ciudad, porque tú no la escuchas. No escuchas a nadie, ni siquiera a Dacio. ¡Maldita sea! ¿Cuándo te entrará en la cabeza que no pienso marcharme de Barnabel?

Alzó sus ojos hasta los míos, estaban anegados en lágrimas.

>>Alegra —la abracé, era más alto que ella—. Estaré bien, te lo prometo. Y estaré más tranquilo si sé que estás a salvo de la peste. Los elfos no enferman, por lo que la peste no llegará a Launier.

Quiso limpiarse el rostro de lágrimas, pero no pudo parar el mar que bajaba de sus ojos.

—¡Te echaré de menos! —Dijo estrechándome aún más, desesperada—. Pero ten cuidado —se separó entonces, mirándome directamente a los ojos, seria —. No bebas de las aguas de los pozos públicos, no te mezcles con la gente de los barrios bajos, apártate de aquellos que veas que puedan estar contagiados y…

—Hermana —la corté—, tendré cuidado.

Volvió a abrazarme y la dejé hacer. A aquellas alturas me daba igual que mis compañeros me vieran, era mi hermana.

—Supongo que partiremos cuando se sepa si la reina se recupera. Ahora tampoco podemos abandonar la ciudad, sería una falta de respeto.

La estreché aún más.

—Te echaré de menos, pero no estaré solo. Recuerda que Durdon estará conmigo para apoyarme.

—A Durdon lo cogeré yo cuando lo vea —exclamó enfadada y la miré sin comprender, retirándome levemente—. Se le ha escapado el contarme cómo habéis finalizado vuestra fiesta de graduación.

Sonrojé, luego hice acopio de valor y me encogí de hombros.

—A mí me ha gustado.

Puso los ojos en blanco.

—Más te hubiera gustado si lo hubieras hecho sin pagar, créeme. Estoy muy enfadada con él y también contigo.

Le besé en la mejilla y ella me dio un pequeño empujón.

—No me vengas con esas —repuso—. Y lávate, no creas que esa puta no estuvo con otros hombres justo antes de cogerte a ti.

—Lo que tú digas —accedí.

Mi hermana se marchó y la contemplé en la distancia. Ella siempre estuvo a mi lado desde que nuestra madre murió cuando era aún muy pequeño, cuidó de mí hasta que Danlos me secuestró y luego tuvo la paciencia de soportar mis insultos hasta que abrí los ojos y acepté a Dacio como su pareja.

La bruja dijo que el sacrificio por mi hermana aún estaba por llegar y, en aquel momento, cuando ella salía de la escuela, supe que fuera lo que fuera lo que tendría que hacer lo haría sin dudar si con ello protegía a Alegra.

Lluvia de cenizas

Era mediodía, el sol estaba alto en el cielo, pero un humo gris cubría la ciudad de Barnabel.

Fui destinado a patrullar las calles de los bajos fondos con el objetivo de informar sobre cualquier cadáver, abandonado en la puerta de una casa, que encontrara para que los carreteros —así llamaban los que recogían a los muertos— retiraran los cuerpos.

No los tocaba, ni siquiera me acercaba a ellos, únicamente tocaba un silbato y los carreteros ya sabían dónde dirigirse para hacer su trabajo. Los cargaban en grandes carros, apilados uno tras otro, en ocasiones lanzaban a los muertos como sacos de patatas. No tenían miramientos con nadie salvo con aquellos en los que algún familiar del fallecido esperaba al lado del cuerpo a que fuera recogido, y esos casos raramente se daban, nadie quería estar cerca de un apestado, aunque estuviera muerto y fuese un hijo.

El riesgo a ser contagiado estaba presente. En ocasiones, encontré a los apestados, aún vivos, tirados en la esquina de un edificio sin nadie que les atendiera. Algunos, los que aún tenían fuerzas, pedían agua cuando nos veían pasar.

La mayoría de mis compañeros se apartaban de inmediato de ellos, ignorándolos, como si no existieran. Y unos pocos les ofrecíamos el agua de nuestras cantimploras, se las lanzábamos, las cogían y nos olvidábamos de recuperarlas.

En esos cuatro días, en los que esperamos las noticias sobre la recuperación de nuestra reina, varios soldados, cabos, sargentos y altos mandos cayeron víctimas de la peste. Algunos murieron el primer día, otros los restantes, y unos pocos continuaban agonizando en el monasterio de Santa Ana, lugar donde los monjes atendían a los enfermos pese a los riesgos que conllevaba, sin distinción de la clase social a la que pertenecieran.

Alec, un compañero, patrullaba a mi lado.

—Podrían incinerarlos de noche —comentó mirando la columna de humo que cubría la ciudad—. El aroma que dejan al quemarlos no es agradable y sus cenizas tampoco.

En según qué momentos caían cenizas del cielo como si de una fina lluvia se tratara.

—Incineran también de noche, pero no dan abasto. He escuchado que ya han caído seiscientos, y mil más esperan a que les llegue la muerte —respondí.

—Le pregunté a mi abuelo sobre el último brote de peste que hubo hace más de cuarenta años. Al parecer duró tres años y no hubo familia que no se viera afectada, algunas incluso desaparecieron por entero.

—Sé de buena tinta que el príncipe de Launier ha pedido ayuda a su padre para solicitar médicos elfos que puedan venir. Pero no llegarán hasta dentro de unos meses, el mensajero siquiera habrá llegado a Launier.

—Estamos jodidos.

Y tan jodidos, en cualquier momento podíamos caer como el resto de nuestros compañeros.

Continuando con nuestra guardia por las calles de Barnabel, las campanas de todas las iglesias, de la catedral, monasterios y conventos, empezaron a sonar a la vez.

Alec y yo nos miramos de inmediato, sabiendo su significado.

Se me pusieron los pelos de punta y Alec tuvo que controlar las lágrimas que amenazaron con salir de sus ojos.

La reina había muerto.

La catedral de Barnabel presentaba una base rectangular donde sus dos extremos se unían a otros dos rectángulos atravesados. Estaba hecha de piedra, con grandes columnas que se alzaban majestuosas hasta llegar al techo abovedado, y otras columnas secundarias sujetaban un primer piso apostado en los laterales de la catedral. En los suelos del edificio reposaban las tumbas de hombres proclamados santos o altos cargos eclesiásticos. Pero pocas tumbas se veían en el suelo enlosado, pues la catedral estaba abarrotada por más de mil personas que asistían al funeral de la reina de Andalen.

Nobles, ciudadanos de renombre, altos mandos militares, soldados y cadetes, hicimos acto de presencia para el funeral de la reina Irene. La elegida, junto al resto de su grupo, incluida mi hermana, ocupaban un lugar de honor en primera fila. Yo, colocado en un lateral detrás del altar, apenas podía ver como se llevaba a cabo la ceremonia, pero no me importaba. No necesitaba ver el ataúd de la reina, me conformaba con poder observar a mi hermana y al resto de los presentes.

Empezaron los cánticos funerarios alzando a los presentes de sus asientos en señal de respeto.

El senescal Aarón también se encontraba en primera fila, pero en la columna central de bancos, junto con el rey Aster y el príncipe Tristán que no pudo contener las lágrimas por más que intentó limpiarse los ojos varias veces.

Su hermano, apenas dos años más mayor que el joven príncipe y con un reino sobre sus hombros, se mantuvo serio, solo un ligero brillo en sus ojos fueron el reflejo de la pena que sentía.

Ahora, el único apoyo que tendrán será el del senescal, pensé con tristeza, pese a que sabía que Aarón era un buen hombre por comentarios de la elegida y mi hermana.

Suspiré, y miré a mi hermana. Dacio, a su lado, la miraba con rostro preocupado y fruncí el ceño, fijándome mejor en Alegra. Fue entonces, cuando me percaté de lo blanca que estaba, sus ojos estaban vidriosos y unas ojeras le cubrían toda la base de los ojos.

Dacio susurró algo a Alegra, ella negó con la cabeza y automáticamente Laranar la miró de arriba abajo. Ayla también la miró, le preguntó alguna cosa y, justo en ese instante, mi hermana se desplomó como un peso muerto.

—¡Alegra! —Grité, espantado.

Los cánticos pararon, un murmullo se alzó por toda la catedral y yo me abrí paso entre aquellos que estaban de pie esperando ver qué ocurría. Di empujones y pisé a más de uno, hubo quejas e insolencias por mi actitud, pero después de avanzar unos metros logré llegar junto a mi hermana que ya era alzada en brazos de Dacio.

—Dacio…

No esperó, se la llevó de la catedral, Ayla iba a seguirle, pero Laranar la cogió de un brazo, deteniéndola.

—¿Qué haces?

—Eres la elegida y yo el príncipe de Launier, no podemos abandonar el funeral de una reina —le advirtió. Miró a Dacio que ya llegaba a la puerta de salida—. Hay tiempo, luego iremos a ver cómo se encuentra.

Ayla, entre la espada y la pared, tuvo que volver a su sitio, pero yo quise acompañar a Dacio. Un general me detuvo, plantándose delante de mí.

—Vuelve a tu puesto —me ordenó.

—Pero… es mi hermana —repliqué.

—Y el funeral que están dando es de tu reina —su tono fue tajante.

Miré a Durdon, no había abandonado su puesto. Fue asignado como escolta del rey y el príncipe, y no se movió del lado de los dos pequeños.

El Domador del Fuego miraba dirección donde Dacio había desaparecido con Alegra. Cerró los ojos, suspirando profundamente, al abrirlos dirigió su vista a mí y con un leve movimiento de cabeza me indicó que volviera a mi sitio.

Decepcionado volví a mi puesto, escuché los cánticos funerarios, escuché el sermón del obispo, escuché las palabras del senescal y acompañé a la difunta reina hacia el panteón real donde reposaban los grandes reyes de Andalen.

Cuando todo acabó, fui dispensado por Durdon, siendo libre.

Al llegar a la habitación de Alegra, encontré a Laranar esperándome en el exterior. Al verme llegar me miró a los ojos, serio, y dijo:

—Tu hermana tiene la peste, lo lamento.

Quedé petrificado, quieto y tieso en medio del pasillo. Por unos segundos dejé incluso de respirar, luego solté el aire de mis pulmones en un gemido.

Mi hermana era lo único que me quedaba en la vida, lo único.

—Está despierta y ha preguntado por ti —continuó el elfo—. Entra, no te preocupes por tus obligaciones, me encargaré personalmente que te dispensen de tus labores de soldado el tiempo que haga falta.

El tiempo que haga falta, pensé en sus palabras. *El tiempo que tarde mi hermana en morir.*

Intenté controlar el llanto llevándome una mano a la boca para que no se escucharan mis gemidos, pero mis ojos empezaron a llorar inevitablemente.

—Hay quien sobrevive —intentó darme fuerzas Laranar poniendo una mano en mi hombro izquierdo en un gesto de apoyo—. Es una chica fuerte y bien alimentada, quizá se salve.

—Los Dioses te escuchen —murmuré.

Me dirigí a la puerta, suspiré profundamente y la abrí pasando al interior.

La imagen de Alegra postrada en una gran cama fue lo primero que vieron mis ojos. Su semblante era tan blanco como la nieve y su cuerpo temblaba a causa de la fiebre. Dacio estaba junto a ella, sentado en una silla, velándola, sosteniéndole una mano como si de esa manera la mantuviera con nosotros.

Me acerqué y la miré, sin saber qué hacer para ayudarla.

A la fiebre y los escalofríos se le añadían unos horribles bubones en las cervicales. Le retiré el cabello para verlos mejor, eran de un color azul negruzco.

—También tiene en axilas e ingles —dijo el mago con voz rota—. Ayer ya no se encontraba bien, pero insistió esta mañana en ir al funeral. No sabía que tenía la peste, me lo ha ocultado.

Le miré, todo él estaba destrozado por el dolor que sentía. Amaba a mi hermana de verdad, en aquel momento no tuve ninguna duda de ello. Durante un tiempo le odié por ser el hermano de Danlos y desconfiaba de cualquier cosa que me dijera, pero luego entendí que nada tenía que ver con el mago oscuro y acabé aceptándolo en cierta manera.

En ese instante, me di cuenta de lo injusto que fui con él.

—Se pondrá bien —dijo convenciéndose a sí mismo, no creyendo lo que estaba sucediendo—. Es fuerte, vivirá.

Volví mi atención a Alegra. Conocía a muchos soldados fuertes y sanos que murieron en apenas tres días después de una lucha agonizante con la muerte.

Me senté en el borde de la cama y Alegra abrió los ojos.

Sonrió al verme y le cogí de la mano que le quedaba libre.

—Estás aquí —me reconoció.

—Claro, no voy a abandonarte.

—Debes irte, puedes contagiarte —me avisó.

—Nunca te abandonaré.

Alegra miró a Dacio.

—Haz que se vaya —le pidió—. No quiero que muera como yo.

—No morirás —le dijimos Dacio y yo a la vez.

Cerró los ojos, volviéndose a dormir.

Dacio rompió a llorar.

—Es una cabezota —dijo como si estuviera enfadado—. No estaría así si se hubiese vinculado a mi magia, o por lo menos hubiésemos ido a Launier.

—¿Vinculado? ¿Qué quieres decir?

—Hace tiempo le propuse vincularla a mi magia para que se hiciese inmortal, pero siempre me ha respondido con evasivas. Si hubiese aceptado, no habría caído enferma.

Miré el rostro de mi hermana, fruncía el ceño a causa del dolor. En apenas uno o dos días le costaría respirar y tendría apneas, hasta que finalmente diera su último aliento.

—No lo entiendo, ¿por qué se iba a negar?

Dacio me miró durante unos breves segundos.

—Por ti —respondió al fin.

—¿Por mí? —Pregunté incrédulo.

—Tú eres el motivo por el que Alegra siempre ha rechazado la inmortalidad. No quiere vivir en un mundo donde vea envejecer a su hermano hasta la muerte. Dice que la inmortalidad es ver como todo el mundo muere mientras algunos seguimos siendo jóvenes hasta la eternidad. No está segura de querer vivir si no te tiene al lado.

—Eso es absurdo —dije con una nota de indignación levantándome de la cama—. ¿Por qué nunca me lo has dicho? La hubiese convencido para que aceptara la inmortalidad. Que yo muera hoy o dentro de cincuenta años no cambia nada, debe hacer su vida y yo la mía. Y la vida de mi hermana es contigo, si tú puedes ofrecerle la inmortalidad dásela.

—Ahora no puedo —dijo con impotencia—. No puedo vincular mi magia con la energía de Alegra, si no está sana por completo. La mataría en el acto, pues debo absorber toda su energía al tiempo que la lleno con la mía, mi organismo automáticamente la rechazará al notar la peste en ella. Lo único que conseguiré es que muera más deprisa.

Miré a Alegra. Me dieron ganas de gritarle, de decirle que ya no era un crío al que tuviera que cuidarme y que tendría que haber aceptado la inmortalidad que le ofreció Dacio en su momento. Pero en vez de eso rompí a llorar con más ganas.

—Aarón me ha ofrecido uno de los médicos reales, pero me he negado a que la atiendan —dijo mientras lloraba—. Esos médicos la matarán más deprisa si les dejamos hacer. Practican sangrías a la gente enferma, creen que así purifican el cuerpo liberándolos de la peste, pero lo que hacen es debilitar a los enfermos. Laranar es de mi misma opinión, él conoce plantas que pueden ayudarla y ha mandado que se las traigan. Le limpiaremos los bubones con las infusiones y la cuidaremos, se recuperará…

Se le quebró la voz y ya no pudo continuar hablando.

El cansancio hizo que horas después me quedara dormido en el suelo, con la cabeza apoyada en la cama de Alegra y una mano sujetándole la suya.

Al caer la noche, Laranar me zarandeó para que despertara y miré de inmediato a mi hermana.

—Debes dejarme espacio, debo atenderla —me pidió el elfo.

Me aparté de inmediato, tambaleante, aún dormido. Dacio ya se había alzado para ayudar a Laranar.

Le quitaron el camisón con que la acostaron.

—Salgo a tomar el aire —dije en cuanto vi el cuerpo de Alegra cubierto por bubones negros en cervicales, axilas e ingles. Una imagen que nunca olvidaría.

Salí del castillo y fui directo a los jardines, a una zona oculta por grandes robles. En uno de aquellos árboles descargué mi ira, mi rabia, dando puñetazos al tronco de un gran roble. Solo me detuve cuando mis nudillos sangraron.

Me dejé caer al suelo llorando con más ganas.

—Te entiendo —dijo una voz.

Al alzar la cabeza y mirar detrás de mí, encontré la figura de alguien bajito, observándome a unos metros de distancia. En cuanto se acercó me di cuenta de que era un niño, pero no un niño cualquiera, era el rey de Andalen.

—Majestad —dije abriendo los ojos—. ¿Qué hacéis aquí?

—Llorar, como tú —admitió—. Mi madre acaba de morir, ¿recuerdas?

—Siento su pérdida —respondí de inmediato—. Yo perdí a la mía cuando apenas era un bebé y a mi padre cuando tenía más o menos su misma edad.

El rey suspiró.

Me alcé del suelo.

—Os acompañaré al castillo —me ofrecí.

—No —respondió—. Aquí hay silencio, no quiero escuchar los llantos de mi hermano, y tampoco ver a Aarón.

—¿El senescal? ¿Por qué?

—No dejó que me despidiera de ella —dijo enfadado—. Solo la pude ver una vez.

—Majestad, seguro que lo ha hecho para que no recordéis a vuestra madre agonizando y para protegeros de esa terrible enfermedad. Si vos murierais, vuestro hermano pequeño se quedaría solo en el mundo.

Unas lágrimas empezaron a resbalar por sus mejillas aunque intentó limpiárselas rápidamente, con rabia. Recordé que en el funeral de la reina no derramó ni una sola lágrima.

Me aproximé a él y puse una mano en su hombro de forma comprensiva. El rey Aster me miró.

—Perdonadlo —le aconsejé—. Es lo único que os queda a vos y a vuestro hermano.

Me abrazó para sorpresa mía y respondí a su abrazo notando como descargaba un mar de lágrimas que contuvo durante los últimos días.

Una vez se tranquilizó lo acompañé al interior del castillo.

—Gracias —dijo deteniéndose cuando vimos al senescal dirigiéndose a nosotros con paso acelerado—. Espero que tu hermana se salve.

—Os agradezco vuestro interés, majestad —respondí.

—Aster —lo llamó Aarón en cuanto llegó a nuestra altura—, sabes que no debes salir solo por la noche.

El chico agachó la cabeza y Aarón se acercó a él, le abrazó y le dio un beso en el pelo.

—Gracias por traerlo, —me agradeció el senescal sin dejar de abrazar al rey.

Incliné levemente la cabeza y se marcharon dirección a los aposentos del pequeño rey.

Sí, amo

Cerré la puerta de la habitación de mi hermana, desesperanzado.

Mis ojos estaban anegados en lágrimas, mis piernas temblaban y un nudo en el estómago no me dejaba dormir ni comer.

Me acerqué al ventanal del pasillo, ubicado enfrente de los aposentos de Alegra, y miré el cielo. Era de noche, la luna estaba en su cuarto creciente y las estrellas eran tapadas por un espeso humo de aquellos que no dejaban de incinerar.

Suspiré, intentando calmarme. Me limpié los ojos con la manga de mi jubón y apoyé mi frente en el frío cristal del ventanal observando los jardines del castillo.

Habían pasado dos días desde que Alegra cayó enferma y cada vez estaba peor, le costaba respirar, deliraba y los bubones que le cubrían el cuerpo no remitían, al contrario, se hacían más grandes y más numerosos. Daba la sensación que algunos salían encima de los propios bubones ya existentes.

Laranar intentaba por todos los medios drenar aquellas llagas que supuraban pus y olían a podredumbre. Pero no lograba nada con aquello salvo hacerla sufrir más. Y el elfo, viendo los resultados, aconsejó no hacerla padecer más.

—Probablemente no pase de esta noche —sentenció el elfo apenas diez minutos antes.

No pude quedarme y ver cómo moría mi hermana, así que abandoné la habitación después de besar la frente ardiente de Alegra.

Y allí estaba, a cinco metros de la puerta de la habitación de mi hermana esperando que Dacio o Laranar salieran para darme las malas noticias. Quizá fuera un cobarde por no estar presente en sus últimas horas. Pero estar o no estar no cambiaría nada, ya que Alegra llevaba más de diez horas sin despertar, solo sufriendo. No era consciente de quién le acompañaba y quién no.

—¡Ojalá hubiera ido con ella a Launier! —Grité en una agonía, dejándome caer de rodillas en el suelo—. Alegra, lo siento. Estás así por mi culpa.

Yo puedo salvar a tu hermana si quieres, escuché de pronto y alcé la cabeza mirando a lado y lado del pasillo, *solo deberías hacer una pequeña cosa por mí.*

Sentí un escalofrío recorrer toda mi espalda y apreté las manos en puños, intentando mantener el control, pero lo cierto era que el pánico me invadió y empecé a temblar de pies a cabeza.

—Danlos —reconocí.

Su risa resonó por todo el pasillo.

Vi un movimiento en la lejanía, una figura escondida entre las sombras del pasillo.

Sujetándome a la pared logré ponerme en pie y me dirigí como el cachorro que siempre fui en busca de mi amo.

—Amo —le llamé, en cuanto estuve junto a él.

Danlos sonrió, en una mezcla de satisfacción y orgullo por ver que continuaba siéndole sumiso. Agaché la cabeza, rendido ante él.

—¿Cómo han ido las vacaciones? —Me preguntó cruzado de brazos.

Me atreví a alzar la vista hasta sus ojos viendo el rostro de Dacio en la cara del mago oscuro. Ambos eran hermanos y su parecido era asombroso, pese a llevarse casi un siglo de edad.

—¿Cómo puede salvar a mi hermana? —Quise saber, era la única razón por la que aún no había desenvainado a Bistec, mi espada.

—Muy sencillo, tengo la medicina —respondió como si tal cosa.

—Nadie tiene la medicina, ni siquiera los sanadores de Mair han encontrado una cura o un tratamiento efectivo que pueda reducir el número de muertos —respondí, receloso.

Danlos alzó un pequeño frasco sujeto entre dos de sus dedos, dentro un líquido de color azul oscuro se balanceó.

—Los sanadores de Mair tienen la cura de la peste, el problema es que ellos siguen las reglas y yo no.

—Pero…

—Cuando aún era aprendiz logré leer una página del libro de la noche, el libro donde está escrita toda la magia negra que puede existir. Y en esa página se explicaba cómo crear un brote de peste.

Abrí mucho los ojos y él rio con más ganas.

—Sí, Edmund, yo soy el causante de la peste. Todos los que han caído ha sido gracias a mí, incluida tu hermana.

La furia corrió por mis venas, temblé de rabia e ira, y sin saber en qué estaba pensando, me abalancé sobre el mago oscuro con la intención de matarle.

Evidentemente, solo logré recibir un puñetazo, una descarga eléctrica que hizo que me desplomara en el suelo y una patada en la cara partiéndome el labio inferior.

—Ahora, escucha, no hay tiempo —dijo con una de sus botas encima de mi pecho—, de la misma manera que sé propagar la peste, sé curarla —volvió a agitar el frasquito del líquido azul—. Te lo daré a cambio del colgante de los cuatro elementos.

Abrí mucho los ojos.

—La vida de tu hermana por el colgante, ¿qué me dices?

—Lo planeaste todo desde el principio —entendí.

—Por supuesto —afirmó—. Creíais que te utilizaría y eso estoy haciendo, siento que no sea de la manera que esperabais.

Apartó su bota de mi pecho y pude incorporarme, alzándome del suelo.

—¿El antídoto a cambio del colgante? —Quise cerciorarme.

—Y que vuelvas conmigo a Creuzos.

El sacrificio, recordé pensando en la bruja que predecía el futuro, *ese es el precio a pagar por proteger a mi hermana una vez más*.

Me limpié la sangre que caía por mi mentón con la mano.

Si le daba el colgante de los cuatro elementos todo el mundo sucumbiría ante él. ¿Qué derecho tenía a salvar una única vida si ponía en riesgo millones?

—Alegra no aguantará mucho —dijo Danlos mirando dirección donde se encontraba su habitación—. Una hora, quizá dos.

Balanceó el frasquito una vez más delante de mí.

Los ojos se me llenaron de lágrimas ante el dilema que me planteaba el mago oscuro. ¿Qué hacía? ¿Salvar a Alegra? ¿Proteger Oyrun? ¿Convertirme en un traidor?

—El colgante lo tiene la elegida —repuse—. No sé cómo quitárselo.

—Estoy seguro de que encontrarás la manera, la elegida confía en ti. Créeme, será más fácil de lo que piensas.

—Quiero el antídoto primero —condicioné.

Danlos sonrió.

—Primero el colgante, luego te doy el antídoto y el tiempo suficiente para que se lo administres a tu hermana y veas que se recupera. Luego, de vuelta a Creuzos.

Vacilé, ¿y si me engañaba y no me lo daba? ¿O si el antídoto era una farsa y Alegra no se recuperaba? ¿Cómo podía estar seguro?

—Tienes mi palabra —dijo, serio, Danlos—. Te daré el antídoto una vez me des el colgante.

La palabra de un mago oscuro no valía nada, pero no sacaría nada mejor que aquella promesa.

—Está bien —accedí.

—Está bien, ¿qué?

—Está bien, amo —corregí.

Pero algún día me vengaré, pensé.

Piqué en la puerta de la elegida y a los pocos segundos se abrió.

Ayla estaba en camisón, bien despierta, daba la sensación que no había dormido durante días teniendo cara de cansada.

—¿Es Alegra?

—No —negué con la cabeza y ella suspiró aliviada llevándose una mano al pecho. Me fijé que llevaba el colgante puesto—. Quería hablar contigo, ¿puedo pasar?

—Sí, claro —abrió la puerta al completo y entré en su habitación—. ¿Qué te ha pasado en el labio?

Lo toqué instintivamente.

—Un golpe sin importancia. Siento molestarte tan tarde —me disculpé—. Pero necesito hablar con alguien, mi hermana no durará hasta mañana.

—Siento no poder estar con tu hermana, me gustaría, pero Laranar… —suspiró—. Se niega a que esté con algún infectado por la peste aunque se trate de Alegra. Y yo… te seré sincera, también me da miedo.

Se llevó una mano a la barriga, luego la bajó.

—Hacéis bien —respondí sinceramente—. Aún estás a tiempo de salvarte, a diferencia de mi hermana.

—Yo creo en los milagros —dijo llenando un vaso de agua—. Toma, es lo único que puedo ofrecerte.

—Gracias —lo cogí y empecé a beber, no me di cuenta hasta ese momento de la sed que tenía y agradecí enormemente el agua en mis labios, boca y garganta—. ¿De verdad crees en los milagros?

—Sí —contestó ofreciéndome una silla y sentándose ella en otra, recostando los brazos en la mesa circular que disponía su habitación—. Si no existiesen no estaría hablando contigo en este momento.

La miré sin entender.

>>He estado al borde la muerte infinidad de veces, pero milagrosamente he salido viva y de una pieza —forzó una sonrisa, pero no le llegó a los ojos—. Alegra es mi mejor amiga aquí en Oyrun, no quiero que muera, y rezo para que se haga un milagro.

—¿Y si los milagros los tuviéramos que hacer nosotros? —Le pregunté.

—No sé cómo —respondió mirándose las manos, luego alzó sus ojos hasta los míos—. Pero si hubiera una manera lo haría sin dudar.

El corazón se me contrajo. Sus ojos verdes continuaron mirándome durante unos segundos más. Luego se alzó y se dirigió a la puerta de cristal que daba a una terraza de su habitación, pasándose una mano por las mejillas, pues pequeñas lágrimas circularon rostro abajo.

Allí, con la luna alta en el cielo y la elegida mirándola, desesperanzada, tuve claro lo que debía hacer.

—Gracias, Ayla —susurré sin que pudiera escucharme.

Me alcé de mi asiento, desenvainé mi espada lentamente, la alcé y con un golpe seco en la nuca, utilizando la empuñadura de *Bistec,* la dejé inconsciente.

La sostuve antes que cayera al suelo y la llevé a la cama. Allí la arropé, le acaricié la frente y lloré.

—Perdóname —le pedí entre sollozos—. ¿Pero qué otra cosa puedo hacer?

Le robé el colgante de los cuatro elementos y miré aquella arma, la más poderosa del mundo, temblando en mi mano. En cuanto Danlos la tuviera, Oyrun estaría acabado.

Me alcé con las piernas temblando dirigiéndome a la puerta, pero me detuve en el último momento, volví a mirar a la elegida, tendida en la cama, volví a mirar el colgante, intenté limpiarme los ojos con la manga de mi jubón sin demasiado éxito. Mis ojos continuaban anegados en lágrimas.

¿No hay otra solución? Pensé, *¿seguro que no hay otra?*

Todos morirían a fin de cuentas si Danlos lograba el poder del colgante o serían esclavos del mago oscuro, y eso incluía a mi hermana.

Ayla quedará indefensa ante Danlos, pensé, *por eso no me ha pedido que la mate, quiere hacerlo él mismo.*

Fruncí el ceño, la elegida muerta. Ayla muerta.

Aquel pensamiento, por algún motivo, fue más doloroso que ver a mi hermana víctima de la peste. Y entonces me di cuenta del motivo.

Regresé junto a la elegida y la observé.

—No voy a dejarte indefensa —le dije—. Nunca, eso jamás me lo perdonaría.

Dejé el colgante en el suelo, volví mi espada y con la empuñadura le di un buen golpe. El colgante se rompió en ocho trozos, uno de ellos de apenas un centímetro. Cogí ese y se lo puse en la mano de Ayla cerrándola en un puño.

>> Así, podrás hacerle frente.

Rompí sus sábanas de seda y envolví con un retal los otros siete fragmentos del colgante.

Solo espero que Danlos no se dé cuenta, pensé.

Volví a alzarme, miré a Ayla, me incliné y le di un beso en los labios.

—No mueras —le pedí en un susurro —. Te quiero.

Y allí, inconsciente, la dejé en su habitación con el corazón destrozado por traicionar a la persona que más quería en el mundo.

A la única mujer que jamás podría ser mía.

Danlos esperaba impaciente donde le dejé y al verme frunció el ceño.

—Has tardado —me regañó.

Me limité a enseñarle el colgante dividido en siete trozos que no dudó en coger ni por un segundo.

—Bien hecho —dijo observándolo atentamente—. Aquí tienes.

Me lanzó el frasquito que contenía la medicina para mi hermana y lo cogí al vuelo. De momento, no se dio cuenta de que un fragmento insignificante no estaba aún en su poder y aquello era la única baza que le quedaba a Ayla y al mundo entero para derrotarle algún día.

>>Date prisa en volver.

No perdí tiempo, di media vuelta y corrí a la habitación de mi hermana.

Al llegar, solo Dacio se encontraba en la estancia.

Resultó duro verle en ese preciso instante, sujetando la mano de mi hermana con el rostro cubierto de lágrimas. Era como ver a Danlos en cierta manera.

Sentimientos encontrados me embargaron en ese momento. Por un lado odiaba profundamente al mago oscuro, por otro, estaba Dacio que siempre se comportó de forma amable conmigo.

—¿Y Laranar? —Le pregunté observando a mi hermana, inconsciente.

No le quedaba mucho.

—Le he pedido que se marchara, quiero estar a solas con ella —me contestó sin mirarme, únicamente tenía ojos para Alegra.

—Dacio, he hecho algo terrible —confesé, necesitaba explicárselo a alguien y de todos, él era el que mejor me entendería—. Lo he hecho por Alegra.

Me miró en ese momento y se percató de mi labio partido.

—¿Qué has hecho?

—Si tuvieras una oportunidad, solo una de salvarla, ¿lo harías? —Le pregunté desesperado.

La miró unos breves segundos y luego volvió su vista a mí.

—Daría mi vida por tu hermana —respondió sin ninguna duda, levantándose de la silla donde estaba sentado.

—¿Y condenarías Oyrun?

—¿Qué has hecho? —Insistió, cada vez más serio.

Me senté en el borde de la cama de Alegra, abrí el frasquito de la medicina e hice que mi hermana lo tragara sin derramar una sola gota de su contenido.

Observé a Alegra atentamente.

Los segundos pasaron.

Vamos, vamos, recé, *tienes que ponerte bien, acabo de darle el colgante a Danlos. No te puedes morir ahora.*

De pronto empezó a respirar con más facilidad y el color pálido de su piel se tornó sonrosado. Su expresión se volvió más relajada y todo su cuerpo se relajó como si el dolor que le producían los bubones desapareciera poco a poco.

Le tomé la temperatura, la fiebre le bajaba.

—Se pondrá bien —dije rompiendo a llorar—. Alegra, se recuperará.

Me limpié los ojos de lágrimas rápidamente, a Danlos no le gustaba ver a la gente llorar. Para él era una muestra de debilidad y podía recibir una paliza por ello.

—¿Qué le has dado? —Me preguntó Dacio sorprendido, acercándose a Alegra hasta casi echarse encima de ella.

Le tomaba la temperatura con ambas manos sin acabárselo de creer.

—¡Se recupera! —Exclamó entre un llanto de alegría incontrolable, luego empezó a reír aun cuando las lágrimas continuaban bajando por sus mejillas.

Me abrazó, eufórico por la emoción.

—Dile que la quiero —le pedí con voz estrangulada. Se retiró al escucharme—. El precio a pagar era que regresara a Creuzos.

Abrió mucho los ojos, entendiendo en ese instante de dónde saqué la medicina que le devolvía la vida a Alegra.

—No —dijo estupefacto, luego negó con la cabeza—. Era lo que estábamos esperando. Hay que avisar de inmediato a Ayla para…

—Ayla está inconsciente en su habitación —le corté y apreté los dientes—. He tenido que darle también el colgante. Lo siento.

Quedó literalmente con la boca abierta.

—Se trata de mi hermana —intenté justificarme—. ¿Qué otra cosa podía hacer?

Dacio quedó en estado de *shock*, mirando a Alegra, a mí, a los lados, a la puerta donde seguramente Danlos me esperaba al otro lado para llevarme de vuelta al país oscuro.

—¿Le dirás que la quiero? —Le pregunté cogiéndole de los hombros, evitando que fuera a por Danlos, no dándole la opción de pensar en esa alternativa—. Por favor, dile que lo he hecho por ella.

—Pero…

—Dile también que se vincule a tu magia —dije más serio—. Debe hacerse inmortal, da igual que yo muera mañana o dentro de unos años, ella debe vivir si su pareja es inmortal y tiene esa opción.

—No puedo dejarte marchar —respondió—. No puedo dejar que vuelva a secuestrarte.

—Sabes que Danlos es más poderoso que tú, te matará antes de poder hacer nada y he hecho un trato. La vida de Alegra por el colgante y que yo vuelva a Creuzos.

Le solté y me dirigí a Alegra. Al retirarle el cabello a un lado comprobé que los bubones del cuello se empequeñecían por momentos.

—Te quiero —le susurré, me incliné y le di un beso en la frente—. Sé feliz por los dos.

Al alzarme, Dacio me miraba todavía estupefacto.

—Cuídala —le exigí—. No creas que me es fácil dejarla en manos de… —suspiré—. Déjalo, a quién quiero engañar, sé que la cuidarás. Y te pido perdón por cómo te traté al principio de conocerte, fui injusto contigo.

Asintió, sin poder articular palabra y cuando pasé a su lado para alcanzar la puerta donde se encontraba mi destino me cogió de un brazo, deteniéndome.

—Mataremos a Danlos —dijo mirándome a los ojos—. Y volverás a ser libre.

Sonreí sin muchas esperanzas y abandoné la habitación.

Nada más cerrar la puerta una figura oscura me esperaba en el ventanal donde una hora antes lloraba la inminente muerte de mi hermana.

—¿Ya está? —Preguntó Danlos.

—Sí, amo —dije a regañadientes.

—Bien —puso una mano en mi hombro—. Paso in Actus.

Me trasladó a Luzterm, la capital de Creuzos, en un abrir y cerrar de ojos.

La libertad, nuevamente, me fue arrebatada.

AYLA

Un único fragmento

Escuché que alguien me llamaba, me cogía de los hombros y me zarandeaba. Abrí los ojos una vez para volverlos a cerrar. La cabeza me dolía. ¿Qué había ocurrido?

—Ayla, vamos, —aquel era Dacio, reconocí su voz.

Volví a abrir los ojos, tenía la vista borrosa, pero distinguí su cabello alborotado.

—¿Dacio? —Conseguí preguntar, muy aturdida—.¿Qué…?

—¿Estás bien?

Tardé unos segundos en poder ver bien y me llevé una mano a la nuca notando una punzada de dolor. Toda la cabeza me dolía.

—¿Qué ha ocurrido? —Logré preguntar, sentándome levemente en la cama—. Estaba hablando con Edmund sobre… —abrí muchos los ojos y le miré—. ¿Alegra?

—Se encuentra bien, tranquila —respondió, acto seguido hincó una rodilla en el suelo y bajó la cabeza como si se sometiera ante mí—. Ayla, perdónanos.

—Pero… Levántate, ¿qué haces?

Alzó un instante la cabeza para mirarme —tenía los ojos rojos de haber llorado durante días— luego volvió a bajarla.

—Edmund te ha robado el colgante para salvar a Alegra y volver a Creuzos con mi hermano. Vuelve a ser su rehén.

Abrí mucho los ojos e instintivamente me llevé una mano al cuello.

No estaba, el colgante ya no colgaba de mi cuello.

Pero algo más ocurrió, noté algo caer en las sábanas de mi cama y lo cogí.

—Una esquirla —identifiqué.

Dacio alzó la vista entonces y lo miró sorprendido. Yo le miré a él.

>>¿Sabías que iba a quitármelo?

—No —dijo de inmediato—. Lo juro.

—¿Alegra se pondrá bien? —Quise saber.

—Se encuentra perfectamente en su habitación, no ha venido porque está hundida al saber que Edmund vuelve a ser esclavo de Danlos.

Suspiré. Por lo menos ella se había salvado y sentí un alivio infinito ante ese hecho.

—Levántate, Dacio. No has hecho nada para que tengas que arrodillarte ante mí.

—Pude evitar que se lo llevara, pero no lo he hecho —dijo culpable.

—Te habría matado.

Apretó los dientes, sus ojos lloraron y desvió su vista al suelo.

—Si Danlos me hubiera pedido el colgante a mí en vez de a Edmund, quizá… hubiera obrado igual que el muchacho.

Hubo un momento de silencio entre los dos, Dacio lloraba, nunca le vi llorar y me sorprendió.

>>Ayla, por favor, perdóname. Ni siquiera he avisado a Laranar, le pedí que se marchara cuando vi que Alegra moría. Quizá está con Raiben en alguna sala del castillo, pero no he querido buscarlo, primero quería hablar contigo a solas, suplicar tu perdón.

Volví a pasarme una mano por la cabeza, la jaqueca era terrible. Pensé en ese momento en el bebé y me toqué entonces la barriga.

Estará bien, pensé, *el golpe ha sido en la cabeza.*

Miré el fragmento, lo único que me quedaba para defenderme de Danlos y Bárbara.

Todo cuanto había pasado el último año, sobreviviendo para proteger el colgante no había servido absolutamente para nada. Pude odiar a Edmund por ello, pero lo único que sentí fue lástima por él. Tuvo que ser muy difícil para el muchacho traicionarme después de todo por lo que pasamos juntos. De no ser por él a esas alturas estaría muerta.

Miré al mago, estaba destrozado.

—Dacio, por favor, levántate —continuaba con una rodilla hincada en el suelo—. Te perdono.

Alzó la vista de nuevo e hice un esfuerzo por levantarme de la cama. Él se alzó al verme tambalear y me sostuvo de un brazo.

>>Alegra sigue viva, es lo que importa y aún tengo una esquirla.

Me abrazó, entonces. Dejando caer las últimas lágrimas por sus mejillas.

—Gracias, Ayla —me estrechó más contra él—. Muchas… —se tensó de golpe y noté que algo extraño ocurría.

Su magia me invadió inesperadamente, la presencia de Dacio se infiltró en mi interior y acto seguido los latidos del corazón de alguien, ¡de mi hijo! Se escucharon claramente en mi cabeza.

Me retiré de inmediato de Dacio, mirándole asustada. El mago me miraba con los ojos como platos.

—Ni una palabra —le exigí.

—Estás embarazada —dijo dando un paso atrás—. Pero… ¿cómo?

—¿A ti qué te parece? —Dije seria—. Laranar aún no lo sabe, quería esperar a que Danlos o Bárbara se dieran a conocer, puedo combatir.

—Insensata —dijo muy serio—. ¿No te das cuenta de que debes estar al cien por cien para enfrentarte a mi hermano?

—Estoy embarazada, no enferma.

—Eso da igual —respondió negando con la cabeza—. ¿Y si te mareas en el momento menos apropiado? ¿O recibes un golpe en el estómago? Danlos aprovechará cualquier debilidad para matarte. Hay que ser más rápido que él.

—Lo sé, pero no quería retrasar la misión.

Frunció el ceño.

—Si no querías retrasarla haber puesto medios.

Apreté los dientes.

—¡No sabes nada! —Respondí muy enfadada—. ¿Sabes que en Tarmona dejé de tener el periodo por lo mal que me encontraba? La sanadora Virginia me prohibió tomar cualquier infusión para la luna de sangre. Así que… —abrí los brazos en un gesto de impotencia— nos arriesgamos, jamás creí que me quedara embarazada de verdad. Pero ha ocurrido y ya no puedo hacer nada por evitarlo, pienso tenerlo.

—No sabía que no sangrabas como mujer —dijo algo avergonzado por tener que hablar de esos temas —. Perdona, no tengo derecho a criticarte después de lo ocurrido con Alegra.

—Bien —me crucé de brazos—. El tiempo que pasé en Tarmona secuestrada por Urso me dejó más que un cuerpo lleno de cicatrices y una pulmonía que casi me lleva a la muerte. Saber que puedo tener hijos ha sido un alivio para mí.

—Pero no va a ser fácil —dijo negando con la cabeza—. Laranar debe saberlo cuanto antes, debemos llevarte a Launier con premura. Y mentalízate con el revuelo que se va a alzar, no solo en Launier sino en todo el mundo.

—Lo sé, pero de momento ni una palabra a nadie. Quiero esperar a salir de la ciudad para darle la noticia a Laranar.

—Está bien —asintió y miró por detrás de mí, poniéndose aún más serio—. Que desgraciado es mi hermano.

Al volverme y seguir la mirada de Dacio vi que miraba la luna a través de la ventana de mi habitación.

Ambos nos acercamos al ventanal y miramos consternados como la luna en su cuarto creciente se había tornado roja como la sangre. Era la señal que utilizaban los magos oscuros para indicar una victoria.

Miré la esquirla que aún me quedaba, luego cerré la mano en un puño y miré la luna roja que se mantendría con aquel color durante un ciclo lunar entero.

—Aún no has ganado, Danlos. Me queda un fragmento.

Traidor

Aarón al enterarse de la noticia de la pérdida del colgante a manos de Edmund —soldado de Andalen— no tuvo más remedio que declarar al chico traidor.

Alegra se desmoronó, su tez era pálida, pero no por la peste, milagrosamente se había recuperado en apenas una noche. Pero conocía de sobra el significado de traidor, su hermano estaba condenado por Andalen y eso se extendía por defecto al reino del Norte. En caso de que algún día fuera liberado de Danlos le decapitarían fuera donde fuera del reino de los hombres.

Laranar me explicó que la traición también se condenaba en su país con la muerte y que era el propio rey quien ejecutaba al posible traidor. Mair y Zargonia estaban en la misma situación. Todos los países de Oyrun condenaban a los traidores a muerte y todos ellos, aliados, debían entregar a dicho traidor al país afectado.

—Edmund morirá en el mismo momento que sea libre —me susurró Laranar al escuchar la sentencia de Aarón en la sala de audiencias, abarrotada de gente—. Su única salida será huir al desierto de Sethcar, donde escapan todos los traidores si tienen oportunidad.

No pude responderle, pensar en Edmund como un traidor me encogía el alma. Gracias a él continuaba con vida, ¿cómo verle como un traidor?

Laranar me miró a los ojos, alzó una mano y me limpió una lágrima traicionera que caía por mi mejilla.

—Lo lamento —dijo con sinceridad—. Sé que le tenías aprecio.

Pese a su enfado con Edmund por haberme dejado inconsciente y robarme el colgante, Laranar era consciente que gracias a él me tenía a su lado y por ese motivo perdonó al chico.

—La que me preocupa ahora es Alegra —respondí, mirándola al lado de Dacio. Toda ella temblaba.

—Es fuerte, lo superará.

Pero tardaría en hacerlo. Viéndola descompuesta por la situación supe que necesitaría más de un día para asimilar lo ocurrido.

Acaricié mi barriga, quizá un descanso nos iría bien a todos, me sentía agotada, sin fuerzas.

—Ayla —Laranar me sostuvo entre sus brazos al notar que me mareaba—. ¿Estás bien?

—Sí —logré mantenerme en pie, pero sin dejar de ser sostenida por mi protector—. Necesito descansar, la cabeza aún me duele.

—¿Estás segura de que solo es la cabeza? —Preguntó más que angustiado.

Le miré a los ojos y sonreí.

—No es la peste, tranquilo. Pero debemos partir cuanto antes a Launier.

—En cuanto te repongas.

Y así fue, esa misma tarde nos despedimos de Aarón, el rey y el príncipe, aún afectados por la reciente muerte de la reina.

—Sé fuerte —le susurré al oído—. Tienes a dos hijos a los que cuidar.

Aster y Tristán eran hijos de Aarón, no del difunto rey Gódric. Durante años el que la reina tuviera un amante se mantuvo en secreto, solo Laranar y yo conocíamos la verdad.

El senescal me estrechó más contra él, amó a la reina en vida y seguiría amándola en su muerte.

—Gracias, Ayla —respondió en un susurro parecido.

Unos caballos nos fueron ofrecidos a cada miembro del grupo para hacer más ameno el viaje hasta el país de los elfos. Y dos horas más tarde llegamos al bosque de hayas que se encontraba más próximo a la ciudad de Barnabel dirección Launier.

El primer y segundo día los dejé pasar, la situación en el grupo no era ni mucho menos alegre, pues la Domadora del Fuego estaba hundida en su propia tristeza.

—Recuperaremos a Edmund tarde o temprano —le dije el tercer día al iniciar la marcha.

—¿De qué servirá? ¿Para ejecutarle? Debí morir, era mi destino. Edmund seguiría libre y tú tendrías más posibilidades de vencer a los magos oscuros si aún tuvieras el colgante al completo, no un triste fragmento.

—Pienso matar a Danlos y Bárbara aunque solo me quede una esquirla, puedes estar segura. En cuanto a Edmund, Dacio es rico, tú misma me lo comentaste, si finalmente debe huir al desierto de Sethcar estoy convencida que vivirá a cuerpo de rey.

No respondió, se limitó a acelerar la marcha en cuanto unas nuevas lágrimas cubrieron sus ojos.

Al mediodía, nos detuvimos cerca de un arroyo y Laranar me indicó que le acompañara apartándonos unos metros del campamento.

—¿Qué ocurre? —Quise saber, viendo que sus intenciones no eran precisamente las que creía al no escoger un lugar donde poder ocultarnos de miradas indiscretas mientras hacíamos el amor.

—Nada —dijo sacando dos espadas de madera de una bolsa que llevaba en sus manos. Me lanzó una que cogí en un acto reflejo—. He creído que podríamos practicar. Desde que te secuestraron no has entrenado.

Abrí mucho los ojos e instintivamente me toqué la barriga pensando en el bebé. Cuando Laranar me entrenaba a espada no era un juego, recibía de lo lindo. Si tenía que darme un buen golpe en un brazo, una pierna o en el estómago para que aprendiera a no bajar la guardia lo hacía.

—No puedo, lo siento —respondí.

Frunció el ceño.

—Vamos, elegida —me atacó inesperadamente y esquivé su

embiste por muy poco—. Buenos reflejos.

—Laranar, para —le pedí seria—. De verdad que no puedo.

—Tonterías —respondió y me atacó de nuevo—. Ves, no has perdido destreza. Lo que necesitas es confianza…

—¡Para! —Tiré la espada al suelo, no me atacaría desarmada.

Me miró sin entender y le aguanté la mirada.

—Ayla, debes…

—Estoy embarazada —solté de golpe.

—¿Qué?

—Estoy embarazada —repetí.

Quedó, literalmente, con la boca abierta.

Respiré profundamente al ver la alarma en sus ojos.

—Yo… no es algo que haya podido controlar. Sabes lo que me dijo la sanadora Virginia, las probabilidades eran escasas, casi inexistentes. Laranar… —no reaccionaba, dejó caer la espada que tenía entre sus manos al suelo—, ¿estás enfadado?

Sus ojos se desviaron a mi barriga.

—Un hijo —reaccionó—. ¡Vamos a tener un hijo!

Se acercó a mí sin apartar sus ojos de mi barriga, puso una mano en ella y me estremecí, era la primera vez que la tocaba consciente que un niño crecía en mi interior. Luego me miró a los ojos, me di cuenta entonces que lloraba.

—¿Por qué ahora? —Me preguntó en un lamento—. Ahora no.

—Yo… no creí que…

Negó con la cabeza, me dio un beso en el pelo y se volvió al campamento dejándome sola.

El corazón se me hizo trizas. Nunca quise quedarme embarazada, pero ya estaba hecho, ¿por qué lloraba? ¿No podía alegrarse un poquito? Yo me asusté cuando me di cuenta, pero una parte de mí se sintió aliviada al saber que podía tener hijos y tendría uno con Laranar.

No era el mejor momento, sí. Pero es que nunca lo sería, nunca. Siempre había un mago oscuro que derrotar y una vez eliminados regresaría a la Tierra, sola, dejando a Laranar y al niño en Oyrun.

Eso sí que era para llorar.

Regresé al campamento, desanimada.

Raiben me miraba de arriba abajo, con los ojos como platos.

—Supongo que ya lo has escuchado —adiviné, sabiendo que su oído de elfo le permitía escuchar cosas imperceptibles para un humano.

—¿Qué ocurre? —Me preguntó Alegra.

Laranar me miró, estaba pálido por la noticia.

—Ayla está embarazada —dijo sin apartar sus ojos de mí.

—¡¿Qué?! —Exclamó la Domadora del Fuego alzándose del suelo donde tomaba una infusión—. Pero… ¿Cómo habéis podido? ¿Sabéis lo que significa?

—Que la misión se retrasará —le respondió Laranar, serio.

—Hay hierbas que podrían ayudarte a perder al niño —me habló—, yo las conozco.

Abrí mucho los ojos y miré a Laranar, espantada.

Laranar miró a Alegra con cierto desprecio.

—Nunca —dijo mi protector y suspiré interiormente al ver que se negaba a plantear esa opción.

—Alegra —Dacio puso una mano en su hombro—, los elfos jamás emplean esa solución, va en contra de sus creencias respecto a la vida con la Diosa Natur.

—Pero siempre hay la excepción —dijo acercándose a Laranar—. Muchos morirán si ese niño nace, el tiempo que necesitará Ayla para amamantarlo hará que los magos oscuros maten y esclavicen a más gente.

—No va a matar a nuestro hijo —respondió Laranar con un tono tan frío como el hielo.

Miré a Laranar, acababa de hablar como *nuestro hijo*. Y aquello me subió la moral aunque no pude demostrarlo viendo la actitud de Alegra.

—Alegra, tarde o temprano recuperaremos a Edmund —intentó tranquilizarla Dacio.

—¿Cuándo? ¿Cuándo sea viejo? ¿Cuándo Danlos ya lo haya

matado?

—Alegra, lo siento —me disculpé.

—Sentirlo no es suficiente —me respondió muy enfadada.

—¡Ella ha perdonado a Edmund! —Le recordó Dacio alzando la voz, y Alegra calló de golpe—. Estoy convencido que Edmund la perdonaría si estuviera con nosotros ahora mismo. Perdónala tú también, no ha sido intencionado.

Los ojos de la Domadora del Fuego se empañaron de lágrimas y apretó las manos en puños.

—Tienes razón —admitió—. No tiene la culpa, la culpa es mía, si yo hubiera muerto Edmund seguiría libre y tú, Ayla, tendrías el colgante.

—No es tu culpa y te prefiero viva —dije.

—¡Pues yo no! —Dichas estas palabras se dio la vuelta y se marchó a grandes trancos por el bosque, Dacio la siguió de inmediato.

Miré a Laranar, que me miraba serio.

—Dacio lo sabía, ¿verdad?

—Lo supo hace tres días, cuando Edmund me dejó inconsciente y al tocarme sintió los latidos del corazón de nuestro hijo. Le pedí que no te dijera nada, quería darte la noticia yo.

Dejó escapar el aire de sus pulmones lentamente, luego se acercó, cogió mi rostro entre sus dos manos y me besó en los labios.

—Pese a todo, te quiero y quiero ese niño que llevas en tu vientre —dijo sin apartar sus ojos de los míos—. Os cuidaré hasta el fin de los días, siempre, te lo prometo. Sois mi vida, los dos.

Le abracé y él respondió a mi abrazo. Luego me retiró, volvió a tocar mi vientre y sonrió.

ALEGRA

Misión personal

Era de noche, la luna roja estaba en lo más alto mientras el ulular de un búho se escuchaba en la oscuridad del bosque. El fuego de nuestra hoguera llameaba con fuerza y su atracción de colores, movimientos y belleza hacía difícil apartar la mirada.

Ayla se removía inquieta en sus pieles, dormir en el suelo era incómodo, y solo cuando Laranar se estiró junto a ella, abrazándola, esta se relajó.

Raiben hizo guardia sentado al lado del fuego, mirando absorto la hoguera. ¿Estaría pensando en el embarazo de Ayla? Fue una noticia impactante, con unas consecuencias desastrosas. Si hubiese sido yo, no hubiera tenido ninguna duda en deshacerme del niño, la misión estaba por encima de todo. Pero la elegida y su protector no pensaban igual, y aquello no me dejó demasiadas opciones de intentar un rescate para salvar a mi hermano.

Dacio se estiró junto a mí abrazándome por la espalda.

—Dacio —le nombré, volviéndome a él—, necesito estar a solas contigo. Vayamos a una zona más íntima.

Me miró a los ojos durante unos segundos, el color del fuego se reflejaba en su mirada.

—Está bien, vamos —se alzó, echando a un lado la manta con que nos cubríamos y me tendió la mano para ayudarme a levantar. Luego miró a Raiben—. En un rato volvemos.

—Al amanecer —especifiqué.

Dacio me besó en los labios y tiró de mi mano para que empezara a andar. Caminamos en silencio, guiados por la luz de la luna y las estrellas. Una pradera se abrió paso ante nosotros a apenas cien metros del campamento.

Era un lugar bello, donde nuestros caballos pastaban tranquilamente desde que decidimos finalizar la jornada. Dacio se detuvo delante de mí, observando mis ojos oscuros mientras yo observaba los suyos. Alzó una mano y me retiró un mechón de pelo colocándolo detrás de mi oreja. Sujeté su mano y la apreté contra mi rostro; de pronto, una colcha apareció bajo nuestros pies.

Sonreí, la magia de Dacio era muy práctica para según qué casos.

—La comodidad ante todo —dije complacida.

Se inclinó y me besó en los labios.

Un beso dulce, tierno y cargado amor.

Lentamente nos sentamos en el suelo, sus besos eran puro fuego bajando por mi cuello. Sus caricias placer infinito y sensual, como una droga placentera que uno quiere más y más.

—Siento haber sido tan quisquillosa estos días.

—No te preocupes —me alzó la camisa quitándomela sin perder tiempo y luego se la alcé yo. Dejé que continuara besándome mientras deshacía las vendas que cubrían mis pechos y pronto los dejé libres para que Dacio los besara. Me tendió con premura en la colcha y yo le dejé hacer, observando las estrellas mientras sus manos me desnudaban por entero.

Pronto estuvo dispuesto y acarició mi sexo con una mano. Gemí de placer, encorvando la espalda al notar dos dedos suyos dentro de mí.

—Te quiero —susurró cuando introdujo su miembro viril en mi interior—. Te amo.

Le besé mientras dejaba mis sentidos florecer. Gemía y respiraba con fuerza mientras él embestía con pasión. Aquella podía ser nuestra última vez, en unas semanas podía estar muerta, pero por los dioses que le complacería hasta dejarle exhausto. No debía percatarse de mis intenciones.

Iba a abandonarle.

Observé a Dacio mientras dormía. Su respiración era relajada y su expresión serena.

Una lágrima traicionera cayó por mi mejilla izquierda y la limpié con una mano.

—Te quiero —le susurré—. Nunca lo dudes.

Acaricié su rostro, le di un dulce beso en los labios y me alcé dispuesta a cumplir la misión que yo misma me encomendé.

Me vestí deprisa y corriendo, debía partir antes que el sol anunciara un nuevo día. Saqué de detrás de unos arbustos todo mi equipaje, ninguno del grupo se había percatado que los había escondido, pues fui la última en dejar a los caballos en la pradera. Preparé mi montura y cogí dos caballos más, tenía la intención de abandonarlos unos kilómetros más adelante para que Dacio fuera más lento a la hora de buscarme. Estaba convencida que iría detrás de mí, pero Ayla y Laranar no vendrían por el embarazo de ella, y Raiben lo más seguro es que continuara con la elegida para protegerla hasta Launier.

Dos caballos para ellos tres, y Dacio no tendría ninguno para venir a por mí.

Monté decidida, suspiré y espoleé al animal con los otros dos corceles atados a mi silla de montar. La noche era traicionera, ramas y troncos caídos se interponían a mi paso peligrando que alguno de los animales tropezara y se rompiera una pata, pero tenté a la suerte y fui a paso ligero hasta que las primeras luces del día empezaron a clarear. Para entonces, tan solo me había alejado escasos kilómetros del grupo y pronto Dacio se despertaría, y vendría en mi busca antes que tuviera tiempo a hacer la mayor locura de mi vida. Pero yo iba a caballo y él a pie, aquello me daba un poco de ventaja, tan solo un poquito, pues emplearía su magia para correr a mayor velocidad hasta alcanzar la velocidad de un caballo.

Volví la vista atrás, cerciorándome que no venía en mi busca. Me bajé de mi montura, traspasé todo mi equipaje al caballo más rápido y palmeé con fuerza el trasero del anterior corcel y seguidamente del que quedaba libre. Ambos galoparon, alejándose de mi lado. Con un poco de suerte ninguno del grupo los encontraría.

Si me atrapa no volveré a tener otra oportunidad para ir en busca de Edmund, pensé iniciando de nuevo la marcha, *solo espero que me perdone.*

Me dirigí hacia el oeste en busca de la ciudad oscura —Luzterm—, pero para llegar hasta el país de los magos oscuros primero debía atravesar el desierto de Sethcar; enfrentarme al calor del día y al frío de la noche, a las tribus nómadas del desierto, los esclavistas que intentarían atraparme y a seres que era mejor no nombrar, como los mulks, los frekors y los nimron. Todos ellos criaturas temibles que nunca había visto, pero si era cierto lo que contaban las leyendas y cantaban las canciones, tenía todas las de morir antes de alcanzar el gran muro negro.

Iba al trote o al galope, debía alcanzar mayor distancia si no quería que Dacio me alcanzara. De vez en cuando miraba hacia atrás, temerosa de ver entre los matorrales la capa del mago, algún indicio que se acercaba a mí dándome alcance.

Atravesé un pueblo arrasado y campos quemados. Continué por el pie de una montaña con la sensación que apenas avanzaba. Llegué hasta un bosque tan espeso que tuve que abrirme paso con la espada, y maldije a la manada de lobos que encontré justo en medio del camino, comiendo un ciervo que acababan de cazar y que defendían de forma feroz, no dejándome atravesar la senda por la que circulaba obligándome a dar un rodeo.

Cuando llegó el atardecer logré estar en una elevación lo suficiente alta como para ver parte del terreno andado, suspiré en cuanto no percibí rastro de ser perseguida por nadie. Al anochecer aflojé el ritmo, mi caballo necesitaba descansar y yo también, pero sabía de sobra que Dacio no lo haría; así que continué a paso lento, procurando que mi caballo no tropezara y se rompiera una pata. Con un nuevo amanecer le exigí aún más al pobre animal y pude llegar a una pequeña aldea donde aún había gente que resistía con valentía los ataques incesantes de los orcos con barricadas y guardias apostados en la entrada. En cuanto me vieron llegar, cansada y agotada, me ofrecieron su hospitalidad, pero la rehusé cortésmente pidiéndoles, por favor, un cambio de montura. Accedieron, y aunque el nuevo caballo que me dieron no era tan veloz como el anterior sí era más fuerte y resistente, era un caballo de campo grande y musculoso.

Dacio, perdóname por lo que voy a decir, rogué para mis adentros.

—Dentro de unas horas o un día llegará un mago a vuestra aldea —les informé y todos tomaron la noticia con cierto temor—. Es fácil de identificar, solo tenéis que ver su túnica de mago. No le dejéis entrar, es peligroso, y si os hace alguna pregunta sobre mí, por favor, no le digáis qué dirección he tomado, engañarle.

—Los magos no son bienvenidos a Granolla —dijo uno de los hombres—. Cabalga tranquila, le diremos que has cogido la dirección opuesta.

—Gracias.

Continué la marcha sin descansar y aproveché que el animal estaba fresco para ponerlo al galope por aquel terreno que no era más que caminos y campos de cultivo. En cuanto vi que se cansaba aflojé y me permití el lujo de comer un poco de carne ahumada de mis reservas de comida; el día anterior ni tan siquiera había probado bocado del miedo que sentía a que Dacio me encontrara. Más adelante, otra aldea carbonizada hallé a mi paso. Intenté pasar entre las cabañas quemadas sin fijarme demasiado en la pila de cadáveres que habían amontonado los orcos. Fue espeluznante y el hedor que desprendían vomitivo.

Días más tarde notaba el culo y los muslos doloridos, teniendo que empezar a caminar más y cabalgar menos. En ocasiones lloraba, mordiéndome la lengua en un intento de aguantar el dolor que sentía en las pantorrillas, pero continuaba adelante testaruda a que Dacio no lograra alcanzarme. Por las noches empecé a descansar tres o cuatro horas como mucho, luego dejaba a mi caballo avanzar, medio dormida, con la esperanza que no se desviara demasiado del camino. Continué el viaje subiendo y bajando colinas, pasando por más campos incendiados, recorriendo aldeas abandonadas y atravesando ríos que ralentizaban mi marcha. Agoté mis reservas de comida cuando apenas quedaba cinco días para llegar a Rolar —la ciudad esclavista— y apenas dos para alcanzar el desierto de Sethcar. Ya no había árboles, ni campos, tan solo tierra que anunciaba la proximidad del desierto.

—Tendrás que ser valiente —le dije a mi caballo acariciándole el cuello—. Solo tenemos pienso para dos días, pero llegaremos con el agua.

Relinchó y con la esperanza de vencer el desierto y llegar viva a Luzterm continué adelante.

El desierto de Sethcar

El desierto de Sethcar se había ganado su nombre a pulso, en la lengua de los hombres del desierto significa *infierno sangriento*. Una extensión de miles y miles de kilómetros cuadrados donde lo único que podías encontrar era arena, tierra, rocas y luego más arena. Solo llovía una vez al año y a veces ni eso, solo un oasis se había contabilizado en toda su extensión; un pequeño paraíso donde podías encontrar agua fresca y vida vegetal. Los hombres de Sethcar se dedicaban a vagar de un lado a otro, nómadas que no permanecían más de tres días en un mismo lugar; tribus que competían a muerte con otras tribus, batallando entre clanes vecinos y esclavizando a los vencidos. Las mujeres eran tratadas como ratas, obedientes ante el temor que sus maridos las vendieran o a sus hijas las mataran. Nadie entraba voluntariamente en aquel desierto a menos que fueras un desterrado o un condenado. Pocos salían con vida de aquel lugar.

El calor y las tribus me preocupaban, pero más miedo me daba las bestias que habitaban en Sethcar, alejado de la mano de cualquier dios que conociera. Los mulks, se decía, eran bestias enormes, de aspectos parecidos a las lampreas, pero de diez metros de largo con una boca redonda llena de dientes afilados que te engullían de una sola pieza. Los frekors eran por lo contrario animales diminutos, poco más grandes que un escarabajo, cuerpo negro revestido por una armadura tan dura como el hierro. Y su ataque se basaba en atacar un millar a la vez metiéndose por las fosas nasales, la boca y los oídos, comiéndote por dentro y teniendo una muerte espantosa. Y por último los Nimron, mamíferos de un metro de alto, que podían caminar tanto a dos como a cuatro patas; cabezas grandes, orejas pequeñas y morro afilado con unos grandes colmillos; sus ojos, se decía, habían adquirido el color rojo de la sangre de sus víctimas. Vivían en grupos de cinco a treinta individuos y practicaban el canibalismo.

Pese a todo, aunque el mundo giraba en mi contra, estaba dispuesta a atravesar Sethcar y llegar hasta Edmund; solo me quedaba un día o dos para llegar a la ciudad de los esclavos. Allí, pensaba cambiar el caballo por un camello. Aguantaban mejor el calor y no necesitaban beber agua en meses, además de poder cargar con un mayor número de víveres. Si tenía suerte hasta encontraría alguna caravana nómada que me pudiera guiar durante un trozo del camino y así aprender un poco del desierto antes de viajar sola por aquel infierno.

—Vamos, chico —le di unas palmadas de ánimo al caballo que resoplaba cansado—, no me falles ahora.

El sol quemaba, notaba mi piel arder como fuego implacable pese a haberme embadurnado de barro para protegerme de los rayos del sol. Tenía los labios agrietados y la garganta seca. Apenas me quedaba agua para llegar a Rolar por lo que debía racionarla aunque me notara desfallecer.

—¡Halem na dit! —Escuché a alguien gritar.

Me volví en el acto y me cubrí los ojos con una mano a modo de visera. A lo lejos, encima de una duna, un jinete ataviado con las ropas del desierto gritaba algo y me señalaba con una espada. De pronto, tres jinetes más se descubrieron y espolearon sus caballos dirección a mí.

—¡Joder! —Exclamé. Espoleé a mi montura con la esperanza de poder escapar de los jinetes pero, al volver la cabeza, me los vi prácticamente encima. Sus caballos eran mejores que el mío; adaptados a las inclemencias del tiempo, probablemente descansados y bien alimentados.

Saqué mi espada —*Colmillo de Lince*—, la llevaba sujeta a la silla de montar, y el primero que intentó tirarme del caballo le di un mandoble en toda la cara partiéndosela en dos, cayó de forma fulminante. El siguiente que intentó sujetarme paró el golpe de *Colmillo de Lince* con su espada y acto seguido intentó embestirme con su escudo, pero pude apartarme a tiempo dando una orden rápida al caballo. Cogí el puñal que guardaba en mi manga y lo lancé con puntería hacia el cuello del jinete. Le di de lleno y cayó de su montura. De pronto, sentí una mordedura en la espalda y lancé un grito de dolor.

El tercer jinete me había disparado con un arco dándome de lleno en el omóplato. Se aproximó a mí, pero si pensaba que una simple flecha haría que me rindiera lo llevaba claro, antes que pudiera tirarme al suelo le di un mandoble al caballo que montaba y este tiró a su jinete de tal manera que acabó cayendo encima de mi agresor.

El que dio la voz de alarma se retiró aflojando el ritmo de su montura.

Continué galopando unos minutos más y solo cuando creí que estaba a salvo aminoré el paso, mareada y débil.

Me bajé tambaleante del caballo. La espalda me dolía a horrores y un reflejo insoportable de dolor circulaba hasta mi brazo izquierdo. Era como si un animal me hubiera mordido clavando sus colmillos en la piel y llegado al hueso. Pero tenía que sacarme la flecha cuanto antes, retrasar el momento no serviría de nada y con ella clavada a mi espalda solo conseguiría ser un objetivo más fácil para los hombres del desierto.

Alcé el brazo derecho para llegar hasta el asta de la flecha, la agarré bien fuerte, respiré profundamente y tiré de ella. Gemí y maldije al principio, caí de rodillas al suelo y finalmente grité. Tuve que detenerme, los ojos me lloraban y notaba la sangre correr por mi espalda. Apreté los dientes, debía continuar y lo intenté una vez más teniendo que parar otra vez.

—Ya falta poco —me di ánimo a mí misma.

Empecé a marearme mientras gritaba y por fin saqué la flecha. Jamás hubiera imaginado el ser capaz de aguantar tanto dolor sin desmayarme. Me senté en el suelo, con la flecha ensangrentada todavía en la mano. El caballo se aproximó a mí, lo cual agradecí, no tenía fuerzas suficientes para alcanzarle si se hubiera alejado mientras me sacaba la flecha.

—Quieres agua, ¿eh? —El pobre animal salivaba por la boca una especie de espuma blanca. Había agotado casi todas sus fuerzas y debía darle de beber si quería llegar algún día a Rolar. Me puse en pie como pude, llegué hasta la silla de montar, saqué de debajo de mis mantas una de las cantimploras que llevaba y le di de beber hasta que pareció satisfecho. Se lo merecía. Luego bebí yo.

La herida de la flecha me la curaría al llegar a Rolar, encontraría algún médico que pudiera atenderme. Hasta entonces, debía aguantar el dolor, rezar que el balanceo del caballo no abriera más la herida perdiendo más sangre y soportar el calor del desierto.

El sentimiento que nunca saldría con vida de aquel lugar iba creciendo a cada hora que pasaba. Miré hacia atrás en un par de ocasiones, una para asegurarme de no ser perseguida por los hombres del desierto y otra por si Dacio me daba alcance. La idea que el mago me encontrara ya no me parecía tan mala idea, incluso una parte de mí lo deseaba. Le echaba de menos, le necesitaba y empecé a plantearme la misión suicida que había empezado.

Pero no podía volver atrás, volver atrás significaba dejar a mi hermano en manos de Danlos. ¿Cómo hacerlo? Él había sacrificado tanto por mí que debía pagárselo de alguna manera, intentar salvarle, pero… ¿Podría? Estaba a punto de desmayarme, era una locura.

—Edmund —le llamé encorvada encima del caballo. La sensación que todo me daba vueltas era horrible y temí caerme de mi montura—, perdóname, no puedo rescatarte. Ahora lo veo.

Aquella afirmación fue un duro golpe.

—¡Edmund! —Lloré gritando su nombre—. ¡Perdóname!

El caballo se detuvo en cuanto notó que me escurría al suelo, impactando contra la arena sin fuerzas para alzarme.

—Alegra —intenté buscar la voz que me llamaba y localicé a Dacio a unos metros por delante de mí. Sentí un alivio infinito y mis ojos lloraron de dicha.

—Dacio, ayuda —le pedí alzando una mano con la intención de alcanzarle—. Ayuda.

Se limitó a sonreír y me alzó la mano para prestarme su ayuda, pero no se movió. Me arrastré por la arena, gimiendo y llorando para llegar a su lado, llamando su nombre, pidiéndole perdón por haber escapado. Pero cuando logré alcanzarle se desvaneció y quedé tumbada de nuevo en el ardiente suelo del desierto de Sethcar.

—Eres lo único que tengo —lloré—. No me falles.

El hermano pequeño de Danlos era todo lo opuesto al mago oscuro y siempre estuvo a mi lado apoyándome para que continuara adelante. En cambio, yo, le había abandonado sin ninguna explicación. Quizá no me estaba buscando, quizá se había enfadado tanto conmigo que me había abandonado a mi suerte. ¿Cómo sino se explicaba que aún no me hubiera encontrado?

Eres una Domadora del Fuego, pensé en la respuesta.

Me habían entrenado bien, capaz de luchar y defenderme contra orcos; lo suficiente espabilada para no dejar ningún rastro si ese era mi objetivo y confundir a los perseguidores para que tomaran caminos equívocos.

Dacio era mago, si estaba intentando dar conmigo solo tenía que dejarle marcado el camino y me encontraría, ¿pero lograría alcanzarme antes que muriera en el desierto? Solo me quedaba agua para un día escaso, lo justo para llegar a Rolar; no podía volver, a mi espalda tenía cinco días a caballo para abandonar Sethcar y unos hombres del desierto que seguramente no se habían olvidado de mí. Dudaba que el vigía solo fuera acompañado por tres hombres.

La luz del sol me cegaba los ojos mientras mis párpados se cerraban involuntariamente por el cansancio. El caballo se aproximó a mí y resopló en mi cara, incluso me dio un empujón con el hocico para que reaccionara. Intenté ponerme en pie, pero fue inútil; el caballo volvió a darme otro toque y, aunque lo intenté de nuevo, no logré levantarme.

—Edmund —nombré—, lo siento.

Todo a mi alrededor se volvía aún más blanco, los oídos empezaron a pitarme y luché por no perder la conciencia.

—Perdóname, te sacrificaste… por mí —continué hablando con la sensación de verlo en la lejanía, pero era consciente que solo era fruto de mi imaginación, un espejismo—. Me devolviste la vida y yo la he desperdiciado, lo siento.

Cerré los ojos y mi último pensamiento no fue para mi hermano, fue para el hombre al que amaba, Dacio.

Debí hacerme inmortal, pensé, *ahora me doy cuenta.*

—Lo sé —la voz de Dacio sonó a mi espalda y de pronto me vi en la granja Morren, aquellas tierras donde había pasado escaso tiempo pero que me habían devuelto la felicidad. Una felicidad robada por los tiempos oscuros que corrían. En ella había descubierto más de mí misma, mi amor por Dacio, el saber que no me importaba en absoluto su pasado—. Podríamos haber sido felices, pero elegiste morir cuando tu hermano quiso darte la vida.

Nos encontrábamos en el porche de su gran mansión, era un día soleado, claro y se escuchaba a los pájaros cantar.

—Mira todo lo que te has perdido —señaló el jardín y al volverme vi a un niño y una niña jugando a pelota. La niña apenas tendría doce o trece años y se parecía asombrosamente a mí. Tenía el cabello oscuro y los ojos negros. El niño, en cambio, apenas tendría cinco años y era la viva imagen de Dacio, con los cabellos revueltos y de un color castaño con reflejos dorados al sol y también rojizos, un color único pero precioso—. ¿Lo ves? Esto era lo que quería Edmund para ti, y tú lo has tirado todo por la borda.

—Dacio —me volví hacia él con lágrimas en los ojos, pero ya no estaba.

A mi espalda se encontraba el gran desierto de Sethcar, la granja desapareció, y mi hermano estaba de pie a unos metros de mí, con el uniforme de soldado de Barnabel.

—¿Por qué lo has hecho? —Me preguntó —. Fui con Danlos para salvarte.

—Pero… eres mi hermano.

—He dado mi vida para que tú pudieras ser feliz.

—Lo sé —respondí—. Pero sabes cómo soy, nunca he pensado en querer ser…

—¿Qué? —Me cortó muy enfadado—. ¿Esposa? ¿Madre? ¿Tan malo sería? Has encontrado a un hombre que te ama de verdad. Sabes que has sido una estúpida. Trágate tu orgullo y acepta la vida que se te ha ofrecido.

—Voy a morir en el desierto, ¿verdad? —Le pregunté.

—Has hecho que mi sacrificio no sirva para nada —me acusó resentido y su imagen se desvaneció.

Abrí los ojos, mareada. Todo a mi alrededor era borroso y notaba la cabeza muy espesa. Conseguí entender que estaba sentada, apoyada en una especie de poste de madera con los brazos atados detrás de él. Olí incienso y escuché voces de hombres cerca de mí con un trasfondo algo confuso. Parecían tambores, risas, gritos y el sonido del metal contra el metal como si estuvieran combatiendo. Pese a que era consciente que debía tener miedo, ser precavida e ir con cuidado, solo podía pensar en una cosa.

—Agua —pedí. Estaba sedienta, necesitaba beber algo cuanto antes, notaba la lengua hinchada, los labios agrietados y la garganta a punto de escupir fuego—. Agua.

Alguien me acarició el pelo, alcé la cabeza y solo pude ver un rostro borroso. Dijo algo en una lengua desconocida para mí, se agachó y me tendió un cucharón de madera lleno de agua. Empecé a beber con desesperación, agradeciendo el agua al pasar por mi boca y garganta, pero pronto vacié su contenido. Me supo a poco y pedí más, el hombre se apartó un instante. Por el sonido supe que tenía un barril cerca de mí, donde llenaba la enorme cuchara de madera y me daba de beber con paciencia. Poco a poco, a medida que saciaba mi sed empecé a espabilarme y logré enfocar la cara de la persona que me daba de beber.

Era un hombre de mediana estatura, delgado y con el rostro castigado por el sol, pelo negro y ojos oscuros. Llevaba una barba de tres días y un turbante negro que solo le dejaba al descubierto su rostro fino, tapándole las orejas y dejando entrever sus cabellos negros.

—Silenma faruja —dijo.

Fruncí el ceño, no entendía su idioma.

—Desátame —le pedí moviéndome levemente y noté el dolor de la herida en mi espalda.

Los hombres de Sethcar debieron encontrarme inconsciente en el desierto y ahora mi vida estaba en sus manos.

—Nooo —parecía que entendía un poco mi idioma y conocía algún monosílabo—. Esclava —me señaló.

—No —respondí frunciendo el ceño, enfadada—. No soy esclava, soy libre.

—Ahora ya no —respondió—. ¡El kahus s'thdor milen! —gritó a la tienda y entraron dos hombres de igual vestimenta, turbantes negros que solo dejaban ver sus rostros y unos pantalones bombachos de algodón también negros. Llevaban como una especie de cinta de color roja, gruesa, que les rodeaba la cintura a modo de faja, y de ella les colgaba una espada de grandes proporciones, de hoja curva, en el lado izquierdo—. Te hemos encontrado, te hemos curado herida, nos perteneces.

—Yo no pertenezco a nadie, cerdo insolente —le respondí.

Me miró muy serio.

—Lafgan —mencionó. Acto seguido uno de los hombres que había entrado se adelantó un paso, alzó su mano y me dio una bofetada en toda la cara. El golpe fue tan fuerte que el oído derecho empezó a pitarme y quedé por unos segundos desorientada—. Regla uno, tú obedecer a tus amos. En todo, insultar, nosotros golpeamos —me agarró del cuello con una mano y empezó a estrangularme—. Intentar escapar y nosotros matar.

Me estaba ahogando e intenté que me soltara propinándole una patada, pero entonces me sujetaron del pie, sacaron una espada y temí lo peor.

—¡Nai! —Ordenó el hombre y el de la espada se detuvo. El que me agarraba del cuello me soltó y me miró a los ojos—. No cortar pie, valer más entera.

Suspiré aliviada, por un momento pensé que me iban a cortar el pie de verdad y lo pensé dos veces antes de volver a abrir la boca o intentar defenderme. Aquella gente iba en serio.

—Tú entender —dijo satisfecho—. Pronto vendida en Rolar, conocer sitio perfecto para chica bonita como tú.

Al día siguiente una mujer con el rostro cubierto por un turbante, donde solo sus ojos grises eran visibles, entró en la tienda. Me miró y empezó a remover cosas, no supe exactamente el qué pues al estar atada a un poste no podía ver qué hacía a mi espalda. Al cabo de unos segundos volvió a mi campo de visión, se plantó delante de mí y se agachó a mi altura.

—Desátame —probé suerte, pero lo único que conseguí fue que se descubriera la cara. Era hermosa, tenía el cabello castaño, ondulado y largo hasta los hombros, sus labios eran gruesos y rojizos. Pero apenas era una niña acabada de florecer.

—No puedo —dijo y me mostró un recipiente lleno de agua—. Limpiaré tus heridas.

Iba a desatarme y sonreí al pensar que aquella sería mi oportunidad de escapar.

—Esta es la tribu de los jinetes de Almer —dijo al ver mis intenciones —. Está dispersa por todo Sethcar y te encuentras en un *Kalem* de mil jinetes, todos armados. No puedes escapar, te cortarán un pie si lo haces y te violarán diez hombres como castigo. Piénsalo antes.

—¿A qué distancia estamos de Rolar?

—Mañana llegaremos —respondió y soltó mis ataduras—. Elige, te curo las heridas o te cortan un pie.

—Cúrame las heridas —decidí.

Cuando llegue a Rolar ya habrá tiempo de escapar, pensé.

—No está infectada —dijo mientras me aplicaba una especie de ungüento de color verde que olía a huevos podridos—. Se cura rápido.

—¿Siempre has sido esclava? —Le pregunté mientras me mantenía tendida en el suelo.

—Sí —respondió—. Desde que nací. Mi padre es alguno de los jinetes de Almer.

—¿No has intentado escapar?

—Acabaría muerta. Bueno, esto ya está.

Me senté, aunque el ungüento olía fatal sentí alivio.

—¿Cómo hablas tan bien mi lengua? —Le pregunté.

—Mi madre era de Andalen —me tendió un turbante y una túnica—. Te protegerán del sol.

Me vestí con la túnica y me pasé el turbante por la cabeza, pero no me tapé la cara.

—Me llamo Alegra.

—Saira —se presentó.

En ese instante, entró un niño de unos ocho años que me miró con curiosidad.

—Y él es Pol, mi hermano pequeño. Los tres seremos vendidos en Rolar. Tú y yo como esclavas del placer —abrí mucho los ojos—. Y él… —el chico desvió su mirada al suelo entre avergonzado y enfadado— a la tribu de las Caravanas del Agua. Será vendido y devuelto más tarde al *Kalem*.

—¿Devuelto? —No lo entendí.

—Les hacen eunucos, dejan de ser hombres, les cortan su deseo de raíz y se la entregan a los dioses con la esperanza que nos honren con lluvias.

Saira casi lloró, pero se mantuvo firme, un destino quizá peor le deparaba a ella misma.

Miré a Pol, era cruel lo que pretendían hacerle y sentí lástima por el chico, pero también por mí. Mi insensatez me había llevado a aquella situación.

Los jinetes de Almer dieron el alto en cuanto la ciudad de Rolar se vislumbró en la lejanía. Ordenaron montar el campamento, y los esclavos —aquí me incluyo— empezamos a montar las tiendas. Me fijé como Saira y Pol se desenvolvían, sus habilidades podían serme útiles para un futuro, ya que saber construir una tienda fuerte y consistente capaz de soportar las ventiscas del desierto podía suponer la diferencia entre vivir o morir.

Justo al terminar la primera tienda uno de los jinetes se llevó a Saira al interior con la intención de tomarla. Quise impedirlo, pero Pol me cogió de un brazo, deteniéndome.

—¿Qué piensas hacer? —Dijo como si estuviera loca—. Siempre lo han hecho, no le gusta, pero es lo que hay. Si intervienes también te violarán, y no uno ni dos, sino una decena, para que aprendas donde está tu sitio.

Apreté los dientes y miré la entrada a la tienda, indecisa. A mi alrededor varios jinetes armados iban de un lado a otro, ajetreados en sus quehaceres.

Si por lo menos tuviera a Colmillo de Lince, pensé.

Pero mi espada me fue robada, al igual que todo mi equipaje, incluso dudaba que el caballo continuara con vida, probablemente fue la cena de la noche anterior viendo que la comida predilecta de aquellas gentes era la carne de caballo.

Pol tiró de mi brazo y me llevó a otro punto para empezar a montar una nueva tienda.

—¿Qué edad tiene Saira? —Quise saber.

—Catorce.

Suspiré, solo era una niña.

Minutos más tarde Saira pudo volver a nuestro lado, su rostro era triste y sus ojos estaban rojos de haber llorado.

—Estoy bien —dijo forzando una sonrisa y se concentró en terminar de montar la segunda tienda que su hermano y yo habíamos empezado.

En cuanto escapara volvería a Yorsa de inmediato, al lado de Dacio. Lo tenía decidido. Mi hermano me había devuelto la vida para que fuera feliz y pudiera fundar una nueva familia; no iba a desaprovecharla muriendo en el desierto y menos siendo objeto de distracción de unos hombres salvajes que no entendían de sentimientos.

Solo lamentaba no haberme dado cuenta antes.

—Suerte, hermano —Saira y Pol se abrazaron en cuanto empezaron a clasificarnos para ir a Rolar—. No te olvides de mí, ¿vale?

—Nunca hermana —le respondió.

Me recordaron a Edmund y a mí.

Un hombre los separó y cogió al chico por el cuello llevándoselo al grupo de niños que también iban a ser vendidos o entregados como tributo a las Caravanas del Agua. Éramos veinte mujeres, cinco de ellas embarazadas; treinta hombres, y quince niños y niñas. El látigo restalló y empezamos a andar el kilómetro y medio que nos quedaba para llegar a Rolar.

Anochecía cuando alcanzamos la muralla, pero pude ver claramente una hilera de cabezas ensartadas en postes que rodeaban la ciudad.

—Es una advertencia para todos aquellos que quieran escapar —me susurró Saira caminando a mi lado—. Quien lo intenta le cortan la cabeza y la clavan en la muralla.

Por un momento me achiqué, no era una escena agradable de ver, pero intenté reponerme, era la muerte o la libertad, solo tenía que encontrar el momento oportuno de escapar.

Nos quejamos de los magos oscuros pero hay gente igual o peor que ellos, salvo que sin magia, pensé.

El látigo restalló con fuerza y continuamos caminando.

—No me gusta el color rojo de Rolar —comentó Saira—. Dicen que es la sangre de los esclavos.

Me fijé entonces y fruncí el ceño.

—No es por la sangre —respondí—. Es el material con el que están construidos los edificios, todos tienen una parte de arcilla roja, algún tipo de mezcla.

—Pero se construyó con la sangre de los esclavos —me señaló un edificio grande, de forma ovalada, una especie de coliseo—. Allí nos venderán, en la arena. Si paras atención, puedes escuchar el llanto de aquellos que han muerto en sus macabros espectáculos. Yo una vez vi uno, cogieron a un niño y una niña de mi Kalem y los plantaron en medio de la arena, luego soltaron a un tigre y las apuestas empezaron para saber a quién se comería primero. Se comió primero a la niña.

No supe qué responderle, el lugar era horrible y empecé a agobiarme, asustada por todo lo visto y lo que me quedaba por ver. Incluso tuve ganas de ser vendida si aquello me llevaba fuera de la ciudad.

Cuando llegamos al coliseo nos llevaron a las celdas que habían en los sótanos y nos dejaron allí, donde muchos otros esclavos de diferentes *Kalems* esperaban a ser vendidos. Saira y yo dormimos una al lado de la otra, abrazadas, ambas teníamos miedo y solo deseábamos que nuestro futuro no fuera tan aterrador como aquellos que habían muerto en la arena antes que nosotras.

Mi último pensamiento antes de dormir fue para Dacio.

Si salgo de esta no me separaré de ti nunca más, le prometí, *te quiero.*

¡Vendida!

Al amanecer, vinieron unos hombres de pecho descubierto, con pantalones bombachos y botas de cuero a inspeccionarnos. Escogieron a unas pocas, entre ellas a Saira y a mí, y nos llevaron por una serie de pasillos hasta llegar a una sala donde una gran piscina hecha en piedra nos esperaba. El agua era cristalina y perfumada con pétalos de rosa.

—Yakir —nos ordenó uno de los hombres.

—Quiere que nos desvistamos —me susurró Saira empezando a quitarse el turbante—. Hazlo, rápido.

Indecisa, pero viendo que todas lo hacían empecé a desvestirme. Me sentí impotente y avergonzada por tener que quitarme la ropa delante de los cinco hombres que nos custodiaban, pero acabé obedeciendo ¿Qué otra opción tenía? ¿La muerte? ¿Perder un miembro? No quería que mi cabeza adornara la muralla de Rolar.

Al acabar se limitaron a darnos una pastilla de jabón y señalarnos unos vestidos de seda que había colgados en una pared.

—Lavar y vestir, ¡rápido! —Nos gritó otro en la lengua común de Oyrun.

Nos zambullimos en la piscina y empezamos a asearnos. El agua era fresca, y fue una bendición después de pasar interminables días sin lavarme. Saira examinó mi herida y la limpió con el jabón de qué disponíamos mientras yo observaba los hombres que nos vigilaban. Eran todos grandes, fuertes y altos, imposibles de vencer si iba desarmada.

—Continuaré siendo una esclava del deseo —dijo Saira con desánimo—. Y tú también.

—Ninguno de esos me tocará, de hacerlo perderán lo que les cuelga entre las piernas —respondí con rabia.

—Lo harán —me reprendió—. O morirás.

—No —dije con testarudez volviéndome levemente a ella que pasaba el agua perfumada por mi herida de la espalda—. Dacio vendrá a salvarme antes que eso ocurra.

—¿Quién es?

—Mi novio —respondí—. Es un mago.

—¿Un *fairu*? —Preguntó perpleja—. Olvídate de él, los magos no son bienvenidos en Rolar y ellos nunca intentan entrar en esta ciudad. Se dice que una vez lo hizo uno y los hombres del desierto lo capturaron para obtener su magia. Murió.

—Entonces no sería mago —dije arqueando una ceja—. Los magos son muy poderosos.

—Pues es lo que dicen —insistió colocándose delante de mí.

—No creas todo lo que te dicen Saira —respondí—. No vendrán porque ellos no toleran la esclavitud, no hay esclavos en Mair.

Suspiró.

—Ten cuidado —me advirtió cuando salimos del agua y empezamos a secarnos con una toalla que nos habían dejado a cada una—. No te han tocado aún porque olías fatal.

—Gracias por tu sinceridad —respondí al darme cuenta que el baño no era una bendición, sino la maldición que atraería a los hombres a querer acostarse conmigo en contra de mi voluntad.

Cogí un vestido de seda azul, pero continué sintiéndome por completo desnuda. La tela era tan fina que se transparentaba todo, incluso podía apreciarse mi vello púbico al no dejarnos nada de ropa interior. El escote del vestido también era vergonzoso y la espalda la tenía por completo al descubierto. Fue horrible, nos quitaban la libertad y la decencia. Y así, con una oleada de colores en mi rostro, salimos a la arena.

Un escenario de madera se encontraba en el centro del anfiteatro y alrededor de él centenares de hombres pujaban ya por los esclavos que subieron para ser vendidos.

Empezaron por los hombres mientras el grupo de mujeres fuimos ordenadas por edades. Aquellas que por su edad avanzada o estando embarazadas, no eran útiles como esclavas del placer fueron colocadas las últimas de la fila. Me separaron de Saira colocándome de las primeras en salir y me sentí sola, hundida, con ganas de llorar, pero debía ser fuerte, no podía mostrar debilidad.

Era la tercera en salir al escenario y mi objetivo de escapar pendía del esclavista al que me entregaran.

Noté mis piernas temblar en cuanto la primera mujer subió al escenario. Tragué saliva notando un sudor frío recorrer mi frente y una sensación de angustia amenazaba con hacerme vomitar. La puja por la primera chica fue rápida y se entregó a su nuevo amo nada más bajar del escenario. La siguiente subió con lágrimas en los ojos, la subasta también fue rápida con esa mujer y llegó mi turno.

Mi primer pensamiento fue echarme a correr antes de subir a la tarima, pero uno de los hombres que nos vigilaba me dio un pequeño empujón para que empezara a andar, y mis piernas obedecieron. Temblorosa, subí los cinco peldaños para llegar arriba del escenario, me planté en medio, con la cabeza bien alta y sin ninguna lágrima en los ojos.

—¡Veinticinco años! ¡Originaria de Andalen! —Informó el vendedor. No importaba mi nombre, solo la edad que tenía y mis formas de mujer que ya mostraban a todos perfectamente con la poca tela que me cubría—. ¿Quién ofrece diez monedas de plata?

Alguien aceptó, pero pronto subieron la oferta a veinte, luego a treinta, a cuarenta, cuarenta y cinco, y finalmente a cincuenta monedas de plata.

—¿Alguien da más? —Preguntó el vendedor. Nadie más pujaba y el esclavista que me estaba comprando era un hombre grueso, con una barba enmarañada que le llegaba hasta el pecho y sudaba como un cerdo.

Ese no, ese no, supliqué a los dioses.

—¡Cien monedas! —Gritó alguien entre los esclavistas. Se hizo el silencio y todos miraron al esclavista que había ofrecido cien monedas por mí—. ¡Cien monedas de plata! —Volvió a repetir.

—¡Vendida! —Dictaminó mi vendedor señalándolo satisfecho con el látigo enrollado.

Era un hombre con el rostro cubierto por la capucha de una capa marrón oscura. Le odié de igual manera que al gordo. Se dirigió al punto de encuentro a paso acelerado mientras yo bajaba del escenario temiendo lo peor.

Mis pies tocaron la arena y mi comprador pagaba ya las cien monedas de plata a los jinetes de Almer que esperaban pacientemente a que todos sus esclavos fueran vendidos. Era alto, pero no lograba entrever el rostro que se escondía debajo de aquella capucha. Se volvió y de dos zancadas se plantó delante de mí. Me cogió del brazo derecho e instintivamente quise que me soltara, pero no me lo permitió. Me obligó a seguirle hacia una zona apartada, pegada a la pared del coliseo donde un porche nos refugiaba del sol y del jaleo de los esclavistas que gritaban ofreciendo dinero a cambio de personas.

—¡Eres una estúpida! —Me gritó en cuanto me soltó, contuve la respiración pensando que todo era un sueño, que la voz que acababa de escuchar no podía ser real, pero el hombre se descubrió y pude ver su pelo claramente desordenado con reflejos dorados y llamas de fuego bajo un tono castaño. Sus ojos de color chocolate me miraron con dureza y su rostro varonil, bello y hermoso estaba dibujado por una expresión seria y enfadada—. ¡¿No te das cuenta de lo que podría haberte pasado?!

Mis ojos se llenaron de lágrimas, sabía que estaba a salvo, que a su lado no me ocurriría nada y pese a su expresión dura y fría no pude contenerme y me abalancé a su cuello, abrazándole.

—Dacio, perdóname —le pedí llorando—. Fui una estúpida, tienes razón. Lo siento.

Se resistió los primeros segundos, pero finalmente me abrazó y me rodeó con sus brazos provocando que me sintiera aún más segura.

—Eres una estúpida —volvió a repetir.

—Lo siento —me retiró duramente de él y continuó mirándome muy enfadado, resentido.

—Sentirlo no es suficiente —dijo con amargura.

—Entiéndelo, debía rescatar a Edmund —quise hacerle ver—. Intentarlo.

—Entender —repitió—. Entender que mi novia vaya a una misión suicida abandonándome sin ningún tipo de explicación. Eso tengo que entender —se cruzó de brazos, creo que para evitar abrazarme—. Podemos ir a Mair o a Launier, tú decides, pero no dejaré que vayas a Luzterm —me informó—. Y esta vez no cederé, si hace falta te ataré con mi magia para que vengas conmigo.

—No hará falta —contesté limpiándome las lágrimas con una mano pero fue inútil, pues unas nuevas aparecieron de forma automática—. Volveré contigo, sin replicar.

—Bien —dijo aliviado por mi respuesta, y bajó los brazos. Creo que pensaba que discutiría, que nos enfadaríamos y al haber aceptado sin poner ninguna objeción se quedó sin saber qué más decir o hacer—. ¿Es una trampa? —preguntó finalmente, frunciendo el ceño—. ¿Piensas escapar en cuanto me despiste?

—No —respondí—. Quiero rescatar a Edmund, pero me he dado cuenta de que esta no es manera. Mira, a la que llegué a Sethcar, vi que iba a morir y entonces comprendí que había sido una egoísta. Edmund se ha sacrificado por mí, me ha devuelto la vida, sería una desagradecida si muriera vanamente en un intento por salvarle otra vez, y…

—Edmund, Edmund, Edmund —repitió un poco molesto, no dejándome continuar, parecía aún más enfadado—. ¿Sabes? No te importo nada.

—Eso no es verdad —dije sin comprenderlo.

—Sí —me contradijo—. Todo gira en torno a él. Desde que te

conozco solo piensas en tu hermano y he intentado apoyarte, consolarte, estar a tu lado, intentar ponerme en tu situación y también me he sentido culpable porque es mi hermano quién lo tiene retenido. Y, en todo este tiempo, nunca me has demostrado que yo fuera tan importante como él lo es para ti. No te pido que me quieras más pero sí de igual manera. Creí que cuando lo recuperáramos sería distinto, que podríamos formar una familia, casarnos, tener hijos, pero no, continuabas viendo únicamente a Edmund, solo a Edmund. Yo siempre permanezco en segundo plano pese a que intento darte lo mejor cada día que pasa.

—Dacio, te quiero —le dije desesperada al pensar que se sentía así—. Edmund y tú sois diferentes, él es mi hermano y tú el hombre al que amo, ¿es que no lo entiendes?

—Entiendo que él está por delante de mí, siempre —respondió con severidad.

—No —insistí.

—¡Sí! —Se reafirmó—. Porque si estuviéramos aunque fuese en el mismo nivel jamás hubieras venido hasta aquí. No pensaste en mí en ningún momento, no pensaste que si morías, yo moriría contigo. Te ha dado igual porque solo piensas en tu hermano. Estoy harto, quiero que me quieras como yo te quiero a ti —me acorraló contra la pared, colocando sus manos contra el muro y sus brazos a modo de barrera—. Ámame como yo te amo. Jamás te abandonaría como tú has hecho conmigo. Por favor, prométeme que no volverás a hacer una locura como esta. Prométemelo de corazón.

—Dacio —me limpié las lágrimas de los ojos intentando pensar qué contestarle. Tenía razón en cierto sentido, siempre anteponía a Edmund, me había ido de su lado pensando en mi hermano, no en lo que pasaría si yo moría y dejaba a Dacio solo en el mundo. Pero en ningún momento le había querido menos que a Edmund—, te quiero, si te pasara algo me moriría, eres el único apoyo que tengo y te pido perdón si te has sentido menos querido, pensaba que lo sabías.

Se mantuvo en silencio y desvió su vista de mis ojos.

—Prométeme que no volverás a hacerlo.

En ese instante me sentí sin fuerzas de poder continuar por más tiempo con la misión, de pasarme la vida intentando rescatar a mi hermano. Dacio no se merecía eso, me necesitaba y yo le necesitaba a él.

—Te prometo eso y mucho más —respondí, y frunció el ceño sin saber qué esperar volviendo su vista a mí—. A partir de ahora ya no antepondré a Edmund, es mayor, no un niño y ha decidido por propia voluntad sacrificar su vida por la mía. Voy a aceptar esta oportunidad que me ha dado y por una vez viviré mi vida, pensaré en nosotros, en nadie más.

—¿Qué quieres decir? —Preguntó desconfiado, apartándose y liberándome de sus brazos.

—Estoy cansada de luchar, intentar rescatar a mi hermano, combatir orcos, magos oscuros y estar dando vueltas por el mundo a la espera de lo siguiente que pueda venir. Estoy cansada. Dacio, no tengo fuerzas para continuar adelante. Ayla dará a luz dentro de unos meses y no reanudará la misión hasta ves a saber cuándo. Por ese motivo, yo me retiro. No pienso volver a ser parte del grupo.

—¿Qué? —Preguntó aún más perdido.

Suspiré y le cogí de una mano.

—¿Recuerdas el día que descubrí quién eras en realidad? ¿La primera vez que hicimos juntos el amor? —Asintió—. Eras tan feliz de tenerme que enseguida pensaste en querer formar una familia y yo me asusté. Ahora, ese pensamiento ya no me causa pavor. Te quiero y quiero pasar mi vida junto a ti, cásate conmigo.

Abrió mucho los ojos, no esperando mi propuesta y yo le miré expectante a que me respondiera.

—Alegra... —no le salían las palabras—. ¿Estás segura? Eres anti-matrimonio. Y abandonar la misión, ¿acaso tienes fiebre?

—Me tomó la temperatura con una mano y sonreí, cogiéndosela.

—Estoy segura, necesito... estar a tu lado, descansar. Ya no me quedan fuerzas.

—Alegra —acarició mi rostro—. No quiero que te precipites,

acabas de pasar por una mala experiencia, el sol te ha afectado.

—Que no —insistí—. Estoy preparada, quiero casarme contigo. Si tú me aceptas.

Sonrió.

—¿Aceptarte? Es un sueño el pensar que pueda casarme contigo —respondió, se inclinó a mí y me besó en los labios—. Te quiero.

Nos abrazamos.

—Ayla dará a luz en pocos meses, nos casaremos después —evalué—. ¿Te parece bien?

—Lo que tú digas —dijo encantado—. Pero en cuanto a abandonar la misión, puedes continuar dentro del grupo. A mí no me importa que mi mujer sea una guerrera que quiera seguir con su oficio.

Reí, por ese motivo le quería tanto y le besé una vez más.

—¿Y quién cuidará de nuestros hijos cuando estés combatiendo contra monstruos?

—¿Hijos?

Le miré a los ojos, cogiéndole del rostro con cariño.

—Estoy dispuesta a todo, Dacio, a todo.

—Definitivamente el sol te ha afectado —dijo ensanchando su sonrisa.

Volvimos a abrazarnos y noté su magia correr por mi cuerpo. Al separarme levemente de él me percaté que mi vestido de seda se transformaba en un uniforme digno de una Domadora del Fuego, con sus abrazaderas protectoras, su camisa de algodón resaltada por un chaleco de piel, unos pantalones de lino y unas impecables botas de color marrón.

—Y tu espada, la compré también —Dacio sacó a Colmillo de Lince de su bolsa de viaje y le miré sorprendida—. Que vayas a casarte conmigo no significa que debas romper con todo, tu corazón de Domadora del Fuego siempre estará vivo.

Asentí, aceptándola.

—Dime, ¿por qué has gastado tu dinero pudiendo utilizar magia para sacarme de aquí? —Le pregunté cuando me rodeó con un brazo para salir de aquel lugar horrible.

—Los magos no somos bienvenidos en Rolar y tenemos una norma en Mair de no entrometernos con las gentes de Sethcar. Preferí este camino, más sencillo y sin tener que salir corriendo de la ciudad. Tenemos que comprar víveres antes de regresar a Yorsa. No sabes la de vueltas que me has hecho dar para encontrarte, me he llegado a cuestionar mis técnicas de rastreo.

Reí, orgullosa de mis habilidades, capaz de ocultarme de un mago.

Nos cruzamos con la tribu de las caravanas del agua, se les diferenciaba porque todos ellos vestían túnicas azules.

—Pol —pensé en el hermano de Saira—. ¡Y Saira!

Me volví hacia la tarima, aún no había llegado el turno de la muchacha, pero poco le faltaba.

—Dacio, ¿cuánto dinero tienes? —le pregunté con prisas—. ¿Tienes para dos esclavos?

—Sí, pero entonces iremos justos para llegar hasta Sorania.

—Da igual, gástalo en aquellos que te diga —le pedí.

En cuanto Saira subió al escenario pujamos por ella y logramos comprarla por ochenta monedas de plata. En cuanto bajó del escenario me abracé a ella, contenta.

—Somos libres —le susurré al oído mientras Dacio pagaba su precio al esclavista—. ¿Recuerdas que te hablé de mi novio?

—Sí, pero…

—¡Es él! Estamos salvadas.

Lo miró sin saber qué pensar y sus ojos volvieron a mí.

—¿Quieres decir que soy libre?

—Sí —le respondió Dacio aproximándose a las dos—. Quedaos aquí, debo hablar con los jinetes de Almer directamente si quiero que tu hermano no acabe siendo un eunuco.

Pol abrazó a Dacio en cuanto se enteró que nadie iba a cortarle sus partes nobles y, además, era libre junto a su hermana. El chico lloró incluso, sin dejar de abrazar a mi prometido y dando mil veces gracias.

—¡Te serviré toda la vida! —le decía Pol sin soltarle—. ¡Lo juro! ¡No tendrás a nadie más fiel que yo!

—Calma, chico —Dacio intentaba que le soltara pero el muchacho no le dejaba, aliviado de no volverse un eunuco—. Eres libre, puedes ir donde quieras.

Pol le miró sin soltarlo.

—No tenemos a donde ir —nos hizo ver el niño.

Dacio y yo nos miramos, sin saber qué hacer. Quise liberarlos, pero no caí en la cuenta que eran unos niños que necesitaban atenciones, no podrían sobrevivir solos y menos en Sethcar.

—Podemos… llevarlos con nosotros —propuse vacilante—. Así cuando regresemos a tu granja no estará tan vacía.

—Nuestra granja —me corrigió Dacio—. Y me parece una idea estupenda.

Cogió a Pol en brazos viendo que el chiquillo no le soltaba ni a la de tres.

Abandonamos Rolar en cuanto compramos dos camellos y víveres suficientes para los cuatro. El camino resultó mucho más corto que a la ida, y cuando llegamos por fin a Yorsa me estiré en la hierba verde contenta de volver en cierta manera a casa.

Mi hermano continuaba secuestrado, pero intentaría vivir la nueva vida que me había regalado.

EDMUND

Gobernador

La puerta de la celda se abrió. Tuve que cubrirme los ojos con una mano a modo de visera al percibir la simple luz de una antorcha. Durante semanas o meses —no supe bien, bien cuánto tiempo había pasado desde mi regreso a Luzterm—, el mago oscuro me encerró en aquel calabozo oscuro como castigo por haberle engañado a la hora de entregarle el colgante incompleto. Y, cada cierto día, un par de orcos venían a mi celda a darme una paliza. Pero en ese instante, no era un orco quien entraba, sus ojos rojos como la sangre me indicaron que el mago oscuro había venido a liberarme o a matarme.

—Vamos —alzó una mano que sostenía un látigo y rápidamente me cubrí la cabeza hecho un ovillo en un rincón. La fricción del látigo dio en mis brazos—. ¡Levanta! ¡Hay espadas que forjar y armaduras que reparar!

Volvió a azotarme, pero me alcé como pude, si no obedecía más latigazos vendrían hasta dejarme como un gorrioncillo desplumado.

—Espero que hayas aprendido la lección Edmund —dijo en cuanto me erguí—. Vuelve a engañarme de esa manera y acabaré contigo.

No respondí y este me empujó fuera de la celda.

Escoltado por el mago oscuro, salí de las mazmorras. Fue un alivio volver a respirar aire fresco, el olor a muerte que desprendían las mazmorras de Luzterm era vomitivo.

Danlos me condujo a la sala principal del castillo donde una treintena de chimeneas estaban apostadas a ambos lados de la sala, aunque solo dos de ellas se encontraban encendidas en ese momento. En el fondo de dicha sala dos tronos hechos de hierro se alzaban imponentes.

Me detuve enfrente de los tronos, plantado, esperando la orden de Danlos en cuanto se acomodó en uno de los tronos. Su mirada ya no era roja como la sangre, sus ojos habían vuelto al color marrón indicando que lo peor había pasado.

—Te he cambiado de estancia —dijo—. A partir de ahora dormirás en una de las habitaciones del castillo, puedes escoger la que quieras. Tu trabajo será distinto, aunque debes continuar practicando tus habilidades en la herrería para ser el mejor forjador de espadas de Oyrun, deberás distribuir tu tiempo como mejor convengas, porque a partir de ahora ocuparás el cargo de gobernador de la ciudad de Luzterm.

Abrí mucho los ojos.

—Gobernador, ¿amo?

Asintió.

—Estoy agrandando Ofscar, la ciudad que se encuentra a treinta kilómetros de aquí, y tanto mi mujer como yo estamos sumamente ocupados en este proyecto. Ruwer vendrá con nosotros y Luzterm necesita a alguien con más sesos que un orco para que gobierne aquí —entrecerró los ojos, observándome con dureza—. Te escojo a ti porque sé que eres el que más medios pondrá para erradicar la peste que por desgracia ha llegado a Luzterm.

—¿Aquí también, amo?

—Sí, y está causando más de una baja.

Fruncí el ceño.

—¿Y por qué no darles la medicina que salvó a mi hermana?

—Estúpido —me insultó—. ¿Cómo crees que hago la medicina? Para salvar una vida hay que sacrificar otra —le miré espantado—. Exacto, tu hermana está viva porque sacrifiqué a una esclava para elaborar la pócima.

Quedé literalmente con la boca abierta, y el mago rio. Solo deseé que Alegra nunca se enterara de ese hecho.

—Tus labores también se amplían a desechar los esclavos que no nos son útiles y seleccionar los que utilicemos para nuestros sacrificios. Y, evidentemente, de vez en cuando partirás con Ruwer por Yorsa a la caza de humanos.

Tragué saliva.

>>Mi hijo permanecerá en Luzterm —se levantó entonces y se dirigió a uno de los ventanales que había en la sala—. En Ofscar sería un estorbo, su niñera murió hace dos días por la peste y no tengo tiempo de buscarle otra.

—Pero… —me miró y vacilé—, es muy pequeño, necesita…

—¿Alguien que le cuide? —Acabó la frase por mí—. No te preocupes, se espabilará. Únicamente busca a alguien que se encargue de alimentarle, vestirle y asearle, el resto del tiempo que vague solo por el castillo o la ciudad. Si recibe el golpe de algún orco le hará más duro, más fuerte, y aprenderá a defenderse de ellos tarde o temprano.

Calculé mentalmente la edad del pequeño y si no iba errado apenas alcanzaba los quince meses. Me hacía cruces que su padre pensara de aquella manera, sobre todo porque al poco de nacer vi como sostenía a su hijo en brazos y le decía que le quería.

Apreté los dientes, fui el primero en odiar al pequeño amo, incluso quise matarlo para vengarme de Danlos, pero no me vi con fuerzas porque a fin de cuentas era solo un bebé.

—Ahora, instálate —me ordenó—. Cámbiate de ropa, aséate y luego ves a evaluar la situación de los esclavos con los orcos. Espero que la mortalidad descienda con tu llegada. Y no me deinstalaciones, el haber dejado un fragmento a la elegida ha complicado las cosas, ahora tengo que actuar de nuevo con cautela.

Es lo que quería, pensé.

Acaricié el dibujo —un campo de trigo con un sol alzándose en el horizonte— bordado en el jubón que hasta la fecha fue mi emblema como soldado de Andalen. Al lado, tenía el nuevo uniforme que indicaba mi servidumbre a Danlos y me entraron ganas de llorar, pero respiré hondo y me vestí con las nuevas ropas que me fueron entregadas justo después de tomar un merecido baño y curarme las heridas de las palizas de los orcos. Tenía el cuerpo amoratado de las patadas y puñetazos que recibí en mis días de cautiverio, y un cardenal importante detrás de la oreja izquierda que bajaba hasta el cuello. Pero al contemplarme en un espejo de cuerpo entero, en lo único que me fijé fue en el nuevo emblema que lucía mi jubón: una daga que emanaba sangre. Me llevé una mano al pecho y estrujé aquel dibujo bordado como si de esa manera pudiera quitarme aquel símbolo y huir de aquel lugar.

—Cerdo —cogí el uniforme de Andalen y lo lancé al fuego de la chimenea de mi habitación—. ¡Me lo has quitado todo!

Ver arder mis sueños me superó y unas lágrimas traicioneras bajaron por mis ojos. Me las limpié rápidamente y salí de mi nuevo cuarto. La habitación que disponía era, desde luego, mucho mejor que la barraca que anteriormente había compartido con varios hombres. Disponía de una cama de dos metros, un gran armario, un escritorio y una silla, la pena era que el color gris de las paredes la hacía fría, pero a la que pusiera unas cortinas y una alfombra la cosa cambiaría.

Mi siguiente parada fueron las cocinas, tenía hambre, pero mi decisión a ir en esa dirección se debía a la niña que trabajaba en ellas, Sandra —la única amiga que hice en Luzterm cuando fui secuestrado cinco años atrás.

Aceleré el paso, la incertidumbre por saber si continuaba viva o muerta me angustiaba, pero a la que abrí la puerta de las cocinas mis temores se disiparon.

Sandra alzó sus ojos de la pila de patatas que estaba pelando sentada en una silla, y al verme sus ojos grises se abrieron de par en par. Quiso alzarse para venir a mí, pero entonces recordó el orco que siempre vigilaba a todas las cocineras y se detuvo en seco.

—Tú —me dirigí al orco—, vete. No vuelvas nunca más por las cocinas.

El engendro me miró gruñendo, pero a la que se percató del emblema de mi jubón cambió su actitud y se marchó sin protestar. Ahora yo era el gobernador, y cualquier orden dada por mí debía ser cumplida por todos los orcos de Luzterm.

—¡Edmund! —Sandra fue tan rápida que ni la vi cuando se abalanzó a mi cuello dando un salto—. ¡Qué alegría verte!

—¡Sandra! —Nos separamos levemente, sin dejar de abrazarnos—. ¡Cuánto has crecido! Pero si casi eres una mujer.

Había pegado un estirón, pese a tan solo contar con trece años empezaba a adquirir las formas de una mujer.

Sandra empezó a reír, contenta. Y volvió a abrazarme, estuvimos así durante unos segundos.

—Vuelvo a ser su esclavo —le susurré al oído—. Siento no haber podido liberarte.

—Da igual —respondió—. Lo importante es que volvemos a estar juntos. Siento que seas de nuevo esclavo pero… ¡Me alegro tanto de verte!

Nos separamos y nos miramos a los ojos.

—Edmund —Ania, la madre de Sandra, me llamó y al volverme a ella vi que estaba cocinando un Bistec—, supongo que tienes hambre.

—¡Sí! —Exclamé acercándome a ella—. Llevo meses a pan y agua.

—Entonces, come con cuidado —me advirtió colocando el trozo de carne en un plato—. No vaya a sentarte mal.

—Tranquila —cogí el plato y lo llevé a la única mesa que había en las cocinas; donde podían comer alrededor de diez personas sin ningún problema—. Descansad todas y haceros algo para comer, lo que más os apetezca.

Todas las presentes se miraron entre sí, como si aquello no fuera posible. El orco que las vigiló hasta el momento no les permitía comer nada que no fuera su ración escasa de comida. Pero su miedo duró poco al saber que a partir de aquel momento era el gobernador de Luzterm.

Eché en faltar a más de una cocinera y me explicaron que dos de ellas habían caído víctimas de la peste. Solo quedaban cuatro incluyendo a Sandra y Ania, pero Geni, aquella chica tres años mayor que yo, que ocupó mis sueños antes de marcharme de Luzterm, continuaba viva. La miré con disimulo al reconocerla y ella me devolvió una sonrisa pícara que me sorprendió.

Ya no soy tan niño, ¿eh? Quise decirle a mi vez con una simple mirada.

Geni se humedeció los labios con la lengua y yo me la imaginé sin ropa, encima de la mesa y gozando de ella.

La ciudad apenas había cambiado, estaba plagada de orcos por donde quisiera que mirara y esclavos asustadizos que intentaban pasar desapercibidos para no ser golpeados o asesinados. Las calles no estaban pavimentadas, por lo que cuando llovía se convertía en un barrizal. Hombres y mujeres vivían juntos en pequeñas casas medio derruidas junto con los hijos que les quedaban con vida. La enfermería era deplorable, un lugar infectado de pulgas, moho y ratas; si uno entraba allí era para morir no para curarse.

La gran muralla que rodeaba Creuzos era el trabajo que tenían la mayoría de esclavos de Luzterm. Una construcción de más de cien metros de altura que daba lugar a un gran muro negro, con unas enormes puertas de hierro que solo se podían abrir con la fuerza de varios trolls, encadenados de por vida a la rueda que las abría. Para llegar al lado sur del muro se debía cruzar una especie de túnel de varios metros de largo, pudiendo ver las entrañas del muro de tan ancho que era. Si uno quería asomarse a lo alto de la muralla, podía subir mediante unas jaulas que eran alzadas por la fuerza de varios hombres, o andando por unas largas e interminables escaleras al filo del muro. Muchos esclavos morían víctimas de caer al vacío al transportar las pesadas piedras que utilizaban para alzar día a día una muralla ya de por sí alta.

Danlos delimitaba su país con una fuerte fortificación y la alzaba sin descanso consciente que cuanto más alto fuera el muro menos probabilidades tenía Mair de poder conquistar la ciudad, aunque no por ello el país. Pues a medida que uno se dirigía al Sur de Creuzos alejándose de la ciudad, la muralla descendía poco a poco hasta alcanzar únicamente los veinte metros de altura. Intuí que por ese motivo Danlos y Bárbara se habían decidido a engrandecer Ofscar y, de esa manera, poder alzar la muralla en otros puntos más alejados de Luzterm. No obstante, más alta o más baja, todo el muro era protegido por una barrera mágica infranqueable y si alguien lograba traspasarla debía enfrentarse al Bosque Maldito, un lugar que era mejor no pisar en la vida, plagado de frúncidas, serpientes de decenas de metros de alto y cualquier animal de proporciones gigantescas.

Al Norte del muro la cosa cambiaba, pues al traspasar la muralla te encontrabas con los campos de cultivo y el ganado que sustentaba la ciudad. Los esclavos que trabajaban en ese sector no estaban mejor que los del muro, pues los latigazos que recibían junto con las excesivas jornadas de trabajo y una ración de comida insuficiente, hacían de sus vidas unos pobres miserables.

Y en medio de aquel país oscuro me encontraba yo, diminuto e insignificante, pero por primera vez con la oportunidad de mandar sobre los orcos e impedir que hicieran de las suyas.

El poder del cargo

Estaba molido, el trabajo de gobernador era más duro de lo que creí en un principio. Apenas llevaba un mes en el cargo y ya lo detestaba. La obligación de eliminar aquellos esclavos que no eran útiles para el trabajo era un tormento. Ancianos, enfermos, heridos… aquellos que no podían continuar por un motivo u otro debían ser ejecutados. La peste se llevaba a muchos y una orden expresa de Danlos de matar a cualquiera que la hubiese contraído era demoledora. Pero quizá, con la muerte de estos enfermos se salvaban muchos otros de contagiarse. No obstante, ¿qué derecho teníamos a matar a los enfermos de peste sin darles una mínima oportunidad? Sabía de algunos casos, pocos, en los que los pacientes lograban curarse contra todo pronóstico. Aunque siendo realistas en Luzterm las oportunidades no existían, y los días libres para poder reposar cuando uno tenía fiebre o el cuerpo lleno de bubones no era aceptable. Así que, esos pocos que podrían reponerse en cualquier otra parte del mundo estaban destinados a morir en la capital de Luzterm sí o sí.

Danlos y Bárbara no pisaban la ciudad salvo para realizar sus macabros sacrificios. Escoger aquel o aquella destinado a morir en la pira del templo era con creces el peor momento del mes. Y empecé a odiar la luna llena, momento que escogían para asesinar un inocente.

El cargo que mejor llevaba era, irónicamente, cerciorarme que Danter, el hijo de los magos oscuros, continuara vivo mientras correteaba por el castillo sin vigilancia. La niñera que le asigné para que le alimentara, vistiera y aseara, duró poco, en poco más de una semana contrajo la peste y murió. Escogí otra mujer y mismo resultado, apenas quince días y muerta. En consecuencia, tuve que ir aquella mañana a despertar a Danter a falta de alguien que hiciese esa labor.

Lo encontré encogido en el suelo justo al lado de su cama, hecho un ovillo como si tuviera frío. Al parecer se había caído, la cuna que debería tener a su edad se la retiraron sus padres en su afán porque creciera más rápido y se hiciera fuerte.

Me acerqué al pequeño.

—Danter —le zarandeé con cuidado de un hombre y el niño se

despertó con aire dormido. Al verme se quedó mirándome como si esperara a que hiciera algo—, vamos a vestirte.

Noté un cambio en el niño, el primer día que le vi desde mi regreso era más alegre, más activo, en aquel momento un aire de tristeza cubría su rostro.

—Echas de menos a tu antigua niñera, ¿eh? —No me refería a las dos anteriores, sino a la que lo cuidó desde que nació dándole el pecho. La recordaba perfectamente, fue escogida como nodriza de Danter porque tuvo un hijo que nació muerto justo al mismo tiempo que parió Bárbara. Aquella chica se comportó con el niño como una madre, pero enfermó y murió.

Danter debía echarla de menos y notar un cambio significativo en cuanto a que absolutamente nadie le hacía caso. La orden que les daba a las nuevas niñeras era clara, lavar, vestir y alimentar al pequeño amo, punto. El resto del tiempo debía espabilarse solo, esa fue la orden de su padre.

Suspiré, mirándole.

Danter había salido a su padre, tenía el pelo de su mismo color, castaño con reflejos color bronce, pero al tiempo cuando le deba el sol se le aclaraba tornándose ligeramente rubio. Sus ojos por contrario eran verdes como los de su madre, grandes y bonitos.

En cuanto logré una tercera niñera —esta vez intenté escoger una mujer que se le viera fuerte y sana dentro de lo que podía encontrar en Luzterm— me desentendí del pequeño y me dirigí a las cocinas a desayunar.

Al entrar solo encontré a Geni.

—¿Y el resto? —Pregunté, pensando más en el bienestar de Sandra que en cualquiera de las demás. Era angustioso no saber quién podía ser la siguiente víctima por la peste.

Geni se volvió a mí con una radiante sonrisa. Su escote era más que provocador, nunca la vi vestida de esa guisa.

—Ania y Dorna han ido a la zona norte del muro para traer la fruta del día. Al parecer el mozo encargado de hacerlo está enfermo.

—¿Y Sandra?

—En el fuerte, te está esperando.

El fuerte era un pequeño refugio ubicado en un almacén donde guardaban leña, lo utilizábamos Sandra y yo de pequeños para escondernos de los orcos y poder jugar. Pero desde que regresé, mis labores de gobernador no me dejaban tiempo libre para estar con ella como en el pasado, añadido que había crecido y los juegos que a ella aún le podían gustar a mí me aburrían. La situación era distinta a cuando me marché, ya era un hombre y, aunque Sandra había crecido, continuaba siendo una niña en cierta manera, o por lo menos, yo así la veía.

En cuanto quise dirigirme a la puerta trasera de las cocinas para ir a buscar a Sandra, Geni me cogió de una mano, deteniéndome.

—No tengas tanta prisa —me pidió.

La miré sin saber qué pretendía, pero al ver el fuego en sus ojos me ruboricé. Miré la puerta de salida y luego a ella.

—Vamos, gobernador —me tentó llevándome al lado de la mesa—. Sé que lo deseas.

—¿Ya no me ves como un niño? —Le pregunté alzando una ceja.

Acarició mi pelo con una mano, mirándome a los ojos.

—Ahora te veo como a alguien muy poderoso. El más poderoso de la ciudad después de los amos.

La miré sorprendido y ella me besó.

Siempre me rechazó, hasta la fecha yo solo era otro esclavo más para Geni. Supe que el poder de mi cargo la atrajo y no me importó, empecé a besarla. La cogí de la cintura y la senté en la mesa. Mis labios bajaron por su cuello, llegué a su escote y besé esa línea entre sus dos pechos que me volvía loco. Deshice el cordón de su corsé y pude dejar libres aquellos dos melocotones que me imaginé desde niño. Los besé, y hundí mi cara en ellos, mis dientes rozaron uno de sus pezones y ella gimió. Noté como sus manos batallaban por desabrochar mis pantalones y cuando consiguió bajármelos le subí la falda de su vestido, le bajé las calzas y toqué su sexo húmedo y dispuesto.

La tomé encima de la mesa, con pasión. Ella gimió, estirándose en la mesa, dejándose llevar. Rodeó con sus piernas mi cintura, impidiéndome escapar de ella y sonreí. Miraba como se agitaba bajo mis envestidas y cuando la tensión alcanzó la cima, gemimos, gritamos, nos tensamos y disfrutamos juntos de aquella experiencia más que renovadora.

Al acabar nos miramos a los ojos, ella sonreía tendida encima de la mesa. Sus piernas aún me rodeaban.

—Me tienes secuestrado —dije con una sonrisa boba intentando recuperar el aliento.

Geni ensanchó su sonrisa, se sentó y deshizo su agarre, luego me acarició el pelo.

—Eres el más poderoso de Luzterm, cualquier chica querrá estar contigo si le ofreces seguridad.

—¿Seguridad? —Pregunté—. Ya he ordenado que ningún orco os mate.

—No entiendes nada Edmund —dijo besándome una vez—. A mí me tendrás siempre que quieras si me garantizas que nunca seré el sacrificio de los magos oscuros —abrí mucho los ojos, pero ella bajó su mano hasta mi miembro viril que empezó a reaccionar de nuevo a su contacto—. Solo eso, nunca me escojas para los sacrificios y me encontrarás dispuesta siempre que quieras. A otras les puedes ofrecer un plato de comida, pero yo quiero la vida.

Tragué saliva, sus caricias continuaban.

En ese instante, la puerta trasera de las cocinas se abrió y ambos dimos un bote del susto.

—¡Edmund!

—Sandra, maldita sea —me aparte de Geni de inmediato mientras me subía los pantalones de espaldas a la niña—. ¿No me esperabas en el fuerte?

Me volví a ella y vi que fruncía el ceño, mirando a Geni con malos ojos.

—¡Puta! —La insultó.

Se dio media vuelta y se marchó dando un portazo.

Aquel día comprendí que el cargo de gobernador atraía a las mujeres por el poder que conllevaba.

AYLA

Tradición

Estaba en medio de la plaza del Sol de la ciudad de Sorania, a mi alrededor decenas de elfos me miraban con dureza, juzgándome por lo ocurrido. Laranar, a mi lado, les miraba serio.

—Es un bastardo y un semielfo, no puede reinar —dijo uno de ellos.

—No lo queremos —dijo otro.

—Vete —dijo un tercero.

Miré a mi protector y este me miró a mí.

—Lo siento, Ayla.

Soltó mi mano y se perdió entre todos aquellos elfos que continuaban alzando la voz no aceptando el hijo que esperaba.

—¿Laranar? —Grandes lagrimones circularon por mis mejillas mientras elfos y elfas me rodeaban con la intención de sacarme de la ciudad—. ¡Laranar!

Abrí los ojos de golpe, espantada.

—Tranquila —era Laranar, me rodeaba con sus brazos mientras marchábamos por el Bosque de la Hoja montando un único caballo—. Ha sido una pesadilla.

Me llevé una mano al pecho, notaba mi corazón a punto de salirme por la boca.

—Era tan real —respondí, y le miré a los ojos—. Tu pueblo quería echarme de la ciudad porque el niño no es elfo de raza y me abandonabas.

—Jamás te dejaría —dijo seguro—. Nunca.

Apoyé mi cabeza en su pecho y él me dio un beso en el pelo.

Montaba de lado, con los pies colgando por el lateral izquierdo del caballo, rodeada por los brazos fuertes de Laranar. Ir a horcajadas me molestaba y notaba una punzada de dolor en la zona baja del vientre, necesitaba ayuda para montar. Añadido que Alegra nos había dejado con tan solo dos caballos en su fuga desesperada por rescatar a su hermano, no dejando otra opción que compartir los corceles con Raiben. Fue una estupidez por su parte querer ir a Luzterm sola, pero me preocupaba, y rezaba porque Dacio la encontrara pronto y regresara con nosotros.

—¿Cómo te encuentras? —Me preguntó Laranar—. ¿Quieres que paremos?

Miré a ambos lados.

—Estoy bien, ¿dónde está Raiben? —Pregunté al darme cuenta que solo Akila caminaba a nuestro lado.

—Se ha adelantado a Sorania, le he pedido un favor —detuvo el caballo—. Debe estar a punto de regresar, bajemos.

Se apeó del caballo y extendió sus brazos para ayudarme a bajar. Al descabalgar, noté alivio en las piernas, estaba entumecida, incluso el bebé pareció agradecerlo pues noté cómo se movió dentro de mí.

—¿Lo notas? —Cogí la mano de Laranar y la coloqué en mi barriga.

—Sí —sonrió, pero luego me miró preocupado.

—¿Qué? —Le pregunté cansada—. Podrías mostrarte más animado.

—No paro de pensar en las consecuencias de este niño, lo siento

—respondió—. Te quiero y querré a nuestro hijo, pero… ¡Por Natur! Llego a saberlo y nos hubiésemos abstenido de hacer el amor, te lo garantizo.

—¿Crees que yo quería esto? —Le pregunté enojada.

—Sé que tampoco lo esperabas —cogió mi rostro con ambas manos—. Ayla, no creas que estoy así por la misión o lo que pueda decir mi pueblo. Estoy así porque me preocupa tu seguridad y la de nuestro hijo. Vivimos en un mundo en guerra, no quiero ni imaginar la posibilidad de perderos.

—Estaremos bien —le aseguré mirándole a los ojos—. Protegeremos a nuestro hijo, y crecerá y vivirá feliz en Sorania apartado de la guerra.

—Que Natur te escuche —dijo abrazándome como si la amenaza que volaba por nuestras cabezas fuera a hacerse real—. No quiero ni pensar que pueda ocurrir algo parecido a lo que le pasó a Eleanor.

—Ya maté a la maga oscura que asesinó a tu hermana, tranquilo.

Pero ninguno de los dos estaba tranquilo, solo que Laranar demostraba su preocupación y yo intentaba poner buena cara para no angustiarlo más.

Nuestra relación estaba prohibida según la profecía y pese a las advertencias de todo el mundo, habíamos continuado adelante. Nadie sabía qué consecuencias podía tener mi embarazo al destino de Oyrun o a nosotros mismos. Pero me negaba a creer que aquel niño fruto del amor pudiera desencadenar el fin del mundo.

—¿Para qué se ha adelantado Raiben a Sorania? —Quise cambiar de tema y empezamos a caminar a paso tranquilo, Laranar llevando las riendas del caballo.

—Quería que me trajera una cosa —dijo como quitándole importancia—. Aunque mis padres habrán puesto el grito en el cielo.

—Si les informa de mi embarazo seguro que sí —dije preocupada también por ese tema.

Sonrió.

—Mis padres te adoran —afirmó—. Pese a la sorpresa del principio aceptarán a su nieto, no te preocupes por eso.

Habló muy seguro de sí mismo, pero yo no lo estaba tanto. El nieto que tendrían sería semielfo, una complicación para nombrarle heredero a la corona después de Laranar. Añadido que Laranar, por su cargo de protector con respecto a mí, había deshonrado a la familia incumpliendo la misión que todo Oyrun le confió en cuanto a protegerme y no llevándome a su cama.

Raiben regresó al poco, le dio algo que no pude ver a Laranar y continuamos el camino, nerviosos por lo que vendría en breve.

Los reyes de Launier ya estaban informados de mi estado.

La ciudad de Sorania estaba protegida por una muralla inacabada que se alzaba en medio del gran Bosque de la Hoja. Apenas quedaba medio kilómetro para finalizarla, pero las labores de construcción se detuvieron tiempo atrás cuando Numoní —la maga oscura que mató a Eleanor— se marchó del país para vagar por Yorsa y aterrorizar otros reinos. Fue, entonces, viendo que muchos árboles debían ser talados para finalizar el muro, cuando se decidió suspender la construcción. Su amor a cualquier ser que albergara la diosa Natur les impedía talar más árboles si no era necesario.

A medida que avanzábamos dentro de los muros de la ciudad, los árboles iban desapareciendo mostrando la capital del reino iluminada por los rayos del sol. La gente percibió nuestra llegada con alegría, muy diferente de la primera vez que llegué a Sorania pues, por aquel entonces, todos me trataron como una simple humana, impostora de querer llevar el cargo de elegida. Ahora, nadie dudaba de mi fuerza, había derrotado a cinco de los siete magos oscuros y solo quedaban dos por vencer, algo que estaba decidida a cumplir con la ayuda del minúsculo fragmento que conservaba. Lo único que temía eran los nuevos comentarios que se alzarían al saberse la noticia de mi embarazo. No quisimos pasar por ciudades ni aldeas de Launier, para que los rumores sobre mi estado no llegaran antes que nosotros a Sorania. Incluso Raiben colocó su montura en el lado donde estaba encarada para dificultar que los elfos percibieran mi embarazo, disimulado por una camisa holgada que me prestó Laranar durante el camino.

En cuanto llegamos a los grandes jardines del palacio, Laranar condujo nuestro caballo por un camino diferente que nos alejaba de nuestro destino.

—Akila, conmigo —le ordenó Raiben que se detuvo sin seguirnos.

—¿A dónde vamos? —Pregunté a Laranar, sin comprender aquel cambio de rumbo.

—A una zona de reyes antiguos —se limitó a contestar—. Akila, con Raiben.

El lobo se detuvo entonces y giró la cabeza a un lado no comprendiendo por qué nos dividíamos. Miré a mi amigo peludo por encima del hombro de Laranar. El lobo vaciló, pero finalmente siguió a Raiben que continuó por el camino adoquinado que conducía hasta el palacio.

Los jardines eran inmensos, como tres campos de golf unidos en uno solo. Grandes, bonitos y hermosos, no había jardines parecidos en otra parte del mundo. El paso del caballo era relajado, parecía que la magia del lugar hubiera calmado el nervio del animal. Atravesamos una zona de flores silvestres, otra de orquídeas cosechadas con gran talento, un pequeño estanque, un puente de madera y continuamos adelante por un césped recién cortado. Nos dirigimos a una zona vallada por un pequeño muro de piedra de no más de un metro de alto. La entrada era un arco con dos estatuas a cada costado que representaban un rey y una reina.

Laranar detuvo el caballo en cuanto llegamos y me ayudó a bajar del corcel.

—Aquí solo puede entrar la familia real —comentó cogiéndome de la mano y llevándome dentro del recinto que resultó ser un pequeño jardín repleto de rosas.

Un aroma dulce se respiraba en el aire.

Las rosas estaban repartidas por toda la parcela, formando un pequeño laberinto y en el centro de este, un gran mosaico en el suelo representaba la imagen de un rey y una reina, uno enfrente del otro, cogidos de ambas manos. Las piedras con las que se había formado el mosaico eran diminutas, de vivos colores, incluso las joyas que llevaba la reina eran adornadas con auténticas piedras preciosas, y las coronas que portaban ambos parecían estar hechas de verdadero oro.

—Laranar es precioso —dije al llegar al centro del mosaico. Me daba respeto tener que pisar una obra como aquella—. ¿Por qué me has traído aquí?

—Porque es la tradición —respondió. Me miró a los ojos y vi que estaba nervioso—. Ayla, siento haber tardado tanto, pero debía esperar a llegar aquí. No quería acabar con esta costumbre. Mi padre lo hizo con mi madre y antes que él mi abuelo con mi abuela. Este mundo tiene más de cien mil años y esta es de las pocas tradiciones que han perdurado a lo largo del tiempo. Lo inició el rey Freisal con su reina Iridia al terminar de construir el palacio de Sorania. Y, ahora, muchos milenios después... es mi turno, contigo —se puso de rodillas y me cogió una mano—. Eres mi vida y quiero pasar la eternidad junto a ti —abrí mucho los ojos, sabiendo de antemano qué iba a proponerme—. Te quiero, y quiero que... aunque nos separemos en un futuro si regresas a la Tierra, sepamos que estamos unidos de algún modo, por ese motivo... —suspiró mientras a mí se me escapaba una sonrisa de felicidad—. ¿Quieres hacerme el gran honor de ser mi esposa? —Sacó un bonito anillo de su bolsillo, un anillo de oro blanco con tres pequeños diamantes incrustados que lo hacían fino y elegante.

—Creí que nunca me lo pedirías —respondí emocionada. Desde que le di la noticia del embarazo dudaba sobre si sacar el tema del matrimonio puesto que aún asimilaba el hecho de ser padre en un mundo en guerra—. Claro que me casaré contigo.

Sonrió, se alzó y me deslizó el anillo en el dedo anular.

—Ahora eres mi prometida —por un momento me pareció ver

una oleada de colores en su rostro, pero el brillo de sus ojos y la sonrisa de sus labios no me dejaron percibir hasta qué punto se puso colorado.

Nos besamos en los labios, gozosos de amor, luego nos abrazamos.

A partir de ese momento, estábamos prometidos.

Heredero al trono

La reina Creao me miraba con rostro inexpresivo, no había en ella ni desagrado ni alegría, ni enfado ni resentimiento, ni culpa ni ilusión. No me comunicaba nada y aquello era peor que una mirada fulminante. Desvió un momento su atención puesta en mí para clavar sus ojos en el rey Lessonar que intentaba defenderme delante de la familia real que vivía actualmente en Sorania.

Nada más llegar al palacio me condujeron a la sala donde me encontraba, con treinta pares de ojos que no hacían más que mirar mi vientre abultado.

En cuanto estuve acomodada en uno de los sofás de la habitación empezaron las protestas, y Laranar sostuvo mi mano a modo de apoyo.

Todos los presentes eran familia, así que pudieron expresar sus opiniones libremente, sin importar que estuvieran hablando con el rey o la reina de Launier. En aquella sala y en aquel momento, todos eran iguales.

Las críticas fueron dispares y en ocasiones alguno desviaba el tema de conversación para reprocharse algo del pasado, pero pronto Lessonar ponía orden y volvían al tema de mi embarazo. Grandon, quinto a la corona, sobrino del rey y primo de Laranar, nos preguntó cómo podíamos haber tenido ese desliz existiendo infusiones que evitaban la concepción de los niños; Laranar le explicó mi estado tras la captura de Tarmona y la recomendación de los sanadores de Mair de no tomar ningún tipo de brebaje hasta que mi metabolismo no estuviera por completo recuperado. Margot, tercera a la corona, sobrina del rey y prima de Laranar, no entendía cómo me había podido escoger a mí, una humana, para compartir placeres teniendo el riesgo de quedarme embarazada.

—Un humano —dijo tocándose el pelo hablando a nadie en concreto—. Jamás me fijaría en un humano, son tan simples.

Fruncí el ceño y Laranar también.

Seguidamente, antes de poder contestarle o que Laranar pudiera defenderme, los gemelos Percan y Percun, sacaron el tema de la deshonra de la familia.

—Laranar has deshonrado nuestra casa —le acusó Percan—. ¿Cómo has podido? Dejar embarazada a la elegida cuando todo Oyrun te había confiado su protección.

—Sí —le apoyó su hermano gemelo—. Jamás me imaginé que fueras capaz de… tu honor…

No terminó la frase, suspiró sabiendo que ya no había remedio.

—Lamento lo sucedido —se disculpó Laranar—. Pero espero vuestro apoyo pese a todo.

Se miraron entre sí, pero no dijeron nada.

El que más se hizo escuchar fue Larnur, el segundo en la línea sucesoria, y Lessonar estaba teniendo grandes problemas para intentar apaciguarle. De todos era sabido que Larnur deseaba la corona y aquello era la oportunidad que siempre había esperado para hacerse con el trono. Era el hijo mayor de Lesnier, hermano del rey, y por tanto sobrino directo de Lessonar. Si Laranar moría sin descendencia reconocida por la familia o el pueblo, la corona sería suya.

—Un semielfo nunca podrá subir al trono de Launier —replicó Larnur, alzando la voz para hacerse escuchar entre el murmullo de los presentes—. Debería pasar a la última posición en la línea sucesoria.

—Los semielfos no son tan diferentes a los elfos de raza —le replicó el rey. Lessonar estaba decidido a defender a su futuro nieto costase lo que costase—. Puede que no herede nuestras orejas, pero no por ello hay que negarle su derecho a heredar.

—Dejando al lado lo físico, qué me dices de la naturaleza de los humanos, ¿tío? —Continuó Larnur—. Los humanos son propensos a querer guerra, no respetan la naturaleza ni la vida, se matan entre ellos. Nadie quiere que un medio elfo suba al trono para empezar una guerra entre nosotros.

—No digas tonterías —le espetó Lessonar, le parecía increíble las palabras de su sobrino, igual que a mí—. Se criará en nuestra cultura, le enseñaremos a amar a Natur y respetará toda vida en Oyrun.

Gracias a los grandes ventanales de que disponía la sala, la luz de la tarde entraba acariciando nuestros rostros, iluminando la estancia y dando un poco de esperanza al asunto. No obstante, en aquel momento me sentí como si una nube negra se hubiera instalado en mi cabeza y mi corazón se hubiera caído al suelo.

Laranar estrechó mi mano para recordarme que estaba a mi lado y le miré preocupada, su rostro era serio por la situación, pero sus ojos intentaban transmitirme que todo saldría bien.

—Laranar puede heredar, pero después de él sus hijos no podrán —continuaba Larnur, de pie, enfrente del rey que también estaba erguido—. El pueblo no querrá a semielfos.

—Si la familia real está unida sí —le reprendió la reina hablando por primera vez—. De todos es sabido que los mitad elfos son asombrosamente parecidos a los elfos de raza, únicamente se les distingue porque algunos, y no todos, no heredan nuestras orejas picudas, algo que es insignificante…

—A los varones también les sale barba —se atrevió a interrumpirla, a lo que la reina lo fulminó con la mirada.

—Se afeita y punto —dijo Creao con un tono de voz que catalogaría de rugido—. En cuanto a su parte humana, aquella que según tú no respetará la vida en Oyrun y será propenso a guerrear, no podemos adelantarnos. Por esa regla deberíamos predecir que si tú heredaras el trono de Launier serías propenso a fiestas, vino, mujeres y nada de trabajo. Llevarías nuestro país a la ruina total.

La acusación de la reina fue dura y Larnur se quedó por un momento sin palabras.

—Puedo cambiar —se defendió.

—¿Ahora te vas a poner a trabajar? —Lo dudó Creao mirándolo con escepticismo—. No has trabajado en tu larga vida, si tú puedes cambiar, mis nietos pueden aprender a valorar la vida por encima de la guerra.

Dichas estas palabras muchos asintieron estando de acuerdo y dio la sensación que empezaron a entender que si Laranar no heredaba, lo haría Larnur, algo que muchos no querían ver en la vida.

—Yo encuentro que es un honor que el hijo de la elegida sea nuestro futuro rey —habló Cristi, la más joven de la familia real.

Todos la miramos, era una niña que aparentaba los nueve o diez años pero que en realidad había vivido más de dos décadas. El crecimiento de los elfos era muy lento y no alcanzaban la mayoría de edad hasta que cumplían su primer siglo.

—Tiene razón —afirmó su padre mirándola con orgullo—. Además, solo sería por dos o tres generaciones que un rey tenga una parte humana. Y nuestra raza se podrá sentir orgullosa de que la sangre de la elegida corre por las venas de nuestros reyes y reinas.

Me sentí extraña, pese a todo lo vivido aún no podía creerme que la gente me tuviera en tan alta estima.

—La sangre de una humana —insistió Larnur.

—¡Maldita sea, cállate! —Exasperó Meran, su hermano pequeño, lo que sorprendió a todos pues era el elfo más tímido que jamás conocí—. Nunca serás rey, ¡nunca! Antes nuestro tío pasará la corona a cualquiera menos a ti. Launier estará mil veces mejor en manos de un semielfo que en las tuyas. Así que cierra la boca y no compliques más las cosas, ¿acaso quieres que la familia Dirialthen reclame el trono? Porque podrían hacerlo, sabes que su familia es una de las más antiguas del reino, orgullosos de haber nacido en el valle de Nora.

Miré a Laranar, no conocía esa familia, ¿Quién eran?

Laranar adivinó mi pregunta antes de formularla y dijo:

—La familia Dirialthen ha querido el trono desde prácticamente los inicios de Launier, es una familia muy poderosa y orgullosa. En cuanto se enteren que el segundo a la corona es un semielfo se opondrán sí o sí, no habrá argumentos que valgan.

—Y surgirán dos facciones —dijo la reina—. Los que les apoyen y los que nos apoyen a nosotros. En cualquier caso podremos apaciguarles por un tiempo, Lessonar es el rey y no tiene ninguna intención de abdicar por el momento, y después vendrá Laranar. El problema tendrás que sobrellevarlo tú, hijo, cuando decidas tu sucesor, y piensa que el pueblo te aceptará porque pese a que Ayla será nombrada reina a tu lado no podrá ejercer ese derecho aunque obtenga el título. Y una vez llegue el momento de decidir quién te sucederá, piensa en lo mejor para el reino, no en los lazos familiares.

—Lo haré, pero tampoco creo que la familia Dirialthen sea la más adecuada para gobernar —respondió Laranar—. Son demasiado conservadores, no permitirían que las cinco humanas y dos humanos que hay actualmente en Launier viviendo con sus respectivas parejas de elfos y elfas continuaran en el país, mucho menos que se les facilitara la ambrosía. Añadido que el comercio en Sanila se vería afectado.

—Son capaces de interrumpir los negocios con los humanos —afirmó Lessonar.

—¿Tanto odian a los humanos? —Pregunté, incrédula.

—A todo aquel que no sea elfo —puntualizó Laranar—. Prácticamente gobiernan en el Valle de Nora, por ese motivo, nunca, en toda la historia de Oyrun, ha habido un ser de otra raza que haya visitado el valle. Son muy cerrados.

Quedé sin palabras.

—Lo siento, de verdad —empecé a llorar y quise limpiarme las lágrimas de los ojos vanamente—. No era mi intención…

—Ayla —Lessonar se acercó a mí y se agachó a mi altura—. No hay nada que perdonar, ya está hecho. Te prefiero embarazada que muerta, cuando vi que Raiben regresaba solo, pensé lo peor. Ese nieto que nos vas a dar a Creao y a mí será la alegría que necesitamos, de verdad. No pienses en herederos a la corona, hay tiempo para ver qué caminos podemos coger, mucho tiempo. Además, nuestra familia es grande, seguro que hay algún candidato digno de llevar la corona aparte de Laranar y de mí, para que la familia Dirialthen no gobierne. Lo imprescindible en este momento es hacerte inmortal.

Le miré sorprendida.

—¿Inmortal?

—Tomarás la ambrosía en cuanto la traigan del Valle de Nora —se alzó y miró a su mujer—. Hay que anunciar la noticia al pueblo y empezar a organizar la boda.

La reina asintió y al mirarla vi que una pequeña sonrisa de aceptación empezaba a florecer en sus labios.

LARANAR

Ambrosía

La ambrosía fue custodiada desde el Valle de Nora a Sorania por orden expresa de mi padre, para que Ayla tomara la comida de los dioses antes que el niño naciera y así fuera inmortal. Pese a todo, quise estar seguro de la opinión de mi prometida con respecto a la inmortalidad y de las posibles consecuencias que podía tener si, finalmente, no lográbamos encontrar la manera que permaneciera en Oyrun una vez cumplida su misión. Pero ella, cabezota, se negaba a pensar en la posibilidad de regresar a su mundo, a la Tierra, y accedió a tomar la ambrosía en cuanto llegara a Sorania.

—Tu abuelo me ha dado auténtico miedo —comentó blanca como la leche después de ser presentada a Lorden, rey de Launier antes que mi padre—, y no me ha gustado su trato conmigo.

—Lo sé, a mí tampoco —respondí cogiéndole de una mano mientras nos dirigíamos a la sala donde era custodiada la ambrosía—. Pero no hagas caso, no voy a dejarte ni enviarte a ninguna parte.

Mi abuelo, un elfo curtido en batalla que había perdido una oreja y la mano izquierda, en la primera gran batalla contra los magos oscuros, se negó a aceptar el hijo que esperábamos como heredero a la corona. Sus palabras exactas fueron:

—Elfos con elfos y humanos con humanos, así lo dispuso la Diosa Natur. Cualquier mezcla es un error.

Y no fue lo único, propuso incluso que llevara a Ayla fuera de Launier y le diera cada mes un sueldo para que pudiera mantenerse por su cuenta olvidándome de ella y el niño. Estuve a punto de echar del palacio a mi propio abuelo.

Llegamos a la habitación donde se custodiaba la ambrosía por dos elfos guerreros que al vernos llegar se hicieron a un lado. Una vez dentro solo una única ventana circular en el techo iluminaba la pequeña mesa de mármol donde reposaba la ambrosía.

—Una última pregunta —pidió Ayla acercándose al recipiente de porcelana que contenía la ambrosía—, en cuanto tome la ambrosía y me haga inmortal, ¿no me quedaré con esta enorme barriga toda la vida, no?

Empecé a reír por su ocurrencia.

—Vaya pregunta —dije mirándola con cariño—. Claro que no, la ambrosía solo hará que no envejezcas, pero puedes engordar, adelgazar, hacerte más fuerte, más débil, te seguirá creciendo el pelo y esas cosas. Únicamente tu juventud seguirá intacta.

Cogí el recipiente de porcelana que tenía grabados los dibujos de un sol, una luna, una estrella y un árbol. Quité la tapa encarándola a Ayla.

—¿A qué sabe?

Me encogí de hombros.

—No he tenido que probarla —saqué una cucharilla de plata del bolsillo de mi pantalón y se la ofrecí—. Toma una cucharilla y serás inmortal.

En cuanto cogió un poco la observó, tenía el mismo color y textura que la miel.

—Es la savia que desprende el árbol de la vida. Somos los encargados de custodiarla, y vamos a recogerla una vez al siglo a Zargonia.

Se llevó la cucharilla a la boca y empezó a saborear la ambrosía.

—Es dulce —dijo catándola.

Abrió mucho los ojos en cuanto notó la energía recorrer todo su cuerpo.

>>Es… increíble —dijo mirándose asombrada —. Noto una fuerza extraordinaria recorrer por mis brazos y piernas.

Su piel se iluminó por unos breves segundos, como si una luz saliera de dentro de ella. Luego, todo volvió a la normalidad y Ayla me miró.

—Ya está —dije—. Eres inmortal y nuestro hijo también, en cuanto alcance la edad adulta el tiempo se detendrá para él.

Sonrió, llevándose una mano a la barriga.

Al salir de la habitación los elfos guerreros volvieron a tomar su puesto de guardia.

—¿Se llevarán la ambrosía de nuevo a Nora? —Me preguntó Ayla de regreso a nuestra habitación.

—No —negué con la cabeza—. Mi padre ha decidido que nos quedemos esta cantidad, ya que siempre que la hemos necesitado la familia Dirialthen se ha opuesto a traerla. Saben que es para hacer inmortal a un humano o humana que quiere casarse con un elfo o elfa.

—¿Siempre dais la ambrosía a los humanos que se casan con elfos?

—Solo a aquellos que van a vivir en Launier, aquellos que deciden vivir en otras partes de Oyrun no. Y se les hace un riguroso examen para estar convencidos que aman realmente a la elfa o elfo que han asumido como pareja. En ocasiones, tardamos más de diez años en otorgar la ambrosía al humano en cuestión.

—Me gustaría conocer a algún semielfo —dijo—. Pese a que me has explicado que su crecimiento es lento, me preocupa.

—¿Por qué? Un elfo de raza tarda un siglo entero en alcanzar la mayoría de edad, un semielfo mucho menos, solo cuarenta años, aún así, es lógico que su crecimiento sea lento si lo comparamos con un humano. Ya te acostumbrarás, nuestro hijo crecerá sano y fuerte.

Asintió.

—Siempre hablamos que será niño, ¿y si es niña?

—Pues que tendremos una princesita —ensanchó su sonrisa y le retiré un mechón de pelo que le caía a la cara colocándoselo detrás de la oreja—. Seréis mis dos princesas.

Me abrazó y yo respondí a su abrazo, luego me estrechó con fuerza pero más sosteniéndose en mí que otra cosa.

—¿Estás bien? —Pregunté preocupado.

Se llevó una mano a la zona baja del vientre.

—Sí, es solo que ya tengo ganas que nazca —cogió aire, concentrándose—. ¿Si es niña podrá heredar?

—No hacemos distinción de sexos, podrá ser reina si el pueblo la acepta. ¿Mejor?

Asintió, retirándose de mí.

—Solo queda una semana para la boda —comentó—. Espero que el niño no tenga prisa en salir.

—Si eso ocurriera, tendremos que casarnos deprisa y corriendo aunque estés de parto.

Resopló y siguió caminando con su paso de embarazada.

—Entonces, mejor que siga dentro —miró su enorme barriga—. ¿Me escuchas?

Boda

El largo pasillo del templo de Natur había sido cubierto por una alfombra azul clara. A los lados, una serie de hileras de bancos de madera fueron decorados en sus extremos por rosas blancas, perfectas en sus formas, cultivadas en invernaderos para grandes eventos. Del techo colgaban lámparas de cristal de roca, todas iguales, de formas caídas que representaban ramas de árboles con hojas alargadas, redondeadas y pequeñas. La luz del día entraba rebosante por grandes ventanales, con vidrieras de colores que formaban figuras abstractas que escondían la imagen de Natur de alguna manera.

El templo de la diosa Natur estaba a rebosar. Su capacidad de cuatro mil personas quedó pequeño cuando toda la ciudad quiso asistir a la gran boda del príncipe heredero con la elegida. Muchos esperaban fuera para vernos salir en cuanto estuviéramos casados. Mi madre se encontraba sentada en primera fila, luciendo su corona de reina y un magnífico vestido de color azul celeste con encaje de hilos de plata. A su lado, mi abuela Marian esperaba sentada mirándome con ojos orgullosos pese a que mi futura esposa no era de su agrado. Los familiares más directos ocupaban los primeros puestos en los bancos, salvo mi abuelo que estaba de pie a mi lado esperando la llegada de la novia. Y, como excepción, por petición de Ayla, Chovi —el duendecillo que fue desterrado de Zargonia por lo torpe que era y que le debía aún una deuda de vida a la elegida— estaba sentado en primera fila.

Le supliqué al duendecillo que no hiciera de las suyas, que se estuviera quieto y no provocara ningún percance, por lo que se encontraba tieso sentado en el banco sin atreverse a mover. En el fondo sentía cierta lástima por él, pero habían sido tantos los accidentes que había ocasionado que uno debía ponerse firme con el duende si no quería que la boda resultara un desastre. Akila le acompañaba, el lobo parecía comprender que Chovi necesitaba ayuda para no meterse en líos.

Cogí aire y suspiré, intentando tranquilizarme. Los nervios se habían aposentado en mi estómago jugándome una mala pasada. Ni siquiera cuando era joven y tuve que hacer mi primera audiencia con el pueblo me encontraba tan nervioso.

Si tú estás así, imagínate Ayla, pensé.

Cristi terminó de recorrer el largo pasillo, casi cien metros de largo, dejando caer pétalos de rosa blanca al suelo. Cuando llegó a nuestra altura y se sentó al lado de mi madre, los músicos empezaron a tocar sus instrumentos anunciando la llegada de Ayla. Una sinfonía de viento y cuerdas que daban paso a una música acogedora, sutil y elegante. Todos se levantaron de sus respectivos asientos y miraron la entrada por donde debía aparecer la novia.

Ayla caminó por el largo pasillo sosteniendo un ramo de rosas blancas, amarillas y salmones en una mano y cogida del brazo de mi padre con la otra. En otras circunstancias hubiese sido el padre de la novia o su hermano quién la llevara al altar, pero a falta de estas dos figuras mi padre ocupó ese lugar.

Que guapa, pensé, *parece una auténtica elfa.*

El vestido que llevaba era largo hasta el suelo con una pequeña cola que arrastraba a lo ancho del pasillo, de finos tirantes y un escote sutil. El tejido de seda blanco le caía de forma desahogada con encaje de hilos de plata. El cabello lo llevaba suelto, adornado por una diadema de flores blancas. Como complemento, unos bonitos pendientes de perlas de mar adornaban sus orejas, y un colgante, o mejor dicho, una esquirla del colgante de los cuatro elementos, colgaba de su escote para recordar a todos que la novia no era una simple humana, era la elegida. Tres días atrás el fragmento fue llevado y supervisado por la propia elegida al joyero real, de esa manera podía llevarlo colgando del cuello en una fina cadena de oro blanco en nuestra boda.

Llegó por fin a mi lado, soltó el brazo de mi padre y cogió la mano que le tendí. La pobre estaba temblando y noté como suspiró aliviada al llegar junto a mí.

—Estás muy guapa —le dije en voz baja.

Pese a su hermosura, me di cuenta de que el vestido escogido pudo haber sido mucho más esplendoroso de haber querido, incluso el peinado algo más trabajado, pero el cuerpo de Ayla estaba lleno de cicatrices por su cautiverio en Tarmona, sobre todo en la espalda, y supe que su elección se vio condicionada a cubrir todas aquellas marcas en la medida de lo posible.

—Y tú también —respondió con una sonrisa nerviosa.

Yo iba vestido con una túnica larga hasta las rodillas de terciopelo marrón oscuro con filigranas doradas, debajo de esta, una camisa de seda beige que asomaba por mis puños. Luego, unos pantalones de algodón negros, con botas de cuero oscuras. Y como complementos una cadena de oro y rubíes, junto con mi corona de príncipe de Launier y la espada de gala. El cabello lo llevaba por completo suelto, liso, cayéndome por los hombros.

La ceremonia siguió su curso. Nos hicieron beber de una misma copa el agua del manantial de Natur, para que nuestras almas estuvieran unidas durante el resto de la eternidad. Luego, le quité a Ayla el anillo de prometida sustituyéndolo por el de casada, seguidamente ella deslizó el de casado en mi dedo anular. Nos besamos y salimos del templo, cogidos del brazo como marido y mujer.

El pueblo de Launier nos esperaba fuera, nos lanzaban flores, pétalos de rosa…

—Laranar, el fragmento —miré a mi mujer en el preciso instante que la esquirla de los cuatro elementos empezaba a brillar con intensidad.

Un segundo después una explosión se alzó bajo nuestros pies y me encontré volando por los aires…

Abrí los ojos, aturdido, escuché gritos y el sonido de un cuerno muy cerca de mí.

—¡Laranar! —Alguien me zarandeaba y enfoqué el rostro de Raiben—. ¡Laranar!

Reaccioné, me senté con su ayuda, estaba magullado y lleno de arañazos, pero aparté mi mente del dolor y busqué con los ojos a Ayla. Todo era caótico, muchos corrían sin saber qué dirección tomar, estábamos siendo atacados por centenares de orcos.

—¡Ayla! ¡Ayla! ¿Dónde está? —Empecé a gritar a Raiben, alzándome del suelo.

La localicé a treinta metros de nuestra posición, de rodillas en el suelo, gritando y tocándose la zona baja del vientre.

—¡Proteged a la elegida! ¡Rápido! —Grité desesperado, intentando llegar a ella, pero una cantidad ingente de orcos me cortaba el paso y yo solo disponía de una espada elegante, pero poco práctica para el combate con esos animales. *Invierno*, mi espada de combate, se encontraba en palacio, no pensé que la necesitara el día de mi boda.

—Evacuad el templo, ¡rápido! —Escuché la voz de mi padre—. ¡Proteged a los niños! ¡Llevaos a la reina!

Al localizarle, vi que unos cuantos guerreros se disponían a salvar a las criaturas acompañadas por sus padres que lloraban desconsolados sin saber qué ocurría. Pero mi atención volvió a Ayla, de rodillas en el suelo, mirándose una mano empapada por un fluido viscoso.

Abrí muchos los ojos, no solo estaba en peligro, estaba dando a luz.

Sus ojos, miraron alrededor, asustada y cuando me vio luchando por llegar a su lado, intentó alzarse, pero cayó al suelo. Una sombra se colocó detrás de ella.

—¡Ayla! —Grité histérico cuando identifiqué a Ruwer que apareció detrás de ella para matarla.

Ayla se volvió para ver qué ocurría, Ruwer alzó su cola de lagarto dirección a la elegida, yo maté a un orco de una estocada y Raiben intentó abrirme paso con el objetivo de alcanzar a mi mujer. Pero un segundo movimiento nos alertó que alguien más se dirigía a la elegida y, como una aparición divina, un mago detuvo la cola que iba a matar a Ayla.

Corrí lo más rápido que pude, la estela del mago eliminó a una decena de orcos a su paso permitiendo que llegara junto a Ayla, mientras el contrincante de Ruwer sujetaba la cola de tan odioso hombre-lagarto. Era un engendro creado por la magia negra de Danlos, un lagarto de cuerpo humanoide de más de dos metros de altura.

—¿Ayla, estás bien? —Le pregunté.

Tenía el cuerpo magullado, brazos y piernas con arañazos y el vestido hecho jirones.

—El niño ya viene —dijo intentando contenerse.

—¡Laranar, llévatela! —Nos gritó Dacio empleando toda su fuerza para controlar a Ruwer.

—Gracias a que has aparecido —dije.

Alegra llegó a nuestra altura en ese momento con la espada preparada para el combate.

—Justo a tiempo —le dijo Raiben.

Cogiendo a Ayla de los hombros la obligué a alzar.

—No —dijo.

—Haz un esfuerzo, tenemos que sacarte de aquí —le dije, para mi sorpresa me empujó.

—¡Ha arruinado nuestra boda! —Se quejó con lágrimas en los ojos—. Me las va a pagar —se volvió hacia Dacio y Ruwer, tocando el fragmento que colgaba de su cuello—. Dacio, déjalo, quiero enfrentarme a ese engendro.

La cara del mago estaba roja del esfuerzo, apenas duraría unos segundos más sosteniendo la cola de aquel monstruo que luchaba por liberarse.

—¡Ayla! —La regañé—. ¡Por Natur! ¡Qué estás de parto!

—Me da igual —respondió en el mismo instante que un viento empezó a formarse a nuestro alrededor—. Me las pagará, juro que me las pagará.

Instintivamente di un paso atrás, un tornado se formaba alrededor de la elegida. Dacio soltó a Ruwer no pudiendo aguantar más.

—Ningún hombre puede matarme —le dijo Ruwer a Ayla acercándose a ella con la cola alzada.

—Te olvidas de una cosa, monstruo —le respondió la elegida—. Yo no soy un hombre, ¡soy una mujer! —Acto seguido la fuerza del tornado expulsó a Ruwer decenas de metros por el cielo—. ¡Dacio! ¡Un imbeltrus! ¡Ya!

El mago empezó a formar el imbeltrus en la palma de su mano derecha y Ayla, dirigiendo el poder del viento, detuvo a Ruwer en el aire colocándolo a un tiro perfecto de Dacio.

En cuanto el imbeltrus fue despedido y alcanzó al hombre-lagarto este gritó, pero no se desintegró, continuó con vida. Ayla lejos de desistir, dirigió su cuerpo herido al suelo abriendo un boquete en la tierra por el impacto. Acto seguido, el viento se desvaneció, pero la tierra empezó a rodear el cuerpo de Ruwer como un manto traicionero.

—¿Qué haces? —Se quejó el monstruo intentando alzarse—. ¡Para!

—Acabaré contigo de la misma forma que acabé con el Minotauro —le respondió.

En cuanto el cuerpo de Ruwer fue cubierto por decenas de kilos de tierra, Ayla cerró una mano en un puño y la tierra se constriñó causando un chasquido seco que tiñó el bulto de arena de un color rojo. Una vez dejó de dominar el elemento tierra el cuerpo de Ruwer cayó al suelo, inmóvil, pero vivo.

Ayla miró a Alegra.

—¿Me dejas tu espada? —Le pidió, apretando los dientes al notar una nueva contracción.

La Domadora del Fuego se la tendió por inercia con los ojos como platos. Ayla la cogió y se dirigió a Ruwer apoyándose en la espada, en cuanto llegó a su altura puso la punta de *Colmillo de Lince* en su garganta.

—Esto por haberme destrozado mi vestido de novia —hundió la espada en su cuello matando a aquel monstruo.

Todos la miramos asombrados, pero enseguida tuvimos que actuar, los orcos, pese a haber matado a Ruwer continuaban llegando por todas partes y Ayla, intentando venir a nosotros, se dejó caer al suelo, tocándose la barriga, y gimiendo de dolor.

—Raiben, busca a Danaver —ordené al llegar junto a ella—, que venga ella o cualquier otro médico de Sorania.

Raiben se marchó a toda prisa.

—Ayla —la apoyé en mi pecho mientras ella gemía—, aguanta, ahora llegan los médicos.

Dacio alzó una barrera a nuestro alrededor impidiendo que los orcos nos alcanzaran.

—Alegra, me alegro de ver que estás bien —le dijo Ayla.

—Fue una estupidez por mi parte marcharme —respondió la Domadora del Fuego dirigiéndose a sus piernas, le alzó el vestido y abrió mucho los ojos—. Ya has dilatado, debes empezar a empujar.

Ayla me cogió de una mano.

—Vamos, cariño —la animé —. Puedes hacerlo.

—Preferiría un mago oscuro, la verdad —dijo medio riendo.

Vino la primera contracción y apretó mi mano mientras empujaba. Tuve que hacer fuerza en sostenerla pues le hice de respaldo al colocarme detrás de ella, abrazándola.

—Vamos, vamos, —la animó Alegra.

Paró unos segundos, recuperando el aire.

—Estoy agotada —dijo.

—Normal, no debiste enfrentarte a Ruwer tú sola —le respondí—. Has agotado tus energías utilizando el fragmento. Pero ahora no puedes rendirte.

Asintió y de inmediato vino otra contracción.

—Ya veo la cabeza, ¡ánimo! —Dijo Alegra.

Apreté los dientes al notar el fuerte apretón que me dio mi mujer en la mano que sostenía.

—No puedo —dijo parando de empujar.

—No, venga —le insistió Alegra—. Ya casi está fuera, un último esfuerzo.

—Vamos, Ayla —le pedí también —. Hazme padre.

—¿De verdad quieres ser padre? —Me preguntó—. ¿Aunque no sea el mejor momento?

Me incliné a ella para mirarla a los ojos.

—Ayla, cualquier momento, contigo, es bueno para que sea padre.

Sonrió, pero una nueva contracción hizo que su cara pasara al dolor y empezó a empujar.

—¡Sigue! ¡Así! —Alegra abrió mucho los ojos, pero luego sonrió—. ¡Ya está!

La Domadora del Fuego empezó a limpiar a nuestro bebé la nariz y la boca, y apenas dos segundos después nuestro hijo rompió a llorar.

—Enhorabuena —nos felicitó, Dacio se volvió a nosotros con

curiosidad de ver al bebé—. Ha sido una niña.

Le tendió a nuestra hija a Ayla que se calmó en brazos de su madre.

—Una niña —dijo con los ojos llenos de lágrimas de pura felicidad—. Laranar, es preciosa.

Un sentimiento más grande que cualquier otro llenó mi pecho al contemplar a mi hija, jamás creí que fuera capaz de amar tanto a una criatura con solo verla. Era, con diferencia, el momento más feliz de nuestras vidas.

—Sí, es nuestra princesita.

Mi hija abrió los ojos y nos miró.

—Tiene tus ojos —dijo Ayla, contenta—. Y el color de tus cabellos.

Sonreí, y abracé a ambas, entonces me di cuenta de que sus orejas eran humanas, no puntiagudas como los de mi raza. Las acaricié, preocupado, aquello sería una complicación para que el pueblo la aceptara, pero mi hija me sonrió en ese instante —lo que me sorprendió, era una recién nacida— y, entonces, me dio igual, para mí era perfecta y si el pueblo no la quería por esa tontería que se quedaran con el irresponsable de mi primo o con la familia Diliathan para gobernar, yo me quedaba con mi hija semielfa y mi mujer humana que las amaba con locura.

Alegra pidió un cuchillo para cortar el cordón umbilical.

—No conocía esta faceta de ti, Alegra —comentó Ayla, viéndola trabajar.

—Vi hacerlo en un par de ocasiones a la sanadora de mi villa y una vez tuve que ser yo la comadrona en una misión. Bueno, esto ya está.

—Que conmovedor —alzamos la vista al escuchar una mujer muy cerca de nosotros y vimos horrorizados que era la maga oscura Bárbara.

Un viento traspasó la barrera de Dacio, desintegrándola. Yo me puse delante de Ayla y de mi hija para defenderlas.

—No me quedan fuerzas —me habló en un susurro Ayla, me

volví a ella y vi que me miraba con pánico sosteniendo a nuestra hija como si fueran a arrebatársela.

—Nosotros nos encargamos —le respondí—. No dejaré que os toquen.

Dacio ya tenía un imbeltrus en la mano dispuesto a enfrentarse a la maga oscura.

Bárbara repelió el ataque que le lanzó el mago con un simple gesto, dirigiendo el imbeltrus contra el templo de Natur. La fachada principal cayó y grandes cascotes se desprendieron causando más heridos. Los elfos guerreros ya formados para el combate empezaron a disparar sus flechas a los orcos, mientras un segundo grupo se habría paso con la espada para llegar hasta nosotros.

Dacio con dos imbeltrus más en cada mano volvió a lanzarlos, uno detrás del otro, pero la maga oscura volvió a repelerlos. El mago, como esperando ese resultado, corrió a ella para enfrentarse en un combate cuerpo a cuerpo. Fue, entonces, cuando los cabellos rojos de Bárbara cobraron vida alargándose hasta formar un arma que sorprendió a Dacio, pues los utilizó como lanzas traspasando el hombro derecho del mago con un mechón, y estrangulándolo con otra mata de pelo al rodearle el cuello.

Elevó a nuestro amigo dos metros del suelo, dejándolo de aquella manera, sin soltarle.

—¡Dacio! —Gritó espantada Alegra y corrió con su espada en alto directa a la maga oscura. Quiso cortar los cabellos de Bárbara, pero fue como si golpeara contra algo metálico—. ¡Maldita sea! —Volvió a dirigir su espada contra sus cabellos que parecían hechos de acero.

Bárbara también la cogió con uno de sus mechones pelirrojos por el cuello y la alzó como Dacio, estrangulándola. El mago, al ver a Alegra de esa manera, intentó liberarse concentrando su energía en la palma de la mano, creando un filo cortante con su propia piel que rompió el mechón de pelo que le suspendía en el aire.

—Serás escurridizo —se quejó Bárbara, y volvió a coger a Dacio con sus cabellos, atándole brazos y manos, rodeándole el tórax y volviéndolo a suspender en el aire tan rápido que no tuvo tiempo a reaccionar, y yo ni ver.

Bárbara me miró, siendo el único que se interponía entre ella y mi familia.

—No —lloró Ayla, viéndome—. Vete, coge a Eleanor y marchaos los dos.

Me volví a ella, ¿cómo había llamado a nuestra hija?

—¿Eleanor? —Pregunté.

—Cógela —dijo—. Debes poner a salvo a nuestra hija, por favor.

Miré a Eleanor que empezó a llorar envuelta en los retales del vestido de novia de su madre.

—Ponla a salvo —repitió.

Contuve el aliento, si cogía a Eleanor y la ponía a salvo condenaba a Ayla. Si me quedaba, Bárbara me mataría y las condenaba a las dos. No tenía suficiente fuerza para resistir a la maga oscura, era consciente. ¡¿Pero cómo iba a abandonar a mi mujer?!

¿No había ningún elfo que pudiera coger a mi hija?

Todos combatían, un ejército de orcos luchaba contra mi pueblo.

Ayla extendió sus brazos ofreciéndome a Eleanor, suplicándome con los ojos que la salvara.

—De eso nada —dijo Bárbara cuando iba a coger a mi hija en contra de lo que realmente quería hacer, protegerlas a las dos aunque fuera a costa de mi vida.

Algo se sujetó a mi tobillo derecho antes de poder sostener a Eleanor, me lanzó contra el suelo y me vi tendido bocabajo. Uno de los mechones del pelo de Bárbara me apresó.

—Esa ratilla también morirá hoy.

Abrí mucho los ojos cuando vi que Ayla intentaba apartarse de la maga oscura llevándose de nuevo a nuestra hija al pecho, intentándola proteger de cualquier golpe que pudiera recibir, pero no tenía fuerzas para alejarse después de enfrentarse a Ruwer y dar a luz.

—¡Ayla! —Miré a los elfos que continuaban luchando contra los orcos—. ¡Proteged a la elegida! —Grité a pleno pulmón—. ¡Arqueros, disparad!

Un aluvión de flechas quiso impactar contra Bárbara, pero un viento las repelió todas. Aquellos que quisieron llegar hasta la elegida también fueron expulsados por los aires.

—¡Ayla! —Chovi, el duendecillo, apareció de pronto acompañado de Akila.

El duende se abalanzó directo a la maga oscura con una flecha en la mano, se detuvo en el último momento antes de llegar a ella, saltó a un lado adelantándose al mechón de pelo rojizo que quiso capturarle e intentó clavarle la punta de la flecha en una pierna. Al mismo tiempo, el lobo quiso morderla en un tobillo.

Una barrera hizo que Chovi y Akila no pudieran herirla.

—¡Chovi, Akila, cuidado! —les advertí, pero un mechón de cabello cogió al duendecillo por las piernas y lo suspendió en el aire justo a mi lado. El lobo fue envuelto en un capullo de cabellos rojizos sin ninguna opción de poder escapar.

Desesperé intentando liberarme a dos metros del suelo, suspendido en el aire, cuando Bárbara volvió su atención a Ayla y empezó a crear un imbeltrus.

—Hoy moriréis —dijo la maga oscura alzando el brazo para lanzárselo.

Miré a mi mujer y mi hija, horrorizado con lágrimas en los ojos.

—¡No! ¡No! —Grité, llorando, al ver que lanzaba el imbeltrus directo a mi familia.

Algo ocurrió, Eleanor cogió el fragmento que colgaba del cuello de su madre y empezó a brillar con intensidad. Ayla también miró a nuestra hija y sin saber cómo, una energía las envolvió, protegiéndolas del ataque de la maga oscura.

—¡¿Qué?! —Gritó Bárbara, viendo que el imbeltrus se desvaneció sin siquiera alcanzarlas.

La luz del fragmento envolvió tanto a la elegida como a mi hija, y sin previo aviso una energía salió disparada de ellas dos directa a

Bárbara.

La maga oscura fue alcanzada y Dacio, Alegra, Chovi, Akila y yo, fuimos liberados de sus garras. Los cinco caímos al suelo y después de unos segundos, aturdidos por el golpe, vimos a la maga oscura tendida a unos metros de nosotros. Bárbara quiso alzarse, pero su cuerpo estaba cubierto de sangre, ¡su sangre! Y cayó de rodillas al suelo respirando a marchas forzadas.

—Me las pagarás —dijo intentando crear otro imbeltrus, a lo que Dacio alzó de nuevo un escudo a nuestro alrededor.

En ese instante, Danlos apareció en escena con el Paso in Actus, justo al lado de su mujer, evaluó la situación, miró el cuerpo inerte de Ruwer y luego a Bárbara.

—Estúpida, te dije que debíamos esperar —la regañó.

—Ahora o nunca Danlos —le respondió a su vez Bárbara—. La elegida está débil, no podrá si le atacamos los dos a la vez.

—Tan débil como para dejarte así —la maga oscura apenas podía alzarse—. Debemos esperar, la profecía no nos da la victoria, pero él sí que podrá con ella, confía en mí.

Abracé a Ayla y a mi hija, temeroso que fuera la última vez que pudiera tenerlas en mis brazos. Dacio y Alegra se dispusieron de nuevo delante de nosotros dos para protegernos y treinta elfos lograron llegar a nosotros. Chovi se cubrió detrás de Akila que enseñaba los dientes a los magos oscuros.

—¡No! —Escuché que gritaba Bárbara.

Mientras ambos discutían ayudé a Ayla a ponerse en pie con la ayuda de tres elfos. Tenía que sacarla de allí cuanto antes.

—Solo son unos insectos, Danlos. Yo me encargo de tu hermano, tú ves a por la elegida.

—Por una vez me harás caso —dijo Danlos—. Paso in Actus.

Danlos y Bárbara desaparecieron.

Ayla lloró aliviada en mis brazos, dejándose caer de nuevo al suelo con nuestra hija en brazos.

—Descansa —le dije—. Enseguida que limpiemos la zona de orcos y sea segura, te llevaremos en camilla a palacio.

Los orcos al ver que sus amos les habían abandonado empezaron a retirarse perdiéndose por los jardines del templo de Natur. Algunos quisieron dirigirse a la ciudad.

—Id a por ellos —ordené a un escuadrón de guerreros elfos—. Peinad la ciudad tres veces y no descanséis hasta que estén todos muertos.

Todo era caótico, heridos, muertos, el templo de Natur medio derruido… Un día que tenía que ser hermoso y especial llevado al desastre.

—Elegida —mi abuelo la miraba asombrado—, ha sido increíble el poder que has desatado, y la pequeña —miró a Eleanor—, digna de ser la hija de la elegida, tiene un gran poder, todos lo hemos visto.

Muchos de los presentes asintieron, en sus rostros pudimos ver que admiraban a la princesa de Launier recién nacida.

—Nuestra sangre se hará fuerte gracias a ella —añadió mi padre acercándose, con las ropas manchadas de la sangre de los orcos que venció. Miró a los elfos guerreros, familiares y amigos que permanecieron a nuestro lado durante el combate—. Arrodillaos ante vuestra princesa y futura reina.

Fue algo arriesgado nombrar a Eleanor como futura reina, pero en aquel instante en que decenas o quizá centenares de elfos vieron el poder de la elegida y, al parecer, de mi propia hija contra los magos oscuros, no se plantearon nada más. Incluso mi abuelo, contrario a nuestro enlace, se arrodilló mostrando sumisión.

Todo el pueblo presente hincó una rodilla en el suelo ante Eleanor, princesa de Launier.

A salvo

Madre e hija dormían tranquilas. Una en una gran cama de dos metros de ancho y la otra en una bonita cuna ubicada justo al lado de su madre. Miré a ambas, dando gracias por tenerlas a salvo, sintiéndome afortunado y dichoso de amor.

No pude resistirme y cogí a la pequeña Eleanor en brazos. Le besé la frente y ella emitió un gemido de bebé, bostezando. Automáticamente Ayla abrió los ojos.

—Siento haberte despertado —susurré—. ¿Te importa que la lleve al salón? Estoy convencido que mis padres quieren verla de nuevo.

—Vale, pero tráela en cuanto se despierte —me pidió cerrando los ojos—. Querrá comer dentro de poco.

Abandoné la habitación y me dirigí al salón donde de bien seguro esperaban mis padres, y no me equivoqué. En cuanto llegué a la sala, mi madre corrió a mí para coger a mi hija en brazos. Se la di, sabedor que para ella representaba algo más que un nuevo miembro en la familia, era la primera nieta que tenía y llevaba el nombre de su hija, que en paz descansaba con Natur.

—Es preciosa —dijo sonriendo—, y me encanta el nombre que ha escogido Ayla.

Era tradición que fuera la madre quien escogiera el nombre de las hijas y el padre el de los hijos. Ninguno de los dos podía influir en la decisión del otro, por lo que se solía mantener en secreto hasta que el niño o niña nacía.

—Su nacimiento no pudo ser más oportuno —comentó mi padre acariciando una mejilla a Eleanor con un dedo—. El pueblo ha visto su poder.

—Poder que me preocupa —respondí—. Tengo que hablar con Dacio, se supone que Ayla es la única capaz de controlar el colgante, y Eleanor tocó el fragmento repeliendo el ataque de Bárbara.

—Dacio está en el edificio de invitados, instalándose con Alegra y dos niños.

—¿Dos niños? —Pregunté.

—Sí, los han traído de Sethcar, al parecer eran esclavos. Llegaron justo al empezar el ataque, Alegra se ocupó de poner a salvo a los niños, dejándolos con los guerreros que se encargaron de evacuar a los más pequeños y Dacio se adelantó. Aunque pese a la ayuda del mago, ha habido muchos heridos y... muertos.

—¿De cuántas víctimas hablamos? —Quise saber.

—Treinta y dos —respondió mi madre —. Entre ellos quince eran de la familia.

—¿Quiénes?

Mi madre los nombró y quedé blanco, les conocía a todos, sin excepción. Eran familia tanto cercana como lejana.

—Tenía que ser un día especial y de nuevo los magos oscuros han tenido que estropearlo todo —dije con rabia.

—Sí —afirmó mi padre—, pero cambiando de tema, he pensado en recompensar al duendecillo Chovi por la valentía que mostró en el combate. Me sorprendió.

—A mí también —respondí—. Siempre ha sido un cobarde, supongo que Akila le ayudó a encontrar el valor. De todas maneras, ya he hablado con él. He intentado convencerle que el acto de hoy salda su deuda de vida y me ha respondido que solo salda una. Cuando Ayla regresó de la Tierra antes que Urso la secuestrara, le convencimos para que se quedara en Sorania como pago por una de las deudas de vida que tenía pendientes dada su torpeza que podía resultar peligrosa. Creí que había accedido, pero al parecer solo se quedó por complacer a la elegida. Para él, hoy ha saldado la deuda del barranco, pero le queda una más, cuando Ayla le salvó del teniente Bulbaiz de Barnabel de ser ejecutado por un accidente que causó.

Mi madre suspiró, sabiendo que ese duendecillo no tenía remedio.

Eleanor se despertó en ese instante, nos miró y rompió a llorar.

—Tiene hambre —dijo mi madre, devolviéndomela—. Llévala con Ayla, que le dé el pecho.

—Sí, luego hablamos —respondí—. Quiero hablar con Dacio sobre el asunto de Eleanor, lo que ha ocurrido. No me quedaré tranquilo hasta saber por qué mi hija también puede controlar el poder del colgante.

DACIO

La isla Gabriel

La isla Gabriel era un lugar recóndito, apartado del mundo, situado a mil trescientos kilómetros de las costas de Launier y Zargonia, dirección sud-este. Una isla de apenas cinco kilómetros de largo y tres de ancho, donde un dragón dorado custodiaba la cueva donde estaba escrita la profecía.

La vegetación era exuberante, árboles tan altos como montañas, animales que en otras partes del mundo se creían extinguidos, cazadores temibles y playas paradisíacas.

Lady Virginia, una de las pocas amigas que tenía en Mair, me trajo hasta la isla Gabriel con el Paso in Actus. Pues después de hablar con Laranar y Ayla sobre el poder que parecía tener la pequeña Eleanor y regresar a Mair para informar de los últimos sucesos al consejo de magos, se decidió visitar la profecía para saber si ésta había cambiado algún aspecto con el nacimiento inesperado de la hija de la elegida.

—¿Has perdido puntería? —Le pregunté a la sanadora viendo que estábamos lejos de las cuevas donde se marcaba el destino del mundo.

—No, hay algo que no me deja acercarme más —respondió molesta—. Como una magia extraña. Es la primera vez que me pasa.

Estábamos en medio de una selva, el calor y la humedad eran agobiantes.

Me pasé una mano por la frente para quitarme el sudor que me empapaba la piel.

—Entonces, no perdamos tiempo —dije iniciando la marcha—. Tengo una boda que preparar.

Me impulsé con magia para llegar hasta la rama de un árbol y de esta fui subiendo para llegar a lo más alto y ver qué dirección debíamos tomar. Enseguida localicé la gran montaña donde, en sus entrañas, estaba escrita la profecía. Era un volcán inactivo en medio de la Isla Gabriel.

Virginia me siguió y llegó dos segundos después a mi lado.

—Por allí —le señalé.

—¿No crees que te has precipitado con esa humana? —Dijo cuando iba a bajar, y la miré sin saber a qué venía aquello—. De todas las chicas con las que has estado, la escoges a ella, ¿por qué?

—Porque la amo —respondí como si fuera obvio.

—No quiero que te hagan daño —dijo mirándome preocupada y sonreí.

—Ha aceptado mi pasado, no tienes que preocuparte por nada.

—No me gustaría perderte como amigo ahora que te vas a casar, ¿le has explicado lo que pasó entre nosotros hace novecientos años?

—¡No! —Exclamé de inmediato y ella suspiró—. Eso queda entre tú y yo.

—No se lo pienso decir, tranquilo. Eso era precisamente lo que me preocupaba, si se entera Alegra probablemente no querría que nos viéramos nunca más. —Empecé a bajar el árbol sin muchas ganas de recordar aquella época—. Tampoco nos acostamos —continuó al ver que había callado y me detuve antes de bajar la siguiente rama.

—Casi lo hicimos —dije.

—Eras el único de nuestra promoción que aún era virgen y yo solo me presté voluntaria para arreglarlo —puntualizó.

Por un momento me vino la imagen de novecientos años atrás con Virginia, en su casa, casi desnudos y con una torpeza abrumadora, pero no llegué a tomarla, no pude. La sola idea que a partir de ese momento nuestra relación podía complicarse hizo que me acobardara. Era la única amiga que tenía y no quería echar a perder nuestra amistad. Una semana más tarde me fui de Mair a vagar por Yorsa, en busca de alguna chica humana que no conociera mis orígenes, encontré a muchas y la autoestima y confianza subió de forma casi excesiva. Cuando regresé a casa, tres siglos después, logré alcanzar mi reto, lograr que una maga cayera rendida a mis pies y, aunque me costó diez veces más que con una humana, logré llevarme a más de una a la cama.

—Ya casi hemos llegado —dijo Virginia rompiendo el hilo de mis pensamientos, ni tan siquiera me percaté de cómo llegamos a la base del volcán.

Un dragón dorado custodiaba la entrada a las cuevas y al vernos se incorporó olfateando el aire. Era un ser grandioso, sus más de cinco metros de alto eran pequeños con los treinta de largo que alcanzaba. Sus escamas relucían con el sol de la mañana como si estuviera bañado en oro. A diferencia de otras especies no tenía cuernos, ni colmillos prominentes, pero sí unos grandes ojos de color azul que le permitían ver a kilómetros de distancia. Sus patas eran grandes, fuertes y robustas con unas buenas garras que podían despedazar a sus víctimas de una sola estocada, por contrario su cuerpo era más bien fino, atlético.

Virginia y yo nos inclinamos ante el guardián de la profecía. Su nombre era Sándalo y, aunque era un dragón, pertenecía a la raza de dragones dorados por lo que no eran propensos a la violencia si no se les provocaba, y debían de provocarles mucho para llegar a atacar.

—El hermano de Danlos ha venido a verme —dijo el dragón dorado clavando sus ojos azules en mí.

Le miré asombrado, nunca, en mi larga vida, había visitado la Isla Gabriel y menos conocido al guardián de la profecía.

—¿Me conoce? —Pregunté perplejo.

—Tu hermano ha venido a visitarme en más de una ocasión —aclaró—. Tú eres idéntico a él, pero te falta la cicatriz en la cara y tienes un olor diferente.

No supe qué responder, ¿mi hermano en la isla Gabriel?

—¿Danlos en la isla? —Preguntó Virginia por mí—. ¿Por qué?

—Para ver la profecía —respondió—. Como vosotros queréis hacer ahora, supongo.

—¿Y le ha dejado entrar? —Pregunté algo molesto que siendo el guardián permitiera la entrada a un mago oscuro.

—El destino de Danlos está ligado al destino del mundo, en consecuencia, tiene derecho a saber qué pone en la profecía —respondió el dragón—. Por contrario, vosotros, no.

Se colocó en posición para no dejarnos entrar en la cueva y fruncí el ceño, molesto. Pero antes de poder reaccionar Virginia alzó un brazo deteniéndome y dio un paso adelante.

—Guardián, Sándalo —empezó la sanadora, era más diplomática que yo, quizá a ella la escuchara—. No hemos venido a ver la profecía por un mero capricho, el consejo de Mair nos ha ordenado esta misión ya que la hija de la elegida parece tener el mismo poder que su madre. Debemos saber si su nacimiento supone un cambio para el destino de Oyrun. Por favor, déjenos entrar, le prometo que estaremos el tiempo imprescindible para saber qué cambios ha podido haber.

—El consejo de magos no puede interferir en mi custodia. Lo lamento, pero o sois claros protagonistas de la profecía o…

—La elegida y su protector me encargaron esa tarea personalmente a mí —dije en un acto desesperado, no podíamos volver sin saber qué podía ocurrir de ahora en adelante—. Ellos no pueden venir y me confiaron esta misión.

El dragón frunció el ceño.

>>Soy parte del grupo que ha estado protegiendo a la elegida desde que apareció en Oyrun, por primera vez. Ahora, ella debe atender a su hija recién nacida, no puede dejarla y debe saber qué

peligros corren sobre ella y su familia, cuanto antes.

Sándalo suspiró, indeciso.

—Supongo que ser parte del grupo de la elegida te convierte en una figura importante ligado a la profecía —dijo al cabo de unos segundos y, finalmente, se apartó de la entrada—. Está bien, podéis pasar, pero no miraréis ningún otro destino que se os aparezca, ¿entendido?

—Sí —afirmé, entrando ya en la cueva antes que cambiara de opinión—. Solo miraremos la profecía, muchas gracias.

Las cuevas eran inmensamente grandes. Sándalo podía entrar en ella mediante otra abertura que se encontraba mucho más arriba de la montaña, ya que la principal era demasiado pequeña para su enorme cuerpo, aunque permaneció fuera. Se decía que los dragones dorados tenían el don de ver el corazón de la gente y saber si mentían. Supuse que su confianza en nosotros fue porque supo que decíamos la verdad, debíamos informar a la elegida cuanto antes de los posibles cambios.

—¿Lo notas? —Me preguntó Virginia un tanto asustada—. Es una magia extraña la que rodea este lugar, hay como… diferentes esencias y auras que nunca había percibido, este lugar está cargado de espíritus.

Dio un paso atrás, acobardada.

—Tranquila —la cogí de un brazo—. Es normal lo que sentimos, ¿recuerdas las clases de historia que nos daban en Gronland?

—Lady Margaret siempre explicaba que la magia de Oyrun procedía de estas cuevas. Que los dragones dorados, llevaron su magia a Yorsa. Dónde algunos humanos fueron bendecidos con el poder de la dragona Gabriel.

Se escuchaban gotas de agua caer a nuestro alrededor. Estalactitas y estalagmitas bajaban, subían o se unían. Era un lugar espléndido, hermoso y mágico. Aunque las sombras que proyectaba el punto de luz de Virginia para poder vernos eran un tanto escalofriantes. Pese a todo, quedé maravillado con la magnificencia del lugar. No me quedó ninguna duda que toda la magia que había en

Oyrun provenía de la isla Gabriel.

—Los propios magos no hemos sabido descifrar la magia de este lugar, ¿de dónde proviene esta magia? ¿Cómo puede predecir lo que ocurrirá en un futuro? Un misterio —dije mirando todo cuanto nos rodeaba.

Bajamos decenas de metros arañando la profundidad del volcán, la cueva se hizo más ancha a medida que descendíamos hasta que un lago se presentó ante nosotros. Fue extraño poder encontrar un lago en el interior de aquellas cuevas, pero era exactamente lo que buscábamos. En ese lago estaba escrita la profecía.

—El lago Gabriel —dije acercándome a la orilla. Por encima de las aguas del lago, haz de luz de diferentes colores bailaban sin llegar a tocar el agua, era como si jugaran danzando por encima del destino de Oyrun—. ¿Cómo puede saber un lago qué va a ocurrir?

—No lo sabe exactamente —dijo Virginia acercándose también—. Porque entonces podría haber predicho que la elegida iba a ser madre.

Miré las aguas.

—Quizá lo supiera, puede que por eso advirtiera que nada ni nadie podía apartarla de su misión —respondí agachándome. Cogí un poco de agua con una mano y la dejé caer de nuevo, Virginia se agachó a mi altura, observando las ondas que producía—. ¿Preparada para saber el destino de Oyrun?

Nos inclinamos a la vez y las letras empezaron a formarse como humo azul que revoloteaba dentro de las aguas del lago. En cuanto leímos la nueva profecía nos miramos, sabiendo que aquello no era nada bueno.

Debía ir enseguida a Launier para explicarles a Laranar y Ayla el cambio. Solo una cosa era positiva para ellos dos, pero no sabía si aquello lo compensaría o por el contrario preferirían que la profecía se quedara como antes estaba.

vecinos peligrosos

Entré en el armario transportador para que me condujera de Gronland a mi granja en apenas dos segundos, era como una especie de Paso in Actus pero con un único camino de ida y vuelta. Todas las casas de Mair disponían de uno que conectaba con la capital.

Al llegar y salir del recibidor de la primera planta —en mi casa se disponía de dos recibidores, el del armario transportador y el de la entrada principal de la planta baja— escuché a Alegra hablar con alguien en el porche de la casa. Bajé las escaleras lentamente, intentando identificar la voz masculina que conversaba con mi futura mujer.

—Gracias por haber sido tan rápido —le agradecía Alegra—. Pero no hacía falta, Dacio podría haber ido a buscarlos mañana.

—No es molestia —respondió el hombre—. Además, somos vecinos y así he aprovechado en dar una vuelta con mi mujer, también es nueva en Mair.

Abrí mucho los ojos, aquella voz era la de Andreo, uno de mis enemigos del pasado.

Salvé la distancia rápidamente y salí al porche no queriendo que aquel engreído pisara mis tierras. Pero no estaba solo, una mujer le acompañaba y me miró nada más aparecer. Andreo me miró serio y Alegra se volvió a mí con unos papeles en las manos.

—Dacio, Andreo nos ha traído los papeles que autorizan la estancia de Pol y Saira en Mair —me informó Alegra—. Y me ha presentado a su mujer, Beth —la miró—. Es humana como yo.

Ambas se sonrieron, supuse que conocer a alguien no mágico en Mair les agradaba.

—Nosotros ya nos vamos —dijo Andreo cogiendo una mano a su mujer y fruncí el ceño.

—Podríais venir un día a nuestra casa —propuso Beth—. Ya que somos vecinos…

—Claro —afirmó Alegra para mi gran espanto.

Andreo me miró de refilón, de bien seguro debía ser una trampa, para él era un mago oscuro, de pequeño me hizo la vida imposible junto con el grupo de Víctor, otro lagarto.

—Solo si Dacio quiere —dijo Andreo mirándome.

¿A qué demonios juegas?, le transmití a través de la mente, *marchaos de mis tierras, ¡ya!*

Las personas cambian, se limitó a responder y apreté los puños, no me dejaría engañar por un desgraciado como aquel.

—¿Dacio? —Alegra me tocó un brazo y la miré.

—Nunca iremos a su casa, nunca —respondí.

—Pero…

—Iros —ordené a Andreo y Beth.

La humana me miró sin comprender.

—¡Dacio! —Quiso regañarme Alegra—. No seas desagradable, son nuestros vecinos.

—No pasa nada, nos vamos —accedió Andreo—. Si cambiáis de opinión, nos lo decís.

Iban a marcharse cuando Alegra metió la pata hasta el fondo.

—Beth, puedes venir un día a tomar un café, no tengo amigas aquí, en realidad, no conozco a nadie y sería agradable contar con alguien para poder hablar aparte del maleducado de mi prometido y los niños.

La chica se volvió, era morena y de ojos marrones, de más o menos veinte o veintidós años.

—Claro, me pasaré un día de esta semana —accedió.

Miré a Andreo que no objetó nada y se marcharon con paso tranquilo de vuelta a su granja que se encontraba a cinco kilómetros de la nuestra.

—¿Se puede saber qué te ocurre? —Me preguntó Alegra muy enfadada—. Me gustaría tener amigos para variar.

—Esos nunca serán nuestros amigos —respondí—. Andreo fue uno de los secuaces de Víctor, ¿no lo entiendes?

—Pero me ayudó a no caerme la primera vez que conocí a Víctor al lanzarme por los aires.

Víctor me martirizó de niño y se encargó que nunca, nadie, olvidara que era el hermano de Danlos. Incluso atacó a Alegra dos veces solo para hacerme daño, la última de ellas de gravedad. Y ese Andreo, me dio la espalda cuando mi hermano se volvió loco matando a mi familia, éramos inseparables antes de eso, los mejores amigos que pudiera haber, pero me trató como el resto cuando lo perdí todo, me llamó mago oscuro y se alió con Víctor.

—Te creo, pero me cuesta entender porque se comporta así de bien ahora —respondió Alegra—. Quizá ha cambiado.

—Es una trampa, ¿no lo entiendes? —Dije alzando la voz—. Ya lo hizo en el pasado, y si esa Beth viene a tomar un café, por lo que más quieras, no te fíes, deshazte de ella como puedas y que no regrese. ¡Mejor! Dile quien soy en realidad, si no lo sabe saldrá corriendo de esta casa sin necesidad de echarla.

—Maldita sea —dijo enrabiada entrando en la casa, la seguí—. Me gustaría tener una amiga ahora que vamos a vivir aquí hasta que la hija de Ayla sea un poco más mayor y…

Calló de golpe y seguí su mirada. Pol estaba escuchándonos con rostro preocupado sentado abajo en las escaleras.

—No os peléis —pidió.

Alegra se colocó un mechón de pelo detrás de la oreja.

—No nos peleamos Pol —dijo Alegra—. Acaban de traernos la documentación que acredita vuestra estancia en Mair.

Se la tendió al niño que cogió vacilante.

>>Y como agradecimiento he invitado a la vecina a tomar un café —Alegra me miró entonces, alzando una ceja—. Si Dacio lo permite, claro.

—No son de fiar —repetí.

Alegra miró a Pol.

—Deja los papeles en el despacho de Dacio —le pidió Alegra.

El niño se fue, perdiéndose por un pasillo y Alegra me miró.

—Me hizo cosas terribles en el pasado, por favor, no hagas amistad con ellos —le supliqué.

Alegra se acercó a mí y me rodeó el cuello con sus brazos.

—No podría ser amiga de nadie que te hiciera daño —dijo mirándome a los ojos—. Y te respetaré, aunque creo que esta vez te equivocas.

—Lo dudo.

Sonrió y me besó en los labios. Después de unos segundos, terminé el beso y dije:

—Mañana, Zalman me llevará a Sorania con el Paso in Actus, la profecía ha cambiado.

—¿Para bien o para mal? —Quiso saber.

—Depende de cómo lo mires —respondí.

Si yo fuera el padre de Eleanor, para mal, sin ninguna duda, pensé.

AYLA

Un cambio

Dacio nos explicaba el cambio en la profecía y mis ojos se empañaron de lágrimas que intenté contener como marcaba el protocolo. Una princesa no podía llorar delante de su pueblo, y en aquel instante nos encontrábamos en la sala de los tronos donde varios elfos estaban presentes escuchando las palabras del mago.

—La profecía dice lo siguiente: La elegida ha sido apartada de su misión, una nueva vida toma el relevo. El poder del colgante pertenece a ambas luces del mundo pudiendo controlar los elementos la elegida, y manteniéndolo puro y libre de maldad su hija. Ahora, aquella que es originaria de la Tierra podrá permanecer en Oyrun al haber dado una vida que forma parte de este mundo y que las razas conocerán como la hija de la luz destinada a combatir el hijo de la oscuridad.

Dacio terminó de recitar la nueva profecía y me miró.

—Lo siento —dijo sinceramente.

—Sabíais a lo que os arriesgabais cuando iniciasteis una relación —nos acusó Lord Zalman que acompañó a Dacio hasta Sorania con el Paso in Actus.

—Ahora ya está hecho —sentenció el rey de Launier sentado en su trono—. Pero decid, ¿a qué se refiere con que mi nieta es la destinada a combatir el hijo de la oscuridad?

—Danter —mencionó Zalman—, creemos que se refiere al hijo de Danlos. La profecía menciona a Eleanor como la hija de la luz, entendemos que el hijo de la oscuridad será el hijo de Danlos y Bárbara.

Miré a mi hija, durmiendo en mis brazos, pese a contar con cuatro meses de edad parecía una recién nacida por tener un crecimiento extremadamente lento. La médica de Launier, Danaver, me garantizó que era normal, los semielfos crecían de forma muy lenta y los elfos de raza aún más. Pero viéndola, ¿cómo algo tan pequeño iba a poder combatir contra los magos oscuros? Había demostrado tener control sobre el colgante, pero no era más que un bebé.

—No puede combatir —hablé por primera vez, mirando al mago del consejo—. Mi hija no combatirá contra esos monstruos, es un bebé.

—Ahora no, pero dentro de unos años tendrá que hacerlo —respondió Zalman.

—¡No! —Alcé la voz—. Yo combatiré como hasta ahora, mi hija se quedará en Sorania, protegida por sus abuelos.

Miré a Creao sentada al lado de su trono y ésta asintió.

—La niña deberá combatir a tu lado, en cuanto crezca —insistió.

—Si Ayla es la que controla los elementos significa que es la única que tiene el poder de combatir a los magos oscuros, ¿qué pinta mi hija, entonces? —Quiso saber Laranar, sentado al lado de su padre. Ambos teníamos unos asientos al lado de los reyes como los futuros herederos del reino. Solo se colocaban cuando los cuatro dábamos audiencia.

—Ayla controla los elementos, pero Eleanor es la que mantendrá puro el colgante, deben estar unidas para derrotar a los magos oscuros.

Me alcé indignada y miré tanto a Dacio como a Zalman.

—Mi hija, no combatirá contra esas bestias, ¡nunca!

Dicho esto me marché de la sala de los tronos, de camino al edificio de la familia real rompí a llorar, pero antes de poder alcanzar la puerta de entrada, Laranar me alcanzó, me dio la vuelta y me abrazó. Lloré en su pecho, con nuestra hija en brazos.

—No, por favor, Laranar, dime que Eleanor no tendrá que combatir —le supliqué.

—Ayla —hizo que le mirara a los ojos—, si lo que dice la profecía es cierto, quizá sea inevitable.

—También ponía que debía regresar a la Tierra y ahora se supone que puedo quedarme —rebatí.

Acarició mi rostro, intentando limpiar las lágrimas que corrían por mis mejillas, luego miró a nuestra hija y le dio un beso en la frente. Podía quedarme en Oyrun, pero qué madre se alegraría si el precio a pagar era que su hija combatiera contra unos desalmados.

—Sois lo más importante para mí, no dejaré que nadie os haga daño, a ninguna de las dos. Pero antes de decidir nada, comprobemos si es cierto que Eleanor es la que mantiene puro el fragmento que posees.

—¿Cómo?

Cogió la esquirla que colgaba de mi cuello, era la primera vez que sostenía el colgante, cualquier otra persona que lo tocara lo corrompía tarde o temprano.

Laranar cogió un puñal que llevaba en un lateral de su cinturón y se hizo un corte en el dedo corazón, su sangre manchó el fragmento que empezó a perder el brillo transparente que le caracterizaba por otro de un color azul claro.

—Supongo que mi sangre no está tan corrompida como la de un orco —comentó, al ver que tampoco se tornó gris o incluso negro como otras esquirlas que tuve que purificar en el pasado.

Laranar limpió el fragmento de sangre con un pañuelo que sacó de su pantalón y me lo ofreció.

—Adelante —dijo—, si lo purificas continuas conservando todo tu poder.

Suspiré y cogí el fragmento con el dedo índice y pulgar. En el pasado aquel simple gesto purificaba las esquirlas, pero en aquel momento… no ocurrió nada. El fragmento continuaba estando ligeramente corrompido por la sangre de Laranar.

Le miré preocupada y Laranar volvió a coger la esquirla, miró a Eleanor que continuaba dormida y le cogió una manita. Al hacer que lo tocara, el fragmento empezó a brillar con fuerza, a resplandecer y volver a su forma pura del principio, transparente, como cuarzo pulido.

—Eleanor sí que puede —dijo mirándome a los ojos, con pesar.

Di un paso atrás, no queriendo escucharle.

>>Ayla, no podemos ignorar lo evidente. Se ha mantenido puro hasta el momento porque coges a Eleanor en brazos todos los días, ella es la que lo mantiene puro.

—Da igual, el poder de controlar el colgante lo sigo teniendo yo —insistí a la desesperada.

—Poder que se volverá contra ti si está corrompido —quiso hacerme ver, se acercó y me cogió por los hombros—. Ayla, el papel de Eleanor en todo caso es secundario, solo mantener el colgante libre de maldad. Y le enseñaré a luchar a espada, el arco y montar a caballo desde que empiece a andar. Estará preparada, no podemos apartarla de su destino.

—Pueden hacerle daño, la profecía dice que deberá acabar con el hijo de la oscuridad, el hijo de Danlos y Bárbara. Ahora es pequeño como Eleanor, pero cuando crezca…

—No permitiré que le haga daño, te lo garantizo.

Me abrazó y Eleanor se despertó entonces, con el fragmento aún en sus manos. Laranar lo cogió volviéndolo a dejar donde estaba, colgando en mi cuello.

—Los semielfos tardan cuarenta años en alcanzar la edad adulta, pensábamos iniciar la misión cuando dejaras de darle el pecho, ya era demasiado tiempo viendo el poder que poseen los magos oscuros, pero esperar casi medio siglo es inviable.

—Me niego a que sea una niña cuando reanudemos la misión —dije de inmediato.

—No, pero… sí cuando sea poco más que una adolescente, a los treinta, si la comparamos con un humano será como si tuviera dieciséis.

—Es muy pronto.

—Tú tenías diecisiete cuando viniste a Oyrun —me recordó.

No supe qué responder entonces.

Eleanor empezó a llorar, reclamando comida. Me di la vuelta para entrar en el edificio de la familia real y darle el pecho en nuestra habitación.

—Ya veremos —dije antes de cerrar la puerta—. Además, no sabemos si Danlos atacará antes.

Pero, aquella misma noche, la oscuridad me visitó y el mago oscuro se colocó a mi espalda, muy cerca de mí, notando su aliento contra mi pelo.

—Te ofrezco una tregua —dijo sin preámbulos y me volví a él, mirándole a los ojos—. No te atacaré ni a ti ni a tu familia durante treinta años y un día, pero, a partir de ese instante el juego volverá a comenzar.

—Así tu hijo podrá combatir —entendí.

Sonrió.

—Exacto, también habrá crecido.

—¿Tus orcos se retirarán por completo? ¿No atacarán a ningún reino?

—Mi trato solo es contigo, continuaré atacando cada aldea, poblado o ciudad de Oyrun que encuentre a mi paso y las fronteras de Launier seguirán bajo la amenaza constante de mis ejércitos. Únicamente tú y tu hija, no seréis atacadas directamente por mí; claro que… puede que alguno de mis orcos llegue a tu bonito palacio, se cuele en la habitación de tu hija y acabe con ella.

—Eso no es una tregua —dije enfadada—. No me garantizas nada.

—Te garantizo que no vaya personalmente a mataros, eso es todo.

Tragué saliva, a fin de cuentas nadie esperó ese ofrecimiento por su parte.

—Acepto, si en ese trato también incluyes a Bárbara, ella tampoco podrá atacarnos.

Sonrió, victorioso, y me tendió la mano, se la estreché con decisión, aunque sentí un escalofrío ante su contacto directo.

—Hasta dentro de treinta años y un día, elegida.

Desperté con lágrimas en los ojos, ya no había marcha atrás, mi hija combatiría junto a mí.

Dacio y Zalman se marcharon de vuelta a Mair, sabedores del trato que había alcanzado con el mago oscuro y, desde ese día en adelante, a Eleanor se la conocería como la hija de la luz.

DACIO

Vincular

Cuando uno lleva toda la vida esperando un milagro, acaba pensando que es un loco por querer alcanzar lo inalcanzable. Los sueños se marchitan, el futuro que ve es negro y todo a su alrededor deja de tener importancia. Pero, un día, puede que el milagro que uno andaba buscando aparezca y todo aquello que se creía perdido u olvidado reaparece con más fuerza. Es, entonces, cuando te das cuenta de que nunca habías dejado de buscarlo, que la esperanza, aunque pequeña, no había abandonado el corazón en un intento de seguir adelante.

Te levantas y caminas a su lado; te despiertas y ves que continúa junto a ti. Así me sentí yo con Alegra, era el milagro que esperaba, el milagro que había tardado mil años en encontrar para devolverme la alegría de formar una familia.

—¿Nervioso? —Me preguntó Zalman mirándome con orgullo.

—Petrificado —respondí.

Me miré en el espejo de cuerpo entero que tenía en la habitación. Vestía una túnica de terciopelo azul oscura, pantalones de algodón negro y botas de cuero negras. Una capa caía desde mis hombros hasta los tobillos y era abrochada en el cuello con un broche de oro.

—Esto es para ti —Zalman me tendió una cajita forrada en terciopelo roja y al abrirla me encontré con un par de gemelos de oro con el sello de mi casa, una flor de citavela.

—Zalman, gracias —agradecí—. No tenías por qué hacerlo.

—Tonterías —los cogió y me los colocó en los puños de la camisa de seda que llevaba debajo de la túnica y por donde asomaban los puños, luego me miró con orgullo—. Eres como un hijo para mí.

Contuve el aliento, casi emocionándome.

Zalman me tendió hacia el espejo y ambos miramos lo apuesto que estaba.

—Tu padre estaría orgulloso de ti —dijo mirándome, satisfecho—. Muy orgulloso.

Lo estaría, afirmé dentro de mí, *ojalá pudiera verme en estos momentos, él, mamá y Daris.*

En ese momento Lilian, la esposa de Zalman, entró en la habitación y me miró con aprobación.

—Que guapo estás, Dacio —dijo acercándose y me abrazó—. Aún recuerdo el día que viniste por primera vez a casa, asustado pero intentando parecer fuerte, y ahora… —Suspiró—. Ya te has hecho todo un hombre —se le escapó una lágrima que intentó limpiar antes que estropeara su maquillaje—. Un buen hombre.

—Vamos, Lilian —intervino Zalman—. Hoy es un día de celebración.

—Es una lágrima de alegría —repuso—. Y deberíais ir saliendo, la novia ya está lista.

Le di un beso en la mejilla, Lilian me ayudó muchas veces a pasar por alto los insultos que recibí de pequeño por ser el hermano de un mago oscuro. Esa mujer fue mi tabla de salvación en muchos sentidos. Tenía una expresión dulce y emanaba bondad con solo mirarla. Sus ojos marrones, grandes y llenos de luz, siempre me miraron con cariño.

La boda se celebraría en el jardín trasero de casa, justo al lado del bosque de castaños. Había hecho que lo decoraran todo con flores blancas, que construyeran una carpa de madera pintada de blanco y con jazmín abrazando la hermosa construcción. Una orquesta de músicos tocaría para nuestra boda.

Al finalizar, un gran banquete nos esperaba, éramos apenas quince personas, pero había encargado comida para cincuenta. Teníamos como aperitivos bolitas de queso, jamón y nueces; ajoblanco de coco con virutas de salmón marinado; crema de coliflor con mermelada de tomate y foie; crema de gorgonzola y nueces; crema de batata con crumble de jamón; un surtido de ibéricos y otro de quesos; caviar; anchoas… De segundo, podías escoger una degustación de sabrosos platos tales como atún glaseado con lima, arroz negro, habitas; pato a la naranja; foie con cebolla caramelizada y manzana; ternera con guisantes, cebolla marinada y avellana; jabalí asado; trucha a la sal; salmón, y pato con endibias, naranja y almendras.

La tarta nupcial era una obra maestra, tenía cinco pisos de altura y era de nata, chocolate y mermelada de frambuesa.

Ayla y Laranar se encontraban presentes gracias al Paso in Actus de Daniel, el hijo de Zalman y Lilian, que los trajo para la boda. Consigo llevaron a Eleanor vestida con un trajecito de algodón de color salmón con encaje de hilos de plata y una cinta en la cabeza con un lazo.

Cada vez que miraba a la pequeña princesa me sentía mal por haber sido el portador de malas noticias. Pero una vez superada la sorpresa inicial, parecía que sus padres habían aceptado su destino y pensaban disfrutar cuanto pudieran de su hija hasta que cumpliera los treinta años, momento que se iniciaría de nuevo la misión.

La música empezó y Alegra apareció vistiendo un bonito traje de seda blanco, con un fino bordado de plata en el escote realzando sus pechos de forma sutil. Las mangas eran largas y caían en cascada hasta pasada la cintura. Los zapatos eran simples, hechos de lino, pero del mismo color blanco-roto que el vestido. Un bonito collar de oro blanco le adornaba el cuello con un diamante engarzado y el pelo lo llevaba recogido en un moño con una pequeña corona de diamantes que le regalé esa misma mañana.

Estaba guapísima y sonreí nada más verla.

Jamás imaginé que aceptara todo aquello, pero no me costó demasiado convencerla de que se vistiera como una verdadera novia. Al principio, insistió en llevar un vestido sencillo, sin tanta parafernalia, pero le pedí que lo hiciera y después de tres días incansables sacando el tema, accedió. Luego estuvo el tema de la decoración y el banquete.

—Solo vamos a ser unos cuantos, no necesitamos tantas flores, ni tanta comida. Digamos cuanto nos queremos sin más y comamos algo luego —esa fue su sugerencia. Pero aquella misma mañana llegó un séquito contratado por mí para prepararlo todo. Alegra me miró un tanto enfadada cuando vio todo lo que había montado para ella—. ¿Qué habíamos dicho? —me preguntó cruzándose de brazos, aún en camisón.

—Solo quiero que te sientas como una princesa —respondí con inocencia.

Puso los ojos en blanco, me echó de la habitación y cerró la puerta.

—Pues como castigo no podrás verme hasta el *sí, quiero* —dijo a través de la puerta.

Y ahora avanzaba, como una princesa, para mí. No había nadie que la llevara, prefirió ir sola hasta el altar.

Laranar ofició la boda; nos dimos el *sí, quiero*, los anillos y nos besamos finalmente.

El resto del día fue fantástico, la fiesta duró hasta bien entrada la noche y cuando poco a poco los invitados fueron marchándose, tuvimos que despedirnos de Ayla, Laranar y la pequeña Eleanor.

—Cuídate, Ayla —dije abrazándola—. Nos vemos dentro de treinta años.

—Mucha suerte con Alegra —me respondió—. Quiero que me escribas cuando seas papá.

—Dalo por hecho.

Alegra y ella se abrazaron mientras yo me despedía de Laranar.

—Mucha suerte y cuídala bien —dijo mi amigo, estrechándonos las manos para luego darnos un abrazo de hombres.

—Suerte, amigo —le deseé retirándome—. Disfrutemos de estas pocas décadas que nos ha ofrecido el mundo.

—Sí.

Eleanor empezaba a llorar, cansada, para ella el día había sido agotador pese a haberse pasado la mayor parte del tiempo durmiendo en brazos de su madre. Alegra le dio un beso en la frente.

—Mucha suerte peque —dijo cogiéndole una manita.

—Hora de marcharse —dijo Daniel—. Cogeos a mi espalda.

Laranar y Ayla le tocaron un hombro mientras Eleanor permanecía en brazos de su madre.

—Paso in Actus.

Nos quedamos solos, fueron los últimos en marcharse.

Alegra me abrazó.

—Estoy agotada —dijo y la besé en los labios.

—Ya estamos casados, pero ahora falta una última cosa, hacerte inmortal. ¿Estás preparada?

Asintió.

Me la llevé a la habitación, abrí el doble ventanal y nos sentamos en la repisa. Era noche cerrada y un manto de estrellas cubría el cielo, con la luna en cuarto creciente a lo alto.

—Mi energía se mezclará con la tuya —empecé a explicarle—. Primero notarás cansancio, mucho sueño, será cuando absorba el flujo de tu fuerza que se mezclará dentro de mí y te la devolveré al cabo de unos segundos con la esencia de mi poder. A partir de entonces, quedarás vinculada a mi magia y serás inmortal, igual que yo.

—Ya no envejeceré —afirmó—. ¿Por qué los magos, siendo todos inmortales, aparentáis juventud, pero dentro de unas edades distintas? Zalman, por ejemplo, es inmortal, pero parece que tenga cuarenta años, en cambio, tú aparentas veintiocho y Daniel veinticinco.

—Es la edad que nos gusta mostrar —respondí—. Cada mago

decide congelar su vejez en la edad que desea y podemos retroceder si nos cansamos. Yo, por ejemplo, si quisiera aparentar veinte años podría hacerlo.

—No lo hagas, me gustas como estás ahora.

Sonreí.

—Tú por el contrario aparentarás veinticinco toda la eternidad —dije cogiéndola de las manos—. Solo envejecerás si yo alguna vez muero. Mi magia está vinculada a tu energía, si yo falto dejarás de ser inmortal.

Se encogió de hombros.

—No me importa —respondió mirándome a los ojos—. Solo me hago inmortal por estar a tu lado, sin ti no tiene sentido. Ya me va bien.

Le di un fugaz beso en los labios.

—¿Preparada? —Pregunté, mirándola a los ojos.

—Preparada —suspiró.

Entrelacé mis manos con las suyas. Cerré los ojos, me concentré y empecé a visualizar su flujo de energía recorriendo su cuerpo. Era cálida, acogedora, y empecé a absorberla, primero lentamente para que Alegra se acostumbrara a la sensación que estaba experimentando. Probablemente, sentía un cansancio repentino mezclado con un hormigueo que le recorría todo el cuerpo.

—Dacio —me llamó en un susurro al cabo de unos segundos—, me… me duermo.

Abrí un momento los ojos y vi que los párpados se le cerraban por momentos. Continué un poco más y paré cuando percibí que los latidos de su corazón también se estaban apagando. No la solté, el vínculo se estaba formando y era un momento delicado, su fuerza se mezclaba con la mía y empecé a devolverle su energía. Poco a poco, el corazón le latió con más fuerza, las manos que se habían vuelto frías me transmitieron calor.

—Ahora me haces cosquillas —escuché que decía, pero no perdí la concentración.

Continué aportándole más energía hasta que vi que su capacidad estuvo llena. Entonces, abrí los ojos y la miré.

—Ya está —dije—. Ya eres inmortal.

Soltó mis manos y me abrazó.

—Te quiero —dijo besándome—. Te querré siempre.

La estreché, consciente de lo afortunado que era.

Aquella noche hicimos el amor y cuando desperté a la mañana siguiente la encontré durmiendo, aún desnuda bajo las sábanas de nuestra cama. Le di un beso en la frente, pero estaba tan cansada del día anterior que no despertó, continuó durmiendo.

Sonreí, y decidí prepararle el desayuno, nuestro primer desayuno como marido y mujer.

Bajé las escaleras sin hacer ruido para no despertar a los niños, Saira y Pol parecían continuar durmiendo en sus habitaciones. Al llegar a la cocina me encontré con una nota encima de la mesa y una pluma de oro que reconocí de inmediato. En ella estaba grabado mi apellido, *Morren*.

Cogí la nota y la leí con el corazón bombeándome con más rapidez.

Enhorabuena por el enlace, estabas muy apuesto.

Espero que aceptes la pluma que perteneció a nuestro padre y que simboliza quién es el dueño de la granja de nuestra familia, creo que debes tenerla tú.

Tu hermano,

Danlos

Mis ojos se llenaron de lágrimas de pura impotencia. Danlos había venido a mi boda y nadie se dio cuenta.

—Maldito seas —dije en voz alta y quemé la nota con magia en mi propia mano.

¿Qué pretendía con aquello? Después de tantos siglos me devolvía la pluma que perteneció a nuestro padre, ¿por qué? El dueño debía ser aquel que fuera el heredero de los Morren, de nuestra familia.

Guardé la pluma en mi despacho, bajo un sello mágico, si alguna vez alguien la tocaba lo percibiría enseguida.

—¿Dacio? —Alegra me buscaba y salí a su encuentro, al verme sonrió—. ¿Qué haces en el despacho?

—Nada —le sonreí, acercándome a ella, no tenía que saberlo, solo la preocuparía—. Iba a prepararte el desayuno, vuelve a la habitación, has estropeado mi sorpresa.

Me dio un beso en los labios.

—No tardes mucho —me pidió.

Viéndola subir las escaleras me preocupó el que no estuviera a salvo. Si Danlos fue capaz de estar en mi boda sin que nadie lo percibiera, quién decía que en un futuro no volvería a matar a mi nueva familia. Por otro lado, aquella nota, el creer que debía ser el poseedor de la pluma de nuestro padre, me desconcertó. Fue el regalo de graduación que le dio mi padre a mi hermano cuando este terminó la escuela con matrícula de honor, un legado que quiso darle en su momento como el heredero de la granja Morren. Poco pensaba nuestro padre que meses después su propio hijo lo mataría en un ataque de furia.

Pero los días siguieron su curso y luego las semanas, quise olvidar el incidente con la pluma, no se lo conté a nadie, ni tan siquiera a Zalman.

Una mañana, Alegra me dio un beso en el pelo aprovechando que estaba sentado en la mesa de la cocina terminando de desayunar.

—Te quiero —me susurró al oído abrazándome por la espalda.

Sonreí y la atraje hacia mi regazo, luego la abracé.

—¿Tanto me quieres? —Le pregunté feliz, me besó y fue, en ese instante, cuando algo, quizá el instinto, hizo que mirara dentro de ella y escuché el latido de su corazón mezclado con uno nuevo. Al retirarse de mí la miré a los ojos, emocionado—. Acabas de hacerme el hombre más feliz del mundo.

—¿Qué? —Preguntó sin comprender.

—Estás embarazada —dije tocando su barriga—. Noto una nueva vida en tu interior.

Abrió mucho los ojos.

—Tengo un retraso —confesó—. Pero no quería decirte nada hasta estar segura.

—Pues ya lo estamos —dije feliz—. Vamos a ser padres.

Sonrió y volvió a besarme.

Meses después, en una noche de tormenta, Alegra dio a luz a un hermoso niño al que llamamos Jon.

Fue algo mágico coger en brazos a mi hijo, mi primogénito. Poco a poco mi nueva familia iba creciendo, la felicidad se hizo más grande con nuestro pequeño.

—Voy a protegerte —le susurré a Jon mientras su madre dormía—. Te prometo que no estarás solo, que siempre nos tendrás a tu lado y tendrás una infancia llena de alegrías.

Jon me miraba y sonrió ante mis palabras.

PARTE II

JULIA

Casualidad

Cogí un paquete de sal de la estantería del supermercado y al darme la vuelta me encontré con Esther, la exnovia de mi hermano.

—Julia —me sonrió—, cuanto tiempo, has crecido mucho.

Pese a que sentí una repentina alegría por verla, me preocupé, mi hermano andaba por la sección de los yogures y la ruptura que tuvieron ambos, aunque diplomática, fue dolorosa.

—Esther —mencioné—, me alegro de verte. ¿Cómo estás?

—Bien —se limitó a responder—. He venido a comprar cuatro cosillas para casa. ¿Has venido sola?

Negué con la cabeza.

—No me dejan salir sin compañía desde que empezaron a venir orcos a la Tierra. Nunca se sabe cuándo pueden aparecer, aunque me gustaría que me dieran un poco más de libertad. Acabo de cumplir trece años.

—Pareces indignada —sonrió y miró alrededor—. ¿Quién… quién te acompaña?

—Mi hermano —dije sin preámbulos —. ¿Quieres saludarle?

No supo qué responder.

—¿Cómo está? —Quiso saber primero.

Me encogí de hombros.

—Ni bien, ni mal —respondí—. No sale con nadie, si es lo que te interesa saber.

Sonrojó, aún le quería en cierto modo.

—Bueno, debo irme —dijo poniéndose seria—. Me alegra haberte visto, estás muy guapa.

Al darse la vuelta chocó precipitadamente con mi hermano, que llegaba en ese momento y no lo vio.

—Esther —mencionó David cogiéndola por los hombros—, que casualidad.

—David —la situación se volvió incómoda—, ya me iba, tengo prisa.

Se marchó sin darle la oportunidad a mi hermano de decirle nada más y este frunció el ceño, enojado.

—Es normal —le cogí de un brazo—, hace menos de un año que cortasteis y fuiste tú quien no quiso darle una oportunidad.

Me miró de forma fulminante.

—No fui el único culpable —repuso—. No sabes ni la mitad de la historia.

Sí que la sabía. Esther viajó a Oyrun junto con su amiga Ayla y estuvo más de un año en un mundo desconocido sin nadie en quien apoyarse salvo un elfo llamado Raiben, con el que mantuvo una aventura pensando que tardaría años en volver a la Tierra o quizá nunca. Era difícil juzgarla por haber actuado así, ¿y qué debía hacer ella? ¿Quedarse para vestir santos? A fin de cuentas, por lo que supe, no fue hasta más de un año después de estar en Oyrun que le fue infiel a mi hermano. Se sintió sola y buscó un hombre en el que llorar, aunque no fuera el de David.

Suspiré y nos dirigimos a la caja para pagar. Esther se encontraba dos cajas más a la derecha cogiendo ya sus bolsas de la compra dispuesta a marcharse. Pero antes miró a mi hermano, y mi hermano la miró a ella. Yo dejé la sal, la leche y unos yogures en la cinta.

En ese momento, pasaron varias cosas a la vez. Por un lado, escuchamos las sirenas de alarma que advertían de la llegada de orcos a la Tierra; por otro, una explosión justo en la entrada del supermercado reventó las puertas automáticas de cristal e hizo que un fluorescente cayera del techo, justo donde se encontraba Esther, golpeándola.

Abrí mucho los ojos al verla caer. Mi hermano gritó su nombre y más rápido de lo que pudiera creer, ya corría a su lado para atenderla. Me dirigí también, asustada por saber qué me encontraría. La gente empezó a gritar presa del pánico.

—Esther, vamos, Esther, reacciona —mi hermano ya la cogía por los hombros cuando llegué a su lado. Tenía sangre en la cabeza—. Despierta.

Poco a poco empezó a abrir los ojos y miró desorientada a su alrededor.

—¿David? —Preguntó, viéndose sostenida en brazos de mi hermano—. ¿Qué ha ocurrido?

Las sirenas seguían sonando y la gente salía del supermercado saltando los escombros que se habían formado en la puerta. Nosotros, justo en el final de una de las cajas para pagar, estábamos protegidos de las decenas de personas que salían en desbandada por un hueco que quedó pequeño.

—Hay que salir de aquí —dijo mi hermano alzando a Esther en brazos—. Julia no te separes de mi lado.

—La salida está bloqueada —dije, por si no se había dado cuenta.

—Saldremos por el almacén —repuso—. ¡Rápido!

Escuché un rugido a nuestra espalda y vi la sombra de un dragón en el exterior. Automáticamente, la gente volvió a entrar en el supermercado. Al darme la vuelta, mi hermano ya giraba por el pasillo de las bebidas y corrí para alcanzarle. Llegamos al almacén y salimos por la puerta donde descargan las mercancías. Una vez fuera, nos detuvimos sin saber qué dirección tomar.

Saqué el puñal que llevaba en mi bolso y lo desenvainé.

—Julia, guárdalo ahora mismo —me pidió mi hermano, mirándome directamente a los ojos—, ahora.

Fruncí el ceño.

—Tendremos que defendernos con algo —repliqué.

Las sirenas pararon de sonar, ¡por fin!

Lo siguiente que escuchamos fueron disparos, más gritos y rugidos de orcos.

¿Algún día se acabará esto? Me pregunté.

—Mira, soldados —dijo mi hermano, y miró a Esther—. Vamos, Esther, no te duermas.

Pero cayó inconsciente.

Corrimos para llegar hasta los soldados que, al vernos, nos cubrieron de inmediato para ponernos a salvo. Desde la aparición de los orcos en la Tierra, sobre todo en la ciudad, centenares de soldados patrullaban las calles, y tanques estaban dispuestos cada tres manzanas por si eran necesarios. Barcelona era, con diferencia, la ciudad europea que más ataques sufría, aunque en ningún lugar se estaba a salvo.

El hospital de San Pablo se encontraba desbordado, a duras penas conseguimos una camilla donde poder tumbar a Esther, es más, fue mi hermano quien empezó las primeras curas cogiendo material médico por su cuenta. David estudiaba medicina y, aunque le faltaban varios años para acabar la carrera, tenía los conocimientos básicos para dar los primeros auxilios con garantías.

—Toma —me tendió su móvil—, llama a sus padres, estarán preocupados.

—¿Tienes aún el teléfono de su casa? —Le pregunté, buscando en la agenda del móvil—. Sí, veo que sí.

Al segundo tono contestó la madre de Esther y le expliqué en pocas palabras lo que había sucedido y dónde nos encontrábamos. No tardó en presentarse junto con toda la familia. Esther recuperó la conciencia poco después y tres horas más tarde de haber llegado al hospital, se la llevaron para hacerle unas pruebas.

—Ya no pintamos nada aquí —le hablé a mi hermano—. Podemos marcharnos.

Ni me escuchó, continuó de pie en la sala de espera queriendo saber cómo se encontraba su exnovia. Suspiré, por mucho que lo negara aún sentía algo por ella.

Vi a Álex en la máquina de las bebidas sacando una botella de agua y me acerqué a él. Era tres años mayor que yo e íbamos al mismo instituto, pero desde que nuestros hermanos rompieron, pocas palabras nos dirigimos.

—Hola —le saludé y me miró—, ¿cómo estás?

Me sacudió la coleta que llevaba, en respuesta.

—¿Qué tal, coletitas?

Apreté los dientes, no había cambiado en absoluto.

—Que tonto eres cuando quieres —respondí.

Me di la vuelta y volví al lado de mi hermano.

Dos horas después, nos informaron que Esther pasaría la noche en observación, pero que no revestía gravedad. Todos suspiramos, contentos, y su familia pudo pasar a verla.

—Ya podemos irnos —dijo David alzándose del asiento de la sala de espera.

—¿No quieres hablar con ella?

Vaciló.

—Es complicado —se limitó a responder.

Estuvo de un humor de perros hasta que llegamos a casa, pero cambió un tanto cuando nuestros padres nos abrazaron al vernos llegar, y eso que les llamé desde el principio para que supieran que nos encontrábamos perfectamente después del repentino ataque. Siempre era así, aparecían orcos, trolls o dragones y luego desaparecían como por arte de magia, sin dejar rastro.

—Julia —me llamó David antes que me fuera a mi habitación—, déjame ver tu puñal.

—¿Mi puñal? —Pregunté, sacándolo del bolso—. Toma, ¿qué quieres…?

Abrí mucho los ojos cuando abrió una ventana que daba a la calle y lo lanzó con todas sus fuerzas.

—Cabrón —dijo escupiendo odio en sus palabras—. Lo estropeaste todo.

Y sin más palabras se dirigió a su habitación.

Tardé unos segundos en reaccionar, pero volví corriendo a la calle buscando mi puñal. Lo encontré tirado en la acera y me agaché a recogerlo.

—Raiben —mencioné acariciando la vaina donde tenía grabado su nombre. Sí, el mismo elfo que estuvo con Esther fue quien me obsequió con aquel maravilloso puñal—, yo te echo de menos, ¡ojalá!, pudiera ir a Oyrun y advertiros de lo que pasa en la Tierra; Ayla y tú lo arreglaríais, ¿verdad?

Una semana más tarde, la casualidad hizo que volviéramos a encontrarnos con Esther y su hermano Álex en el cine.

—Ves a hablar con ella —le insté a David—, lo estás deseando.

—No digas tonterías —dijo incómodo—. Además, ¿qué le diría?

—Pregúntale cómo tiene el golpe en la cabeza —sugerí.

Desde la distancia se podía distinguir un morado en la parte derecha de su frente y unos cuantos puntos de sutura.

Al verle vacilar le cogí de una mano y fui directa a ella.

—¡Esther! —La llamé con alegría, se volvió al escucharme y nos miró sorprendida—. ¡Qué casualidad!

—Sí —respondió, sin saber qué más decir.

—Hola, coletitas —Álex quiso zarandearme la coleta, pero de un manotazo me lo quité de encima.

—Quieto —le advertí y sonrió.

—¿Cómo tienes el golpe? —Le preguntó David a Esther—. ¿Estás bien? ¿Te mareas?

—Los primeros días sí —respondió—. Lo que me preocupa es la cicatriz que pueda quedarme, han sido cinco puntos.

David se acercó más, le alzó el mentón con dos dedos y observó la herida. Automáticamente, Esther sonrojó.

—Puede que te quede una fina línea, pero apenas se notará. Quien te cosió, sabía lo que hacía.

—Me alegro.

David la soltó, percatándose de la proximidad entre ambos.

—Cuando cure, hidrata mucho la zona para que la piel se regenere.

—Te lo dice un futuro médico —añadí orgullosa—. ¿Qué película vais a ver?

—Esa que solo hay explosiones y disparos —respondió.

—Nunca te han gustado ese tipo de películas —comentó David.

—Quería verla Álex, yo solo le acompaño.

—Estás de suerte —dije contenta—. Nosotros vamos a ver una romanticona, te cambio la entrada.

Se la quité de las manos y le di la mía. Cogí a Álex de una mano, tan sorprendido como el resto.

—David, te esperaré aquí mismo cuando acabe la peli.

—Pero…

Me di la vuelta, aún sosteniendo a Álex de una mano, tiré de él y nos dirigimos a la sala número 8 antes que pudieran negarse nuestros hermanos. David me llamó desde la distancia, pero hice oídos sordos y me metí en la sala a paso acelerado. Una vez dentro, solté la mano del chico.

—Conseguido —dije victoriosa—. A ver si esos dos hacen las paces.

—¿Tú crees?

—Aún se quieren, te lo digo yo —empecé a subir las escaleras buscando la fila 10 que marcaban nuestras entradas—. ¡Y ya podrías haber escogido otra película más interesante, Álex!

Puso los ojos en blanco, pero me siguió el juego.

Dos horas más tarde, cuando acabó nuestra película, encontramos a nuestros hermanos hablando tranquilamente como si fueran dos viejos amigos que se hubieran reencontrado.

—Julia —me llamó mi hermano, detecté un brillo nuevo en sus ojos—, ¿qué tal la película?

—Basura —me limité a responder—. Cero argumento, solo disparos y coches que explotaban, no sé cómo le puede gustar a alguien eso —Álex me zarandeó la coleta al escucharme—. ¡Para!

—Vamos, Álex —le habló Esther—. Debemos volver a casa.

Miró a mi hermano y David la miró a ella.

—Podríamos repetirlo —propuso para mi sorpresa David.

—Sí, podríamos —afirmó Esther—. Llámame un día y hacemos otro cine o… lo que quieras.

Mi hermano asintió y cuando los dos llegamos a casa, David rodeó mi cuello con un brazo y me atrajo hacia él.

—Cuanto te quiero, hermanita —zarandeó mi coleta, contento, luego me dio un beso en el pelo.

Pude enfadarme, me daba mucha rabia cuando me hacían eso, pero no lo hice.

Me dirigí a mi habitación, cogí mi diario y me estiré en la cama. Empecé a escribir…

Raiben, creo que mi hermano ha perdonado a Esther, ¡por fin! Quién sabe, podrían volver a estar juntos dentro de poco, pero no te pongas triste, sé que también la querías. Piensa que yo viajaré a Oyrun tarde o temprano, encontraré la manera de hacerlo, y a mí no me importará abandonarlo todo por ti.

Te quiere,

Julia

Imposible de olvidar

Era de noche, hacía frío y nos encontrábamos en uno de los barracones improvisados que montaban cuando los orcos aparecían. Estábamos rodeados de soldados y gente que no conocíamos. Miraba en el límite que era nuestro refugio hacia el exterior, en la calle Valencia. Una segunda barricada impedía que los orcos llegaran a nosotros. Los soldados disparaban a matar a aquel ejército que se disponía a capturarnos. Sí, capturarnos, es lo que solían hacer, capturar a gente y luego desaparecer. También mataban, pero principalmente hacían prisioneros. Nadie sabía por qué, en realidad, nadie sabía nada de nada. ¿De dónde venían? ¿Cómo venían? ¿Cómo se marchaban?

Cámaras de seguridad de los establecimientos comerciales, capturaban imágenes de una luz que aparecía de la nada y dos segundos después un ejército de orcos o un dragón, hacía acto de presencia.

Yo solo tenía una respuesta a una de las preguntas, venían de Oyrun.

Entrecerré los ojos, observándoles atentamente, intentando encontrar la manera de ir con aquellos monstruos a aquel mundo mágico. Debía avisar a Ayla que la Tierra no estaba a salvo, que los orcos no se retiraron con su partida.

Una mano tocó mi hombro y al alzar la vista vi a Esther.

—No llegarán —dijo pensando que estaba asustada por si lograban atravesar la defensa—. Van con espadas y arcos, y nosotros tenemos armas de fuego, no pueden traspasar nuestras defensas.

—No era eso lo que miraba —respondí, volviendo mi atención a los orcos. Siempre los veía desde la distancia—. Busco la manera de poder viajar a Oyrun.

—¿Qué?

—Debemos avisar a Ayla —dije.

—No sé cómo —respondió—. Si no tenemos ningún fragmento del colgante, lo veo difícil.

—Alguno de ellos debe tener una esquirla, ¿no crees? —Le pregunté.

—No voy a ser yo la que viaje de nuevo a Oyrun —se limitó a responder.

—Pienso viajar yo —dije y la miré a los ojos—. ¿Crees que Raiben se acordará de mí? Ha pasado un año desde que se marcharon.

Sonrió.

—Puede que en Oyrun, solo haya pasado un mes.

—¿Qué quieres decir?

—El paso del tiempo entre ambos mundos es distinto —explicó—. Los magos de Mair nos contaron que hay ciclos donde un mes en la Tierra puede significar un siglo en Oyrun, o a la inversa. No siguen un patrón definido. Aquí ha pasado un año, pero en Oyrun pueden haber pasado diez días, como diez años.

La miré decepcionada, pero ella sonrió.

—Julia, no se habrá olvidado de ti, créeme.

—¿Cómo puedes estar tan segura?

—Porque eres imposible de olvidar.

Agaché la cabeza, avergonzada por ese cumplido.

Mi hermano llegó en ese instante y dejamos el tema de inmediato. Habíamos hecho un pacto entre las dos de no hablar una palabra sobre Oyrun o Raiben, delante de David. Ahora que empezaban a solucionar las cosas entre ellos lo que menos necesitaban era sacar a relucir cualquier referencia que pudiera recordar el motivo por el que rompieron.

Al amanecer, los orcos desaparecieron por arte de magia y pudimos volver a nuestras casas.

Me dirigí a mi habitación, cansada, pero antes de acostarme, escribí en mi diario:

Raiben, ¿de verdad no me has olvidado? ¿Cuánto tiempo ha pasado en Oyrun? Te echo de menos. Tu puñal es el único recuerdo que me dejaste, pero quiero más.

A partir de hoy buscaré un fragmento del colgante para que me lleve a tu lado.

Te quiere,

Julia

Miedo

Bajé del autobús, era de noche y mi corazón iba a mil por hora. Me había escapado de casa con un único objetivo, encontrar un orco que poseyera un fragmento del colgante de los cuatro elementos. La única vía para viajar a Oyrun y advertir a Ayla y Raiben que la Tierra continuaba en peligro.

Mi destino, la zona hermética de Sabadell, donde las noches de fin de semana decenas de locales hervían de jóvenes que salían de fiesta para bailar y beber, y donde en más de una ocasión, orcos aparecían para capturar a insensatos borrachos que salían del perímetro de seguridad marcado por el ejército.

Suspiré y me encaminé precisamente fuera del perímetro de seguridad, era fácil saltárselo, solo había unos cuantos puntos de control, no había efectivos suficientes para cubrir toda la zona, se necesitaban muchos soldados para patrullar las calles de toda España y tampoco era seguro que hubiera orcos aquella noche, aparecían de tanto en tanto, en ocasiones pasábamos meses sin ningún incidente.

Pero estaba decidida a conseguir un fragmento, costase lo que costase. ¿Y por qué Sabadell? Las redes sociales hablaban sobre la zona hermética de esa población situada a poco más de veinte kilómetros de Barcelona. A los orcos les encantaba ir a aquel lugar, y un grupo de jóvenes hicieron una llamada masiva para ir en busca de orcos y machacarles. Muchos querían devolverles el golpe y no esconderse detrás de los soldados.

El punto de reunión era un local abandonado que antaño fue una discoteca. Todo estaba oscuro salvo por dos linternas que se movían de un lado a otro, y que me enfocaron en cuanto me escucharon entrar por la puerta principal, que se encontraba forzada.

—¿Quién va? —Preguntó una voz.

Me cubrí los ojos con los brazos, cegada por la luz.

—Una que quiere combatir contra los orcos —respondí.

—Entonces, eres bienvenida, pero llegas temprano, aún quedan cuarenta minutos para las dos.

Aparté la luz de la linterna de mi rostro y entonces pude ver que en total había cinco chicos y dos chicas reunidos en el lugar, bebiendo unas cervezas.

Magnífico, pensé, *el alcohol les ayudará a ser rápidos contra los orcos.*

—Pero si es una niña —dijo una de las chicas levantándose de uno de los sillones polvorientos, acercándose a mí—. ¿Cuántos años tienes?

—No soy una niña —repuse—, ya tengo trece años.

Todos rieron y yo me mosqueé. Odiaba que me llamaran niña.

—Déjala —dijo uno de los chicos—, ella sabrá lo que hace.

Era un chaval bastante alto, moreno y de ojos marrones.

—¿Has traído algún arma? —Me preguntó.

Desenfundé mi puñal, escondido a mi espalda, y silbó, alucinado. Se alzó de su asiento y se acercó a mí.

—¿Sirve?

—¿De dónde lo has sacado? —Quiso cogerlo, pero lo volví a enfundar.

—No es asunto tuyo —respondí.

—Yo tengo esto —se llevó una mano a la espalda y descubrió un revolver —. Mucho mejor que tu puñal.

Tragué saliva.

—Esperaré a que sea la hora acordada —me limité a responder.

Aún faltaban treinta y cinco minutos para las dos de la noche, así que me senté en el suelo, apartados de todos ellos en el fondo de la sala.

Poco a poco, fueron llegando al lugar nuevos combatientes, pero estaban más dispuestos a hacer botellón que a luchar, pues todos, sin excepción, trajeron alguna que otra botella de alcohol. Mi paciencia se agotó, luchar al lado de aquellos borrachos era absurdo.

Me alcé del suelo cuando varios de ellos empezaron a bailar al poner música en sus móviles y otros a pegarse el lote en los sofás, pero antes de poder abandonar aquel lugar un rugido se escuchó en la sala. Se me erizó el vello del cuerpo y todas las linternas apuntaron a un único lugar, la entrada.

Empecé a temblar de pies a cabeza, verlos en la tele o en la distancia, con un muro de soldados que nos protegían, no era lo mismo que verlos a unos metros de ti, con un puñado de imbéciles en los que respaldarte.

Diez, veinte, treinta… Eran demasiados, no podríamos con ellos. ¿Y dónde estaba la luz que siempre les precedía antes de su llegada? Aquellos monstruos seguramente aparecieron en algún otro punto y se vieron atraídos por el ruido que causó la música de aquellos inútiles. ¿Cómo narices iba a saber quién de aquellos orcos tenía un fragmento del colgante si no lo veía brillar?

El chico del revolver empezó a disparar sin saber a dónde apuntaba y una de las balas rebotó dando a uno de los nuestros en el brazo. Los orcos lo tomaron aquello como la señal de atacar y, sabiendo que aquello era un suicidio, empecé a correr para salir cuanto antes de aquel local.

El almacén de la vieja discoteca no estaba lejos de mi posición y me dirigí de inmediato para salvar la vida. Cerré la puerta en cuanto estuve dentro, pero no encontré nada con qué atrancarla. Miré por todas partes, no era un lugar muy grande, apenas cinco metros de largo por dos de ancho, pero disponía de una trampilla en lo alto de una de las paredes. Un seguido de cajas amontonadas me servirían de escalera para llegar a la única salida y empecé a escalar.

Justo cuando alcancé la trampilla, noté un fuerte tirón en el pie y grité a pleno pulmón, presa del pánico.

—¡Tranquila! —el chico del revolver era el que me había cogido, al parecer no era tan tonto como sus amigos y había huido. Bueno, él y dos chicos más—, ¿cabremos?

Miré la trampilla.

—Creo que sí —respondí dándome impulso para subir. Llegué a

la calle y comprobé que estaba despejada de orcos—. Vamos, no hay nadie —le tendí la mano al del revólver y éste subió con mi ayuda. En cuanto estuvo a salvo, fui a por el siguiente y luego a por el último—. Bien, ya está —al alzarme me vi sola, los muy cobardes habían salido huyendo mientras ayudaba a los demás y ya doblaban una esquina rápidos como un rayo. Di una patada en el suelo, indignada, y corrí también. Pero una fuerza extraña hizo que me detuviera, que mis pies pesaran como el plomo y mis rodillas se doblaran hasta tocar el suelo.

—No vas a escapar —la voz de un hombre se escuchó a mi espalda y al volverme no pude creer lo que veían mis ojos—. ¿Cuántos años tienes?

—Tre… trece.

Puso una mueca.

—Desde la distancia creí que eras más mayor, pero veo que eres una niña. ¿Qué haces aquí sola?

No lo entendía, aquel tipo se parecía enormemente a Dacio, pero no lo era. Sus ojos eran rojos y su cara tenía una cicatriz que adornaba la mitad de su cara.

Entonces, recordé una conversación que escuché a hurtadillas cuando Ayla regresó a la Tierra con el grupo que la protegía…

—Debemos encontrar el último fragmento antes que mi hermano venga con un ejército a la Tierra —dijo Dacio sentado en la mesa del comedor del salón de Ayla.

—Lo sé —respondió Laranar—, Ayla está preocupada, teme que aparezcan en cualquier momento.

—Estos humanos parecen muy civilizados —continuó Dacio—. No están acostumbrados a la guerra y serán un blanco fácil. Danlos no tendrá compasión, ni siquiera con los niños. No lo tuvo con nuestra hermana Daris, la mató.

—Pero a ti te dejó vivir —puntualizó Laranar—y, en el fondo, sabes que perdió la cabeza por unos segundos. Ayla cree que en verdad tiene remordimientos por lo que hizo.

Una mano tocó mi hombro en ese instante y al volverme vi a Raiben mirándome serio.

—No es educado espiar a la gente —dijo.

Sonrojé.

—Lo siento —me disculpé de inmediato.

—¿No volvías a tu casa? —Dijo serio.

Iba a despedirme de Laranar y Dacio cuando les escuché hablar y quedé plantada en medio del pasillo que daba al salón, sin atreverme a mover.

—Lo siento —volví a repetir…

Y ahora estaba en manos del hermano de Dacio, no podía ser otro.

—¿Cómo te llamas?

Le miré a los ojos, llorando.

Solo se me ocurrió una respuesta que quizá me salvara la vida si Laranar y Ayla estaban en lo cierto.

—Daris —dije con todo el aplomo que fui capaz.

El mago oscuro cambió su expresión, sus ojos se tornaron marrones y su semblante dejó de mostrar dureza. Dos segundos después la fuerza que me tenía presa se esfumó y fui libre de moverme.

—Vete, y no vuelvas a venir por estos sitios tú sola, es peligroso.

No lo pensé, empecé a correr huyendo del hermano de Dacio como si de un demonio se tratara.

Al doblar una esquina, me topé contra un grupo de chicos que iban directos al peligro sin ser conscientes de ello.

—¡No vayáis por ahí! ¡Hay orcos! —Grité asustada. Me notaba el corazón a punto de salírseme por la boca.

—¿Julia? —Uno de los chicos se adelantó y para mi sorpresa vi que era Álex—. ¿Qué haces aquí?

—¡Álex! —Nunca en la vida me había alegrado tanto de ver a aquel patán que siempre se metía conmigo, y como si fuera el único que pudiera salvarme la vida me abracé a él—. Álex, huyamos, hay orcos detrás... —respiré una bocanada de aire y le susurré al oído—. También hay un mago oscuro.

Miró por un segundo el callejón de donde venía, luego a mí y luego a los dos amigos que le acompañaban.

—Vamos, corred —me cogió de una mano para que no me quedara atrás.

Notaba como el aire me faltaba, la boca me sabía a sangre y en un momento dado casi caí al suelo, pero la fuerza del brazo de Álex hizo que me alzara y continuara corriendo a su lado. En cuanto encontramos al primer soldado nos paramos, y le explicamos, bueno, le expliqué, lo que había sucedido en la discoteca abandonada y dónde se encontraban los orcos. Automáticamente, llamó por emisora y reunieron un pelotón para hacerles frente, pero no nos quedamos para saber el desenlace. Nos apartamos, y fuimos a un descampado de tierra que se utilizaba como aparcamiento donde había más luz, gente y, sobre todo, soldados.

Álex me cogió a un lado para hablar conmigo, aparte de sus amigos.

—¿Qué haces aquí? ¿Por qué no estás en tu casa? —Ambos respirábamos a marchas forzadas, pero la mirada de Álex era seria y enfadada—. ¿Y qué es eso que un mago oscuro está por la zona?

Le expliqué mis intenciones de conseguir un fragmento del colgante.

—Eres una estúpida —me insultó—. ¿De verdad crees que puedes robar una esquirla a esos monstruos y eso contando que realmente tengan fragmentos?

—¿Se te ocurre una idea mejor para poder avisar a Ayla? —Le pregunté a mi vez.

—Suicidarse no es la solución, Julia —me reprendió—. Cuando se enteren tus padres que te has escapado...

Abrí mucho los ojos.

—No se lo digas —le supliqué—. Estoy segura de que ni se han dado cuenta que he escapado, solo debo volver antes que despierten.

Suspiró.

—Solo si me prometes que no volverás a hacer una locura como esta.

—Te lo juro—dije de inmediato.

Pero intentaré hacerme con una esquirla de alguna otra manera, pensé.

—Está bien —accedió—. Joan nos llevará de vuelta a Barcelona, he venido en su coche.

Sentada en la parte trasera de un Seat Ibiza, con Álex a mi lado, miraba por la ventana sin mucho entusiasmo. El trayecto de vuelta estaba teñido por un silencio incómodo y solo la música de la radio se escuchaba de trasfondo. Una vez llegamos a Barcelona, Joan nos dejó a Álex y a mí en la portería de mi casa.

—Gracias por todo, te debo una.

—Si te soy sincero, mis padres tampoco saben que he ido a Sabadell. Creen que estoy en casa de un amigo, estudiando. No quieren dejarme salir hasta los dieciocho, con el tema de los orcos —sonrió y le devolví la sonrisa.

—Buenas noches —me puse de puntillas y le di un beso en la mejilla.

Él sonrió, se dio la vuelta y se marchó.

Entré en la portería, subí en el ascensor y llegué a mi casa sin que nadie se percatara de mi salida. Eran las cinco de la mañana cuando escribí en mi diario:

Esta noche he pasado mucho miedo y no lo he logrado. Tendrás que esperarme un poco más, pero te prometo que no desistiré, encontraré la manera de llegar a tu lado.

Te quiere,

Julia

EDMUND

Purga de esclavos

Aquella mañana, Sandra se arrodilló ante mí suplicando por la vida de su madre.

—Por favor, por favor, Edmund —sus ojos estaban anegados en lágrimas—. Tú puedes salvarla, la cuidaré, se pondrá bien.

Miré a Danlos, en otras circunstancias, si el mago oscuro no hubiera venido para practicar el sacrificio del mes, podría haber ocultado a Ania en algún lugar de Luzterm para darle una oportunidad de superar la peste, pero la mala suerte quiso que aquel día el mago oscuro supervisara él mismo las ejecuciones de los enfermos.

—Bien —Danlos se acercó a mí y miró a Sandra de rodillas, cogiéndome una mano, desesperada. Automáticamente, me deshice de su agarre y me adelanté un paso dejándola llorar en el suelo—. ¿Quién es?

—Solo una esclava de las cocinas del castillo, su madre es una de las infectadas —no quise darle importancia.

La ignoró, pero los llantos de Sandra continuaban, imparables.

En cuanto Danlos la volvió a mirar, me di la vuelta dirección a ella, la cogí de un brazo, la alcé y la tendí a Geni.

—Llévala a las cocinas —mi voz fue firme, pero con una sola mirada Geni comprendió que de continuar con aquel llanto Danlos la mataría—. Que empiece a trabajar.

Geni se la llevó, no sin esfuerzos.

—Matadlos a todos —ordenó Danlos.

Los apestados, de rodillas en el suelo, reunidos en la única plaza que había en Luzterm, fueron ejecutados sin contemplación delante de sus familiares y amigos que quisieron despedirles. Ania me miró a los ojos antes que fuera su turno y, en un susurro, más bien un leve movimiento de labios, dijo:

—Cuídala.

Asentí y el orco atravesó su pecho con una espada.

—Bien —dijo Danlos cruzado de brazos después de haber eliminado a los apestados—. El número de enfermos empieza a descender. ¿Cuántos eran?

—Doce, amo —respondí.

—Menos que el mes pasado —afirmó—. Prepárame una chica para sacrificar esta noche.

Dicha esa última orden, se dirigió a supervisar las labores de los esclavos en el muro.

Algún día, Danlos, recibirás tu merecido, pensé mientras le veía marchar, *encontraré una manera de vengar a aquellos que haces sufrir, es mi palabra como Domador del Fuego.*

Al llegar a las cocinas, Sandra continuaba llorando mientras Geni ya había empezado a preparar las comidas del día. Eran las únicas dos cocineras del castillo que quedaban con vida.

Me acerqué a mi amiga y me detuve al lado de la silla donde estaba sentada.

—Lo siento —me disculpé—. Si no hubiera estado Danlos…

Me abrazó y respondí a su abrazo.

—Lo siento mucho —volví a repetir y le di un beso en el pelo.

Una semana más tarde desperté sobresaltado al escuchar el llanto de un niño. Me froté los ojos, desorientado, había mucha luz en mi habitación. Tardé unos segundos en comprender que ya había amanecido y al parecer era un día despejado. Me alcé de la cama y me dirigí a la ventana, cerré los ojos y dejé que los rayos del sol acariciaran mi piel.

Normalmente, los días estaban teñidos por una capa de nubes que hacía los días en Luzterm oscuros y tristes, por no decir también mojados por una lluvia que caía suave, pero constante durante buena parte del año.

Poder ver el sol era un regalo del cielo.

—¿Edmund? —Dirigí mi atención a la cama, donde Geni estaba tendida y despertaba en ese momento—. ¿Quién es el que chilla?

—Danter —respondí—. Lo hace para llamar la atención.

Se incorporó y se acarició el pelo, luego bostezó.

El niño dio un grito lo suficiente alto como para que se me pusieran los pelos de punta.

—Aguarda, esto no es normal —dije poniéndome los pantalones.

Cogí a Bistec y salí con la camisa aún en la mano. Seguí los gritos del niño con paso apresurado, y lo encontré arrinconado en una esquina. Dos orcos intentaban pincharle con las puntas de unos palos de madera.

Fruncí el ceño, eran orcos que apenas alcanzaban el metro sesenta, así que su complejo de inferioridad les llevaba a abusar de los más débiles, pues ellos mismos eran golpeados para regocijo de su propia especie, al ser más pequeños que otros que alcanzaban los dos metros de altura.

Apreté la camisa que llevaba en la mano, se suponía que no debía implicarme, no hacer nada si le veía llorar o pedir ayuda, para que se valiera por sí mismo cuanto antes, pero era un niño, un bebé. Apenas contaba con dos años y medio de edad.

No me pude contener.

—¡Vosotros! —Les miré con rabia. Danter acabaría siendo igual de sanguinario que Danlos, un mago oscuro, pero no podía verle sufrir de aquella manera. No en ese momento, que no era más que una criatura indefensa—. ¡Dejadle!

Al percatarse de quién les daba la orden se miraron entre ellos, nerviosos. Mi historial matando orcos crecía día a día. Al avanzar un paso, con una mano puesta en el mango de mi espada, soltaron rápidamente los palos de madera y salieron corriendo.

—Cobardes —dije con desprecio acercándome al niño.

Sus padres no se encontraban en la ciudad, regresaban a Ofscar después de practicar sus sacrificios.

Hinqué una rodilla en el suelo, para estar a su altura.

—Ya está —le hablé, pero se acurrucó aún más contra la pared—. Vamos, tienes que ser valiente.

Continuó temblando, tampoco se fiaba de mí y a la que intenté tocarle, salió disparado, huyendo como si fuera el diablo.

Suspiré, mientras veía como doblaba una esquina y le perdía de vista.

Acabé de ponerme la camisa, me peiné rápidamente pasando mis dedos por mi cabello corto y bajé a las cocinas. Geni ya se encontraba preparando el desayuno, pero Sandra no.

—Ha ido a buscar leña al almacén —me informó Geni sabiendo que me preocupaba por ella.

—Iré a ayudarla —dije.

Encontré a Sandra de espaldas, de entrada al almacén, cogiendo unos troncos de toda una pila de leña.

—No desmontes nuestro fuerte —le dije intentando parecer animado, la muerte de su madre aún era reciente y estaba tan triste aquellos días que intentaba animarla por poco que fuera.

—Ya no vienes —respondió sin volverse—. ¡Qué más dará!

—Me importa mucho, es nuestro refugio.

Se volvió para mirarme, su tez era pálida y sus ojos brillaban de una forma extraña.

—No haces más que estar con Geni —me acusó, respirando con dificultad—. Ella y otras más, aunque está claro quién es tu favorita.

—Tú —respondí, me acerqué un paso y le puse una mano en la frente.

—Nunca me he acostado contigo —repuso enojada, estaba ardiendo—. Nunca.

—Pero eso no significa que no seas mi favorita —respondí—. Para mí eres la más importante, eres mi amiga.

Sus ojos me miraron tristes.

—Tienes fiebre —comenté—. Has tenido que coger un resfriado. Hoy no trabajes, descansa. Te doy el día libre.

—Edmund, no es un resfriado —se retiró el pelo del cuello y abrí mucho los ojos al ver que unos bubones negros empezaban a aparecerle. El estómago se me contrajo y un impulso irrefrenable a querer llorar me cortó la respiración—. No me matarás, ¿verdad?

Se mareó en ese instante, y la cogí en brazos.

—Sandra —mis ojos lloraron sin poderlo evitar—. Tú no, por favor. No me abandones, eres lo único bueno de esta ciudad.

En ese instante, sonaron las campanas que advertían de la inspección matutina de los orcos en las casas de los esclavos para sacar a los apestados y matarles.

—Te pondré a salvo —le dije y cerró los ojos, durmiéndose en mis brazos.

Al alzar la vista vi que Danter se encontraba mirándonos desde la puerta del almacén, y maldije interiormente.

—Vete —le ordené, pero no se movió—. ¡He dicho que te vayas!

Se marchó asustado, yo me acerqué a la pared de leña, escalarla con Sandra no sería fácil, así que me la cargué sobre un hombro y con mucho cuidado ascendí los más de tres metros de altura que formaban los troncos. El descenso fue igual de complicado, pero logré refugiarla en aquel lugar donde siempre nos sentimos a salvo, *el fuerte*. Un lugar pequeño, pero escondido entre toda la leña de Luzterm. Ningún orco la encontraría allí, estaba más segura que en el castillo.

Le acaricié el rostro, temblaba como un flan a causa de la fiebre.

—No te morirás, me escuchas —le hablé—. Tú, no.

Me alcé, y salí disparado directo a las cocinas. No le respondí a

Geni cuando me preguntó qué ocurría, la ignoré. Cogí lo que necesitaba, una palangana, compresas y algunas hierbas medicinales que empleó Laranar cuando Alegra se puso enferma, y que disponíamos en las cocinas utilizándolas como condimentos o infusiones. Luego volví al fuerte, rápido como un rayo, y me encontré lo último que podía esperar.

—¿Qué haces aquí? —Le pregunté un tanto enojado que hubiera vuelto—. ¿Cómo narices has logrado subir la pared de troncos? —Le miré con dureza y me miró asustado—. Danter, vete —en ese instante Sandra gimió y mi atención volvió automáticamente a ella.

Me apresuré a enfriarle la frente con compresas humedecidas en agua, a limpiarle los bubones tal y como hizo Laranar con mi hermana. Trabajé rápido e ignoré sus gemidos de dolor pues era prioritario lograr que la infección de los bubones bajara. Así pasé tres días en los que estuvo entre la vida y la muerte, delirando cosas extrañas.

No me separé de Sandra ni un momento salvo para ir a buscar comida, coger compresas nuevas, ordenar a algún orco que me buscara determinadas plantas o entregar a Danter a su niñera, que por más que le ordenaba que se marchara siempre volvía.

El cuarto día, después de atender unos asuntos que me obligaban como gobernador, encontré al niño humedeciendo la frente a Sandra.

—¿Qué haces? —Le pregunté, saltando dentro del refugio—. ¿Quieres ayudarme?

Danter asintió.

—Eres un mago oscuro, no deberías hacerlo —dije ignorando al niño y tomándole la temperatura a Sandra.

Abrí mucho los ojos, la fiebre por primera vez le bajaba y la miré esperanzado.

—Edmund —me llamó Sandra, abriendo los ojos—, estás aquí.

—Te está bajando la fiebre —dije contento—. Te pondrás bien, seguro.

Examiné los bubones, no habían ido a peor, al contrario, parecía que alguno incluso empezaba a remitir.

Lloré de alegría y la besé en las mejillas.

—Gracias, gracias, gracias —decía besándola—. Te pondrás bien.

—Gracias a ti —respondió—. Tengo hambre.

—Enseguida te traigo algo de comer, ¿te apetece sopa? Geni acaba de preparar toda una olla.

—Sopa, sí, me sentará bien.

Sonreí, si tenía hambre era una muy buena señal.

Me alcé y empecé a subir la pared de leña, en cuanto llegué al otro lado, antes de poder salir del almacén, una voz me llamó.

—Emu —me volví, Danter estaba en lo alto de la pila de troncos —. ¿Qué es mago ocuro?

Le miré a los ojos y le respondí:

—Un mago oscuro es lo que eres tú.

Frunció el ceño, sin comprender, pero no tenía tiempo para aquello, me di la vuelta y corrí a las cocinas para llevarle un poco de sopa a Sandra.

Era cierto lo que había escuchado, la peste podía superarse y Sandra lo había hecho.

La venganza

El anfiteatro de Luzterm era una enorme construcción que se alzaba día a día por orden de Danlos. Llevaba años construyéndose, antes incluso de mi llegada a la ciudad, seis años atrás. Estaba hecho en piedra, con enormes columnas, grandes entradas y la zona donde se realizarían los espectáculos, *la arena*, inmensa. Lugar donde de bien seguro centenares de personas morirían en alguno de los espectáculos que organizarían los magos oscuros.

Cogí un poco de arena con la mano y la dejé caer, observándola, ese fue mi campo de entrenamiento cuando Ruwer, el engendro que mató unos meses atrás la elegida, me entrenaba para ser el mejor guerrero de Danlos. Fue un placer conocer su muerte, aunque una decepción saber que Ayla había sido madre condenándome a ser esclavo de Danlos por decenas de años, quizá hasta la muerte. Pero no estaba resentido con la elegida, sí hecho polvo por conocer la noticia, aunque después de robarle casi todo el colgante no tenía derecho a pedirle explicaciones si algún día volvía a verla.

Me sacudí las manos y observé los quince orcos que acababa de eliminar repartidos por la arena. Debía continuar practicando con la espada, no podía permitirme el lujo de bajar la guardia, y enfrentarme a orcos para no perder destreza en la lucha era uno de mis trabajos favoritos en Luzterm.

Después de entrenar fui a la herrería, el único lugar donde me sentía como en casa. Trabajar el acero era mi gran afición, por mis venas corría la sangre de Númeor, el elfo que se casó con una humana y juntos fundaron la villa de los Domadores del Fuego. Yo descendía directamente de él, aunque poca sangre elfa me quedaba por las venas, salvo la habilidad de trabajar el hierro y el fuego. Tenía un don especial para aquel trabajo, por ese motivo era esclavo de Danlos, que vio enseguida mis habilidades y me secuestró para forjarle la mejor espada de Oyrun.

Miré el bloque de acero *mante* que me había dado Danlos en su última visita, la espada que le había entregado semanas atrás después de trabajarla durante meses, la partió en dos y me la tiró a los pies, diciendo que era una mierda, basura; que podía hacer una diez veces mejor. Tragué saliva, mordiéndome la lengua porque en el fondo supe que tenía razón. Hecha a desgana, sin entusiasmo y obligado, no lograba trabajar el acero como en otras ocasiones. La sola idea que fuera a parar en manos de Danlos me ponía de los nervios, no quería ser el creador de la espalda más malvada que existiera en Oyrun.

Sostuve el bloque de acero en mis manos, su tacto era frío, duro, pero ligero. Era lo que tenía el *mante*, ágil como una pluma, pero resistente como un toro. Cualquier herrero se hubiese sentido afortunado de poder trabajar con un metal así, pero yo no.

Dejé caer el acero en la mesa, aburrido, y miré desganado como el resto de herreros de Luzterm trabajan cada uno en sus respectivos hornos. Desde que fui nombrado gobernador había prohibido los latigazos dentro de la herrería y había ordenado abrir una segunda puerta, tan grande como la primera, para que hubiera una corriente de aire y así mitigar el calor que desprendían decenas de hornos.

—¡Ya es nuestro! —Escuché gritos y mucho alboroto que provenía de fuera. De pronto, Danter entró por la puerta principal de la herrería, asustado, nervioso y sin saber a dónde ir. Echó un vistazo rápido a su alrededor y sus ojos se encontraron con los míos. Me miró vacilante—. Te vamos a coger —se volvió un segundo, los orcos que le perseguían ya entraban en la herrería y, sin pensarlo, corrió hacia mí, se tiró a mis piernas y me abrazó. Quedó protegido por la silla donde estaba sentado y el banco de trabajo.

No le aparté, esperé a que los orcos encontraran al niño. Cuando lo localizaron, los palos de hierro que llevaban en sus manos empezaron a blandirlos al aire mientras miraban al pequeño, mostrándole lo que le esperaba en breve. Eran tres, orcos de clase pequeña, siempre torturando a los más indefensos.

Danter me estrechó con más fuerza, temblando, contenía la respiración muy asustado.

—Te… ¡Atrapé! —Detuve el golpe sujetando el brazo del orco. Era mucho más bajo que yo, pero era fuerte, muy fuerte. Me costó retorcerle el brazo para que soltara el arma. Sus ojos me miraron con miedo al percatarse de quién era. Estuvo tan concentrado con el niño que ni se dio cuenta a quién se había abrazado Danter—. Go… bernador.

Cogí un puñal que tenía en la mesa, uno de los que ya estaban listos para entregar al ejército de orcos de Danlos, y se lo clavé en el cuello sin siquiera levantarme de mi asiento. Danter dio un gritito de asombro mientras el orco empezó a gorgotear sangre por la boca, a ahogarse, y finalmente cayó al suelo. Miré con dureza a los otros dos que se habían quedado en segundo plano.

—Llevaos a este apestoso de aquí y marchaos, ¡no os quiero ni ver!

Me miraron atónitos y no tardaron en huir, cargando a su compañero muerto, como unos cobardes.

Danter aflojó su abrazo y alzó la vista mirándome. El color de sus ojos era espectacular, verdes como esmeraldas, iguales a los de su madre.

—Ya está —dije, y antes que pudiera marcharse como ya pretendía, lo cogí y lo senté en la mesa de trabajo. Se asustó, no estaba acostumbrado a que nadie le tocara; me miró con miedo a la vez que miraba el suelo—. Danter, no debes temerme.

No me respondió, y viendo que sus ojos estaban rojos e hinchados de tanto llorar y la nariz llena de mocos, cogí un trapo y le limpié con cuidado. Una vez listo y comprobando que no tuviera ninguna herida visible, salvo algún rasguño sin importancia, le dejé en el suelo. En un primer momento creí que se largaría sin perder tiempo, pero se quedó de pie, mirándome.

—Vete —le hice un gesto con el brazo, miró la puerta y luego a mí—. Puedes marcharte.

Negó con la cabeza.

—Entonces, quédate, pero aquí —lo llevé a un lateral de mi banco de trabajo, apartado del horno donde trabajaba—. ¿Entiendes? No te muevas de esta zona, ahí es peligroso, puedes hacerte daño.

Miró el horno, luego a mí y luego la zona donde le permitía estar.

—No te moverás, ¿de acuerdo?

Asintió.

Empecé a trabajar en unas espadas que tenía a medio hacer. Danter no se movió un milímetro del lugar que le asigné, se mantuvo inmóvil, observándome. De vez en cuando le miraba de soslayo y sus ojos se alzaban hasta los míos, esperando. Al cabo de una hora, el niño se acercó a mí y paré de golpear un mandoble de hierro con el martillo.

—Te he dicho que es peli…

—Emu, ¿qué es mago ocuro?

Le miré sorprendido, ¿aún estaba con aquello?

—Pues es… alguien malo, muy malo —me limité a responder.

Danter me miró serio.

—¿Yo malo?

—Tú… —no supe qué responder, solo era un crío, pero se volvería un mago oscuro tarde o temprano, a menos que un milagro hiciera que Ayla matara a sus padres y alguien le criara como era debido.

En ese momento, llegó la niñera de Danter buscando al niño, que al verlo frunció el ceño.

—Llevo más de una hora buscándote —le acusó.

Cogió al niño de un brazo y se lo llevó del almacén.

Cansado, empecé a recoger todos mis instrumentos de trabajo, y los fui colocando de forma ordenada para el día siguiente. Ya era casi la hora de comer y el estómago me pedía comida a gritos.

Me dirigí a las cocinas, Sandra, ya por completo recuperada, me sirvió un solomillo de buey.

—Espero que te guste —dijo dejándolo en la mesa —. Con tu permiso, yo me he hecho otro.

Sandra tenía buen aspecto, aunque aún le quedaban unas pequeñas marcas en la piel de los bubones, pero desaparecerían con el tiempo, y desde que tuve que trasladar a Geni a las cocinas del comedor de esclavos, por falta de personal en ese lugar, se la veía más feliz que nunca. Al contrario que Geni, que puso el grito en el cielo cuando le informé de su nuevo destino.

—Que vaya Sandra —me replicó.

—A ella no puedo moverla —dije—. Es mi amiga y la quiero a mi lado.

Su rostro se tornó rojo de ira.

—¡¿Y yo que soy?! —Exasperó— . ¿Quién te calienta la cama por las noches?

—No creas que no sé que también vas con otros hombres —repuse—. Lo cual no me importa porque tampoco eres la única que subo a mi habitación, y lo sabes.

Me dio una bofetada y la conversación finalizó.

—¿Y este arañazo? —Comentó Sandra mientras me llevaba un trozo de carne a la boca. Acarició mi brazo—. Te lo has hecho hoy.

Lo miré, era un rasguño.

—Ni me he dado cuenta —respondí—. No es nada.

—Deberías curar…

No acabó la frase pues, en ese momento, escuchamos a Danter llorar desesperado, a pleno pulmón, como si alguien le estuviera matando.

—Acabo de darle la comida a su niñera —dijo Sandra sin entenderlo, mientras yo me levantaba de la silla.

—Voy a ver qué ocurre.

Salí de las cocinas, dispuesto a matar a todos los orcos que se estuvieran metiendo con Danter en ese momento. Estaba harto de que le agredieran, no lo aguantaba más y pensaba acabar con aquello, aunque luego tuviera que dar explicaciones a Danlos de por qué no le dejaba espabilarse por si solo. Pero lo que me encontré fue muy diferente a lo que imaginé en un principio.

La puerta de la habitación donde la niñera atendía a Danter estaba medio abierta y, para mi espanto, la vi abofetear al niño para obligarle a comer. Le metía la comida en la boca, se la cerraba y le tapaba la nariz para que tragara.

—¡Vamos monstruo! —Le gritaba—. Cómete esto de una puta vez.

Le dio una bofetada, se lo puso en las faldas mirando al suelo y empezó a pegarle en el culo mientras el niño lloraba y lloraba.

La ira recorrió todo mi cuerpo, los pelos se me pusieron de punta y noté como la sangre me hervía. Terminé de abrir la puerta dándole un fuerte golpe con el puño, mi rabia era tal, que la puerta picó contra la pared dejando una señal en la piedra gris del castillo.

Cristel se asustó al verme y dejó de pegar al niño.

—Cristel, ¡¿qué es esto?! —Grité indignado—. No tienes que tratarle así, ¡es un niño!

Danter me miró, mordió a su niñera en una mano y se escabulló de sus faldas para abrazarse a una de mis piernas. Saqué mi espada de la vaina.

—Es el hijo de la oscuridad, se lo merece —se defendió, levantándose de la silla donde estaba sentada—. Su madre mató a mi hermano.

—¡Es un niño! —Respondí dando un paso a ella, me costó, pues tenía a Danter agarrado como una lapa—. Un niño inocente, ¡él no ha hecho nada!

Al escucharme a mí mismo me di cuenta de hasta qué punto eran ciertas mis palabras. Miré al hijo de la oscuridad, así lo llamaban muchos. Danter alzó la vista hacia mí, sus ojos eran iguales que los de su madre, pero no mostraban odio, malicia ni desprecio; mostraban miedo y pedían ayuda a gritos. Su rostro era cada vez más parecido al de su padre, con los mismos cabellos alborotados, las mismas facciones, pero no había maldad en su semblante, solo inocencia.

—Dacio —pensé en voz alta, al compararlo con su tío.

¿Por qué no iba a ser igual de buena persona que él?

Prejuicios, todo el mundo los tenía, yo los tuve con Dacio, pero aprendí a ver cómo era en realidad, no tenía que volver a caer en el mismo error. Danter acabaría convirtiéndose en un mago oscuro si nadie hacía nada por evitarlo, pero había una opción, otro camino que debía enseñarle: el camino del bien, no del mal.

—Danter —me deshice de su abrazo—, tranquilo, yo te salvaré.

Mis palabras no se refirieron únicamente a la niñera, se refirieron a todo. Lo salvaría de la oscuridad, de sus padres, del destino que se suponía que debía tener; le enseñaría el bien, el amor y la compasión sin que Danlos o Bárbara se enteraran. Era arriesgado, pero era un riesgo que debía correr.

Además, me vengaré de Danlos haciendo que su hijo sea un

santo, pensé con regocijo, *cumpliré mi venganza. Le haré pagar lo que nos hizo a mi hermana y a mí.*

El niño se quedó sentado en el suelo con aire indefenso, me aproximé a Cristel que dio un paso atrás, pero no tenía escapatoria.

—No, por fa…

Le rajé el cuello con un rápido movimiento. Un ser tan despreciable que disfrutaba haciendo daño a un niño, no merecía mi compasión. Cayó al suelo, desplomada, y Danter fue libre de su niñera.

Desde aquel instante en adelante, yo sería su maestro.

—Danter —me volví al crío, lo cogí en brazos pese a que estaba prohibido, y lo abracé—. Ya estás a salvo, nadie te hará daño. Te protegeré de los orcos y, siempre que pueda, de tus padres.

Volví a las cocinas para terminar de comer. En cuanto Sandra me vio aparecer con el pequeño en brazos, abrió mucho los ojos, y miró a lado y lado cerciorándose que estábamos solos.

—Danlos te matará si ve que lo coges en brazos —susurró mientras se levantaba para cerrar la puerta de la cocina—. ¿Te has vuelto loco? Es el hijo de la oscuridad, suéltalo.

—No —respondí. Estaba decidido a que Danter no fuera un mago oscuro, con él cumpliría mi venganza—. Lo voy a criar —hablé en susurros pues si nos escuchaba algún orco o esclavo que buscara el favor de Danlos podía ser peligroso—. Le voy a enseñar que es el amor, la amistad, el valor, la compasión y el perdón. Si le enseño el bien, la elegida no tendrá que matarle, le habremos salvado de una vida de oscuridad y de odio. Además de poder vengarnos de todo lo que Danlos y Bárbara nos hacen.

—Pe… pero —tartamudeó, sentándose en una silla como si las piernas le fueran a fallar—. ¿Qué quieres decir con *le habremos*? ¿No estarás pensando que voy a ayudarte?

Le aproximé al niño para que lo cogiera y automáticamente volvió a alzarse dando un brinco, se retiró de Danter asustada.

>>Es el hijo de la oscuridad, será malo, seguro, y nos matarán si los amos se enteran que lo cogemos en brazos.

—No malo —dijo el pequeño, enfadado, y me miró—. Emu, no

malo.

—Claro que no —le respondí.

Suspiré, mirando a Sandra, intentando ser paciente para que lo comprendiera y me apoyara.

—Solo hay que ser cuidadosos —dije con calma—. Si nadie nos ve, no hay peligro, tengo una posición que me permite hacerlo. Piensa —le pedí más serio—, ¿qué prefieres? ¿Un niño que te quiera o que desee tu muerte?

Abrió y cerró la boca, sin saber qué responder.

—Por favor —le insistí—. Solo, no puedo, necesito a alguien más.

—¿Y cuando Danlos o Bárbara venga a Luzterm, y Danter quiera que le prestemos atención? —Me preguntó—. Lo notarán, pueden sospechar.

—Pasan olímpicamente del crío —respondí serio—, y solo vienen un día al mes, en la luna llena.

Suspiró, volviéndose a sentar. Le tendí nuevamente al niño que se removió inquieto al ver la reticencia de Sandra.

—Aún es pequeño, podemos enseñarle —insistí.

Finalmente, cogió al pequeño en sus brazos.

Ambos se miraron.

—Danter, ella es Sandra —le presenté—. Tu nueva niñera, por llamarla de alguna manera.

—Soy cocinera —me corrigió la muchacha de inmediato—, y es una locura.

—Pero me ayudarás, lo sé —Sandra suspiró, rendida. Miré al niño que parecía cómodo en sus brazos—. Danter —me miró—. No, espera, no te llamaré con el nombre que te dio tu padre; te llamaremos Dan, sí. ¿Te gusta?

Se mantuvo serio.

—Hmm… —pensé—. Habrá que enseñarle lo que es sonreír.

—Estás loco —dijo Sandra—, pero te apoyaré, ¡qué remedio me queda!

Despertar mágico

Bostecé viendo las nubes pasar.

Estaba en una terraza abandonada del castillo, una zona apenas transitada por nadie y donde sus habitaciones y salones estaban cubiertos por una espesa capa de polvo.

El castillo de Luzterm era gigantesco, tenía tantos salones y habitaciones que la zona oeste fue clausurada siglos atrás para ahorrar en mantenimiento y así no invertir tantos esclavos en un lugar donde no era utilizado por nadie.

Era el lugar ideal para llevarme a Danter, lejos de la mirada de orcos y esclavos que pudieran comentar el lazo que me estaba forjando con el pequeño.

—Mira, Emu —Dan se alzó del suelo y me enseñó el dibujo que acababa de hacer a los pies del sofá donde me estiré a hacer la siesta. El sofá lo saqué de otra sala del ala sur donde tampoco lo utilizaba nadie y lo coloqué debajo de un porche de la terraza para que no se mojara los días de lluvia—, un oco.

No era más que un garabato de un niño que aún no había cumplido ni los tres años, pero era un dibujo gris, sin un ápice de color.

—Intenta dibujar algo más alegre —le pedí—, algo con flores o animalitos.

Frunció el ceño.

—No hay foes en casa —me hizo ver.

Me senté en el sofá y le miré a los ojos.

—Pero sabes cómo es una flor, el otro día te llevé fuera del muro norte y estuviste jugando con los insectos.

—Dite ago de casa —dijo enfadado.

—Bueno, ¿y por qué no dibujas uno de los pasteles que prepara Sandra?

Se le iluminaron los ojos, cogió de nuevo el dibujo y aprovechó el lado contrario del papel para hacer el pastel.

Volví a tenderme en el sofá.

Habían pasado tres meses desde que decidí hacerme cargo de Danter o Dan, que era como le llamaba la mayor parte del tiempo. En ese escaso tiempo, el niño hizo un cambio significativo, para empezar me convertí en su figura a seguir y me aseguré de enseñarle a sonreír, reír y jugar. Cuando mis labores como gobernante me lo permitían, me llevaba al pequeño de expedición fuera del muro, en el lado norte de la ciudad, lugar donde un bosque de pinos y seguidamente el mar, nos daban un refugio donde pasar el día en plena naturaleza, sin el temor a ser atacados por animales salvajes. Todo lo contrario del lado sur del muro donde se encontraba el bosque oscuro con centenares de bestias de enormes proporciones esperando que alguien se perdiera para hincarle el diente.

Danlos y Bárbara apenas paraban por Luzterm, únicamente se presentaban las noches de luna llena y no se preocupaban de su hijo salvo para verle cinco minutos, ver que estaba vivo y, a veces, ni eso. Ni tan siquiera se percataron que ya no tenía niñera y tampoco les informé de ese hecho. No quería que me obligaran a escoger otra, y Sandra ya hacía las veces de niñera cuando tenía que quedarse a cargo de Dan mientras yo cumplía mis labores de gobernador.

Dan volvió a enseñarme su dibujo y sonreí.

—Tiene una pinta deliciosa —comenté al mostrarme algo parecido a un pastel.

Dan sonrió, contento.

Geni me dio una fuerte bofetada en la cara mientras bailaba encima de mi entrepierna.

Le cogí la mano con que me golpeó.

—¿Por qué has hecho eso? —Quise saber, enfadado.

Llevaba desde que la cambié a las cocinas del edificio de esclavos sin hablarme, y esa noche se presentó en el castillo para seducirme como hizo en el pasado. Me sorprendió, la verdad, pero no quise darle importancia, Geni siempre fue mi favorita en aquel aspecto, pero no entendía a qué venía aquella bofetada cuando ya estaba amaneciendo.

—Porque te lo mereces —respondió sin dejar de moverse encima de mí—. Por haberme llevado a las cocinas del edificio de esclavos.

Fruncí el ceño.

—Si tan enfadada estás, no haber vuelto a mí.

—Quiero tu favor.

—Veo que eres tan puta como Sandra dice —le respondí, mosqueado.

Era consciente que las mujeres no me amaban, venían a mí por interés, pero Geni era especial para mí, siempre quise que me viera como el hombre que era, no como un niño por ser tres años menor que ella o por mi cargo de gobernador. Ver que pese al tiempo trascurrido sus intereses en mí no habían cambiado en absoluto me ofendió.

Sus ojos centellearon de rabia al haberla llamado puta, quiso volver a golpearme, pero le cogí de ambas muñecas, cansado de su actitud.

—Puedes marcharte si quieres, pero ni te atrevas a golpearme de nuevo.

—Solo quiero volver a las cocinas del castillo —dijo.

—Nunca volverás, aunque te acuestes conmigo cada noche, nunca.

Apretó los dientes, se levantó de encima de mí y saltó al suelo, caminando seguidamente hasta su vestido que descansaba en la silla de mi escritorio.

—Y no te olvides de tomar las hiervas de la luna —me miró a los ojos, vistiéndose—, y no es una petición, es una orden.

—Los dioses me libren de quedarme embarazada de un niñato como tú —respondió dando un portazo.

Apreté los dientes, ya tenía diecisiete años, a punto de cumplir los dieciocho, no era un crío.

Al bajar más tarde a la cocina me cercioré que Geni se hubiera tomado el brebaje de hierbas que evitaban los embarazos.

—Se lo ha bebido, tranquilo —respondió Sandra—, y también me ha insultado.

—¿Qué?

—Dice que debo de ser la que mejor te calienta la cama para tener el mejor puesto dentro de Luzterm —su tono de voz era de enfado.

—Eres mi amiga, nada más, que crea lo que quiera, envidia que tiene.

—Sí, pero… —puso una olla en el fuego— no me gustaría que toda la ciudad pensara igual.

Alcé una ceja.

—¿Quieres que te mande al muro?

—No digas tonterías —respondió—. Lo que quiero es que no la vuelvas a traer al castillo.

—No te preocupes por eso, ya lo había pensado —le hice un gesto con la mano para quitarle importancia—. Voy a despertar a Dan, ya es tarde, me extraña que no haya bajado corriendo a las cocinas para que le des el desayuno.

Al abrir la puerta de la habitación de Dan, éste continuaba en la cama con las cortinas corridas y abrigado hasta la barbilla.

—Vamos, dormilón —dejé pasar la luz abriendo la doble ventana para que se ventilara la habitación—. Dan, arriba —al aproximarme a él vi que algo no marchaba bien; me miró con ojos vidriosos, la frente la tenía empapada de sudor y temblaba como si tuviera mucho frío—. Dan, ¿qué te ocurre?

—Tengo… frío —respondió con su voz infantil—. La cabeza… me duele.

Puse una mano en su frente y comprobé que estaba ardiendo.

—Vale, tranquilo campeón —intenté mostrar normalidad, pero la verdad era que no sabía lo que le ocurría. Un mago no podía enfermar, eran inmortales, no tenía sentido—. Vuelvo enseguida, ¿vale? Voy a buscar un médico.

Asintió y se cubrió aún más con la manta.

Mientras caminaba por el castillo me di cuenta de que no teníamos médicos en Luzterm, solo matasanos que apenas salvaban vidas. Quizá podía mandar buscar a algún elfo para que le examinara, tenían más conocimientos en plantas medicinales que cualquier humano. Los elfos esclavos eran tratados de distinta manera, Danlos los valoraba por su inmortalidad y recibían un poco más de alimento que el resto, aunque sus jornadas laborales eran más largas por el hecho que no necesitaban dormir. Muchos de ellos eran guerreros capturados en las fronteras de Launier.

Antes que bajara las escaleras, me encontré a Sandra subiendo por ellas con ropa limpia para Dan.

—Te traigo la ropa de Dan, ayer no me dio tiempo de dejarla en su armario. ¿Ocurre algo? Estás pálido.

Tragué saliva y bajé unos cuantos peldaños encontrándonos ambos en el medio de la escalera.

—Es Dan, tiene fiebre, parece enfermo.

—Ayer estaba un poco decaído, pero es mago, no puede enfermar.

—Sí, yo tampoco lo entiendo. Haré que venga un médico, si lo tenemos —mi mente trabajaba a marchas forzadas pensando qué matasanos sería el más adecuado.

—Llama a su padre, él sabrá qué hacer.

—¿Llamar a Danlos? —Pregunté indignado—. Ni hablar, aún es capaz de castigarle por ponerse enfermo.

—Pero…

De pronto, un gran estruendo se escuchó por todo el castillo, las paredes temblaron, las ventanas estallaron y tuve que sujetar a Sandra para que no cayera por las escaleras, tendiéndola en el suelo y cubriéndola con mi cuerpo. Después de unos segundos que parecieron minutos todo volvió a la normalidad.

Miré a Sandra, que abrió los ojos lentamente, aturdida.

—¿Qué ha sido eso? —Preguntó con la voz quebrada por el miedo.

—Ha venido del cuarto de Dan.

Le ofrecí la mano para ayudarla a levantar.

Al subir de nuevo la escalera vimos como todas las ventanas del pasillo habían estallado en decenas de trozos dejando un manto cortante en el suelo. Caminamos con cuidado entre todos aquellos vidrios cogidos de la mano y al llegar a la habitación de Dan su puerta había desaparecido. En su lugar solo quedaba un trozo de tabla de madera que colgaba de una bisagra, con centenares de astillas a su alrededor.

—¡Emuuu! —Escuché como me llamaba Dan desde el interior.

Sin pensar en el peligro solté la mano de Sandra y entré sin vacilar en la habitación. Dan continuaba en la cama, temblando de frío.

—Emu, tengo miedo.

—Ya está peque, ya estoy aquí, ¿cómo te encuentras?

—Duele la cabeza y tengo… frío —me cogió la mano como si necesitara sentirme cerca—. No te vayas…

—Tranquilo —me incliné hacia él y le di un beso en el pelo—. Sandra está aquí.

Sandra entraba en ese momento sin saber bien, bien, por dónde pisar. Todo estaba revuelto, el armario se había inclinado hasta apoyarse lateralmente en la pared de la habitación; la mesita de noche había salido disparada de su lugar y se encontraba tirada en una esquina; la doble ventana ya no existía, solo un enorme agujero que mostraba el exterior; y las lámparas de aceite habían sido arrancadas de su lugar fijo en la pared.

—Magia —respondí antes que Sandra me preguntara—, se le están despertando sus poderes mágicos.

—Va a estallar —Dan se puso las manos en la cabeza y empezó a hiperventilar; sentí un zumbido en la cabeza que hizo que tuviera que apartarme de él y cubrirme los oídos—. ¡Emu!

El instinto hizo que cogiera a Sandra por los hombros y la llevara fuera de la habitación, corriendo. Nos echamos al suelo cuando un nuevo estruendo retumbó por toda la casa.

Una vez las paredes dejaron de temblar, nos sentamos con las respiraciones aceleradas y desconcertados por lo que ocurría.

—Debo avisar a Danlos y Bárbara —decidí—. Son los únicos que pueden controlar sus poderes —me levanté del suelo y miré a Sandra que se mantenía sentada sin atreverse a levantar—. No entres aunque te llame, es peligroso.

Asintió lentamente, temblando por la situación.

Sin perder más tiempo corrí hacia la ciudad donde Durker me esperaba para comenzar la purga de esclavos.

Derrapé en el suelo al llegar a él.

—No hay ningún apestado, gobernador —me informó.

Miré la zona donde normalmente los arrodillaban antes de matarlos, pero por primera vez no había nadie.

—Manda a tu mejor jinete a Ofscar —ordené, dejando el tema de la peste a un lado—. Que cabalgue sin detenerse e informe a nuestros amos que su hijo Danter tiene mucha fiebre y que es probable que su magia esté despertando.

—¿Eso han sido las dos sacudidas? —Me preguntó, con toda la calma del mundo.

—Sí —respondí intentando recobrar la compostura como jefe de todos ellos—. Haz lo que te he dicho, esto tiene prioridad, ¿lo has entendido?

—Sí… gobernador —respondió a regañadientes; no soportaban que un humano les diera órdenes.

De vuelta al castillo, un nuevo estruendo hizo que me tambaleara, pero no caí al suelo.

—Sandra —la llamé, al verla apoyada en una pared mientras se cubría con los brazos la cabeza—. Sal de aquí, vuelve abajo.

—Nos llama todo el rato —dijo acercándose a mí, se escuchaba la llamada del niño desde nuestra posición—. No me atrevo a ir, ¿y si nos lanza por los aires? Pero… tiene mucho miedo…

Le sostuve el rostro con mis manos para que se concentrara en mí.

—No te preocupes, ¿vale? Yo me encargo —sus manos tocaron

las mías y me miró con sus impresionantes ojos grises—. Intentaré calmarlo hasta que lleguen sus padres.

—Traeré una palangana de agua y una compresa —sugirió, haciendo que la soltara, nerviosa—. Tal vez logremos que le baje la fiebre.

—Sí, pero tranquilízate, te has puesto roja, esto no será nada, ya verás.

Volvió a mirarme, puso los ojos en blanco en un gesto que no entendí y se marchó.

Utilizando todo mi valor, entré en la habitación de Dan que castañeaba los dientes y se sujetaba la cabeza con ambas manos. Al escucharme, abrió los ojos.

—Duele la cabeza, tengo frío.

—Lo sé, pero tu padre vendrá enseguida y te enseñará a controlar tus poderes —las puertas del armario empezaron a abrirse y cerrarse solas, violentamente; el sonido era estridente y tanto a Dan como a mí nos pusieron más nerviosos —. Intenta tranquilizarte —la única manera de conseguir que Dan controlara un tanto su magia era relajándose.

Cerró y abrió los ojos, pero la situación continuó igual. Fue, entonces, cuando se me ocurrió una manera de tranquilizar a un niño pequeño, asustado y nervioso.

Cantándole una nana.

Duerme, la hora ha llegado
un día más ha pasado
la noche nos espera
y soñar nos queda

Cierra los ojos mi corazón
cierra los ojos mi razón
Sueños dulces y agradables
nos esperan por centenares...

Dan empezó a calmarse mientras continuaba cantándole, dejó de sujetarse la cabeza con ambas manos y las puertas del armario dejaron de abrirse y cerrar.

Para cuando terminé la canción de cuna ya dormía, tranquilo.

Suspiré y le tomé de nuevo la temperatura. La fiebre continuaba y un nudo de angustia se aposentó en mi estómago. Deseé que Danlos no tardara en venir, que le curara si estaba en sus manos, pero supe que aún y utilizando el Paso in Actus, el orco tardaría como tres horas en llegar a Ofscar y avisarle.

Una lágrima cayó por mi mejilla y al percatarme que mis ojos lloraban me di cuenta de que mi venganza personal contra Danlos se había vuelto en mi contra. Danter, el hijo de mi mayor enemigo, había calado hondo en mi corazón.

Sonreí, algo molesto por haberle cogido tanto cariño.

Le acaricié el pelo y le susurré:

—Eres como el hermano pequeño que siempre quise y nunca tuve.

Minutos más tarde, Sandra regresó con una palangana de agua fría y unas compresas.

La delicadeza con que la muchacha empezó a atender a Dan para no despertarle me sorprendió. Sandra podía ser dura, contestar mal o incluso darme un puñetazo en el brazo si la enfadaba, pero en el fondo era tierna y comprensiva. Era aún muy joven para hacerse cargo de un niño tan pequeño, apenas tenía los quince años, otras me hubiesen abandonado dejándome solo con Danter.

La miré, agradecido, y sonreí.

—Gracias, Sandra —le agradecí y me miró—. Pero es peligroso, prefiero que vuelvas a las cocinas, yo me encargo.

—¿Seguro?

—Si necesito cualquier cosa te lo haré saber.

Asintió.

Dan se despertó una hora más tarde. Continuaba teniendo fiebre, dolor de cabeza y temblores. Su situación no mejoraba ni colocándole compresas frías a cada minuto y empezó a removerse inquieto por la cama.

El armario dio dos portazos y, sin pensarlo, empecé a cantar nuevamente la nana que le había tranquilizado. Funcionó en parte, pues controló su magia, pero no se quedó dormido. Una vez acabé de cantarla volví a empezar de nuevo, y después de esa otra y otra, y otra. Cansado, cambié de canción para que Dan se concentrara en mí y no en su dolor de cabeza. La siguiente fue *El herrero*, una canción típica que se cantaba en mi villa cuando los maestros artesanos trabajaban en la herrería forjando espadas.

El martillo golpea el hierro
y el herrero doma el fuego.
La llama vive en el corazón
y el herrero canta su canción.

Espadas domadas por el fuego
brillan en manos del herrero.
Hachas, puñales y mandobles
todos tuyos estarán a tus órdenes.

Guerrero yo te entrego esta espada
para que luches con valor y honor.
Creada con pasión y dedicación,
tus actos serán el reflejo de tu corazón.

Herrero camina y enseña a los jóvenes
para que aprendan de los domadores.
El fuego es nuestra mayor arma
contra los enemigos de nuestra casa.

El martillo golpea el hierro
y el herrero doma el fuego.
La llama vive en el corazón
y el herrero canta su canción.

La segunda vez que la canté, Dan quiso acompañarme, susurrando débilmente mientras sus ojos vidriosos transmitían miedo por no saber qué estaba pasando. Le cogí de la mano en un intento por tranquilizarlo, pero pronto el armario volvió a abrir y cerrar las puertas con furia y violencia.

—Tengo miedo.

—No, yo estoy a tu lado —le acaricié el pelo y tomé su temperatura, estaba tan caliente que un humano normal ya habría muerto—. Debes ser valiente, tu papá vendrá enseguida.

Cerró los ojos mientras las lágrimas caían por sus mejillas y continuó tarareando la canción de los Domadores del Fuego. Luego los volvió a abrir.

—¿Quién es papá?

—Tu papá es el mago que viene a verte una vez al mes, ¿lo recuerdas? Te mira y se va.

—No es simpático —respondió cerrando los ojos de nuevo.

Suspiré.

—Ya estoy aquí —la voz de Danlos sonó a mi espalda. Un escalofrío recorrió mi cuerpo y me retiré enseguida de Dan soltando su mano. Este se aproximó a su hijo y lo miró con ojo crítico—. ¿Cuánto hace que han despertado sus poderes?

—Esta mañana lo he encontrado con fiebre. Ayer estaba bien, aunque un poco cansado.

—¿Solo hace unas horas? —Preguntó incrédulo. Luego miró a su hijo—. Aún no ha cumplido los tres años, no me lo esperaba, y menos que se pusiera así tan rápido. Significa que es muy, muy poderoso, y llegará a serlo más que yo.

—¿Qué? —Pregunté desconcertado.

—Sí —afirmó orgulloso—. Tiene un poder extraordinario, habrá heredado mi talento, pero también ha influido la manera cómo le concebimos Bárbara y yo.

Lo recordaba perfectamente, utilizaron sus macabros sacrificios para dejar preñada a Bárbara que parecía tener problemas para concebir hijos.

El mago oscuro puso una mano en el hombro de su hijo.

—Danter —le llamó con delicadeza y el niño abrió los ojos.

—¿Papá?

Danlos sonrió, mirándolo orgulloso.

Apreté los puños, deseando que acabara con aquello cuanto antes. Danter debía tener el mínimo contacto con su padre si quería llevar a cabo mi venganza, pero, sobre todo, si quería salvarle del camino de la oscuridad, pues cualquier influencia negativa podía convertirlo en un mago oscuro.

—Voy a enseñarte a controlar tus poderes, hijo; cierra los ojos —el niño obedeció y Danlos le cogió de ambas manos. Se quedaron en silencio durante unos segundos—. ¿Ves tu energía? Sí, debes controlarla a voluntad. Cógela y moldéala como quieras para guardarla en tu interior y utilizarla cuando más te convenga —el armario dejó de abrir y cerrar sus puertas, la cara de Dan se tornó más relajada—. Ves, así, así debes controlar tu magia. Domínala para utilizarla solo cuando lo desees. Bien, muy bien. No, demasiado rápido. Vale, ahora.

Era como si ambos estuvieran conectados, pasaron varios minutos con los ojos cerrados mientras Danlos le daba instrucciones a su hijo sin soltarle las manos. Pasado un tiempo, abrieron los ojos y Dan se sentó en la cama con cara cansada, pero con mejor aspecto. Sus ojos parecían normales y por su expresión ya no le dolía la cabeza.

—Papá, gracias.

Danlos le acarició el pelo.

—No vuelvas a dar las gracias —le dijo serio—. Nunca, eres un mago oscuro, los magos oscuros no damos las gracias por nada, ¿entiendes?

—Yo no soy malo —respondió Dan—. No soy un mago oscuro.

Danlos le propinó una bofetada a su hijo y este le miró con miedo, sorprendido, tocándose la mejilla donde recibió el golpe.

—Eres… un… mago… oscuro —le habló Danlos con los ojos rojos y remarcando cada palabra con fuerza—. ¿Ha quedado claro?

Dan me miró un instante y Danlos me miró a mí un breve segundo, para luego volver a mirar a su hijo. Yo tragué saliva.

—¿Danter? —Le habló serio su padre.

—Soy un mago oscuro —dijo el niño—. Soy malo.

Danlos entrecerró los ojos y se alzó.

—Y no vuelvas a llamarme papá, llámame padre, con respeto. No eres un niño normal, empieza a comportarte como tal. —Luego me miró a mí—. Ven, debo hablar contigo.

Le seguí, no sin antes mirar al pequeño que se quedó sentado en su cama, dejando caer unas lágrimas silenciosas por sus mejillas.

Fuimos a la sala de las chimeneas. Danlos se sentó en su trono, satisfecho de ser el amo de todo cuanto le rodeaba. Yo me quedé de pie, esperando lo que debía comunicarme, un tanto nervioso.

—¿Eres tú el que le ha enseñado a decir gracias? —Me preguntó.

—Vuestro hijo corretea por todo el castillo y también por la ciudad, quizá ha escuchado como algún esclavo daba las gracias a alguien —respondí.

—¿Y a ti? ¿Te ha escuchado dando las gracias por algo? —Su semblante era imperturbable.

—No lo sé, amo —era mejor no negarlo rotundamente—. Si me ha escuchado, no era mi intención.

Suspiró.

—Ten cuidado, Edmund —me advirtió—. Mi hijo está destinado a ser el mago más grande de Oyrun y no me ha gustado como te ha mirado buscando tu aprobación —concluyó.

—No sé por qué lo ha hecho —mentí—. Yo no me cuido de él, lo hace su niñera, Cristel.

—Mátala, habrá sido ella, y no le busques otra niñera, en poco más de dos meses cumplirá los tres años, que cuide de sí mismo —se alzó del trono y se dirigió a uno de los ventanales. Yo me quedé más tranquilo, la niñera ya estaba muerta, así que problema solucionado—. Aprovechando mi visita, cuéntame cómo va el tema de la peste en Luzterm.

—Hoy no hemos tenido ninguna baja —dije animado—. Creo que ya la hemos erradicado.

—Me alegro —afirmó y se volvió de nuevo a mí—. En Ofscar llevamos una semana sin ningún infectado. Pronto volveré a reunir un buen número de esclavos. ¿Los que provienen de la Tierra causan algún altercado?

—Son más rebeldes —respondí—. Pero en cuanto entienden que si no obedecen, mueren, acaban aceptando su destino.

—En Ofscar pasa igual —afirmó—, pero quiero que hagas una cosa con ellos.

Le miré expectante.

>>Investiga a qué se dedicaban en la Tierra, uno de ellos me sorprendió salvando la vida a un enfermo que le hubiera dado por muerto, y otro demostró amplios conocimientos en arquitectura. Está claro que están más formados que los esclavos provenientes de Yorsa, incluso diría que en según qué campos superan a los elfos. Debemos exprimir al máximo sus habilidades.

—Entendido.

—Bien, ya me marcho, pero antes —sacó un libro de debajo de su túnica negra y lo hizo levitar hasta mi posición—. Léelo —lo cogí—, aquí te explica cómo enseñar a Danter a que controle sus poderes.

—¿Aunque no sea mago? —Pregunté.

—Aunque no seas mago —afirmó—. Cada vez que venga le enseñaré a controlar cualquier fuga mágica que no pueda contener. Me gustaría estar presente, pero engrandecer la ciudad de Ofscar me está llevando mucho tiempo. Así que te hago responsable de este tema, y ya te advierto que habrá accidentes con su magia —me avisó—. Pero no debes preocuparte, serán cosas insignificantes la mayoría de veces. Los magos tardamos alrededor de dos años en controlar nuestros poderes, aún recuerdo a mis hermanos cuando…

Por un momento me pareció ver una sonrisa de añoranza en el rostro de Danlos al recordar algo del pasado, pero rápidamente se volvió serio y algo enfadado.

—Hazme llamar si hay cualquier cosa relevante con Danter —se llevó una mano al bolsillo y sacó un silbato de madera, me lo lanzó y lo cogí al vuelo—. Funciona como el que te dio Dacio, pero avisándome a mí. Utilízalo cuando haya una emergencia, mi esposa o yo vendremos de inmediato. Paso in Actus.

Desapareció, dejándome con un simple libro de magia y un silbato que no pensaba utilizar en la vida.

En cuanto entré en la habitación de Dan, el niño vino corriendo a mí y me abrazó las piernas. Luego me miró a los ojos y preguntó:

—¿Soy malo?

—Dan —le sonreí y lo alcé en brazos—, no eres malo, ni un mago oscuro. Eres un niño bueno, pero tu padre sí que es malo y quiere que tú seas malo.

—¿Por qué?

—Eres pequeño para entenderlo —me senté en su cama con el niño en mis rodillas—. Pero deberás no enfadarlo cuando venga, ni mirarme a mí como si fuera a salvarte de él. No puedo hacerlo, es muy fuerte, mucho más que un orco, pero tú dile que sí a todo. Luego, cuando se marche, podrás hacerme todas las preguntas que quieras. ¿Vale?

Me miró sin saber qué responder, no acababa de comprenderlo, era aún muy pequeño.

—Haz simplemente esto, cuando veas a tu padre debes ignorarme a mí y a Sandra, no nos llames para nada.

Me miró espantado.

—Solo cuando esté tu padre —intenté hacerle ver—. Si nos llamas, tu padre puede matarnos.

Empezó a llorar al decirle aquello y las puertas del armario se abrieron y cerraron de nuevo.

Rápidamente, empecé a leer las primeras páginas del libro que me dejó Danlos para saber cómo detenerle y, no sin esfuerzos, logré que Dan se tranquilizara y su magia no se desbordara.

AYLA

Un segundo heredero

Tumbada en el suelo, sobre una mullida alfombra de color blanca, jugaba con mi hija de dieciocho meses de edad, pero de apariencia menor en comparación con los humanos. Empezaba a gatear a duras penas e intentaba venir a mí con una sonrisa en sus labios.

—Vamos, Eleanor —la animaba a llegar a mí—. Vamos, cariño.

Se dejó caer, cansada y la senté en el suelo, levantó sus manitas y rio contenta.

Le devolví la sonrisa.

Eleanor era la viva imagen de su padre, los mismos cabellos dorados, el mismo color de ojos, donde el azul y el morado se entremezclaban dando una tonalidad única, y la misma belleza que caracterizaba a los elfos. Únicamente, había sacado las orejas redondas de su parte humana. Algo que no fue bien visto dentro de la familia si quería llegar a ser reina.

Me senté en el suelo y la abracé, achuchándola y comiéndomela a besos.

—Me encanta esta imagen —escuché la voz de Laranar y lo encontré entrando por la puerta de la habitación—. Mi mujer y mi hija, juntas, felices.

Sonreí.

—Has tardado —le regañé poniéndome a Eleanor en el regazo—. Hace rato que estamos listas y… —alcé una ceja—. Te esperaba en mi cama esta mañana. ¿Ya te has cansado de verme despertar?

Laranar se sentó en el suelo con nosotras y cogió a Eleanor que le pedía con sus manitas que la cogiera.

—Nunca me canso de verte dormir y menos de ver como despiertas cada mañana —me besó en los labios, pese al tiempo trascurrido, Laranar aún provocaba mariposas en mi estómago, le amaba como el primer día.

Acarició mi rostro con el pulgar dándome otro beso en la punta de la nariz y luego se puso a Eleanor sentada entre sus piernas.

—El caso es que hoy mi padre ha querido hablar un momento conmigo justo cuando iba a venir a nuestra habitación, al parecer quiere comentarnos algo a los dos, tiene que ver con la herencia a la corona.

—Estoy cansada de ese asunto —respondí, mirándole a los ojos—. Si no nos quiere el pueblo, que les den, que se queden con tu primo.

—No es tan fácil, Ayla —repuso—. Ya lo hemos hablado muchas veces.

—Eleanor será más feliz siendo una simple semielfa.

—Ser rey, no es tan malo —dijo ofendido.

A veces se me olvidaba que Laranar había sido educado para llegar a ser el futuro rey de Launier. Era el trabajo que le tocaba por nacimiento y su obligación de garantizar descendencia para la corona lo llevaba arraigado en su interior.

—Eleanor será la reina de Launier llegado el momento —dijo alzándola y mirándola—. Yo me encargaré de ello. ¿Verdad, hija?

Eleanor le sonrió y yo suspiré.

—Vamos a llegar tarde —dijo alzándose—, y no deberías tumbarte en el suelo con un vestido…

—Deja el protocolo a un lado por una vez —le corté, levantándome—. Estamos en Yetur, día de descanso, y eso abarca descanso de protocolo.

—El protocolo siempre…

— … debe estar presente —finalicé—. Dame un respiro.

Laranar me besó una vez más, para que no me enfadara y funcionó.

Al llegar al salón exclusivo de la familia real, aquel destinado al rey y sus herederos más directos en el día de descanso, el rey Lessonar y la reina Creao ya estaban presentes. Eleanor los reconoció enseguida y empezó a extender sus bracitos para que su abuela la cogiera.

—Mi pequeña —Creao la cogió de los brazos de su padre—. ¿Ha dormido bien?

—De un tirón —respondí.

Todos los niños elfos acostumbraban a dormir hasta que poco a poco ya no sentían esa necesidad, que era más o menos cuando alcanzaban la edad adulta. Eleanor, al tener parte humana, tendría que dormir unas pocas horas cada día si no quería sentirse agotada.

Tomamos asiento y quité la servilleta de tela envuelta en forma de cisne, colocándola al lado de los cubiertos. Luego cogí una tostada, un poco de mantequilla y mermelada de frambuesa.

—Bien, ¿de qué querías hablarnos, papá? —Al principio me resultaba extraño que Laranar llamara a su padre como *papá*, pero solo lo hacía cuando estábamos por completo solos, en el resto de ocasiones lo llamaba *padre*—. ¿Qué es tan importante?

Creao carraspeó la garganta y la miré esperando a que hablara mientras Laranar me servía un poco de zumo de naranja.

—Creemos apropiado que tengáis otro hijo —soltó la reina, así, sin más. Laranar casi derrama el zumo y ambos la miramos perplejos—. Por el bien de la corona y del reino.

—Pero… eso es imposible —respondí—. La profecía puede cambiar.

—Dentro de veintinueve años, partiréis a una misión que puede costaros la vida —empezó a hablar Lessonar—. Por ese motivo, antes de partir, no estaría de más disponer de un segundo heredero.

Laranar me miró, igual que yo a él.

—Eleanor ha cambiado la profecía —dijo Laranar, también—. Puede que un segundo hijo la vuelva a cambiar.

—No quiero tenerme que llevar a dos hijos a la guerra contra los magos oscuros —añadí—. Si la profecía cambia…

—No tiene por qué volver a cambiar —me cortó Lessonar y se inclinó sobre la mesa para que solo le oyéramos nosotros dos. A pesar de estar solos en el salón, algún criado podía escucharnos con el oído tan fino que tenían—. Debemos arriesgarnos. Sin un heredero fuerte, Launier caerá en manos de Larnur o de la familia Dirialthen.

—Hablas como si mi hija fuera a morir inevitablemente —me enfadé.

—Ayla —la reina me miró seria—, ¿crees que esto nos es agradable? ¿Hablar de la posible muerte de nuestra familia? ¿Eleanor? ¿Laranar? ¿Tú?

—No es tan fácil —dijo Laranar—. Un segundo hijo puede complicarlo todo, cambiar algo importante de la profecía y ser el fin del mundo. ¿Nos arriesgamos? ¿Con qué derecho? Launier no es el único país que habita en Oyrun.

—Lo sé —respondió su padre—. Llevo pensando en el tema desde que Lord Zalman y Dacio vinieron a explicarnos el cambio, pero después de pensarlo mucho, debéis hacerlo. Por el bien de Launier y, además, si solo quedara el niño que engendrarais ahora, sería también una esperanza para el mundo, ¿no creéis? Eleanor tampoco ha cambiado tanto el destino de Oyrun. Únicamente se añadirá a la misión y ayudará a su madre a vencer la oscuridad manteniendo el colgante libre de maldad. Seguimos siendo los que en un principio debemos vencer a Danlos y Bárbara.

Miré a Laranar, indecisa.

—¿Qué explicaremos? —Preguntó Laranar a sus padres—. Cuando la elegida se quede de nuevo embarazada… ¿Qué excusas pondremos?

—Es cierto —le apoyé—. Una vez pasa, pero ¿dos veces?

—Les diremos la verdad —respondió Lessonar tan tranquilo—. Eres la princesa de Launier, como esposa del heredero no es de extrañar que tengas hijos con él. Debes asegurar nuestra descendencia y continuidad en el trono de Launier.

—Tendremos problemas —insistió mi marido—. Las razas se enfadarán.

—Las razas callarán —respondió tajante, se notaba que era el rey y estaba acostumbrado a dar órdenes y ser obedecido—. La elegida continuará con su misión y derrotará a los magos oscuros dentro de veintinueve años. Hasta esa fecha puede hacer y deshacer lo que le venga en gana.

Laranar me miró.

—Aún le doy el pecho a Eleanor —le dije en voz baja como si los reyes no me fueran a escuchar—. Deberíamos esperar un poco.

—Nueve meses tardaría en nacer, para entonces Eleanor podría empezar a comer comida triturada.

Miré a mi hija que se había quedado dormida en brazos de su abuela. Tener más hijos con Laranar era un sueño, un sueño que estaba dispuesta a cumplir una vez acabara la misión, ya que era inmortal y podía permitírmelo al ser siempre joven. Pero tener otro hijo tan temprano era un disparate, añadido que Eleanor era aún muy pequeña. Tener a dos bebés a mi cargo, aunque dispusiera de todas las niñeras de Launier para ayudarme, me daba miedo. Quería ser una buena madre, ¿y si no estaba a la altura siendo tan joven? Aún estaba aprendiendo con Eleanor.

Acabo de cumplir veintitrés años, pensé, *me quedé embarazada de Eleanor por accidente, ¿y ahora me piden que tenga otro niño?*

—Ayla, Laranar ha arriesgado mucho casándose contigo —me habló con dureza Lessonar—. Él sabía que podía perder la corona y aun así asumió su responsabilidad contigo y con mi nieta. Tú, aceptaste casarte con él sabiendo que te convertirías en princesa de Launier, pues ese cargo tiene responsabilidades, y una de ellas es dar herederos a la corona.

—¡Padre! —Alzó la voz Laranar, molesto por ver como el rey me trataba. Lessonar jamás me habló tan en serio, al contrario, siempre era muy amable conmigo. Su dureza me sorprendió, y entendí que para él aquel tema era muy importante, quizá más de lo que pudiera llegar a creer—. Ayla se casó conmigo porque me quiere, no pensando en la posición que ahora tiene.

—Pero sabía dónde se metía.

Ahí te equivocas, pensé con tristeza, *podía imaginarlo, pero vivirlo es muy diferente.*

Ser la esposa del príncipe heredero implicaba tener un cargo que en ocasiones me agobiaba. Era princesa de Launier, y pese a que en un futuro no tendría ni voz ni voto cuando fuera nombrada reina, debía mantener un estricto protocolo, ser educada y no mostrar nunca mis verdaderos sentimientos delante del pueblo, solo la actitud que se esperaba de mí. Era juzgada las veinticuatro horas del día, todos los días del año y si cometía cualquier error, por pequeño que fuera, era reprendida duramente por la reina. A veces, tenía ganas de chillar a pleno pulmón o correr lejos de aquel palacio que se había convertido en una jaula para mí, una jaula de oro. Únicamente aguantaba aquello porque, pese a todo, amaba a Laranar con locura, y todos aquellos inconvenientes eran insignificantes si podía estar a su lado.

Mi marido era consciente de lo mucho que me costaba adaptarme al estricto protocolo de palacio e intentaba ayudarme en todo lo posible, en ocasiones, hasta se saltaba el protocolo por mí para no dejarme mal delante de nadie. Me defendía con uñas y dientes, y cuando ya me veía sobrepasada decidía dejar sus obligaciones de príncipe para pasar un día en familia, lejos de cualquier norma o regla que pudiera haber.

—Hablaremos sobre este asunto Ayla y yo, en privado —dijo Laranar, serio—. Y decidamos lo que decidamos deberéis respetarlo.

Lo hablamos largo y tendido, y decidimos que no podíamos arriesgarnos a que la profecía volviera a cambiar, pero diez meses después, Eleanor dio sus primeros pasos y cuando la vi, tambaleante, pero sin cogerse a nada o nadie, algo en mi interior me hizo cambiar de opinión.

—Tengamos otro hijo —dije cuando Eleanor llegó a los brazos de su padre.

Laranar me miró sin saber qué responder.

—Tengamos otro —volví a repetir—. Quiero otro hijo, quiero un niño que se parezca a ti.

—Eleanor ya se parece a mí.

—Sí, pero quiero un chico, un principito que llegue a ser tan apuesto como tú.

—¿Estás segura? —Quiso cerciorarse—. Creí que no querías tener…

—¿A ti te gustaría? —Le pregunté.

—A mí me encantaría —respondió—. Y no por herencias a la corona, pero no quiero que te veas obligada o que la profecía cambie de nuevo por nuestra culpa.

—No es por obligación, de verdad, ahora quiero tener otro hijo. Así Eleanor y el futuro niño se llevarán poca edad. Siempre quise tener un hermano o hermana de pequeña, y me gustaría que Eleanor pudiera tener uno. En cuanto a la profecía, puede no cambiar, y quizá tu padre tenga razón, si los tres muriéramos en esta guerra…

—Ayla —me advirtió Laranar con una mirada, no le gustaba que planteara esa hipótesis, pero era una probabilidad, no debíamos ignorarla por miedo.

—No, Laranar, puede pasar, y quizá si hay un hijo de la elegida que aún quede con vida, puede dar esperanza para que otros no se rindan y sigan combatiendo contra Danlos, Bárbara y, quién sabe, su hijo Danter.

Suspiró.

>>¿Tú qué dices Eleanor? ¿Quieres un hermanito?

—Mmmammaaa —respondió sonriendo.

Ver a Eleanor crecer tan rápido —en verdad tenía un crecimiento lento por ser semielfa—me asustó, y el miedo que pudiera sentir a ser madre de dos bebés se desvaneció. Me sentí preparada, más aún cuando Eleanor empezaba a caminar y ya decía sus primeras palabras. Mi hija estaba a un paso de dejar de ser un bebé para convertirse en una niña pequeña.

Refuerzos

La búsqueda de un segundo hijo no se hizo esperar, en apenas tres meses Laranar me dejó embarazada en un abrir y cerrar de ojos. La noticia fue llevada con alegría o con resignación por todo Launier. Solo en el valle de Nora y algunos pueblos del interior, lo vieron como otro semielfo candidato a la corona. Pero acostumbrada ya —y creo que inmunizada a aquellos comentarios— me dio absolutamente igual lo que pensaran. Yo era feliz de tener un segundo hijo con Laranar, y el embarazo lo llevaba mucho mejor que con Eleanor. El niño o niña era muy calmado, tanto, que a veces me asustaba de no sentirlo dentro de mí, pero siempre acababa dando alguna patadita durante el día.

Estaba de seis meses cuando Rayael, mi doncella personal, entró en la sala del piano donde enseñaba a Eleanor a tocar sus primeras notas musicales. Margot, la prima de Laranar, me acompañaba. La elfa presumida adoraba a mi hija, quizá por el nombre que llevaba, pues conoció a la hermana de Laranar en vida.

—Princesa Ayla —se aproximó Rayael—. Ha llegado esta carta para usted.

La cogí pensando que sería de Alegra o Dacio, eran los únicos con los que me escribía, pero un vuelco me dio el corazón cuando vi el sello de Rócland.

Me levanté del banco del piano y me aproximé a la ventana para verme mejor. Ya atardecía y fuera las últimas nieves de la temporada caían formando un manto blanco.

Abrí la carta.

Querida Ayla:

Rócland se encuentra en una situación desesperada y necesita refuerzos para combatir a los ejércitos de orcos que se aproximan a nuestras tierras. Barnabel también está afectada y ninguno podemos prescindir de nuestros hombres para ayudar al otro. Los años de peste se han llevado a muchos guerreros valientes y ahora nos vemos indefensos hasta que nuestros hijos crezcan y puedan combatir. Es, por este motivo, que Rócland pide ayuda al pueblo de Launier.

Como amiga y como elegida espero que respondas a nuestra llamada, mucho me temo que no aguantaremos demasiado tiempo si no recibimos refuerzos. Hemos pedido ayuda a Mair en diversas ocasiones, pero no nos responden, nos han abandonado y solo quedáis vosotros.

Un amigo que espera tu ayuda:

Alan del Norte

Terminé de leer la carta una vez y empecé de nuevo. Era la primera carta que recibía de Alan desde que unos años atrás se despidió de mí con otra misiva. En el pasado, Alan me confesó su amor y retó a Laranar en diversas ocasiones para conseguir mi corazón. Tiempo más tarde desistió, quedamos como amigos, aunque sin la posibilidad de mantener el mínimo contacto por el bien de los dos. No obstante, Alan siempre me dejó claro que si alguna vez yo necesitaba su ayuda la obtendría y, ahora, él me pedía ayuda a mí para combatir a los ejércitos de orcos que amenazaban el reino de su hermano, el rey Alexis.

Desde que había tenido a Eleanor casi olvidaba el ataque incesante de los orcos a los pueblos de Yorsa. Launier también era atacada de vez en cuando, pero nuestras fronteras resistían sin poner en peligro la paz del reino.

Alcé la vista del papel. Margot me miraba sabiendo que aquella carta no llevaba nada bueno. Alan me pedía ayuda y la tendría.

—Es del príncipe de Rócland —le informé—. Debo hablar con Laranar, ¿puedes quedarte con Eleanor?

—Claro —respondió enseguida.

Laranar estaba acompañando a su padre con las audiciones de los habitantes de Launier. Esta vez, era el rey quien dictaminaba y Laranar observaba.

Al entrar en la sala de los tronos, todos los presentes se inclinaron ante mí —ese gesto al principio provocaba una oleada de colores en mi rostro, cubierto por la timidez y la vergüenza, pero con el tiempo fui acostumbrándome—. Subí los tres escalones, me incliné levemente ante el rey y tomé asiento en una silla que un elfo puso al lado del trono de Laranar. Los presentes se alzaron en cuanto tomé asiento y Lessonar continuó con la audición. Deslicé la carta de Alan a Laranar y empezó a leerla detenidamente. Una vez finalizó su lectura suspiró y miró serio al elfo que pedía un poco más de tiempo para pagar sus impuestos.

—El año anterior no fue bueno, los orcos llegaron a mis tierras y quemaron el campo y el almacén donde tenía todas mis provisiones. Solo pude huir con mi familia, eran demasiados para hacerles frente, y a nuestra vuelta todo estaba destrozado —hablaba—. Solo pido aplazarlo un año más, cuando obtenga los frutos de la nueva temporada.

—Como ves no son los únicos que tienen problemas con los orcos —me habló Laranar en voz baja—. Necesitamos todos los elfos que hay actualmente en las fronteras.

Me quedé con la boca abierta, no esperaba esa contestación.

—Alan nos pide ayuda —le recordé—. Es nuestro amigo…

—Nunca ha sido mi amigo —me recordó él a mí.

Suspiré, intentando calmarme y pensando la mejor manera de convencerle.

—El rey Alexis nos lo dio todo cuando estuviste herido por el Minotauro. ¿No lo recuerdas?

No respondió.

—No eres el único que me pide un retraso de sus impuestos —hablaba el rey—. No obstante, te dejaré aplazarlo un año más.

El elfo le dio las gracias, inclinó la cabeza y se marchó junto a sus dos hijos que habían esperado expectantes detrás de él.

—Laranar —le insistí tocándole la mano que apoyaba en el reposabrazos de su trono—, por favor.

Me devolvió la carta.

—Las fronteras no pueden prescindir de nadie. Cada día somos atacados por grupos de orcos, intentan atravesar nuestras tierras para llegar a Sorania y matar a nuestra hija —me explicó muy serio—. Hace dos meses, tres mil orcos intentaron atacar Sanila, fueron derrotados, pero no por eso podemos bajar nuestras defensas. Ni tan siquiera la de los bosques del interior. Aquel ataque solo fue una distracción para que otros pequeños grupos llegaran a la capital, se colaran en palacio y dieran muerte a Eleanor.

—No me lo habías dicho —le respondí petrificada—. No lo sabía.

—No quería preocuparte —dijo mirándome a los ojos—. En realidad, no hay motivo, si nuestras fronteras siguen bien protegidas y no bajamos la guardia, pero para eso necesitamos a todos los elfos que luchan actualmente.

Me recosté en el respaldo de mi asiento, hecha polvo, y miré la carta de Alan. Era mi amigo, pero se trataba de la seguridad de mi hija, y ningún país iba en ayuda de otro si dejaba indefensas sus tierras.

Laranar se pasó una mano por la barbilla, pensativo, y finalmente me miró.

—Puedes pedir voluntarios —dijo al cabo del rato—. Elfos que no les importe estar una temporada fuera de sus casas pese a que no les toque servir en las fronteras y eso… —alzó una ceja—. Te costará.

—No, si encuentro al elfo que los convenza —respondí esperanzada.

—¿Quién?

—Raiben.

Mandé buscar a Raiben para hablar tranquilamente con él en una sala privada del edificio real. En un principio quien tenía el poder de dar órdenes era el rey y en segundo lugar Laranar. Yo nunca podría gobernar a los elfos y ya me estaba bien, pero podía pedir favores que serían recompensados gracias a mi influencia como esposa del príncipe heredero.

Releí la carta tres veces, me preocupaba la situación de Barnabel y Rócland, y me extrañaba que Mair no fuera en su ayuda. Con unos pocos magos guerreros en cada ciudad podrían defenderlas sin problemas, como antaño hicieron con Barnabel por un tiempo. Debía mandar una carta a Dacio y preguntarle qué ocurría, él me ayudaría más que cualquier otro mago para solucionar el problema, estaba convencida.

Ya era tarde cuando Raiben se presentó en palacio. Me encontraba cansada y me dolía la espalda del peso del embarazo, pero me mostré alegre cuando lo vi.

—Princesa —se inclinó al entrar—, perdonad el retraso, estaba patrullando por el Bosque de la Hoja cuando me informaron de vuestra llamada.

—Raiben, no hace falta que te inclines cuando estemos solos —le recordé, pese a que siempre lo hacía—. Olvida el protocolo, ¿quieres?

—Eres la princesa —me recordó con una media sonrisa en sus labios.

—En público. En privado, cuando no hay nadie, soy simplemente Ayla.

Sonrió.

—¿Y bien? ¿Para qué me has llamado? —Cambió el registro a uno más informal y sonreí.

Le ofrecí asiento en uno de los sillones y me senté a su lado poniéndome seria.

—Alan de Rócland me ha mandado esta carta —se la tendí y la

empezó a leer. Una vez acabó me miró sin comprender.

—¿Por qué me la enseñas? —Preguntó—. ¿Laranar, lo sabe?

—Sí, pero no podemos prescindir de ninguno de los elfos que están actualmente destinados en las fronteras. Por eso había pensado en pedirte ayuda.

—¿Qué quieres que haga?

—¿A cuántos elfos crees que podrías convencer para ir a Rócland una temporada?

Se quedó callado, entendiendo poco a poco para qué le había llamado.

—Rócland necesita nuestra ayuda —continué, primero debía convencerle a él—. Todos los elfos de las fronteras son imprescindibles, pero hay muchos otros que no están de servicio en estos momentos y que son buenos guerreros. Se les compensaría por sus servicios. Laranar me ha dicho que no puede obligarles a partir para defender un país ajeno al suyo, pero sí pedir voluntarios.

Raiben suspiró.

—Tú serías el capitán de todos ellos —dije rápidamente— y a tu vuelta te ascendería.

—Eso solo puede hacerlo el rey —me recordó.

—Lo hará, te lo prometo —ya lo había hablado con Lessonar y había accedido. Incluso lo vio con buenos ojos, pues muchos elfos me verían a mí, es decir, la humana, como alguien en quien confiar si cumplía mi palabra—. Y a aquellos que tú digas que han luchado con valentía también ascenderán.

Lo evaluó brevemente echando otro vistazo rápido a la carta de Alan.

—Bueno, es un buen incentivo para animar a los guerreros —dijo devolviéndome la carta—. Dame unos días y veré cuántos puedo reunir.

—Gracias, sabía que podía contar contigo —me toqué la barriga al notar una patadita.

—¿Cómo llevas el embarazo?

—Muy bien, mejor que con Eleanor —respondí—. Aunque la

espalda me duele bastante al final del día.

Miró mi barriga con nostalgia.

—Griselda estaba de seis meses, como tú ahora, cuando… —se quedó callado.

—Raiben —lo nombré con comprensión apoyando una mano en la suya—. Aún puedes encontrar a otra chica y ser padre.

Me miró a los ojos.

—No lo creo, Ayla.

—Hace unos años casi cambiaste por Esther. Ella te devolvió las ganas de vivir y de formar una nueva familia.

—Sí, pero ella quiso volver con su novio al regresar a la Tierra. No me amó lo suficiente para abandonarlo todo como tú con Laranar, y eso contando que alguna vez me amara.

—Algo sí te amó —me miró a los ojos—. Me lo dio a entender una vez, pero no se veía con fuerzas de abandonar a su familia y aún sentía algo por David. No fue fácil para ella tampoco.

Suspiró.

—Anima esa cara —intenté que cambiara de actitud—. Cuando menos lo esperes estoy convencida que una chica aparecerá y te robará el corazón. Solo debes ser más listo la siguiente vez y no dejarla escapar por querer vivir en el recuerdo.

—Ya, bueno… creo que debo marcharme —huyó, como siempre hacía, cuando tocábamos ese tema—. En unos días te informaré de cuántos guerreros se presentan voluntarios para ir a Rócland.

—Gracias.

Raiben logró reunir a quinientos guerreros. Partieron sin demora, al igual que el mensajero que envié a Mair pidiendo explicaciones de por qué no respondían a la llamada de auxilio de Rócland y Andalen.

Seis meses más tarde recibí una carta informal de Dacio…

¡Hola, elegida!

¿Cómo va por Launier? Aquí en Mair no nos podría ir mejor, mi hijo Jon cada día está más grande, es feliz y nosotros con él. Alegra te manda recuerdos y espera recibir una carta tuya pronto, para saber de ti, Laranar y la pequeña Eleanor. La anterior carta apenas nos contaste nada de cómo estabais. Sí, lo sé, querías informarme de algo importante.

En fin, referente a enviar ayuda a Rócland y Andalen, la ayuda ya ha llegado con el Paso in Actus de Lord Zalman. No sabemos qué les ocurrió a los mensajeros de estos reinos, aquí ninguno llegó a su destino y como podrás imaginar, no sabíamos nada de la situación que vivían hasta que llegó tu carta. Esta vez, Mair mantendrá a magos guerreros en Andalen y Rócland hasta que la guerra acabe. Se retiraron de Barnabel porque creímos que ya no había peligro de una invasión, pensando que si necesitaban ayuda podríamos volvérsela a dar de inmediato, pero visto el resultado no nos volveremos a confiar.

Dile a Laranar que los elfos que mandasteis a Rócland ya están de vuelta, quizá lleguen antes o al mismo tiempo que esta carta que te envío.

¡Espero noticias vuestras!

¡Ojalá tuviéramos un teléfono de aquellos que hay en la Tierra!

¡Un abrazo muy grande!

Dacio

Sonreí, me encantaban las cartas de Dacio, escribía de la misma manera que hablaba, con soltura, incluso te transmitía su buen humor. Me alegraba de que fuera feliz con Alegra, y que juntos construyeran una nueva familia a la que querer y sentirse queridos.

Pero Dacio esperaba una carta que le explicara cómo estábamos Laranar, Eleanor y yo, y debía responderle. No podía ocultarlo por más tiempo, a fin de cuentas, las noticias volaban y tarde o temprano se enteraría.

—Mama —Eleanor se me acercó y me señaló la cuna de su hermano—, Cristianlaas no duerme.

Sonreí.

Mi segundo hijo fue un varón, sano y fuerte, con un gran parecido a su padre. En esta ocasión, el niño se asemejaba casi por completo a un elfo, pues sus orejas eran picudas como las de los elfos; había heredado los cabellos rubios de su padre, pero sus ojos eran verdes como los míos.

—Vamos a ver a Cristian —cogí a Eleanor en brazos y la acerqué a la cuna. En efecto, mi pequeñín estaba despierto, tenía tan solo tres meses, pero aparentaba apenas un mes de edad—. Cristianlaas.

Mi hijo sonrió al hablarle.

Laranar fue quien escogió el nombre de nuestro hijo, debía ser de origen elfo por ser un heredero a la corona, y rebuscó por la biblioteca el nombre más parecido al nombre de mi padre que se llamó Cristian.

—He creído que te gustaría —me explicó Laranar cuando cogió por primera vez a Cristianlaas en brazos, después de haber dado a luz—. Tú le pusiste el nombre de mi hermana a nuestra hija, y significó mucho para mí. Yo quería hacer lo mismo, y pensé que Cristianlaas era el más parecido a Cristian, incluso los que llevan este nombre a veces se les acorta con Cristian.

—Me encanta —le besé en los labios.

Yo le llamaba Cristian, Laranar de las dos maneras, pero Eleanor por algún motivo le llamaba con su nombre completo porque le gustaba jugar con la pronunciación, alargando la *a* del final.

—Tiene hambre —me dijo Eleanor con su voz infantil.

Le di un beso a mi hija en la mejilla, la dejé en el suelo y cogí a Cristian en brazos. Buscó de inmediato uno de mis pechos para empezar a comer.

Eleanor me observó fascinada mientras su hermano mamaba.

Solo espero que tú no hayas cambiado la profecía, pensé en un suspiro mirando a mi hijo, *Dacio podrá informarnos en cuanto le avise de tu nacimiento por carta. No lo podemos retrasar más.*

DACIO

Sala Magéstic

Virginia y yo nos dirigíamos al despacho de Zalman para dar la última novedad sobre la profecía. La noticia que la elegida había tenido un segundo hijo fue una sorpresa un tanto desconcertante para todo el mundo. El embarazo de Eleanor vino de sorpresa y se podía perdonar pues no había sido intencionado, pero quedarse embarazada por segunda vez, ya no fue aceptado por prácticamente nadie, ni tan siquiera por Alegra o por mí. Nos jugábamos demasiado con todo aquello, una nueva vida no esperada en el destino del mundo podía significar la vida o la muerte con los magos oscuros. Los elfos habían actuado de forma egoísta, pensando únicamente en su reino.

—La profecía podría ser más clara —me hablaba Virginia—. Yo no la he entendido.

—Yo tampoco —respondí. La profecía seguía prácticamente igual salvo que hacía referencia a que el hijo de la elegida sería alguien muy importante dentro de muchos siglos. ¿Qué tenía que ver con la crisis de magos oscuros que teníamos en la actualidad?—. Tal vez, Zalman pueda explicarnos a qué se refiere.

Escribí en un papel, palabra por palabra, lo que dictaba la profecía. Zalman lo estuvo leyendo detenidamente en cuanto se lo entregamos, pensativo.

—Bueno, no ha habido ningún cambio —concluyó doblando el papel—. Todo sigue igual, Ayla vencerá a los magos oscuros con la ayuda de su hija.

—¿Y eso que pone que su hijo será alguien muy importante? —Preguntó Virginia—. ¿Qué tiene que ver con todo esto?

—Nada —fue una respuesta simple, y Virginia y yo nos miramos—. A ver, ¿qué se os enseñó en la escuela? —Nos quedamos callados sin saber qué responder. Por un momento me sentí como un principiante de primer año—. Cada vida que nace en Oyrun tiene un destino marcado. La isla Gabriel marca el destino de cada uno de nosotros, las cuevas que la protegen son infinidad de grandes y habréis percibido la extraña magia que se esconde en ellas. —Asentimos—. Os mandamos con la intención de ver el destino global de Oyrun referente al camino de la elegida, su hija y su nuevo hijo, Cristianlaas. La magia os ha enseñado de donde proviene el nuevo príncipe de Launier y el destino que tiene preparado para Ayla y Eleanor, pero eso no significa que los tres lo compartan, únicamente la magia de la isla os ha mencionado el futuro de Cristianlaas porque así se lo habéis pedido.

—Entonces, si no hubiéramos mencionado el hijo de la elegida…

—Exacto —me cortó alzando un dedo al techo como para reafirmar sus palabras—. Si solo hubierais ido con la intención de conocer el resultado de la lucha contra Danlos y Bárbara no habría ni mencionado a Cristianlaas, pero preguntasteis por él.

Virginia y yo nos miramos al empezar a entender.

—¿Y cómo Cristianlaas acabará siendo alguien tan importante? —Pregunté—. Solo es un semielfo, y si vencemos no heredará ni el trono, lo heredará su hermana.

Se encogió de hombros.

—Lo que está claro es que su nacimiento no ha cambiado el destino de Oyrun, que es lo que nos importa ahora mismo.

Suspiré, agradecido de que todo continuara igual.

—Si le parece bien, partiremos enseguida a Sorania para dar el parte a los elfos —propuso Virginia.

—Quiero hablar con Dacio de otro asunto, ves tú sola —le pidió—. Y cuando hables con la elegida, dile que un tercer hijo sí podría cambiarlo todo, así que, en nombre de todas las razas, le pedimos que se abstenga hasta que cumpla su misión.

Virginia asintió, dio un paso al frente y desapareció.

Aproveché en sentarme en una de las sillas del despacho de Zalman. Cuando estábamos solos se acababan los formalismos, al fin y al cabo, aquel hombre fue como un segundo padre para mí y la única familia que tuve durante siglos. Había confianza como para no tener que pedirle permiso al tomar asiento.

—Mañana los magos del consejo vamos a tener una reunión —dejó el papel de la profecía dentro de un libro—. Me gustaría que estuvieras presente.

—¿Una reunión del consejo? Te recuerdo que soy aprendiz.

—Todos sabemos que de aprendiz no tienes nada —me recriminó con una nota de amargor por no haber aprobado aún el examen de mago—. Dime, —sacó una botella de vino de un armario y dos copas grandes de vino—, ¿alguna vez piensas presentarte para aprobar?

—Quién sabe —me tendió una copa que cogí encantado, tenía sed después de hablar con el dragón dorado argumentando la necesidad de ver de nuevo la profecía—. Puede, algún día o quizá nunca —empleé magia para que el vino estuviera más frío y bebí un largo trago.

Estaba delicioso, era un vino de mi granja.

—Si aprobaras podrías aprender las técnicas más avanzadas de magia. El imbeltrus que se especifica en el libro de la noche, por ejemplo.

—¿Me estás sobornando? —Pregunté alzando una ceja, mientras se sentaba delante de mí, en su sillón. Quedamos separados únicamente por la mesa de su despacho.

Bebió de su copa de vino y me miró a los ojos.

—Solo te estoy tentando —aclaró balanceando la copa—. Un mago como tú debería saber las técnicas más avanzadas de magia y es una pena que no las aprendas.

—Ya me permitiste estudiar estudios superiores, déjame aprender las técnicas más selectas de magia. Sabes que tengo el nivel, dame la oportunidad.

—No —respondió tajante—. Como tú has dicho permití que estudiaras técnicas superiores, fuiste el primer mago sin graduarse que pudo hacerlo. Creí que te tentaría a querer aprobar el examen de mago y querer continuar estudiando, pero me equivoqué. Aunque aún estás a tiempo.

Acabé de beberme el vino de un trago.

—Daniel ya sabe hacer el Paso in Actus —me recordó—. Has perdido la apuesta que tenías con él y solo porque no has llegado a estudiar lo que él pudo estudiar en su momento.

Gruñí.

—Supongo que jugaba con ventaja, le habrás ayudado a conseguirlo, también —me defendí.

—No es eso y lo sabes.

—Me voy —respondí un tanto enfadado por aquella regañina, ¡ni que fuera un niño!

—Mañana a las diez, en la sala Magéstic —su voz fue autoritaria, sin opción a réplica. Me volví, no entendiendo por qué quería que participara en una reunión del consejo y más cuando se celebraba en la sala Magéstic. Un lugar no demasiado grande, pero con la virtud de que todo lo que se dijera dentro nadie podía escucharlo. Estaba protegida por una barrera día y noche, y sus paredes quedaban selladas con magia impidiendo que conjuros o hechizos revelaran lo que se hablaba o se había hablado en aquella sala.—No tengo que recordarte que la reunión es secreta y cuanta menos gente lo sepa, mejor. Ni tan siquiera tu esposa debe enterarse.

Asentí.

Las misiones más importantes se planeaban con sumo cuidado

en la sala Magéstic, por ese motivo no sabía si sentirme alagado o preocupado. Una única vez estuve dentro, como visita escolar con los de mi promoción, y fue el mismo Zalman quien impartió la clase aquel día. Como de costumbre, mis compañeros hicieron bromas crueles conmigo, manifestando que era un peligro que el hermano oscuro pisara aquella sala. No me gustó nada aquella excursión. En realidad, no me gustaron ninguna de las excursiones que organizaba la escuela, y a fin de cuentas tampoco resultó ser una sala visualmente espectacular. Se ceñía a tener una mesa de mármol circular, unas cuantas sillas tapizadas en color azul y esferas de luz para iluminar la estancia. No había cuadros, ni alfombras, tapices o una triste ventana. Cuantos menos artilugios hubiera, más segura era para no utilizarlos como instrumentos que pudieran hablar y explicar lo que se decía.

Al volver a casa, Alegra estaba con Jon haciendo galletas para distraer a nuestro hijo en la cocina. A veces se me hacía extraño viéndola como ama de casa y no como la guerrera que conocí años atrás. Me los quedé mirando desde la puerta, no se percataron que había vuelto y Alegra le pedía a Jon que batiera unos huevos que había dejado en un bol. Nuestro hijo sonreía, intentando aprender a batir unos huevos. Tenía poco más de dos años y era alto para su edad.

Sin hacer ruido me aproximé a Alegra por la espalda y la cogí sin que se lo esperara por la cintura, dándole un rápido beso en el cuello. En respuesta recibí un golpe con la cuchara que llevaba en la mano.

Trabajaba de ama de casa, pero sus instintos guerreros no habían desaparecido.

—¡Dacio! —Exclamó preocupada al verme—. ¿Te he hecho daño?

—No —empecé a reír, la aproximé a mí y le di un buen beso en los labios—. Estás cubierta de harina.

—Tu hijo —respondió mientras no dejábamos de besarnos—. Le gusta embadurnarme de harina.

Mis labios bajaron por su cuello, pero entonces me retiró.

—No estamos solos —me recordó señalando a Jon sentado en su trona.

—Papa —cogió un poco de harina en un puño y me lo lanzó.

—¡Jon! —Le regañó su madre.

Empecé a reír y Jon me acompañó, intentando echarme más harina, pero quien acabó embadurnado de harina fue él y, bueno, yo también.

—Limpiarás tú este desastre —me avisó Alegra con una media sonrisa escondida en sus labios, pero luego se puso seria—. Bueno, dime, ¿ha habido algún cambio en la profecía?

—No —respondí—. Podemos estar tranquilos, el hijo de Ayla no ha cambiado nada.

Suspiró.

—¿Has ido a Sorania? ¿Cómo están?

—No he ido —negué con la cabeza sentándome en una silla y poniéndome a Jon sentando en las rodillas—. Ha ido Virginia, yo me he quedado hablando con Zalman. Mañana tengo que presentarle un informe sobre la profecía.

—¿Un informe? —Preguntó extrañada. Era más fácil inventarme una historia que decirle que tenía que asistir a una reunión secreta. Me avasallaría a preguntas cuando regresara y todo lo que se dijera en la sala Magéstic estaba prohibido comentarlo, ni tan siquiera con la familia—. Nunca te ha pedido algo así.

Me encogí de hombros.

—¿Dónde está Pol? —Le pregunté, para cambiar de tema—. ¿Ya ha hecho los deberes?

—Está en la biblioteca, terminando, espero.

—¿Y Saira?

—En el molino —respondió con una sonrisa apoyándose en la mesa—. Creo que Arvin y ella hacen muy buenas migas.

Sonreí, la muchacha acababa de cumplir diecisiete años y estaba claro que Arvin, el encargado del campo de citavelas, le gustaba. Aunque no estaba muy seguro si era correspondida.

Fui a la biblioteca para cerciorarme que Pol estuviera haciendo sus deberes y no distrayéndose con una mosca que pasara por su lado. Era un niño inteligente, pero su capacidad de concentración no era muy buena. Al llegar, me lo encontré distraído mirando su lápiz como si fuera más interesante que los deberes que le quedaban por hacer.

—Cuanto antes los acabes antes podrás ir a jugar —le aconsejé. Dio un salto en la silla al verme—. Vamos, ¿qué te queda?

—Hola —me tendió su libreta y vi que solo le faltaban dos preguntas por responder—. ¿Por qué tengo que hacer estos ejercicios si no soy mago? ¿De qué me sirve saber la diferencia entre un mago, un humano y un *nulo*?

—Vives en Mair —le respondí sentándome a su lado—. Debes saber qué diferencias tenemos los unos de los otros.

—Es un rollo —respondió volviendo a coger su libreta de ejercicios—. ¿Me ayudas?

—A ver, sabes que es un mago y un humano —asintió—. Bien, ¿qué es un *nulo*?

—¿Un mago de muy, muy, muy bajo nivel? —Respondió.

—Más o menos —sonreí—. Un *nulo* es una persona que ha heredado la inmortalidad de los magos, pero que por el contrario no tiene magia.

—Éric es un nulo y a veces enseña trucos a la clase —me contradijo.

—Hay nulos que conservan magia suficiente en sus venas como para hacer pequeños hechizos, pero ninguno tiene el nivel suficiente como para estudiar magia con el resto de magos.

—A veces los aprendices se meten con él —comentó pensativo—. Toda su familia es maga.

—Ser nulo en una familia donde todos son magos es complicado, Pol. Son una vergüenza, su casa se debilita y deben pasar por más de una burla que a veces viene de sus propias familias.

—¿Es mejor ser humano que nulo? —Quiso saber.

—Para algunos, sí —respondí—. Es triste, pero es cierto.

—¿Y si Jon es nulo? —Preguntó preocupado.

—Tendrá la primera familia de Mair que probablemente le dé igual si es nulo o mago, porque siempre le querremos.

Asintió.

A la mañana siguiente me presenté temprano en la sala Magéstic, estaba nervioso por saber de qué trataba todo aquello y al tiempo me sentía alagado de que me dejaran participar en algo que parecía importante. Solo era aprendiz —el eterno aprendiz— y sería el primero entre todos los aprendices de la historia en que se le permitiera participar en una reunión del consejo, aunque aún no supiera el tema a tratar.

Al tocar el picaporte de la puerta que daba paso a la entrada, una barrera se abrió permitiéndome el paso.

Zalman se encontraba sentado en una de las sillas junto a su hijo Daniel. Tirso también había llegado y se encontraba en otro punto de la mesa con aire pensativo. Un mago que no conocía de nada se encontraba de pie apoyado en una pared y antes que pudiera cerrar la puerta una maga llamada Matiel entró detrás de mí. Me aproximé a Daniel y Zalman con la esperanza que me explicaran el tema de la reunión.

Zalman me miró serio, estaba preocupado.

—¿Puedo saber ya a qué viene esta reunión? —Le pregunté en voz baja—. ¿Qué hacemos Dani y yo, aquí?

Dani tampoco había asistido nunca a una reunión como aquella y por eso me sorprendió. En ese momento Rónald entró en la sala acompañado de un mago más.

—En breve lo sabrás, toma asiento —me ofreció la silla que se encontraba al lado de su hijo.

Rónald cerró la puerta, sellándola, a partir de ese momento todo lo que se dijera en ese lugar quedaba en el más absoluto secreto.

—Bien —Zalman recostó sus brazos en la mesa—. Empieza una reunión de suma importancia, pero antes quiero que sepáis con quién estáis hablando y qué papel tiene cada uno en esta historia.

>>A mí ya me conocéis, al igual que a Tirso y Rónald, por lo

que nuestra presentación no es necesaria. Os presento a mi hijo, Daniel, es experto en técnicas guerreras, de combate y defensa contra las artes oscuras, hace unos meses logró realizar el Paso in Actus, por ese motivo ha sido escogido para esta reunión.

>>La maga Matiel, conocida por algunos de los presentes, es una de las magas expertas en pociones y antídotos; tiene un gran conocimiento de las criaturas que habitan en este mundo, ha estudiado dragones, gigantes y el comportamiento de las especies, incluido de los humanos y de los magos.

Matiel era una maga que se había pasado más tiempo vagando por el mundo que viviendo en Mair, pero según tenía entendido muchos la respetaban por el conocimiento que poseía de todo ser vivo que habitaba en Oyrun. Era de mediana estatura, cabellos castaños y ojos marrones, cara fina y normalita.

>>Los magos Yerk y Parner, ambos guerreros de nivel uno, primeros en su promoción y curtidos en batallas contra seres malignos —los miré atentamente, parecían magos normales a simple vista, nadie diría que fueran grandes guerreros de nivel uno. Yerk era más bien bajo, moreno y de ojos verdes. Parner era un poco más alto, pelo negro y ojos marrones—. Y por último, Dacio, todos habéis oído hablar de él, es el hermano pequeño de Danlos. —Miré a Zalman algo molesto, ¿por qué tenía que especificar que era el hermano de Danlos?—, es este parentesco lo que ha hecho que esté presente en esta reunión.

Miré a todos, uno por uno, si pensaban que me acobardaría como cuando era niño lo llevaban claro.

—¿A qué viene esta reunión? —Le pregunté—. ¿Qué tiene que ver mi parentesco?

—Vamos a valorar la posibilidad de matar a un mago oscuro —me respondió Tirso.

Abrí mucho los ojos, no me esperaba una respuesta así.

—¿Matar a un mago oscuro? —Pregunté pese a saber que escuché bien—. ¿Por qué? Es la elegida la destinada a acabar con Danlos y Bárbara.

—Tú lo has dicho —habló Zalman—. Danlos y Bárbara son muy poderosos, demasiado desde que tienen casi todo el colgante de los cuatro elementos…

—No digamos el aporte de energía que adquieren de los sacrificios —le cortó Rónald.

—Será un suicidio intentar matarles —saltó Matiel—. Cualquiera que se enfrente cara a cara con ellos morirá, seguro. Deberíamos esperar a que la elegida y su hija puedan combatirlas juntas.

—Estoy con ella —la apoyé—. Tengo ganas de machacar a mi hermano y hacerle pagar lo que hizo y está haciendo, pero mandando a unos magos guerreros a combatirle no es una solución. ¿Por ese motivo, Daniel está aquí? ¿Para que traslade a los magos Yerk y Parner a matar a mi hermano?

—No para matar a tu hermano —me respondió Zalman—, para matar a tu sobrino.

—¿Qué? —Quedé sin respiración, ¡querían matar a Danter!—. Debe de tener unos seis años, es inofensivo.

—Ahora —dijo Tirso—, pero dentro de unas décadas será…

—Un adolescente que podemos educar —respondí de forma cortante—. Si es este vuestro plan secreto olvidadme, no pienso participar en el asesinato de un niño que aún no ha hecho nada. ¿En qué nos convertiría?

Hubo un momento de silencio, Daniel se movió incómodo en su silla, había perdido el color de la cara. Miré incrédulo al consejo, no me podía creer que estuvieran planteándose matar a un niño.

—¿Tú lo sabías? —Le pregunté en un susurro a Daniel.

—No —respondió igual de parado, mirando de soslayo a su padre—. Solo que me iban a encomendar una misión de la que probablemente no salga con vida.

—¿Si es una misión de guerreros y lucha contra las artes oscuras para qué me habéis hecho venir? —Preguntó Matiel—. Yo sé de comportamientos…

—Exacto —asintió Zalman, interrumpiéndola—. Es por eso por lo que te queremos en esta reunión. Necesitamos que nos des tu valoración profesional en el comportamiento de las personas.

>>Danter, un niño al que solo le enseñarán el odio, la guerra y el control sobre las personas, ¿será posible hacerle cambiar una vez venzamos a sus padres?

Matiel quedó pensativa durante un largo minuto.

—Es difícil responder a algo así —dijo al fin—. Lo más probable es que sea rebelde, autoritario y prepotente. Aunque con educación puede corregirse ese comportamiento con el tiempo, pero... no sé, no puedo garantizar que vaya a ser un angelito en unas décadas. Su padre era muy listo, nos engañó a todos, incluso a su familia. Danter podría hacer lo mismo para continuar con vida, aprender magia y, más adelante, seguir los pasos de su padre.

—Es decir, que puede reformarse o no —resumió Rónald—. El riesgo es evidente.

—Y lo más probable es que luche al lado de sus padres llegado el momento, por lo que la elegida lo tendrá mucho más difícil —añadió Tirso—. Nadie quiere matar a un niño, pero estaréis de acuerdo que matando a uno podemos salvar a millones de personas en un futuro no muy lejano.

—Insisto en que esto no está bien, ¿de verdad tendréis el valor de matarle? —Le pregunté a Yerk y Parner, que parecían acabarse de enterar en ese momento de que su misión era asesinar a un niño—. No os conozco de nada, pero se trata de un niño que no tiene la culpa de haber nacido en una familia de magos oscuros.

Yerk y Parner se miraron.

—Haremos lo que nos pida el consejo —dijo finalmente uno de ellos.

—¡Maldita sea! —Di un golpe con el puño en la mesa—. ¿Para qué me habéis pedido venir, si ya lo tenéis todo tan claro?

Escogieron a dos magos que ya habían realizado más de una misión para el consejo. Aquellos no eran guerreros de nivel uno, eran asesinos entrenados por Mair para eliminar a quién les estorbara o pudiera ser una amenaza sin dejar huellas.

—Creímos que tenías derecho a saberlo —me respondió Zalman—, y no sabíamos si querrías participar.

—Participar —repetí de mala gana—. Participar en asesinar a un niño, ¡no, gracias!

—Dacio, a ninguno nos gusta esto —habló Zalman—. No queremos matar a un niño, pero tampoco queremos arrepentirnos de no haberlo hecho. Piensa en tu esposa y tu hijo, ¿y si en un futuro Danter los mata? ¿No estás dispuesto a matarlo ahora que tienes la oportunidad?

Fruncí el ceño y miré a Matiel.

—Matiel, qué esperanzas le das a un niño de diez años que ve como su hermano mayor mata a toda su familia, a su padre, a su madre y a su hermana pequeña, y le dice que cuando cumpla un siglo volverá a por él para que siga sus mismos pasos…

—Es un caso diferente —intentó cortarme.

—¡Y que mientras su hermano viene a buscarle! —Alcé la voz para que callara—. Todos los que antes eran sus amigos le dan la espalda, le insultan, se burlan de él, le hacen daño tanto física como psicológicamente, y todos, sin excepción, le señalan con el dedo diciendo que es un mago oscuro. ¿Qué camino escogerá? ¿El bien o el mal? ¡Responde!

Me miró seria, y sin apartar sus ojos de los míos respondió:

—Existe la posibilidad de que escoja el mal.

—Pero no lo escogí —les hice ver—. Danter también puede seguir el camino del bien si intentamos educarle dentro de unas décadas.

Me levanté de mi silla, mis palabras no servían para nada, ya lo habían decidido, pero si lograba que alguno de los destinados a matar a Danter dudara, puede que la misión fracasara. Miré a Dani.

¡No lo hagas! Le pedí en un grito con la mente.

Pero si me han destinado a…

¡Maldita sea, Dani! Le corté, *tú no eres así, no puedes matar a un niño, te conozco.*

Mi única función será llevar a Parner y Yerk a Luzterm, y luego traerles de vuelta, no…

¿No lo matarás tú? ¿Es eso lo que me quieres decir? ¡Pues perdona que te lo diga, pero serás igual de culpable que ellos!

—No —susurró.

Puse las manos en la mesa, me incliné a él, le miré a los ojos, enfurecido, y le dije:

—Sí.

—¡Dacio! —Rónald quiso que dejara de atosigar al que consideraba como un hermano, pero lejos de hacerle caso continué.

—Ya tengo un hermano asesino, no me hagas tener otro.

Abrió mucho los ojos.

—¡Dacio! —esta vez fue Zalman.

—Si lo haces… —apreté los dientes, pero al ver que su rostro había perdido el color de la cara, intenté relajarme—. Solo te pido que lo pienses, si no es por el niño, por ti mismo, me parece increíble que tu padre te mande a una misión donde acabarás muerto.

—Es el único guerrero a parte de nosotros que sabe hacer el Paso in Actus —respondió Tirso de inmediato, mirando a Zalman—. Además, aunque la misión es peligrosa tienen muchas posibilidades de que salgan con vida.

Miré a Zalman y le dije:

—Nunca me dijiste que tuviste una reunión parecida sobre mí —me miró sin comprender—. No hace falta, me acabo de dar cuenta de que hace mil años también debatisteis la posibilidad de matarme, solo por si acaso.

No me respondió, confirmando mis palabras, y me fui a mi casa con ganas de mandar a todo Mair a la mierda.

—¿Ya estás más calmado? —Me preguntaba Alegra mientras se ponía un camisón de seda blanco para dormir. Me abrazó al entrar en la cama y me dio un pequeño beso en los labios—. ¿Eh?

Le di un beso en la frente y la estreché contra mi pecho.

—Te quiero —le respondí. No podía contarle lo que se había hablado en la reunión del consejo, ni tan siquiera que había habido una reunión—. No te preocupes, ya estoy mejor.

—Ha sido Víctor, ¿verdad? —Me preguntó—. Te he dicho un millón de veces que no le hagas caso.

—Sí —mentí—. Debería hacerte más caso.

Me miró y sonrió.

—Buenas noches —volvió a besarme y se dispuso a dormir. Apagué los candelabros de nuestra habitación con mi magia y no logré conciliar el sueño pensando en el niño que iban a asesinar por miedo a lo que en un futuro pudiera hacer.

A la mañana siguiente mientras desayunábamos, una pluma de color roja cayó en mi plato. Percibí la energía de Zalman, pero ignoré su llamada. Alegra me miró sabiendo que no era lo normal en mí.

—Es roja —observó.

—Sí —respondí bebiendo el café con leche que me había preparado—. Que espere.

Miré a Pol y Saira, ambos estaban haciéndole juegos a Jon para que se terminara de comer la papilla de frutas que le había preparado Alegra. Dejé mi taza a un lado mientras Alegra continuaba mirándome, sabiendo que algo no marchaba bien. Finalmente, me levanté de mi asiento y le di un beso en el pelo.

—Volveré en cuanto pueda —le prometí, cogiendo la pluma—. Seguro que no es nada.

De no haber sido por ella habría hecho que Zalman esperara mi llegada hasta la semana siguiente.

Caminé por los pasillos del castillo de Gronland con paso firme, nada de lo que pudiera decirme haría cambiar mi opinión respecto a matar a un niño. No fui a su despacho, sabía de lo que quería hablarme, así que fui directo a la sala Magéstic que estaba empezando a odiar de mala manera.

El mago del consejo ya me esperaba justo en la entrada a la sala, dando tumbos de un lado a otro, nervioso. Al verme, abrió la puerta de la sala y entré sin siquiera saludarle. Cerró la puerta tras de mí, elevando la barrera que impediría que alguien nos escuchara.

Tomamos asiento, uno enfrente del otro, y me crucé de brazos esperando que hablara.

—Daniel ha partido con Yerk y Parner —me informó y maldije interiormente. No le perdonaría a Daniel que participara en aquello, pero, tonto de mí, me preocupé por él. Era un suicidio ir a Creuzos—. No pueden llegar a la ciudad de Luzterm porque está protegida por una barrera, pero sí pueden colarse en un barco de esclavos para llegar hasta su objetivo…

—Un niño —le recordé para que no olvidara cuál era el objetivo de los magos guerreros.

—Puede que no lo consigan —su voz salió con una nota de esperanza ante esa idea—. ¿Crees que nos ha sido fácil tomar esta decisión?

—Hay otras opciones —le reprendí—. Podrían haber partido para secuestrarle y traerlo a Mair sano y salvo. Aquí se le enseñaría el bien, no el mal. Pero habéis escogido el camino más fácil.

—No es así —me contestó serio—. Piensa, ¿crees que Danlos permitiría que su hijo creciera en Mair? Vendría a por él, utilizando un ejército si es necesario. Muchos morirían y encima pondríamos en peligro los libros del día y la noche. Traerlo a Mair no es una opción, es un suicidio.

Suspiré, sin saber qué contestarle ante ese argumento.

—¿Y educarlo cuando Ayla venciera a sus padres? —Intentaba encontrar alternativas—. ¿Es tan malo intentarlo? Dime, ¿por qué decidisteis dejarme vivir si la gran mayoría pensaba que acabaría siendo igual que mi hermano?

Desde que lo descubrí, no podía evitar sentir una punzada de rencor hacia Zalman.

—Tu caso fue diferente —me respondió muy serio sin apartar sus ojos de los míos—. Tuvimos un consejo sobre ti, hace mil años, es cierto.

—¿Y quién me hubiera matado? —Pregunté desafiante, ya puestos quería saber quién hubiera sido el brazo ejecutor.

—Decidimos dejarte vivir.

—Lo dices como si aún tuviera que darte las gracias —le reprendí.

—Dacio, en ningún momento pensé en eliminarte, yo por lo menos —intentó convencerme—. Tu padre y yo fuimos amigos. ¿Cómo podía plantearme matar a su hijo? Y Rónald y Tirso pensaban lo mismo, solo fueron unos pocos los que lo propusieron, por ese motivo se hizo un consejo, porque temíamos por ti. —Notaba un nudo en la garganta mientras le escuchaba hablar—. Hicimos una reunión para acallar los que proponían eliminarte. ¿No te das cuenta de que de haber permitido que continuaran con aquellos comentarios hoy no estarías aquí, sentado a mi lado? Alguien se hubiera tomado la ley por su cuenta y te hubieran matado. Se avisó de que si te hacían daño de alguna manera serían castigados severamente. Pero tú eso no lo sabes, eras un niño, y ya sufrías bastante. Solo lamentaba no poder enviar a Víctor y toda su pandilla a prisión, por ser menores.

Sus ojos eran duros, sinceros, y al final tuve que apartar la mirada.

—Nunca me lo dijiste.

—No quería que tuvieras miedo pensando que había magos que querían matarte.

Suspiré.

—Vale, esa parte puedo entenderla —admití, en cierta manera aliviado que Zalman no me hubiera visto nunca como un mago oscuro—. Pero con respecto a Danter, no.

—Danter tendrá poco más de treinta años cuando la elegida venza a sus padres, podríamos intentar educarle, sí, pero el riesgo es demasiado elevado. Si pensara sinceramente que tiene salvación sería el primero en oponerme a este plan, pero la diferencia entre tú y él es que nunca habrá conocido el amor, ni la amistad, ni siquiera el perdón. Martirizar a la gente y matarla será algo normal para él. ¿De verdad, esperas que cambie con el tiempo, todo lo que le han enseñado sus padres, para escoger el camino del bien? Tu hermano vivió en una familia que le quería y era feliz, y mira donde ha acabado por su orgullo y prepotencia. No quieras arriesgar a tu familia y a millones de personas por un niño de apenas seis años. Hay que hacerlo.

Esperó a que dijera algo, pero no respondí.

>>No creas que me ha sido fácil mandar a mi propio hijo a Luzterm, ¡lo más probable es que no lo vuelva a ver en la vida!

Me levanté de la silla y le miré nuevamente a los ojos.

—Quiero entender tu punto de vista, aunque no lo comparta. Si estás intentando convencerme para no sentirte culpable por la decisión que tú y el consejo habéis tomado, estás perdiendo el tiempo. Pues a menos que viera mi propio futuro, con la certeza de que Danter fuera a matar a mi familia o ser el causante de la muerte de millones de personas, jamás sería capaz de apoyarte. Nunca podría matar a un niño o dar una orden parecida solo por tener la duda de qué bando escogerá.

—No quiero convencerte —respondió—. Solo te he llamado para aclarar que nunca pensé en eliminarte como con Danter. Eres como un hijo para mí.

—Lo sé —respondí pese a todo—. Y tú eres la única familia que he tenido durante siglos, pero no vuelvas a llamarme para que participe en algo así.

—Jamás hubiera consentido que participaras sino hubiera creído que tenías derecho a saber qué nos proponíamos. Lo siento, de veras.

Sin más palabras abandoné la sala Magéstic de vuelta a casa.

Por el camino solo pensé en Daniel.

Un nudo se aposentó en mi estómago por la incertidumbre de cómo acabaría finalmente aquella misión, y sus consecuencias.

JULIA

Cobarde

Mi hermano cargaba con una gran caja mientras yo leía un libro sentada en el sofá del salón de nuestra casa. Al pasar a mi lado, apoyó el enorme bulto en la mesa del comedor.

—Mujer, podrías ayudarnos —me pidió.

Alcé la vista hasta sus ojos y fruncí el ceño volviendo seguidamente la atención a mi libro.

—Me has quitado mi habitación, ahora acarrea tú solo con el traslado —repuse un tanto enojada.

Mi habitación o, mejor dicho, mi antigua habitación, era más grande que la de mi hermano o, claro está, la que ahora sería mi nueva habitación. El motivo de aquel cambio tenía un hombre, Esther, que se había venido a vivir con mi familia por petición de David. Mi hermano, cada vez que sonaban las alarmas de venida inminente de orcos y dragones, sufría un ataque de apoplejía pensando en cómo se encontraba su novia. Aguantarle entonces era un martirio, daban ganas de darle un guantazo con la mano bien abierta. Así que, después de insistir, convencer a mis padres y luego a mí, logró que Esther viniera a vivir con nosotros ocupando mi habitación y yo la de mi hermano. Increíble, pero cierto, me habían echado a un cuarto con una pequeña ventana que daba a la galería interior. Lástima que el piso que les dejó Ayla a Esther y David, aún no pudieran utilizarlo, pues según la ley, Ayla debía estar desaparecida unos cuantos años más como para considerarla muerta y que ellos pudieran heredar su piso.

—Venga —insistió mi hermano—. Lleva al menos tus cajas a tu habitación.

Cerré el libro, cabreada, y me levanté.

—Me voy a dar una vuelta —dije encaminándome a la puerta.

—No puedes salir sola —me regañó y le fulminé con la mirada.

—Impídemelo —respondí desafiante.

Pese a contar con quince años, mi familia aún quería mantenerme entre algodones por miedo a los ataques de los orcos. Pero harta de su protección, los últimos meses me rebelaba contra ellos y salía a la calle sola, les gustara o no.

Suspiré en cuanto llegué a la calle, y caminé dirección a la Sagrada Familia. Su estampa no era tan bonita como la de años atrás, había sido atacada como muchos otros edificios de Barcelona. Un lateral se estaba reconstruyendo después de ser atacado por un dragón, y el interior tuvo que ser restaurado en dos ocasiones debido a los destrozos que ocasionaron la primera vez que aparecieron los orcos en la Tierra y, más tarde, en una segunda ocasión donde centenares aparecieron en el parque que hay justo al lado del templo.

—Si seguimos así nunca te veremos acabada —pensé en voz alta, observándola desde la calle Lepanto esquina con Mallorca.

Alguien me puso una mano en el hombro y rápidamente me volví. Quedé, literalmente con la boca abierta, al ver quién era.

—¿Qué tal, coletitas?

—¡Álex! —Me tiré a su cuello contenta de verle, llevaba seis meses fuera de España en un programa de intercambio con el Reino Unido—. ¿Cuándo has vuelto?

—¡Ay! Mi coletitas, yo también me alegro de verte —respondió con una amplia sonrisa y me dio un beso en la frente. Desde que me salvó años atrás de la estupidez que cometí yendo a Sabadell, nuestra relación cambió y ahora lo consideraba un buen amigo—. Acabo de llegar, iba de camino a tu casa cuando te he visto. Pero dime, ¿cómo es que vas sola? ¿Ya te dejan salir?

—No, pero me da igual.

Sonrió y agitó mi coleta con una mano, le aparté de inmediato, aún me mosqueaba que hiciera eso pese a todo.

—Lo echaba de menos —dijo satisfecho de haber zarandeado mi coleta.

—Mira que eres pesado, para que lo sepas, últimamente lo llevo suelto.

—¡Ah! ¿Sí? —Ensanchó su sonrisa—. Pues a ver cuándo te sueltas el pelo para mí.

—Sueñas despierto —respondí riendo.

Las sirenas de alarma empezaron a sonar en ese instante y el bello del cuerpo se me puso de punta solo de pensar lo que significaba. Álex de inmediato me rodeó con un brazo los hombros como para protegerme e instintivamente me abracé a él. La gente a nuestro alrededor empezó a chillar, otra a correr y algunos quedaron paralizados sin saber qué dirección tomar.

—Por aquí —Álex tiró de mí para empezar a caminar dirección a mí casa, pero enseguida nos detuvimos al ver un dragón sobrevolar el mismo punto por donde debíamos pasar.

Retrocedimos de inmediato. Unos tanques ya empezaban a tomar posiciones y los soldados que siempre merodeaban por las calles empezaron a formar con la intención de eliminar aquella horrible criatura.

A nuestra espalda, en la plaza de *Gaudí*, que se encontraba justo al lado de la Sagrada Familia, una luz empezó a surgir del centro. La miramos temerosos, a sabiendas que cuando la luz desapareciera un nuevo enemigo nos haría frente.

—¡Orcos! —Exclamó Álex en cuanto los identificamos, pero mis ojos danzaron por todos ellos hasta que uno me llamó la atención, una luz continuaba brillando en él, un aura negra que le salía del pecho.

—¡Un fragmento! —Dije abriendo mucho los ojos y me solté de Álex—. Hay que cogerlo, con él podremos viajar a Oyrun.

—¿Estás loca? Hay que salir de aquí —respondió.

Los orcos ya empezaban a capturar a aquellos que tenían más cerca.

Saqué mi puñal del bolso que llevaba cruzado a un lado y me dispuse a hacerles frente. Álex me cogió de un brazo impidiendo que me acercara.

—¡Suéltame! —Le exigí—. Es nuestra única oportunidad de viajar a Oyrun y avisar a Ayla.

—¡No! Podrías morir.

Le miré a los ojos, muy enfadada, y con un bruto movimiento me deshice de su agarre, pero Álex me volvió a sujetar, esta vez rodeándome por completo con sus brazos.

—¡Maldita sea! ¡Eres un cobarde! —Le maldije.

Le di un pisotón y luego un codazo en las costillas, aflojó su abrazo el tiempo suficiente para poder liberarme.

—¡Julia!

No le hice caso, corrí en busca del orco que llevaba un fragmento. Estaba convencida que con él podría viajar a Oyrun, al lado de Ayla y Raiben. Con ese fragmento, podía avisarles de la situación de la Tierra. Ellos nos ayudarían.

Los soldados no disparaban a menos que el blanco fuera seguro, algunos civiles corrían despavoridos sin saber a dónde ir y los soldados no se arriesgaban a disparar contra gente inocente, pero la mala suerte quiso que empezaran a lanzar bombas de humo contra los orcos. Así fue imposible seguir la pista del orco que llevaba la esquirla, lo perdí entre el espeso humo.

Empecé a toser, metida de pronto en medio del campo de batalla que se libraba en la plaza. Escuché unos disparos pasar muy cerca de mí y me cubrí la cabeza en un acto reflejo. Los ojos me escocían a causa del humo y empezaron a lagrimear sin poderlo evitar.

—¡Julia! ¡Julia! —Aquella voz era la de Álex, me había seguido, pero no le veía.

—¡Álex! ¡Estoy aquí!

Tosí, creyendo que me ahogaba rodeada de tanto humo.

Las sirenas continuaron sonando. Quedé petrificada en medio del parque, sin moverme por miedo a que una bala me alcanzara.

Los orcos rugían por alguna parte, daba la sensación de tenerlos justo a mi lado.

Consciente que mi plan se había ido al garete si no podía localizar el orco del fragmento, maldije el no haber sido más rápida. Después de tantos años buscando una manera de viajar a Oyrun y por una vez que la tenía, actué demasiado lenta.

Al intentar orientarme para salir del parque e intentar localizar desde fuera el orco que llevaba la esquirla, me encontré cara a cara contra un orco que llevaba un mandoble de hierro en una mano.

—Vaya, vaya —su voz era ronca, desagradable—. Una niñita.

Avanzó hacia mí, con paso rudo y desgarbado. Retrocedí sin dejar de mirarlo entre una pantalla de humo y lágrimas, pero de pronto topé contra un árbol y me vi acorralada. Apreté con fuerza el puñal en mi mano derecha, dispuesta a no caer sin luchar aunque mi visión no fuera buena.

—¿Intentando escapar? —Preguntó divertido.

El humo empezaba a disiparse, ¡por fin!

No obstante, seguí tosiendo y maldiciendo por el escozor de mis ojos. Tenía un orco justo enfrente dispuesto a capturarme y estaba ciega, indefensa.

—Te llevaré hasta nuestra señora —escuché que decía casi sin poder abrir los ojos—. Ella dirá si sirves como esclava o como sacrificio.

Me sujetó del cuello de la camisa, intenté defenderme dándole puñetazos y utilicé el puñal, pero fue como golpear una roca. Una especie de yelmo cubría el torso de aquella criatura.

—¡Suéltala! —Gritó alguien, abalanzándose contra el orco.

Caí al suelo, sin dejar de toser, ciega aún. Aunque pude distinguir una figura luchar contra aquel orco de dos metros de altura.

—¿Álex? —Pregunté temblando, reconociéndole en mi mundo de sombras.

—¡Orco! —Empezó a chillar a pleno pulmón—. ¡Orco! ¡Soldados! ¡Aquí! —El orco intentaba zafarse del muchacho que se había lanzado sobre él de forma suicida, y le cogía del brazo donde sostenía el mandoble de hierro.

El animal empezó a darle puñetazos en la cabeza con la mano libre y Álex le mordió en el brazo en un intento porque soltara su arma.

Una bala impactó un segundo después en el hombro del orco e hizo que el animal se tambaleara a un lado. Álex aprovechó para soltarlo, agacharse a mi altura, cogerme de la cintura, alzarme e intentar huir.

—Álex, perdona —le dije aún sin poder ver, intentando caminar lo más rápido que podía—. Lo siento, lo siento mucho.

—Luego hablare... —no acabó la frase, se apoyó en mí y miró con ojos desorbitados su abdomen que empezaba cubrirse de sangre.

—¡Álex! —Grité presa del pánico, se llevó las manos hacia la herida que sangraba en el lateral izquierdo de su abdomen y cayó de rodillas al suelo.

—¿Creíais que ibais a escapar de mí? —Rugió el orco que ya se había recuperado del impacto inicial de la bala, caminaba hacia nosotros con ojos inyectados en sangre y el mandoble preparado para rebanar nuestras cabezas.

Álex se desplomó en el suelo, y entonces vi que tenía un puñal clavado en su espalda, de ahí su herida. Aquel desgraciado se lo lanzó con tanta fuerza que la punta le asomaba por el otro costado.

Chillé histérica, pidiendo ayuda a gritos. Llamando a los soldados, a las ambulancias, llamando a...

—¡Raiben! —Lloré desesperada—. ¡Raiben!

Una bala impactó en la cabeza del orco que ya llegaba a nosotros y se desplomó en el suelo, muerto.

—Raiben...

—Deja de llamarle, él no vendrá —abrí mucho los ojos y miré a Álex que me miraba blanco, pero vivo, tumbado bocabajo en el suelo—. Olvídate de… Raiben, no vendrá y… no podrás viajar a Oyrun. Crece, Julia, ya es hora… que lo hagas.

—Álex —necesitaba una ambulancia con urgencia, perdía mucha sangre y le costaba respirar—, no hables, enseguida vendrá una ambulancia y te pondrás bien.

—Puede que no sea… un guerrero como… Raiben, pero… no soy un cobarde…

—No lo eres, tienes razón. Perdona por haberte llamado cobarde. ¡Médico! —Empecé a gritar desesperada—. ¡Médico! ¡Hay un herido! ¡Rápido!

El humo en nuestra zona ya casi había desaparecido y unos soldados marchaban en nuestra dirección para prestarnos su ayuda.

—Te pondrás bien, ¿me escuchas? Ya vienen a ayudarnos. ¡Aguanta!

—Tengo… frío…

Cerró los ojos, cansado, justo cuando un médico militar llegó a nuestra altura. Tres soldados más formaron alrededor de nosotros para protegernos y, como si de una película se tratara, vi a cámara lenta como cargaban a Álex en una camilla, como nos cubrían hasta llegar a una ambulancia apartada de la zona más conflictiva y como se llevaban a mi amigo al Hospital de San Pablo.

Fue horroroso, simplemente, horroroso.

Una enfermera limpiaba mis ojos con suero, notaba un gran alivio al dejar la gasa empapada por unos segundos en mis párpados y luego volver a rociar mi mirada con más suero.

—¿Mejor? —Me preguntó la enfermera.

—Mucho mejor, ya puedo ver con normalidad —afirmé.

—Bien, ya puedes marcharte a casa, y no olvides de ponerte las gotas que la doctora te ha recetado hasta que la irritación desaparezca.

—Sí, gracias.

Me bajé de la camilla y salí de la consulta. Mis padres ya me esperaban fuera. Fue verlos y abalanzarme en brazos de mi madre.

—Lo siento —empecé a llorar sin poderlo evitar, hubo un momento que creí que no escaparíamos—. Álex está herido por mi culpa.

—Cariño, no tienes la culpa de nada —respondió mi madre, acariciándome el pelo—. Nunca se sabe cuándo aparecerán esos monstruos, tuvisteis mala suerte.

—Pero no vuelvas a salir sola a la calle —me reprendió mi padre, apartándome de los brazos de mi madre para abrazarme él—. No sabes el susto que nos has dado. Nos volvimos locos cuando nos llamaron del hospital.

No lo sabían. No sabían la verdadera historia de lo ocurrido. Solo pensaban que la aparición de los orcos nos pilló en medio del campo de batalla, no que corrí como una estúpida en busca de una puñetera esquirla del colgante. ¡Si ellos supieran! Ya estaría castigada el resto de mi vida, y probablemente lo estaría en cuanto Álex explicara la verdad.

—¿Cómo está Álex? —Quise saber, preocupada.

—En quirófano aún —respondió mi madre—. David está con Esther y su familia en la sala de espera de urgencias. ¿Quieres que vayamos o mejor vamos a casa para que puedas descansar?

Puso sus manos en mi rostro mirando mis irritados ojos.

—Quiero ir —respondí sin ninguna duda—. No quiero marcharme hasta saber cómo se encuentra y pueda verle.

Al llegar a la sala de espera, mi hermano corrió a abrazarme, al igual que Esther y su familia. Les pregunté qué noticias sabían de Álex. Poca cosa, solo que le operaban en aquellos momentos.

Dos horas más tarde un médico por fin nos dio buenas noticias. Habían logrado parar la hemorragia, ningún órgano se había visto gravemente afectado, solo un riñón que ya habían reparado, pero el pronóstico era bueno. Le hincharían a antibióticos por el miedo de que surgiera alguna infección, a causa de la hoja oxidada del puñal que le lanzó el orco. Por lo demás, eran optimistas, y salvo una transfusión de sangre durante la operación, no hubo nada más que destacar.

Sus padres pudieron pasar a verle media hora más tarde, pero el resto se nos prohibió la entrada hasta el día siguiente. Querían que descansara.

Esther y yo fuimos las primeras en llegar al hospital a la mañana siguiente. Álex ya estaba en planta, en una habitación que compartía con un señor mayor. Al vernos, sonrió, intentando incorporarse.

—Esther, ¿puedes dejarnos un momento a solas? Tengo que hablar con Julia —le pidió Álex, unos minutos después que su hermana estuviera segura de que su hermano pequeño iba a vivir.

En cuanto Esther se marchó de la habitación, le dije:

—Lo siento, lo siento de veras, ha sido culpa mía —sentí ganas de volver a llorar, pero respiré hondo y contuve las lágrimas—. No eres un cobarde, eres muy valiente, y aceptaré el castigo que me impongan mis padres cuando les digas que…

—¿Qué les tengo que decir? —Me cortó.

Le miré sin comprender y eché un rápido vistazo al anciano que compartía habitación con Álex, el hombre dormía, ajeno a nuestra conversación.

—Soy la responsable de que estés así, yo quise ir a por el orco que tenía una esquirla.

—Pero eso queda entre tú y yo, no tiene por qué saberlo nadie más. Solo prométeme que no harás una locura como la de ayer.

—No quiero volver a hacer nada semejante —le afirmé—. Pero debemos encontrar la manera de…

—Olvídalo —me pidió muy serio—. La única manera de conseguirlo es arriesgar la vida como ayer. Además, no sabemos si funcionaría y tampoco si en Oyrun saben ya que estamos así.

—¿Crees que Ayla sabe lo que ocurre en la Tierra? —Pregunté perpleja.

—Podría saberlo y estar muy ocupada salvando Oyrun como

para intentar salvar su propio planeta; o quizá está combatiendo con esos magos oscuros para que dejen de atacarnos o... —calló en ese instante.

—¿O, qué?

Me miró a los ojos, muy serio.

—O puede que haya muerto, que hayan perdido y por eso nadie venga a ayudarnos.

Quedé petrificada ante esa posibilidad.

—No puede ser —dije con un hilo de voz, si ella estaba muerta... Raiben, ¿también?

—Podría ser, lo sabes. Lo único que nos queda a nosotros es aguantar, no les será tan fácil como en Oyrun, nosotros tenemos armas muy poderosas y solo debemos ser rápidos cuando aparezcan orcos o dragones en la Tierra. Mientras intentemos ponernos a salvo bajo la protección de los soldados y no querer combatirles, porque te recuerdo que solo somos civiles, simples ciudadanos, no nos tiene por qué pasar nada. ¿De acuerdo?

Asentí, no muy segura.

>>Julia —le miré a los ojos—, quiero que me prometas que no intentarás coger un fragmento de ningún orco que puedas ver, de nadie. No harás nada que pueda poner en peligro tu vida. Prométemelo.

Tragué saliva y desvié mis ojos de los suyos.

>>¡Julia! —Me advirtió y le volví a mirar por el rabillo del ojo—. Por favor, acabarás muriendo, y Raiben tampoco querría eso.

—Está bien, lo prometo. No haré nada que pueda poner en peligro mi vida.

Álex asintió, más tranquilo, en ese instante picaron a la puerta y apareció la madre de Álex acompañada de su padre. Esther entró vacilante junto a su hermano mayor, Marc.

—¿Se puede? —Preguntó con una sonrisa su madre.

—Sí, yo ya me iba —respondí.

Le di un beso en la mejilla a Álex.

—Julia, dame unos minutos para despedirme de mi hermano —me pidió Esther.

Asentí, pero antes de abandonar la habitación de Álex, le miré, tendido en su cama de hospital. Todos sus familiares estaban pendientes de él, de espaldas a mí.

Con una sonrisa, cuando vio que no me marchaba, me llevé una mano a la goma negra con que me sujetaba el pelo en una coleta y me la quité lentamente para su asombro. Luego zarandeé la cabeza, dejando mi larga melena morena que cayera sobre mis hombros, y le guiñé un ojo.

La expresión de Álex, al verme hacer eso, fue cómica. Jamás imaginé que pusiera los ojos como platos, me dio la sensación que contuvo la respiración, incluso.

Me marché de su habitación un segundo después, incapaz de contener la risa.

En cuanto llegué a casa, escribí en mi diario:

¿De verdad sabes que la Tierra está siendo atacada? ¿Sigues vivo? No volveré a hacer una locura como la de ayer, lo siento.

Solo espero que un golpe de suerte me lleve a tu lado, es lo único que me queda.

Te quiero, Raiben.

EDMUND

Gris

Escuchaba las risas contenidas de Dan mientras jugábamos al escondite. Nos encontrábamos en el ala oeste del castillo, solo el polvo nos acompañaba. Ni un alma pisaba aquella zona que utilizaba para jugar con el hijo de mi enemigo.

—Daaannn —le llamé, siguiendo su risa contenida—. ¿Dónde estás?

No respondió, le encantaba aquel juego, pero el sonido de sus risas provenía de la zona de las buhardillas y le tenía prohibido que subiese a aquel lugar por tener una estrecha escalera de caracol medio derruida y sin barandilla. Era peligroso incluso para él y me enfadé al ver que no había respetado una de mis normas.

Subí, consciente que cada vez era más atrevido. Al principio no se separaba de mí en aquella zona del castillo, pero a medida que crecía su valor por querer explorar rincones nuevos aumentaba. Ese mismo día cumplía seis años, era su cumpleaños, por ese motivo me encontraba jugando con él, en vez de estar en la herrería o supervisando las labores de los esclavos.

Llegué al final de la escalera de caracol, donde una puerta cerrada a cal y canto era lo único que me esperaba. Al otro lado estaban las buhardillas o eso intuía, pues nunca había sido capaz de abrir aquella puerta, por muchos golpes o envestidas que le diera.

—¿Dan?

Las risas de Dan se escucharon una vez más y provenían del otro lado de la puerta. Quise abrirla, pero me fue imposible. ¿Cómo demonios había entrado?

—Dan, abre.

Sus risas pararon.

—Dan, te he dicho que me abras.

—Pero eso es hacer trampas —respondió desde el otro lado—. Tienes que encontrarme tú.

—No puedo abrir la puerta —respondí apoyando una mano en ella—. ¿Cómo narices has entrado?

La puerta se abrió en ese instante y Dan me miró extrañado aun cogiendo el pomo.

—Pues abriéndola —respondió como si fuera obvio. Soltó el picaporte, luego puso los brazos en jarras—. He ganado yo aunque me hayas encontrado antes de las doce.

—Te he dicho mil veces que aquí no se sube —me puse serio con él y cambio su actitud a una más preocupada al ver que le echaba bronca—. La escalera es peligrosa —dije entrando en aquella habitación. Quedé sin palabras cuando pasé al interior—. Es… increíble.

—¿A que es bonita? —Preguntó contento de ser su descubridor.

Era una habitación limpia, bien iluminada gracias a dos ventanales que dejaban entrar la luz del sol, con unas grandes estanterías repletas de libros, un sofá tapizado en terciopelo rojo, un baúl y…

—¿Un piano? —Pregunté extrañado, acercándome a él.

Era un magnífico piano de color blanco.

Abrí la tapa y toqué una tecla.

—¡Ala! —Exclamó Dan al escuchar su sonido, le miré y toqué más teclas al azar solo para hacerle reír—. Yo también quiero.

Empezó a tocar el piano con una amplia sonrisa en su rostro.

—Lástima que no sepamos tocar —le detuve después de unos

segundos al ver que no paraba de hacer ruido, no música—. Hay gente que sabe combinar el sonido de las teclas y hace música.

—¿Seguro que tú no sabes? —Reí, en ocasiones, Dan esperaba que supiera hacer de todo.

—No, Dan, no sé tocar el piano.

—¿Y Sandra?

—Lo dudo.

Se quedó pensativo.

—Me gustaría que alguien tocara una canción para nosotros —pidió.

—Lo tenemos complicado —respondí—. No conozco a nadie en Luzterm que sepa tocar.

Puso una mueca y se dirigió entonces a los libros de las estanterías.

Bajé la tapa del piano y me acerqué a él.

—¿Tú crees que padre sabe que existe esta habitación? —Me preguntó sin apartar sus ojos de los libros.

—Sí, Dan —le respondí convencido—. Tu padre sabe todo de lo que hay aquí y es mejor no decirle que hemos descubierto este escondite, ¿vale?

—Vale —cogió un libro y lo abrió. Yo cogí otro, parecían libros de magia—. ¿Qué pone?

—Son libros de magia —respondí e hizo una mueca, decepcionado. Era curioso que siendo mago no le gustara la magia, aunque teniendo el padre que tenía no me extrañaba, pues Danlos había empezado a enseñarle pequeños trucos a base de bofetadas y gritos—. ¿No hay ninguno de aventuras? Como las historias que a veces me explicas.

—Vamos a ver —empecé a leer los títulos uno por uno y al cambiar de estantería encontré lo que se podía llamar la sección de libros de aventuras. Cogí uno y lo ojeé, pero tenía la letra demasiado pequeña como para que Dan pudiera leer un libro tan extenso, sabía leer, pero era demasiado avanzado para su edad—. Mira, este —encontré uno con dibujos.

—Este sí me gusta —dijo contento al ver los dibujos—. ¿Qué hacen aquí, Edmund?

Me señaló el dibujo de una fiesta popular, en ella la gente bailaba y los niños jugaban.

—Bailan —le respondí—. Juegan y se divierten.

—¿Por qué aquí nadie hace esto? Parece que se lo están pasando bien —preguntó sin apartar la vista del dibujo.

—Tu padre no lo permite —respondí—. Mataría a quien lo hiciera.

Suspiró, era pequeño, pero empezaba a entender según qué cosas.

—¿Me lo lees? —Preguntó.

—Claro —nos dirigimos al sofá. Dan se tiró en él de un salto y esperó a que me sentara para abrazarse a uno de mis brazos, expectante porque empezara a leerle el libro.

Narraba las aventuras de un niño pobre que luchó por convertirse en caballero y no solo lo consiguió, sino que salvó a una princesa de las garras de un dragón.

Dan disfrutó mucho con el cuento y cuando terminé de leer el libro me miró a los ojos.

—Yo también quiero ser caballero y salvar una princesa.

Empecé a reír y le removí el pelo con una mano.

—¿De qué te ríes? —Preguntó molesto—. Yo también puedo salvar una princesa y ser un caballero.

—No lo dudo —dije dándole un beso en el pelo, luego le miré a los ojos—. Dan tú puedes hacer todo lo que te propongas.

El niño sonrió, cogió el libro y empezó a pasar las páginas, fascinado por los dibujos.

Puedes hacer todo lo que quieras, pero deberás enfrentarte a tu padre para eso y pienso ayudarte a conseguirlo, pensé para mis adentros.

—Creo que es el mejor cumpleaños que he tenido —dijo—. Podremos volver a esta habitación, ¿verdad?

—No veo por qué no —respondí—. Siempre que me esperes

para subir esa endiablada escalera, no me gustaría que te cayeras por ella.

Asintió.

—Por cierto, —me llevé una mano al bolsillo de mi pantalón—, ¿qué es eso que es tu mejor cumpleaños si aún no te he dado mi regalo?

Cerró el libro automáticamente y me miró con ojos expectantes.

—¿Me vas a dar ya mi regalo?

Sonreí, aquel pequeñajo cumplía seis años. Daba la sensación que fue ayer cuando decidí hacerme cargo de su educación.

—Toma —abrí la palma de mi mano y descubrí un soldado de plomo. Una figura pequeña que podría esconder de sus padres en su propia habitación. Era la representación de un soldado de Andalen—. Te lo he hecho yo mismo.

Dan abrió mucho los ojos y lo cogió encantado.

—¡Me encanta! ¡Gracias, Edmund! —Me abrazó y respondí a su abrazo.

Edmund, encuentra a Danter y preséntamelo, sentí un escalofrío al escuchar a Danlos en mi cabeza.

Sí, amo, respondí automáticamente.

No era luna llena, ¿por qué había venido a Luzterm? Entonces, caí en la cuenta, era por el cumpleaños de su hijo. Sería la primera vez que venía a verle en una fecha tan especial.

Me levanté del sofá de inmediato y cogí a Dan de la mano para salir de aquella habitación cuanto antes.

—¿Qué ocurre? —Preguntó sabiendo que algo no marchaba bien.

Cerré la puerta de la habitación al salir y por dos segundos se hizo visible una barrera que protegía aquel lugar. La miré asombrado, intenté abrirla de nuevo, pero no pude. Dan tocó el picaporte y la barrera se bajó, abriéndose de nuevo la puerta.

Negué con la cabeza, no había tiempo para experimentar con aquello. Cerré la puerta de nuevo, la barrera volvió a alzarse y empezamos a bajar la escalera maltrecha de caracol.

—Tu padre está aquí, tenemos que darnos prisa. Me ha pedido que te lleve con él.

—¡No! Por favor, por favor, no me lleves con él. ¡Me da miedo! —Intentó tirar de mi mano para que no le llevara junto a su padre.

Me detuve en medio de la escalera y me agaché a su altura.

—Dan, debo hacerlo —dije mirándole a los ojos que ya estaban amenazando con echarse a llorar—. No llores, sabes que será peor.

—Escóndeme —me pidió.

—Te encontrará y entonces nos pegará a los dos —volví a alzarme y empezamos a caminar dirección a la sala de las chimeneas. Antes de entrar peiné un poco a Dan, su pelo era igual de rebelde que el de su padre, así que tampoco logré nada. Le puse la camisa negra por dentro del pantalón oscuro, toda su ropa era negra, así lo deseaba su padre. Luego suspiré y le miré a los ojos—. Sabes lo que debes hacer, ¿verdad?

—No explicar lo que hacemos —respondió.

—Bien —asentí—. Entremos, antes que se enfade.

Los dos suspiramos antes de abrir la doble puerta que daba a la sala de las chimeneas y, nerviosos, pero concentrados en que no se notara, pasamos al interior.

Más de la mitad de las chimeneas estaban encendidas, el invierno aún no había llegado, pero los primeros vientos que auguraban días de nieve ya habían hecho acto de presencia. No obstante, gracias a las decenas de chimeneas encendidas, la sala estaba calentita.

Danlos nos esperaba sentado en su trono, con rostro serio y malhumorado.

Al llegar junto a él me incliné. Dan se quedó de pie justo a mi lado.

—Amo.

—Edmund, has tardado —dijo—. ¿Dónde estaba mi hijo?

—Estaba matando hormigas, padre —respondió para mi sorpresa Dan, mirándole a los ojos.

—¿Matando hormigas? —Preguntó. Una excusa que ni a mí

mismo se me hubiera ocurrido contar. Miré de soslayo al pequeño, que se mantenía serio intentando parecer valiente, pero en realidad temblaba como un flan y a la que Danlos se puso en pie dio un paso atrás.

Un pequeño rayo le azotó el culo para que no retrocediera, Dan se quejó dando un salto y tocándose una nalga. Sus ojos amenazaron con echarse a llorar, pero se contuvo como pudo. Yo maldije por dentro a Danlos, ¿cómo podía hacerle eso a su propio hijo?

—Nunca retrocedas ante nadie —le aleccionó su padre—. Es una muestra de debilidad, recuérdalo.

—Sí, padre —respondió con un hilo de voz.

—Si empiezas a llorar recibirás otro azote —le advirtió. Dan suspiró profundamente, intentando controlar el llanto, sabía que la amenaza de su padre era cierta. Mejor no llorar. El mago oscuro cogió una bolsa de cuero negra que había dejado en un lateral de su trono, metió una mano y de dentro sacó un indefenso lobezno de apenas uno o dos meses de edad. El cachorro, de pelaje gris, se mantuvo quieto mientras el mago le cogía del lomo—. Tu regalo de cumpleaños.

Dan abrió mucho los ojos en cuanto su padre dejó caer el cachorro en sus brazos.

—¿Qué es? —Preguntó con curiosidad el niño, observándolo, no había perros en Luzterm y mucho menos lobos, así que fue comprensible la pregunta de Dan.

—Es un lobo —le aclaró Danlos, luego me miró—. Empieza a enseñarle un poco de cultura.

Asentí. Ya le enseñaba a leer, escribir, sumar y restar, por orden de su padre. Me presenté voluntario cuando Danlos me ordenó buscar una institutriz que le enseñara las cosas básicas que se enseñaban en la escuela, no me costó demasiado convencer a su padre que los esclavos de Luzterm eran unos ignorantes y que yo era la mejor opción. Desde entonces, me convertí en el tutor del pequeño amo además de ser el gobernador de la ciudad.

—Cuídalo, dale de comer, juega y quiérelo como a un hermano

—le pidió Danlos a su hijo, y fue toda una sorpresa escucharle decir aquello—. Este es mi regalo por cumplir seis años, el año que viene te haré uno más educativo y no te preocupes por los orcos, tienen prohibido hacerle daño al cachorro. Juega mucho y ponle un buen nombre.

Dan asintió, abrazando al lobezno con alegría.

—Bien, para cuando vuelva quiero que ya hayas aprendido a la perfección la telequinesia.

—No lo lleva bien —le informé—. Le cuesta bastante, aún está controlando su magia.

—Pues que practique más, a estas alturas ya debería haber controlado por entero sus poderes —fue su respuesta tajante, sin opción a réplica—. Paso in Actus.

Desapareció.

Miré a Dan que estaba enfrascado con su nuevo amigo, este le lamía la cara y el niño reía, ya más relajado al ver que su padre se había marchado.

—Déjamelo ver, Dan —le pedí cogiendo al cachorro, parecía un lobo normal, de pelaje gris sin ninguna cosa en especial. Se lo devolví, no encontrando normal la actitud de Danlos, no me fiaba, algo me decía que aquello era una trampa.

—Creo que le llamaré… ¡Gris!

—¿Gris?

—Sí, como es de color gris —dijo riendo—. Tal vez padre no sea tan malo, me ha gustado su regalo.

—¿Recuerdas el azote que te ha dado?

—Aún me duele —dijo llevándose una mano al culo.

Le di la vuelta y le bajé un poco el pantalón, tenía toda la piel irritada como si le hubieran dado bien fuerte con una correa.

—Pues no olvides estas cosas de tu padre, si fuera bueno, nunca te haría esto.

Se volvió a mí y me miró sin saber qué responder.

>>Vamos, le pediremos a Sandra que te ponga una pomada para que deje de dolerte.

—Y hay que darle algo de comer a Gris —me recordó—. ¿Qué comen los lobos? ¿Le gustaran las patatas fritas?

—Anda, tira —hice que empezara a andar y de camino a las cocinas le expliqué qué comían los lobos y qué cuidados había que darles.

La tarta

Cuando llegué a las cocinas del castillo, entré sin hacer ruido para darle un susto a Sandra que estaba batiendo media docena de huevos en un gran bol.

—¡Eres mía! —Grité cogiéndola de la cintura.

Gritó del susto y yo reí.

—Serás malo —me dio un golpe en el brazo con el puño—. No lo vuelvas a hacer, mira, he derramado un poco del batido que estoy haciendo en el suelo.

Cogió un trapo, se agachó y empezó a limpiar.

—¿Para un pastel? —Intuí, agachándome a su altura.

Me miró a los ojos y sonrió. Por unos segundos su mirada me fascinó, sus ojos grises me llegaron al alma y quedé sin aliento.

—¿Qué? —Preguntó al ver mi expresión.

Negué con la cabeza, volviendo a la realidad.

—Nada —me alcé y me retiré un paso de ella—. Recuerda que dentro de dos días es luna llena, Danlos y Bárbara querrán cenar en Luzterm.

—Lo sé, ya tengo pensado el menú. No te preocupes.

—Me alegro, ¡ojalá yo, lo tuviera tan claro!

—No sabes a quién escoger para el sacrificio —adivinó.

—Odio la luna llena —me senté en una silla y suspiré, amargado.

Sandra se acercó y me abrazó.

—Encontrarás quien menos dolor cause su muerte.

Normalmente, escogía a personas con poca esperanza de vida,

ya fuese porque eran débiles de mente o cuerpo, y a poder ser sin familia, así nadie echaría de menos a la víctima. Tenía varias en mente, normalmente, Danlos y Bárbara preferían chicas jóvenes, pero también les gustaba variar y todos los esclavos de Luzterm eran posibles candidatos para sus sacrificios, incluso los elfos. Una vez al año sacrificaban a un inmortal saboreando la esencia de la vida eterna.

Por suerte, no tenía que estar presente en los sacrificios, solo dejar a la víctima en una habitación del templo y encargarme que se pusiera el vestido ceremonial. A partir de aquí, dos orcos custodiaban a la persona llevándola a la sala destinada para el sacrificio, donde una mesa de mármol se alzaba en el medio y los magos oscuros esperaban para practicar su sangriento ritual.

Estreché a Sandra contra mí, era la única que me reconfortaba.

—Te quiero —dije en voz alta, sin pensar.

Sandra se retiró de mí, mirándome asombrada.

Abrí mucho los ojos, ¿qué acababa de decir?

—No quería decir eso —dije rápidamente—. Solo… soy idiota, no… no sé por qué lo he dicho. Te considero una amiga, mi mejor amiga, pero…

Mierda, la acababa de cagar, ¿por qué había dicho esa tontería?

—No te preocupes —respondió nerviosa también, se dio la vuelta y volvió junto al bol para terminar de batir los huevos.

En ese instante, entró Dan, corriendo, con Gris a su lado intentando morderle los talones. El niño reía contento.

—¡No me cogerás, Gris! —Le decía Dan.

—Dan, no se corre por dentro del castillo —le regañé. Se detuvo y el cachorro de apenas dos meses de edad logró cogerle de un zapato—. Sal fuera si quieres correr con tu lobo.

No hizo falta que se lo repitiera dos veces, salió disparado por la puerta de atrás.

Miré a Sandra.

—Lo siento, no quería decir…

—Solo somos amigos —me cortó sin mirarme a los ojos—.

Tranquilo, lo entiendo. No pensabas lo que decías, a veces pasa.

Dejó el bol y fue a un armario para coger la harina.

—Bien —dije nada convencido—. Voy a entrenar, regresaré a la hora de comer.

Al llegar al anfiteatro, pedí a diez orcos voluntarios para enfrentarse a mí en un combate cuerpo a cuerpo. Les alenté, diciendo que aquel que lograra herirme, aunque solo fuera un simple rasguño, sería ascendido. Aún así, no fue fácil lograr que los orcos se prestaran para el combate, estaba claro que me tenían miedo, pero diez valientes quisieron tentar a la suerte.

Era consciente que gracias a lo que me enseñaron de pequeño en mi villa, unido a la lucha salvaje de Ruwer, más la sutileza que al mismo tiempo me enseñó el elfo Raiben los meses que pasé viviendo en Launier y el entrenamiento recibido en Andalen, hicieron de mí el mejor luchador de todo Luzterm.

Desfogué la tensión acumulada empleándome en cuerpo y alma en aquella contienda, pensando en mis palabras con Sandra.

<<Te quiero>>, le había dicho. ¿Por qué? ¿Por qué había dicho esas dos palabras? ¿Era posible que fueran ciertas? Pero Sandra solo era mi amiga, siempre la había visto de aquella manera. La niña que me enseñó el fuerte, una pila de leña amontonada que acabó siendo nuestro escondite para ocultarnos de los orcos y poder jugar juntos.

Pero la niña había crecido, era ya una mujer en toda regla, joven y hermosa. Sus ojos grises me cautivaban, los encontraba preciosos, resaltados con el color oscuro de sus cabellos.

Pensé en Ayla, la elegida, ella fue la primera mujer de la que me enamoré, pero fui consciente desde el principio que era un amor imposible, ella amaba a Laranar. Quizá por ese motivo no me di cuenta de mis sentimientos hasta el último momento, cuando perdí la libertad y la traicioné. No obstante, lo que sentí por ella, era diferente a lo que sentía en aquellos momentos por Sandra, ¿o no?

Quizá hasta son más fuertes, pensé inconscientemente.

Negué con la cabeza, no podía gustarme Sandra, era un error.

Empezó a llover cuando eliminé al quinto orco, una lluvia fina que caía empapándolo todo.

No quiero enamorarme de ninguna mujer, pensé con rabia.

Enamorarse era peligroso siendo el esclavo de Danlos. Ya conseguía de mí lo impensable solo por proteger a mi hermana, si se enteraba que me había enamorado de una mujer la utilizaría en mi contra, amenazándome para obtener más cosas de mí. Aunque, para ser sinceros, ya no sabía qué más podía pedir, hacía todo lo que me ordenaba. Incluso viajaba de tanto en tanto por Yorsa a la caza de humanos para hacer esclavos, como él lo llamaba.

Rebané la cabeza del décimo orco y bajé mi espada.

Me supieron a poco.

—Gobernador —una voz ronca me llamó y al volverme vi al jefe de los orcos, Durker—. Hemos recibido aviso que en pocos días un barco de esclavos llegará a los puertos de Creuzos.

—Bien, que la mitad vaya a Luzterm y la otra a Ofscar.

Asintió y se retiró.

Antes de marcharme observé el anfiteatro, en breve Danlos lo inauguraría y los espectáculos de muerte empezarían a celebrarse en Luzterm.

Sentí escalofríos solo de pensarlo.

Regresé al castillo y recogí a Danter para ayudarle a perfeccionar su telequinesia.

—¿Crees que padre estará orgulloso de mí? —Me preguntó Dan logrando que un libro flotara en el aire con el poder de su mente.

—Seguro, has hecho grandes progresos.

El niño sonrió.

Pude haberle dicho que no, hacer que sintiera rabia hacia a su padre, pero aquello le hubiera desilusionado de tal manera que no me veía con coraje de hacerle aquello. Se había esforzado mucho por conseguir dominar la telequinesia.

—¿Y tú? —Me preguntó, dejando el libro en su estantería sin tocarlo siquiera.

Estábamos en las buhardillas, desde que Dan las descubrió,

siendo el único que podía abrir la barrera que las protegía, íbamos cada día como si de un refugio se tratara. Allí podíamos jugar juntos, perfeccionar su magia y pasárnoslo bien.

Dan la llamaba *la habitación segura*.

—Dan, yo siempre estoy orgulloso de ti —respondí.

Me abrazó y respondí a su abrazo.

Dos días después, Danlos se personó con Bárbara para el sacrificio de la luna llena. La maga oscura se fue directa a sus aposentos para descansar hasta que fuese la hora y Danlos supervisó los progresos de su hijo.

—No está mal —evaluó Danlos viendo como Danter hacía flotar una manzana—. Ahora, algo más difícil —el mago oscuro miró alrededor y se fijó en Gris que nos acompañaba—. Alza a Gris.

Dan miró a su lobo.

—Pero si no lo hago bien, le haré daño.

—Pues deberás concentrarte al máximo.

Dan miró a su lobezno, indeciso.

>>Vamos, no me hagas esperar.

El cachorro se movió nervioso al notar algo extraño y, de pronto, empezó a levitar.

—Más arriba.

—Padre… puede caerse.

—Es una orden.

Con el corazón en un puño, vi como Gris levitaba por encima de nuestras cabezas.

Miré a Danlos que miraba a su hijo atentamente. El niño se concentraba al máximo por mantener a Gris en el aire, pero empezó a tornarse blanco por el esfuerzo y un sudor frío le bajó por la frente.

—Padre…

—Continúa, más arriba.

El cachorro cayó de pronto, pero en el último segundo algo lo paró evitando que se estampara contra el suelo. Dan emitió un pequeño grito del susto y abrazó corriendo a Gris.

—Ya está padre, por favor.

—Te he dicho mil veces que no digas *por favor*. Un mago oscuro no pide, exige.

Danter lo miró a los ojos y le respondió con rabia:

—¡Pues deja a Gris en paz!

Danlos rio por la contestación de su hijo.

—No le he dejado caer al suelo, ¿verdad?

Danter frunció el ceño y Danlos se agachó a su altura.

—Una última cosa —le dio una bofetada que dejó a Dan estupefacto—. A mí no me hables así, soy tu padre y lo que te digo sobre exigir y ordenar lo aplicas con los esclavos, no conmigo; y practica más, tu nivel es muy bajo, me decepcionas. Para dentro de un mes quiero que lleves la telequinesia a un nivel superior. Empieza a practicar con materiales inestables, quiero que controles el agua.

—Sí, padre —respondió con miedo, Dan.

Danlos, sin más palabras, se dio la vuelta y se dispuso a abandonar la sala.

—No está orgulloso de mí —susurró Danter viendo a su padre salir de la sala de las chimeneas.

En cuanto nos quedamos solos, me incliné hacia Dan y le susurré:

—Yo sí que estoy orgulloso de ti —me miró a los ojos—. Muy orgulloso.

El pequeño sonrió, agradecido.

Y la visita de Danter con su padre finalizó hasta el mes siguiente.

Antes del sacrificio, los magos oscuros siempre cenaban en el gran salón. Sandra les había preparado un suculento pato con pera rehogado en vino. La tarta que dos días antes estaba cocinando resultó ser para Danlos y Bárbara.

Dan y yo suspiramos, resignados, mirando la tarta de chocolate sin poder tocarla.

—Animaos, no se la comerán entera, lo que sobre para nosotros.

Le dio la tarta a Éric, un hombre que sirvió en sus tiempos libres a un noble de Andalen, por ese motivo, le asigné el castillo.

Después de la peste necesitábamos un sirviente para esas funciones. Era el más cualificado y me negaba a que fuera la misma Sandra quien sirviera a los magos oscuros. Cuanto más lejos de ellos mejor.

Me llevé a Dan a su habitación, no quería ni pensar que Danlos viera a su hijo cenando con el servicio. Por ese motivo, le daba la cena una hora antes en el comedor principal las noches de luna llena.

—En cuanto tus padres se vayan al templo te traeré un trozo de tarta, pero no te muevas de aquí, ¿vale?

Asintió, y lo dejé jugando con Gris en su cuarto.

De vuelta a las cocinas escuché a Bárbara quejarse desde el comedor, poner el grito en el cielo.

—¡La mato! —Escuché que gritaba—. ¡Esta tarta es incomible!

Se me pusieron los pelos de punta al escucharla decir aquello.

—¡Edmund! —Empezó a llamarme y reaccioné de inmediato presentándome en el comedor principal.

Ambos magos estaban sentados a la mesa.

—Ama —me incliné ante Bárbara al llegar.

—Tráeme a la cocinera, de inmediato —dio un golpe en la mesa con el puño—. Voy a darle una lección.

El corazón se me contrajo, pero no me moví.

—¿Me estás escuchando? ¡Haz lo que te ordeno!

Danlos bebía de su copa de vino como si intentara quitarse un sabor desagradable.

—¡Maldita sea! —Bárbara se alzó y se dirigió a Éric que esperaba en un lateral del comedor con el rostro blanco—. Busca a la cocinera y tráela. ¡Ya!

Éric, al contrario que yo, fue en busca de Sandra sin perder tiempo.

—Edmund, ¿por qué no has obedecido? —Me preguntó Danlos en cuanto terminó de beber.

Estaba bloqueado, el miedo a lo que pudiera pasar con Sandra me paralizó de tal manera que no era capaz de reaccionar.

—Sandra es una buena cocinera —dije en un susurro ahogado.

Bárbara apretó los dientes, se dirigió a mí y me ofreció un trozo de tarta.

—Si tan buena es, ¡come! —Me ordenó.

Sin saber qué problema había, cogí el plato que me tendió, una cucharilla y me llevé un trozo de tarta a la boca. Automáticamente tuve que escupirla, estaba salada.

—¿Sigues pensando que es tan buena?

—Ella nunca… se habrá equivocado, no ha sido intencionado, seguro —miré a Danlos, desesperado—. Por favor, Sandra, es la mejor cocinera. Lleva trabajando en las cocinas del castillo toda la vida y… el pato, el pato también lo ha cocinado ella y habrán visto que estaba delicioso, ¿verdad?

Danlos frunció el ceño.

En ese instante llegó Éric acompañado de Sandra que tenía el semblante blanco, no sabiendo qué ocurría para tener que personarse ante los magos oscuros. El sirviente se retiró de inmediato dejando a Sandra en el comedor.

Bárbara al verla, le dio una bofetada que la tiró al suelo, partiéndole el labio.

—¡No! —Grité desesperado y me agaché de inmediato a Sandra, interponiéndome entre la maga oscura y mi amiga—. Es buena cocinera, de verdad.

—En el muro es donde debería estar —respondió Bárbara de pie, mirándonos como si fuéramos insectos—. O… quizá como sacrificio.

—No, por favor, por favor —Sandra lloraba protegida detrás de mí, no permitiría que la volvieran a pegar—. A ella no, a cualquiera menos Sandra.

Danlos se alzó de su asiento y se acercó.

>>Por favor, amo —le supliqué.

—¿Tan importante es para ti esta esclava? —Quiso saber Danlos—. ¿Suplicas por ella?

—Sí —respondí con lágrimas en los ojos, consciente que nunca me rebajé de esa manera por iniciativa propia ante Danlos, y él lo sabía.

—¿Por qué?

—Porque… —no me salían las palabras, pero miré a Sandra a los ojos y supe el motivo real por el que era tan importante para mí—, porque la amo.

Sandra me miró asombrada y me abrazó, temblando.

—¿La amas? —Quiso cerciorarse Danlos.

Le miré directamente aunque lo tuviera prohibido.

—Sí, amo, la amo —dije sin dejar de abrazar a Sandra—. Haré lo que quiera, pídame cualquier cosa, pero perdone la vida a Sandra.

Danlos miró a Sandra.

—¿Cómo has podido confundir la sal con el azúcar? —Le preguntó Danlos.

—¿Qué? —Preguntó Sandra, aún sin entender qué pasaba—. Le puse azúcar, no sal.

Bárbara, harta, me quitó de en medio empleando su magia, lanzándome a tres metros de ella como si de un empujón se tratara. Acto seguido cogió a Sandra del pelo, la alzó y la llevó a la mesa.

—Come —le ordenó antes que pudiera impedir que la sentara en una silla—. Te vas a acabar la tarta tu solita.

Sandra, llorando, probó un bocado y lo escupió de inmediato.

—No sé qué ha pasado, de verdad. Yo le puse azúcar, estoy convencida —dijo asustada—. Alguien…

Bárbara la cogió de la nuca y la tendió hacia la tarta.

—Come o te mato.

Empezó a comer la tarta entre sollozos.

—Amo, por favor —volví a suplicar de pie al lado de Danlos, mirando impotente por lo que pasaba Sandra—. No le haga esto, se lo suplico.

Danlos me miró y miró a Sandra sin inmutarse.

Nervioso no sabía qué más hacer.

—Lo siento —sollozó Sandra—. Por favor, lo siento.

—Más que lo vas a sentir —le respondió Bárbara, cogiendo tarta con sus propias manos y llenándole la boca violentamente.

—¡Ya basta! —Grité desesperado, en un grito que pudo escucharse por todo el castillo.

Bárbara me miró y Sandra escupió la tarta al atragantarse con ella.

La maga oscura iba a dirigirse a mí cuando Danlos la detuvo con un gesto.

El mago oscuro me miró.

—Está claro que la amas, no me cabe la menor duda. Creo que… vamos a perdonarle la vida.

—¡¿Qué?! —Gritó indignada Bárbara.

Danlos me miró a los ojos y no aparté la mirada.

—Me debes una —dijo—. Un día me cobraré esto, tenlo claro.

—Lo que quiera, amo —dije vencido.

—Bien, en media hora iremos al templo, espero que esté preparado nuestro sacrificio y no haya ningún retraso.

Hizo un gesto a su mujer con la cabeza y Bárbara, indignada, le siguió, marchándose ambos del comedor.

De inmediato me acerqué a Sandra, que lloró aún más cuando la abracé. Después de unos segundos observé su labio partido retirándola con cuidado.

—Hay que curarte.

La ayudé a alzar y apoyándose en mí nos dirigimos a las cocinas.

—Yo no le puse sal —insistió durante el camino—. Lo juro, Edmund. Tienes que creerme, no le puse sal.

—Tranquila, te creo —respondí—. Pero hay que saber qué ha pasado para que no se vuelva a repetir.

Entramos en las cocinas y fue directa a la jarra de agua, se llenó un vaso con manos temblorosas, bebió su contenido y escupió el agua seguidamente. Repitió esa acción dos veces más y, finalmente, se bebió enteros dos vasos de agua.

—¿Mejor? —Le pregunté, sin apartarme de su lado.

Asintió.

Humedecí un trapo con agua, le alcé el mentón con delicadeza y limpié su sangre con cuidado, luego pasé otro trapo seco por sus mejillas para secar sus lágrimas y, por último, sostuve su rostro con ternura entre mis dos manos.

La rojez de sus ojos por haber llorado no ocultaba la belleza que se escondía tras ellos.

—¿De verdad me amas? —Me preguntó y asentí sin ninguna duda.

Me incliné a ella y la besé, un beso dulce y cargado de amor. Era la primera vez que besaba a una mujer estando por entero enamorado, la sensación fue indescriptible y en aquel preciso instante entendí la pregunta que le hice años atrás a la puta con la que perdí la virginidad. La respuesta era sencilla si se estaba enamorado: no besaba en los labios porque era lo único que quería reservar a alguien a quien amara, sus labios no tenían precio.

—Te quiero, Sandra —le dije en cuanto terminé el beso.

Sandra se puso de puntillas, rodeó mi cuello con sus brazos y volvió a besarme.

—Yo también te quiero —me susurró despegando por unos segundos sus labios de los míos, hizo un gesto de dolor al haberme dado un beso un poco más pasional del que le había dado yo—. Llevo años amándote.

Sonreí y le retiré un mechón de pelo de la cara.

—Ten cuidado —le pedí, acariciando sus labios con el pulgar—. No estás bien.

Me abrazó de nuevo e inspiré su aroma de mujer.

En ese instante, Éric pasó dentro de la cocina llevando la dichosa tarta. Sandra se retiró de inmediato de mí, como si le diera vergüenza que alguien nos pillara tan abrazados.

—Lo siento, señorita Sandra —se lamentó el hombre—. ¡Ojalá, hubiera podido hacer algo!

—Termine de recoger y vaya a descansar, es tarde —le pedí.

—Gobernador —se inclinó y se marchó.

Al mirar de nuevo a Sandra esta abría un paquete de la despensa.

—Es azúcar —dijo probando su contenido—. Estoy segura de que cogí el azúcar, no la sal.

—Aquí no pasa nadie salvo tú, yo y Dan —respondí.

—Probé la masa antes de meterla en el horno y su sabor era dulce, no salado —insistió.

—¿Entonces?

Negó con la cabeza y una última lágrima bajó por su mejilla.

Le di un beso en el pelo y la abracé por la espalda.

—Ya ha pasado, no te preocupes —intenté tranquilizarla.

La tan odiada luna llena pasó. A la mañana siguiente Sandra tenía el labio inferior tan hinchado que temí hacerle daño si la besaba en los labios, así que le di un beso en la mejilla y la abracé. Por extraño que pareciera, por primera vez desde que vivía en Luzterm me sentía feliz, muy feliz. Con solo mirarla se me iban todos los males y supe desde ese mismo día que Sandra era la mujer de mi vida.

—¿Por qué me miras todo el rato? —Me preguntó con una sonrisa, dejando unos bollos en la mesa.

Me encogí de hombros, mirándola, embobado.

—No me sale —Dan me devolvió a la realidad y le miré—. No logro hacer que el agua se mueva.

Un vaso lleno de agua estaba frente al niño, su objetivo era hacer levitar el agua.

—Paciencia, tampoco podías mover una simple manzana y mira ahora —le animé.

Se llevó las manos a la cabeza y puso cara de concentración. Volcó el vaso sin querer y toda el agua se tendió por la mesa y el suelo.

—¡Ay! Lo siento —Pidió disculpas.

—No te preocupes, cariño —le dijo Sandra cogiendo ya un trapo para poder secarlo—. A todos nos puede pasar.

—Eso le dije yo a la chica —respondió.

—¿A quién? —Pregunté.

—Una chica —repitió—, estaba en la cocina cuando entré a hacer mis deberes. Me dijo que había venido a traer la sal que le había pedido Sandra, pero se le derramó en la encimera. Aunque ya casi la había recogido cuando entré. Se asustó cuando me vio y se fue enseguida. Creo que me tenía miedo y eso que fui amable con ella.

Sandra y yo nos miramos.

—Yo no he pedido sal a nadie —dijo y miró a Dan—. ¿Sabes su nombre?

—No, se marchó enseguida. ¿Por qué?

Sandra se cruzó de brazos y me miró.

—Probé la masa y era dulce, solo me fui de la cocina unos minutos para traer leña y así avivar el horno antes de meterla, tuvo que ser en ese momento.

—¿Quién querría hacerte eso? —Quise saber, indignado. Podría haberle costado la vida a Sandra.

—No tengo ni idea —respondió negando con la cabeza—. Pero ahora ya sabemos qué ocurrió.

Miré a Dan.

—¿Reconocerías a la chica si la volvieras a ver? —Le pregunté, serio.

—Sí, ¿por qué?

—Iremos a dar una vuelta y si la ves me la señalarás, ¿de acuerdo?

—Pero… fue un accidente.

—No, Dan, no lo fue. Alguien ha querido hacer daño a Sandra y va a pagar por ello.

Ordené que las esclavas de cabellos castaños y ojos marrones de entre veinte y veinticinco años formaran en la plaza de Luzterm, esa fue la descripción que me dio Danter para encontrar a la chica responsable de lo sucedido con la tarta. Los orcos las trajeron y ellas, muertas de miedo, formaron en fila de a uno. Una al lado de la otra.

—¿Seguro que no reconoces a la chica? —Le pregunté a Dan.

Dan me miró a los ojos.

—¿Qué harás cuando la encontremos? —Quiso saber—. ¿Le harás daño?

Puse una mano en su cabeza.

—Dan, dime si la chica que se coló en las cocinas está aquí —le volví a pedir.

Vaciló y me agaché a su altura.

—Le preguntaré por qué fue a las cocinas —le expliqué—. Y depende de la explicación que me dé, recibirá un castigo u otro. No podemos dejar que hayan hecho daño a Sandra por su culpa y no castigarla, ¿no crees?

El niño me miró a los ojos.

—Supongo, pero yo no quiero hacer daño a nadie.

Si Danlos le escuchara Oyrun temblaría.

Me alcé y miré a todas las mujeres que estaban en la plaza. Me acerqué a ellas y caminé observando sus caras una por una. A unas pocas las conocía, habían sido mis amantes, ¿era posible que alguna de ellas sintiera celos de Sandra y por eso se colara en las cocinas?

Fruncí el ceño, no podía volverse a repetir, Danlos no perdonaría a Sandra una segunda vez. Empecé a señalar a todas con las que había mantenido una relación para que dieran un paso al frente, hasta que fui a señalar a mi primera amante en Luzterm.

—Geni —susurré su nombre y me miró con descaro a los ojos —. Fuiste tú.

—No sé qué quieres decir —respondió con altivez.

—Tú pusiste la sal en la tarta —dije convencido, mi instinto pocas veces fallaba y algo me decía que fue Geni con toda seguridad—. ¡Y casi matan a Sandra por ello!

—No fui yo —insistió.

—No mientas —la cogí de un brazo—. Te conozco, querías volver a las cocinas del castillo y eliminando a Sandra hubieses vuelto, lo sabes.

Hizo que la soltara con un bruto movimiento.

—No tienes pruebas —dijo.

Miré a Dan.

—Fue ella, ¿verdad?

Dan la miró y luego me miró a mí.

—¿Mi padre iba a matar a Sandra? —Dijo estupefacto, luego miró a Geni muy enfadado—. Sí, fue ella.

—¡No es cierto!

Miré a un orco.

—Que el resto vuelva a su trabajo.

Me llevé a Geni a las cocinas del castillo y la empujé cuando entramos, viendo su resistencia a querer seguirme. Sandra la miró, sorprendida, y Gris vino de inmediato a recibirnos, ajeno al momento tan tenso que se vivía.

—¿Fuiste tú? —Quiso saber Sandra.

—No —dijo de inmediato.

—Sí que fuiste —insistió Dan, con rabia.

—Dan, ve a hacer tus deberes —le pedí—. Y llévate a Gris.

El niño cogió a su cachorro en brazos y se marchó sin perder tiempo.

En cuanto Dan desapareció, Sandra se acercó a Geni y le estampó una bofetada en toda la cara. La golpeó con tanta fuerza y con tanta rabia que Geni cayó sentada en una de las sillas.

Sandra, no contenta, le estampó una segunda bofetada. Tuve que detenerla cogiéndola de los brazos.

—¡Mala puta! —Le gritó Sandra—. ¡Casi haces que me maten!

—Sandra, tranquilízate. Yo me encargo —le pedí.

Miré a Geni, soltando a Sandra e interponiéndome entre las dos.

—¿Tienes algo que decir? —Le pregunté.

Geni frunció el ceño y dijo:

—Solo lamento que ese renacuajo me encontrara, si no me hubiera visto, no sabríais que fui yo y, con un poco de suerte, la segunda vez que pasara algo parecido los amos no le hubieran perdonado la vida y yo volvería aquí, donde me corresponde.

—Será zorra —dijo Sandra.

Quiso volver a golpearla, pero a un gesto por mi parte se contuvo.

Miré a Geni con frialdad.

—¿Eso es todo? ¿No quieres añadir nada más?

—Ya puedes mandarme al muro si quieres, no será peor que las cocinas del comedor de esclavos. Eso sí, no esperes que tu amiga vaya a calentarte la cama tan bien como te la calentaba yo.

Me agaché a su altura y le susurré al oído.

—Tranquila, no irás al muro, irás a un lugar mejor que te encantará.

Me miró sin comprender.

Me alcé y le acaricié el pelo.

—Te equivocaste, Geni. Nunca debiste meterte con Sandra, la amo y quien le haga daño pagará por diez su falta contra ella.

Me dirigí a la puerta del interior del castillo, la abrí y llamé a voz en grito a un orco. En apenas dos minutos un monstruo de dos metros de altura se personó en las cocinas.

—Lleva a esta chica a las mazmorras —Geni abrió mucho los ojos y la miré—. Disfruta de tu nueva estancia, no creo que vuelvas a ver la luz del sol.

El orco se dirigió a Geni y la cogió de un brazo, alzándola de la silla.

—¡No, no! —Suplicó, intentando cogerme al pasar a mi lado, pero me deshice de su agarre—. ¡A las mazmorras, no!

El orco, la arrastró literalmente fuera de la cocina.

En cuanto desaparecieron y los gritos de Geni dejaron de escucharse, Sandra se acercó a mí.

—¿Estás bien? —Me preguntó Sandra.

La miré y negué con la cabeza. Después de todo, aquella chica también significó algo para mí, pero estaba claro que para Geni nunca fui más que un hombre al que poder controlar. Fui un estúpido fijándome en ella, fui aún más estúpido al pensar que le gusté alguna vez.

Sandra me abrazó y respondí a su abrazo.

—¿La vas a encerrar toda la vida? —Quiso saber.

—Solo hasta la luna llena.

Abrió mucho los ojos, mirándome estupefacta.

—Siempre dudo a quién escoger para los sacrificios menos cuando se trata de un criminal, y ella casi consigue que te maten —puse mis manos en su rostro, cogiéndola con cariño—. Te juro que si hay alguien en Luzterm que pueda hacerte daño pondré fin a su vida sin dudar. No puedo permitir que vuelva a colarse en las cocinas y haga algo con la comida de Danlos y Bárbara, no te perdonarían una segunda vez.

—Nunca me cayó bien, lo sabes.

La besé en el pelo y la abracé.

—Ahora me repugna haber estado con ella. Por cierto… —la retiré levemente de mí y la miré a los ojos—. ¿Cómo te encuentras?

Observé su labio, seguía inflamado.

—Bueno, más tranquila, sobre todo ahora que sé quién puso la sal en la tarta.

—¿Seguro?

—Sí, ¿por qué?

—Por… nada.

Me miró sin comprender.

—¿Qué te ocurre?

Incómodo, no sabiendo cómo sacar el tema, ni tan siquiera si era apropiado al tratarse de Sandra, tartamudeé:

—Bue… bueno… me preguntaba… siii… —no me salían las palabras y Sandra frunció el ceño—. ¿Te trasladarías a mi habitación? —pregunté de carrerilla.

—¡Oh! —Fue lo único que salió de ella y se retiró un paso de mí, intuí que aquello no era bueno—. No soy una mujer como las que estás acostumbrado a ir.

—Eso ya lo sé —respondí de inmediato.

—Edmund yo nunca… he estado con un hombre —sonrojó—. Y mi madre… me hizo prometer… —se puso aún más colorada.

—¿Qué te hizo prometer? —Quise saber.

—Que… esperaría hasta el matrimonio —aquello fue como un jarro de agua fría. Creo que notó mi decepción y empezó a explicarse hablando muy deprisa—. Estaba muriéndose y yo le dije que sí. En ese momento no creía que fueras a fijarte en mí y no me importaba hacerle una promesa como aquella pues el resto de hombres no me atraían. Mi madre quedó más tranquila. Ya sabes que a ella la violaron y no lo pudo ocultar porque se quedó embarazada de mí, ya ningún hombre quiso saber nada más de ella y siempre quiso que yo no pasara por lo mismo, y el matrimonio te asegura que por lo menos… —la besé en los labios para que callara, con delicadeza, no me olvidaba de su herida.

Después de unos segundos, despegué mis labios de los de Sandra y la miré a los ojos.

—Sandra —sonreí, le cogí una mano e hinqué una rodilla en el suelo—. ¿Quieres casarte conmigo?

Abrió mucho los ojos, no esperando esa proposición.

—Sí —dijo de inmediato—. ¡Sí, sí, sí!

Casi saltó de alegría y yo reí.

¡Dioses, cuanto la quería! ¿Cómo no me había dado cuenta antes?

—Entonces… —miré alrededor, me levanté sin soltarle de la mano y cogí una rosquilla de aquellas tan buenas que Sandra hacía—. Es un poco grande, pero… —deslicé la rosquilla por su dedo anular y sonrió.

—Es el mejor anillo que podías regalarme.

Sonreí, la besé de nuevo y la abracé.

EL MAGO GUERRERO

El Paso in Actus era una técnica compleja que permitía trasladarte a cualquier parte del mundo en apenas dos segundos, pero la capacidad de concentración era tan elevada que solo unos pocos lográbamos dominarla. Su exigencia era tal, que si se topaba con una simple barrera mágica esta impedía cruzar el terreno protegido. No se podía bajar dicha barrera y mantener la concentración para que el cuerpo viajara al mismo tiempo.

Creuzos, el país oscuro, estaba protegido por una de las barreras más impenetrables que se conocían, y eso hacía imposible el Paso in Actus. Así que ubicamos uno de los puertos de esclavos fronterizos entre Andalen y Sethcar para infiltrarnos como esclavos en un cargamento que Danlos compró a las tribus del desierto.

Confiamos en nuestros espías para localizar uno de aquellos grupos de esclavos y tuvimos suerte que su información fuera veraz. No siempre acertaban o directamente nos traicionaban. Las tribus nómadas de Sethcar nunca eran de fiar.

Sucios, cansados, hambrientos y desmoralizados, viajamos durante más de dos meses en las bodegas de un barco de esclavos para poder llegar hasta nuestro objetivo, un niño de seis años.

El día que escuchamos la voz en grito de un orco avistando tierra, suspiré aliviado y no fui el único. Mis compañeros, Yerk y Parner, no lo estaban pasando mejor que yo. Incluso uno de ellos,

Yerk, comentó en una ocasión, que tenía ganas de eliminar a Danter como castigo hacia su padre por el sufrimiento causado a toda la gente que nos acompañaba. Era difícil ver como retiraban los cuerpos de aquellos que no aguantaban el viaje y otros cómo lloraban en medio de la noche, desconsolados por haber perdido un padre, un hijo, un hermano...

Pese al comentario de Yerk, mi mente solo recordaba las palabras de Dacio:

—Ya tengo un hermano asesino, no me hagas tener otro.

Era el único guerrero capaz de hacer el Paso in Actus si descontábamos al consejo. Mi única función era esa, transportista de los asesinos, los llevaba a Creuzos y luego los traía de vuelta a Mair. Punto. No iba a ser el brazo ejecutor de aquella misión, pero me preguntaba si Dacio —que también consideraba como un hermano— me perdonaría por haber participado de alguna manera en aquello, sobre todo, cuando yo mismo no estaba convencido de hacer lo correcto.

En cuanto llegamos a Creuzos y pudimos salir de las bodegas del barco, respiramos el aire del exterior llenando nuestros pulmones de aire fresco, agradecidos. Minutos después nos encontramos en la arena de la playa, rodeados de orcos que nos miraban divertidos, más de uno con un látigo en la mano.

—La mitad a Luzterm, la otra mitad a Ofscar —ordenó un orco señalando los carros-jaula que debía ir a una ciudad u otra.

Yerk, Parner y yo, nos apresuramos a ir hacia la mitad que se dirigía a Luzterm. El hijo de Danlos vivía en la capital según la información que disponíamos.

El trayecto en las jaulas no fue mucho mejor que en el barco, apretados y sin apenas espacio para moverse o sentarse, circulamos por el camino que atravesaba el bosque Oscuro. De todo Oyrun, se decía que era el bosque más tenebroso que pudieras encontrar, y no mentían. Árboles gigantescos que tocaban las nubes del cielo, animales anormalmente grandes, lugar donde vivían frúncidas y serpientes gigantes, seres oscuros que vagaban en cada rincón del espeso bosque… Se me ponían los pelos de punta al viajar por un sendero que no parecía ofrecer ninguna protección. Los orcos incluso guardaban silencio por miedo a atraer a alguna criatura, pero no hubo ningún incidente destacable en las dos semanas de viaje por tierra y, una tarde, el gran muro negro que rodeaba el país oscuro, se alzó ante nosotros.

Era la construcción más asombrosa que había visto en la vida; generaciones de esclavos habían sido necesarios para poder alzar aquel monstruo. Ahora entendía por qué Mair nunca intentó conquistar Creuzos. Era un muro infranqueable, se necesitaría mucha magia para abrir un boquete y hacer pasar a los ejércitos al interior, añadido el paso por el bosque Oscuro y la magia negra que otorgaba un gran poder a los magos oscuros.

El sonido de un cuerno proveniente de la ciudad resonó en el exterior. La enorme puerta de hierro —entrada a la ciudad— empezó a abrirse provocando un sonido atronador al fregar contra el suelo.

No nos detuvimos, los orcos apremiaban los famélicos caballos que tiraban de nosotros y, pronto, nos vimos atravesando las entrañas del gran muro negro. Muchos contuvieron la respiración al pasar por debajo del muro. El túnel hasta llegar al otro lado alcanzaba varios metros y te daba una idea de cuan gruesas eran las paredes de aquella monumental construcción.

En cuanto llegamos al interior de la ciudad la puerta empezó a cerrarse a nuestra espalda.

Ya no había marcha atrás, estábamos en Luzterm, capital de Creuzos.

Empezó a llover, mientras esperábamos en una plaza a recibir instrucciones. Los esclavos temblaban de frío empapados por la lluvia, estábamos a principios de invierno y nuestras respiraciones se condensaban en el aire. No obstante, no tardó en llegar un jinete montando un corcel negro como la noche. Al reconocerle, maldije de inmediato. Era Edmund, el hermano de Alegra, cabía la posibilidad que me reconociera pues, aunque apenas cruzamos cuatro palabras el tiempo que ambos permanecimos en Launier protegiendo a la elegida hasta que se recuperara de su cautiverio en Tarmona, nos vimos casi cada día en aquel entonces.

Me tapé la mitad de la cara con la capa maltrecha que llevaba, fingiendo que me protegía del frío. Ese muchacho era un traidor, condenado por todas las razas al dar el colgante a Danlos. Mi padre me advirtió con el chico, había dos posibilidades: una, que nos ayudara o, dos, que nos descubriera para obtener el favor del enemigo.

Por su vestimenta y la manera que tuvo de dirigirse a los orcos, entendí que optaría por la opción dos. Gracias a su traición había logrado un puesto importante en las filas del enemigo.

—¡Mi nombre es Edmund, soy el Gobernador de la ciudad de Luzterm! —Empezó a alzar la voz para que todos pudiéramos escucharle—. Los orcos tienen prohibido tocaros o mataros a partir de este momento, pero debéis trabajar duro. Sabed que las noches de luna llena se practican sacrificios y todos podéis ser escogidos.

Algunos se movieron nerviosos al escuchar lo de los sacrificios.

>>Seréis conducidos a vuestras nuevas casas por familias. Los que no tengáis a nadie emparentado viviréis separados hombres de mujeres. Cualquiera que cometa violaciones, agresiones o asesinatos será elegido o elegida para los sacrificios.

Volvió junto al orco que nos había conducido a Luzterm, le dijo algo que no pude escuchar y nos ordenaron romper filas.

La cabaña que nos asignaron a Yerk, Parner y a mí era muy diferente de las que vimos en Tarmona. Estas, pese a que no pasaban de barracas con goteras, tenían como una especie de sala de estar, cocina propia y tres habitaciones donde dormían cuatro hombres en cada una de ellas. Las calles estaban embarradas, pero no se veían orcos por ellas. Era como si Danlos hubiera querido construir una ciudad de verdad, no un campo de exterminio.

—Podría ser peor —dijo finalmente Yerk después de evaluar el lugar—. Parece que Danlos permite que las familias sigan unidas, no los separan como en Tarmona.

—Así la población aumenta —dijo un hombre que entró en la habitación—. Soy Mihai, vuestro compañero de habitación.

Le dimos la mano cada uno, presentándonos.

—¿Qué nos puedes explicar de este lugar? —Le preguntó Parner.

—Trabajamos doce horas diarias y tenemos un día de descanso. Nos permiten celebrar bodas y tener hijos, pero aparte de eso poco más. Nuestra vida vale muy poco, en cuanto alguien ya no es útil para el trabajo lo mandan ejecutar. Si caes enfermo te llevan al hospital, pero pocos salen de él. Aunque desde que hubo el brote de peste hace unos años hemos conseguido que aquellos que se rompen un brazo o una pierna no los maten.

—Así que Danlos tiene escasez de esclavos —analizó Yerk.

—¡No menciones su nombre! —Exclamó horrorizado Mihai—. Si algún orco te escucha puede llevarte ante él o matarte directamente.

—¿Y su hijo? —El mago, ignoró su miedo—. ¿Por dónde anda?

—No lo sé —respondió nervioso—. Haces demasiadas preguntas sobre los amos.

Sin más palabras, el hombre se marchó sin perder tiempo, no queriendo saber nada de nosotros.

—El niño ya tiene que haber cumplido los seis años, debe corretear por algún puesto —dijo Yerk—. Tendremos que estar atentos.

—Probablemente sea el único niño bien alimentado de todo Luzterm —añadió Parner.

Yerk asintió.

Nos dejaron descansar durante un día para que recobráramos fuerzas. La comida era escasa. Se ceñían a servir pan seco y queso curado en el desayuno; carne ahumada y fruta en la comida; y sopa aguada por la noche. Las cantidades eran insuficientes, así que el hambre estaba a la orden del día. La cocina que disponía cada casa de esclavos era una tontería, pues no teníamos alimentos propios que poder cocinar. Toda la comida era servida en el gran comedor de los esclavos, un edificio bastante grande donde por turnos las cocineras nos servían.

En nuestro primer día en Luzterm intercambiamos un mendrugo de pan por información. Un chiquillo de apenas doce años nos explicó que el hijo de Danlos vivía en el castillo, apenas se dejaba ver por la ciudad, siempre iba acompañado del gobernador y su padre acababa de regalarle un lobezno.

—¿Hay alguna manera de trabajar en el castillo? —Le preguntó Parner.

—Los hombres vamos al muro, al anfiteatro o a la herrería. Ninguno pisa el castillo, solo las mujeres —le respondió el niño.

—Gracias —le tendí la otra mitad del mendrugo de pan como fin de nuestro trato. No tardó en llevárselo a la boca y tragarlo casi sin masticar. Luego se marchó corriendo.

—Hay que estar atentos —dijo Yerk mirando a Parner.

Escucharles planear el asesinato del hijo de Danlos me revolvía el estómago.

La asignación de los destinos en cuanto al trabajo me alejó de Yerk y Parner por unas horas al día, lo cual agradecí. Ellos fueron llevados a trabajar en el muro y yo en el anfiteatro.

Acostumbrado a utilizar siempre la magia para hacer cualquier actividad, me costó fortalecer los músculos y dominar el instinto de utilizar mis poderes para levantar rocas de cincuenta kilos. Aunque principalmente, me utilizaban como burro de carga llevando sacos de arena de un punto a otro, destrozándome la espalda.

La paciencia de los asesinos estaba al límite tres días después y resolvieron que si no veían al niño pronto se infiltrarían en el castillo de noche para darle muerte.

El quinto día, después de dejar caer el saco que transportaba a mi espalda en el suelo, llegando a la zona contigua de la arena del anfiteatro, un esclavo hizo un comentario que me puso alerta.

—Mira, ahí va el hijo de la oscuridad.

Miré de inmediato dirección a la arena, un niño de apenas seis años entraba corriendo con un lobezno a su lado.

Quedé paralizado, ¿qué hacía? Estaba solo, sin vigilancia, a apenas treinta metros de mí. Podía avisar a Yerk y Parner de alguna manera y hacer que se acercaran para que lo eliminaran. ¿Pero hacer eso no sería lo mismo que matarle yo mismo en cierto modo?

—¡¿Preparado Gris?! —El niño llevaba una pelota pequeña en la mano que lanzó con fuerza en mi dirección, el cachorro corrió de inmediato a cogerla—. ¡Buen chico!

El niño felicitó al lobezno en cuanto se la devolvió y a mí se me partió el corazón, parecía un niño normal, ¿cómo matarle?

En cuanto se la volvió a lanzar, entró el gobernador con rostro serio, buscando a Danter. El lobezno al verle corrió a él, olvidando la pelota.

—Danter, te he dicho que aquí no se juega —le hablaba Edmund, serio—. Vuelve al castillo.

—Pero ahí Gris no puede correr como aquí —le respondió el pequeño.

—Os podéis hacer daño, y este no es lugar para…

De pronto, sentí la fricción de un látigo recorrer mi espalda e inevitablemente grité de dolor.

—¡A trabajar! —Me ordenó un orco, y volvió a golpearme con el látigo—. ¡Vamos holgazán!

Caí de rodillas en el suelo al sentir un tercer golpe. Podía hacer que mi piel se escudara con una barrera invisible y hacer un poco de teatro, pero cualquier indicio de magia alertaría a Danlos y Bárbara aunque se encontraran a treinta kilómetros de distancia. Así que apreté los dientes y gemí de dolor. Pero antes de poder alzarme para continuar con mi trabajo, el orco me cogió con una mano del pelo y me arrastró hacia el interior de la arena del anfiteatro.

—¡Alto! —Escuché que alguien ordenaba—. ¡Ya es suficiente!

Sin pretenderlo me encontré con Edmund a mi lado. Bajé la vista de inmediato no queriendo que me reconociera.

—¿Estás bien? —Me preguntó la voz de un niño.

Era Danter, justo enfrente de mí, pero continué mirando el suelo.

—Tranquilo —me susurró—. Edmund se encargará de darle una lección.

Por el rabillo del ojo controlé al gobernador. Había cogido al orco, obligándole a ir al centro de la arena para impartirle un castigo.

El lobezno se aproximó y me lamió una mano.

—Gris es muy bueno —me comentó Danter mientras lo cogía en brazos—. Está preocupado por saber cómo te encuentras.

Le miré directamente y fue como ver a Dacio en pequeñito. Tenía el mismo color de cabellos con aire alborotado. Sus ojos eran lo único que lo diferenciaba siendo tan verdes como las esmeraldas.

—Estoy bien, tranquilo —respondí.

El niño sonrió.

—Me alegro.

Fruncí el ceño, se alegraba, no era lo que podía esperar del hijo de la oscuridad.

Dejó al cachorro en el suelo y se llevó una mano al bolsillo de su pantalón.

—Toma —sacó unas galletas envueltas en un pañuelo negro—. Me las guardaba para después, pero sé que tenéis hambre.

Las cogí, incrédulo que pudiera compartir unas galletas conmigo. Conocía a niños en Mair que no compartían ni una magdalena con sus hermanos.

Me sentí como un perro, solo por haber considerado avisar a Yerk y Parner para que lo mataran.

—Gracias —dije aún estupefacto por el comportamiento del niño.

—De nada.

—¡Danter! —Edmund le llamó, al parecer había matado al orco que blandió su látigo contra mí—. Vamos, tienes que estudiar.

—¡Adiós! —Se despidió el niño de mí, corriendo de vuelta al lado del gobernador con el lobezno a su lado.

No les dije nada de mi encuentro con Danter a Yerk y Parner.

No volví a ver a Danter en días posteriores y la vida en Luzterm se hizo algo normal. Acabé acostumbrándome a la rutina.

La gente hablaba de la inminente boda del gobernador, cuchicheaban que había escogido a la cocinera del castillo. Al parecer, hasta el momento, saltó de flor en flor no siendo fiel a ninguna chica, pero una joven le robó el corazón. Algunos se mostraron contentos por la pareja y entendí su alegría cuando supe que Danlos permitía a los recién casados invitar a sus familiares y amigos a un pequeño banquete. Edmund, invitó con aquella excusa a toda la ciudad. Se aprovechaba de ser el gobernador y los orcos le obedecían como perros asustados no pudiendo negar la cantidad de comida que se iba a servir en la boda. Al parecer, había reducido las raciones de los orcos que comían mejor que los esclavos, para dárnosla a nosotros el día señalado.

Yerk y Parner empezaron a organizar una futura incursión en el castillo, matando a Danter por la noche. Escucharles hacía que se me revolviera el estómago, pero solo me limitaba a asentir y callar. No tenía intención de proporcionarles información sobre su paradero si volvía a encontrármelo, era consciente que los remordimientos me acompañarían durante toda la vida si colaboraba de algún modo.

—Mañana es luna nueva —evaluó Yerk una tarde—. Iremos entonces, apenas habrá luz y las sombras nos ocultarán.

Pero al día siguiente, el destino quiso que un orco me cogiera a mí y diez hombres más, apartándonos de nuestro trabajo, para que lleváramos algunos alimentos que se servirían en la boda del gobernador al comedor de esclavos. Obedecimos sin rechistar, cargando sacos de harina, manzanas, azúcar, cajas repletas de huevos, verduras…

Un orco me detuvo y con su voz ronca, dijo:

—Tú, lleva uno de los sacos de harina al castillo. Les hace falta.

Asentí, y con un único saco de harina, entré en las cocinas del castillo.

—Hola, vengo a… —quedé sin palabras al ver a Danter sentado en una silla de la cocina desplegando su magia hacia un vaso de agua.

—¡Ah! ¡La harina! —Una muchacha era la única que se ocupaba de los fogones—. Gracias, quiero hacer la tarta yo misma y no me quedaba harina suficiente.

Observé a la muchacha que me quitó el saco de harina de los brazos. Era joven y guapa, sus cabellos oscuros contrastaban con sus ojos grises.

—Puedes sentarte, te pondré algo de comer —se ofreció la chica y al verme vacilar, añadió—. No te preocupes por los orcos, ya les diré que te utilicé para otros trabajos. Edmund les ha dicho que hasta el día de la boda disponga de todos los esclavos que necesite —me guiñó un ojo—. Aprovecha, te pondré un buen estofado de carne.

Se me hizo la boca agua y tomé asiento al lado del niño, que me miró un instante para luego volver su atención al vaso de agua.

Su magia envolvía toda la estancia, e intentaba dirigirla hacia el agua sin mucho éxito.

—¿Puedo preguntarte qué haces? —Quise saber.

El niño se detuvo.

—Intento levitar el agua fuera del vaso.

Alcé las cejas, asombrado, aquello no se enseñaba hasta los doce años y a base de mucho esfuerzo.

>>Pero cuesta, como mucho logro tirar el vaso derramando el agua.

Suspiró con resignación y la cocinera me sirvió un plato de estofado como prometió.

Mientras comí aquel manjar, noté la magia de Danter correr por toda la estancia. Cuando llevaba medio plato, me detuve, dejando la cuchara y mirando al niño. El nivel de magia que proyectaba aquel pequeño empezó a incrementarse más y más. Era increíble que pudiera desplegar tanta energía, su nivel era… era…

El vaso se volcó de pronto, derramándose el agua por toda la mesa.

Danter emitió un grito exasperado y se llevó las manos a la cabeza, enfadado.

—Tranquilo —la cocinera ya se acercó a limpiar el agua con un trapo, pero Danter empezó a llorar, desconsolado.

—¡No me sale! —gimoteó—. ¡Mi padre me va a pegar!

—Tu padre no puede pretender que sepas utilizar la telequinesia, eso se estudia cuando llegas al segundo bloque, y tú estarías ahora mismo en el primero —respondí sin pensar.

Danter me miró sin saber de qué le hablaba. Fue, entonces, cuando me di cuenta de mi error. Miré a la cocinera de soslayo que me miró extrañada. En ese instante, la puerta de la cocina que daba al interior del castillo se abrió y entró Edmund.

Maldije por dentro y agaché de inmediato la cabeza a la vez que me alzaba de mi asiento.

—Debo irme —dije.

—Danter, ¿qué te ocurre? ¿Por qué lloras?

—No me sale…

Cerré la puerta, con el corazón en un puño. Acababa de cometer un terrible error al hablar sobre los niveles de magia que se estudiaban en Mair, y las consecuencias de aquello, llegaron antes de lo esperado. Dos orcos vinieron a por mí, antes que pudiera llegar a mi puesto de trabajo.

—Acompáñanos —se limitaron a decir.

Fui conducido de nuevo al castillo y presentado ante el gobernador en un pequeño salón. Luego, ambos orcos se retiraron dejándonos solos.

—Alza la cabeza —me ordenó Edmund, al ver que agachaba la vista.

Perdidos al río, le miré directamente a los ojos sin ningún temor. Él no era rival para mí, podía eliminarlo en apenas dos segundos si era necesario, pero Danlos me detectaría y aquello ya era harina de otro costal.

—Te conozco —dijo entrecerrando los ojos—. Eres Daniel, ¿verdad?

—Sí —admití.

—Me resultaste familiar el otro día en el anfiteatro, pero no te ubiqué. Solo cuando Danter me ha comentado lo de los bloques de magia he atado cabos. ¿Qué haces aquí? ¿Qué pretende Mair?

Guardé silencio y frunció el ceño.

—Si es un plan para eliminar a Danlos y Bárbara, puedo ayudar —se ofreció.

Continué sin decir palabra.

—Puedo ordenar cualquier cosa en Luzterm que los orcos me obedecerán, utilizadme por poco que sea para acabar con ellos.

—No eres digno de confianza —respondí y aquello pareció enfadarle.

—¿Qué? He luchado contra Danlos, he protegido a la elegida cuando era esclava en Tarmona y…

—Robaste el colgante de los cuatro elementos —le corté—. Eres un traidor, todos los países aliados te consideran un traidor.

Me miró impasible.

—Nunca quise traicionar a la elegida, pero se trataba de mi hermana y le dejé una esquirla a Ayla.

—Una vida a cambio de millones, lo sabes.

—Sí —reconoció—, y lo siento, créeme que lo siento. En aquel entonces, era muy joven, actué con el corazón, quizá hoy… —negó con la cabeza—. Quizá volvería a actuar igual o no, no lo sé. Y nadie puede juzgarme por ello si no se ha encontrado en esa tesitura.

No le respondí, también tenía una hermana y la quería. Si alguna vez le pasaba algo tampoco sabría cómo reaccionaría. Pero Edmund tomó un camino con unas consecuencias y debía asumirlas.

—Acepto lo de traidor —continuó después de unos segundos—. Pero, pese a todo, quiero ayudar a eliminar a Danlos y Bárbara.

Suspiré, ¿qué debía decirle? ¿La verdad? ¿Cómo se lo tomaría?

Estaría dispuesto a matar a Danter o se negaría y avisaría a Danlos.

Me encontraba entre la espada y la pared, no quería participar en la muerte de un niño, había llegado a desear que el plan fracasara, pero si eso ocurría sería mi muerte, y la de Yerk y Parner, pues eso significaba que Danlos o Bárbara nos descubrían.

—No hemos venido a eliminar a Danlos, ni a Bárbara —si era necesario podía eliminarle empleando mi fuerza física, no la magia. Aunque era un Domador del Fuego, aquello era casi imposible.

—¿Entonces? A quien… —abrió mucho los ojos—. ¿No será Danter?

Me limité a asentir.

—¡Pero si es un niño! —Saltó enfurecido—. No podéis hacerlo.

—Es nuestra misión —respondí—. En un futuro será un mago oscuro, quizá más poderoso que su padre. Sus niveles de magia son muy superiores a cualquier niño de su edad, y eso se debe a la manera que le concibieron sus padres.

—Emplearon magia negra para que fuera poderoso, pero créeme que no es malvado, ni lo será —dijo serio.

—Nadie puede asegurarlo, está siendo criado para ser un mago oscuro. No conocerá nada bueno de la vida, ni el amor, ni la compasión, ni el perdón… nada.

—Te equivocas —dijo muy serio—. De sus padres lo único que está aprendiendo es a odiarlos, les tiene miedo, y Danlos y Bárbara no vienen más que una vez al mes a practicar el sacrificio de la luna llena. El resto del tiempo… —se mordió la lengua, pero luego negó con la cabeza—. Puedo garantizar que Danter no será malvado.

—¿Cómo? —Insistí.

—Confía en mí, Danter no es como sus padres.

—No puedo confiar en un traidor —respondí—. Así que dime por qué estás tan convencido de que no será un mago oscuro, porque yo soy el primero que no quiere matarle. No quiero mancharme las manos con su sangre, pero otros no dudarán en llevar a cabo la misión.

—¿Otros? —Maldije el ser tan bocazas, pero asentí—. ¡Maldita sea! —Exasperó Edmund y miró ambos lados cerciorándose que nadie nos estuviera escuchando aunque nos encontrábamos solos en aquel salón. Luego se acercó un paso a mí, acortando la distancia que nos separaba y me susurró:—Yo le estoy criando en secreto, dándole los valores de los Domadores del Fuego.

Abrí mucho los ojos.

>>Danter confía en mí, soy como un hermano para él o, incluso, un padre. Me quiere y obedece, y aunque aún es pequeño, empiezo a mostrarle que lo que su padre hace está mal. Intento que su corazón no se vuelva malvado. Es un buen chico, me quiere y lo quiero, y aunque haría cualquier cosa por hacer daño a Danlos, su hijo es intocable para mí. Así que, cualquiera que quiera ponerle la mano encima, le colgaré en la puerta de entrada a la ciudad por las pelotas. ¿Ha quedado claro?

Le miré asombrado, si era cierto lo que decía había una posibilidad o muchas que Danter no llegara a ser un mago oscuro. Yerk y Parner debían ver eso también.

En cuanto a su amenaza, creo que era consciente de lo vacía que era, dado que sus rivales éramos muy superiores a él.

—Está bien —accedí—. Hablemos con el resto, pero quizá quieran ver al chico para cerciorarse.

—¿Cómo puedo estar seguro de que no lo matarán?

—Porque es la única oportunidad que tiene ese niño para que mañana continúe con vida —abrió mucho los ojos—. Piensan eliminarlo esta noche, y ni mil orcos les detendrán. Lo sabes.

Apretó las manos en puños hasta que los nudillos se le volvieron blancos, finalmente, asintió.

Media hora más tarde, Yerk y Parner se presentaron en el pequeño salón custodiados por cuatro orcos. Al verme con Edmund, ambos recelaron. Los orcos se marcharon y empezó una fuerte discusión. Los asesinos se mantenían firmes queriendo eliminar al niño.

—¡Pensad de diferente manera! —Gritó Edmund, exaltado—. No lo veáis como un futuro enemigo, vedlo como un futuro aliado.

Tendréis un espía dentro de las filas de los magos oscuros.

—¡No! —Gritó Yerk, determinado a llevar a cabo la misión.

—Cabeza cuadrada —me exasperé también—. Parece que te guste la idea de matar a un niño.

Sus ojos se tornaron rojos, fulminándome con la mirada.

—Yerk, tranquilízate —le pidió Parner poniéndole una mano en un hombro—. Quizá deberíamos conocerle antes. Si es cierto lo que dice, los motivos que llevaron al consejo a hacer esta misión han cambiado. Deberíamos regresar a Mair en todo caso, informar y recibir instrucciones nuevas.

Parner, siempre impasible, resultó ser un aliado con corazón.

—No, el consejo ya decidió y nosotros…

La puerta del salón se abrió en ese instante y para sorpresa de todos apareció Danter con su lobezno en brazos. Al vernos, o mejor dicho, al ver a Edmund, se dirigió enseguida al Domador del Fuego.

—Edmund, Gris se ha hecho daño, tiene una astilla clavada en una pata y no puedo quitársela —llegó a nuestra altura—. Te he buscado por todas partes.

—Danter este no es momento —dijo asustado Edmund de verle justo cuando tres magos habíamos venido a Luzterm con la clara intención de matarle—. Vuelve a tu habitación, ahora.

—Pero Gris…

—¡He dicho que vuelvas! —Le gritó, colocándose en cierta manera entre el niño y nosotros.

Yerk y Parner se miraron entre sí. Yerk pensaba matarle, Parner ya no estaba tan seguro y negó con la cabeza pidiéndole tiempo.

—¡Pero está sufriendo! —Los ojos de Danter amenazaron con echarse a llorar y el cachorro de lobo gimió entre sus brazos—. Por favor, Edmund, cúrale.

Yerk empezó a crear un pequeño imbeltrus en una de sus manos.

Edmund supo de inmediato que no tenía nada que hacer contra nosotros y se agachó a la altura de Danter hincando una rodilla en el suelo. Le acarició su pelo alborotado e intentó contener unas lágrimas de impotencia al saber que no podía salvarle.

Sin apartar los ojos de Danter, le habló a Yerk.

—Que sea rápido.

El mago asintió.

—¿Qué le ha pasado a Gris? —Se dirigió al chiquillo para distraerle—. ¿Cómo se lo ha hecho?

—Le lancé la pelota y cuando me la trajo cojeaba, tiene una astilla clavada, mira —Danter le mostraba la herida del lobezno—. ¿Puedes sacársela?

—Sí, claro.

Danter sonrió.

—Te daré si no te apartas —le advirtió Yerk.

—Dime, Dan, ¿qué te gustaría ser de mayor? —Le preguntó Edmund al niño, ignorando al asesino.

—Ya lo sabes —respondió.

—Explícamelo otra vez, así distraeremos a Gris y no le dolerá tanto.

—¡Ah! —Exclamó de forma inocente—. Pues caballero, quiero ser un caballero como el de los cuentos, quiero matar a un dragón y salvar una princesa. También mataría a los orcos que hicieran daño a las personas, como haces tú. Protegeré a los débiles.

—¿Todo eso? —Le preguntó Edmund sacando la astilla de la pata al lobezno—. Continúa, qué más.

El niño pensó y pensó.

—Y quiero vivir en una ciudad donde la gente baile y ría, y también sea feliz.

Parner y yo nos miramos, luego miramos a Yerk que no bajaba su imbeltrus.

—Detente —Parner le cogió del brazo donde invocaba el imbeltrus—. Ni se te ocurra.

—La misión…

—¡A la mierda la misión! —Exclamé—. No lo haremos.

Edmund no perdió tiempo en coger a Danter y el cachorro en

brazos apartándolos de Yerk. Alcé un escudo defensivo protegiéndolos, mientras Parner se ocupaba de Yerk.

—¿Qué ocurre? —Preguntó el niño.

—Nada, tranquilo.

—¡Tenemos una misión! —Exclamó Yerk con los ojos rojos, dispuesto a combatir contra su compañero.

—La situación ha cambiado —le respondió Parner, en guardia.

—Es el hijo de Danlos, será un mago oscuro, sí o sí.

De pronto, sentí algo extraño, como una llamada mágica, y al volverme a Edmund este soplaba un silbato de madera.

—¡No! —Grité, pero ya era tarde.

—Desgraciado, nos has condenado —le acusó Yerk.

—Hay que irnos de inmediato —dictaminó Parner—. ¡Ahora!

Asentimos, pero antes que cualquiera de los tres pudiera dar un paso, Bárbara, la maga oscura, apareció en el salón mediante el Paso in Actus. Su pose fue el de una mujer atractiva y segura de sí misma. Nos miró uno por uno, evaluándonos, sabiendo que no éramos rivales para ella.

—Vaya, vaya, ¿qué tenemos aquí? —Sus ojos iban de mí a Parner y luego a Yerk para volver a clavar sus ojos en mí—. ¿El hijo de Zalman ha venido a visitarnos? Interesante.

—Querían matar a Danter, ama —le informó Edmund aún con el niño y el lobezno en brazos.

Bárbara lo miró un instante, luego a su hijo y cuando volvió a posar sus ojos en mí, estos se habían vuelto rojos.

—Grave error.

En menos de una centésima de segundo tuve a Bárbara a un paso de mí, no sé exactamente cómo, si utilizó sus puños o incluso su cabello rojizo como arma, pero noté diversos golpes por todo mi cuerpo, como puñetazos, con una rapidez asombrosa y tanta fuerza que caí de rodillas en el suelo, doblándome hacia delante, sin respiración. Sin posibilidad de defenderme.

Los dos asesinos cayeron al suelo exactamente igual que yo, con la diferencia que sus cabezas ya no estaban sobre sus hombros.

Noté un último golpe en la nuca y todo se volvió negro a mi alrededor.

DACIO

Visita familiar

Abrí los ojos de golpe, alertado por la energía mágica que llegó a mí de forma inesperada. Me senté en la cama, era de noche, Alegra dormía a mi lado ajena al peligro inminente que se acercaba.

Un sudor frío empezó a cubrir mi frente y todo yo temblé, paralizado por unos segundos. Luego mi mente reaccionó casi al instante, su presencia provenía de la habitación de mi hijo y aquello hizo que me levantara de inmediato, saliera de la habitación, sellándola con una barrera para proteger a mi mujer, y dirigirme sin más demora a salvar a Jon.

Mandé plumas negras a los magos del consejo con una estela electrizante para avisarles cuanto antes. Según el color de la pluma que era mandada, tenía un significado u otro, y el negro solo se utilizaba para alertar de un mago oscuro en Mair.

Al abrir la puerta de la habitación de Jon, la silueta de un hombre se encontraba sentada en la cama de mi hijo.

—Danlos —nombré, viendo como tenía a mi hijo durmiendo en sus brazos—. ¿Qué le has…?

—No te preocupes —me cortó y se alzó de la cama con Jon—. Me alegro de que la paternidad no haya menguado tus instintos guerreros, me has detectado enseguida en cuanto he empezado a desplegar mi magia por la casa.

Tragué saliva, ver a Jon a su merced era como si alguien cogiera mi corazón y empezara a estrujarlo dentro de mi pecho. ¿Estaba durmiendo o lo había dejado inconsciente con algún golpe o hechizo? Peor, ¿seguía vivo? No se movía.

—¡Deja a mi hijo! —Grité, notando como mis ojos ardían llenos de rabia, ira e impotencia.

Jon se despertó entonces y se pasó una mano por los ojos, medio dormido.

—¿Papá? —Preguntó, sin saber qué ocurría.

—Le has despertado —dijo con fastidio Danlos—. Había sido cuidadoso con él, no le he hecho nada, pero tiene un sueño muy profundo, todo hay que decirlo.

—Jon, no te preocupes, papá está aquí —quise tranquilizarle, al ver que miraba confuso al hombre que lo tenía en brazos y luego a mí, pero empezó a llorar.

Si intentaba arrebatárselo a Danlos de bien seguro le partiría el cuello antes de poder dar el primer paso.

—Tiene tus ojos —observó mi hermano—. Aunque es moreno, como su madre.

—¡Papá! —Jon extendió sus brazos hacia mí, pero Danlos no le permitió llegar más lejos y continuó llorando—. Papá.

—Es débil…

—¡¿Qué quieres?! —Pregunté exasperado—. ¿Para qué has venido?

—¿Quieres a tu hijo? —Preguntó.

—Es mi vida. Por favor, no le hagas daño.

—Yo también quiero a mi hijo —comentó—. Pero al parecer su tío y otros magos quieren verlo muerto.

Fue, en ese momento, cuando entendí por qué había venido.

Daniel y los otros dos, habían intentado asesinar a Danter. ¿Lo habrían conseguido? Esperaba que no, por el bien de Jon. Mi hermano era de los que se ceñía al dicho de ojo por ojo y diente por diente.

—Su tío se opuso —Zalman apareció a mi lado con el Paso in Actus, y sentí un alivio inmediato. Con él tenía más posibilidades de salvar a Jon—. No te preocupes, Rónald y Tirso ya vienen con más magos.

Los magos guerreros tenían orden de reunirse e ir juntos a combatir al enemigo cuando la señal de amenaza de un mago oscuro era activada. La rapidez era fundamental en ese caso, y proteger los libros del día y la noche, prioritario. Por lo que los magos más cualificados, se reunían en la sala circular donde se guardaban y el resto iba directamente al lugar donde había aparecido el mago oscuro, con la misión de eliminarle.

—Seré rápido —Danlos sabía que no tenía tiempo para hacerse el interesante—. Volved a intentar a matar a mi hijo y vendré a matar a los vuestros. Me introduciré en cada casa que hay en Mair para ir matando a todos los pequeños que duermen en sus cunas, a todos los niños que aún van a la escuela cogidos de la mano de sus padres —nos miró con odio—. Los magos, padres de un niño, desearán que mi hijo siga con vida si no quieren ver muertos a los suyos. ¿Queda claro?

—Sí —respondí y Zalman asintió.

—Tenéis suerte que Bárbara haya accedido a no venir y dejarme este asunto a mí. Iba a ser más radical que yo, matar ya a vuestros hijos, pero creo que de momento esos pequeños son una garantía para mantener a mi hijo a salvo, sino, tened claro que dejaré a mi mujer ese trabajo. Ninguno —me miró a los ojos— estará a salvo.

Jon continuaba llorando.

—Sé, hermano, que te opusiste al asesinato de mi hijo, leí la mente de Daniel, por ese motivo… —dejó a Jon en el suelo permitiéndole venir a mí, lo cogí en brazos inmediatamente, agradecido de tenerle a salvo. Alcé una barrera protegiéndonos a los dos, y Zalman, adelantándose un paso, elevó una segunda barrera protegiéndonos a los tres—. Lord Zalman, tu hijo no tendrá tanta suerte, los magos que le acompañaban ya han sido eliminados, pero viendo que dispongo de Daniel he creído conveniente encerrarlo en las mazmorras como rehén. Si el consejo vuelve a planear algo parecido será el primer hijo de alguien que vaya a morir.

—No volveremos a mandar a nadie —le garantizó Zalman.

Apreté los dientes, Daniel como rehén de Danlos. ¡Maldita sea! El dolor en mi pecho se acrecentó. El hijo de Zalman era como un hermano pequeño que siempre quise proteger, y ahora era preso de aquel que por sangre también era mi hermano, pero que odiaba a muerte.

—Sabed que Danter está ileso y crecerá convirtiéndose en un mago oscuro muy poderoso. Me encargaré de recordarle quién planeó matarle cuando sea adulto.

Danlos miró brevemente la puerta de la habitación percibiendo que los magos guerreros empezaban a llegar a mi casa. Probablemente estaban rodeando el lugar para impedir que escapara.

—Paso in Actus —desapareció sin ganas de impedírselo.

Caí de rodillas al suelo con Jon en mis brazos, las piernas me fallaron.

—Ya está, tranquilo —abracé a Jon con más fuerza, pero justo cuando empezó a tranquilizarse irrumpieron en la habitación una docena de magos guerreros con imbeltrus preparados—. ¡Ya se ha ido! —Grité antes que me destrozaran la casa con nosotros dentro.

Rónald, que entró el primero, hizo que los magos bajaran sus imbeltrus y suspiré.

—Zalman —le llamé, el mago se había quedado de pie mirando como alma en pena el espacio donde antes estaba mi hermano. Su rostro era pálido, y supe que en lo único que pensaba era en Daniel.

Suspiré y dejé a Jon en el suelo, mirándolo atentamente para ver si había sufrido algún daño, pero solo estaba asustado, y en cuanto terminé, volvió a abrazarse a mi cuello como una lapa. Le di un beso y me alcé, más tranquilos los dos.

—Mama —me pidió.

—Ahora te llevo con ella, cariño —miré a Tirso que entraba en ese instante en la habitación—. Retirad a los magos, ya no hacen falta.

—Pero, ¿qué ha ocurrido? —Quiso saber, mientras Rónald se encargaba de hacer volver a los magos a sus casas. Algunos se presentaron en pijama, incluso.

Miré enfurecido a Tirso.

—Pues que Daniel y los otros dos asesinos han fracasado y habéis enfurecido a Danlos, con razón. ¡¿Qué esperabais?! —Alcé la voz—. ¿Que Danlos y Bárbara no se vengaran? Es una suerte que los asesinos hayan fracasado, sino muchos padres se hubieran levantado mañana con sus hijos pequeños muertos.

—No volveremos a planear algo así —susurró Zalman, aún blanco como la nieve—. Nunca.

EDMUND

Noche de bodas

Bárbara elevó un escudo protector alrededor de Danter, mientras su padre se preparaba para atacarlo con un imbeltrus que podía matarle.

Miraba preocupado al niño, un nudo en el estómago se había instalado tres días atrás desde que los magos asesinos intentaron matar a Dan.

Lord Daniel fue el único que se salvó de aquella escaramuza, y estaba prisionero en las mazmorras del castillo, atado de manos y pies por unas gruesas cadenas mágicas que impedirían su fuga.

Me llevé una mano al bolsillo de mi pantalón y acaricié el silbato que me dio Danlos cuando a Dan se le empezaron a despertar los poderes mágicos años atrás. Era parecido al que me dio Dacio cuando ingresé en la escuela militar de Barnabel, pero en vez de recibir ayuda de él, recibía ayuda del mago oscuro. Era irónico hasta cierto punto, y jamás pensé en tener o querer utilizarlo, pero siempre lo llevaba encima por si acaso.

Aunque en esa ocasión se presentó Bárbara, la maga oscura, y fue increíble de ver como acabó con aquellos dos asesinos en un abrir y cerrar de ojos. Tapé de inmediato los ojos de Danter para que no viera como los decapitaba en apenas un movimiento.

—Bien hecho —me felicitó cuando acabó de dejar inconsciente a Daniel en el suelo—. Al final has resultado útil.

Se acercó a mí, hizo que quitara la mano de los ojos de Dan y cogió a su hijo para dejarlo en el suelo y empezarlo a examinar.

Un minuto más tarde se presentó Danlos con el Paso in Actus.

—¿A qué viene tanta…? —Calló, al ver los dos cuerpos decapitados y a Daniel inconsciente—. ¿Pero qué…? —Al ver a su hijo presente en el salón, con Bárbara a su lado, cerciorándose que estaba bien, lo entendió todo, y sus ojos se tornaron rojos de ira.

Dejó caer una pluma roja de sus manos y se acercó a Dan de inmediato.

—Está bien —le dijo Bárbara en un suspiro que parecía de alivio—. Pero lo pagarán caro, te lo aseguro. Mataré a Daniel delante de Lord Zalman, por eso lo he dejado vivo.

Danlos miró al mago de Mair y entrecerró los ojos.

—No harás tal cosa —dijo—. Es más valioso de rehén, la garantía que no volverán a atacar a nuestro hijo. Yo me encargaré que reciban el mensaje.

Empezaron a discutir fervientemente, pero Danlos se impuso con la razón y la lógica. No obstante, lo que decidieron después lo cambió todo.

—Danter, vamos a pasar una temporada en Luzterm hasta que sepas levantar escudos que te protejan de los ataques del enemigo. Puede que la siguiente vez no lleguemos a tiempo, así que deberás protegerte tú mismo —le informó su padre y el niño no dijo nada.

—El imbeltrus también hay que enseñárselo —añadió Bárbara.

—A su tiempo, aún es pequeño. Pero no estará de más que vaya intentándolo.

Y a partir de ese mismo día, Danlos y Bárbara empezaron a entrenar a su hijo más de ocho horas al día. Cuando caía la noche, Danter estaba agotado y sin fuerzas, pero no parecía importarles, lo único que querían era que aprendiera a levantar escudos cuanto antes.

—¿Preparado? —Le preguntó Danlos a su hijo con un imbeltrus en la mano.

Dan alzó algo parecido a un escudo a su alrededor que fue desintegrado en apenas medio segundo por el ataque de su padre. Bárbara lo protegió de inmediato con el escudo previamente levantado alrededor de Dan.

—¡No progresas! —Le regañó su padre acercándose a él—. Más bien parece que empeores.

—Estoy cansado —respondió el pequeño.

Danlos le dio una bofetada que casi lo tumbó.

—¡Dile eso al próximo mago que venga a matarte! ¿No entiendes que tu vida puede depender de saber levantar un escudo o no?

Tuve que irme, no soportaba ver aquello y lo peor era que apenas podía pasar tiempo con Dan, y sus padres le llenaban la cabeza sobre temas oscuros: la fuerza y el poder, aplastar a los débiles, dominar el mundo…

Al entrar en la cocina, Sandra colocaba dos figuras de madera encima de una gran tarta cubierta de nata.

—¡Ya he terminado! —Exclamó contenta al verme y se tiró a mis brazos.

Sonreí y la besé en los labios, en apenas unas horas nos casábamos.

—¿No deberías estar arreglándote ya? —Le pregunté ensanchando mi sonrisa.

Ladeó la cabeza a un lado sin perder su alegría.

—Me faltaba lo más importante —me cogió de una mano y me acercó a la tarta—. Te han quedado muy bien.

Sonreí, las dos figuras de madera se asemejaban a nosotros, las tallé con mis propias manos, era uno de mis regalos de boda para Sandra. El resto de regalos fueron las flores que recogí aquella misma mañana para que llevara en la boda, un vestido del armario viejo de Bárbara que no echaría en falta, pero que era digno de una princesa, y el anillo de casados que hice con un poco de acero mante sobrante y que le pondría en el dedo anular en el momento de la boda.

—Cuando Dan vea la tarta, le va a encantar.

—No creo que pueda asistir a nuestra boda —le respondí serio—. Sus padres están aquí, es imposible que le dejen. Además de peligroso, podrían darse cuenta de la relación que tenemos con su hijo.

Negó con la cabeza, desilusionada, pero yo pasé un brazo alrededor de sus hombros y la estreché contra mí.

—Cuando sus padres se vayan le haces otra tarta para él y montamos una fiesta privada aquí en la cocina, para animarle. Seguro que le gustará.

Asintió.

Sandra estuvo preciosa en la ceremonia. Su vestido blanco con encaje de hilos de plata era espectacular. La tela, de seda, tenía una caída limpia que le llegaba hasta justo el suelo. Sus mangas eran largas sobrepasando la cintura, y en el escote lucía pequeñas perlas sonrosadas que le conferían al vestido una hermosura a juego con la novia.

Me recordó a un ángel camino al altar. Aunque, altar no había, las bodas se celebraban en la plaza de Luzterm y nos limitábamos a presentarnos delante de un amigo o familiar que presidía la boda. En nuestro caso, fue un herrero, compañero de trabajo.

Yo, llevaba mi uniforme de gobernador, al contrario que el vestido que robé del armario de Bárbara, no pude coger nada prestado del armario de Danlos que me gustara. Pues toda la ropa del mago oscuro era negra. Me negaba a ir con ropa negra a mi boda. Añadido que jamás me pondría nada de Danlos, lo odiaba. Pero logré hacerle un apaño a mi uniforme o, más bien, lo logró Sandra borrando el cuchillo sangriento que lucía en el jubón —marca insignia de los magos oscuros— por el martillo de hierro de los Domadores del Fuego.

Todo el mundo aplaudió cuando nos dimos el *sí, quiero* y nos besamos, siendo marido y mujer. Pero una presencia inesperada cortó los aplausos de golpe y maldije al ver a Danlos en el fondo de la plaza.

Un pasillo se abrió de inmediato entre los esclavos para dejar paso al mago oscuro. Nadie, en su sano juicio, quería interponerse en el camino de Danlos.

—No tengas miedo —le susurré a Sandra, estrechándole una mano.

En cuanto llegó a nuestra altura nos inclinamos.

—Solo quería ser el primero en felicitar a los novios —miró a Sandra de arriba abajo—. Es una mujer preciosa, con un vestido muy bonito.

Tragué saliva.

Danlos no era tonto, ninguna esclava podía permitirse aquel lujo. Cuando lo robé, ni imaginarme que estaría en Luzterm el día de nuestra boda, pensaba devolverlo al baúl de donde lo "tomé prestado" un día después. Quizá debí devolver el vestido antes, por mucho que hubiera desilusionado a Sandra, pero no me vi capaz.

Temeroso por saber la reacción del mago, me sorprendió tendiéndome una mano y, vacilante, respondí ofreciéndole mi mano libre. Fue entonces, cuando aprovechó para atraerme hacia él y susurrarme al oído:

—Espero que dentro de poco me des otro esclavo con el que poder someterte.

Abrí mucho los ojos y en cuanto se retiró de mí, soltándome, respondí:

—Siento decirle, amo, que no tenemos intención de tener ningún hijo.

Danlos sonrió, y dijo:

—Créeme, los tendrás. Que tengáis una feliz noche de bodas.

Se dio la vuelta y se marchó por donde hubo venido.

Miré a Sandra, preocupado e indeciso.

—No permitas que estropeé nuestra boda —me pidió.

Asentí, y la fiesta continuó. Después de un banquete para todos los esclavos de Luzterm, los elfos se animaron a tocar música con instrumentos rudimentarios que fabricaron de improvisto, pero que con su arte lograron sacar unas cuantas notas con ritmo y hacer bailar a la gente.

Necesitábamos una noche como aquella, donde los orcos no se vieran, la comida no se acabara y las risas se escucharan.

Pensé en Dan, cómo le hubiera gustado estar ahí. Pero el niño seguramente se encontraba en su habitación estudiando los hechizos que le exigían sus padres, practicando el tema de los escudos aun cuando se sintiera agotado para continuar.

Pasada la medianoche, Sandra y yo nos retiramos a nuestros aposentos del castillo, donde compartiríamos habitación desde ese momento en adelante.

En cuanto su vestido cayó al suelo y vi su cuerpo desnudo, me sentí el hombre más feliz del mundo. La besé con amor y pasé mis manos por su cuerpo, acariciando su piel y sintiendo fuego en mis manos.

Nos tendimos en la cama, tal y como nuestras madres nos trajeron al mundo.

—Edmund —gimió mi nombre cuando sintió mis labios en sus sensibles pechos.

Bajé una mano hasta su cintura y la estreché más contra mí, para que notara mi erección y anhelara con más ahínco lo que vendría a continuación. Mi mano descendió un poco más, hasta sus muslos y la besé en los labios justo cuando palpé su húmedo sexo.

Dejó escapar un gemido de placer más fuerte que el primero y sonreí, mirándola a los ojos.

—Eres preciosa —le susurré viendo una mezcla de disfrute y de tensión a la vez.

Besándola una vez más, la hice mía, me introduje en lo más profundo de su ser y por unos maravillosos minutos fuimos una sola persona, unidas por un placer infinito.

Sandra sonrió en cuanto llegó a la cima del amor y le devolví la sonrisa, aun temblando encima de ella al haber descargado una tensión exquisita.

—Repitamos —pidió y sonreí.

Había estado con decenas de mujeres, pero aquella era la primera vez que hacía el amor.

Fue, con diferencia, la mejor experiencia de mi vida.

A la mañana siguiente, desperté solo en mi cama. Amanecía y Sandra estaría preparando el desayuno a Danlos y Bárbara.

Aprovechando que era temprano fui a ver a Dan, lo encontré durmiendo en su escritorio con un libro bajo su mejilla. Lo cogí en brazos y lo metí en su cama. El pequeño ni se despertó.

—Aprende rápido a hacer escudos —le pedí en un susurro mientras le arropaba—. Así tus padres se marcharán antes.

Le di un beso en la frente y bajé a las cocinas.

Encontré a Sandra rebuscando por todos los armarios y cajones.

—No están —dijo preocupada al verme—. No queda nada.

—¿Qué falta? —Le pregunté acercándome a ella.

—Las hierbas, Edmund —dijo mirándome a los ojos—. Las hiervas para evitar los embarazos. No queda nada para poder hacerme una infusión.

Abrí mucho los ojos.

En ese instante, entró Éric, el sirviente, con rostro pálido.

Sandra se acercó a él de inmediato.

—¿Has encontrado hierbas limik?

—No queda nada en todo Luzterm —respondió—. Según comenta la gente, los amos quieren aumentar la población de esclavos y por eso nos han retirado las hierbas limik. Las mujeres no podrán evitar los embarazos.

Me mareé, pero logré mantenerme en pie apoyándome en la mesa.

Era eso, eso planeaba Danlos. Sin infusiones, Sandra se quedaría embarazada tarde o temprano. Peor, ¿la habría dejado embarazada ya?

Recé a los dioses para que no me diera un hijo, recé con todas mis fuerzas, pero no supe si me escucharon, y el miedo y la duda se instalaron de forma permanente en mi corazón.

No quería tener un hijo en Luzterm.

No quería que mis hijos nacieran esclavos.

El código de los Domadores del Fuego

De pie en el despacho de Danlos, esperaba a recibir instrucciones mientras veía frustrado como el mago oscuro limpiaba el colgante de los cuatro elementos con un trapo, sucio de la sangre seca de la víctima del sacrificio de la noche anterior.

Geni fue sacrificada, y con su muerte me garanticé que mi esposa estuviera a salvo de aquella arpía. No obstante, un sentimiento de culpa rondaba en mi corazón, no creía que nadie mereciera aquel castigo. Pero antes de mandar a un inocente a la mesa de sacrificio, mandaba a un criminal, y Geni planeó la muerte de mi esposa a conciencia solo para regresar a las cocinas.

Suerte que no lo consiguió, ya no veía la vida sin Sandra a mi lado.

—Danter tendrá un nuevo tutor —dijo Danlos—. Hemos capturado el maestro Grigory, un hombre que ha dado clase a varios nobles de Andalen.

—He hecho algo mal, ¿amo? —Pregunté sin entender.

Cuando Dan tuvo la edad suficiente para enseñarle a leer, me asigné yo mismo la tarea de instruirle antes que sus padres pensaran en ello y cuando se percataron de mi labor, les convencí que conmigo era suficiente.

—Ya le has enseñado a leer, escribir, sumar y restar —afirmó Danlos—. Pero mi hijo necesita una educación más avanzada, educación que tú no puedes darle. El maestro Grigory es el mejor, le enseñará geografía, historia, arte… y un esclavo de la Tierra le ayudará con otras asignaturas que, para mi sorpresa, en Mair también se imparten. Tales como física, química, matemáticas… estudios que un mago debe aprender, que yo no tengo tiempo para enseñarle y a ti te falta saber.

No pude rebatir aquello, tenía razón. Me consideraba listo y espabilado, pero mi nivel de estudios era limitado. Fui secuestrado con apenas once años, dejé de ir a la escuela entonces y no volví a pisar un pupitre hasta los dieciséis, cuando ingresé en la escuela militar de Barnabel. Incluso entonces solo me instruyeron en el arte de la espada y técnicas militares, pude haber aprendido mucho más, pero no tuve tiempo. Danlos volvió a secuestrarme.

—No obstante, —Danlos acabó de limpiar el colgante y lo guardó en el bolsillo de su pantalón—, quiero que le enseñes a luchar a espada, montar a caballo y luchar cuerpo a cuerpo.

—Sí, amo.

—También te encargarás que estudie magia, por mucho que sus tutores le den otras tareas, no debe olvidar los hechizos que le mandaré estudiar cada mes.

Madre mía, pensé, *no tendrá tiempo ni para jugar con Gris.*

Danlos y Bárbara se marcharon aquella misma mañana, después de presentarnos a sus dos nuevos maestros. Grigory resultó ser un hombre de unos cuarenta y cinco años, con barba, moreno y donde las primeras canas empezaban a adueñarse de su pelo. No era muy alto, apenas metro setenta, y dueño de una pequeña barriga que empezaba a coger un buen tamaño.

El esclavo de la Tierra se llamaba Carlos, un hombre de treinta y cinco años, de mi misma altura, metro ochenta, más o menos; su pelo oscuro era escaso, por lo que se lo rapaba asemejándose su cabeza a una pelota.

Ambos se encontraban asustados por estar ahí. Nuevos esclavos que debían adaptarse a aquella vida. Pero a diferencia de Carlos que parecía perdido, Grigory me transmitió desconfianza al comprobar que su herramienta de trabajo con los niños era una regla de madera de un metro de largo.

—Danter, ve a jugar con Gris, hoy tienes el día libre —le dije al niño, que se le iluminó la cara y no perdió tiempo en marcharse a corretear por el castillo.

—Le tocaba clase de historia —se quejó Grigory.

—Lleva estudiando muchos días seguidos, sin descanso. Mañana empezará —miré a Carlos que me miró con miedo, supe que con él no tendría problemas—. Ustedes también tienen el día libre. Aprovechen en instalarse en el castillo, pocos tienen la suerte de tener una habitación propia. ¡Ah! Y… una cosa más —cogí la regla de Grigory y la partí en dos delante de sus narices—. Prohibido pegar al pequeño amo de cualquiera de las maneras.

Al regresar a las cocinas, Sandra me recibió con una sonrisa, me besó en los labios y dijo:

—No estoy embarazada.

—¿Seguro? —Quise cerciorarme, esperanzado.

—Muy segura.

Un gran peso se quitó de mis hombros. Sin la infusión de luna de sangre podía quedarse embarazada en cualquier momento, pero intentaba retirarme a tiempo. Con un poco de suerte podríamos pasar así varios años.

La volví a besar y en ese momento entró Dan en la cocina, que al vernos abrazados se unió a nosotros y lo cogí en brazos.

—¡Por fin soy libre! —Exclamó—. Os he echado de menos.

—Y nosotros a ti, cariño —le respondió Sandra—. Pero ahora ya sabes hacer escudos muy resistentes.

El niño, asintió, satisfecho.

—¿Qué te han parecido tus nuevos maestros? —Le pregunté, dejándolo en el suelo.

Puso una mueca.

—Te prefiero a ti —respondió con sinceridad.

—Bueno, yo también te daré clases, seré tu maestro favorito, ¿sabes por qué? —Negó con la cabeza—. Porque voy a enseñarte a ser un caballero.

—Y algún día mataré un dragón y salvaré una princesa —dijo entusiasmado, alzando un puño al aire como si tuviera una espada con la que combatir.

—¡Seguro que sí!

Los días siguieron su curso, Dan apenas tenía tiempo para nada que no fuera el estudio. Por lo que cuando le tocaba practicar espada conmigo, intentaba que fuera un juego.

—Un noble caballero como tú, no es rival para un mago oscuro como yo —fingía ser un mago malvado, mientras que Danter era el firme defensor de la justicia. Un juego de doble filo, que con él cumplía mi venganza contra Danlos cada día—. ¡No podrás salvar a tu amigo el lobo!

Le ataqué con una espada de madera, pero Dan detuvo mi ataque con su otra espada, e intentó contraatacar.

—¡Nunca permitiré que le hagas daño!

Gris lo manteníamos atado con una cuerda en los entrenamientos, pues tenía la manía de meterse entre nuestras piernas cuando practicábamos. Por lo que aprovechaba esa situación para poner en escena al niño.

—No bajes tu guardia —le di un pequeño golpe en el brazo—. Pies más separados, he dicho que no bajes la guardia.

Se retiró un momento antes que volviera a darle otro toque con la espada, cogió aire y volvió a atacar.

—¿Edmund, en tu villa todos erais grandes guerreros? —Me preguntó.

—Sí, mi padre era el jefe de toda la villa —le expliqué sin dejar de luchar—. Mandaba sobre los Domadores del Fuego.

Se estremeció al decirle aquello y me detuve en el ataque.

>>¿Qué?

—¿Tu padre era como el mío? ¿También te pegaba?

—No —respondí de inmediato—. Mi padre era un buen hombre, justo con la gente, les escuchaba y ayudaba, y era querido por todos.

Me miró no muy convencido.

—Dan, no todos los padres pegan a sus hijos —quise hacerle ver—. Fuera de esta ciudad, hay centenares de lugares donde los hombres y las mujeres conviven en paz, se quieren, quieren a sus hijos, los protegen para que no les pase nada malo y son felices. Yo era muy feliz con mi familia.

—¿Y por qué quisiste venir aquí?

Sonreí a pesar de la pregunta.

—Nunca he querido vivir aquí, pero tu padre me secuestró matando a mi padre y a mis amigos.

Abrió mucho los ojos.

—Lo siento- dijo como si fuera el culpable de ello.

—No es tu culpa. Además, aún me queda una hermana, se llama Alegra.

—¿La quieres?

—Claro que la quiero —respondí—. Vine aquí para salvarle la vida.

—Me gustaría ser un Domador del Fuego —comentó alzando su espada para volver al entrenamiento, pero la bajó al segundo y, mirándome a los ojos, me preguntó:—. ¿Puedo ser un Domador del Fuego?

Un Domador del Fuego debía nacer en la villa, no había otra manera de poder llegar a serlo, pero sonreí al escuchar su petición.

—Puedo enseñarte el código de los Domadores del fuego —propuse.

El código de los Domadores del Fuego no era más que una serie de normas, un juramento que todo domador debía cumplir pasara lo que pasara.

—Suelta la espada y levanta la mano derecha.

Así lo hizo y recité el código con solemnidad:

>>Un Domador del Fuego siempre debe proteger a la gente, ayudar a los débiles y combatir a aquellos que quieran hacerles daño. Debe procurar seguir el camino recto de la disciplina y el orden; no debe caer en la tentación del poder y la avaricia. Será humilde y respetuoso, valiente y fuerte, justo y honorable. Protegerá la vida de sus compañeros como sus compañeros protegerán la suya. Enseñará su conocimiento a aquellos que vengan detrás de él, impartiendo las mismas enseñanzas honorables que su maestro le

impartió a él. Pasando de alumno a maestro y convirtiéndose en un verdadero Domador del Fuego.

Le miré a los ojos mientras el niño murmuraba el código de los domadores intentando seguir mi ritmo. Una vez acabó, con varios segundos de retraso, y ayudándole con alguna que otra frase, sonrió.

—¿Ahora soy un Domador del Fuego? —Preguntó.

—Solo si prometes respetar el código —le condicioné—. Piensa que deberás proteger a la gente, cuidar de ella, procurar que nunca les pase nada y seguir el camino del bien.

—Lo juro, lo juro —respondió enseguida.

—En ese caso, eres un Domador del Fuego.

JULIA

Terremoto

Álex me besó en los labios estirados ambos en el sofá del comedor de mi casa, y respondí a su beso dejando que saboreara mi boca. Luego me miró a los ojos y dijo:

—Te quiero.

Contuve la respiración, mirándole estupefacta.

Llevábamos unos meses de noviazgo, después del incidente con los orcos en el que Álex casi pierde la vida tres años atrás, nuestra relación se estrechó. Hablábamos por teléfono cada día, no nos limitábamos a mandarnos mensajes por teléfono, si queríamos contarnos algo simplemente nos llamábamos. Era más fácil, más cercano, con un simple *hola* él ya sabía cómo me encontraba, si estaba contenta o triste, si me preocupaba algo o simplemente estaba aburrida.

Un día me pidió ir juntos al cine, solos, sin amigos y sin nuestros hermanos. Acepté, aunque para mí continuaba siendo solo un amigo al que poder contarle todo lo que me pasaba. Pero en poco tiempo, él me plantó un beso en los labios y me gustó, en cierta manera. Le apreciaba y tenía cariño, era mi amigo. Creí que con el tiempo, llegaría a ser más que eso, así que empezamos a salir, nuestra relación siguió prácticamente igual con la diferencia que nos besábamos.

Una tarde, sin nadie en mi casa, hicimos el amor por primera vez en mi habitación, me gustó, era un buen amante, pero nunca antes me dijo aquellas palabras, *te quiero*.

—Te quiero —volvió a repetir por si no le había escuchado.

Continué muda.

Le quería a mi manera, pero no del modo que él esperaba.

Aún no.

—Julia… —acarició mis cabellos oscuros.

Ya no me recogía el pelo en una coleta, lo llevaba siempre suelto. Desde aquel día en el hospital, cuando Álex casi murió por mi estupidez, quise crecer y comportarme como una adulta. Me quité la coleta como una nueva etapa que afrontar.

—Álex, yo… —vacilé—, no puedo decirte que te quiero, aún no.

No le gustó mi contestación, pero se mordió la lengua.

—Quizá me he precipitado —se limitó a decir—. Pero… creía que… no sé.

—No lo compliques más —le pedí.

—Vale —se sentó en condiciones en el sofá de mi casa.

Estábamos solos, mi hermano había empezado a trabajar en el hospital de San Pablo después de sacarse la carrera de medicina, aunque aún estudiaba, queriendo especializarse además de cirujano en pediatría, era un coco. Esther trabajaba en el mismo hospital de enfermera, iban cambiándola de departamento cada cierto tiempo, donde hacía falta, pero su objetivo era llegar a ser enfermera de urgencias; y mis padres se encontraban en la pastelería.

Me levanté del sofá, algo incómoda, treinta segundos antes nos besábamos y ahora no sabía ni como mirarlo a los ojos.

—Mi móvil ya se habrá cargado, ahora vuelvo —puse una excusa, necesitaba un momento para pensar.

Me dirigí a mi habitación y cogí el móvil de encima del escritorio, la batería estaba al ochenta por ciento. A su lado estaba el puñal que me regaló Raiben cuando era una niña y lo cogí, acariciando su vaina.

¿Cómo era posible que aún pensara en él? Después de tantos años, siete habían pasado, y seguía anhelando el momento de encontrarme con el elfo guerrero, pero mis esfuerzos por encontrar la manera de viajar a Oyrun no dieron resultado.

Si la Tierra volviera a ser normal, quizá no me resultaría tan difícil olvidar a Raiben, pensé.

—Julia… —me volví a Álex cuando le escuché llamarme desde la entrada de mi habitación, él miró mis manos, que sostenían el puñal y frunció el ceño—. ¿No me digas que aún piensas en ese elfo?

—No digas tonterías —mentí, dejando el puñal de nuevo encima del escritorio.

—Me marcho —dijo—. Creo que es lo mejor, te llamaré mañana.

Asentí, pero antes que se diera la vuelta le detuve cogiéndole de un brazo:

—Lo siento —me disculpé—. De veras que lo siento.

Me miró a los ojos, me dio un beso en la frente y se marchó.

Cogí mi diario y escribí:

Necesito olvidarte, pero no puedo.
Empiezo a pensar que conocerte fue un error.
Sigo amándote, aunque esté con Álex.

A la mañana siguiente, Álex no me llamó y tampoco respondió a mis llamadas. Le dejé varios mensajes en el contestador, pero no obtuve respuesta.

—Voy a comprar un poco de leche —anuncié a mis padres, poniéndome el abrigo y la bufanda.

Estábamos en noviembre y el frío llegó como un mazazo después de tener un verano relativamente largo, pero necesitaba salir a la calle, que me diera el aire, distraerme aunque fuera por unos minutos.

De camino al supermercado una fuerte sacudida barrió Barcelona. El suelo empezó a temblar bajo nuestros pies, siendo imposible mantener el equilibrio. La gente chilló, yo incluida, cayendo de rodillas en el suelo.

Tres coches colisionaron antes que el tráfico se detuviera. Las alarmas de algún que otro coche estacionado, empezaron a sonar. Una señora se agarró a una farola para no caer y alguien gritó advirtiendo de un peligro que no supe ver.

—¡Cuidado, chica!

Miré por todas partes, cuando entendí que el peligro venía de arriba. La fachada del edificio que tenía al lado empezaba a ceder y varios cascotes cayeron a mi alrededor. Intenté levantarme, pero caí, no pudiendo aguantar el equilibrio por el terremoto que estábamos sufriendo.

De pronto, noté un golpe en el lado izquierdo de la cabeza y un líquido caliente recorrió mi frente. Me llevé una mano a la herida y vi espantada que la manché de sangre. Un segundo después, un ladrillo cayó en mi pierna derecha y grité de dolor.

No supe qué me dolió más, si la cabeza o la pierna, la cual presentaba un profundo corte y por el impacto hasta la tendría rota.

Mareada, sin saber qué hacer, el suelo dejó de temblar para alivio de todos. Pero una nueva amenaza surgió, los gritos de las personas alertando a voz en grito de la llegada de orcos.

Una desbandada de gente corrió en mi dirección y apenas pude llegar a un portal, arrastrándome, para evitar ser aplastada por los pies de las decenas de personas que intentaban huir.

Mi móvil empezó a sonar. Vacié el bolso en el suelo, incapaz de encontrarlo, estaba tan mareada que cuando logré coger el móvil no atinaba a deslizar el dedo por la pantalla para aceptar la llamada.

Solo leía el nombre borroso de la persona que intentaba localizarme, Álex.

Logré aceptar la llamada al cuarto intento.

—Álex.

—Julia, ¿dónde estás? ¿Qué te ocurre?

—Estoy herida —logré balbucir—. Me ha caído una piedra o algo en la cabeza, y la pierna…

Quedé paralizada cuando la imagen de un orco apareció en la portería donde me escondí.

—Dime dónde estás e iré a buscarte, tranquila —me hablaba Álex desde el teléfono.

—Dile a mis padres y mi hermano que les quiero —me limité a responder—. Y siento no haberte querido como merecías…

El orco me dio una bofetada que lanzó el móvil por los aires.

Mareada miré aquel monstruo de dos metros de altura desde el suelo.

Me sorprendí al distinguir una luz oscura que emanaba de su pecho. Aquel monstruo llevaba un fragmento del colgante colgando de su cuello, por un cordón negro.

El orco se agachó a mi altura y me alzó la cabeza sujetándome por el pelo.

—Una chica guapa —evaluó, mientras yo gruñía de dolor—. A los amos les encantará tenerte para sus sacrificios.

Mis dedos rozaron el cuchillo de Raiben, recordándome que tenía un arma con la que defenderme. Fue una suerte haber desperdigado todas mis cosas por el suelo al coger el móvil.

Desenvainé el cuchillo lentamente, mientras el orco, sin dejar de agarrarme del pelo, me evaluaba. En cuanto tiró de mí para alzarme, le clavé el puñal en el muslo interno de la pierna derecha.

El orco rugió de dolor, soltándome y llevándose las manos a la herida. Yo también grité al apoyar por un instante la pierna rota. Caí a su lado, cuando otros tres orcos aparecieron, entrando en la portería.

Apreté los dientes, ignoré el dolor que sentía y me abalancé al orco herido para arrebatarle el fragmento.

Logré cogerlo por muy poco, y grité:

—¡Llévame junto a Raiben! ¡Llévame a Launier, a Sorania, para que pueda devolverte a la elegida!

El fragmento, contra todo pronóstico, reaccionó a mi petición y empezó a brillar envolviéndonos en una luz oscura.

La cabeza empezó a darme más vueltas, quedé sin fuerzas y me desplomé, inconsciente.

Gemí de dolor aún con los ojos cerrados, el dolor en la pierna era insoportable y mi mente estaba embotada por el golpe sufrido. Escuchaba la voz de alarma de la gente, pero a diferencia de gritos asustados, eran órdenes para ir al combate. No obstante, cuando me recobré un poco, lo primero que vi fue un suelo de mármol tan pulido que pude ver mi rostro reflejado en él.

Tenía una pinta horrible, la mitad de mi cara estaba cubierta de sangre, la otra mitad presentaba un rostro pálido y enfermo.

Alguien me cogió de un brazo para darme la vuelta, era un orco.

—Te mataremos a ti por lo menos…

Antes que pudiera cumplir su amenaza, una espada le atravesó la nuca y salió por su boca. Al mirar la persona que lo mató, quedé literalmente con la boca abierta al reconocer a Raiben.

Le miré estupefacta, ¡era él! Habían pasado siete años, pero le reconocería en cualquier parte. Además, su aspecto era igual al que recordaba, no cambió un ápice. Mismos cabellos castaños, lisos hasta los hombros; ojos marrones con una fina línea del color del oro que le rodeaba el iris, y unos labios… ¡Oh! ¡Madre mía! No podía haber nadie más perfecto que él.

Pero Raiben no era el único presente, decenas de elfos me rodeaban, y seis de ellos se encargaban del grupo de orcos que traje a un gran salón; decorado con hermosos tapices en las paredes y un techo donde el dibujo de un campo de cultivo, con elfos, elfas y niños, representaban la vida en el campo.

Miré a un lado, e identifiqué a Laranar de pie a unos metros de un gran trono. Otro elfo estaba a su lado, se parecía mucho a él y llevaba una corona en la cabeza, quizá era su padre.

Continuaba mareada, pero eran tantas las cosas que pasaban a mi alrededor que me negaba a perder el conocimiento en ese momento.

Para mi sorpresa, una vez eliminaron a todos los orcos, Raiben plantó su espada en mi cuello.

—¿Quién eres? —Preguntó serio.

En ese instante, Ayla entró por una puerta trasera del salón, con una esquirla del colgante en una mano.

—Ayla, no te acerques —se acercó de inmediato Laranar a ella—. No sabemos quién puede ser. Lleva un fragmento muy contaminado.

Fue, entonces, cuando entendí el problema. En mi mano derecha sostenía aún la esquirla que robé al orco y me trajo a Oyrun.

Miré a Raiben a los ojos.

—Raiben, soy Julia —habían pasado muchos años y aunque él no había envejecido, yo había cambiado.

—¿Julia? —No se acordaba de mí, y aquello fue una enorme decepción.

—Sí, Julia —repetí—. Aquella que te dijo que lograría viajar a Oyrun, aunque tú no me creíste.

Abrió mucho los ojos.

—¡Julia! —Exclamó al reconocerme, apartando su espada de inmediato, ¡por fin!—. Pero, ¿cómo…?

—Hay orcos en la Tierra, no se marcharon.

—Julia —Ayla corrió a mí entonces, y se agachó a mi altura, le ofrecí el fragmento que llevaba en mi mano—. Gracias por traerlo.

Lo cogió, pero no se purificó como Esther me explicó que hacía nada más tocarlo.

—Hay que llevarla a un médico —dijo Raiben agachándose también a mi altura.

—Llévala a una de las habitaciones del edificio de invitados del palacio, mandaré llamar a Danaver —le ordenó Laranar.

—Deberás explicarnos qué está pasando en la Tierra con más detalle —me pidió el elfo de la corona.

—Julia, él es mi padre, Lessonar, rey de Launier.

—Majestad...

Gemí de dolor en cuanto Raiben pasó sus brazos por debajo de mí y me alzó.

No pude decir que disfrutara de la experiencia de ser llevada por el elfo, el dolor en la pierna fue insufrible hasta llegar a la habitación que me asignaron. No obstante, me sentí afortunada, su olor era tal y como lo recordaba, fresco, a hierba recién cortada.

—Raiben, creo que el puñal que me regalaste aún sigue clavado en la pierna de uno de los orcos —le informé, cada vez más mareada, al dejarme tendida en una gran cama.

—Tranquila, te lo devolveré —prometió—. Ahora descansa, no sabes la sorpresa que nos has dado. De pronto, el salón de los tronos empezó a emanar una luz en el centro y apareciste de repente, con un grupo de orcos.

—Le pedí al fragmento que me llevara a tu lado...

Y ahí acabó la conversación, mi mente se nubló del todo y su imagen desapareció, sumiéndome en un mundo de inconsciencia.

Al abrir los ojos, lenta y trabajosamente, me encontré con un techo blanco, decorado por una cenefa en el borde, entre las paredes y el techo.

Un sentimiento de seguridad reinaba en aquella habitación. Olía a azahar; la luz era tardía y el fuego de una chimenea chisporroteaba a unos pasos de mí, proporcionando calor a la acogedora estancia.

—¿Dónde estoy? —Pregunté a nadie en concreto, quise moverme, pero pronto deseché esa idea, todo el cuerpo me dolía a horrores.

—Estás en Sorania —respondió una voz melódica. Giré la cabeza hacia el gran ventanal de la habitación. Raiben se aproximaba a mí y sonreí al saber que lo ocurrido no había sido un sueño. Estaba en Sorania y mi elfo favorito estaba a mi lado—. Bienvenida.

—Sorania —pronuncié en un suspiro—. ¡Sorania!

Empecé a reír contenta de haber logrado llegar cuando todo el mundo insistía en que aquello era imposible, un sueño inalcanzable.

—¿Qué te hace tanta gracia? —Raiben se sentó en el borde de la cama de dos metros donde me encontraba tumbada, con el rostro cubierto por la curiosidad ante mi súbita reacción. Lo miré a los ojos mientras una sonrisa cubría mis labios.

—No me creíste —respondí triunfante y frunció el ceño sin comprender—. Hace siete años te juré que lograría llegar a Oyrun, y no me creíste.

Sonrió y me miró como un perdedor complacido de una apuesta.

—Era poco probable —admitió—. Aquí en Oyrun no han pasado ni cinco años desde que nos fuimos de la Tierra. Por cierto, la hija de Ayla ya ha purificado la esquirla que has traído.

—¿La hija de Ayla? ¿Ayla tiene una hija? ¿Y no es la elegida la que…?

—Ayla tuvo una hija hace unos años —me cortó—, y la profecía cambió con su nacimiento. La elegida controla su poder, los elementos para poder combatir a los magos oscuros, pero es Eleanor, su hija, quien mantiene el colgante puro.

Quedé, literalmente, con la boca abierta. Sorprendida más porque Ayla fuera madre, que no por el hecho de que la profecía hubiera cambiado.

Quise incorporarme otra vez, pero la pierna me dolió a horrores, fue entonces cuando me di cuenta de que la tenía inmovilizada y vendada. También me percaté que una venda me cubría la mitad de la cabeza.

—¿Cómo lograste viajar a Oyrun? —Quiso saber.

Le expliqué mis intentos de llegar a Oyrun desde que él se marchó de la Tierra.

No le gustó el incidente donde Álex y yo, casi perdemos la vida, y mucho menos mi encuentro con Danlos, pero una vez finalicé mi relato, explicando con detalle cómo pude coger el fragmento del orco que me iba a secuestrar, dijo:

—Te agradezco los esfuerzos por querer visitarnos, pero ha sido una locura que podría haberte costado la vida.

—Debía hacerlo, la Tierra…

—¡Me da igual! —Alzó la voz—. Pudiste morir, demasiado arriesgado.

—Siempre llevaba tu puñal para defenderme.

—Puñal que no te debí regalar viendo el resultado —dijo, sacándolo de un bolsillo interior de la chaqueta marrón que llevaba—. Pero ahora es tuyo.

Lo cogí, acariciando el nombre de Raiben grabado en la vaina.

—Le tengo mucho aprecio a este puñal —dije mirándole a los ojos—. Me acordaba de ti cada vez que lo cogía.

No apartó sus ojos de los míos, pero su mirada era dura, no cálida como esperaba.

>>¿Tú… te has acordado de mí en algún momento?

—No —respondió de inmediato—. Ni una sola vez, eres humana.

Aquello dolió, pero no entendí la parte de que era humana.

—¿Tienes algún problema con las humanas?

—Me refiero a que vivís muy poco, apenas estuve un mes en la Tierra y jamás creí que volviera a verte, por lo que no pensé en ti ni una sola vez en todo este tiempo.

—Vaya —susurré, volviendo mi vista al puñal no aguantando su mirada.

Ni una sola vez ha pensado en mí, que chasco, pensé.

—Te dejo descansar —dijo poniéndose en pie—. Ayla me ha pedido que te vigilara hasta que despertaras para asegurarse que estuvieras bien. Tendrás una doncella que te atenderá hasta que tus heridas sanen, una vez repuesta, viajarás a Mair para que los magos te devuelvan a la Tierra.

Abrí mucho los ojos, mirándole, pero ya se marchaba.

—Yo quiero visitar Launier —pedí.

Se volvió a mí, con la mano en el pomo de la puerta.

—Eso es imposible, los humanos no pueden llegar más lejos de Sanila, la ciudad más próxima a las fronteras con Andalen. Pocos humanos han pisado Sorania, eres afortunada.

Afortunada, viendo su actitud, no era como me sentía.

>>En fin, —abrió la puerta—, iré a avisar a Ayla de que ya has despertado, querrá verte.

—¿Vendrás a visitarme? —Le pregunté antes que cerrara la puerta.

Me miró por un momento a los ojos, luego, cerrando la puerta dijo:

—Tengo mucho trabajo, no lo sé.

Y su voz se perdió, marchándose con una actitud que me hizo sentir de todo menos contenta.

Ver a Ayla después de tantos años fue extraño. Había cambiado y al mismo tiempo continuaba igual. La ambrosía que la hizo inmortal hacía que su cuerpo se mantuviera en una joven de veintiún años, pese a que su manera de hablar era de una persona madura.

Llevaba el cabello muy largo, hasta la cintura, recogido en parte por unas finas trenzas. Sus ojos irradiaban felicidad y su marido la acompañaba, que no era otro que Laranar.

Me alegré al saber que ambos se habían casado y ella podría permanecer en Oyrun gracias al nacimiento de su hija.

Eleanor, una niñita de cabellos rubios y ojos azul-morados como los de su padre, aparentaba apenas tres años pese a que ya contaba con casi cinco años de edad.

Era asombroso la lentitud que tenían los elfos en crecer. Pero más me sorprendió al saber que también era madre del bebé que Laranar llevaba en brazos. Este tenía más de un año, pero apenas aparentaba unos pocos meses, y era tan rubio como su padre, aunque al contrario que su hermana, sus ojos eran verdes como los de Ayla.

—¡Me alegro tanto de verte! —Exclamó Ayla—. No sabes las ganas que tenía de saber algo de mis amigos en la Tierra.

—Ayla —la nombró Laranar como si expresarse tan abiertamente conmigo no fuese lo correcto, pero ella, con un gesto de mano, le pidió que la dejara en paz.

—Es una amiga y estamos solos —le dijo, luego me miró—. El protocolo, es muy estricto.

—Ya veo —dije sin saber qué pensar.

—Bienvenida a nuestro país —me dijo Laranar, rindiéndose ante la actitud de su esposa, pero sin dejar por su parte la formalidad del protocolo—. Espero que tu estancia en Sorania sea agradable.

—Gracias —respondí un tanto nerviosa, Laranar imponía. No me relacioné mucho con él cuando viajó a la Tierra, preferí pasar mi tiempo con Raiben—. Me alegro de veros.

—Bueno, explícanos qué sucede en la Tierra —me pidió Ayla, algo más preocupada—. Creímos que los orcos se marcharían en cuanto volviéramos a Oyrun.

—Os equivocasteis, todo es caótico…

Y, por segunda vez aquel día, expliqué todo lo ocurrido en la Tierra, punto por punto. Laranar me hizo decenas de preguntas, una tras otra, y las respondí lo mejor que pude. El dolor en mi pierna se iba acrecentando a medida que hablaba, me sentía cansada y cuando ya llevaba una hora explicando lo que ocurría en mi mundo, alguien nos interrumpió, picando a la puerta. Resultó ser una elfa llamada Danaver, de largos cabellos castaños y ojos grises, que atendió mis heridas cuando me encontraba inconsciente. En ese momento traía una infusión para el dolor, lo cual agradecí.

—Puede que tenga fiebre durante la noche, alguien debería estar pendiente de ella —comentó a Laranar directamente.

Laranar miró a Ayla.

—¿Quién prefieres que la atienda?

—Ya he hablado con Rayael —respondió y me miró—. Rayael es una de mis doncellas personales. Te atenderá mientras estés aquí, es muy buena. No tendrás problemas con ella.

—Gracias.

Escuché a Laranar preguntar a la médica cuánto tiempo creía que estaría enferma.

—En unos días le quitaré los puntos de la cabeza y de la herida de la pierna, pero el hueso tardará en sanar más de un mes. No podrá viajar hasta entonces.

Laranar asintió.

—La nieve de todas maneras ha cubierto todos los caminos, no es recomendable que viaje, esperaremos hasta bien entrada la primavera.

Danaver poco más añadió y abandonó la habitación.

Yo me dirigí a Laranar.

—No quiero irme tan pronto de Sorania —pedí—. Me gustaría quedarme un tiempo y conocer Oyrun.

—No es posible.

—Quiero quedarme un tiempo en Oyrun, por favor. Llevo siete años queriendo venir y ahora que lo consigo, ¡¿solo podré estar unos meses?! ¡¿Y dos de ellos con la pierna rota?! Ni hablar, quiero conocer este mundo, conocer el país de los elfos por lo menos.

Laranar apoyó un poco mejor a su hijo en su pecho y respondió, serio, sin opción a réplica:

—No está permitido que los humanos lleguen más lejos de Sanila. Estás en Sorania, muy pocos humanos han tenido el honor de verla. Te enseñaremos la ciudad al ser amiga de mi esposa, pero no podrás visitar el país entero.

Creo que mi desilusión fue evidente.

—Vamos, Julia —intentó animarme Ayla—. Quedarás complacida de ver Sorania, cuando vuelvas a la Tierra tendrás un montón de historias que contar a tus amigos; y piensa en tus padres y hermano, estarán muy preocupados por ti, creerán que has muerto.

—Pero…

—Julia, lo lamento —me cortó Laranar —. Pero no puede ser.

Me di cuenta entonces, que no tendría más remedio que obedecer.

Los jardines del palacio

La primera noche que pasé en Sorania la recordaría como una de las peores de mi vida. El dolor atroz de mi pierna rota, las pulsaciones de mi corazón palpitando en mi cabeza a través de la brecha que tenía y la fiebre, que me subió de forma considerable, hizo que echara de menos a mi familia, sobre todo, a mi madre.

Fui atendida por la elfa Rayael, que no se despegó de mí ni un momento. Me humedeció el rostro, me dio de beber infusiones para el dolor e intentó hablarme con delicadeza mostrándome que no estaba sola pese a todo.

Cuando amaneció, la fiebre empezó a disminuir y el dolor, aunque persistente, se suavizó. Me quedé dormida, agotada, cuando me relajé.

—¿Cómo se encuentra? —Escuché la voz de Ayla hablando en susurros y abrí los ojos en ese momento. Rayael estaba de pie, a mi lado, mientras Ayla se había sentado en la silla donde la elfa me estuvo velando toda la noche. Al verme despierta, ambas sonrieron—. Julia, ¿cómo te encuentras? ¿Te duele?

—Rayael me ha cuidado toda la noche, ha sido una gran compañía —miré a la elfa—. Muchas gracias.

Sonrió.

—La primera noche es la peor, ya verás como poco a poco la fiebre remite y el dolor se suaviza —me animó y se volvió a Rayael—. Manda traer comida para Julia, caldo o algo por el estilo.

—Enseguida —la elfa salió de la habitación.

—¿Cuánto tiempo llevo durmiendo? —Pregunté, incorporándome, puse una mueca de dolor al hacerlo.

—Tal vez, no deberías moverte —sugirió.

Miré la luz que entraba por el ventanal de mi habitación.

—Estoy bien —respondí—. ¿Ya es por la tarde?

—Mediodía —respondió—. Te he venido a visitar esta mañana, pero dormías, luego antes de comer y ahora. Me tenías preocupada, Danaver también ha venido, pero viendo que te había bajado la fiebre ha preferido volver más tarde y dejarte descansar.

—Estoy mejor —admití.

Ayla tocó mi frente, tomándome la temperatura.

—Pero vuelves a tener un poco de fiebre —se levantó de la silla—. Descansa un poco más, apenas has dormido. Le diré a Rayael que te despierte cuando traiga la comida.

—¿Sabes si Raiben vendrá? —Le pregunté.

—No lo sé —respondió—. Trabaja rastreando el Bosque de la Hoja, mirando que ningún ser maligno llegue a la ciudad. Puede que vuelva tan temprano como tarde, más ahora que dentro de dos días es la fiesta de invierno, algo así como una Nochevieja en la Tierra, entraremos en el año 1042, y debe encargarse de la seguridad en el bosque de la Hoja, para que no haya ningún incidente, pero si lo veo, le diré que pase a verte. Es una pena que no puedas venir a la fiesta estando herida.

—No importa, tú solo asegúrate que venga a verme pronto.

—Claro.

No vino a verme, y los días pasaron lentos y aburridos teñidos por el dolor en la pierna. La fiebre, poco a poco remitió, y Rayael no tuvo que estar pendiente de mí por las noches, aunque intentaba hacerme compañía durante el día.

Ayla venía a visitarme cada mañana, sin falta. Su marido de vez en cuando.

—¿Raiben, sigue trabajando? ¿Podrá venir hoy? —Le pregunté directamente a Laranar, cuando se pasó una tarde para interesarse por mi estado, sin compañía de Ayla.

—Está muy atareado, aunque ayer me preguntó por ti, se alegra de que ya no tengas fiebre.

—¿Le podrías decir que tengo ganas de verle?

Laranar me miró extrañado de tanto interés y yo sonrojé, agachando la cabeza, mirando las sábanas de mi cama.

>>Me aburro, y él es el único que conozco a parte de Ayla y de ti.

Se inclinó hacia delante para verme los ojos.

El corazón me dio un vuelco al ver su rostro tan cerca de mí. No era Raiben, pero Laranar era guapo y atractivo. Ayla tenía buen gusto, todo había que decirlo. Aunque yo prefería a los morenos.

—Me encargaré personalmente de decirle que venga a verte cuanto antes.

Me guiñó un ojo, se alzó y se despidió de mí.

Pero tampoco vino. Tuve que pasar los días sola, en mi habitación. Lo positivo fue que Danaver me sacó el vendaje de la cabeza diez días después de mi llegada a Sorania. La pierna dejó de dolerme, aunque a veces notaba pequeños pinchazos que poco a poco se fueron suavizando.

Agobiada por no poderme mover, ni siquiera alzarme de la cama pues la elfa Rayael cumplía las exigencias de la médica a rajatabla, empecé a perder el apetito. ¡Ni tan siquiera había podido ver aún los jardines del palacio! Tenía una ventana, pero no dejaban que me asomara por ella puesto que me prohibían levantarme de la cama.

—Deberíais comer —me regañó Rayael al ver que jugaba con la comida sin llegar a probarla, solo le daba pequeños toques con el tenedor.

—Rayael, te he dicho un millón de veces que dejes de hablarme de usted —le reprendí—. Tutéame.

Suspiró.

—Tienes que comer —exclamó exasperada.

—No tengo hambre —respondí—. Tráeme unas muletas y comeré.

—Sabes que lo tengo prohibido —dijo consternada por mi actitud.

Suspiré.

Se sentó en el borde la cama.

—Si no comes, se lo diré a la princesa Ayla.

—Me da igual.

Pasó un largo minuto y vi que Rayael se achicaba, sus ojos mostraban preocupación pese a que intentaba aparentar firmeza.

—No puedo salir de la habitación, pero podría sentarme en la repisa de la ventana y ver los jardines.

Rayael miró el gran ventanal, no muy segura. Se lo había pedido infinidad de veces, pero siempre respondía que no era recomendable para mi pierna moverme.

—Estoy harta de estar en cama, deja que me vista, me arregle un poco y me siente allí para poder ver el exterior. Entonces, comeré.

—¿Seguro?

—Te lo prometo.

Suspiró y, finalmente, asintió.

La elfa se dirigió al armario y sacó un bonito vestido de color granate con filigranas doradas.

—¿Te gusta este?

—Es precioso, ¿siempre han estado ahí esos vestidos?

—La princesa me mandó llenar tu armario. No sabes la suerte que tienes, es un gran honor que te regale todos estos vestidos —me informó, sacándolo con cuidado de la percha—. Los coloqué hará unas noches mientras dormías.

Miré desde mi posición el interior del armario, alrededor de diez vestidos estaban colgados cada uno en sus respectivas perchas, eran preciosos.

Rayael dejó caer el vestido en mi cama, dándole unos pequeños toques para que estuviera impecable.

—¿No descansas nunca? —Le pregunté, al verla tan profesional—. Ya sé que no dormís, pero te pasas todo el tiempo conmigo y con Ayla, ¿cuándo tienes un rato para ti sola?

Sonrió, sin dejar de atusar el vestido.

—Las noches normalmente las tengo libres y luego al mediodía. La princesa Ayla no es exigente, lo cual es de agradecer, y tengo dos días libres a la semana.

—Desde que te conozco no has parado ni un solo día —puntualicé, levantándome a duras penas de la cama.

—La princesa Ayla me lo pidió como un favor personal, para cuidarte —me ofreció su apoyo para que pudiera caminar—. Podré cogerme los días que me deba cuando quiera.

Me vestí con su ayuda, luego me peinó, colocando una bonita redecilla de plata con perlas engastadas para recogerme el cabello. Al finalizar, parecía una princesa de un cuento de hadas. Me miré asombrada en un espejo de cuerpo entero apoyada en la elfa.

—Estás muy guapa —me alabó Rayael, orgullosa del resultado que había hecho conmigo.

En ese momento, alguien picó a la puerta y para mi sorpresa, Raiben fue el que entró en la habitación cuando le dimos paso.

—¡Raiben! —Exclamé con alegría, el cielo se abrió y dio paso al sol—. Tenía ganas de verte.

Raiben me miró con una nota de asombro, sus ojos danzaron desde mis pies hasta mis ojos, como si no fuera posible lo que estuviera viendo.

Finalmente, parpadeó dos veces y dijo:

—Estás preciosa —fue casi un suspiro, pero hizo que me sonrojara. Quise caminar hasta él soltando a Rayael sin recordar que mi pierna estaba rota y trastabillé—. Cuidado —me sostuvo antes que cayera y me ayudó a recuperar el equilibrio no sin antes tener que abrazarme por unos segundos.

—Julia, ten cuidado, aún no estás bien —me regañó Rayael, ayudándome entre los dos a sentarme en el borde de la cama—. Y ahora tienes que comer, me lo prometiste.

—¿Comer? —Preguntó Raiben, mirando la bandeja de comida que habíamos dejado encima del escritorio que disponía—. ¿Acaso no quieres comer?

—Estoy aburrida de estar tooodo el día encerrada, me quita el hambre.

Rayael me miró indignada.

—Pero intentaré comer, te lo he prometido, aunque primero

quiero mirar por la ventana.

—Luego —dijo Raiben y puse una mueca—. Yo me encargo Rayael, haré que se lo coma todo —miró el plato de pasta—. Pero esto ya está frío, ¿puedes traer algo nuevo?

—Claro —cogió la bandeja y se la llevó.

Una vez salió de la habitación, Raiben se volvió a mí, mirándome nuevamente de arriba abajo.

—Siento no haber venido antes —se disculpó—. He tenido unos días complicados trabajando por el Bosque de la Hoja.

—No importa —respondí con una sonrisa, tenerlo al lado era todo lo que deseaba.

Serio, se sentó a mi lado, muy cerca de mí.

—Quisiera hacerte una pregunta.

—Claro, lo que quieras —respondí contenta.

—¿Cómo le va a Esther?

Fue como sentir una jarro de agua fría caer encima de mi cabeza. No pensó en mí en todos aquellos años, pero sí en Esther, y sentí celos de ella pese a que estaba en la Tierra y continuaba con mi hermano.

—Se reconcilió con David —respondí secamente—. ¿Por qué?

—Por nada —hubo un momento de silencio—. ¿Se ha casado?

Fruncí el ceño.

—Pronto se irán a vivir juntos a un piso para ellos dos solos, supongo que acabarán casándose algún día.

Mis respuestas no le gustaron y ardí de rabia por dentro.

>>A Esther siempre le ha unido mucho la familia, no se ha arrepentido de quedarse en la Tierra con los suyos.

Sus ojos miraron al vacío.

—Es lo mejor que pudo hacer —respondió, luego me miró—. ¿Y tú qué? Has crecido mucho, ya no eres una niña, seguro que debes tener algún pretendiente.

—Más o menos —respondí sin darle importancia—. Aunque es complicado, no quiero hablar del tema.

No me apetecía hablar de Álex. Le había echado de menos

aquellos días en cama, seguro que él sí habría sacado el tiempo para venirme a ver, no como Raiben. No obstante, con quien deseaba estar era con el elfo, no con Álex. Era estúpida por ello.

Rayael regresó en ese momento con un nuevo plato de comida.

—La princesa Margot me ha hecho llamar —se disculpó—. Julia, por favor, come.

—No te preocupes, yo me encargo de ella —le aseguró Raiben.

Picoteé los macarrones, decepcionada por la actitud del elfo, no era como lo recordaba, de pequeña era simpático, agradable y siempre que me veía me sonreía. En aquellos momentos se mostraba serio conmigo, amable, pero serio, y pese a tenerle al lado lo sentí lejos, era como si quisiera levantar una barrera entre los dos.

—No tengo más hambre —dejé el plato encima de la mesita de noche.

—Debes comer —insistió Raiben.

—Quiero ver los jardines.

—Luego.

Sin pensarlo me deslicé hacia el otro lado de la cama, me levanté y a la pata coja llegué hasta el ventanal. Raiben no tardó en venir a ayudarme, inquieto al ver que puse una mueca de dolor por aquellos saltos, pero, por fin, mis ojos pudieron ver los jardines del palacio apoyada en el marco de la ventana.

—Son preciosos —dije.

Estaba todo nevado, pero pude ver un estanque, un pequeño puente, una carpa circular, varios árboles, bancos, estatuas… Esther no exageraba cuando me describía los jardines del palacio de Sorania, eran magníficos.

—Debes volver a la cama, si no haces reposo, tardarás más en reponerte y debes comer —insistió el elfo.

Fruncí el ceño.

—Quiero salir —pedí—. No aguanto más este encierro, si me das unas muletas o algo en lo que apoyarme podría pasear sola, así no molestaría a nadie.

Por algún motivo se tensó.

—¡No puedes salir sola del palacio! —Dijo alterado, luego intentó tranquilizarse—. Estás enferma y debes hacer reposo.

Me cogió en brazos sin esperarlo y me llevó de nuevo a la cama.

—Sois muy injustos, no me dejáis salir porque soy humana, ¿verdad? —Clavé mis ojos en Raiben, indignada, mientras me dejaba en la cama—. Cuando vinisteis a la Tierra nadie os obligó a quedaros encerrados en una habitación. Al contrario, os enseñamos todo cuanto pudimos de mi mundo.

—Es diferente, la Tierra es segura y somos guerreros.

—¡Excusas! —Noté mis ojos arder, pero contuve las lágrimas—. La Tierra ya no es segura para nada…

—Julia, no es por eso —intentó calmarme—. Es…

—¡Márchate! —Alcé la voz—. No hace falta que vuelvas a visitarme, ya sabes que Esther está con mi hermano, que era lo que te interesaba saber. Saciada tu curiosidad, ya me puedes dejar sola, no quiero que te veas en la obligación de visitarme si no quieres.

Raiben me miró estupefacto, frunció el ceño, se dirigió a la puerta y antes de salir de la habitación se volvió a mí.

—Me voy, pero no he venido a verte solo por saber de Esther.

Cerró la puerta tras de sí, dejándome sola.

—Seguro —le respondí aunque ya no estaba, cruzándome de brazos.

A la mañana siguiente Rayael se presentó muy temprano, despertándome de un sueño profundo.

—¿Qué ocurre? —Quise saber, apenas amanecía.

—Debes levantarte, asearte y vestirte —ordenó.

—¿Por qué tan temprano? —Bostecé, estirando los brazos—. Si casi no es de día.

En ese instante, la puerta de la habitación se abrió y apareció Raiben, con dos muletas de madera en una mano.

¡Y yo con estos pelos! Pensé despertándome de golpe.

El elfo se acercó a mí, me miró desde la altura que le otorgaba su posición y dijo:

—Volveré dentro de media hora —dejó las muletas al lado de mi cama—, y te enseñaré los jardines del palacio, no tardes.

Dichas esas palabras abandonó la habitación. Miré a Rayael, que me miraba con una sonrisa escondida en su rostro.

—¿Estoy soñando? ¿Aún duermo?

Rayael se sentó en el borde mi cama.

—Sé de buena tinta, que ayer por la noche, Raiben habló con el príncipe Laranar para que le diera permiso para sacarte por los jardines del palacio. No le costó mucho convencerle, yendo acompañada del guerrero Raiben, no hay problema.

Abrí mucho los ojos, sorprendida.

Media hora más tarde y con ayuda de las muletas que me entregó el elfo, fui acompañada por Raiben hasta los jardines del palacio.

La mañana se presentó soleada, el sol se reflejaba en la nieve blanca que teñía el suelo, los bancos y todo lo que nos rodeaba. Era precioso, con sus fuentes heladas, sus estanques congelados, las estatuas de Natur, carpas espectaculares que se utilizaban como elemento decorativo, para la intimidad o, según me explicó Raiben, para que bandas de músicos tocaran en días puntuales en ellas… No parecía tener fin, miraras por donde miraras, los jardines se extendían a tu alrededor. Únicamente el Bosque de la Hoja delimitaba su extensión.

Raiben me llevó a una de las carpas, pequeña en comparación con otras, pero igual de hermosa. Nos sentamos en uno de los bancos, aprovechando que este estaba a cubierto y en consecuencia no le cubría la nieve.

—Cuando llegue la primavera te gustará aún más —dijo Raiben al cabo de unos minutos, mientras me veía mirar todo cuanto nos rodeaba—. Y a medida que se acerque el verano podrás ver algún animal corriendo por ellos: liebres, ciervos… En otoño también es bonito, con sus colores rojizos, pero ahora…

—Ahora se pueden hacer muñecos de nieve.

Me miró a los ojos y sonreí, volvió a desviar la vista de inmediato.

—Esa es Natur, ¿verdad? —Le señalé una estatua cercana.

Raiben la observó.

—¿Cómo lo sabes?

—Esther me la describió, siempre lleva una rama de Laurel en la mano o una corona de flores de azalea en la cabeza. ¿Me equivoco?

—No, es tal como la describes.

Volvió el silencio, no estaba muy comunicativo.

—Me gustaría quedarme un tiempo en Launier —insistí y me miró—. ¿No podrías hablar con Laranar y convencerle?

—¿No echas de menos a tu familia? —Quiso saber, extrañado—. Seguro que creen que has muerto.

—Les echo de menos, sí, y me gustaría verles, pero no me importaría quedarme a vivir en Launier para siempre. No entiendo como Esther eligió la Tierra, yo me quedaría aquí contigo sin dudar.

Me miró atentamente.

—Julia, solo hay una manera que una humana se le permita vivir en Launier, casándose con un elfo.

—Búscame un marido —dije atrevida y parpadeó dos veces, sin saber qué responder.

—¿Lo dices en serio?

—Claro que no —hice una mueca, ¿por quién me tomaba?—. No me casaría con un desconocido así por las buenas.

—Me alegro, porque los elfos no somos así. No encontrarás a nadie que quiera ser tu esposo solo para que te puedas quedar. Además, —se levantó del banco— perteneces a la Tierra, tarde o temprano volverás.

—Ayla se ha quedado en Oyrun por Laranar. Yo podría quedarme por…

—Ella es diferente —me cortó—. Envidio a Laranar por haberla encontrado y poder formar una familia, pero no me entiendas mal, me alegro por él. La soledad es lo peor y no se la deseo a nadie.

—¿Tú te sientes solo?

Me miró un breve segundo, luego volvió a darse la vuelta, dándome la espalda.

—Supongo que sabes que soy viudo —respondió serio—. Desde hace cinco siglos la soledad me acompaña cada día. Por eso empleo todo mi tiempo trabajando, intento ocupar todas las horas del día y la noche de alguna manera. Ir a mi casa supone… tener recuerdos dolorosos.

Conocía su historia, Esther me la explicó años atrás y me gustó que Raiben compartiera sus sentimientos conmigo, que me explicara cómo se sentía.

—Algún día podrás formar una nueva familia —se volvió a mí, mirándome a los ojos con tristeza.

—Lo dudo.

—Esther me explicó tu historia y lo que pensabas hacer cuando los magos oscuros fueran eliminados. Se siente algo culpable de pensar que ella podría haberte cambiado, pero al tiempo esta convencida que te devolvió las ganas de vivir, de encontrar a alguien que puedas amar de nuevo…

—Cambiemos de tema —pidió angustiado—. No me gusta hablar de esto.

—Está bien —suspiré. Había logrado mucho haciendo que Raiben se sincerara tanto conmigo—. ¿Podríamos visitar la biblioteca? Ayla me ha hablado de ella.

—Claro —me tendió la mano, más relajado, y con su ayuda me levanté, cogí las muletas y salimos de la carpa.

La biblioteca fue un lugar impresionante, un edificio enorme con miles de libros, grandes mesas de mármol donde poder leer y unos ventanales tan altos que dejaban entrar la luz del sol, iluminando todo el edificio sin ayuda de candelabros.

Raiben me explicó que casi la totalidad de los libros estaban escritos en elfo, poco más de una decena estaban escritos en Lantin, el idioma común de los pueblos de Oyrun.

—Este te gustará —me tendió Raiben—. Se titula: *La lágrima de Gabriel* —deslizó el dedo índice por el título del libro—. Es el favorito de muchos, a mi hermana pequeña le encanta. Explica la historia de la primera maga de Oyrun, si te gustan las aventuras, el amor y sientes curiosidad por la historia de este planeta, te encantará.

—Pero no sé elfo —dije cogiéndolo.

—Yo te lo leeré —se ofreció.

Y a partir de ese día, Raiben vino a visitarme cada mañana dispuesto a leerme la bonita historia de la primera maga de Oyrun. Le tenía a mi lado, estirado junto a mí en mi enorme cama, escuchando su voz varonil al leerme las frases en elfo y luego en Lantin para que pudiera entenderlo. Había ilustraciones cada ciertas páginas y las comentábamos una a una. Un día, ensimismada por la lectura al llegar al final de la historia, de forma inconsciente me abracé a él. Raiben pasó un brazo alrededor de mis hombros y continuó la lectura como si no ocurriera nada. También concentrado en el libro.

—Ha sido precioso —dije cuando terminó, le miré a los ojos y fue cuando nos dimos cuenta que estábamos abrazados, demasiado cerca el uno del otro.

Tomé conciencia en ese instante de su mano en mi hombro y pese a la tela del vestido sentí su tacto como fuego en mi piel.

—Julia —me nombró mirándome a los ojos.

Vi el deseo en su mirada y sin pensarlo le besé en los labios. Al principio se tensó, pude notarlo, pero dos segundos después respondió a mi beso con pasión. Me inclinó con la fuerza de su peso en la cama y me acarició por encima del vestido notando sus manos arder. Sus labios bajaron por mi cuello y mi respiración se empezó a acelerar.

—Raiben —gemí su nombre, al notar como bajó una de sus manos hacia mi muslo interno. Maldije que mi vestido fuera tan largo interponiéndose la tela para percibir plenamente su tacto en mi piel.

En ese instante, alguien picó a la puerta.

—Julia —era Rayael—, traigo la comida.

Raiben se apartó de inmediato, percatándose en ese momento de lo que hacíamos.

—No, no —susurró aterrado—. No debí dejarme llevar, es un error.

De un salto se bajó de la cama.

—Raiben, vuelve —le pedí, viendo que abría la puerta, Rayael entraba con una bandeja de comida y mi elfo se iba.

Miré a la elfa, maldiciendo su interrupción.

—¿Qué ha ocurrido? —Preguntó sin entender, viendo la actitud de Raiben.

Le miré impotente, casi echándome a llorar, pero respondí:

—Ocurre que he despertado en Raiben las ganas de vivir y tú eres muy oportuna.

Deseosa de ver a Raiben, esperé que al día siguiente apareciera como cada mañana para ir a dar nuestro paseo por los jardines del palacio, ya que se había convertido en una rutina el disfrutar de su compañía de la mañana a la noche. Pero no vino, no supe nada de él en todo el día.

Nerviosa, no supe qué hacer. Ayla vino a verme después de varios días sin pasarse por mi habitación. Curioso, que en el tiempo con el que estuve con Raiben, ni tan siquiera hubiera venido a saludarme, y justo cuando el elfo desaparecía, ella regresaba para saber de mí.

—¿Has visto a Raiben? —Le pregunté sin rodeos.

—No, pero Laranar sí.

—¿Y? —Insistí al ver que callaba.

—Quiere marcharse a servir a las fronteras.

—¡¿Qué?! —Exclamé horrorizada—. Pero... ¿por qué? No tiene sentido, solo fue un... beso.

Ayla suspiró.

—Lo sé, Julia.

>>Laranar me ha explicado que en cinco siglos no ha cogido ni un solo día libre adicional de los que por ley le obligan a descansar. Salvo este último mes que ha pasado contigo.

—¿Qué quieres decir?

—Pues que le tocaba trabajar, pero ha utilizado los días libres que tenía acumulados durante siglos, para estar contigo. A Laranar y a mí nos ha sorprendido, en verdad, a toda Sorania. No has salido de palacio, pero créeme que su actitud ha sido comentada por muchos. Le has… cambiado.

—¿Y por qué quiere ir de pronto a servir a las fronteras?

—Creemos que es por miedo —respondió mirándome a los ojos—. Julia, no quiere volver a sufrir. Sufrió hace cinco siglos con la muerte de su esposa, sufrió con Esther más de lo que estuvo dispuesto a admitir y ahora… Llegas tú, de la Tierra como Esther, regresarás tarde o temprano dejándole con el corazón destrozado. Creo que quiere protegerse, sabe que te marcharás en poco tiempo.

—Me gustaría hablar con él —pedí—. Por favor, Ayla, haz que venga a verme.

Me prometió que lo convencería, pero no vino.

Esperé tres días, hecha un manojo de nervios.

—¿Sabes algo de Raiben? —Le pregunté a Rayael el cuarto día.

—Solo sé que se marcha a las fronteras mañana y agota el tiempo que le queda en Sorania patrullando por el Bosque de la Hoja —respondió con pesadez, recogiendo el desayuno—. Lo lamento, Julia.

La rabia recorrió mis venas en cuanto Rayael me dejó sola, pero entonces vi las muletas apoyadas en la pared, justo al lado del armario. En apenas una semana me quitaban el entablillado de la pierna, ya no me dolía, así que me levanté de la cama, caminé como pude hasta las muletas y empecé a vestirme sola. No dejaría que Raiben se fuera de Sorania sin antes hablar conmigo.

Con dificultad, salí del palacio y caminé por los jardines dirección al Bosque de la Hoja, que delimitaba con aquel maravilloso jardín botánico cubierto aún por la nieve. Una vez llegué, sin entrar, empecé a llamar a Raiben a pleno pulmón. Estaba convencida que con el oído tan fino que tenían los elfos me escucharía. No podía andar muy lejos, Ayla me comentó que la mayoría de veces los elfos se mantenían cerca del linde del bosque por si había problemas. Un segundo grupo guardaba el bosque más al interior y recé porque no fuera el caso de Raiben.

—¡Raiben! —grité su nombre con todas mis fuerzas—. ¡Raiben, soy Julia, quiero hablar contigo!

Esperé unos segundos y volví a intentarlo.

—¡Raiben, maldita sea! —exasperé—.¡No puedes irte a las fronteras!

>>¡Raiben! —me sentí un tanto estúpida por gritar de aquella manera, pero por Dios que lograría captar su atención—. ¡Raiben, por favor! ¡Ven y hablemos! ¡No puedes marcharte así!

>>¡Raiben! ¡Raiben! —callé en cuanto escuché un movimiento en el bosque—. Raiben, por favor, tenemos que hablar.

Me acerqué un poco más, esperando que apareciera en cualquier momento.

>>Siento lo del beso, no volverá a ocurrir, pero no vayas a las fronteras, es peligroso.

Un arbusto se movió a unos metros de mí.

>>¿Raiben?

De pronto, una enorme serpiente salió disparada en mi dirección, reptó por el suelo a una velocidad inimaginable. El bicho medía como tres metros de largo y era grueso como un armario. Caí de espaldas al suelo, sobre la nieve, al ver aquel gigantesco monstruo.

—¡Raiben! —le llamé asustada y encaré una muleta en dirección a la serpiente, pero antes que pudiera llegar a mí, dos flechas le alcanzaron dándole de lleno en la cabeza. El enorme animal cayó fulminado a tan solo medio metro de mí. Al mirar a un lado, vi a Raiben de pie, a unos treinta metros de mi posición, con el arco levantado, recién salido del bosque—. Raiben, me has salvado la vida.

El rostro del elfo era de puro terror y caminó a grandes zancadas hasta llegar a mi altura.

—¡Estúpida! —me gritó—. ¡¿No te das cuenta de lo que podría haberte pasado?! ¡Nunca salgas a los jardines sin un guerrero! ¡Nunca!

Le miré sin saber qué responder, ¿por ese motivo todos insistían en que no saliera sola a los jardines? Creí que era por ser humana.

—Lo… lo siento, no lo sabía —respondí aún temblando—. Solo quería hablar contigo, no puedes irte a las fronteras.

En ese instante, dos elfos más salieron del bosque, pero se quedaron detrás de Raiben, esperando.

—Lo que yo haga o deje de hacer es asunto mío, no tuyo. Si quiero marcharme a las fronteras, me voy y punto.

—Pero es peligroso y no quiero que te vayas por mi culpa. Prometo no besarte nunca más.

Raiben se inclinó a mí, con cara de pocos amigos.

—Mira, humana, ese beso ya está olvidado, pero me voy a las fronteras mañana mismo y ni tú, ni nadie, podrá impedírmelo.

Dichas esas palabras se dio la vuelta, dándome la espalda.

—Reuldon, acompaña a Julia a su habitación —luego se dirigió al otro elfo—. Continuemos con nuestra ruta.

Y, sin mirarme siquiera, se adentró con el otro elfo en el bosque y me dejó a cargo del elfo Reuldon.

Lloré desconsolada, en cuanto estuve sola en mi habitación.

Sí, iré

Danaver liberó mi pierna una semana después que Raiben se marchara a las fronteras, pero en vez de encontrar un poco de libertad me sentí aún más prisionera. El peligro de andar sola por los jardines del palacio era real, no un cuento, y pocas veces podía disponer de un elfo guerrero con el que poder contar.

Echaba de menos a Raiben, pese a los días transcurridos el beso que nos dimos seguía presente en mi memoria, incluso soñaba con él por las noches, pero mi intento a que se quedara empeoró las cosas, y una parte de mí, seguía dolida por como me trató. Yo solo quise protegerle, que no pusiera en peligro su vida y lo único que obtuve fue desprecio por su parte.

No obstante, el corazón me dictaba que se engañaba a sí mismo y, por ese motivo, le perdoné aunque él no lo supiera.

Una tarde, en la que Ayla me invitó a merendar en su habitación con los niños, Laranar nos acompañó y para mi sorpresa me informó que finalmente podía quedarme hasta finales de verano.

—Sé que estás enamorada de Raiben —dijo con cautela Laranar y yo sonrojé, pero no lo negué—, y creo que él siente algo por ti, pero es un idiota. Un idiota confundido, atrapado en una promesa.

—Por lo de su mujer —supe.

Asintió.

—Julia —me habló Ayla entonces—, ha habido un incidente, y Laranar y yo lo hemos estado hablando mucho, creemos que debes saberlo y ayudarte a llegar a su lado.

—¿Qué ha pasado? No me asustéis. ¿Raiben está bien?

—A los tres días de llegar a las fronteras, hubo un enfrentamiento con un troll, Raiben resultó herido —abrí mucho los ojos al escuchar a Laranar—. Su vida no corre peligro, pero tiene un brazo y una pierna rota. Recibió un mazazo del troll antes de que varios guerreros lo derribaran.

—Ahora está en casa de sus padres, recuperándose —continuó Ayla—. Viven en Sanila, y hemos pensado poner los medios necesarios para que tú puedas reunirte con él.

Quedé sin palabras.

—Conozco a Raiben —dijo Laranar—. Si fue alcanzado por un troll es porque no esta bien mentalmente, debe de estar pensando en ti.

Mis ojos se empañaron de lágrimas y suspiré entrecortadamente.

—¿Estarías dispuesta a ir a Sanila? —Me preguntó Ayla—. El

camino puede ser peligroso, más con el tiempo que hace últimamente.

Miró por la ventana y yo también. Fuera, el viento del invierno soplaba con fuerza. Llevábamos unos días donde tormentas de nieve no dejaban salir a nadie de sus casas. Viajar en semejantes condiciones era una locura.

No obstante, dije:

—Sí, iré. Me reuniré con Raiben y le haré entrar en razón.

RAIBEN

Entrar en calor

Siempre había sido un buen guerrero, siempre, y un simple troll me había vencido en un ataque inesperado. Mis sentidos me habían fallado turbados por el pensamiento constante de una simple humana.

Julia, aquella niña que conocí cinco años atrás había crecido, madurado y convertido en toda una mujer. Su sonrisa, sus palabras, la manera en que hablaba, en decir lo que pensaba sin importarle con quién estuviera conversando… ¡No podía quitármela de la cabeza! Y aquellas tres semanas que llevaba postrado en cama no habían hecho más que acrecentar mis dudas.

Aún recordaba el beso que le di y lo que sentí al saborear su boca. Fue excitante, placentero y por un instante, me sentí feliz y pleno.

Intentaba dormir creándome sueños agradables con Griselda para apartarla de mi mente, pero, inconscientemente, mi mente creaba una tercera figura, turbando lo que era un agradable sueño con mi esposa fallecida, en una pesadilla con la chica que había hecho cuestionarme el amor nuevamente.

No podía evitarlo, una batalla se libraba en mi interior. Por un lado, los remordimientos por sentirme atraído por la humana y traicionar a Griselda, añadidos al miedo de crearme falsas ilusiones con Julia y luego ver como elegía su familia y su mundo, dejándome con el corazón destrozado como me pasó con Esther. Por otro, una oportunidad, quizá la última que se me presentaba, para poder formar una familia y alcanzar la felicidad.

Quizá, si tuviera la certeza que Julia me elegirá a mí en vez de la Tierra, no vacilaría tanto, pensé egoístamente.

La campana de la entrada sonó, solo esperaba que no fuera la visita de algún amigo que se hubiera enterado tardíamente de mi patético estado. No me apetecía ver a nadie.

Al tiempo, mi hermana asomó por la puerta con una bandeja de comida.

—Te he traído un suculento rape a la marinera —me acomodé en la cama, dolorido. El brazo y la pierna derecha me dolían, pero las tres costillas rotas me martirizaban—. ¿Vino?

—Sí —por lo menos del lado izquierdo estaba perfectamente, por lo que podía comer sin ayuda—. Gracias.

—¿Cómo te encuentras?

—Mal —respondí amargado, sin disimular mi estado de ánimo—. Puedes irte.

Suspiró, sentándose en el borde de la cama.

—Es por una mujer, ¿verdad?

La miré sorprendido, ¿cómo lo sabía?

Jeslin sonrió, me conocía muy bien pese a que llevábamos años sin vernos, debido a la distancia.

—Raiben —me tocó el brazo que no estaba lastimado—, sé lo tozudo que eres, no hay nadie más cabeza cuadrada que tú, pero si es por una mujer, espero que no la dejes escapar. Griselda siempre estará en nuestros corazones, pero mereces una segunda oportunidad.

—No es tan fácil.

Me miró a los ojos y respondió:

—No hagas como nuestro hermano Rainel, ni te compares con él, su situación fue completamente diferente a la tuya. No estás obligado a demostrar nada y menos si eso implica tu muerte.

Dichas esas palabras, se levantó y se marchó de la habitación.

Miré mi plato de comida, pensando en mi hermano mayor. Un poco antes de empezar mi relación con Griselda, mi hermano perdió a su esposa y una hija en el ataque de un dragón en Sanila. No soportó su pérdida y una semana después de su muerte, cogió un barco, marchó al mar él solo y no lo volvimos a ver nunca más.

Yo no tuve el valor de hacer lo mismo, pensé.

Pese a decir siempre que seguiría a Griselda después de ver muerta a su asesina, nunca di el paso de acabar con mi vida.

Un minuto después entró mi padre y me lanzó una mirada seria, me evaluó de arriba abajo e hizo un leve gesto con la cabeza de negación como si no me comprendiera.

—Acaba de llegar una chica, acompañada por dos elfos de Sorania con esta carta —me la tendió, casi emocionado—. Ahora entiendo muchas cosas.

Cogí el sobre y me percaté que el sello del lacre correspondía al águila de la familia real. Miré a mi padre, que me miraba expectante, y no perdí más tiempo en sacar la carta del sobre y leer su contenido.

Estimado sr. Carlsthalssas

La amistad de nuestra familia se remonta a muchos milenios atrás cuando mi padre y usted, estudiaban juntos en la escuela primaria de Sorania. Es, por ese motivo, que me veo obligado a informarle de un asunto, que seguramente su hijo ha olvidado de nombrar sobre los motivos que le han traído a querer servir en las fronteras y poner en riesgo su vida.

El motivo, seguramente lo tiene delante de usted, pues la chica que le entrega esta carta es la muchacha que ha hecho que nuestro Raiben se planteé formar una familia nuevamente. Su nombre es Julia…

Alcé la vista en ese momento de la carta, mis manos temblaban ante la idea que ella pudiera estar en ese mismo momento en el salón, aguardando a poder verme.

—¿Julia está aquí? —Pregunté.

—¿Has acabado de leer la carta? —Negué con la cabeza—. Pues termina de leerla —me ordenó de forma tajante.

... Su nombre es Julia, es una humana que pertenece al mismo mundo que la princesa de Launier, Ayla. Ambos se conocieron en la misión que nos llevó cinco años atrás a viajar a la Tierra. Para entonces, Julia, no era más que una niña y por una serie de razones que no me extenderé, está ahora como invitada en nuestro país.

La muchacha está perdidamente enamorada de Raiben, y él, aunque quiera negarlo, también. Mi petición no es otra, que permita que nuestra querida Julia atienda a Raiben estos meses que necesita la ayuda de una persona. Tengo la esperanza que en este tiempo Raiben reaccione y se rinda a lo que le dicta su corazón.

Como príncipe de Launier, garantizo que Julia podrá tomar la ambrosía si Raiben la acepta como esposa para que puedan vivir eternamente, formando una nueva familia que ambos merecen.

Atentamente.

Laranar Zaltdassner, príncipe de Launier.

—¿Dónde está Julia?

—Veo que es cierto —respondió—. Ahora entiendo tu actitud —rodeó la cama y se sentó en el borde—. Hijo, ¿no te das cuenta de lo que significa? Ámala sin tapujos, no me importa que sea humana. Vive y sé feliz.

—Despáchala —le pedí, arrugando la carta y lanzándola a la chimenea con buena puntería—. No quiero verla.

Negó con la cabeza.

—Si piensas que voy a echar, a la única persona que puede evitar que mi hijo se suicide, es que no me conoces —respondió levantándose—. Voy a decirle que puede entrar, mentalízate.

—No, por favor, padre… ¡Padre! —Se marchó.

Di un golpe con el puño en el colchón, impotente, valoré el fugarme antes que apareciera por la puerta, pero supe que era algo inútil. Llevaba semanas sin poderme levantar de la cama sin la ayuda de alguien, ¿cómo iba a huir?

No obstante, quise intentarlo.

Eché las sábanas a un lado, descubriéndome. Me senté como alma en pena y justo cuando cogí mi muleta de madera, escuché la voz de Julia subiendo por las escaleras.

Quedé paralizado, era tal y como la recordaba, la voz dulce de un ángel. Le preguntaba a mi padre por mi estado, preocupada.

Maldije interiormente, solté la muleta, volví a meterme en la cama, me tapé dolorido y me pasé una mano por el pelo intentando estar decente.

El corazón me bombeaba con rapidez, expectante por verla. No quería huir, quería verla desesperadamente y cuando me di cuenta de ello, me puse de mal humor. No estaba bien, además, seguro que se marcharía de nuevo a la Tierra dejándome con mi pena.

Mi padre llegó primero y detrás de él pasó Julia.

Abrí mucho los ojos, estaba preciosa. Llevaba el cabello suelto, algo alborotado por el viaje, pero del color castaño que tanto me gustaba. Sus ojos danzaron sobre mí, evaluando mi estado, eran grandes, expresivos y de color marrón, como la corteza de los árboles. Sus labios se curvaron lentamente en una sonrisa al ver que no estaba tan mal como podría haber imaginado. Iba vestida con un sencillo, pero bonito vestido de lana verde, una capa negra y unas botas bajas de piel.

—Raiben —se aproximó a mí sin perder tiempo—, ¿cómo te encuentras?

—Bien, no me puedo quejar —respondí intentando controlar mis nervios—. No deberías haberte molestado en venir desde tan lejos.

—No es molestia, alguien debe atenderte —se sentó en el borde de la cama y me tocó el brazo sano, sentí un calor agradable llegar a mi piel.

—Julia es muy considerada —dijo mi padre y ella lo miró—. Gracias por querer cuidar a mi hijo. Te lo agradezco y eres bienvenida, te prepararemos la habitación de al lado para que puedas estar cerca de él.

Tragué saliva, con mi padre cualquier intento porque Julia abandonara la casa resultaría inútil. Por otro lado, no quería que se marchara, había soñado tantas veces en poder verla de nuevo, antes que fuera primavera y tuviera que regresar a la Tierra, que me sentí estúpidamente feliz.

En cuanto se instaló, vino a hacerme compañía.

—Creí que te enfadarías al verme —dijo con sinceridad—. No nos despedimos muy bien.

—Lo sé —admití—. Fui un estúpido, Julia. Perdóname.

—Tenemos pendiente un tema de conversación —añadió—. Pero te propongo un trato, lo pospondremos hasta que estés recuperado.

La miré a los ojos, volver a nuestra relación de amistad era un sueño.

—Me parece bien —accedí.

Podría tenerla a mi lado sin la presión de tener que decidir.

Julia se alzó, sonrió y me dio un beso en la mejilla.

Sentí su beso en mi piel hasta el día siguiente.

Los días fueron pasando, atendido por los constantes cuidados de Julia, era agradable, especial y cada vez me sentía más unido a ella de una forma peligrosa. El miedo a perderla cuando llegara la primavera me ponía de mal humor, solo de pensar que debía marcharse me entristecía. Por ese motivo, no le confesaba mis sentimientos, no intentaba un acercamiento que llegara más lejos de la simple amistad.

No iba a cometer el error de hacer el amor con Julia, así la separación no sería tan dolorosa.

—¿Por qué vacilas? —Me preguntó un día Jeslin, sentados ambos en un banco del jardín de casa, mientras Julia estaba dentro con mi madre en la cocina.

Era un día soleado que advertía de la llegada inminente de la primavera.

—Es complicado —dije, pero le confesé mis temores, necesitaba desahogarme con alguien.

—No nos habías comentado lo de la otra humana —dijo cuando acabé la historia—. Te entiendo, pero no tiene porque ser igual. Quizá Julia te escoja a ti, en vez de la Tierra como hizo esa tal Esther.

—También está el hecho de traicionar a Griselda —añadí—. Juré…

—No pongas excusas —pidió—. Acabas de contarme que con esa Esther estabas dispuesto a intentarlo, pero ella te falló. Eso significa que hace apenas unos años estabas dispuesto a rehacer tu vida, no pongas a Griselda como excusa.

—Me gustaría formar una familia —admití—. Pero también es verdad que me siento mal por Griselda. Rainel no tuvo ninguna duda de seguir a su esposa hasta la muerte.

—Nuestro hermano llevaba siglos casado, había sido padre de tres hijos y lo había experimentado todo. Tú, no tuviste tiempo de estar al lado de Griselda. Jamás he dudado de vuestro amor, pero tuvisteis que precipitaros por el hecho que tu esposa era la novia del príncipe heredero.

Suspiré.

—¿Y la familia de Griselda? ¿Qué pensarán? Ya tuve mis conflictos con ellos antes de perderla, para ellos solo era el elfo que la tentó y la apartó de la corona.

—Nunca me cayó bien su familia —dijo con sinceridad—. ¡Al cuerno con ellos! Debes pensar en ti, en nadie más.

Julia vino en ese momento con dos tazas de chocolate caliente. Sonrió al llegar a nuestra altura. Jeslin se levantó y con una excusa nos dejó solos.

—Hace un bonito día —comentó, ofreciéndome una taza, luego se sentó a mi lado.

—Sí, supongo que pronto deberás marcharte —dije con pesadez—. Pasado mañana ya es oficialmente primavera.

Sonrió.

—Y será cuando te quiten los vendajes —me recordó—. Deberías estar más animado.

No le respondí, la primavera significaba despedida y no quería que se marchara, pero la primavera llegó y me quitaron los vendajes, coincidió con el baile de primavera.

—Justo a tiempo —dijo mi padre al verme caminar sin ninguna ayuda por el salón—. Así podrás llevar a bailar a Julia esta noche.

Me tensé, sacarla a bailar era un sueño, pero también un desafío. No quería estar con ella si al minuto siguiente regresaba a la Tierra. El dolor entonces, sí que sería insoportable.

Miré a Julia, que al ver mi expresión seria, incómodo y nada seguro, me miró decepcionada. Dejó caer los hombros y sus ojos amenazaron con echarse a llorar.

—No podré, lo siento —respondió Julia cogiendo aire—. Tengo que irme, Ayla me dijo que vendrían a buscarme los dos elfos que me trajeron a Sanila para acompañarme a Mair. Es más, debería estar haciendo mi equipaje, tengo que esperarles en el palacio de Sanila.

Iba a salir del salón, dejándome con el corazón destrozado.

—Un momento —le pidió mi padre, cogiéndola del brazo—. ¿No puedes quedarte una noche más? No nos habías dicho nada.

—Sí —afirmó mi madre, también presente—. Craiben puede hablar con ellos, no pasará nada porque te quedes un día más.

—No —se soltó del brazo de mi padre—. Debo marcharme, aquí ya no hago nada —me miró de refilón, pero volvió a dirigirse a mi padre—. Gracias por todo.

—¿Crees que ya habrán partido a Mair o quizá lo hagan mañana temprano? —Le pregunté a mi hermana, mirando por la ventana del salón que daba a la calle.

Era de noche, las estrellas se veían en el cielo claramente. Pensé en Julia, bailando debajo de ellas, hubiera sido feliz de poder compartir un baile con ella.

—No lo sé —dijo mientras leía un libro—. Pero has sido un tontorrón por dejarla escapar.

—Va a volver a la Tierra —insistí—. Ya la escuchaste.

Cerró el libro de golpe.

—Quizá te hubiera escogido a ti si le hubieras dado una oportunidad —dijo mirándome a los ojos—. Hazte un favor y ve a buscarla, aún estás a tiempo.

—Ya habrán partido —analicé—. Es tarde.

Puso los ojos en blanco.

Para mi hermana era fácil, ya estaba casada. Aunque su marido se encontraba en ese instante en alta mar, era capitán de uno de los barcos de mi padre. Protegía el comercio entre los países vecinos.

En ese momento, un grupo de elfos irrumpió en el salón de la casa. Me puse en pie de inmediato.

—Cada año lo mismo —me enfadé al verles—. ¿No os cansáis nunca?

Mi madre sonreía, cómplice de haberles dejado pasar, mirando la escena desde atrás.

—No, amigo —dijo Lafer, cogiéndome de un brazo—. Te vienes con nosotros al baile, te guste o no.

Otro elfo me agarró del otro brazo.

—Llevamos años sin poder ir juntos y no vamos a desaprovechar la oportunidad de poder verte bailar. Tienes a las elfas muy abandonadas.

—Sabes que no bailo con nadie —me quejé—. No estoy de humor.

Pero fue inútil, ya me arrastraban fuera de casa.

—Vamos, no te hagas rogar —dijo Mirtel—. Este año hay varias elfas nuevas.

Y sin poder evitarlo, me vi conducido hacia la plaza principal de Sanila, la más grande de la ciudad donde se celebraba el baile de primavera. Como de costumbre, estaba llena de elfos y elfas, algunos ya bailando en el centro de la plaza.

—Vamos a ver —Lafer me pasó un brazo por el cuello atrayéndome hacia él y me señaló a Lauria—. ¿Qué te parece? Es guapa…

—Todas lo son —le cortó Matiel.

—Sí, pero ella es muy pasional —se acercó a mi oído—. Bailé con ella hace diez años, un amor, te lo digo yo.

—Te lo diré bien claro, ¡no! —Exasperé y me lo quité de encima.

—Quizá prefieras a una humana —comentó como si tal cosa Runthel—. ¿Conocéis a esa? Es la primera vez que la veo.

—¡Por Natur, es un bombón! —Exclamó Matiel—. Si no la quiere Raiben, me la pido.

—¡Ah! Ponte la cola, Hansbel se nos ha adelantado.

Miré por curiosidad y quedé de piedra al ver a Julia hablando con un elfo llamado Hansbel. ¿Qué demonios hacía en el baile? ¿No debía estar de camino a Mair?

La ira corrió por mis venas, no lo pensé y me dirigí de inmediato a Julia antes que aceptara el baile con Hansbel.

—¡Julia! —La llamé, enfurecido, al llegar a su altura—. ¿Qué haces aquí?

Abrió mucho los ojos y miró al otro elfo.

—Hansbel, vete —le ordené—. Julia no bailará contigo esta noche.

Vaciló un instante, pero no tardó en retirarse.

Fui consciente que mis amigos nos observaban desde la distancia, pero volví mi atención a la humana. Estaba apoyada en la pared de un edificio lejos del bullicio, mirándome asombrada.

—Creí que estarías de camino a Mair, pero te encuentro aquí. Coqueteando con un elfo que no conoces de nada, francamente, me has decepcionado.

Esperé a que dijera algo, pero no pronunció una palabra.

—¿No vas a decir nada? —Insistí.

—Yo… yo… —al tartamudear me di cuenta entonces que temblaba, muerta de frío, y al fijarme mejor vi su bolsa de viaje a sus pies.

—Julia —le toqué el rostro, estaba congelada—. ¿Pero qué…?

—E… era… men… mentira —dijo—. Nnn… nooo… te… tengo que volver aún a la Tierra.

La abracé de inmediato rodeándola con mi capa.

—No te entiendo —dije—. ¿Cómo que no tienes que volver?

—Laranar… me di… dio… permiso pa… para quedarme… hasta ve… verano.

—¿Entonces? —Empecé a darle friegas por los brazos—. ¿Por qué nos has mentido? ¿Qué has hecho durante toda la tarde?

—Vagar —respondió y me abrazó con desesperación—. Raiben, te… te quiero.

Rompió a llorar, hundiendo su rostro en mi pecho.

>>Te quiero… con to.. toda mi alma. Pero yo no te gusto… lo sé. Lo he vi… visto en tus ojos cuando tu padre… ha propuesto que fuéramos ju… juntos al baile. Necesitaba salir de tu casa… cuanto antes, me duele que no me quieras —se estrechó más contra mí—. Raiben, lo siento, pero me… me he enamorado de ti. Llevo enamorada desde que te conocí… cuando era una niña. Viajar a Oyrun y avisaros de los orcos solo era una excusa más para poder verte una vez más.

—Pero regresarás a la Tierra en cuanto los magos de Mair puedan devolverte a tu mundo.

—Me quedaría toda la vida en Oyrun, si tú estuvieses a mi lado.

De pronto, Julia se dejó caer y la cogí en brazos.

—Julia —la zarandeé al verla inconsciente—. Vamos, despierta.

No reaccionó y miré alrededor, buscando la mejor salida para llegar a mi casa.

Matiel se acercó al ver la escena.

—¿Qué le has hecho? —Preguntó asustado.

—Se ha desmayado —dije cogiéndola mejor para llevármela cuanto antes.

—Sabía yo que no habías perdido tus cualidades para impresionar a las mujeres —escuché que decía Matiel a mi espalda, mientras yo ya me encaminaba a mi casa.

Me volví un instante y vi a todos mis amigos con una sonrisa en sus labios al ver como me marchaba con una mujer en brazos. Negué con la cabeza, no tenían remedio y además, eran muy pesados.

Apenas tardé cinco minutos en llegar a casa de mis padres. Mi madre se asustó al verme con Julia en brazos, pero no perdí tiempo, mientras le explicaba lo sucedido ya subía escaleras arriba para atenderla en su habitación. Mi padre no tardó en unirse a nosotros, mi hermana al parecer ya se había ido a su casa. Un criado, preguntó si necesitaba que nos trajera algo.

—Solo está helada —dije tocándole el rostro ya tendida en la cama —. Hay que quitarle la ropa que lleva, está húmeda del relente de la noche.

Iba a empezar a desnudarla, pero me detuve y miré a todos. Aquello parecía un circo.

—Dejadnos solos —pedí—. Yo me encargo.

Vacilaron, pero mi madre reaccionó e hizo que los presentes se marcharan de la habitación, no sin antes sacar unas mantas del armario.

—Si necesitas cualquier cosa, pídela —dijo antes de cerrar la puerta.

Asentí.

Empecé a quitarle la capa, las botas, los calcetines y el vestido que llevaba hasta dejarla en ropa interior. La tapé con la sabana, la colcha y dos mantas. Luego me dirigí a la chimenea y avivé el fuego para calentar aún más la habitación. Una vez hecho me senté en el borde la cama y le toqué el rostro.

—Julia, me escuchas —frunció el ceño, pero no despertó, por contrario continuaba temblando.

Me desnudé también y me metí en la cama con ella, abrazándola para que el calor de mi cuerpo la calentara.

—¿Julia? —Olí sus cabellos, acaricié la piel de sus brazos y la tendí de costado hacia mí, notando sus senos contra mi pecho desnudo. Ahogué un gemido cuando mi cuerpo reaccionó a su contacto—. No sé otra manera más rápida de hacerte entrar en calor.

Abrió los ojos en ese momento, desorientada, pero al ver la situación en que nos encontrábamos los dos, su mirada fue de asombro con una mezcla de pánico.

—Estás helada —me expliqué rápidamente—. Te has desmayado y no he sabido qué hacer para que entraras en calor…

Su respiración se aceleró y ahogó un gemido.

—Siento si te he ofendido —iba a apartarme al ver que se encontraba mejor, pero ella pasó una mano por mi cintura, me acercó precipitadamente a su cuerpo y me dio un beso en los labios.

—No te retires —suplicó—. Me gusta tenerte tan cerca.

Paseé mis manos por su espalda desnuda y volví a besarla. Ella paseó sus manos por mis brazos, en una caricia.

—Te quiero —susurré mirándola a los ojos—. Te quiero, lo admito. Llevo meses amándote. Me di cuenta cuando viniste a buscarme al bosque de la Hoja. Verte en peligro me hizo entender cuánto me importas.

—¿Y por qué te marchaste?

—Porque regresarás a la Tierra —dije dolido—. Y volveré a quedarme solo. Por ese motivo no quería llevarte al baile, si vas a marcharte no quiero sufrir más. Pero la verdad es, que ahora estoy que exploto si no te hago el amor ahora mismo.

Acarició mi rostro y sonrió.

—Pues hazme el amor, Raiben.

La besé con pasión y de inmediato acabé de quitarle la ropa interior, me sorprendí al comprobar lo húmeda que ya se encontraba y sin más preliminares, el deseo de los dos hablaba por sí solo, me bajé los calzoncillos y me introduje dentro de ella.

Julia gimió, arqueando la espalda y mordiéndose el labio inferior llena de gozo. Aquello solo hizo que me excitara más y arremetí con más ímpetu. No era virgen, se notaba por lo segura que se mostraba. Me mordisqueó la mandíbula y bajó por mi cuello mientras yo no hacía más que entrar y salir de ella.

—Ahora sí que me estás dando calor —comentó con picardía mirándome a los ojos y sonreí.

Julia gimió y yo me dejé llevar alcanzando el clímax juntos.

La besé en los labios una vez acabamos y me retiré a un lado.

Julia me abrazó y en un susurro dijo:

—Me quedo en Oyrun, te elijo a ti Raiben.

Se quedó dormida en mis brazos y fui feliz. Por fin, encontré a una chica con la que rehacer mi vida, una oportunidad de poder formar una nueva familia.

A la mañana siguiente, despertó abrazada a mí.

—Hay que informar a Laranar que no te vas a marchar —le dije dándole dulces besos por el rostro y acariciando su cuerpo aún desnudo—. Así los magos de Mair solo tendrán que cerrar el paso entre la Tierra y Oyrun. Ya no hay necesidad de… —Julia detuvo mis caricias—. ¿Qué?

—Raiben, quiero quedarme en Oyrun, pero no podemos sellar el paso entre nuestros mundos tan rápido. Quiero ver a mis padres y mi hermano una vez más, no puedo dejarles pensando que he muerto.

Me tensé, si volvía a la Tierra, podía cambiar de opinión.

Lo leyó en mis ojos.

—No voy a quedarme en la Tierra, volveré, te lo prometo.

—¿Y si te hacen cambiar de idea?

—¿Confías en mí?

Asentí.

>>Pues volveré.

—Está bien, pero te acompañaré —dije—. No voy a permitir que el novio que tenías en la Tierra te haga vacilar.

Rio.

—¿Álex? —Negó con la cabeza, y disimulé el hecho que no sabía que era el hermano menor de Esther con quien salía—. Jamás le he amado como te amo a ti, siempre ha sido más un amigo cercano. Le tengo mucho cariño, pero solo es eso, cariño, aunque… le romperé el corazón —se le quebró la voz, luego me miró a los ojos—. A quien quiero es a ti, Raiben.

—Yo también te quiero —respondí acariciándole el rostro—. De todas maneras, quiero ir, debes presentarme a tu familia aunque vayan a odiarme.

Frunció el ceño.

—¿Por qué te iban a odiar?

—Porque voy a separarles de su hija, Julia. Voy a quitarles a la mujer más maravillosa de toda la Tierra.

Sonrió y nos dimos un pequeño beso en los labios.

—Ahora, tenemos que ir a desayunar y debes tomarte la infusión para la luna de sangre —me miró sin comprender—. Para evitar los embarazos, ya habrá tiempo de tener niños en el futuro.

—¡Desde luego! —Exclamó Julia—. Aún no quiero quedarme embarazada, sería una locura.

—Tampoco nos podremos demorar mucho —evalué y me miró espantada—. Piensa que para poder quedarte en Oyrun debes tener un hijo que pertenezca a los dos mundos, sino la magia de Oyrun te devolverá a la Tierra en cuanto Ayla acabe su misión, dentro de unos años.

—Si es dentro de unos años no me importará —afirmó.

Le di un último beso y nos levantamos para empezar un nuevo día. En unas semanas partiríamos dirección Mair, hasta entonces, pensaba disfrutar de Julia y estrechar más la relación que empezábamos juntos, ilusionados.

AYLA

Un premio

Releí la carta de Julia y sonreí.

Acto seguido miré a mi doncella personal, Rayael, que estaba terminando de recoger la merienda de los niños.

—Lleva a Eleanor y Cristian con su niñera —le pedí—, que den un paseo por los jardines.

—Como mande —se inclinó, cogió a Cristian en brazos y a Eleanor de una mano.

—Una última cosa —se volvió antes de retirarse—. Haz llamar a mi marido, está dando audiencia en el salón de tronos, es muy urgente que hable con él, de suma importancia. Necesito que venga cuanto antes.

—Por supuesto.

En cuanto se retiró me alcé de la silla y corrí a mi armario, tenía unos minutos antes que Laranar llegara.

Cogí un fino camisón de seda, color rojo pasión, con un buen escote y muy corto de largo. Lo dejé en la cama y sin perder tiempo me descalcé, me quité el vestido que llevaba y me vestí con el camisón de seda, sin nada de ropa interior. Acto seguido, corrí a mi tocador, me senté en la silla atusándome el pelo para que cogiera volumen mirando mi reflejo en el espejo y, como toque especial, me perfumé con esencia de rosas. Ese olor le chiflaba, debía tentarle y excitarle si quería conseguir mi objetivo.

¡Qué mala era!

Escuché la puerta de entrada abrirse. Nerviosa, terminé de ponerme un poco de brillo en los labios.

—¿Ayla? —Suspiré al escucharle, el momento llegaba—. ¿Estás aquí? ¿Ocurre al…?

No acabó la frase, puso los ojos como platos en cuanto aparecí en la habitación con un andar sensual.

—Te estaba esperando —dije mordiéndome un labio, deteniéndome a dos metros de él.

—Vaya —dijo alucinado—, si lo llego a saber, vengo corriendo.

Se acercó a mí, acortando la distancia y me dio un buen beso en los labios, pero antes que me quitara el fino camisón de seda, me retiré y caminé juguetona por la habitación acercándome a la cama.

—Espero que no te haya importado que interrumpiera tu trabajo —dije con voz sensual, subiéndome en la cama.

—Para nada —dijo mientras se desvestía deprisa y corriendo—. Tú siempre puedes interrumpir mi trabajo.

—Bien, porque quería una audiencia privada con el futuro rey de Launier —se subió de un salto a la cama en cuanto estuvo desnudo y quiso besarme, pero no se lo permití.

La ventaja de tener una cama de dos metros era que se teníamos bastante espacio para jugar en ella.

—Traviesa —dijo divertido.

Aquel juego le excitaba y me agarró de un tobillo para que no escapara.

—Quiero pedirte algo —tanteé— y si me gusta tu respuesta, tendrás un premio.

—¿Un premio? —Dejé que me acercara a él—. Me gusta cuando te comportas así.

Permití que me quitara el camisón y acariciara mis pechos. Le di un beso en los labios y luego dije:

—Quiero ir a la Tierra con Raiben y Julia —y volví a darle otro beso antes que respondiera un no, le conocía. Querría velar por mi seguridad y solo vería los peligros a aquel viaje.

Para no darle tiempo a pensar, deslicé una de mis manos hasta su miembro y empecé a acariciarlo.

—¿Qué me dices?

—Ayla —su tono fue molesto al entender la trampa que le tendí, pero estaba demasiado excitado como para pensar con claridad—, es… peligroso.

—No más que aquí —respondí—. Danlos no sabrá de mi viaje, no seré un objetivo en la Tierra.

—¿Y los niños? —Le besé, al tiempo que retiraba mi mano, dejándole a medias—. No, no me hagas esto.

Le miré a los ojos, entusiasmada por la idea de viajar a la Tierra.

—Los niños que vengan, así conocerán el mundo de donde provengo, quiero enseñarles dónde viví antes de conocerte.

Me besó, tendiéndome en la cama y paseando sus manos por todo mi cuerpo.

—Es una locura, son muy pequeños —susurró en mi oído—. Ni siquiera se acordarán cuando sean mayores y es ponerles en peligro.

—Tonterías —sus caricias eran fuego, me excitaba igual que yo le excitaba a él—. Quizá Eleanor recuerde algo o no, pero a mí me hace ilusión mostrarles como es la… ¡Tierra!

Solté un gemido, de puro placer. Pero a la que quiso ponerse en posición para entrar en mí no se lo permití y me miró enfadado.

Puse mi cara de pena.

—Por favooooor.

Me miró a los ojos y respondió:

—Está bien, viajaremos a la Tierra.

Sonreí con alegría, le abracé y besé, tendiéndole en la cama.

—Gracias, gracias, gracias.

Rio.

—Si te ha gustado mi respuesta, por favor, ahora dame mi premio.

Le besé una vez más y me puse a ahorcajadas sobre él.

—Te quiero, Laranar.

Y mi marido, protector y príncipe, recibió su premio.

Abracé a Laranar por la espalda en cuanto terminó de abrocharse la camisa enfrente del espejo de cuerpo entero que teníamos en el vestidor.

—Me has hecho muy feliz —le dije mirándole a través del espejo.

Sonrió, se volvió a mí y me dio un beso en los labios.

—Solo he accedido porque te quiero y sé lo importante que es para ti.

—El premio también habrá influido —reí.

Me miró a los ojos y acarició mi pelo.

—El premio me ha gustado, pero no ha sido por eso, créeme. He accedido porque sé que esta será probablemente la última oportunidad que tengas de visitar tu planeta de origen. Ver a tus amigos y pasear por la ciudad que te vio crecer. No voy a negarle eso a la mujer que amo.

—Aixxx… cuando me dices esas cosas me vuelves a enamorar como el primer día.

Me atrajo hacia él y me abrazo.

En ocasiones un abrazo transmitía más que un beso y en aquel momento sentí todo el amor que nos profesábamos el uno por el otro.

Era la mujer más afortunada de Oyrun, o así me sentía yo cada día que pasaba a su lado.

Paso entre ambos mundos

Lord Tirso —el mago del consejo pelirrojo— nos visitó en cuanto la carta que envió Laranar a Mair fue leída por Lord Zalman. Queríamos saber de primera mano, en tiempo real, los progresos en encontrar una forma efectiva para evitar que Danlos y Bárbara viajaran a la Tierra y enviaran tropas de orcos para hacer esclavos.

También nos tentaba la idea de visitar a Dacio y Alegra, y conocer a su hijo Jon, que aún no habíamos tenido ocasión de ver. Por su parte, tenían la misma ilusión de vernos y me hicieron llegar el mensaje que trajéramos a Akila y Chovi para poder verles.

Chovi, que vivía en un claro del Bosque de la Hoja, tomó con alegría la invitación. Era un patoso y que le invitara alguien era algo muy poco frecuente. Dacio y Alegra acabarían lamentándolo, pero de todas maneras, era nuestro amigo. Por ese motivo, Laranar —bueno, más por mí— dejaba que viviera en Launier. Aún le quedaba una deuda de vida que saldar conmigo.

En cuanto Akila, ya era un lobo un poco mayor, se le notaba un andar más pausado, sin tanta vitalidad como cuando era joven, pareció entenderme la tarde que le explicaba a Eleanor nuestro viaje. Mis hijos tomaban al lobo como una especie de juguete, Eleanor se subía a su espalda y le ordenaba que trotara como si fuera un caballo. Cristian le cogía de los pelos y del rabo, no consciente que podía hacerle daño. En ocasiones hacía que el animal respirara un poco de ellos dos, pero Akila siempre estaba vigilante a que nada les pudiera ocurrir. Jamás les gruñó y estaba convencida que le gustaría acompañarnos a Mair y ver a nuestros amigos.

Viajamos mediante la magia de Lord Tirso a Sanila para recoger a Raiben y Julia, y seguidamente llegamos a Mair, en concreto a Gronland, la fortaleza, ciudad, escuela y universidad de los magos.

Lord Rónald nos dio la bienvenida a Mair y quedamos que una vez instalados en casa de Dacio, regresáramos a Gronland para tener una reunión por la tarde.

Dacio sabía de nuestra llegada, se ofreció a acogernos en su casa el tiempo que pasáramos en Mair, pero no sabía la hora exacta en que llegaríamos. Así que cuando viajamos a través del armario transportador que conectaba con su casa y llegamos a un recibidor que se encontraba en la primera planta de la vivienda, mis nervios por querer darles un buen abrazo estaban a flor de piel.

Yo misma hice sonar la campana que avisaba de nuestra llegada con energía.

Cristian en brazos de su padre se tapó sus orejas picudas de inmediato, pero sonrió.

—¡Yo quiero! ¡Yo quiero! —Me pidió Eleanor con su voz infantil, que no llegaba a la campana.

La cogí en brazos e hizo sonar la campana con más energía que yo.

La puerta se abrió entonces y apareció Alegra mirándonos asombrada de formar tanto alboroto.

—Con una vez os escuché —dijo con una sonrisa escondida en sus labios.

Dejé a Eleanor en el suelo y me tiré en brazos de Alegra.

—¡Te he echado tanto de menos! —Dije sin dejar de abrazarla.

—Y yo a ti —respondió.

Al retirarme, vi que se emocionaba y eso hizo que yo me emocionara con ella, pero respiramos hondo y mantuvimos las lágrimas a raya.

En cuanto la solté, Laranar quiso saludarla, pero Akila saltó sobre Alegra intentando darle un beso lobuno en el rostro.

—Akila, no has cambiado —se agachó a acariciarle—. Te veo estupendo.

El lobo la dejó de pronto en cuanto vio a Dacio llegar por el pasillo. Lo saludó de igual manera, dando saltos e intentando lamerle la cara para demostrar lo feliz que era de verles de nuevo.

—Dacio —me acerqué y le di un largo abrazo y un beso en la mejilla—, me alegro de verte.

—Y yo a ti, estás muy guapa.

Me di cuenta de que un niño de unos tres o cuatro años se escondía detrás de él y miraba al lobo con precaución.

—¿Y quién es este jovencito? —Me miró y le sonreí, me devolvió una sonrisa tímida—. Apuesto a que eres Jon, ¿verdad?

—Asintió, pero no se despegó de su padre—. Eres igualito que tu papá.

Era un mini Dacio, mismo cabello revuelto, pero moreno como el de Alegra, y sus ojos eran igual de marrones que los de su padre.

—Vamos, hijo —Dacio le obligó a salir de detrás de él—. Son amigos, dales la bienvenida.

Jon se puso rojo como un tomate y con un susurro, dijo:

—Hola.

Dacio me miró.

—Dale cinco minutos y no se callará ni debajo del agua.

Laranar ya presentaba Julia a Alegra, no se conocían, la Domadora del Fuego fue la única que no viajó a la Tierra años atrás.

—Hola —Eleanor saltó a nuestro lado, ella no tenía vergüenza y en cuanto veía un niño era sinónimo de compañero de juegos.

Pese a que mi hija era un año más mayor que Jon, esta apenas alcanzaba la apariencia de tres años humanos y resultó curioso verles uno al lado del otro.

—¡Pero qué grande está la princesa de Launier! —Dijo Dacio y mi hija hinchó el pecho, orgullosa, le encantaba que le dijeran que era mayor—. Seguro que seréis buenos amigos Jon y tú, ¿verdad?

—Sí, enséñame un truco —exigió más que pidió.

—Eleanor —su padre se acercó con Cristian aún en brazos—, así no se piden las cosas.

Dacio se echó a reír, hincó una rodilla en el suelo para estar a la misma altura que mi hija, mostró su mano desnuda y de pronto apareció una rosa con un movimiento rápido.

—Ese truco es de mi abuelo —repuso mi hija algo enfadada de ver que se copiaba de Lessonar cuando jugaba con ella y quería sorprenderla.

—¡Eleanor! —La regañé.

—¿Y tu abuelo también hace esto? —Le preguntó Dacio.

De la rosa empezaron a salir pompas de agua y a la que alcanzaron cierta altura explotaron convirtiéndose en mariposas.

—¡Alaaa! —Exclamó mi hija.

Cristian rio al verlo.

—¿Qué se dice? —Le pregunté a Eleanor.

—Gracias —respondió mirando a Dacio—, ha sido muy chulo.

Dacio rio y yo me mordí el labio, aquello lo había aprendido de mí y era un vocabulario que a Laranar no le gustaba.

Un jarrón cayó de pronto al suelo y todos miramos consternados que fue Chovi que al tropezar con un mueble lo tiró al suelo.

—¡Chovi! —Exclamó con alegría Dacio al percatarse que estaba a nuestro lado, se acercó al duendecillo, lo cogió por debajo de las axilas y lo alzó del suelo—. ¡No has cambiado! ¡Sigues siendo igual de torpe!

Le dio un abrazo de campeón, riendo.

—Vayamos al salón —propuso Alegra riendo—, estaremos más cómodos.

En cuanto Chovi haya roto diez jarrones ya no les hará tanta gracia, pensé.

Después de instalarnos, comimos todos juntos en el gran comedor de la casa. Era una vivienda espaciosa y hogareña, donde la magia te seguía allá donde fueras.

Eleanor reía continuamente al ver volar un plato directo a la cocina o ver la jarra de agua servirle automáticamente su vaso en cuanto se lo bebía.

Cristian por contrario parecía un poco asustado y acabó llorando desconsolado al ver como se acercaba una bandeja de comida para que me sirviera. Dacio tuvo que bloquear sus hechizos hasta que se tranquilizó, mi hijo comió la papilla que le preparé y se quedó dormido en mis brazos. Para entonces, Jon y Eleanor jugaban por algún rincón de la casa dejándonos a los adultos para poder hablar sin interrupciones.

Fue agradable hablar de cosas banales, recordar las aventuras del pasado y enterarnos de alguna historia que desconocíamos las chicas sobre nuestros maridos, en el caso de Julia prometido.

Sí, Raiben no perdió tiempo y quiso pedirle matrimonio a Julia antes que regresara a la Tierra. Era obvio que el miedo del elfo a que Julia no quisiera volver a Oyrun le hizo precipitarse, pero viviendo ya juntos, casados o no casados, supuse que la diferencia entre una cosa u otra era insignificante.

Después de dos horas gozando de la compañía de nuestros amigos, se valoró el regresar a Gronland para hacer la reunión donde el consejo nos informaría de cómo llevarían a cabo el plan de sellar la Tierra para siempre.

Dejamos a los niños a cargo de Alegra, pero Dacio al ver vacilar a Laranar sobre su seguridad, hizo llamar a un empleado suyo para que tuvieran más protección en caso de un ataque inesperado por parte de Danlos.

—Él es Arvin, no es guerrero, pero puede levantar una barrera protectora por toda la casa en dos segundos. Si mi hermano estuviese enterado que Eleanor está en mi casa, tendría tiempo de sobra para pedir ayuda mientras Alegra y Saira se llevan a los niños a Gronland, donde ahí sí que serán intocables. No te preocupes.

Saira era la niña que vino a mi boda, pero ya estaba hecha toda una mujer. Acabó casándose con el empleado de las citavelas. Su hermano pequeño Pol, un niño cuando también vino a mi boda, pero un joven adolescente en la actualidad, vivía con ellos en el molino. Se pasó un instante a saludarnos antes de partir a Gronland, pero de inmediato se fue pues al parecer debía estudiar para unos exámenes muy importantes.

—Pórtate bien —le decía Laranar a nuestra hija—. Debes hacer caso de todo lo que te digan, ¿de acuerdo?

—Sí, papá —abrazó a su padre.

Laranar la abrazó y le dio un beso en la mejilla.

—Enseguida volveremos.

Eleanor también me abrazó a mí.

—Cristian no debería despertarse hasta dentro de dos horas —le expliqué a Alegra—, pero si se despertara…

—Ayla, tranquila, que también soy madre. Ya le entretendremos si se despierta, no te preocupes.

Asentí, tenía razón.

Le di un último beso a Eleanor que me lo pidió sí o sí, y marchamos con el armario transportador a Gronland.

La reunión con el consejo se basó en exponer lo que sucedía en la Tierra, siendo Julia la que más habló, y luego pasamos a las posibles soluciones que había encontrado el consejo respecto a bloquear el paso a la Tierra.

—Veamos —empezó Lord Rónald, cruzando las manos encima de una mesa circular. La sala donde nos encontrábamos era pequeña y sencilla, y se la conocía como la sala Magéstic, todo lo que dijéramos quedaría bajo absoluto secreto—, el principal problema es sellar el paso definitivamente, creemos que eso es imposible hasta que Ayla finalice su misión. —Julia y yo nos miramos, preocupadas—. La conexión entre ambos mundos sigue abierta por la elegida y no se cerrará hasta que no mate a los magos oscuros. No obstante, hemos estando ideando una manera para que Danlos y Bárbara no les resulte productivo viajar a la Tierra.

—¿Cómo? —Preguntó Julia, impaciente por conocer una solución.

—Distanciando aún más el paso del tiempo entre los dos mundos —respondió Lord Tirso.

—¿Eso no lo hicieron ya? —Quise saber.

—Sí, pero Danlos los iguala cuando viaja a la Tierra o incluso hace que el paso a tu antiguo mundo sea más rápido, para que aquí en Oyrun apenas pase el tiempo. Lo que pretendemos es quitarle las ganas de visitar tu mundo, hacer que un minuto en la Tierra equivalga a diez años en Oyrun.

—Eso significa que si Danlos pasara una hora en la Tierra… ¡serán seiscientos años en Oyrun! —Evalué.

—Creemos que no querrá pisar la Tierra en esas condiciones —afirmó Lord Rónald.

—Pero tampoco están seguros —puntualizó Julia—. Danlos podría cambiar de nuevo el tiempo una vez llegue a la Tierra como ha hecho hasta ahora, ¿no?

—Querida, se necesita prácticamente una hora para igualar ambos mundos, ¿entiendes? Podrá hacerlo, sí, pero pasarán siglos mientras lo logra, y en cuanto veamos lo que pretende hacer, volveremos a distanciar el tiempo. Esta vez mantendremos varios magos atentos para saber cuándo pretende abrir el paso entre Oyrun y la Tierra.

—Cuando Ayla finalice su misión, el tiempo entre ambos mundos poco a poco volverá a ser el que era. La diferencia no es poca, no obstante. No olvidemos que ya de por sí, la Tierra avanza con un tiempo mucho más lento que Oyrun por naturaleza —añadió Tirso.

—¿Es lo único que tienen? —Quise saber.

—Por el momento, sí. No se nos ocurre nada más factible y estaremos atentos, confiad en nosotros. No permitiremos que Danlos o Bárbara instalen el caos en otro mundo.

Miré a Laranar y él me sonrió.

—Si el consejo está seguro, confiemos en ellos —miró a Lord Zalman, que no abrió la boca durante toda la reunión—. Si ocurre cualquier cosa, nos advertirán, ¿verdad?

—Sí —se limitó a responder.

Algo le ocurría a Zalman, no era él. Presentaba unas oscuras ojeras, tez pálida y parecía haber adelgazado como diez kilos desde la última vez que le vi.

—No me encuentro bien —dijo alzándose de la silla y miró a Tirso y Rónald—. Por favor, encargaos vosotros. Lo que decidáis, bien hecho estará.

Sin esperar respuesta, abandonó la sala Magéstic.

—¿Qué le ocurre? —Preguntó Laranar una vez se marchó.

—¿Recordáis nuestro intento de eliminar a Danter? —Preguntó Rónald.

—Intento del que deberíais haberme informado —dije de inmediato, enfadándome de nuevo al no haber sido avisada hasta que fue tarde— y que fue una locura, además de cruel.

—Lo entendimos tarde —aceptó la crítica Rónald—, pero Zalman no es el mismo desde que sabe que su hijo es prisionero de Danlos. No lo está pasando bien, los remordimientos y el tormento por no saber cómo se encontrará Daniel le están matando.

—Sé lo que es eso —dijo Laranar—. Me sentí así cuando Urso secuestró a mi mujer.

Miré a mi marido, la preocupación y la angustia cubrían su rostro.

—Pero ahora ya está —dije acariciándole el brazo, era el pasado, pero a veces Laranar lo revivía como si aún fuera prisionera del mago oscuro. Yo lo pasé mal, pero él también por la incertidumbre de no saber cómo me encontraba— y Daniel volverá a ser libre tarde o temprano.

Ambos asintieron.

—Perdonad por volver al asunto de la conexión con la Tierra —interrumpió Raiben—. ¿Pero cuánto tiempo dispondrá Julia para poder despedirse de su familia?

—Un mes a lo sumo —dijo Tirso.

—Tiempo suficiente, gracias —dijo Julia.

—Os acompañaré para establecer la conexión —dijo Dacio—. Como la última vez.

Poco más se habló, la reunión finalizó y regresamos a casa de Dacio.

—Dacio —quise hablar con el mago cuando regresamos a su casa—, Zalman está muy mal —asintió con tristeza—. ¿Y tú? Daniel es como tu hermano.

Laranar se detuvo al ver que nos quedamos Dacio y yo plantados en el recibidor del armario transportador y retrocedió.

—Yo lo llevo mejor —admitió hablándonos a los dos—, pero solo porque no intento pensar demasiado, no me lo puedo permitir ahora mismo…

—¡Papi! —Jon asomó la cabeza al recibidor y se tiró en brazos de su padre que lo cogió con una gran sonrisa—. Hemos construido un castillo Eleanor, mamá, Chovi y yo.

—¿En serio? ¡Vaya! Tienes que enseñárnoslo —me miró—. ¿Entendéis por qué no puedo permitirme pensar demasiado en Daniel?

Ambos asentimos, Jon le acaparaba todo su tiempo y debía ser fuerte por él y su familia, aunque la procesión la llevara por dentro.

Salimos del recibidor, entrando en la casa. Eleanor ya venía a buscarme acompañada de Alegra que llevaba a Cristian en brazos, ya despierto.

Los dos niños nos enseñaron su primitiva construcción hecha a base de mantas y sillas, pero Chovi, para no perder la costumbre, se enredó en una de las cuerdas que utilizaron para atar las mantas y destrozó todo el trabajo de los niños.

—En casa hace igual —le explicó mi hija a Jon, resignada.

Mucho que contar

Cada vez que viajé de un mundo a otro me sentí mareada, desorientada y acababa perdiendo la conciencia y, cuando los magos de Mair activaron el conjuro que me devolvería a la Tierra junto con mi familia y amigos, la sensación de inestabilidad volvió a repetirse.

Desperté en una fría calle de Barcelona, donde el sol se abría paso por dos o tres nubes blancas arriba en el cielo. Eché un rápido vistazo a mí alrededor. Mi marido se encontraba ya despierto, sentado a mi lado, con Cristian en sus brazos empezando a berrear por la sensación tan extraña que acababa de experimentar. Eleanor abrazada a mi cintura, continuaba durmiendo. Raiben y Julia despertaban al unísono en aquel mismo instante. El único que ya estaba en pie fue Dacio, que miraba la calle pendiente de cualquier peligro, pero su pose era relajada, por lo que entendí que solo era una medida de precaución.

Todos los que partimos a la Tierra parecía que nos encontrábamos enteros y de una pieza, pero un frío de invierno nos cogió desprevenidos. Parecía que estábamos en diciembre por las luces navideñas que adornaban la calle y las tiendas comerciales. En Oyrun estábamos en verano, pero por suerte llevamos con nosotros algo de abrigo pues el cambio de estaciones entre ambos mundos no era nuevo.

—Eleanor —la cogí en brazos, llevándomela a mis rodillas—. Cariño, despierta.

Empezó a fruncir el ceño y poco a poco abrió los ojos.

—¿Hemos llegado? —Preguntó bostezando.

—Sí, cariño.

Laranar ya se alzaba intentando calmar a Cristian.

—Vamos, Cris —mi pequeño solo se calmó cuando me levanté y lo cogí en brazos—. ¿Estáis bien?

—¡Yo sí! —Exclamó Eleanor—. ¡Ala! ¿Esto es la Tierra?

—Así es —afirmé—. Aquí es donde nací, vosotros dos… —le limpié las lágrimas a Cristian con una mano— sois medio terrícolas.

Julia se alzó en ese instante con ayuda de Raiben.

—¿Estás bien? —Le pregunté a Julia.

—Sí, pero no nos entretengamos —pidió—. Mis padres y mi hermano deben de estar muy preocupados.

—Por supuesto —asintió Raiben—, iremos a tu casa antes que cualquier otro sitio.

Un grupo de militares armados llegó en ese instante y quedé paralizada. Al vernos se relajaron y dijeron algo por emisora.

—Creen que éramos orcos —escuchó Laranar y observó la calle.

Fue, entonces, cuando me percaté que estábamos completamente solos. La calle Mallorca, que era donde nos encontrábamos, estaba desierta miraras por donde miraras.

—Ustedes, ¿qué hacen aquí? ¿No han escuchado las sirenas?

—¿Sirenas? —Miré hacia el punto donde el soldado nos señalaba y vi un altavoz colocado en la fachada de un edificio.

Julia nos advirtió, pero imaginarlo no era lo mismo que vivirlo.

Un tanque vino detrás de los soldados y me asusté un poco. Parecía que Barcelona estaba metida en plena guerra civil.

—Esta zona es peligrosa, nos han advertido de un ligero temblor en la calle y un destello. Puede haber orcos por la zona, ¿es que no lo entienden?

—Ya nos íbamos —dijo Julia—. Gracias por el trabajo que hacen.

Julia se volvió a nosotros y con una mirada nos indicó que mejor era marcharse cuanto antes. No perdimos tiempo en hacerle caso, si se les ocurría hacernos preguntas tendríamos problemas para explicar quiénes éramos.

Minutos más tarde, escuchamos tres largos pitidos.

—Es la señal que la gente ya puede salir a la calle —informó Julia—. La mayoría va a las barricadas que montan los soldados, pero hay quien prefiere quedarse en casa. Mi familia, no obstante, habrá ido a una de las barricadas, es peligroso permanecer en los edificios. En ocasiones los orcos los saquean buscando a gente rezagada.

Se me pusieron los pelos de punta solo de imaginarlo.

—Supongo que habrán dado la señal de alarma por nosotros, creerían que éramos un grupo de orcos que venía a atacarles cuando hemos abierto el paso a la Tierra —analizó Dacio.

A medida que avanzamos, hombres, mujeres y niños empezaron a dejarse ver.

Julia se detuvo de pronto, y sus ojos se empañaron de lágrimas.

—¿Qué te ocurre? —Preguntó preocupado Raiben.

—Mamá, papá, ¡David! —Echó a correr y vi a lo lejos a sus padres y hermano caminando cabizbajos, dirección a su casa.

Esther les acompañaba y, de inmediato, le di a Cristian a su padre.

—Eleanor no te separes de papá —le ordené.

Eché a correr detrás de Julia; Raiben ya la seguía.

—¡Esther! —La llamé, emocionada de verla.

—¡Mamá! ¡Papá! ¡David! —Les llamó Julia a su vez.

La expresión de los cuatro fue cómica. Pusieron los ojos como platos, pero antes de poder reaccionar o responder, Julia ya estaba en brazos de sus padres.

—Julia, ¡estás viva! —dijo David, temblando de la emoción y la abrazó, quedando rodeada por toda su familia—. ¡Llevabas casi un año desaparecida!

—¡Esther! —Grité al llegar a su altura.

—¡Ayla!

Ambas nos abrazamos, nos retiramos y gritamos entusiasmadas sin dejar de cogernos de las manos, dando saltitos como dos locas. Luego volvimos a abrazarnos, nos volvimos a retirar y volvimos a gritar dando saltitos. Repetimos esa acción como cinco veces, hasta que logramos tranquilizarnos.

—¡Creí que no te volvería a ver en la vida! —Dijo gritando.

—¡Yo también! —Grité a mi vez.

—¡Tengo que contarte muchas cosas! —Siguió gritando.

—¡Y yo más! ¡Mira! —Señalé a Laranar que ya llegó a nuestra altura con los niños y Dacio—. ¡Me he casado con Laranar! ¡Y tengo dos hijos!

—¡Joder! ¡Eso sí que no me lo esperaba!

Dos horas después de haber llegado a la Tierra y después de reencontrarme con mis amigos, la efusividad de volver a vernos se apaciguó aunque de tanto en tanto abrazaba a Esther contenta de volver a verla de nuevo.

Julia envuelta en brazos de sus padres acabó agobiada e incómoda por la situación. Aún no les había contado su decisión de vivir en Oyrun para siempre, incluso desconocían de la relación que mantenía con Raiben. Al parecer, quería esperar el momento adecuado para dar la noticia, cosa que al elfo no le agradó, temeroso que se echara atrás en el último momento.

David empleó todo su autocontrol en tolerar a Raiben viviendo bajo el mismo techo. Supe que mi amigo hacía un gran esfuerzo, pero en cuanto se enterara que salía con su hermana pequeña mucho temí que correría la sangre. Hubiera preferido vivir aquel mes escaso que nos disponíamos a pasar en la Tierra en mi antiguo piso, heredado de mi abuela. Pero Esther me explicó que meses atrás, un grupo de orcos entró en el edificio y destrozó las viviendas de todo el bloque.

—Hemos tenido que hacer reformas aquí en casa —me explicó el padre de Julia, puesto que mi piso y el suyo estaban en el mismo edificio y también fue saqueado—. El piso que tenías está destrozado, lo comprobamos.

Maldije interiormente la actitud de los orcos de destruir todo lo que encontraban a su paso.

Se solucionó el problema de espacio apartando muebles del comedor y colocando una cama hinchable para mí y los niños. Dacio dormiría en uno de los dos sofás, y como Raiben y Laranar no sentían la necesidad de dormir se apañarían por la noche acomodados en el sofá que quedaba libre.

—Bueno, explica —me exigió Esther en el balcón de su casa, las dos solas mientras otros preparaban la cena—. ¿Cómo es la vida de princesa?

Sonreí.

—Agobiante en según qué momentos —admití—. Lo que peor llevo es el protocolo, a veces creo que me volveré loca, pero empiezo a acostumbrarme o quizá a aprender cómo debo comportarme para no ser juzgada constantemente por mi suegra y el pueblo entero.

—Ya veo —sonrió—, pero tendrás tus privilegios.

—Bueno, vivo a todo lujo, dispongo de doncellas personales, una niñera que está a cargo de mis hijos siempre que la necesito y no debo preocuparme de nada. La verdad es que no me puedo quejar —analicé, luego negué con la cabeza—. Pero si te digo la verdad hubiera preferido que mi marido no tuviera nada que ver con la realeza. Así podríamos ser más libres, para empezar mi boda habría sido más sencilla. No sabes el miedo que pasé de camino al altar, con tanta gente que no conocía, y apenas pude participar en los preparativos de la boda, tuve suerte que me dejaran escoger el color de las flores. De todas maneras, la boda, grande o pequeña, hubiera sido estropeada por la aparición de los magos oscuros. Fue un desastre.

—¡Solo de pensar como acabó me da escalofríos! —Exclamó.

—Un sueño roto —admití—. Lo único bueno de aquel día es que pude casarme con Laranar y nació mi hija.

La puerta del balcón se abrió y apareció Laranar con nuestro hijo en brazos.

—La cena está casi lista —dijo mirándome a los ojos.

—Enseguida vamos.

—Ayla, una última cosa —me detuvo Esther antes que entrara de nuevo en el piso—. Raiben... ¿cómo lo lleva?

—Acaba de empezar una nueva relación y parece que la cosa marcha bien.

Sonrió con alegría.

—Me alegro mucho por él, de verdad. Algunas veces me pregunté si lograría rehacer su vida, pero con lo que me acabas de contar me siento más tranquila, y se de otro que también se sentirá más tranquilo —se refirió a David, lo supe de inmediato, pero poco se pensaba la que se iba a armar en cuanto se enteraran que la nueva pareja de Raiben era Julia.

Al entrar, el olor a tortilla de patata hizo que mi estómago rugiera de hambre. Pero primero debía atender a mi principito que ya empezaba a berrear reclamando que le diera de mamar. Me acerqué a Laranar, que estaba sentado en el sofá con Cristian en brazos, intentándolo calmar.

—Ya estoy aquí —me tendió a nuestro hijo y empecé a darle el pecho—. ¿Te ocurre algo? Te veo serio.

Me miró a los ojos.

—Sabes que te quiero, ¿verdad?

—Claro que sí, y yo te quiero a ti.

Se inclinó y me dio un beso en los labios, luego me susurró al oído:

—Cuando esta guerra acabe, te prometo que tendrás una nueva boda.

Le miré sorprendida, ¿me había escuchado? A veces me olvidaba del oído tan fino que tenía.

>>Tienes razón, nuestra boda acabó siendo un desastre. Así que te juro que cuando haya paz volveremos a casarnos y será la boda pequeña y sencilla que deseabas. Solo con nuestros amigos más cercanos.

—¿Pe… pero eso se puede hacer? —Pregunté incrédula—. El protocolo no creo que deje…

—Nosotros tendremos dos bodas, pese a quien pese.

Sonreí y le besé de nuevo. Cuando nos retiramos, Cristian se quejó con uno de sus ruiditos de bebé, quería mamar tranquilo y tanto achuchón le molestaba. Laranar sonrió, me dio otro pequeño beso en los labios y se levantó para sentarse a la mesa, dejando que le diera el pecho, tranquila.

—Julia, no entiendo por qué no quieres llamar a Álex —escuché que le comentaba su madre al llegar al comedor, una llevando un plato de jamón ibérico y la otra llevando el pan—. Pero si es tu novio, y cree aún que estás desaparecida, es cruel hacerle eso.

—Mamá, te he dicho que mañana le llamaré —exasperó Julia—. Tengo que hablar con él sobre algo muy importante y hoy no es el momento, quiero cenar tranquila, por favor.

—¿Vas a romper con él? —Le preguntó directamente.

Se hizo el silencio entre todos los presentes. Miré de reojo a Raiben que, incómodo y tenso, intentaba mantenerse distanciado de Julia sin participar, sentado lo más lejos de ella, pero atento a su respuesta.

—Debo hablar con él —se limitó a responder Julia— y mañana será cuando lo haga, no esta noche.

Cristian se quedó dormido mientras mamaba e hice que me soltara.

—Mi pequeñito —le di un beso en la frente, me alcé del sofá y lo acosté en la cama hinchable.

Luego me dirigí a la mesa, ya todo estaba preparado y empezamos a cenar.

Pese al tiempo transcurrido me sentí como en casa, rodeada de mis amigos, mi marido y mis hijos. Fue fantástico, aquel viaje era para mí unas vacaciones.

A la mañana siguiente nos levantamos temprano, quería aprovechar cada minuto que pasara en la Tierra. Como en la anterior ocasión Laranar, Raiben y Dacio tomaron prestadas ropas de David para pasar desapercibidos. Esther me dejó su ropa, aunque los niños continuaron llevando la ropa de Oyrun, ya que no disponían ni de bebé ni de niña pequeña, pero la gente creería que iban disfrazados y si no, ¿qué me importaba?

—Te prometo que en cuanto hable con Álex y lo arregle, regreso enseguida —le prometía Julia a Raiben antes de marcharse mientras cogía el abrigo—. Luego informaré a mis padres de mi decisión.

Raiben la miraba preocupado, no quería dejarla sola.

—Te esperaré aquí mismo —respondió pese a todo—. No me moveré de tu casa.

Julia miró por detrás de mí. Todos esperábamos a salir con ella para coger el ascensor, y al ver que sus padres y hermano estaban en el comedor le dio un rápido beso en los labios.

—Te quiero —le susurró.

—Y yo a ti, no lo olvides —respondió.

Esther, a mi lado, puso los ojos como platos, pero no se atrevió a pronunciar palabra. Una vez llegamos a la calle y Julia se despidió de nosotros, mi amiga preguntó:

—¿Julia es la nueva pareja de Raiben? —Asentí—. ¿Por qué no me lo dijiste anoche?

—Debía decirlo Julia, no yo.

Se llevó una mano a la frente.

—¡Madre mía! ¡La que se va a armar! —Exclamó—. David matará a Raiben. No puede pensar en serio el mantener una relación con Raiben, eso implicará que… ¡Oh! ¡Dios mío! —entendió.

—Julia regresará con nosotros —habló Laranar—. Lo tiene decidido, se casarán cuando regresemos a Oyrun. Solo ha querido volver a la Tierra para que sepáis que sigue viva y despedirse.

Esther perdió el color de la cara, luego cogió aire intentando tranquilizarse.

—Ya de niña le gustó Raiben, no sé por qué me sorprende —dijo resignada y miró a Dacio—. Por lo que más quieras, en el momento que Julia se lo diga a su familia crea una barrera o algo que impida que se maten entre ellos. No lo digo en broma, David ya aguanta mucho, será la gota que colmará el vaso, y sus padres protegen a su hija como un tesoro. No quiero ni imaginarme cómo les sentará.

—No te preocupes, prometo alzar una barrera si veo que la cosa se pone fea —prometió Dacio.

Aclarado lo de Julia, nos dispusimos a disfrutar del día. Era diciembre, así que fuimos a la catedral de Barcelona donde se montaba la feria de *Santa Llucia,* con todo de puestos encarados a la Navidad.

En Launier la Navidad no se celebraba, algo triste, pues era una de mis épocas preferidas del año. No obstante, Laranar, sabedor que me encantaba, ordenó el primer año de casados que nos trajeran un pequeño abeto para tenerlo todo el año en la gran terraza de nuestra habitación. De esa manera, cuando era invierno me dedicaba a decorarlo con adornos navideños, y el veinticinco de Maren colocaba regalos debajo del árbol para mi marido y los niños. Laranar también tenía un detalle conmigo y como si de la navidad en la Tierra se tratara, celebrábamos esa festividad en la intimidad.

El pueblo lo criticaba, la humana que obligaba al heredero a la corona a celebrar tradiciones que no eran propias de los elfos, pero a mi marido le daba igual porque me quería y yo le amaba más por eso.

Pasear por la feria me produjo nostalgia, casi me emocioné al ver de nuevo el espíritu navideño. Decenas de paradas vendiendo figuritas para los belenes, puestos donde comprar el árbol de navidad, otros donde vendían adornos para decorar la casa, luces…

No me pude resistir y compré un *caga tió* para llevarme a Launier.

Mi marido miró incrédulo aquel tronco que llevaba una barretina catalana y tenía dibujado una cara sonriente en uno de los lados del tronco, pero a mi hija le hizo especial ilusión.

—Aquí, el veinticuatro de diciembre por la noche se le da de comer, los niños le golpean con un palo y caga regalos —le explicaba a Dacio y mi marido, que no entendían su función.

—¿Pero tiene magia de verdad? —Preguntó incrédulo el mago.

—La magia se la pondremos nosotros —respondí guardando el *caga tió* en una bolsa que me dieron para llevarlo.

No les convencí, pero me dio igual.

—Enseguida estamos ahí, no os mováis —escuché que decía Esther y al volverme vi que colgaba el teléfono móvil con rostro serio.

Supe que algo no marchaba bien y me acerqué a mi amiga para saber qué ocurría.

Al parecer, Julia acababa de cortar con Álex y éste, despechado, no tardó en ir a explicar lo que se proponía hacer su exnovia a su familia. En consecuencia, se había montado la tercera guerra mundial en casa de Julia, y ella y Raiben, nos esperaban en una cafetería.

La mañana navideña había finalizado y no perdimos tiempo en ir en busca de los dos amantes.

Al llegar a la cafetería, encontramos a Julia muy nerviosa, con Raiben intentando tranquilizarla, pero el elfo tampoco tenía buen aspecto. Presentaba un labio hinchado y un ojo que se le empezaba a tornar morado.

Acercamos una mesa a la suya para poder sentarnos a su lado.

—Creí que Álex respetaría mi decisión y no se lo diría a mis padres, —nos explicó Julia con lágrimas en los ojos—. Pero por más que quise que Álex entrara en razón no me ha escuchado, y se fue corriendo a mi casa para explicar con palabras odiosas a mi familia lo que según él pretende hacerme Raiben.

Miré al elfo.

—Dice que quiero secuestrarla —suspiró—. No han entendido que nos queremos.

—Ni siquiera mi madre —Julia rompió a llorar y se tapó la cara con las manos.

Raiben de inmediato pasó un brazo por sus hombros para darle su apoyo.

—Os habéis pegado, ¿verdad? —Le pregunté.

—Yo no ataqué —aseguró—, pero su padre se puso como un caballo desbocado y su hijo más, entre ellos dos y Álex quisieron darme una paliza.

—Raiben solo se defendió —explicó Julia—. Llegué solo unos minutos después que Álex, y encontré a los tres agrediendo a Raiben, ¡han sido unos animales!

El teléfono de Esther empezó a sonar.

—Es David —dijo incómoda y cogió la llamada—. Hola, cariño —se mantuvo en silencio mientras escuchaba a su novio—. Sí, lo sé, me acabo de enterar, estoy con tu hermana.

Todos mirábamos a Esther, expectantes.

—Tiene dieciocho años David, es mayorcita para saber lo que quiere —frunció el ceño, enfadada—. Oye no pagues conmigo tu enfado, tranquilízate. Sí, ahora te la paso.

Esther le ofreció el móvil a Julia, que lo cogió no muy convencida.

—Hola, —tuvo que apartarse el teléfono del oído de los gritos que le pegó su hermano.

—Creo que tendremos que buscar otro lugar para dormir hoy —me susurró Laranar—. No quiero que Eleanor ni Cristianlaas vivan una situación como esta, la familia de tu amigo necesitará espacio.

—Estoy de acuerdo, pero habrá que cambiar el oro que tenemos por euros.

Asintió.

Estruendo

Nos alojamos en el hotel Palace de Barcelona ubicado en la *Gran Via de Les Corts Catalanes*. Un hotel de lujo donde podríamos pasar cómodamente nuestros días en la Tierra.

—Mamá, quiero ir a casa.

Estaba cepillándole el pelo a mi hija después de soltarle el recogido que le hice por la mañana.

—Solo llevamos un día, ¿no te gusta la Tierra?

—No hay árboles —respondió, como si eso lo explicara todo— y no están los abuelos.

Hice que se volviera para mirarla a los ojos, su semblante era triste y se me rompió el corazón.

—No estaremos muchos días —le prometí, colocándole un mechón de pelo detrás de su oreja—. Mañana, en cuanto Julia haga las paces con su papá y su mamá, iremos al parque *Güell* para que puedas ver unos jardines que te recordarán a los jardines de casa.

Logré sacarle una sonrisa ante esa idea y la abracé para achucharla, luego le hice cosquillas y su tristeza se evaporó.

Alguien picó a la puerta mientras Eleanor aún reía y me levanté de la cama donde estaba sentada con ella en brazos.

—Soy yo —la voz era de Dacio, y Laranar le abrió. El mago pasó al interior—. Raiben me ha informado que Julia ha podido hablar con su madre por teléfono. Su familia está más tranquila, supongo que Esther les habrá calmado. Han accedido a hablar con los dos mañana por la mañana para aclarar en lo posible las cosas.

—Me alegro —respondí.

Cristian, apoyado en la cama, intentó llegar a Dacio alzando los brazos, pero a la que fue a caerse el mago lo cogió al vuelo y mi hijo rio.

—Estoy pensando que podría llevarme a estos dos a mi habitación, así podéis aprovechar una noche sin niños —le guiñó un ojo a Laranar.

Mi marido me miró, evaluando ese ofrecimiento.

—Me parece estupendo —respondí, dejando a Eleanor en el suelo—. Nuestras habitaciones están una al lado de la otra, y los dos ya han cenado, pero si te dan mucha guerra tráelos.

—Se portarán bien —miró a Cristian que lo tenía en brazos—. ¿Verdad?

Mi hijo le sonrió.

—Eleanor, hoy dormirás con el tío Dacio, ¿qué te parece? —Le preguntó Laranar.

—¡Sí! —Exclamó contenta y corrió a él que le dio la mano. Mientras se marchaban escuché que mi hija le decía:— Me enseñarás más trucos de magia.

—Por supuesto —afirmó el mago.

Laranar cerró la puerta y nos quedamos solos. Luego me miró con aquella mirada suya que conocía tan bien.

—Pediremos que nos traigan la cena —dijo acercándose a mí—. Pero antes de nada, tomemos el postre.

Dicho esto me besó sin perder tiempo y yo me dejé llevar rodeada por sus fuertes brazos.

El día amaneció soleado.

Julia quedó con sus padres y hermano en la misma cafetería donde nos reunimos el día anterior. Quería un ambiente público, donde no pudieran armar alboroto ni pelearse a puñetazo limpio.

Al llegar, Álex les acompañaba mostrándose ceñudo, enfadado y herido por haber sido rechazado por Julia. No obstante, me acerqué a él con Cristian en brazos.

—Hola, Álex, cuanto tiempo. Has crecido mucho.

Aquel niño de catorce años había crecido una barbaridad convirtiéndose en un chico apuesto de veintiuno. No era lo que se podía decir guapo, pero tenía un aire interesante con el pelo medianamente largo, castaño y unos bonitos ojos marrones.

Álex me miró, un tanto asombrado de verme pese a que ya le habían informado de mi visita a la Tierra. En un primer momento no supo cómo reaccionar, luego sonrió, conmigo no tenía motivos para estar enfadado.

—Me alegro de verte —dijo y me dio dos besos en las mejillas—. ¿Este es tu hijo?

—Se llama Cristianlaas, pero yo le llamo Cristian —respondí—. Y ella es mi hija, Eleanor.

—¡Hola! —Saludó mi hija sin soltar la mano de su padre.

—Hola —le devolvió el saludo, luego me miró—. Perdona si no estoy de humor, pero hay un tipo que me ha robado a la novia.

Echó una mirada fulminante a Raiben y el elfo no tuvo reparos en devolverle la misma mirada. Raiben sería amable con la familia de Julia, pero en cuanto a Álex, no tenía por qué ser considerado, en realidad era un enemigo para él.

—Seamos civilizados —pedí.

—Civilizados —gruñó el padre de Julia, nada conforme, pero cogió asiento en la cafetería junto a su mujer y su hijo.

Todos nos sentamos.

—Julia, cariño, ¿qué piensas hacer en Launier? —Le preguntó su madre.

—Casarme con Raiben y formar una familia —respondió sin ninguna duda.

—La cuidaré bien —añadió Raiben—. A su hija no le faltará de nada.

—Te equivocas, le faltarán sus padres y su hermano —contestó el padre de Julia—. Me niego a no ver a mi hija nunca más. ¡No te la llevarás!

Dio un golpe en la mesa con el puño como si de esa manera nadie le pudiera replicar.

—Papá, os echaré de menos, pero seré feliz al lado de Raiben —suspiró—. ¿No prefieres que sea feliz en un mundo lejano que infeliz a vuestro lado?

Logró que el hombre se pusiera rojo de ira.

—¡Por todos los santos! ¡Solo tienes dieciocho años! Tienes toda una vida por delante aquí en la Tierra, ya conocerás a otro que también te haga feliz.

—No como Raiben —repuso.

Álex apretó los dientes y dijo:

—Yo solo he sido un entretenimiento mientras encontrabas la manera de viajar a Oyrun, ¿verdad? La segunda opción en tal caso, por llamarlo de alguna manera.

—No —dijo de inmediato Julia—. Yo te quise, a mi manera, y aún te quiero, pero como amigo.

Aquellas palabras le dolieron y se levantó de la silla, furioso. Raiben hizo lo mismo para marcar su terreno, no quería que su posición fuera de inferioridad manteniéndose sentado. Ambos se retaron con la mirada, al final el chico miró a Julia y dijo:

—Vete a Oyrun y no vuelvas —escupió las palabras con desprecio—. ¡Ojalá no te vea nunca más en la vida!

Dicho esto, se marchó y dio un portazo al salir. La camarera que nos traía cafés y chocolate caliente lo miró, algo molesta. Nos sirvió y no nos quitó ojo, sabía que estábamos algo alterados.

Laranar, con Eleanor sentada en sus rodillas, le dio a probar su chocolate y mi hija al encontrarlo bueno metió dos dedos dentro de la taza para luego ofrecerle un poco a su hermano.

—Le gusta —rio mi hija al ver que el niño pedía más.

Volví mi atención a Julia al ver que unas lágrimas amenazaban con salir de sus ojos.

—Te arrepentirás —le dijo David—. Álex es bueno para ti, creo que si le pides perdón aún estás a tiempo de recuperarle.

—Tu hermana está conmigo —dijo de inmediato Raiben sentado de nuevo.

David lo miró con odio.

—¿Y a ti qué narices te pasa? —Le increpó—. ¿No tuviste suficiente con intentar levantarme a la novia hace unos años que ahora quieres llevarte a mi hermana pequeña? No lo consentiré.

Esther sonrojó al haber mencionado que ella también estuvo con Raiben.

—La amo —se limitó a responder Raiben— y Julia me ama, es suficiente para que luche por ella —miró a los padres de Julia—. La cuidaré, procuraré que no le falta de nada y será feliz a mi lado. No tienen que preocuparse por eso. Su hija tendrá todo lo que desea y, además, podrá ser inmortal. Viviremos juntos por toda la eternidad.

—¿Y si se arrepiente? —Objetó su madre—. ¡Por el amor de Dios! Si no lleváis ni un año de relación, es muy precipitado.

—Mamá, nos queremos —insistió Julia— y sé que dentro de diez o cien años continuaré amándole igual.

—No puedes estar segura.

—Lo estoy —miró a Raiben—. Lo estamos.

—Eres joven y Raiben demasiado mayor —repuso su madre—. Puede parecer que tenga veinticuatro años, pero ha vivido milenios, tiene mucha experiencia en la vida. Quizá te engañe. ¡A saber si solo eres un capricho para él!

En ese instante escuchamos un estruendo y la cafetería entera se movió con una sacudida. Los cristales del aparador salieron disparados y cubrí de inmediato a Cristian con mi cuerpo para que no se hiciera daño. Mi bebé empezó a llorar, pero solo fue el susto.

—¿Qué pasa, papi? —Le preguntó Eleanor a Laranar protegida en sus brazos.

Las sirenas empezaron a sonar.

Llama de luz

La gente salió en desbandada de la cafetería quedándonos solos mientras escuchábamos las sirenas sonar.

—Hay que ir a un punto de seguridad, los soldados ya estarán montando una barricada para proteger a la gente —dijo la madre de Julia.

Eleanor empezó a llorar, asustada.

—Quiero ir a casa —pidió.

Miré a Dacio, tuve la esperanza que nuestro tiempo en la Tierra no conllevara un ataque por parte de Danlos, pero me equivoqué y ver a mis hijos llorar a causa del miedo me hizo sentir la peor madre del mundo por haberles traído conmigo.

—Dacio, ¿podemos volver a Oyrun ahora mismo? —Le pregunté.

Julia me miró espantada, eso significaba regresar sin haber solucionado la pelea con sus padres. Su hermano, David, la cogió de un brazo como si de esa manera pudiera impedir su partida. Raiben la cogió a su vez del otro brazo, no pensaba dejarla.

—Lo dudo, —respondió Dacio para alivio de la familia de Julia— habría que avisar al consejo, tardaría varios minutos y en ese tiempo mi hermano, que es de quien estoy percibiendo su energía, Bárbara no es, detectará mi magia, nos localizará y vendrá a por nosotros. Añadido que puede que el paso entre los dos mundos lo esté controlando él en este momento. Deberíamos movernos, quedarnos quietos es más peligroso.

—Sugiero que intentemos pasar desapercibidos siguiendo a la gente —propuso Laranar—. Danlos no sabe que estamos en la Tierra, aún.

Nada más salir de la cafetería y unirnos a un grupo de personas que se apresuraban por encontrar un lugar seguro, una nueva explosión delante de nosotros hizo que nos tambaleáramos y casi perdiéramos el equilibrio. Pero lo peligroso vino cuando las fachadas de los edificios soltaron cascotes a nuestro alrededor.

Laranar intentó que tanto Eleanor que estaba en sus brazos, Cristian en los míos y yo, quedáramos protegidos con su cuerpo haciendo que agacháramos las cabezas.

—¡Un dragón! —Lloró histérica Eleanor cuando nos incorporamos—. ¡Quiero ir a casa!

Miré el cielo y, efectivamente, un dragón volaba por encima de nuestras cabezas. Lanzó una llamarada contra la gente que se encontraba por delante de nosotros para cortarnos el paso y una pared de fuego cubrió la calle Valencia por donde marchábamos.

—¡Orcos! —Gritó el padre de Julia—. ¡Nos tienen rodeados!

Miré consternada los cien orcos o más que se dirigían a nuestra posición cortándonos el paso. La gente no supo a dónde dirigirse y hubo quien gritó o rompió a llorar de pura desesperación.

Cogí los fragmentos que guardaba en el bolsillo de mi pantalón con la intención de controlar el fuego y así abrirnos paso entre las llamas. Pero antes de poder utilizar su poder, el dragón regresó y aterrizó delante de nosotros mostrando sus enormes fauces a todos los presentes.

Nadie se atrevió a avanzar o recular y alrededor de cuarenta o cincuenta personas quedamos atrapadas entre dos frentes.

—Ayla, creo que tendremos que descubrirnos —comentó Dacio—. Estamos cercados y apuesto que mi hermano no tardará en llegar para llevarse a toda esta gente a Oyrun y hacerlos esclavos.

La esquirla que poseía, más grande gracias a la unión de la que trajo Julia, empezó a brillar en mi mano.

—Tienes razón, ya viene —dije segura.

—Dacio, despliega una barrera —le ordenó Laranar—. Protejamos a esta gente.

Dacio no lo dudó, rodeó a todo el mundo con una barrera mágica.

—Esther, por favor, coge a Cristianlaas —le pedí, pasándole a mi hijo—. Tranquilo, cariño —quería volver a mis brazos, pero miré a mi amiga—. Tendré que luchar, tú protégelo.

Asintió.

—Julia —Laranar hizo lo propio con Eleanor, le pasó a nuestra hija—, quedaos detrás de nosotros.

Raiben se puso a nuestro lado, preparado para la lucha.

—Dacio, nuestras espadas —le pidió Laranar.

El mago nos tendió una pequeña bolsa hecha de terciopelo azul oscuro, en el interior, mediante un hechizo, fuimos sacando nuestras armas de combate de un espacio que no encajaba con el tamaño de nuestras espadas.

Noté que el pelo tan largo me molestaba para luchar, así que me hice una trenza deprisa y corriendo.

—Lista —suspiré, echándome la trenza hacia atrás.

Era la primera vez que me enfrentaría directamente a Danlos desde que fui secuestrada en Tarmona. Aquel pensamiento hizo que sintiera escalofríos, aún recordaba lo que me hizo él y su compañero Urso -ya muerto- los meses que pasé cautiva. De vez en cuando, aún tenía pesadillas por las noches.

—Intenta tranquilizarte —me pidió Laranar, al ver que mis manos temblaban—, eres la elegida, puedes con él. Recuerda como tuvo que huir con su mujer el día de nuestra boda, no se atrevió a enfrentarse a ti.

El llanto de mis hijos me ponía más nerviosa.

—No debimos venir —dije mirando un momento a Cristian que era el que más lloraba—. Soy una mala madre.

—No digas tonterías —dijo enseguida Laranar—. Ya contábamos que podía pasar algo así y asumimos los riesgos.

De pronto, dejamos de escuchar el lloro de nuestros hijos y los miramos de inmediato, vimos que continuaban llorando, pero por algún motivo se habían quedado mudos. Miramos entonces a Dacio.

—Un pequeño hechizo —dijo como disculpándose—. No les pasa nada, de verdad, pero así podremos concentrarnos todos en la lucha.

Vacilé, me dolía hacerles aquello, pero sí que era verdad que sus gritos llamándome: *¡Mamá! ¡Mamá!* Me tensaban.

La gente de nuestro alrededor estaba comprimida en medio de la calle, asustados.

—¿A por quién vamos primero? ¿Dragón u orcos? —Preguntó Raiben.

—Yo me puedo cargar a los orcos con un simple imbeltrus —propuso Dacio.

—¿A qué estás esperando entonces? —Le reprendió Laranar.

Dacio dio un paso al frente. Los orcos intentaban traspasar su barrera dándole golpes con sus mandobles de hierro, pero aparte de provocar una ligera vibración percibiendo la barrera protectora que nos protegía, no lograban nada más.

El mago empezó a conjurar su hechizo, concentrando una bola de energía en su mano derecha. En cuanto alcanzó la medida de una pelota de vóleibol la lanzó contra los orcos.

La bola de energía atravesó la barrera, llevándose consigo a decenas de orcos desintegrándolos con su poder destructivo, los que pudieron apartarse en el último momento de su trayectoria quedaron heridos igualmente por la onda expansiva, amputándoles brazos y piernas, y causándoles quemaduras importantes en gran parte de su cuerpo.

Por último, en cuanto el imbeltrus impactó en el centro del grupo de orcos, una explosión se desató como si de un proyectil militar se tratara, matando a prácticamente todos los orcos que nos amenazaban y alzando una enorme columna de humo.

—Y ahora a por el dragón —dijo Dacio, satisfecho.

Pero el dragón alzó el vuelo y se marchó como si intuyera lo que le esperaba.

—Vaya, vaya, vaya —volvimos todos nuestra atención a la columna de humo que empezaba a disiparse. La figura de un hombre caminaba en nuestra dirección, le reconocí de inmediato, era Danlos—. Mi hermano y la elegida en la Tierra.

Sin querer darle tiempo a reaccionar le lancé una ráfaga de viento que lo expulsó hacia atrás varios metros, pero logró mantener el equilibrio y me miró con resentimiento.

—Vas directa al grano elegida, empecemos pues.

Me devolvió un ataque lanzando, literalmente, un rayo del cielo.

Desintegró la barrera de Dacio con aquella maniobra e hizo que su hermano tuviera que hincar una rodilla en el suelo como si hubiera recibido el impacto de lleno.

La gente, viendo que el dragón ya no estaba y la barrera se había bajado, corrieron en desbandada para salvar la vida. Solo unos pocos se quedaron, curiosos por saber qué ocurriría, refugiados en el interior de las porterías de los edificios.

Julia y el resto de nuestros amigos se retiraron unos metros, poniéndose a cubierto en una portería, también.

—¿Dacio? —Le preguntó Raiben, al ver que no se levantaba.

El llanto de mis hijos volvió a escucharse y mucho temí que Dacio llegó al límite con un simple ataque de su hermano Danlos.

—Estoy bien, no os preocupéis.

Se alzó a duras penas del suelo, apoyado en Laranar.

Volví mi atención al mago oscuro que miraba la escena con una sonrisa de satisfacción en el rostro.

—Retira a tus tropas, Danlos —le dije muy seria, que hubiera dejado fuera de combate a su hermano no significaba que nos hubiera vencido—. Los magos de Mair van a cambiar el curso del tiempo en la Tierra y te quedarás atrapado aquí mientras en Oyrun pasan siglos, ¿es lo que quieres?

Danlos dejó de sonreír al escuchar mis palabras, luego alzó la cabeza con altivez.

—Me gusta mucho tu mundo —dijo— y supongo que si te mato a ti, los magos de Mair deberán estar más concentrados en proteger Oyrun que la Tierra, ¿me equivoco?

Volví a lanzarle otra ráfaga de aire, esta mucho más fuerte, tanto que lo tiré al suelo. No me detuve, empleé el mismo ataque que Urso empleó conmigo en Tarmona. Le lancé golpes de aire como si fueran puñetazos sin detenerme. El primero y el segundo le pillaron desprevenidos, logrando herirle en un labio y que su nariz sangrara, pero los siguientes golpes los detuvo con una rapidez asombrosa. Repeliendo el ataque con sus propios brazos, como si de un boxeador se tratara.

Antes de gastar mis energías en un ataque que vi inútil, me detuve.

—Abandona la Tierra —le exigí.

Empezó a reír.

—Los esclavos de la Tierra son muy valiosos —respondió, pasándose una mano por el labio herido, limpiándose la sangre—. No renunciaré a ellos con tanta facilidad.

Preparó un imbeltrus o algo muy parecido, pues este no se limitaba a crear una bola de energía, más bien era como una concentración de magia que emanaba una corriente eléctrica alrededor de toda su persona.

—¡Prepárate para morir! —El imbeltrus, en vez de ser lanzado contra mí, lo acompañó en su mano corriendo en mi dirección, destrozando el suelo de la calzada al encarar la bola de energía hacia un lado mientras se acercaba.

Instintivamente, conecté mi mente con la tierra y alcé un muro de cinco metros de altura para protegerme.

—¡Mama! —Escuché gritar a mi hija.

Al mirarla vi cómo se removía en brazos de Julia queriendo venir a mí. Julia no pudo con el ímpetu de mi hija y perdió el equilibrio cayendo al suelo, sosteniendo a Eleanor como pudo, pero la niña finalmente se escapó y vino corriendo a mí, extendiendo sus brazos para que la cogiera.

—¡Eleanor! ¡No!

Julia quiso detenerla, el muro de tierra que alcé se desintegró en apenas dos segundos por el imbeltrus del mago oscuro, una lluvia de arena y trozos de asfalto cayó encima de nosotros.

Corrí a por Eleanor, Raiben corrió también a protegerlas. Laranar gritó nuestro nombre soltando a Dacio, pero fue tarde…

Danlos llegó a Eleanor en el justo momento que la abracé.

—¡No me había dado cuenta de que tu hija te acompañaba! —Gritó con satisfacción.

En cuanto vi que quiso golpearla con el imbeltrus aún en su mano, reaccioné como una leona que protege a su cachorro.

Lancé a Danlos una ráfaga de aire, junto con un muro de tierra que salió disparado del suelo en forma de pico, impactándole en el pecho; controlé el fuego del dragón que continuaba ardiendo a nuestro alrededor y lo avivé para quemar a Danlos lanzándole un remolino de fuego.

Fue el instinto de protección, controlé tres elementos de forma continua en un acto reflejo. Mi control sobre el poder del colgante era absoluto, pero solo cuando Eleanor cogió la mano con que sujetaba los fragmentos, noté un poder superior que recorrió por mi interior como una llama de luz.

Danlos cayó al suelo, magullado y nos miró a ambas con los ojos muy abiertos.

A nuestro alrededor, la gente que se escondía se alteró. Todos nos miraban asombrados, ¿qué ocurría?

Un rugido, el de un dragón, salió desde dentro de nuestros corazones y, entonces, vi lo que el resto de los presentes miraba. Un aura, un espíritu en forma de dragón dorado se alzaba alrededor de nosotras.

—Gabriel —abrí mucho los ojos al reconocer la dragona de los primeros tiempos de Oyrun.

Fue pronunciar su nombre y un aire se alzó de nuevo. Tuve que abrazar a Eleanor con todas mis fuerzas para que su energía no nos separara, pues una especie de fuerza salió de nuestro interior y atacó a Danlos como si de varios imbeltrus se trataran.

Laranar llegó a nosotras pese al aire levantado y nos abrazó. Eleanor me soltó y abrazó a su padre, llorando. Fue, en ese instante, cuando el ataque se neutralizó y todo volvió a la calma.

Danlos cayó al suelo y no se movió.

—No puede ser —pensé en voz alta y miré a Laranar—. ¿Estará muerto?

La duda duró poco, Danlos empezó a moverse, pero estaba muy malherido, todo ensangrentado y con la ropa hecha jirones. Aquella era mi oportunidad de eliminarle.

Me alcé para lanzarle el ataque definitivo.

El mago oscuro vio mis intenciones.

—Paso in Actus —desapareció sin tiempo a poder matarle.

Decepcionada por perder una gran oportunidad, suspiré.

—Parece que hemos ganado una batalla —comentó Dacio, sentado en el suelo a unos metros de distancia, sin fuerzas.

—Lo siento, amigo —Laranar se dirigió a él para ofrecerle su ayuda—. Tuve que soltarte cuando vi a mi familia en peligro.

—Yo hubiese hecho lo mismo —respondió Dacio, aceptando su ayuda y apoyándose de nuevo en mi marido.

Escuchamos un crujido y al volvernos vimos que parte de la fachada del edificio que teníamos a unos metros y donde se encontraban Raiben y Julia, se venía abajo.

—¡Julia, cuidado! —Gritó Raiben, empujándola para que no se viera afectada, pero no le dio tiempo de ponerse a salvo él mismo, y en menos de un segundo el elfo desapareció bajo una montaña de escombros.

—¡Raiben! —Gritó Julia, presa del pánico.

JULIA

Montaña de runas

—¡Raiben! —Grité histérica.

Me lancé sobre la montaña de escombros y empecé a quitar con manos desnudas los cascotes lo más deprisa que pude.

Los ojos se me empañaron de lágrimas mientras gritaba su nombre, desesperada.

Alguien quiso detenerme, pero le empujé, cegada, y continué apartando la runa que cubría el cuerpo de mi amado.

—Julia, no, te estás haciendo daño —escuché a mi padre decir, pero le ignoré. Me cogió por los hombros—. Vamos, cariño.

—¡No! —Le aparté de mí con un bruto movimiento, solo me imaginaba a Raiben, herido—. El ejército ya está aquí —comentó Ayla.

Continué escarbando, no me rendí.

De pronto, descubrí un brazo y aquello me dio fuerzas para seguir desenterrando a Raiben.

—¡Raiben! ¡Estoy aquí! ¿Me escuchas? —Le llamé sin dejar de trabajar, liberando su cuerpo—. ¡Raiben!

Sin creerlo posible abrió los ojos, se sacudió el polvo de la cara y miró alrededor algo desorientado, luego se sentó. ¡No tenía ni un solo rasguño!

Raiben me miró, preocupado.

—¿Estás bien? —Me preguntó, pero solo pude llorar más y le abracé.

—¡Creí que te había perdido! —conseguí decir—. ¡Es un milagro!

Raiben acarició mi pelo sin dejarme de abrazar.

—Estoy bien, estoy bien —decía—. Calma, cariño, estoy bien.

Me retiró con delicadeza en cuanto vio que me tranquilizaba y mis sollozos remitían, cogió mi rostro con dos manos y pasó sus pulgares por mis mejillas para limpiarme la cara de las lágrimas derramadas.

—Estás llena de polvo —comentó como si le hiciera gracia.

—Tú también —sonreí y le besé en los labios.

Una vez nos retiramos, Raiben miró mis manos y abrió mucho los ojos.

—¡Por Natur! ¿Qué has hecho? Tenemos que curarte.

Me miré las manos, las tenía todas ensangrentadas, con cortes, arañazos, pieles levantadas y alguna que otra uña rota.

—No me he dado cuenta —dije, empezando a sentir el dolor—. Estaba tan asustada que solo he pensado en quitarte toda esa montaña de runa de encima.

Raiben miró alrededor y entonces tomé conciencia que el ejército había llegado prestando ayuda a la gente, analizando lo ocurrido e interrogando a los testigos. Luego estaba Ayla intentando calmar a Eleanor; Laranar con Dacio, y Esther con Cristianlaas. Por último, mi familia, nos rodeaban preocupados.

—Debemos curar a Julia —les dijo Raiben a mis padres.

Mi padre se acercó un paso y me ayudó a levantar del suelo.

—¿Necesitas ayuda? —Se ofreció mi hermano, tendiéndole una mano a Raiben.

Le miré sorprendido, al igual que Raiben, pero aceptó su ayuda y se alzó del suelo.

—Gracias —le agradeció.

—Le has salvado la vida a mi hermana —respondió David—.

Estoy en deuda contigo.

—Amo a Julia, aunque no lo creas —miró a mi madre—. No es un capricho para mí.

Mi madre lo miró incómoda, luego miró a mi padre que le pasó un brazo por los hombros.

—Nos ha quedado claro —dijo al fin.

—Lo que no entiendo es cómo has podido salir ileso —dije mirándolo aún—. ¡Deberías estar muerto!

—Yo tampoco lo entiendo —respondió con sinceridad.

Dacio se acercó apoyado en Laranar y sonrió.

—Alcé una barrera —confesó—. Cuando vi que la fachada caía empleé las fuerzas que me quedaban en cubrirte con mi magia.

—Gracias Dacio —le abracé—. Le has salvado la vida.

—De nada, pero debemos irnos antes que nos hagan preguntas —dijo mirando el ejército.

Aunque el peligro había pasado todo era caótico, la gente estaba alterada. Los que se habían refugiado en las porterías de los edificios y habían visto el combate contra Danlos nos miraban perplejos. Algunos nos señalaban con un dedo.

—No nos entretengamos —pidió Ayla.

—Sí, volvamos a casa, curaré tus heridas —dijo mi hermano.

Una de las ventajas de tener un médico en la familia era que no tenía que ir al hospital a menos que fuera algo grave, mi hermano se encargaría de mí. Teníamos un botiquín de primeros auxilios muy completo en casa.

El ambiente pareció más relajado en cuanto a la actitud de mi familia con respecto a Raiben. Dacio se tendió a dormir en un sofá nada más llegar al piso de mis padres. Eleanor se quedó dormida en brazos de su padre, agotada. Cristianlaas era el único que se mantenía despierto con el ceño fruncido, como si tuviera miedo de cerrar los ojos y ver que su madre le abandonaba. Se agarraba al jersey de Ayla con fuerza.

—¡Increíble! —Exclamó mi padre al poner las noticias—. ¡Salimos en la televisión!

Al parecer, alguien grabó nuestra batalla contra Danlos y se vio perfectamente el aura del dragón que rodeó a Ayla y Eleanor durante el sorprendente ataque.

Laranar cogió una mano a su mujer y la miró a los ojos.

—Juntas sois invencibles —dijo refiriéndose también a su hija.

—Ya han colgado el vídeo en *You Tube* —comentó Esther mirando su móvil—. ¡Madre mía! Pero si tiene más de cien mil visitas y va subiendo por momentos.

Mi hermano, sentado en una silla delante de mí terminó de desinfectar las heridas de mis manos y empezó a vendarlas.

—Vas a marcharte sí o sí a Oyrun, ¿verdad? —Me preguntó en un susurro, ignorando el tema de estar saliendo por la televisión.

—Sí —respondí—. Pero seré feliz, David.

Unas lágrimas traicioneras le cubrían los ojos y me di cuenta de que ya lo había aceptado.

—Esta siempre será tu casa —dijo terminando de atarme las vendas—. Puedes volver cuando quieras, aunque pasen veinte años.

Le di un beso en la mejilla y él me abrazó con cariño.

La vuelta a Oyrun me dejó con un gusto agridulce, no volvería a ver mi familia nunca más, pero una nueva vida se abría ante mí.

Me casé con Raiben a finales de verano en Sorania, fue una boda sencilla, con los familiares más directos de Raiben y nuestros amigos más cercanos. En mi caso, solo tenía a Ayla, pero Rayael, la doncella que me atendió las primeras semanas que pasé en Oyrun, también asistió. Habíamos hecho muy buenas migas y necesitaba crearme un nuevo círculo de amistades. Estaba decidida a empezar de nuevo, tenía la eternidad por delante después de tomar la ambrosía que me ofreció Laranar para ser inmortal.

Sería feliz en aquel mundo, rodeada de mi marido y segura que la Tierra volvía a estar en paz.

EDMUND

Sacrificar a los amigos

No pude más que fijarme en el rostro apaleado de Danlos cuando me ordenó que me presentara en el salón de las chimeneas acompañado de su hijo Danter.

Alguien le había dado una paliza y presentaba los dos ojos morados, los labios hinchados y múltiples cortes por todo el cuerpo. Necesitaba de un bastón para sostenerse en pie y aunque intentaba disimularlo, gemía de dolor o le faltaba el aire cuando daba un paso más de la cuenta.

Me pregunté quién le habría dado semejante paliza y me alegré por ello.

Danlos se plantó delante de su hijo que le miraba igual de asombrado.

—¿Sabes quién me ha hecho esto?

Dan negó con la cabeza incapaz de articular palabra. Para el niño, que tenía miedo de su padre, fue como caer en la cuenta que no era invencible.

—Fue la elegida.

¡Bien por Ayla! Grité en mi fuero interno, *lástima que no lo rematara.*

Danlos empezó a explicar a su hijo quién era la elegida, la profecía que marcaba que serían eliminados por Ayla y el poder que poseía el colgante de los cuatro elementos.

Dan escuchó a su padre en silencio, atento a la historia que le contaba.

—Tú, Danter, naciste después que la profecía fuera escrita —continuaba hablando Danlos—. No hay nada que indique que vayas a ser vencido por la elegida, por eso mi esperanza de dominar el mundo recae en ti, ¿entiendes?

—Sí, padre.

Dan era aún pequeño para entender por completo lo que le pedía su padre, que no era otra cosa que fuera el destinado a vencer a la elegida ya que la profecía no marcaba que fuera a ser eliminado por ella.

—Si alguna vez logramos el colgante al completo las tornas cambiarán, pero de momento eres el único con una posibilidad de vencer —añadió—. Y, por ese motivo, deberás entrenar más, hacerte más fuerte. Emplearé todos los medios que tengo para convertirte en un mago oscuro en toda regla. Sin remordimientos, decidido a hacer lo que sea por conseguir tu objetivo aunque sea cruel.

No si yo puedo evitarlo, pensé.

Danlos miró a Gris, el lobo que no se separaba de Danter. Era un ejemplar joven de tamaño considerable, alcanzaba casi el año de edad. Nada quedaba de aquella bola de pelo gris, pequeña e indefensa, que le regaló su padre por el sexto aniversario de su hijo.

—Hoy voy a darte la primera lección como mago oscuro… el de sacrificar a tus amigos por una causa mayor.

De pronto, cogió al lobo del cuello y lo empotró contra el suelo. Dan gritó presa del pánico y se abalanzó a los brazos de su padre para intentar que le soltara, mientras, Gris, gemía e intentaba zafarse de su agresor sin conseguirlo.

Mi primer impulso fue ayudar a salvar a Gris, pero a la que moví un pie entendí que aquello era imposible. Me quedé quieto, viendo la escena petrificado. Danlos estrujaba el cuello del lobo sin contemplación.

—¡No! ¡No! —Gritó Dan, cogiendo con todas sus fuerzas el brazo de su padre para que lo soltara, incluso se atrevió a darle un puñetazo en la cara—. ¡Suéltalo!

Danlos dejó libre una mano para agarrar a su hijo por la nuca y plantarlo delante del lobo que iba perdiendo la vida por momentos.

—Mírale —le ordenó—. Nunca confíes en nadie, ni siquiera en un amigo porque te hará débil. Eres un mago oscuro, no puedes mostrar sentimientos por nadie. ¡No debes tener sentimientos!

—Nooo —las lágrimas de Dan caían por sus mejillas al ver como el lobo dejaba de moverse—. Por favor, padre, suéltalo.

Fue demasiado tarde, Gris yacía muerto en el suelo, inmóvil, sin vida.

Danlos soltó el cuello del animal y Dan se abalanzó sobre el único amigo que tuvo. Intentó que reaccionara zarandeándolo, pero ya era tarde y le abrazó desconsolado. Tuve que hacer un gran esfuerzo por controlar el impulso de llorar al mirar la escena.

Danlos solo le dejó un instante porque volvió a cogerlo de la nuca para que se alzara del suelo apartándolo del lobo.

—Escúchame, vas a cumplir siete años en breve y ya es hora que empieces a entender qué pasa en el mundo y tu destino en él. Eres el hijo de la oscuridad y tu deber es matar a la hija de la luz, la hija de la elegida que según dicen acabará con la oscuridad. Odia a las dos porque son las causantes de que tu lobo haya muerto, de que tu madre y yo tengamos que ser duros contigo para que te hagas fuerte cuanto antes, de que vivas en este castillo sin poder ver nada más de este mundo. Todas las razas aliadas quieren verte muerto porque te tienen miedo. Por ese motivo mandaron a aquel mago para asesinarte, ¿entiendes?

No le respondió.

—Sé egoísta Danter, piensa únicamente en ti y en nadie más, y piensa que cuando estés desesperado, abatido o herido, no podrás confiar en nadie, ¡solo en ti mismo!

Soltó a su hijo y el niño se dejó caer de rodillas en el suelo.

—Hijo, la lección de hoy te enseñará muchas cosas en el futuro. Es importante que te hagas fuerte cuanto antes si quieres sobrevivir a la batalla que se avecina.

Sacó un libro de su túnica y me lo tendió sin mirarme, solo miraba a Dan, evaluando su reacción que se había quedado mudo, llorando desconsolado.

—Nuevos hechizos que debe aprender —cogí el libro—, que estudie cada día, sin descanso, en cada luna llena le exigiré que haya aprendido tres nuevos.

Acarició la cabeza de su hijo como si una parte de él le doliera ver a Danter así.

—Algún día lo entenderás y me darás las gracias.

Dos segundos después, Danlos desapareció con el Paso in Actus.

—Dan —me agaché de inmediato al niño que clavaba la vista en el suelo. Poco a poco alzó sus ojos y me miró—, lo siento —en cuanto le toqué el hombro se apartó de mí y me miró con resentimiento.

—Todo lo que me explicas es mentira —dijo con rabia—. ¡Todo!

Se levantó y se fue corriendo de la sala.

Suspiré y miré a Gris.

—Has sido un buen amigo —acaricié el pelaje del lobo y mandé a un orco que guardara el cuerpo para enterrarlo más tarde.

Fui a buscarle a las cocinas pensando que quizá estaría refugiado en los brazos de Sandra.

—Aquí no ha estado, ¿qué ha ocurrido?

Le expliqué la lección que acababa de impartir Danlos a su hijo, y Sandra cerró los ojos como si aquello no fuera posible. Acto seguido me encaminé a la habitación que bautizamos como *habitación segura*, donde jugábamos el escaso tiempo que el niño tenía libre y donde un precioso piano de color blanco esperaba a que alguien supiera tocarlo.

—¿Dan? —Le escuché remover algo antes de abrir la puerta de

la habitación.

Cuando entré, encontré al niño rompiendo los libros de aventuras que tanto le gustaba que le leyera, con lágrimas en los ojos, arrancando sus páginas con toda su rabia.

—¡Es todo mentira! —Dijo mientras los rompía—. ¡No existen estos países, ni los caballeros, ni las princesas que están en apuros y vienen a rescatarlas!

Cogí sus manos para detenerle y lo encaré a mí para que me mirara a los ojos.

—Dan, sí que existen.

—Eres un mentiroso, ¡te odio!

Hizo que le soltara, tiró el libro que tenía en las manos al suelo con rabia y acto seguido quiso darme un puñetazo, pero le esquivé y lo cogí por las muñecas al ver que se resistía.

—¿Me odias a mí? —Pregunté incrédulo, agachándome a su altura—. ¿Yo? que siempre estoy a tu lado, cuidando de ti.

Dejó de luchar y finalmente me abrazó.

Estuvimos así un largo minuto y cuando por fin se tranquilizó me lo llevé al sofá sentándolo en mis rodillas.

—¿Recuerdas el código de los Domadores del Fuego?

Dan absorbió por la nariz.

—Sí, pero padre me dice una cosa y tú me dices otra.

—Tu padre se equivoca en muchas cosas, debes creerme a mí.

—Pero…

—Veamos —suspiré, pensando la manera de convencerlo—, si todo el mundo piensa igual que yo, y tus padres son los únicos que piensan diferente, ¿quién crees que tiene la razón?

Lo pensó unos breves segundos.

—Supongo que tú —respondió.

—Cuando estás conmigo, ¿tienes miedo? —Negó con la cabeza—. ¿Y con tus padres? —Asintió enseguida—. ¿Dónde te gustaría vivir? ¿En un mundo donde hubiera personas como yo o en otro donde los padres asustaran a sus hijos?

—¿Seguro que tu padre nunca te dio miedo?

—No, nunca, porque era buena persona.

Se limpió las lágrimas de los ojos con la manga de su camisa, más tranquilo.

—¿Es cierto lo de la profecía? —Quiso saber—. ¿Quieren matar a mis padres y… a mí?

—Es cierto que hay una profecía que marca que tus padres serán vencidos por la elegida, pero tú no tienes por qué ser una amenaza. Si eliges el camino del bien y no del mal, la elegida te perdonará la vida, estoy seguro.

Me miró con miedo, pero debía saber las consecuencias de escoger el camino oscuro.

—Escucha —continué—, la hija de la elegida es una niña más pequeña que tú, se la conoce como la hija de la luz, ella ayudará a su madre a combatir contra tus padres, pero también se habla que esa niña te vencerá a ti porque a ti se te conoce como…

—El hijo de la oscuridad —me cortó—. Eso ha dicho padre, pero no lo soy, ¿verdad?

—No, pero deberás demostrarlo —insistí—. Haz el bien, nunca el mal.

—Debo seguir el código de los Domadores del Fuego.

—Exacto —sonreí—, yo estoy convencido que te perdonarán porque eres bueno, eres un chico muy bueno.

Sonrió con tristeza.

—Me gustaría salir de Luzterm —dijo—, y ver cómo se vive en otras ciudades.

—¿Aún no me crees?

No me respondió, se bajó de mis rodillas y se dirigió a la puerta.

—Hay que enterrar a Gris —dijo y se marchó sin esperarme.

Enterramos a Gris en el bosque de pinos que se encontraba saliendo de la zona norte de la ciudad, pasados los campos de cultivo. Un lugar donde de tanto en tanto habíamos ido de excursión para que el lobo corriera libre y Dan jugara en otro ambiente más lleno de vida y vacío de orcos. El niño escogió un pequeño claro donde poder enterrarle y me ayudó a cavar su tumba pese a que la pala que tenía era más grande que él.

Lloró durante toda la ceremonia, Sandra, que nos acompañó, también lloró, y al ver a los dos, unas lágrimas traicioneras también se me escaparon a mí.

Dan no fue el mismo los siguientes días, estuvo como ausente y apenas nos hablaba. Se limitaba a estudiar con sus maestros, a luchar conmigo a espada y a aprender los hechizos que le marcó su padre en el libro de magia que me dio. No jugaba, no hacía nada de lo que tendría que hacer un niño, se encerraba en su habitación y miraba por la ventana viendo la lluvia caer o las nubes pasar por el cielo cuando tenía un momento libre.

Intenté animarle, hacer que jugara a pelota, Sandra le preparaba sus platos favoritos, le cocinaba ricos pasteles y hacía galletas, pero nada parecía alegrarle.

—Algún día alguien te dará tu merecido —pensaba en Danlos mientras trabajaba en la herrería dando forma al acero mante.

Danlos me ordenó que le fabricara la espada definitiva de una vez y, cuando Dan estudiaba con sus profesores, yo aprovechaba en adelantar trabajo.

—Ojalá te cortes con ella —dije golpeando el acero con furia.

Metí el acero en el horno, esperé unos minutos y volví a sacarlo para seguir dándole forma.

—Gobernador —un orco me llamó, pero no dejé de trabajar.

—¿Qué quieres? —Pregunté de mala gana.

—Es… el pequeño amo —me detuve y le miré—. Acaba de dar orden que le abramos las puertas de la zona sur de la ciudad.

—¿Qué? —Dije sin entender—. ¿No lo habréis hecho?

—Nos amenazó con matarnos, gobernador.

Abrí mucho los ojos, dejé el acero mante dentro del horno y me dirigí sin perder tiempo a la puerta sur, despotricando por el camino lo incompetentes que eran los orcos cuando querían.

—¿Le preguntasteis por qué quería salir de la ciudad?

—Sí.

—¿Y?

—Dijo que no era asunto nuestro.

En cuanto enganchara a Danter se acordaría de la bronca que le iba a dar.

A veces, se portaba mal y tenía rabietas como todos los niños, pero nunca había hecho algo parecido a aquello. No lo entendí.

—Reúne a un grupo de orcos —le ordené al llegar a la puerta sur—. ¡Abrid la puerta!

Empezaron a fustigar a los trolls que teníamos apostados en lo alto del muro para que abrieran la gigantesca puerta. Un orco me trajo un caballo y monté sin perder tiempo.

—Yo me adelanto —informé al cabecilla, me pregunté donde se encontraría Durker, el único con el suficiente cerebro como para no dejar salir a Dan. No lo vi—. En cuanto estéis formados salid a buscar a Danter y traedlo de vuelta.

Salí sin más demora, el bosque oscuro no era lugar para un niño, menos si salía del camino marcado pues significaba la muerte. Terribles criaturas custodiaban el interior del bosque, solo esperaba que no se hubiera aventurado a ir por allí. De todas formas, no comprendía qué era lo que le había llevado a querer salir de la protección de la ciudad.

Galopé durante apenas unos minutos y al girar una curva le encontré caminando, encogido, mirando los árboles que delimitaban el camino.

—¡Danter! —Le llamé, dio un respingo del susto y al verme pude ver en sus ojos el alivio por venirle a buscar—. ¡Ven aquí!

Me obedeció mientras yo me apeaba del caballo.

>>¡Maldita sea! ¿Por qué has salido?

Me agaché en cuanto llegué a él y le abracé desesperado, luego le cogí de los brazos y le miré a los ojos.

—Solo quería ver el mundo que me explicas siempre —dijo.

Fruncí el ceño, el miedo por haberle podido perder hizo que me levantara, alzara una mano y le diera una bofetada.

Dan me miró horrorizado, acababa de pegarle, ¡era la primera vez que le pegaba!

No parpadeó, se limitó a llevarse una mano a la mejilla.

—¡¿No te das cuenta de lo que te podría haber pasado?! —Empecé a gritarle fuera de mí—. ¡Podrías haber muerto! En cuanto volvamos a casa prepárate, esto no quedará así, ¡pensaré en un buen castigo! ¡No volverás a quererte escapar!

Empezó a llorar en ese momento, pero no me ablandé, mientras le buscaba sin saber si estaba bien o mal los minutos pasaron tan lentos que me parecieron horas.

—Llorar no te funcionará.

—Solo quiero ver una de esas ciudades que dices que viven en paz, sin orcos.

Apreté los dientes, dolía que dijera aquello. No era extraño lo que pedía, era lo más normal del mundo.

Lo atraje hacia mí pese al susto y volví a abrazarle.

—Dan, lo siento —me abrazó también—. No puedes ir a una de esas ciudades donde la gente es feliz, aún no.

Le retiré un momento para mirarle a los ojos.

>>Pero te prometo que cuando seas mayor, tarde o temprano, podrás visitarlos y serás libre de ir donde quieras. Hasta entonces, prométeme que no volverás a quererte escapar.

—Lo prometo.

Volví a abrazarlo y en ese instante escuché un ruido a mi espalda. No era el ruido del escuadrón de orcos encargado de buscar a Danter, era otro muy diferente, como de un reptil que se arrastra por el suelo y emite un sonido sibilante.

Dan también lo escuchó y miró por detrás de mí. El caballo se encabritó, percibiéndolo, y empezó a correr dejándonos sin montura. El ruido procedía exactamente del camino andado.

—Dan, levanta un escudo —le ordené.

Una barrera nos cubrió justo en el momento que una cría de serpiente gigante llegaba por el camino de vuelta a Luzterm. De haber sido adulta alcanzaría los cincuenta metros de largura, como la que destruyó mi villa muchos años atrás, pero aquella solo alcanzaba los diez metros, los cuales me parecieron suficientes como para poder morir.

Abrió su inmensa boca mostrando unos afilados colmillos de medio metro de largo. Su cabeza era plana, mientras que su cuerpo era delgado y su cola se movía como un látigo.

—Edmund —Dan temblaba de miedo, mirando la serpiente que evaluaba la manera de atacarnos.

—Tú no bajes el escudo y todo irá bien —le recordé, desenvainando a Bistec—. Continuemos.

Empezamos a caminar poco a poco hacia ella lo que provocó el primer ataque. Abrió su enorme mandíbula con la intención de comernos a los dos, su cabeza rebotó como una pelota y el escudo se tambaleó. El animal se enfureció y empezó a atacar con todas sus fuerzas, pero el resultado fue el mismo. El escudo de Dan era fuerte y resistente pese a que en cada sacudida se tambaleaba.

El niño temblaba de miedo agarrado a mí, pero no perdía la concentración.

—Muy bien, sigue así, ya casi la hemos rodeado —le animé, pero entonces, pisé sin querer la capa de Danter, trastabillamos y caímos al suelo.

Dan perdió la concentración y el escudo bajó.

La serpiente abrió por última vez su boca y creí morir.

—¡Imbeltrus! —Gritó Dan.

El imbeltrus fue tan inesperado y potente que me echó hacia atrás varios metros dando dos volteretas hasta que me detuve. Una luz blanca me cegó por unos momentos, junto con una humareda de polvo y tierra que se levantó a mí alrededor.

Cuando todo hubo pasado, miré asombrado a Dan. Se mantenía sentado en el suelo con el puño derecho alzado en posición de ataque.

—Dan —me miró, asustado.

La serpiente yacía muerta a dos metros de nosotros.

Me levanté sin acabármelo de creer, llegué junto a Dan y le incorporé. El niño no tardó en abrazarme.

—¿Te encuentras bien? —Le pregunté al notar que temblaba—.

¿Dan?

—Lo siento, ha sido mi culpa. Casi hago que nos maten.

—No te preocupes, ya ha pasado. Además, he sido yo quien ha tropezado.

Miré el cuerpo de la serpiente, estaba por completo chamuscado.

—¿Cuándo has aprendido a hacer el imbeltrus? —Quise saber.

—¡No me había salido hasta ahora! —Exclamó igual de asombrado.

Escuchamos ruidos de cascos de caballos y nos separamos de inmediato, sabiendo que sería el escuadrón de orcos viniendo en nuestra ayuda.

—Gobernador —Durker fue el primero en llegar, seguido de treinta orcos más—. Siento el retraso, estaba en la puerta norte de la ciudad.

—Ya da igual —dije enfadado—, volvamos antes que otra serpiente quiera convertirnos en su comida.

—Como ordene, gobernador.

Ambas espléndidas

Trabajaba a altas horas de la noche para que nadie pudiera ver el trabajo que estaba realizando a escondidas de Danlos. Aprovechando que orcos y esclavos no regentaban la herrería de noche.

Mi obra maestra había llegado a su fin. Era algo especial, una exquisitez, el sueño de cualquier guerrero en empuñar una obra como aquella y el sueño de cualquier herrero de crear algo así. Su hoja medía un metro de largo y junto con el mango alcanzaba el metro y medio de largura. Muchos matarían por tenerla, pero el único dueño de aquella espada, la única razón por la que fue forjada era para entregársela a Dan cuando fuera adulto y pudiera rivalizar con la espada de su padre, acabada también tres días atrás.

Las coloqué una al lado de la otra, ambas espléndidas. Las dos hechas de acero mante, el metal más fuerte y resistente de todo Oyrun.

La de Danlos relucía con luz propia, el mango era una continuación de la hoja habiéndola forjado en una sola pieza. Su empuñadura la revestí con cuero negro y en la virola —que es una especie de adorno, como una abrazadera metálica —gravé el escudo del mago oscuro, una daga que emanaba sangre. Para finalizar, le engasté un rubí en el pomo para darle un toque decorativo, sabía que su dueño le encantaba mostrar sus riquezas aunque la espada en sí ya mostrara grandeza. Medía metro y medio de largo, igual que su contrincante.

La espada de Dan, era ligeramente más grande y presentaba un doble filo. El mango estaba hecho de acero mante para que soportara la fuerza de la hoja, revestido con cuero marrón oscuro. No le engarcé ninguna piedra preciosa, mi objetivo era que Dan fuera más humilde que su padre y no le tentaran las riquezas. No obstante, le esculpí la cabeza de un lobo en el pomo, como homenaje a nuestro amigo Gris. Como toque final, en su virola tenía grabado un martillo rodeado por una llama de fuego, símbolo de los Domadores del Fuego.

La espada de Dan era mejor que la de Danlos, pues en apariencia, ambas eran de acero mante, pero solo la de Dan era pura, pues la del mago oscuro tenía un treinta por ciento de oro blanco, mucho menos resistente, pero que a ojos de todos parecía cien por cien mante. En un futuro combate esperaba que aquella diferencia le diera a Dan la oportunidad de vencer a su padre.

Sonreí, Danlos me dio acceso meses atrás a todo el mante que necesitara para poder acabar su espada y aproveché en coger más del necesario. Creé dos espadas, mortíferas, pero destinadas a personas completamente distintas. El mago oscuro no tenía ni idea de mis planes.

Guardé cada una en su vaina, la de Danlos la entregaría en la próxima luna llena, la de Dan se la daría cuando tuviera edad suficiente para empuñarla. Hasta entonces, no quería que nadie supiera de su existencia.

Guardé la espada de Dan en lo alto del armario de mi habitación, envuelta en una sábana. Luego me metí en la cama, abracé a Sandra por la espalda atrayéndola hacia mí y olí sus cabellos.

—¿Ya has acabado tu trabajo? Te echaba de menos —dijo mi mujer.

—¿Cuánto de menos? —Quise saber, se volvió a mirarme con sus ojos grises.

—Mucho de menos —me dio un beso en los labios y empezamos a acariciarnos mutuamente.

A la mañana siguiente desperté solo, Sandra ya se había levantado para preparar el desayuno de los orcos y esclavos que vivían en el castillo. Me desperecé, estirándome cuan largo era. Tenía una extraña sensación de triunfo al haber finalizado la espada de Dan sin que nadie se enterara, y de esa manera empecé el día con alegría.

Abracé a Sandra nada más entrar en las cocinas y le di un buen beso en los labios.

—Estás contento —dijo al verme, cogió una silla y se sentó a mi lado en cuanto me sirvió el desayuno.

—Tienes cara de cansada —observé—. ¿Te encuentras bien?

—Sí —sonrojó y desvió su mirada hacia la mesa donde apoyó los brazos—. Tengo que hablar de un asunto contigo.

—¿Qué ocurre? —Le cogí de una mano y me la estrechó—. Pareces nerviosa.

En ese instante entró Dan leyendo el libro que me dio su padre meses atrás para que aprendiera tres hechizos cada mes. En ocasiones no lo lograba y su padre se enfurecía castigándolo, obligándole a pasar un día entero con los brazos en cruz sosteniendo un libro en cada mano y encarado a una pared, pero cuando el chico lograba aprender los tres hechizos no lo felicitaba. El pobre no recibía ningún tipo de apoyo por parte de sus padres.

Por suerte nos tenía a Sandra y a mí que elogiábamos sus logros.

—¿Cómo van las lecciones, Dan? —Le preguntó Sandra al verle, dejando el tema del que quería hablarme.

Dan la miró a los ojos y se encogió de hombros, sin responderle.

Se sentó a mi lado y se mantuvo en silencio leyendo su libro de hechizos, serio.

Le miré, ya tenía siete años, pero desde que su lobo murió había madurado hasta un punto que en ocasiones parecía adulto. Era más consciente que en la vida nada era seguro y que su padre era un ser malvado al que odiaba.

Rodeé con un brazo sus hombros y lo estreché, Dan me miró.

—Cuando acabes, iremos a jugar a pelota, ¿qué te parece?

Volvió su vista al libro.

—Luego tengo clase con el maestro Carlos —respondió.

Fruncí el ceño, es que no tenía tiempo nunca. Estaba más ocupado que yo, que dirigía una ciudad entera.

—Ya hablaré con él —le prometí—. Pero tú y yo, vamos a jugar hoy a pelota.

Me miró incrédulo.

—Y si mi padre…

—No tiene por qué enterarse, le diré a Carlos que debes reforzar tus clases de espada y que ya recuperarás la de ciencias otro día.

Logré que sonriera ante esa idea.

Sandra se levantó de la silla, pero tuvo que sujetarse a la mesa como si se mareara.

—¿Estás bien? —Me levanté de inmediato para sostenerla, pero no perdió el equilibrio—. Deberías descansar tú también.

Negó con la cabeza aunque la hice sentar de nuevo.

—Edmund, debo contarte algo —dijo muy seria.

Me senté y la miré, ¿qué le ocurría?

—Lo siento —dijo mirándome a los ojos y empezó a llorar de golpe—. Lo siento mucho.

—¿Qué te ocurre? —Preguntamos Dan y yo a la vez, preocupados de verdad.

Nos miró a ambos, con los ojos anegados en lágrimas.

—Estoy embarazada.

Un silencio absoluto, solo roto por el llanto de Sandra, nos envolvió.

—Lo siento, lo siento mucho —volvió a repetir.

—¿Vas a tener un bebé? —Quiso cerciorarse Dan, y Sandra asintió.

El niño me miró.

—Sí, vamos a tener un bebé —dije consternado.

Era lo último que quería y Sandra lo sabía. Siempre intentaba retirarme a tiempo cuando hacíamos el amor para evitar en lo posible un embarazo, pero no funcionó.

Sentí miedo, miedo que Danlos utilizara a nuestro futuro hijo como amenaza. Estábamos en sus manos, podía hacer y deshacer lo que le viniera en gana con nosotros.

—Edmund —Sandra me miró desesperada, más asustada que yo.

Hice de tripas corazón e intenté poner la mejor de las caras, con uno asustado era suficiente.

—Sandra no te preocupes —le dije cogiéndola de ambas manos, las tenía heladas y le hice unas friegas—. Vamos a tener un hijo, deberías estar contenta.

Me miró sorprendida.

—Pero… yo creí que…

—Lo sé —sonreí pese a todo—, pero crecerá sano y le protegeré, créeme. Nuestro bebé estará a salvo. Soy el gobernador, ¿recuerdas? Puedo hacer lo que quiera, y nuestro hijo no trabajará en el muro, ni en ningún otro sitio de la ciudad. Estará aquí, contigo, a tu lado —suspiré—. A nuestro lado.

—¿Y Danlos?

—¿Qué puedo decir? —Me encogí de hombros—. Siempre he hecho lo que me ha pedido, eso no cambiará. Si le obedezco como hasta ahora, no tiene por qué hacerle daño a nuestro pequeño.

—Tienes razón, ¿verdad? —Se convenció—. Estará a salvo y

será feliz.

Le besé las manos.

—Por supuesto —afirmé—, vamos a ser padres.

Sonrió y la besé en los labios.

—¿Y yo que seré? —Preguntó Dan.

Sandra y yo le miramos.

—Puedes ser su padrino —propuso mi esposa mirándome y yo asentí—. ¿Te gustaría?

—¿Padrino?

—Digamos que deberás cuidarle y procurar que no le pase nada malo, además de quererle y enseñarle todo lo que sepas.

—Vale —dijo contento—, seré alguien importante para él.

—Muy importante —afirmé.

—¿Y cómo le llamaréis? —Quiso saber.

Miré a Sandra y sonreí.

—Sandra si es niña —propuse.

Sandra sonrió y dijo:

—Y Edmund si es niño —propuso ella.

—¡Os haréis un lío! —Rio Dan—. ¡Sandra! Y responderéis las dos o, ¡Edmund! Y responderéis a la vez.

—Tienes razón —estuvo de acuerdo mi mujer—, por ese motivo si es niño le llamaremos con el diminutivo de Ed, y Sandri si es niña.

Dan aplaudió, más que contento y nos abrazó a los dos.

—¡Os quiero!

Le abrazamos también y por un momento, el miedo quedó en segundo plano durante unos instantes para dar paso a la ilusión.

¡Íbamos a ser padres!

Por la tarde buscando a Dan para que empezara su clase de historia con el maestro Grigory lo encontré en la *habitación segura* encarado a una pared con una mano apoyado en ella y los ojos cerrados.

Fruncía el ceño, con expresión enfadada como cuando intentaba aprender un hechizo que se le resistía.

—Vamos, vamos, vamos…

—Dan, ¿qué haces? —El chico dio un respingo y se ruborizó al verme.

—Intentar salir de Luzterm —respondió—. Estoy intentando hacer el Paso in Actus.

Lo miré sorprendido, su rostro mostraba determinación. No le gustaba la magia, pero cuando encontraba un hechizo que le parecía divertido practicaba hasta dominarlo.

—¿Ese hechizo está en tu libro? —Negó con la cabeza—. ¿Entonces?

—Si lo consigo, podré sacaros a Sandra y a ti de Luzterm antes que el bebé nazca.

—Dan —abrí mucho los ojos—, ¿estás intentando aprenderlo solo por nosotros?

Asintió.

Me agaché a su altura y lo abracé, agradecido.

—Te lo agradezco, pero aún eres pequeño.

Pese a sus buenas intenciones era realista, no lo conseguiría antes que el bebé naciera, por mucho que practicara.

—No, lo lograré.

—Solo hay un puñado de magos que pueden hacerlo y todos han tardado siglos, incluso milenios en conseguirlo.

—Mi padre me explicó que lo logró antes de graduarse —respondió—. Yo lo aprenderé en un tiempo récord.

Puso de nuevo una mano en la pared.

—¡Paso in Actus!

No ocurrió nada y le revolví el pelo.

—Practica, pero no olvides los tres hechizos que debes aprender este mes.

Asintió.

Prematuro

Danlos alzó la espada con un brillo de satisfacción en sus ojos. Sus heridas estaban curadas y ya no necesitaba un bastón para apoyarse. Así que sostuvo la espada con una mano sin ninguna dificultad. Pese al tamaño de la hoja, era ligera y cortó el aire en un rápido movimiento. Acto seguido comprobó su equilibrio sosteniéndola con el dedo índice, la espada se mantuvo paralela al suelo sin caerse a un lado u otro. Sonrió al ver su estabilidad y la volvió a empuñar.

—Es magnífica —me alabó—, esta es la espada que te pedí, buen trabajo.

—Gracias, amo.

La envainó.

—Me gusta el detalle del rubí —añadió, acariciando la piedra preciosa.

Parecía un niño con un juguete nuevo, poco pensaba que su espada no era la mejor del mundo. La mejor del mundo la tenía guardada en mi habitación para cuando su hijo fuera mayor.

—La llamaré *Destino* —dijo—. Acumularé parte de la energía que obtengo de los sacrificios en su hoja. De esa manera, la siguiente vez que me enfrente a Ayla no le será tan fácil lanzarme uno de sus elementos contra mí. Barreré su fuerza con mi espada y con un poco de suerte, cuando tenga el colgante al completo, le cortaré el cuello a la elegida desafiando el destino que en teoría le espera a mi familia.

Me mantuve impasible, no iba a demostrar ninguna emoción delante del mago oscuro. La profecía marcaba que acabaría muriendo en manos de la elegida, parecía que la paliza recibida meses atrás ya se le había olvidado. Pero Danlos era orgulloso, demasiado, y aquel quizá fuese el error que le llevaría a perder la guerra que perduraba ya mil años.

—Puedes retirarte —me autorizó—, y haz llamar a mi hijo,

quiero ver los progresos que ha hecho este mes.

Asentí, me incliné y me marché.

Busqué a Dan en las cocinas, repasando los tres hechizos que debía enseñar a su padre.

—Ya es la hora, Dan.

El chico se levantó de su silla hecho un manojo de nervios.

—Ánimo, seguro que lo haces muy bien.

Asintió y se fue corriendo.

Suspiré, solo esperaba que el mago no castigara a su hijo si cometía un error.

Sandra sacó unas galletas del horno y puso la bandeja encima de la mesa.

—He pensado en poner dos cocineras a partir de mañana para que puedas descansar.

Según el médico de la Tierra, Sandra estaba embarazada de dos meses y medio, era un hombre que se llamaba Josep y fue uno de los últimos humanos capturados antes que los magos de Mair sellaran el paso a la Tierra.

—No es necesario —respondió—, trabajaré hasta que no pueda más, no podemos permitir que dos extrañas nos vean hablar con Dan con tanta familiaridad. Podrían sospechar y comentar lo que ven con otros esclavos, Danlos acabaría por enterarse tarde o temprano y sería nuestro fin.

—Pero necesitas reposo —dije—, y solo deberíamos ser cuidadosos.

—Edmund, sé realista —me pidió—. Nosotros somos conscientes de lo que nos jugamos, pero Dan, no. Es un niño y en algún momento hará algo que nos delatará. Así que ni se te ocurra poner a dos cocineras para que yo pueda descansar. Ya tengo suficiente ayuda con las que vienen al amanecer a ayudarme a preparar el desayuno y luego a la noche cuando se encargan de recogerlo todo. Dan a esas horas duerme, por eso acepté esa ayuda.

Suspiré, quizá tuviera razón.

Dos horas después, Dan entró en las cocinas, blanco como la

nieve. Nos miró asustado, el terror reflejaba sus ojos.

—¿Tan mal ha ido? —Le pregunté de inmediato.

Negó con la cabeza, como si no pudiera hablar de lo asustado que se encontraba.

—Dan —Sandra se acercó al niño y se agachó a su altura—, vamos, ¿qué te ocurre? ¿Te ha castigado?

Volvió a negar con la cabeza.

—¿Entonces? —También me agaché a él y me abrazó desesperado.

—Lo siento —se disculpó rompiendo a llorar—, lo siento de veras.

—¿Qué sientes? —Le retiré para mirarle a los ojos y que me explicara qué le ocurría—. Vamos, Dan.

—No sé si he podido esconderlo, creo que sí, porque no te ha llamado, pero…

Fruncí el ceño.

—¿Dan, qué has hecho? —Le preguntó Sandra, asustada.

—Mi padre me ha leído la mente —dijo al fin.

Abrí mucho los ojos, aquello podía significar muchas cosas. El mago oscuro podía averiguar la relación que manteníamos con su hijo basada en el amor, la confianza y el respeto.

—¿Qué ha visto? —Le apremié, serio.

—No lo sé, quería enseñarme hechizos mentales, que pudiera hablar a través de la mente con otras personas y se ha metido en mi cabeza. He intentado pensar en cualquier cosa menos en vosotros y creo que lo he logrado, pero no sé si habrá podido ver algo.

Miré a Sandra y ella me miró a mí.

—Si ha visto la relación que tenemos con su hijo, conociéndolo, ya nos habría llamado en su presencia para matarnos. Incluso se habría presentado él mismo en las cocinas —Sandra asintió y miré a Dan—. ¿Dónde está ahora tu padre?

—Creo que en su habitación —respondió—. Esperando a madre a que llegue de Ofscar para el sacrificio de la luna llena.

—Es imposible que sepa nada de lo que hacemos juntos y que

se comporte con indiferencia —dije seguro—. Pero estamos en peligro. Dan, ¿qué hechizos te ha mandado para el próximo mes?

—Todos mentales —respondió y cogí el libro de magia que llevaba en la mano.

Busqué desesperado algún hechizo que pudiera protegernos, nos iba la vida en ello. Al fin encontré uno.

—Este —dije mostrándoselo—, debes aprender este, ninguno otro, es muy importante.

Dan leyó el título en voz alta:

—Ocultación mental.

—Si no lo sabe, aún estamos a tiempo.

—Me castigará si no aprendo los que me ha mandado.

—Lo sé, pero debes aprender este a la perfección si quieres que Sandra y yo continuemos vivos.

Abrió mucho los ojos y asintió de inmediato.

Danlos llevó a cabo el sacrificio del mes sin ningún incidente. No dijo ni insinuó nada, por lo que respiré tranquilo. Si supiera que enseñaba a su hijo el código de los Domadores del Fuego estaba convencido que me mataría de la forma más dolorosa posible. Quizá matara primero a Sandra para que viera la muerte de mi esposa sin poder hacer absolutamente nada por evitarlo y luego me torturara. Quizá nos echara a ambos en la arena del anfiteatro con veinte hienas de Sethcar para que lucháramos con manos desnudas, siendo nuestro fin o quizá…

Sandra me sirvió un plato de comida, bistec con patatas fritas, y me dio una friega en la espalda distrayéndome de mis pensamientos cargados de miedo.

—No lo sabe —dijo sabedora que no dejaba de pensar en el tema—. Si lo supiera ya nos habría matado.

Era consciente que no seguiríamos vivos, pero el haber estado tan cerca de que Danlos nos descubriera hizo que fuera de nuevo consciente del peligro al que nos enfrentábamos cada día.

Miré su barriguita, apenas abultada, acababa de cumplir su primer trimestre y en lo único que pensaba era si mi hijo tendría la oportunidad de poder nacer antes que el mago oscuro nos matara.

Con esa angustia, fueron pasando las semanas. Dan fue castigado duramente por no haber aprendido ni uno solo de los hechizos que le marcó su padre, pero el niño nos aseguró que había logrado mantener sus pensamientos sobre nosotros a raya y suspiramos tranquilos. Ya seguros que el mago oscuro continuaba en la ignorancia, nos relajamos.

La barriga de Sandra fue creciendo a medida que pasaron los meses y cuando cumplió su séptimo mes, Danlos me hizo llamar.

—Amo —me incliné al llegar a su altura.

—Edmund, quiero que te prepares, partirás para una misión.

Supuse que se trataba de ir a saquear aldeas para hacer esclavos. Aquel pensamiento me deprimía. Desde que fui nombrado gobernador, solo de tanto en tanto el mago me obligaba a ir cuando el lugar a atacar tenía buena defensa y no se fiaba de las habilidades de los orcos para llevar a cabo su cometido.

—Como ordene, amo —respondí.

—Bien, retírate.

En cuanto fui a darme la vuelta, me detuve y me volví para preguntarle a qué hora exacta partiríamos, pero me sorprendí al ver que sus ojos se habían tornado rojos de ira. Danlos rápidamente cambió su expresión, volviendo su mirada al marrón chocolate de siempre.

—¿Qué?

—So… solo… ¿cuándo partiremos?

—Mañana, por la mañana.

Asentí, pero un escalofrío me recorrió de cuerpo entero. Algo no iba bien, lo presentí y mi intuición pocas veces fallaba.

Cuando llegué a las cocinas me encontré con la sorpresa que Bárbara estaba presente. Sandra le servía un vaso de agua que bebió con avidez. Una vez acabado le devolvió el vaso y me miró.

—Ama —me incliné de inmediato—, ¿puedo hacer algo por usted?

—No —respondió—, creo que ya has hecho suficiente.

Miró a mi esposa que sujetaba la jarra de agua y el vaso que acababa de beber.

—Espero que tengas un hijo sano y fuerte —dijo la maga, pasando dos de sus dedos por la barriga abultada dc mi mujer.

Dichas esas palabras salió de las cocinas y me acerqué de inmediato a Sandra.

—¿Estás bien?

—Sí —asintió, pero la vi asustada y la abracé.

—Tranquila, ya sabes que es rara.

Suspiró, la retiré levemente y la miré a los ojos.

Me incliné para besarla, pero en ese instante la cara de Sandra se contrajo de dolor y su cuerpo se dobló hacia delante sujetándose con una mano la barriga.

—¿Qué te ocurre?

Solo obtuve un grito y, sin esperar otra respuesta llamé a voz en grito a los orcos del castillo para que fueran a llamar al médico, pero ninguno apareció. Sin perder más tiempo cogí a Sandra en brazos y me la llevé todo lo deprisa que pude a la enfermería.

El médico de la Tierra, Josep, no tardó en atenderla.

—¿Cuándo han empezado los dolores? —Quiso saber.

Sandra, solo chillaba. Con el rostro rojo por el esfuerzo.

—Hace apenas unos minutos —respondí.

Por las piernas de Sandra empezó a bajar sangre.

—¡No! —Grité cada vez más asustado—. ¡Solo está de siete meses! ¡Es muy pronto!

—¡Nooo! —Gritó ella—. ¡Mi bebé!

—Mene —se dirigió a una de sus ayudantas, una chica joven de pelo castaño y ojos marrones—, necesito espacio, corre las cortinas. Gobernador, debe dejarnos trabajar.

—¡No pienso moverme! —Grité.

—¿Quiere que ayude a su mujer? —Me preguntó serio—. Pues necesito espacio y aquí estorba.

La chica llamada Mene me cogió de un brazo e hizo que me retirara unos metros, luego corrió una cortina impidiendo que viera nada de lo que hacían con Sandra.

Solo escuché sus gritos, al médico dar órdenes y más gritos.

Lloré desesperado, no lo pude evitar. Me llevé las manos a la cabeza sin saber qué hacer para ayudar a Sandra. Nuestro hijo, si nacía vivo sería prematuro y apenas tendría posibilidades de sobrevivir, la mayoría morían en apenas uno o dos días.

Concentré todos mis pensamientos en Sandra, por lo menos que me quedara ella. Tendríamos más hijos si quería, pero que viviera, por favor.

—¿Edmund? —Me volví y vi a Dan mirándome con miedo—. Un orco me avisó de que te habías llevado a Sandra al hospital.

Un nuevo grito de Sandra me puso los pelos de punta.

—¿Se pondrá bien? —Me preguntó asustado, sabiendo que eso no podía ser bueno.

—Tranquilo —me agaché a su altura limpiándome el rostro de lágrimas—, Sandra estará bien, le está atendiendo el mejor médico de todo Luzterm.

—¿Y el bebé?

—Seguro que hace todo lo posible por salvarlo.

Caí en la cuenta que ningún orco había venido en mi ayuda cuando les llamé, ¿por qué uno de ellos había avisado a Dan de lo que sucedía?

De pronto, el llanto de un recién nacido se escuchó por toda la sala y me alcé de inmediato.

Dan y yo nos miramos, luego miré la cortina que me separaba de mi esposa. Sandra ya no gritaba, solo escuchaba el llanto del que era mi hijo.

—Dan, espera aquí —descorrí la cortina y me encontré con un espectáculo   horrendo. Josep estaba presionando con toda la fuerza de sus puños la barriga de mi esposa, mientras esta yacía inconsciente tumbada en la camilla. Mi hijo estaba siendo atendido por la ayudanta Mene. El bebé era pequeño, prematuro, aunque le vi despierto.

—Vamos, vamos —le decía Josep a Sandra—. Aguanta.

A la que dejó de hacer presión en la barriga un reguero de sangre cayó al suelo por entre las piernas de mi mujer.

—¡Sandra! —Grité su nombre desesperado, acercándome a la camilla y cogiéndole de una mano.

Abrió los ojos, su piel era pálida como la nieve, unas lágrimas cayeron por sus mejillas, pero forzó una sonrisa.

—Es un niño —dijo—, se llama Edmund, Ed, para distinguiros —miró a Dan que se había acercado con miedo a la camilla—. Cariño —le acarició el rostro con dos dedos—, deberás cuidarle, eres su padrino.

Asintió.

—Prométemelo —le pidió—. Promete que harás todo lo posible para que esté bien.

—Lo prometo —le respondió Dan, llorando.

Sandra asintió y me miró.

—Ten cuidado —me dijo—. Lo saben.

—Sandra, no —le pedí, pero sabía la verdad. Danlos leyó la mente de Dan, lo sabía todo y dejó que nos confiáramos. Bárbara se había encargado de vengarse de mi esposa, provocándole el parto antes de hora con una simple caricia—. Tú, aguanta.

La mirada de Sandra se perdía en la lejanía.

—¡Sandra! —Grité, desesperado.

—Te quiero…

Exhaló su último aliento diciendo que me quería, sus ojos quedaron abiertos y una última lágrima le bajó por una de sus mejillas.

—¡No! ¡No!

Empecé a zarandearla, a cogerla del rostro y llamarla a voz en grito, pero no respondió.

—No, venga, Sandra, reacciona —empecé a palmearle la cara—. Vamos, ¡no puedes dejarme!

Una mano se posó en mi hombro mientras intentaba vanamente que reaccionara. Al volverme, el rostro de Josep me miró serio.

—Ha muerto —sus palabras cayeron encima de mi cabeza como bloques de hielo—. Ha perdido mucha sangre, su corazón ya no late, lo lamento.

—¡Nooo! —Grité desesperado y abracé a Sandra; era lo único que tenía en Luzterm, mi única razón para vivir, para aguantar aquella vida y ahora, la había perdido—. Por favor, por favor, vuelve a mi lado, te lo suplico.

No respondió, continuó inmóvil. Pese a que su cuerpo estaba caliente ya no había vida en él.

Dan lloraba a moco tendido cogiéndole un brazo a Sandra como si de esa manera no pudiera marcharse de nuestro lado. Pasé un brazo alrededor de sus hombros.

Me abrazó entonces a mí.

Miré a mi mujer y con todo el pesar de mi alma, alcé una mano y le cerré los ojos.

Mene la cubrió con una sábana.

—¿Y mi hijo? —Quise saber sin dejar de llorar—. ¿Cómo está?

—Es prematuro —dijo Josep como si eso lo explicara todo—. Demasiado pequeño para que sobreviva aquí.

Mene lo había dejado envuelto en una manta encima de otra camilla. Dan dejó de abrazarme y nos acercamos a aquel pequeño bulto que se movía débilmente.

—Intentaré que sobreviva de todas maneras —me dijo el doctor—. Hay una mujer que acaba de dar a luz a su sexto hijo, tiene leche suficiente. Amamantará al pequeño y procuraré que no le falte el calor.

Miré a mi hijo, era tan pequeño, pero rompió a llorar de nuevo, un llanto fuerte que se escuchó por toda la enfermería.

—Es pequeño, pero fuerte —dije cogiéndolo en brazos y me lo llevé al hombro en un intento de calmarle—. Ya está, Ed —lo acuné mientras las lágrimas cubrían mi rostro—. Estoy aquí, tu papá está a tu lado.

—No es justo —dijo Dan—. Sandra ha muerto sin casi poder ver a su hijo.

—Tienes razón, no es justo —respondí suspirando—. Pero ahora debemos pensar en Ed.

Despedida

Mucho temí que la misión que me tenía preparado el mago oscuro al amanecer nada tuviera que ver con hacer esclavos para traer a Luzterm.

Pensé en Dan, en una semana cumplía ocho años, pero ¿sería lo bastante mayor para distinguir el bien del mal? ¿Sus padres aún estaban a tiempo de corromperlo? ¿Olvidaría el código de los Domadores del Fuego?

Me sentí destrozado, hecho trizas. Mi único crimen fue darle amor al hijo de Danlos. Primero como un plan para vengarme del mago oscuro, luego, tonto de mí, acabé queriendo al muchacho como si fuera un hermano o incluso un hijo.

Enterramos a Sandra, en silencio, en el mismo claro que un año antes enterramos a Gris. Dan me ayudó, no quiso dejarme solo y juntos excavamos un hoyo lo suficiente profundo para que Sandra descansara en paz.

—Has sido como una madre —dijo el niño cuando dejó unas flores encima de la tumba de mi mujer—. Cuidaré a Ed como te prometí.

Le miré y me pasé una mano por los ojos en un vano intento por limpiarme las lágrimas.

—Debemos volver —dije cogiendo la pala—, pronto amanecerá y tengo que marcharme para hacer una misión que me ha encargado tu padre.

—No te vayas ahora —suplicó—. Ed te necesita.

—No puedo desobedecer a tu padre. Además, ya me he despedido de Ed, está en buenas manos. En mi ausencia, tú procurarás que la mujer que le amamanta tenga comida suficiente para que le dé leche, ¿verdad?

Asintió.

—Dan, quiero que me prometas una cosa —dije agachándome a su altura.

—¿Qué?

—Que nunca olvidarás el Código de los Domadores del Fuego.

—Lo prometo.

—Sabes que te quiero, ¿verdad?

—¿Por qué esto parece una despedida?

Le abracé entonces.

—Escucha, pase lo que pase, yo siempre estaré cuidándote aunque no me veas, ¿de acuerdo?

—Edmund —lloró en mi hombro.

Volvimos al castillo y me vestí en mi alcoba, con Dan sentado en la cama que compartí con mi mujer apenas una noche atrás. El niño me miraba, sin perder ojo de cómo me vestía con el uniforme de guerrero. Envainé a Bistec y le miré.

—Ya amanece —dije—. Sé un buen hombre, Dan.

Me acerqué a él y le di un beso en el pelo. Luego le miré a los ojos que lloraban intuyendo que quizá era la última vez que me viera con vida.

—Tengo miedo —confesó.

—¿De qué?

—Si tú no vuelves, estaré solo.

—Algún día harás amigos, conocerás a gente que te quiera e incluso una chica que te robe el corazón. Hasta entonces, deberás ser fuerte y no olvidar lo que te he enseñado.

Le di una palmadita en la mejilla y me dirigí a la puerta.

—Un Domador del Fuego siempre debe proteger a la gente, ayudar a los débiles y combatir a aquellos que quieran hacerles daño —empezó a recitar Dan, le miré una última vez y le sonreí mientras él continuaba —. Debe procurar seguir el camino recto de la disciplina y el orden; no debe caer en la tentación del poder y la avaricia. Será humilde y respetuoso, valiente y fuerte, justo y honorable —salí de la habitación y cerré la puerta, pero continué escuchándole—. Protegerá la vida de sus compañeros como sus compañeros protegerán la suya. Enseñará su conocimiento a aquellos que vengan detrás de él, impartiendo las mismas enseñanzas honorables que su maestro le impartió a él. Pasando de alumno a maestro y convirtiéndose en un verdadero Domador del Fuego.

Suspiré entrecortadamente, intentando controlar las ganas de llorar.

Luego, me dirigí a mi destino en busca del mago oscuro.

Ya me esperaba en el salón de las chimeneas, serio, no hizo comentario alguno. Puso una mano en mi hombro, recitó las palabras mágicas y me trasladó al último lugar que imaginé.

Barnabel, la ciudad que juré lealtad, estaba siendo atacada por un ejército de orcos.

—Tu misión es acabar con el rey Aster —dijo Danlos—. No vuelvas a mí si no tienes su cabeza.

Por fin, me sentí libre

La ciudad de Barnabel ardía en llamas, los gritos desesperados de la gente que atacábamos se escuchaban como la banda sonora típica en una guerra. El general del ejército invasor era yo. Danlos me dejó en medio del campo de batalla y caminaba entre el fuego, los escombros y los cadáveres, dirección al segundo nivel de la ciudad.

El mago oscuro se encargó de eliminar a los magos de Mair destinados a proteger la ciudad. De esa manera, Barnabel estaba por completo perdida, no había soldados suficientes para defenderla.

Con Bistec en mi mano, preparado para arremeter a cualquier soldado que quisiera enfrentarse a mí, vi a un séquito de hombres corriendo calle arriba al verse rodeados por una de mis huestes de orcos.

Me detuve al reconocer a uno de ellos, Aarón, senescal del reino. Iba acompañado por tres hombres y dos jóvenes, que de bien seguro participaban por primera vez en una batalla de aquellas magnitudes. Sus ropajes y compañía me desvelaron que uno era el rey de Andalen y el otro el príncipe Tristán, hermano del rey.

Suspiré, mi orden era clara, debía eliminar a Aster. Si hacía lo que me pedía el mago oscuro quizá me perdonara la vida y podría ver a mi hijo crecer o, como mínimo, cuidarle los días que aguantara la criatura con vida. Dan ya era otra historia, dudaba que el mago permitiera que continuara siendo su maestro, probablemente se lo llevara a Ofscar o a mí me trasladara a otro puesto lejos de él, pero siendo francos, dudaba que aún y matando al rey de Andalen me permitiera vivir.

Aceleré el paso, sin saber bien, bien qué iba a hacer una vez les alcanzara.

Llegué a una pequeña plaza donde el grupo de Aarón estaba rodeado por todos los flancos, sin escapatoria, pero alzaron sus espadas dispuestos a luchar hasta el final.

Miré a los orcos, el corazón me palpitaba con fuerza. En toda mi vida jamás me sentí más traidor, había jurado lealtad a aquella ciudad que atacaba y al rey que me disponía a matar.

Los orcos esperaron mi orden de acabar con ellos, pero les hice un gesto para que esperaran. Me adelanté y Aarón abrió mucho los ojos al reconocerme.

—Senescal —le saludé con respeto, inclinando levemente la cabeza—, siento que nos encontremos en estas circunstancias.

—Edmund —me nombró, sorprendido—. Hace años nos traicionaste entregando el colgante al enemigo, pero pude entender tus motivos, pero… ¿esto? Creí que pese a todo eras un hombre de honor.

—Me doy asco a mí mismo —admití—. Soy todo lo que odio, pero no puedo hacer otra cosa.

Otro hombre se adelantó y reconocí a Durdon, el último Domador del Fuego que quedaba con vida a parte de mi hermana y de mí. Me miró incrédulo de que pudiera estar haciendo aquello. La decepción se reflejó en su rostro más que en cualquier otro, y yo me sentí morir.

—¡¿Dónde está tu honor de Domador?!

Apreté los dientes.

—No tengo elección, la vida de mi hijo depende de que viva o muera.

—¿Hijo?

—Es prematuro y mi esposa ha muerto, si yo falto, nadie le cuidará como es debido para darle una oportunidad de vivir. Además, si no estoy a su lado, pueden cogerlo para un sacrificio. Así que, sí, yo ya no tengo honor a partir de hoy, si es que me quedaba algo a estas alturas.

Miré a los dos jóvenes, uno apenas aparentaba los quince años, el otro apenas diecisiete.

—Vengo a matar al rey Aster —informé—. Si se entrega, el resto podrá marcharse libremente.

El más mayor abrió mucho los ojos, miró un instante al senescal y luego a mí. Pude notar su miedo e indecisión de no saber qué hacer.

—No —Aarón se adelantó un paso de inmediato—, no lo permitiré.

—Entonces, tendré que matarte a ti también o a todos, piénsalo, podrías poner a salvo al príncipe Tristán.

—Ni hablar —Aarón me miró con odio.

—Un momento —pidió el rey—, si me entrego, ¿me garantizas que mi hermano y el resto se salvarán? ¿Les perdonarás la vida?

—El único objetivo eres tú —dije señalándole con la espada—. Entrégate y salvarás no solo a tu hermano, sino a toda la ciudad.

—¡He dicho que no! —Alzó la voz, Aarón.

Miré al senescal, otro en su lugar sopesaría las ventajas de un trato como el que le estaba ofreciendo, no se negaría de forma tan rápida sin pensarlo al menos.

—Aarón, debo hacerlo —dijo el rey, y el senescal le miró con el pánico reflejado en sus ojos—. Si me entrego salvaré a toda la ciudad, siempre me has dicho que un rey debe velar por su pueblo.

—No —insistió, pero el rey quiso avanzar hacia mí, a lo que Aarón le cogió de inmediato de un brazo para detenerle.

Fue entonces, cuando me di cuenta de lo parecidos que eran. Ambos de pelo castaño y ojos marrones, con unas espesas cejas y unas facciones similares, solo Aarón llevaba barba, pero su parecido era incuestionable.

—Ahora lo entiendo —dije para mí mismo.

Miré a los orcos que esperaban la orden de atacar y localicé a Durker entre ellos. Me sorprendió el verle allí, sobre todo por el detalle que él no miraba al rey o soldados de Andalen como el resto de los orcos, me miraba únicamente a mí.

Sonrió cuando vio que le observaba y golpeó de forma suave su mandoble contra el suelo. Un escalofrío me recorrió de cuerpo entero, era un gesto que hacía siempre que tenía un objetivo que eliminar.

¿A qué esperas Edmund?, la voz de Danlos se escuchó en mi mente, *date prisa, acabo de eliminar a un último mago que había camuflado su magia, escondiéndose, y estoy convencido que habrá pedido ayuda a Mair mediante alguna señal. No tardarán en llegar para prestar ayuda a Andalen.*

Fruncí el ceño, podía eliminar a Durker si quería, pero no si todos los orcos de la plaza también me atacaban al mismo tiempo, y estaba convencido que una vez eliminara al rey todo el ejército de orcos me atacaría.

¡Mátalo de una vez! Me ordenó.

¿Por qué esta farsa? Le pregunté. *Mate o no mate a Aster tiene intención de eliminarme.*

Hubo un momento de silencio, luego respondió:

Tú has querido llevar a mi hijo por un camino que no debería haber conocido, me has traicionado, mereces la muerte.

Sigo sin entender por qué no me mató cuando leyó la mente de Dan.

Mi hijo Danter te quiere demasiado, respondió, *me di cuenta de lo importante que eres para él. Si te mataba, sabía que jamás me*

perdonaría y me odiaría, siendo más difícil reconducirlo al ca-
mino oscuro. Así que pensé fríamente, y busqué la manera de ha-
cértelo pagar; primero matando a tu mujer y tu hijo no nato, luego
obligándote a traicionar una vez más al país que juraste lealtad.
Danter creerá que has muerto a manos del reino de Andalen, odia-
rá este país y querrá vengarte, yo le animaré a ello. En cuanto al
imprevisto que tu hijo ha nacido y sigue con vida, no creo que dure
demasiado, es prematuro, morirá tarde o temprano y sino... le ma-
taré personalmente.

¡Maldito! Grité, *Ed no tiene la culpa de nada, déjele vivir.*

Mata a Aster, me ordenó, *si lo haces quizá reconsidere tu peti-*
ción.

No tenía ninguna intención de reconsiderar mi petición, mi hijo
moriría, lo supe de inmediato. Danlos esperaba que le obedeciera
como siempre hice, desde aquella vez que me sacrifiqué por mi
hermana para que la dejara vivir cuando atacó mi villa. Toda mi
vida hice lo mismo, sacrificarme. Vendí mi honor y orgullo de domador por una hermana que llevaba años sin ver, pero que en ningún momento me arrepentí de haber dado mi libertad para que ella
fuera feliz. Y cuando únicamente quedaba mi vida por dar, sacrifiqué a mi familia por educar al hijo de mi enemigo.

Un último sacrificio me exigía el mago oscuro, que matara al
rey que juré lealtad, haciendo añicos lo poco que quedaba de mí.

Pero mi hijo moriría, era un hecho, matara o no matara a Aster.

—Basta de sacrificios —dije para mí mismo.

Miré al rey de Andalen, la rabia y la impotencia corrían por mis
venas, ¿quería que lo matara? Pues haría justo lo contrario, ganaría
tiempo para que los magos de Mair vinieran en ayuda de Barnabel.

Alcé mi espada y arremetí contra Aarón que se interponía entre
el rey y yo.

El senescal rápidamente alzó su espada y arremetió contra mí.

—¡Maldito seas! —Gritó con rabia.

Las embestidas de Aarón eran rápidas, precisas y contundentes.
Tuve que retroceder para evitar que me alcanzara, pero logré ata-

carle una vez, quedando ambos con las espadas encaradas en un tira y afloja.

—Cuanto más alarguemos el combate más posibilidades hay que Mair venga en vuestra ayuda —le susurré y Aarón me miró sin entender—. No quiero matar a tu hijo, le juré lealtad.

—No es mi hijo —dijo de inmediato.

—Tranquilo, pronto estaré muerto, tu secreto morirá conmigo.

—No te entiendo.

—Danlos lo tiene planeado, no saldré con vida de Barnabel.

—Si es cierto lo que dices...

De pronto, los ojos de Aarón se desorbitaron, perdió la fuerza contra la que intentaba someterme con su espada y de su boca empezó a salir sangre.

Me retiré un paso, espantado, y entonces vi como la hoja de una espada atravesaba el pecho del senescal.

Durker, detrás de Aarón, retiró su mandoble de hierro y el hombre cayó encima de mí.

Lo cogí al vuelo y lo posé con cuidado en el suelo.

—¡Nooo! —El rey corrió al senescal, sin importarle su seguridad.

—¡Aarón! —El príncipe Tristán hizo lo mismo.

—Aster... Tristán... —Aarón miró a sus hijos—. Os... quiero...

Exhaló su último aliento y tanto el rey como el príncipe lloraron su muerte.

—Cumple tu misión Edmund —me habló Durker—. Vamos, tengo ganas de ver cómo les matas.

En ese instante un cuerno se escuchó por toda la ciudad y varios hombres con túnicas rojas aparecieron en la plaza donde nos encontrábamos. Durker y el resto de orcos se pusieron en guardia.

—Majestad —llamé a Aster que lloraba encima del cuerpo del senescal, me acerqué un paso—. Majestad, debe ponerse a salvo...

El rey se volvió a mí con la espada en la mano y clavó su hoja en mi estómago. Le miré, asombrado, no esperando ese movimiento.

—Muere —dijo con rabia—, haré que tu cuerpo sea colgado en la entrada principal de la ciudad.

Noté sabor a sangre en mi boca y un dolor agudo en mi vientre, caí de rodillas en el suelo, pero Aster no se contentó que clavó su espada aún más en mi interior.

Todo se empezó a nublar a mi alrededor…

Vaya, vaya, así que el Domador del Fuego va a caer, escuché la voz de Danlos juntamente con su sonrisa.

Pero mi venganza la he cumplido, respondí, *tu hijo nunca será un mago oscuro*.

Su risa se esfumó y una presencia se abrió paso entre el mar de sombras que empezó a rodearme. Sonreí al reconocerla y me sentí aliviado de ver que podía estar a su lado pese a los crímenes que cometí.

Sandra se inclinó a mí y me besó en los labios.

Todo a mi alrededor desapareció solo quedando ella a mi lado.

Por fin, me sentí libre.

PARTE III

ALEGRA

Un millón de monedas de oro

De pie, enfrente del cadáver de mi hermano empecé a marearme y notar que las piernas me fallaban. Dacio me sostuvo al ver que caía y yo le abracé rompiendo a llorar sobre su pecho.

Hasta que no vi el cuerpo de Edmund tendido sobre una fría mesa de piedra, no pude creer que había muerto.

Lord Zalman nos hizo llamar aquella misma tarde y nos explicó la temible batalla que acababa de librarse en Barnabel. Al principio, no entendí porque nos explicaba todo aquel suceso hasta que llegó a la parte de Edmund. Sentí una opresión en el pecho al saber que mi hermano participó, pero en cuanto dijo que había muerto en combate me negué en rotundo a aceptar su muerte, y nos trasladaron a Dacio y a mí hasta Barnabel para que viera con mis propios ojos el cuerpo de Edmund.

—¡Maldita sea! —Dije en un llanto incontrolado—. ¡Era tan joven!

Dacio me estrechó más contra él y me besó en las mejillas para darme su apoyo.

Cuando pude sostenerme por mí misma, miré una vez más a mi hermano y acaricié su rostro. Había crecido el tiempo que regresó a

Luzterm, ya no era un muchacho de dieciséis años como la última vez que le vi, era un hombre. Un hombre apuesto que de bien seguro hubiera tenido una carrera brillante dentro del ejército de Andalen, si el enemigo no lo hubiera hecho esclavo de nuevo.

Por extraño que pareciera el semblante de Edmund era relajado, como si estuviese en paz.

—Ahora ya eres libre —le dije—. Gracias por sacrificarte por mí.

Me incliné a él y le di un beso en la frente, luego le susurré:

—Algún día serás vengado, te lo juro —le abracé y besé una vez más.

Alguien entró en la sala donde reposaba el cadáver de mi hermano y reconocí a Durdon. Su expresión era seria y se detuvo a dos pasos de mí.

—Alegra, siento mucho lo de tu hermano —dijo, dándome el pésame—. Yo también le tenía aprecio, pese al ataque que dirigió a la ciudad.

—Gracias —respondí, me acerqué a él y le abracé—. Gracias.

Durdon respondió a mi abrazo y me besó en el pelo.

Dacio carraspeó la garganta, creí que se sintió incómodo por verme abrazada al hombre con el que casi me prometí, pero al volverme vi que solo quiso advertirnos que el rey Aster entraba en la habitación con rostro serio, seguido por su hermano Tristán y dos soldados del reino.

—Coged al traidor, desmembradlo y que sus pedazos cuelguen en cada entrada de la ciudad. La cabeza la clavaremos en una estaca y…

—¡No! —Grité, interponiéndome de inmediato para que no se llevaran a Edmund—. No lo permitiré.

—He dejado que lo vierais —repuso el rey—. Ahora apartaos, el enemigo debe saber lo que hacemos con aquellos que nos atacan.

Sin pensarlo, cogí la espada de Durdon de su cinto, el Domador del Fuego me miró consternado de haber sido desarmado con tanta facilidad. Los dos soldados desenvainaron también sus espadas, pero Dacio se interpuso mostrando sus manos para que vieran que no escondía nada.

—Majestad —empezó a hablar mi marido—, os lo suplico, dejad que nos llevemos el cuerpo de Edmund a Mair, para enterrarlo como es debido.

—Por su culpa mi senescal ha muerto —repuso muy enfadado—. Es un traidor y los traidores deben ser descuartizados y mostrados al pueblo.

Fruncí el ceño, la muerte de Aarón también fue un duro golpe, pero ni mucho menos comparable al de mi hermano. Y, desde luego, no pensaba permitir que lo cortaran a cachitos para exhibirlo por toda la ciudad. Aster ya podía ser el rey del mundo que me daba absolutamente igual, solo era un muchacho que en unos meses alcanzaría la mayoría de edad para gobernar el reino de Andalen.

>> Da igual los motivos que tuviera para venir, si quería proteger a su hijo o…

—¿Hijo? —Pregunté asombrada, y miré a Durdon.

—Dijo que era prematuro, lo más probable es que muera en unos días, por eso no te lo he dicho, no quiero que sufras más, lo siento.

Miré de nuevo a Aster, sin intención de apartarme de mi hermano.

—Ponga un precio —dijo de pronto Dacio—. Barnabel está casi por completo destruida, necesitará mucho dinero para reparar los daños y el pueblo morirá de hambre si no compran alimentos para el invierno, todas las reservas de comida, ganado y campos de cultivo han sido incendiados.

Aster lo miró sin saber qué responder ante aquello.

—Es un traidor —volvió a repetir—, no puedo…

—Hermano —lo interrumpió Tristán—, estabas dispuesto a entregarte al enemigo para salvar al pueblo, creo que podemos entregar a un traidor a su familia para que puedan enterrarle, si logramos una buena suma de dinero.

Aster lo miró, indeciso.

—El príncipe Tristán tiene razón —afirmó Durdon—. Piense en el pueblo, es lo que querría el senescal Aarón.

Aster frunció el ceño, pero finalmente hizo un gesto a los dos soldados que continuaban con las espadas desenvainadas y las enfundaron.

—Está bien —accedió al tiempo que me relajaba—, hablaremos con el tesorero, el precio que fije él será lo que deberán pagar.

Y el precio que fijó fue desorbitante, ¡un millón de monedas de oro!

Temí que no dispusiéramos de tanto dinero, pero Dacio no dudó en aceptar la oferta. Cuando estuvimos solos, antes de llevarnos a Edmund a Mair, le miré intentando adivinar si estábamos en la ruina o no.

—Alegra, no te preocupes —dijo para tranquilizarme—, tenemos de sobra.

—Gracias, Dacio.

Sonrió y acarició mi rostro.

—Debemos volver a Mair esta misma noche, mañana enterraremos a Edmund —propuso—. Si te parece bien, le pediré a Zalman que avise a Ayla, debe saberlo, ella también le tenía mucho aprecio. Le salvó la vida.

—Nos salvó la vida a las dos.

DANTER

El soldadito de plomo

Mi padre vino cuando casi anochecía, después de que Edmund partiera en su compañía por la mañana, y me mandó llamar sin demora. Cuando entré en la sala de las chimeneas, mi madre y Durker le acompañaban.

—Padre, madre —les saludé algo asustado, no era normal que vinieran antes de la luna llena.

Mi padre me miró con expresión seria, mi madre más de lo mismo. En cuanto a Durker, el orco sonrió con malicia, fue, entonces, cuando me percaté que la espada de Edmund la llevaba colgando de su cinturón.

—¡¿Qué haces con esa espada?! —Pregunté alzando la voz, sin importar la presencia de mis padres.

—Durker retírate —le ordenó mi padre y el orco le obedeció—. ¿Acaso te importa lo que le haya pasado al gobernador?

Cerré las manos en puños, no podía demostrar cuánto me importaba Edmund, pero temí lo que le podría haber ocurrido.

—No —dije con un nudo en el estómago.

—Bien, porque ha muerto —respondió.

Abrí mucho los ojos y mi corazón dio un salto dentro de mi pecho. La respiración se me cortó y mis músculos se tensaron, empezando a temblar de pies a cabeza. No debía llorar, pero no me pude contener por más que quise.

Estaba solo, era una realidad.

—¿Por qué lloras? —Quiso saber mi padre.

Le miré, pero no pude responder, un ahogo creciente junto con el llanto me impedía hablar.

—Le mandé tomar la ciudad de Barnabel y cayó en combate. Su muerte pudo evitarse, pero el rey Aster no le perdonó la vida, pese a que intenté hacer un trato con él.

Seguía sin poder respirar, la angustia era tan grande que por más que lo intentaba no lo conseguía. Mi padre acabó dándome una bofetada para que reaccionara y, por fin, pude coger una bocanada de aire.

—¿In... intentaste... salvarle? —Pregunté hipando, tocándome la mejilla donde recibí el golpe.

—Era el gobernador, mi mano derecha, era más útil vivo que muerto.

—Le vengaremos —añadió mi madre—, dentro de unos años, tú mismo podrás hacerles pagar su muerte. Solo deberás mandar un ejército a Barnabel y matar o torturar hasta la muerte, al rey Aster.

Tragué saliva, no era eso lo que decía el código de los Domadores del Fuego. No obstante, ese rey había matado a Edmund cuando éste se había rendido y le odié por ello.

—A partir de ahora Durker dirigirá la ciudad.

Apreté los dientes, un monstruo como él no se merecía ese cargo y menos que le dieran la espada de Edmund.

—Tu madre se pasará una vez a la semana para enseñarte clases de protocolo —continuó mi padre, y le miré —. Yo me pasaré también de vez en cuando para hacer de ti un mago oscuro. Ya es hora que pruebes la sangre de los sacrificios.

Abrí mucho los ojos. ¡No quería participar! Y mi padre lo vio por mi expresión, a lo que se inclinó para estar más a mi altura.

—Debo hacerte fuerte, no debes tener sentimientos por nadie —se irguió de nuevo y puso una mano en mi cabeza, automáticamente bloqueé mi mente para que no pudiera leerme los pensamientos—. Te asusta mucho esa idea, puedo notarlo.

Le miré espantado, ¿cómo llegaba a mis emociones? Pero si bloqueaba mi mente y no le presentía invadiendo mi cabeza.

Retiró su mano de mi cabello.

—Tranquilo, ya te acostumbrarás, participarás con nosotros en la próxima luna llena. Si el hijo de Edmund sigue vivo para entonces, será el elegido.

—¡No! —Grité a pleno pulmón—. ¡No! ¡No! ¡No!

Mi padre volvió a darme una bofetada que en esta ocasión me tiró al suelo, partiéndome un labio.

—No te comportes como un crío, ese bebé no debe significar nada para ti.

Me tocaba el labio inferior, dolía a rabiar, pero en lo único que podía pensar era en Ed, ¡juré protegerle!

—Tu madre empezará hoy mismo con las clases de protocolo. Yo volveré dentro de unos días.

Mi padre se marchó con el Paso in Actus, y deseé más que nunca poder hacer esa técnica para huir con Ed a un lugar seguro.

Miré a mi madre, que me hizo un gesto para que me levantara, en cuanto estuve en pie sacó un pañuelo de la manga de su vestido y limpió mi labio herido con delicadeza.

La observé, era guapa y olía a rosas, era la primera vez que recordara que hiciera algo así por mí.

—Gracias —le dije cuando acabó.

—Danter, no debes dar nunca las gracias, lo sabes.

—Pero, ¿por qué?

Se alzó y me miró, suspirando al mismo tiempo.

—Porque eres un mago oscuro y nunca damos las gracias por nada.

Yo no era un mago oscuro, pero me ahorré el comentario.

—Ahora, ven, debemos empezar.

La seguí por inercia, pero solo pensaba en Ed, en lo que podría hacer para evitar que lo mataran.

—Danter —mi madre chasqueó dos dedos delante de mi cara y la miré, asustado—, presta atención, te estoy hablando.

—Sí, madre —respondí de inmediato, volviendo a la realidad, mientras no dejábamos de caminar por los pasillos del castillo.

—A partir de hoy, no pondrás un pie en las cocinas. Como señor del castillo cuando tu padre no esté, deberás ocupar la cabecera de la mesa del salón, donde solemos comer y cenar. Tu horario será estricto. El desayuno se te servirá a las ocho en punto, a las diez almorzarás y a la una comerás; por la tarde merendarás a las cinco y cenarás a las ocho. Si por la razón que sea llegas tarde, te quedas sin comer, tenlo claro.

—Sí, madre.

La miré extrañado, cuando vi que nos dirigíamos a la zona oeste, aquella que estaba abandonada y donde se encontraba la *habitación segura*. Mi madre, sin vacilar un momento, tomó el camino que tantas veces hice con Edmund.

—Estas escaleras, deberíamos repararlas —comentó al coger el tramo donde llevaba a la habitación segura.

Las escaleras estaban en muy mal estado, era verdad, uno debía subirlas arrimado a la pared para no caer al vacío. En cuanto llegamos arriba del todo, mi madre abrió la puerta de la habitación, bajando la barrera que siempre la cubría y donde hasta el momento, yo fui el único que podía sortearla.

Sentí miedo, ¿por qué íbamos a mi habitación segura?

Mi madre observó lo que fue el lugar donde Edmund me leía cuentos, jugábamos al escondite y fingíamos saber tocar el gran piano blanco.

—Has estado aquí —adivinó—. Habrás leído muchos libros que no debiste conocer.

No prestó atención a la estantería de libros de magia y se dirigió directamente a la zona donde estaban todos los de aventuras. Con un dedo, fue tocando cada uno de ellos y los libros desaparecieron a su contacto. Luego se dirigió al baúl donde guardaba todos mis juguetes.

—No debes jugar con estas cosas nunca más —le prendió fuego con un hechizo que hizo que aunque ardiera no hubiera humo que inundara la habitación. En apenas unos segundos solo quedaron las cenizas—. ¡Y no llores!

Me limpié los ojos de lágrimas de inmediato.

—Controla ese débil impulso que tienes, si tu padre te ve llorar te dará una bofetada o algo peor.

Suspiré entrecortadamente, pero logré calmarme.

Luego se acercó al piano, levantó la tapa y pasó sus dedos por encima del teclado. Me sorprendí cuando el sonido de las teclas formó música y me acerqué para ver como lo hacía.

—Este piano era de mi madre —me explicó bajando de nuevo la tapa—. Me enseñó a tocar cuando era muy pequeña; luego murió, y mi padre… —tuvo un escalofrío—. Debería quemarlo también.

—No lo hagas —le supliqué.

Me miró a los ojos.

—¡Ven!

Corrí para alcanzarla al ver que se dirigía a paso acelerado fuera de la habitación, dejando intacto el piano. Cerré la puerta y salté de dos en dos los escalones para seguir su paso.

—Si vuelves a esa habitación que sea para estudiar, nada más —me ordenó.

Asentí.

El siguiente destino fue mi dormitorio.

Mi madre le echó un vistazo rápido en cuanto llegamos y frunció el ceño.

—Debes ordenarla —exigió y la miré sin comprender, estaba ordenada—. La colcha debe estar sin ninguna arruga —con un movimiento de mano, empleando magia, quitó la pequeña arruga que hice al sentarme un momento en la cama al principio de la mañana—. Tu escritorio, todo bien ordenado —hizo que el libro que tenía encima de la mesa se colocara por si solo en el hueco de donde lo saqué; que la libreta donde tomaba mis apuntes estuviera en el centro, milimétricamente bien puesta; y que la pluma y el tintero se encontraran justo en la parte superior de la mesa. La silla la colocó a una distancia adecuada de mi escritorio y ordenó a la perfección las hojas que guardaba en el interior de los dos cajones que disponía. Luego se dirigió a mi armario y lo abrió—. ¿Qué es esto?

Me señaló las cuatro camisas negras que se encontraban dobladas en una de las estanterías.

—¿Qué les ocurre? —Pregunté, sin entender.

—Están mal colocadas —dijo—. Ves, esta está dos centímetros más hacia afuera que el resto y deben estar perfectas. Igual que estos pantalones, deben estar colgados justo de la misma manera que los otros tres. En cuanto a tu ropa interior... —los miró espantada—. Todo debe estar bien colocado, ¡todo!

No lo entendía, para mí estaba bien ordenado. Sandra nunca me regañó por tonterías así.

Cerró el cajón de mi ropa interior y suspiró.

—De vez en cuando, haré una rigurosa inspección y si tu habitación está desordenada te castigaré, estás avisado.

Asentí con miedo.

—Ahora a estudiar —exigió—. A final de semana regresaré, Paso in Actus.

Desapareció.

Desconcertado, me senté en mi cama y dejé que unas lágrimas silenciosas cayeran por mis mejillas. Jamás me sentí tan triste y solo en toda mi vida.

—Edmund —le llamé y me estiré en la cama, acurrucándome y apoyando mi cabeza en la almohada—. ¿Qué es esto?

Noté algo debajo de la almohada y al levantarla vi dos cartas y una figurita de plomo.

Cogí de inmediato la pequeña figura, era como los que me hizo Edmund en el pasado. Se trataba de un soldado de Barnabel y curiosamente me recordó a Edmund. Luego miré los dos sobres, sin soltar mi soldadito de plomo. Mi nombre estaba escrito en uno de ellos, y rápidamente saqué la carta de su interior.

Empecé a leer…

Hola, Dan,

Cuando leas esta carta probablemente ya habré muerto. Solo quiero que sepas cuanto te he querido y pedirte una vez más que no olvides el código de los Domadores del Fuego. Recítalo cada día, por favor, para que siempre lo tengas presente en tu memoria y no olvides mis enseñanzas.

Quizá te preguntes por qué sé que moriré, llegarás a la conclusión tú mismo ahora o quizá con el tiempo, pero ten claro que no te culpo y sé que hiciste cuanto pudiste para protegernos a Sandra y a mí.

En cuanto a Ed, soy consciente que eres un niño y aunque sé que harás lo posible por cuidarle quizá muera siendo tan pequeño. Tampoco quiero que te sientas culpable, ni mucho menos que creas que le fallaste a Sandra. Solo procura que no le falte de nada, luego si vive o muere lo decidirá la naturaleza.

—¡Oh! ¡Edmund! —Exclamé, limpiándome las lágrimas de los ojos—. Mi padre quiere sacrificarlo, de nada servirá que sobreviva y no sé qué hacer para impedirlo.

Continué leyendo, llorando a moco tendido…

A partir de ahora, te sentirás solo, tendrás miedo y nos echarás en falta mucho, pero quiero que seas fuerte y mires hacia el futuro. Tarde o temprano, la elegida combatirá a tus padres y serás libre. Podrás hacer amigos, encontrarás una chica que te quiera tanto como Sandra me quiso a mí y ya no estarás solo.

A todo esto, debes saber algo que hasta el momento no creí necesario contarte y luego no tuve tiempo, pero en el futuro, quizá te encuentres con un mago llamado Dacio, es tu tío, el hermano de tu padre. Por difícil que pueda parecerte, él es bueno, debes confiar en tu tío y obedecerle cuando seas libre, pues apenas serás un adolescente cuando la elegida gane esta guerra. No habrá nadie mejor para aconsejarte, pero te advierto que su parecido físico con tu padre es asombroso, aunque cuando lo conozcas verás de inmediato lo buena persona que es, a mí me costó verlo por los prejuicios, tú no tardes tanto como yo y ten paciencia con aquellos que quizá te vean como tu padre, deberás demostrar que no eres un mago oscuro.

Para acabar, te pido un último favor, entrega la segunda carta a mi hermana Alegra cuando el destino la cruce en tu camino. No se la des a nadie más, quiero que se la des tú en persona, por favor.

Recuerda que siempre estaré a tu lado aunque no me veas, vigilándote y cuidando de ti, haz que me sienta orgulloso de haber sido tu maestro. Mis esperanzas están puestas en ti, tú eres el único que puede vengar a todas las personas que tus padres hacen sufrir. El soldado de plomo es el último regalo que podré hacerte por tu cumpleaños, en unos días cumples ocho, casi eres un hombre. Pero hay otro regalo que te aguarda en el refugio donde jugábamos Sandra y yo de pequeños. Te ayudará a combatir a tu padre, pero escóndela bien y evita que te lean la mente, sino te la arrebatarán para quedársela. Utilízala para hacer el bien, nunca el mal.

Te quiere,

Edmund, Domador del Fuego.

Lloré más si puede ser. Sería fuerte como me pedía Edmund y cada día recitaría el código de los Domadores del Fuego. Si él decía que mi tío era de fiar, confiaría desde el minuto uno cuando lo viera, por mucho que me recordara a mi padre, en cuanto a Ed…

Miré el único juguete que me quedaba, el nuevo caballero de plomo que se parecía a Edmund. Debía encontrar una manera de sacar al bebé de Luzterm antes que fuera tarde, pero el Paso in Actus era muy difícil, llevaba practicándolo meses sin ningún resultado, y en el castillo no había nadie más a parte de mis padres que supiera hacerlo, no había ningún mago que…

Abrí muchos los ojos y me levanté de la cama de un salto.

—¡El asesino de Mair!

Maestro de magia

Las mazmorras de Luzterm eran frías, húmedas y oscuras. Se encontraban situadas justo debajo del castillo y era un lugar lúgubre, insano y con olor a muerte. Los escalones que conducían a ellas estaban cubiertos por un moho asqueroso y resbaladizo. Era la primera vez que las visitaba y sentí miedo, tanto que por poco di la vuelta para huir, pero pensé en Ed, su única posibilidad de vivir era salir de Luzterm cuanto antes, así que seguí avanzando, descendiendo las estrechas escaleras de caracol hasta llegar al primer sótano.

Una decena de orcos vivía allí abajo custodiando a los prisioneros, por lo que lancé un hechizo de sueño para que cayeran rendidos, inconscientes en el frío suelo de aquella sucia prisión. Al llegar a la entrada, vi a dos de ellos roncando como troncos y me acerqué al más grandote para arrebatarle las llaves de las celdas. Una vez fueron mías, me encaré al largo pasillo, apenas iluminado por cuatro antorchas colgadas en las paredes.

Desplegué mi magia para localizar la celda del mago de Mair. Una ráfaga de aire me fue devuelta alborotando mis cabellos. Abrí los ojos, seguro de donde se encontraba aquel que en el pasado quiso matarme.

Al llegar a la celda correspondiente, una puerta de hierro estaba protegida por una fuerte y resistente barrera mágica. Se hizo visible en mi presencia y me percaté que el manojo de llaves que llevaba en una mano empezó a brillar. Una de las llaves reaccionaba a la barrera alzada, así que la coloqué en la cerradura de hierro, le di dos vueltas y la puerta se abrió de golpe. Me tapé la nariz de inmediato, el fuerte olor que salió de dentro era insoportable y me entraron arcadas. Tuve que apoyarme en el marco de la puerta para no caer mareado.

La celda estaba a oscuras, no se veía el interior. No obstante, escuché un tintineo de cadenas, así que cogí una de las antorchas empleando la telequinesia y, angustiado aún por el olor, entré.

El suelo estaba cubierto de paja sucia y en una esquina se encontraba un cubo con excrementos y orines. Al fondo, la figura harapienta de un hombre encadenado se hizo presente bajo la luz de la antorcha que llevaba en la mano. El mago estaba raquítico y se cubría la cabeza con las manos, acurrucado en una esquina.

—No he venido a hacerte daño —dije—. Soy Danter, el hijo de Danlos.

Dejó de cubrirse y me mostró un rostro delgado cubierto por unos largos cabellos negros; ojos hundidos en sus cuencas; y una barba desaliñada que le llegaba hasta el pecho.

—Creí que eras un orco —respondió, sentándose más relajado en el suelo—. Vienen de vez en cuando a darme una paliza.

—Supongo que no puedes crear una barrera para defenderte —intuí, sabiendo que mi padre habría bloqueado sus poderes con las cadenas que le apresaban, pero también quería estar seguro de no recibir ningún ataque inesperado. No quería demostrarlo delante del mago, pero estaba muerto de miedo.

—No, no puedo hacer nada de magia —balanceó sus cadenas mostrando que mi teoría era acertada—. Puedes estar tranquilo, no voy a matarte. Pero dime, ¿por qué has venido?

—Necesito tres cosas de ti, si me las das te ofrezco la libertad.

Me miró incrédulo.

—Adivino que tu padre no sabe nada de tu visita a las mazmorras, ¿qué necesitas de mí?

—Que me enseñes a ocultar la mente…

—Para que Danlos no pueda saber lo que piensas —me cortó y asentí pese a su interrupción.

Después de leer la carta de Edmund, empecé a darle vueltas a la cabeza sobre por qué Edmund sabía que iba a morir, y supe que mi padre de una manera u otra se infiltró en mi mente, desvelándole sin querer todo lo que hacíamos juntos.

Edmund y Sandra me quisieron y su castigo fue la muerte. Odiaba a mis padres con toda mi alma.

—¿Puedes enseñarme? —Pregunté serio.

—Puedo intentarlo.

Supuse que era lo máximo que podía sacar de él.

—Está bien, lo segundo es que me enseñes a hacer el Paso in Actus…

Empezó a reír a carcajada limpia y le miré enfadado.

>>¡¿Por qué te ríes?!

—Porque… porque… —no podía parar de reír— es imposible que te enseñe el Paso in Actus, ¡solo tienes… ¿ocho años?

—¿Y qué?

Siguió riendo y apreté los puños.

—Está bien, no hay trato —dije muy enfadado, dándome la vuelta.

Su risa se cortó de golpe.

—¡Espera! —Me pidió y le miré por encima del hombro—. Puedo darte unas lecciones, incluso decirte lo que hace mal la gente para que puedas lograrlo, no ahora, pero quizá dentro de unos años…

Me volví a él.

—Que sea la última vez que te ríes de mí —le ordené—. ¡La última!

—Vaya —me miró con fingida sorpresa—. Veo que eres igual que tu padre.

La rabia y la furia corrieron por mis venas y di una patada en el suelo, notando como mis ojos ardían y un viento se alzaba.

—¡No soy como mi padre! ¡No vuelvas a decirlo porque le odio! ¡Le odio y espero que algún día la elegida lo mate!

El mago me miró asombrado y alzó sus manos en un gesto para que me tranquilizara.

—Tranquilo, chico —pidió—. ¿Por qué lloras?

No me di cuenta de que lloraba, solo que veía borroso y rápidamente me limpié los ojos con la manga de mi camisa.

—Porque mi padre es un asesino, mató a Edmund y a su mujer.

—Y tú les querías —concluyó, y asentí.

—Edmund me enseñó el código de los Domadores del Fuego, y no le gustó.

—Lo conozco —dijo—. La hermana de Edmund, Alegra, me lo recitó una vez.

—¿La conoces?

—Es la esposa de mi hermanastro, Dacio.

—¿La hermana de Edmund, es la esposa del hermano de mi padre? Y tú... ¿eres hermanastro de mi tío?

—Sí, ¿no lo sabías?

Negué con la cabeza.

—Pues eso nos lleva a la tercera parte —dije—. La última cosa que debes hacer es escapar de Luzterm con un bebé, el hijo de Edmund.

Me miró a los ojos, sonrió y dijo:

—Acepto.

Era increíble lo que comía aquel mago, engullía la comida que le traje casi sin masticar. Lo escondí en una habitación distinta de la habitación segura, pero en la misma zona oeste del castillo, donde no pasaba absolutamente nadie. Tuve que tapar la luz que entraba por la ventana con magia, pues los ojos del mago estaban resentidos después de tantos años encerrado en las oscuras mazmorras del castillo.

Daniel, que así se llamaba el mago, se chupó los dedos cuando terminó de comerse las salchichas que le traje. Se pudo lavar un poco con una palangana de agua, pero continuaba oliendo como un cerdo.

—Me comería diez más —dijo con una sonrisa de satisfacción, dándose unas palmadas en el estómago, sentado en el suelo de aquella habitación abandonada.

—Y vomitarías —respondí, sentado enfrente de él.

Me miró y me zarandeó el pelo con una mano.

Me retiré de inmediato.

—¿Qué haces?

—Lección primera —alzó un dedo al techo—. Cuando un mago te toca la cabeza o simplemente la roza puede estar leyendo tus pensamientos, así que siempre debes estar atento.

Fruncí el ceño.

—¿Lo has hecho? —Pregunté mosqueado.

—No.

—¿Entonces?

—Quería ponerte en situación —miró alrededor y cogió la cuchara que utilizó para comerse la sopa que también se zampó—. Quiero que pienses en esta cuchara, solo en la cuchara y nada más que en la cuchara. Deberás guardar su imagen para que yo no la encuentre en tu memoria. Veamos cómo lo haces, ¿preparado?

Asentí.

Desplegué mi magia y la contraje hacia mi mente, formando una barrera alrededor de mi cerebro. Daniel puso una mano en mi cabeza.

—No está mal —dijo—. Pero ves…

De pronto, una imagen se hizo visible en mi mente. Daniel exteriorizaba mis pensamientos, los cogía y los reproducía para que viera lo que él veía, ¡la cuchara!

—¿Cómo? Pero sí…

—Cierra los ojos —me pidió y así lo hice, noté como si cogiera mi conciencia hacia él y me mostrara mi barrera desde el exterior, vi una fuga—. Ahí lo tienes.

Abrí los ojos, paralizado.

Una fuga hizo que Edmund y Sandra murieran. ¡Fui un estúpido!

—¡Eh! ¿Qué te pasa? —Preguntó preocupado.

—Nada —me limpié los ojos con una mano, no debía llorar más.

—Danter, eres un niño, es normal que tengas fugas.

—Pero por mi culpa ellos han muerto —dije con un nudo en el estómago—. Y no lo entiendo, estaba tan seguro de que mi padre no leyó mis pensamientos, no lo percibí.

—Hay maneras de ocultarse, pero eso ya es un nivel más avanzado —respondió—. Y no te sientas culpable, Edmund sabía que se arriesgaba cuando decidió criarte.

—¿Cuánto tardaré en ocultar mis pensamientos?

—Supongo que unos quince años.

Abrí mucho los ojos.

—¡Yo no tengo tanto tiempo! —Exasperé—. ¿No hay ningún truco que pueda utilizar para engañar a mis padres?

Se quedó pensativo.

—No es garantía, pero quizá funcione —se rascó la cabeza, la tenía llena de piojos—. Pero en vez de explicarte como se hace, te lo mostraré. Intenta leerme la mente, haré que mi barrera sea imperfecta como la tuya, y tu objetivo es llegar a la imagen de la cuchara, ¿entendido?

Asentí.

Se inclinó para facilitarme que le tocara la cabeza, era alto, yo me puse de rodillas y toqué aquellos cabellos sucios y enredados. Cerré los ojos y proyecté mi mente hacia el interior de su cabeza. Busqué y busqué, pero solo aparecieron imágenes de su vida en Mair, por un momento me distraje, era tan bonita aquella ciudad, bañada por el sol y la gente parecía feliz…

—Danter, busca la cuchara —me pidió, al ver que me desconcentraba.

Volví mi atención a la cuchara, pero por más que buscaba no encontraba ese recuerdo, y me distraje nuevamente con las imágenes de su vida, pero me retiré de golpe al ver en su mente como abrazaba a mi padre.

—Es Dacio —me aclaró al ver que me asusté—, no es como tu padre.

Asentí, recordaba lo que me explicó Edmund en su carta y mi tío no tenía ninguna cicatriz en la cara.

—Vuelve a intentarlo, te enseñaré como lo he hecho —pidió y, vacilante, toqué de nuevo su cabeza—. Aquí tienes la imagen de la cuchara —se hizo clara en mi mente—. Bien, pues debes protegerla —vi como creaba una barrera alrededor de ella—. Al contrario que tú, yo ya sé reparar mis fugas, pero hasta que aprendas deberás despistar a tus padres de esta manera —empezó a mandarme todo de imágenes diferentes a la cuchara, tantas que me mareé incluso—. No envuelvas toda tu mente para proteger todos tus recuerdos, eso te hará tener muchas fugas por donde cualquier mago se colará, solo envuelve los recuerdos que son importantes para ti y deja ver claramente aquellos que te da igual enseñar, incluso selecciona alguno vergonzoso para que tus padres no sospechen que les ocultas algo más grande.

Abrí los ojos cuando me retiró las manos de su cabeza.

—¿Funcionará?

—Puede, si tus padres no sospechan, pero si descubren lo que haces ten claro que llegarán a cualquier recuerdo que tengas. Tu madre es muy buena en ese sentido, pese a mis años de experiencia logró llegar a todos mis recuerdos y abrirle paso a tu padre para que pudiera ver hasta el más importante de mis secretos. Lo creas o no, debes tener más cuidado con tu madre que con tu padre.

Asentí, mi madre era peligrosa, lo sabía, aunque al contrario que mi padre nunca me había pegado.

—Quiero intentarlo —pedí.

Daniel estuvo más de tres horas enseñándome, nunca tuve un verdadero maestro de magia, y sus explicaciones eran muy fáciles de entender, más que los libros. ¡Ojalá! Lo hubiera tenido siempre para mí, dispuesto a explicarme los hechizos que debía aprender, seguro que hubiese sido más rápido y divertido.

Al final, logré esconder el recuerdo de la cuchara a la perfección.

—Aprendes rápido —dijo satisfecho—. Muy bien.

Sonreí.

—Supongo que eres un buen maestro, gracias.

Se levantó del suelo y se dirigió a la única ventana que disponía la habitación. Se había hecho de noche mientras practicábamos y mi conjuro para evitar que pasara la luz del sol ya no era necesario.

—Ya es medianoche —comentó—. ¿Tus padres cuando volverán a Luzterm?

—No lo sé —respondí—. Espero que tarden, pero deberías irte mañana como muy tarde, por si acaso. Te ayudaré a salir de la ciudad por la puerta norte, pasaremos los campos de cultivo, luego el bosque y llegaremos al mar.

—Necesitaré una barca o una balsa para que pueda traspasar la barrera que tu padre tiene por todo Creuzos. Creo que si logro distanciarme unos kilómetros de la costa podré hacer el Paso in Actus.

—Saldremos cuando amanezca —dije, poniéndome en pie—. Pero antes, dime, ¿cómo se hace el Paso in Actus?

Sonrió.

—Te voy a decir los dos errores que comete la gente y luego será cosa tuya conseguirlo o no.

—Vale.

—Nunca te imagines el lugar al que quieres llegar, debes sentir su presencia en el mundo, ubicarlo mediante la energía que desprenden las personas que lo habitan o, en su defecto, los animales y plantas que lo rodean. Tu mente debe viajar por el mundo, una vez estés convencido donde te encuentras debes desplegar tu magia, impulsarte hacia delante y hacer que tu cuerpo se traslade, para conseguirlo es muy, muy, muy importante que estés absolutamente tranquilo.

—¿Tranquilo?

Sonrió.

—Lo creas o no, la mayoría de la gente no lo logra porque se pone nerviosa al intentarlo. Tu mente y cuerpo debe estar en absoluta calma.

—Y no imaginarme el lugar al que quiero llegar, solo presentirlo.

—Exacto, ubicarlo en el mundo. Si te lo imaginas estarás distorsionando la realidad por poco que sea.

—Lo intentaré cada día, ¡muchas gracias!

—De nada, ahora dime, ¿por qué ese empeño en querer saber hacer el Paso in Actus?

Le miré a los ojos.

—Para escapar algún día de mis padres —respondí.

Alzó las cejas.

—¿Por qué no vienes conmigo? —Me preguntó de pronto y abrí mucho los ojos, nunca pensé en esa posibilidad.

—¿No me matarán si te acompaño? —Pregunté primero, su país dio la orden de eliminarme.

—Te doy mi palabra que eso no sucederá —se agachó a mi altura—. Danter, siento haber sido uno de los encargados en participar en la misión de matarte, de verdad que lo siento. Eres un buen chico y se lo haré saber al consejo de Mair cuando les vea.

—Gracias, pero… si voy contigo, padre vendrá a buscarme y quizá busque a Ed para matarle como castigo. Sabe que es importante para mí, les juré a sus padres que haría todo lo posible por hacer que viviera y estuviera a salvo. No puedo arriesgarme.

—En ese caso, ven cuando sepas hacer el Paso in Actus tu solo, para entonces, tu padre ya se habrá olvidado de él, creerá que escapas porque sí, no por salvar al hijo de Edmund.

—Lo intentaré, lo prometo.

Grum

Acababa de recoger a Ed, envuelto en una manta marrón. La mujer que se encargó de amamantarlo me lo entregó con miedo, pero me enseñó a sostenerlo, con cuidado de no hacerle daño en la cabeza.

Era muy pequeño, no alcanzaba ni los dos kilos, tenía poco más de un día y no le quedaba mucho viendo el estado en el que se encontraba. Estaba débil, su llanto ya no era tan fuerte como al principio, solo un gemido.

—Debes vivir —le susurré de camino a la habitación donde pasó la noche Daniel, pero en el trayecto, antes de llegar a la zona oeste, me crucé con Durker, el orco que ahora dirigía la ciudad.

—El mago de Mair ha escapado, he encontrado a los guardias durmiendo. Debo avisar a tu padre antes que… —al llegar a mi altura se percató que llevaba a Ed en brazos—. ¿Qué haces con ese bebé?

—No es asunto tuyo.

—Sí que lo es…

Iba a coger a Ed, pero, sin pensarlo, cree un imbeltrus en mi mano derecha y se lo lancé. Durker no se lo esperó y en apenas dos segundos solo quedó un cuerpo chamuscado tendido en el suelo.

Sentí un escalofrío al haberle matado, pero solo duró un momento. Le odiaba y me alegré de haber sido yo quien lo matara. Además, con su muerte me garantizaba que mis padres no se enteraran de la fuga de Daniel, al menos, no todavía. Cuanto más tardaran en saberlo más posibilidades tenía Ed de vivir.

—Y esto no es tuyo —me agaché al cuerpo carbonizado de Durker para arrebatarle su espada o, mejor dicho, la espada de Edmund, *Bistec*—. Ahora es de su hijo.

Con Ed en un brazo y la espada en la otra mano, llegué a la habitación abandonada y me acerqué al mago que continuaba durmiendo en un rincón, tendido en el suelo. Ed empezó a llorar y le acuné intentando calmarlo.

—Sí, lo sé, huele como un cerdo, pero no tiene la culpa.

—Gracias —Daniel abrió los ojos y me miró desde el suelo—. Lo primero que haré al llegar a Mair será lavarme, créeme. Me cortaré el pelo y me afeitaré, luego pienso comer hasta reventar.

>>¿Ese es el hijo de Edmund?

—Sí, se llama igual que su padre pero con la abreviación de Ed —respondí, tranquilizando su llanto—. Y ahora, vamos. No tenemos mucho tiempo. Por suerte, hoy se ha levantado muy nublado, así que no creo que te moleste mucho la luz en tus ojos.

Daniel miró por la ventana.

—Acaba de amanecer, pero apenas hay luz, que triste es este lugar.

Pasar la puerta norte fue fácil, oculté a Ed entre mi túnica y Daniel camufló su magia pasando por un esclavo más, llevando a Bistec escondida en un saco.

Al llegar a la costa, vi consternado que el mar estaba un poco revuelto, hacía bastante aire y las olas llegaban con fuerza a la playa.

—No te preocupes —Daniel puso una mano en mi hombro—. No le pasará nada a Ed.

—Eso espero.

Preparamos una balsa que mandé construir a unos orcos la noche anterior. Por una vez, aquellos ineptos hicieron algo bien, pese al trabajo grotesco parecía firme, y la dejaron en el punto exacto que les indiqué.

Daniel saltó encima de la balsa y cogió un palo largo de madera a modo de remo. Luego me miró, esperando que le diera a Ed.

Miré al bebé y este abrió los ojos en ese instante.

—Tiene los ojos de su madre, grises —comenté—. Pero se parece a Edmund.

—Debes dármelo ya, Danter. Cada vez hay más oleaje.

Le di un beso a Ed en la frente y con lágrimas en los ojos se lo entregué al mago.

—Dile a su tía que lo cuide —le pedí—. Y que le dé la espada de su padre cuando sea mayor.

—Descuida, se lo diré —me miró los ojos—. No cambies, Danter. Eres un buen chico, no permitas que tu padre te vuelva malvado.

—No pienso hacerlo, seguiré el código de los Domadores del Fuego.

Arrastré la balsa hacia el mar con mi magia y Daniel empezó a remar. No debía utilizar magia hasta traspasar la barrera de mi padre o quizá podrían detectarle. Les seguí con la mirada, el oleaje balanceaba la balsa, pero Daniel, aún con el bebé en brazos, logró dirigirla hacia el interior. Poco a poco su imagen se hizo más pequeña, más pequeña, más pequeña…

Luego, desapareció.

Suspiré, y me volví de vuelta al castillo. Mientras caminaba por la playa lloré, me sentía tan solo.

—Si por lo menos tuviera un amigo.

Un gemido lastimero acaparó mi atención en ese momento, y al llegar a la cordillera de árboles que delimitaban la playa, me encontré con un pequeño grum. Un grum era algo parecido a una ardilla, pero de color morado. Su cola era ancha y peluda, utilizándola como cama para dormir; sus orejas eran puntiagudas donde en la punta un mechón de pelo un poco más largo que el resto del cuerpo les hacía graciosos, y tenían unos bonitos ojos negros, grandes y vivos.

El grum que encontré estaba tendido en el suelo con una herida en la cabeza.

—Gruuuummmm, gruuuummm —gemía, intentando levantarse.

El nombre le venía de su manera de emitir sonidos.

Lo cogí con cuidado y lo abrigué con mis manos protegiéndolo del aire y el frío, a lo que el animal pareció agradecerlo.

Había leído sobre ellos, según los libros eran sociables, leales, pero muy traviesos, y podías amaestrarlos para que hicieran piruetas. Aunque lo que más les caracterizaba era que después de pasar un tiempo con los humanos o con los magos, acababan aprendiendo la manera de gesticular nuestra; fingiendo enfadarse, sonriendo, haciendo gestos con sus manos para hacerse entender y esas cosas.

Miré a lado y lado de donde me encontraba, a mi espalda tenía el mar, delante de mí un bosque de pinos que llegaba a los campos de cultivo y más allá, la ciudad. Miré al Grum, era un ejemplar joven, solían vivir como ciento cincuenta años, pero por su tamaño quizá no alcanzaba ni los tres años. Intuí que cayó de algún árbol y se había visto arrastrado por el viento que cada vez era más fuerte. Si lo dejaba en el bosque moriría, pero si me lo llevaba y tenía cuidado de que mis padres no lo encontraran, podría cuidarle.

—Te llamaré igual que tu especie, Grum —decidí.

En cuanto llegué a la ciudad, fui directo al hospital y le enseñé el grum al doctor Josep, que lo evaluó y le desinfectó la herida.

—No deberíamos moverlo demasiado —dijo dejándolo en una caja de madera con un cojín para que estuviera cómodo—. Que esté aquí un par o tres de días, me encargaré que no le falte de nada.

En cuanto accedí, me preguntó sobre Ed, le garanticé que estaba en un lugar seguro y, no muy convencido, me dejó marchar.

Mi siguiente destino era el *fuerte*, la montaña de leña que Edmund y Sandra utilizaron cuando eran niños para jugar en secreto. Allí se encontraba el último regalo que había dejado Edmund para mí.

En cuanto escalé la montaña de leña, abrí mucho los ojos al ver una espada grandiosa clavada en el suelo. Tenía una nota colgando del mango, así que no perdí tiempo en saltar al interior del fuerte y cogerla para leerla…

Esta espada rivalizará con la de tu padre,
utilízala para hacer el bien, nunca el mal, y ponle un buen
nombre.

La miré, era magnífica.

—*Justicia* —dije en voz alta—, porque algún día os vengaré, Edmund, Sandra y a todos los que mis padres hacen daño. Os vengaré y haré justicia.

Intenté cogerla, pero era más grande que yo y me tambaleé con ella cayendo al suelo, no me corté de milagro.

—Bueno, mejor que te deje aquí hasta que sea más mayor.

DACIO

Una promesa

Al entrar en el comedor me encontré a Alegra y a Ayla abrazadas, sentadas enfrente de la gran mesa de roble. La elegida vino para el funeral de Edmund, celebrado aquella misma mañana, y su sentimiento de pena, aunque no tan grande como el de una hermana que pierde a un hermano, también fue palpable. Lloró en silencio mientras le daba la mano a Laranar que la acompañó junto con sus hijos. Agradecí que accedieran a venir con la Paso in Actus de mi amiga Virginia, fueron un gran apoyo para mi mujer que lloró a moco tendido durante todo el funeral.

—Nos quedaremos unos días —le dijo Ayla—. No puedo dejarte así.

—Gracias —le respondió mi mujer, sin dejar de abrazarse.

Segundos después se retiraron y, entonces, me vieron.

—Os he traído un té —dije con la bandeja en la mano—. Os irá bien a las dos.

Justo cuando dejé el juego de té en la mesa, dos plumas rojas cayeron delante de Alegra y de mí. Cogí una de ellas y detecté la energía de Zalman. Me pregunté qué podía ser tan importante para que nos mandara llamar justo cuando acabábamos de enterrar a Edmund.

—Son de Zalman —dije.

Laranar entró en el salón en ese instante, con los niños acompañándole.

Jon fue corriendo a su madre y la miró.

—Mami, ¿estás bien? —Le preguntó preocupado.

Durante el funeral, Jon no hizo más que mirar a su madre mientras a mí me cogía con fuerza de una mano. El pobre estaba asustado, ver llorar a su madre era lo último que quería.

—¿Te duele algo? —Le preguntó a su vez Eleanor.

—¿Due ago? —Le preguntó también el príncipe, Cristianlaas.

El pequeño elfo ya caminaba, pero continuaba siendo un bebé.

—Estoy bien —les dijo Alegra, haciendo un esfuerzo por dejar de llorar—, solo un poco triste.

Ayla cogió la pluma roja que le cayó a Alegra y me miró.

—Si es urgente, deberíais ir cuanto antes, no creo que os haga llamar precisamente ahora si fuera algo insignificante. Nosotros nos quedamos con Jon, podéis estar tranquilos.

—Gracias —respondí y me acerqué a Alegra—. Cariño.

Puse una mano en su hombro y me miró con los ojos rojos e hinchados.

—Está bien —miró a Jon y le dio un beso en la mejilla—. Juega con Eleanor y Cristianlaas, volveremos enseguida, te quiero.

Al llegar a Gronland, recibí de inmediato un mensaje mental de Zalman:

Dacio, al hospital, son buenas noticias, me transmitió y percibí un entusiasmo, alegría y alivio que llevaba tiempo sin sentir en el mago.

En cuanto cruzamos la doble puerta del hospital de Gronland, el mago del consejo nos esperaba en la misma recepción con un brillo nuevo en sus ojos. Sonrió nada más vernos llegar.

—¡Dacio! —Me abrazó con fuerza, luego se retiró levemente pero sin dejar de sujetarme por los hombros—. ¡Es Daniel! ¡Ha logrado escapar de Luzterm!

—¡¿Qué?! —El corazón me dio un vuelco de alegría—. ¿Dónde está? ¿Cómo está? ¿Puedo verle?

—Está bien, bueno, hecho un desastre, lo han tenido encerrado en las mazmorras de Luzterm, pero se recuperará con el tiempo, hoy mismo podrá volver a casa —miró a mi mujer, soltándome, y la abrazó igual de entusiasmado que conmigo—. Alegra, tengo una buena noticia también para ti; mi hijo Dani, no ha venido solo, ha traído un bebé consigo, el hijo de Edmund.

Alegra abrió mucho los ojos, al igual que yo, la sorpresa fue evidente para ambos y me alegré por ella, sabía lo importante que podía significar para mi mujer.

—¿El hijo de Edmund? ¿Estás seguro? —Quiso cerciorarse y Zalman asintió. Casi se desmaya de la emoción y tuve que cogerla al vuelo para que no cayera—. Estoy bien, estoy bien —dijo sonriendo, haciendo que la soltara, era la primera vez que la veía sonreír desde la muerte de Edmund y fue un alivio—. ¿Dónde está? Quiero verle.

—Por supuesto —asintió Zalman—. Venid, está en maternidad, Virginia le está atendiendo.

Cogí a Alegra de una mano y esta sonrió por segunda vez. Seguimos a Zalman por el hospital mientras éste nos hacía un resumen de cómo y por qué, Daniel pudo escapar y traer consigo al bebé de Edmund.

—Entonces fue Danter quién lo liberó —concluí después de escuchar su historia—. ¿Por qué? No lo entiendo, se supone que… —entonces caí en la cuenta y lo miré victorioso—. Os lo dije, os habíais precipitado con el chico. Solo tiene… ¿Cuánto? ¿Ocho años? Nadie es tan malo a esa edad, estoy convencido que en un futuro podremos educarle si logramos vencer a sus padres.

—En ese aspecto discrepo, es pronto para saberlo —se reafirmó Zalman—, pero ahora dejemos ese tema.

Entramos en una sala donde estaban dispuestas unas pequeñas camillas, cuadradas y forradas por una especie de cojines, donde un aura con un color entremezclado de amarillo, naranja y rojo las envolvía emitiendo un calor agradable. Solo una estaba ocupada por un bebé demasiado pequeño como para sobrevivir por sí solo. Mi amiga Virginia, la sanadora, examinaba a ese bebé que nació antes de hora y que era mi sobrino político.

—¿Es él? —Le preguntó mi mujer al llegar a su altura. Virginia nos miró y sonrió, afirmando con la cabeza—. Es muy pequeño.

—Por lo que sabemos nació prematuro —respondió la sanadora—. Es un milagro que haya sobrevivido hasta el momento.

—¿Y la madre?

—Murió en el parto —contestó una voz a nuestra espalda y le reconocí en el acto. Me volví a él y rápidamente le abracé, emocionado—. Dacio.

—Dani —respondí—, estábamos muy preocupados por ti.

Me retiré un poco y le observé. Había perdido peso y su tez era tan pálida como un muerto, pero las posibles heridas que pudiera tener ya se las curaron los sanadores, pues parecía que por lo demás estaba bien.

—Estás muy delgado —dije—, ven un día a casa y te daré de comer hasta reventar.

Dani sonrió.

—Después de haber podido ducharme, afeitarme y cortarme el pelo, lo único que me apetece ahora es dormir, pero no tardaré en ir, te lo garantizo.

Asentí y le volví a abrazar. Luego, el que consideraba como un hermano, se fijó en mi mujer.

—Alegra —le tocó un brazo y ésta le miró—, siento lo de Edmund, pero he podido traerte a su hijo, se llama igual que su padre, aunque se referían a él con el diminutivo de Ed.

—Gracias, Daniel, no sabes cuánto significa para mí.

—Es muy pequeño —dijo Virginia— y está débil, aún es pronto para saber si…

—Virginia, por favor, haz que viva —le suplicó mi mujer—. Es lo único que nos queda de Edmund.

—Lo sé —respondió—, y haré todo lo posible. De todas maneras, tendrá que estar ingresado varias semanas hasta que alcance el peso adecuado.

Alegra lo miró, inquieta.

—¿Puedo cogerlo un momento? —Preguntó.

—Puedes tocarle, pero es mejor que no lo saquemos de la barrera maternal que he alzado para él. Le mantiene calentito, es como si estuviera en el vientre de la madre.

Alegra se agachó para verle mejor y le acarició una mejilla al bebé que se movió al sentir su contacto y abrió los ojos, eran de un color gris intenso.

—Danter comentó que sus ojos eran como los de su madre —dijo Dani.

—Pero se parece a Edmund —sonrió Alegra—. Eres igualito que cuando tu papá nació.

—He traído la espada de su padre, también —añadió Dani—. Os la daré cuando salgamos.

—¿Por qué crees que Danter te ayudó a escapar con el hijo de Edmund? —Le pregunté.

Alegra se alzó de nuevo para escuchar la respuesta, pero mantuvo una mano dentro de la barrera maternal porque Ed le había cogido el dedo índice y no la soltaba.

—Porque Danter fue criado por Edmund en secreto —miré a mi mujer y ésta a mí—. Al parecer, fue su maestro, le enseñó el código de los Domadores del Fuego, por ese motivo, cuando Danlos se enteró, envió a Edmund a la batalla de Barnabel, para que muriera.

—Eso significa…

—Que Danter, es un buen chico —acabó la frase por mí—. La pregunta que nos debemos hacer ahora, es si sus padres están a tiempo de corromperlo, solo tiene ocho años, aún es manipulable.

—Esperemos que no —respondió Alegra volviendo su atención a nuestro sobrino—. Le debo la vida de Ed —me miró—. Seremos sus padres, Dacio, ¿verdad?

—Le cuidaremos como a un hijo —respondí asintiendo con la cabeza—, no le faltará de nada.

En cuanto regresamos a casa y explicamos lo ocurrido a Ayla y Laranar, estos se alegraron por las buenas noticias. Nos acompañaron una semana más, el tiempo que Virginia tardó en decirnos que salvo algún imprevisto, Ed sobreviviría. Nos despedimos de nuestros amigos prometiéndoles que les escribiríamos para informarles de los progresos de Ed y se marcharon con el Paso in Actus de Zalman. Fue un mes después desde su ingreso en el hospital que pudimos traer al bebé a casa.

Alegra quiso llevarle junto a la tumba de su padre.

—Hermano, te prometo que protegeremos a Ed, será libre, crecerá y se convertirá en un hombre de bien. Le querremos como a un hijo y tendrá la vida feliz que por desgracia tú no tuviste, lo juro.

Estreché a Alegra entre mis brazos con el bebé en medio, el pequeño ya se había metido en mi corazón y pensaba quererle como a un hijo.

Jon nos abrazó a los dos, sonreí y le cogí en brazos.

—¿Estás contento con tu nuevo hermanito?

—Mucho —respondió.

Compañeros de clase

Ayudé a Jon a colocarse la mochila sobre los hombros. El niño estaba empeñado en no querer ir a la escuela y cada día ponía una excusa para hacer campana.

—Me duele la espalda —dijo—. Sería mejor que dejara la mochila en casa.

—Como te la quites te castigaré sin chocolate una semana— le advertí antes que hiciera un solo movimiento.

Me miró a los ojos, enfadado y retándome se la quitó.

—Castigado —finalicé y me montó una escena.

Jon se tiró al suelo y empezó a patalear, pero no iba a dejarle salirse con la suya, de eso nada. Lo levanté del suelo y cargándomelo sobre los hombros me lo llevé a Gronland. Fue un escándalo, mi hijo no dejó de gritar durante todo el camino como si le estuviera matando, pero una vez llegué a su aula lo dejé en el suelo, le miré a los ojos y dije:

—Entra —supo que no estaba de broma y le tendí su mochila que cogió a regañadientes—, cuando llegues a casa no saldrás de tu cuarto.

Sus ojos brillaron amenazando con echarse a llorar de verdad, pero cogió aire y pasó dentro de la clase. Le observé, se sentó solo, resignado, mientras el resto de sus compañeros estaban en grupos jugando hasta que la profesora llegara. Al volverme me topé con Andreo, mi vecino y antiguo rival, llevaba a una niña de la misma edad que Jon cogida de la mano.

—Hola, Dacio —me saludó como si nunca hubiéramos sido enemigos.

—Hola —me limité a responder.

Miré a su hija, la mala fortuna quiso que tuviera una niña el mismo año que nació Jon y en consecuencia iban a la misma clase y le veía más de lo que me hubiera gustado.

—Hola, señor Dacio —me saludó la pequeña.

—Hola, Desiré —con la pequeña era más amable, qué remedio me quedaba, era una niña.

Le eché un último vistazo a Jon que seguía sentado sin hacer absolutamente nada. Me preocupaba, no se relacionaba con ningún niño, ¿por qué?

Dacio, escuché una llamada de Zalman.

Dime, respondí.

Ven a mi despacho, por favor.

Suspiré, seguro que era por Jon. No llevaba ni dos semanas de escuela y había tenido que hablar con la profesora tres veces, y una con Zalman que era el director.

Al llegar, el mago del consejo me esperaba sentado en su sillón, detrás de la mesa del despacho. Tomé asiento delante de él y me sentí como cuando era joven y me metía en líos por la pandilla de

Víctor, el cabecilla de todas las burlas que recibí por ser el hermano de Danlos.

—¿Qué ha hecho esta vez? —Pregunté sin preámbulos.

—Negarse a hacer la clase de gimnasia —respondió.

—¿Ha dado algún motivo?

—La práctica era en grupo, pero apenas empezaron, él no quiso continuar y se sentó en una esquina negándose a participar.

—No sé qué hacer —confesé, desesperado—. Zalman, ¿qué narices le ocurre? Mi hijo no es así, en casa juega con Pol y dice que tiene ganas que Ed sea mayor para poder jugar al balón con él. Y hace poco más de un mes que vinieron Ayla y Laranar, con sus hijos, por el funeral, y estuvo jugando sin ningún problema con Eleanor y Cristianlaas. ¿Por qué aquí no?

—No lo sé —respondió—, también he intentado hablar con él, pero se encierra en sí mismo.

—Empezó la escuela con mucha ilusión y ahora debo llevarlo sobre los hombros si no quiero que llegue tarde.

—¿Has pensado en llevarlo a un psicólogo? La sanadora Mila es muy buena con los niños con dificultades para adaptarse.

Le miré compungido, mi hijo yendo a un psicólogo, era lo último que quería hacer.

—Zalman, respóndeme con sinceridad —le pedí, nervioso—. ¿Mi hermano actuaba igual cuando era pequeño?

Abrió mucho los ojos.

—¡Claro que no! —Exclamó de inmediato—. No era director de la escuela cuando Danlos era niño, pero sí tenía relación con tus padres. Tu hermano ya de pequeño mostró mucha seguridad en sí mismo, siendo un líder en su promoción, aunque también era bueno, no fue hasta que entró en la adolescencia cuando Urso se fijó en él y empezó a corromperlo. Jon no es igual, no intenta hacerse dueño de ningún grupo, más bien… se aparta.

—Alegra está muy preocupada y yo también —respondí—. Hemos intentado hablar con él, que nos diga qué le pasa, juntos y por separado, pero nada, dice que simplemente no le gusta la escuela y no nos da ningún motivo.

—Ya he hablado con su maestra —me informó—. Estamos todos pendientes, tarde o temprano descubriremos qué le ocurre.

Pero la actitud de Jon continuó igual a lo largo de la semana, debía llevarle entre lágrimas y pataleos cada mañana al colegio. Y días después, Alegra y yo tuvimos que presentarnos en Gronland porque Jon agredió a dos compañeros suyos, tirándolos por unas escaleras.

—¡Jon! —Alzó la voz Alegra cuando escuchamos a Zalman explicar lo ocurrido—. ¿Por qué lo has hecho?

Se encogió de hombros sin mirarnos a la cara, no quiso darnos ninguna explicación.

Me enfadé.

—Estarás castigado una semana sin postre —para mi hijo dejarle sin postre era lo peor que podía hacerle y me miró arrepentido—. Así aprenderás.

—Los padres de los dos niños que ha tirado por las escaleras están muy enfadados, quieren que expulse a Jon.

Le miré preocupado.

—No lo harás, ¿no?

—Es una falta muy grave, Dacio —me hizo ver Zalman—. Pero he pensado que por esta vez, no lo expulsaré, aunque pasará tres días en la biblioteca estudiando, alejado de sus compañeros como castigo.

Suspiré, no me gustaba, pero la falta de Jon era imperdonable.

Cuando llegamos a casa, tanto su madre como yo le regañamos de nuevo, lloró, pero no nos ablandamos, era muy grabe lo que había hecho. Si no le marcábamos límites ahora, en el futuro podía ser incontrolable. Lo peor era que sabía que le sucedía algo y no sabía el qué, no hablaba por más que lo intentaba y nos tenía desesperado.

Por la noche, más relajados, le bañé, fue entonces cuando vi unos arañazos en su espalda.

—Jon, ¿quién te ha hecho esto?

No respondió, se limitó a mirar el agua de su bañera.

—Jon, por favor, dime ¿quién te ha hecho esto?

—Solo me defendí —dijo por fin, enfadado—. Yo no quería tirarles por las escaleras, pero ellos querían ponerme una araña que encontraron, dentro de mis pantalones.

—¿Por qué querían hacerte eso?

Miró hacia otro lado y respondió:

—Por nada.

Se levantó y salió de la bañera, cogió una toalla y empezó a secarse. Le ayudé y le vestí con el pijama. Una vez en la cama, lo intenté de nuevo.

—Jon, sabes que mamá y yo te queremos, ¿verdad?

—Sí —respondió en un susurro.

—La misión de los padres es proteger a sus hijos, ¿lo sabías?

Me miró a los ojos, con aire triste.

—¿Por qué no me dices qué te ocurre?

—Porque mamá y tú dejaréis de quererme.

—¿Qué? Vaya una tontería, eso es imposible.

—No, no es imposible —respondió seguro.

—Jon, te juro que siempre te querremos.

Sus ojos se inundaron de lágrimas, se incorporó en la cama y me abrazó.

—Odio la escuela.

—¿Por qué?

—Porque... porque... —temblaba en mis brazos—, dicen que soy un mago oscuro.

—¿Qué? —Quise retirarle levemente para mirarle a los ojos, pero se aferró a mí como una lapa, temblando y llorando—. Jon, ¿quién lo dice?

—Mis compañeros de clase, dicen que soy peligroso y siempre se están metiendo conmigo. Otros hacen como si no existiera porque dicen que me tienen miedo.

—¿Y la profesora lo sabe?

Negó con la cabeza y me miró a los ojos, retirándose levemente de mí.

—¿Por qué no lo has dicho?

Absorbió por la nariz y se pasó la manga del pijama por los ojos.

—Porque tú odias a los magos oscuros, dices que son malos, lo peor, y mamá también. Tenía miedo que también me odiarais a mí por ser un mago oscuro…

—¡No eres un mago oscuro! —Exclamé—. Que nadie te haga pensar que eres siquiera parecido a un mago oscuro.

—Pero Martí dice que lo soy y el otro día su padre también me llamó mago oscuro.

—¿Su padre? —Pregunté horrorizado—. ¿Cuándo fue eso?

—Anteayer, vino a recoger a Martí que me había quitado el libro de control, le pedí que me lo devolviera, pero se rio y su padre también, lo tiraron a la basura y luego me dijeron: *adiós, mago oscuro.*

Me llevé una mano a la boca, espantado. ¡¿Cómo podía un adulto hacerle aquello a un niño?! Podía intentar comprender la maldad infantil, el típico niñato que para pasárselo bien se metía con el más débil de la clase, pero de ahí a que sus padres actuaran igual, no.

—Esto no quedará así —le miré a los ojos—. Jon, no eres un mago oscuro, y mamá y yo siempre te querremos, pero debes decirnos qué te pasa para ayudarte.

—Pero yo creí que…

—Siempre te querremos —insistí.

Me abrazó y respondí a su abrazo, le besé en el pelo y le susurré:

—Hablaré mañana con tu profesora, con Zalman y con quien haga falta para que nadie te vuelva a decir que eres un mago oscuro.

En cuanto le expliqué a Alegra lo sucedido puso el grito en el cielo, se exaltó tanto que incluso despertó a Ed que dormía en nuestra habitación. Tuve que cogerle de la cuna para tranquilizarle.

—Cálmate —le pedí a Alegra con Ed en brazos—, mañana iremos a hablar con Zalman, él pondrá los medios necesarios para que Jon vaya a la escuela sin el miedo a ser acosado.

Apenas dormimos aquella noche y al día siguiente Zalman quedó igual de horrorizado cuando supo lo que en verdad sucedía con Jon. Convocó de inmediato una reunión de padres de carácter urgente, la sorpresa vino cuando algunos de ellos manifestaron abiertamente que no querían que sus hijos tuvieran relación con el mío. Hubo un enfrentamiento verbal que casi llegó a las manos, pero inesperadamente recibí ayuda de quién menos podía imaginar.

Andreo se levantó de su asiento y habló con seguridad a los padres:

—No sabía de esta situación, pero hablaré con mi hija para que no deje de lado al hijo de Dacio, porque, os recuerdo, que estamos hablando de un niño de seis años que no ha hecho nada para merecer un trato como el que le ha dado el padre de Martí —lo fulminó con la mirada—. Gente como tú no debería ni ser padre —luego miró al resto de magos—. El miedo a veces nos hace ser crueles, pero somos adultos, pensemos con la cabeza, ¿quién cree de verdad que ese niño pueda hacer daño a alguien? ¡Es absurdo!

Algunos se removieron inquietos, pero el padre de Martí, que se llamaba Robert, se alzó de su asiento.

—Andreo, me sorprende que pienses ahora de esta manera, más sabiendo como tratabas a Dacio en la escuela —a mí también me sorprendía, para que engañarnos—. Ese niño es el sobrino de Danlos, la maldad corre por sus venas, no voy a arriesgar que mi hijo pueda verse influenciado por un mago oscuro y haré lo necesario para que aprenda a enfrentarse a él.

—¿Se refiere a tratar a un niño tirándole sus libros de magia a la basura? —Le preguntó Zalman.

Robert lo miró con altivez, pese a que se trataba del mago del consejo.

—Si es para enseñarle a ese crío donde está su sitio, sí —respondió.

Perdí los nervios, noté como mis ojos se tornaban rojos de ira y, sin pensarlo, cogí a Robert del cuello y lo alcé un palmo del suelo.

—¡¿Estás diciendo que el lugar de mi hijo es la basura?!

—¡No! —Gritó Alegra, alarmada.

—¡Dacio! —Zalman no tardó ni una fracción de segundo en intentar detenerme, cogiendo el brazo con que alcé al padre de Martí del suelo—. ¡Suéltale!

A regañadientes lo hice, entonces me di cuenta del fatal error que cometí. Todos los padres me miraron con miedo, auténtico pánico. Alegra se acercó a mí de inmediato y me estrechó una mano para que me tranquilizara con su contacto.

—Lo siento —dije, no le pedía disculpas a Robert, que estaba tosiendo por el momentáneo agarre, pero sí al resto de magos—. He perdido el control.

—Yo también lo perdería si alguien tratara así a mi hija —me apoyó Andreo, una vez más.

Zalman habló con voz clara y firme:

—Las normas de la escuela son claras. No se permite a los estudiantes, insultar, vejar o agredir a otros estudiantes, por tanto, el alumno que se salte las normas será expulsado —luego miró a Robert, que se tocaba el cuello—. Y si hay algún padre que actúe de igual manera, se le prohibirá la entrada a Gronland también.

Robert gruñó.

—Mi hijo no tendrá ningún trato con ese pequeño mago oscuro.

Zalman me cogió de un brazo por si volvía a atacarle, pero me contuve. La que no se contuvo en esta ocasión fue Alegra, que le plantó una bofetada en toda la cara, alcé de inmediato una barrera alrededor de ella al ver un posible ataque por parte de Robert, que no se esperó la bofetada. Por suerte era un mago constructor, no guerrero, y sus reflejos en cuanto a agresiones dejaban mucho que desear. Aunque noté un leve empujón dirigido a Alegra que no surgió efecto por mi barrera.

Zalman soltó mi brazo y se colocó en medio para evitar más enfrentamientos.

—Lord Robert, si piensa de esta manera me veo obligado a expulsarle de Gronland una semana como advertencia —le dijo Zalman—. Si su actitud continuara, la expulsión puede alargarse de forma indefinida.

Robert abrió mucho los ojos, evidentemente, ya no era estudiante, pero Gronland era la capital de nuestro país y toda actividad comercial y financiera se dirigían desde allí. Si le expulsaban podía perder su trabajo.

—Esto no quedará así —amenazó pese a todo.

La reunión de padres finalizó, pero dudé que dejaran a sus hijos tener algo parecido a una amistad con el mío.

Al salir, Alegra estaba desolada, no pudo aguantar las lágrimas.

—Se solucionará —la animé, estrechándola con un brazo de regreso a la sala de los armarios transportadores—. Jon hará amigos tarde o temprano.

De camino a los armarios pasamos por la clase de Jon y vimos a Andreo hablando con su hija en el pasillo. La niña estaba seria, escuchando a su padre.

—Ahora entra —le dijo cuando nos vio llegar—, y que no vuelva a pasar.

Desiré me miró, luego corrió al interior de su clase.

—Mi hija ya está avisada —nos dijo Andreo al llegar a su altura—. Si mañana Jon viene a la escuela no le ignorará. No sabía nada de lo que ocurría, os hubiera advertido.

—Gracias —le respondió Alegra—. Espero que sea una manera de animar a los otros niños a que no dejen de lado a Jon. Hoy no hemos querido traerle.

—Esperemos que la cosa mejore —sonrió Andreo.

Iba a marcharse, pero le llamé:

—Andreo, espera —se volvió a mí—. ¿Por qué? ¿Por qué este cambio? No lo entiendo.

—La gente cambia.

—No me vale esa explicación —repuse serio—. Creo que merezco…

—Dacio —me cortó—, me salvaste la vida, ¿no lo recuerdas? Fruncí el ceño, ¿le salvé la vida?

—En la batalla que se libró en Gronland hace novecientos años, iba a matarme Falco con su dragón, pero tú te interpusiste y me salvaste la vida. Después de todo lo que te había hecho, de haber traicionado la amistad que tuvimos cuando éramos más niños, de las jugarretas que te hicimos Víctor y yo, fuiste y me salvaste la vida. Luego no quisiste aliarte con tu hermano cuando te ofreció un puesto en sus filas. Me di cuenta de lo equivocado que estaba contigo y me arrepentí. ¡Ojalá, hubiera tenido el valor que demostraron Virginia y Lucio siendo tus amigos! Yo te fallé.

Quedé sin palabras, ya no me acordaba de aquel incidente, no le di importancia. Solo lo vi en peligro y me interpuse, lo llevé a un sanador y luego seguí luchando.

—Quise decírtelo entonces —continuó—. Pedirte perdón, pero te marchaste antes que reuniera el valor para poder hacerlo, luego pasaron los años y cuando regresaste… no sé… era ya tarde para pedirte disculpas, creo. Poco después, quise viajar también y regresé el mismo día que trajiste a Alegra por primera vez a Gronland, y Víctor, como de costumbre, se metió contigo, lanzando a tu mujer por los aires. No lo dudé ni un segundo y te ayudé, aunque desconfiaste de mí como es normal. Solo puedo decirte ahora, que lo siento, lo siento de veras. Siento todo lo que te hice en el pasado, todo.

Alegra me estrechó una mano, pues quedé sin palabras.

—Te perdono —dije al fin, sin saber qué otra cosa responder al ver que realmente sus disculpas eran sinceras.

—¿En serio? —Dijo esperanzado.

Pese a todas las jugarretas que me hizo, eran el pasado, prefería pasar página que vivir siempre en el recuerdo.

—Sí, aunque tampoco esperes que vayamos a ser amigos.

—Claro —afirmó y miró a Alegra—. Mi mujer aún espera que vayas un día a nuestra granja a tomar el té —me miró a mí—, podéis venir cuando queráis. Los niños podrán jugar juntos, quizá así sea más fácil para Jon integrarse en la escuela.

—Iremos un día —afirmó Alegra.

Seguía sin hacerme gracia, pero esta vez no supe negarme.

Dos días después, Jon volvió al colegio, su profesora me garantizó que estaría atenta, pero los niños seguían sin querer tener una amistad con mi hijo. Ver que pasaba por exactamente la misma situación que yo de joven, me partía el alma. Aunque tenía la esperanza que tarde o temprano las cosas cambiaran.

DANTER

Clase de baile

Me desperté con el grito de un esclavo encerrado unas celdas más a mi derecha y me encogí al oír sus lamentaciones. Luego gemí de dolor, todo el cuerpo me dolía a rabiar. Tenía el ojo derecho tan inflamado que no podía ni abrirlo, la patada del orco en la cara me dejó inconsciente hasta el momento, y mi ojo se había resentido.

Al humedecerme los labios noté el sabor de la sangre. ¿Cuánto tiempo pensaba mi padre encerrarme en las mazmorras?

En cuanto se enteró que liberé al mago Daniel, le ayudé a escapar con Ed y para postre maté a Durker, encolerizó. Jamás le vi tan enfadado, sus ojos se tornaron rojos como la sangre y me lanzó un rayo electrizante que me dejó baldado en el suelo. Pero no se contentó con solo eso, no; me hizo atar en el poste que hay en el patio de entrenamientos del castillo y un orco me dio diez latigazos. Lloré como nunca lo hice, mientras mi padre me gritaba que dejara de llorar, que era un débil. No contento, para finalizar el castigo me encerró en la misma mazmorra que estuvo el mago Daniel todos aquellos años que lo tuvimos cautivo.

—No creas que has salvado a ese bebé, me encargaré personalmente de matarle. —Dijo, cuando me ató con unas cadenas y levantaba un hechizo para que no me pudiera escapar.

—Si lo haces te odiaré toda la vida —respondí, retándole.

Mi padre me miró, sorprendido por mi actitud desafiante, yo mismo me sorprendí de hablarle así; luego apretó los dientes y me dio una bofetada.

—Puedes pegarme las veces que quieras que te odiaré y ¡nunca te perdonaré!

Me cogió del pelo y tiró mi cabeza hacia atrás.

—Mocoso —dijo—, que no me llegas ni a la suela de los zapatos y osas desafiarme.

—No te perdonaré si le tocas —repetí con todo el valor.

Me dio otra bofetada, luego se marchó.

Mi madre vino a visitarme a las mazmorras unos días después, me dio agua limpia, que bebí con ansia, y un caldo que me supo a gloria.

—Mamá —la llamé antes que se marchara y se volvió sorprendida.

—Debes llamarme madre —me corrigió.

Rompí a llorar.

—Por favor, dime que padre no ha matado a Ed.

Me miró a los ojos y suspiró.

—No lo ha hecho —le miré agradecido—. Pero no pongas esa cara, no lo ha hecho por ti.

—¿Entonces?

—El idiota de su hermano lo ha adoptado, y el tontorrón de tu padre no quiere enfrentarse a él.

Era la primera vez que escuchaba a mi madre hablar así de mi padre, pero lo que me preocupó de verdad era saber si Ed estaría bien. Edmund me garantizó en su carta que mi tío era de fiar, aun así, dudaba.

Mi madre se marchó y quedé solo de nuevo en aquella oscuridad. Los orcos venían dos veces al día a darme comida que consistía en un triste mendrugo de pan y agua que tenía un gusto amargo. Su saludo era una patada cada vez que me lanzaban el pan a la cabeza.

Los gritos que me despertaron se apagaron y escuché a los orcos reír al pasar al lado de mi celda. Contuve la respiración por unos segundos, luego suspiré aliviado al ver que no me visitaban a mí.

¿Jordy?

Solo había un prisionero que continuara con vida en las mazmorras a parte de mí. Un guerrero de Rócland que se negaba someterse ante mi padre.

¿Estás bien?, le pregunté.

Déjame en paz, pequeño mago oscuro.

Me odiaba. Por más que intenté ser amable con él y explicarle que no era como mi padre, me despreciaba. Pero seguía intentándolo, de todas maneras, gracias a él no había perdido la cabeza estando metido en aquel agujero, y a él le pasaba exactamente lo mismo conmigo, por ese motivo, aunque fuera para insultarme, en ocasiones iniciábamos alguna que otra discusión para distraernos. Por Jordy supe que Daniel fue su anterior compañero mental para no caer en la locura, aunque sus discusiones según entendí eran menos insultantes.

Te han pegado, ¿verdad? Son unos desgraciados.

¿Y tú qué sabrás?

Te recuerdo que yo también recibo, estoy que no puedo ni abrir un ojo de la patada que me han dado antes.

Le escuché suspirar mentalmente.

Háblame de tu tierra, le pedí.

Algunas veces tenía suerte y me explicaba una historia o aventura, pero no me respondió.

Pasaron los minutos y, aburrido, empecé a recitar el código de los Domadores del Fuego.

¡Me tienes harto de escuchar ese maldito código! Dijo Jordy cuando terminé.

No es un maldito código, es el código de los Domadores del Fuego, respondí enfadado, *tú no lo entiendes, me lo enseñó Edmund, y le prometí recitarlo cada día para no olvidar lo que me había enseñado, ¡y pienso cumplir mi promesa!*

Eres el hijo de Danlos, puedes recitar ese código las veces que quieras que acabarás siendo igual que él, me espetó.

¡No es cierto! ¡Odio a mi padre! Y pienso ayudar a la elegida a vencerle, hizo que me enfureciera y en respuesta empezó a reír, siempre lograba sacarme de mis casillas y aquello parecía divertirle.

Ya te estoy viendo, se mofó, *presentándote ante la elegida y muriendo en sus manos como un tonto. Ella nunca confiará en ti, su misión es eliminar a tus padres y también a ti.*

Empecé a llorar de rabia e impotencia.

Vamos, ¿ahora estás llorando? No le contesté, *tiene gracia que el hijo de la oscuridad llore.*

Seguí sin responder, me limité a llorar en silencio aunque no corté la conexión mental.

¿Danter?, la voz de Jordy me habló después de un buen rato, *¿Aún estás enfadado? Creí que ya estarías acostumbrado a palabras como las mías.*

Me limpié el rostro con las manos y suspiré. Percibí algo parecido a preocupación por parte del guerrero del Norte.

¿Sabes qué estarán haciendo mis hijas en Rócland?, me preguntó, *Probablemente estarán en el río, cantando mientras llenan sus cántaros de agua, mi hijo pequeño estará con ellas, blandiendo una espada de madera como si fuera capaz de defenderlas de cualquier peligro. Incluso del temible Minotauro.*

¿Un Minotauro?

Sí, ¿no sabes su historia?

No.

La elegida lo venció, pero antes que ella lo matara muchos guerreros murieron. Fue hace unos cuantos años, yo entonces era más joven...

Empezó a relatarme aquella historia que me hizo olvidar dónde me encontraba. Viajé a través de mi imaginación a aquel frío invierno en Rócland donde el terrible Minotauro acechaba a sus gentes.

Gracias, Jordy, le agradecí cuando acabó su relato, *me ha gus-*

tado mucho.

No lo he hecho por ti, pequeño mago oscuro, respondió con despreocupación, *ahora déjame dormir, ¿quieres?*

Sonreí, no era el mejor compañero, pero era el único con quién podía hablar.

La puerta de la celda se abrió y me encogí en un rincón pensando que era un orco, pero resultó ser mi padre, lo que me causó más temor.

—Llevas tres meses aquí dentro —alzó una mano y las cadenas que me apresaban cayeron al suelo—. Espero que hayas aprendido la lección.

Lo volvería a hacer, pensé, pero me ahorré el comentario.

—Si vuelves a disgustarme, la próxima vez estarás encerrado un año entero.

Tragué saliva mientras me alzaba a duras penas.

La luz clara del exterior me hizo daño en los ojos y tuve que cubrirlos con la mano a modo de visera.

—Tu madre no tardará en venir —escuché a mi padre decir—. Ves a bañarte y cámbiate de ropa, debes recuperar el tiempo perdido y ponerte a estudiar.

—Sí, padre —respondí casi sin poder ver, acabé tapándome los ojos con una mano al no soportar la claridad; demasiado tiempo encerrado en un lugar oscuro como para acostumbrarme de la noche a la mañana a la luz del sol.

Se marchó con el Paso in Actus y, a tientas, caminé por el castillo. Antes de llegar a ningún lado choqué contra alguien.

—Perdón.

—No debes disculparte —me reprendió, era la voz de mi madre que me sujetó del mentón y me alzó el rostro.

Me asusté, todo hay que decirlo.

—Creí que vendrías más tarde.

—¿Y esa es excusa para poder pedir perdón?

—Lo siento, ¡uy! Quiero decir que…

Me dio la sensación de verla sonreír, pero estaba casi ciego.

—Anda, vamos —me cogió de una mano y me guio hasta los baños, allí me ayudó a lavar, secar y vestir. Luego examinó mis heridas—. Malditos orcos —comentó curando una brecha que tenía en la cabeza.

—Esto no es nada —comenté indignado—, hace unos días me dieron una patada en la cara y casi no podía abrir este ojo —me lo señalé—. Aunque ahora ya está mejor.

—¿Y qué piensas hacer?

—¿A qué te refieres?

—Te han pegado Danter, debes hacerles pagar lo que te han hecho.

No supe qué responder, entonces ella volvió a cogerme de la mano y me acompañó hasta la entrada de las mazmorras. Instintivamente no quise bajar.

—Sé valiente —exigió al notar mi reticencia a seguir. Al bajar, de nuevo el olor a muerte inundó mis fosas nasales; dos orcos montaban guardia justo al llegar—. ¿Qué orcos son los encargados de dar de comer a los esclavos aquí encerrados?

—Murd y Zork, ama —respondió uno de ellos.

—Hazlos venir —ordenó mi madre.

El orco se retiró para ir en su busca.

—¿Aquí ves mejor? —Me preguntó mi madre y asentí, apenas había luz así que mis ojos no se veían resentidos, aunque mi nariz sí de la peste que hacía—. Bien, quiero que les veas la cara.

Hizo que un pequeño punto de luz nos iluminara un poco más, entrecerré los ojos un instante, pero de inmediato me acostumbré. Ahora podíamos vernos claramente sin que quedase ciego.

—Dame tu cuchillo —le ordenó al orco que esperaba junto a nosotros.

El monstruo, nervioso, le tendió su daga y mi madre me la tendió a mí.

—Cógela —así lo hice.

En cuanto llegaron los dos orcos que mandó llamar, más el que los fue a buscar, me preguntó:

—¿Son estos dos?

Les miré y asentí, convencido. Uno de ellos tenía una cicatriz que le cubría el párpado de un ojo y en consecuencia era tuerto; el otro, tenía los dientes tan salidos que parecía tener la dentadura fuera de la boca, era inconfundible.

—Bien —mi madre alzó una mano contra ellos dos que se quedaron de pronto rígidos y acto seguido se arrodillaron ante mí—. Es tu oportunidad de vengarte, hazles pagar lo que te han hecho.

Tragué saliva y les miré; sus ojos mostraban miedo.

—Vamos.

Una parte de mí quería hacerlo, eran odiosos, y no era la primera vez que mataría a un orco, había matado a Durker, con lo cual...

—No lo pienses tanto —me apremió mi madre.

Edmund les mataba sin vacilar, él también les odiaba, pensé.

Coloqué el cuchillo en la garganta del tuerto y con toda mi fuerza le rajé el cuello; luego repetí la acción con el de los dientes prominentes. En cuanto estuvieron muertos miré a mi madre, que sonrió con algo parecido al orgullo. Sonreí, no sentí remordimientos, ya no pegarían a nadie.

—Bien —me acarició el pelo, automáticamente bloqueé mi mente sin saber si lo conseguía—. Volvamos arriba —me guio de nuevo, cogiéndome de la mano en cuanto vio que la luz del día volvía a cegarme—. Recuerda que siempre debes eliminar a aquellos que puedan hacerte daño: orcos, hombres, elfos, magos... cualquier criatura. No tengas compasión porque contigo no la tendrán.

—Sí, madre.

Una parte de mí, sabía que no estaba del todo bien lo que decía. Algo en mi interior se encogió pensando que había sido manipulado para hacer algo propio de un mago oscuro y me sentí mal por ello.

¿No debí matarles?, me pregunté, *¿qué hubiese hecho Ed-*

mund?

Matarles, seguro, me respondí a mí mismo, *pero… ¿por qué me siento como si me hubiera engañado mi madre?*

Caí en la cuenta que si no hubiera sido por ella, no les habría eliminado, ni se me hubiera pasado por la cabeza.

Llegamos a uno de los grandes salones que disponía el castillo. Los grandes ventanales que dejaban entrar la luz del sol me impedían ver. Vaya suerte la mía que pocos días hacía sol como para que precisamente en ese momento ninguna nube cubriera el cielo.

Mi madre me vendó los ojos y temí que algo malo me hiciera.

—Voy a enseñarte a bailar —dijo para mi sorpresa.

—¿Bailar? —Pregunté, mientras me ataba el nudo del pañuelo.

—Sí —afirmó—, como apenas puedes ver deberás utilizar tus sentidos.

Me cogió de las manos e hizo que una la pusiese en su cintura; me sentí nervioso, nunca estuve tan cerca de mi madre, nunca.

Hizo que me moviera e intenté seguir su ritmo no sin esfuerzos.

—No estés tan rígido —me ordenó—. Relájate.

¿Cómo quería que me relajara? Era la primera vez que hacíamos algo así.

De pronto, empecé a escuchar unos sonidos muy peculiares por todo el salón.

—¿Qué es eso? —Quise saber—. ¿Qué es ese ruido?

—Es música, Danter —respondió—. Parece mentira que no sepas qué es.

—Quizá porque aquí nunca se escucha —respondí—. ¿Quién la toca?

—Nadie, es un conjuro.

—¿Me enseñarías a hacerlo?

—Debes aprender los hechizos de ataque y defensa, cuando la guerra acabe te enseñaremos todo lo demás.

Suspiré, me hubiera gustado aprender a conjurar música. Pero me conformé con escucharla, eran tan bonita…

—Madre, ¿puedo preguntarte algo?

—Un mago oscuro no pide permiso, hace lo que le viene en gana y ya está. Si quieres preguntar, pregunta. Otra cosa será que te responda.

—Bueno, entonces, ¿qué tiene que ver el baile con ser un mago oscuro?

—Cuando dominemos el mundo será importante que sepas hacer de todo, deberás cortejar alguna maga y el baile te ayudará en ello.

—¿Eso significa que esto es para encontrar esposa?

—Más o menos, sí.

—No creo que funcione —dije negando con la cabeza, sin dejar de bailar torpemente—, me tendrán miedo.

—Eso seguro —afirmó—. Pero no te preocupes por ello, tu padre se encargará que sea la hija de alguno de nuestros aliados o la hija de alguien que en la actualidad tenga un cargo importante, para terminar de someter a Mair.

—¿No elegiré yo a mi esposa?

—No.

Se detuvo y yo con ella.

—¿Por qué? ¿Y si no me gusta?

—Deberás aguantarte —dijo y sentí que su voz se tornaba más seria—. Te casarás con quién te digamos.

Me quité la venda de los ojos para mirarla, pero la luz seguía cegándome. Cansado, desplegué mi magia y fui corriendo las cortinas del salón para oscurecerlo.

—Danter —mi madre me miró a los ojos, ya no me molestaba la luz—, créeme, un matrimonio concertado no es tan grave, hay cosas mucho peores.

—¿Cómo qué?

—Como que un padre… —vaciló—. Déjalo, te casarás con quien te digamos. La semana que viene volveré y haré una inspección en tu habitación, espero verla bien ordenada.

Asentí y se marchó con el Paso in Actus.

Otra vez solo, en aquel castillo, no supe qué hacer, debía estudiar, pero no me apetecía y con la vista resentida apenas podría leer. Pero se me ocurrió una idea, mi madre había dicho que un mago oscuro no pedía permiso, hacía lo que le venía en gana. Así que corrí de nuevo a las mazmorras, mientras a mi paso cerraba todos los ventanales con magia, para que la luz del sol no me afectara. Bajé los escalones de dos en dos y cuando llegué a la entrada de las mazmorras, los dos orcos que hacían guardia se alzaron de sus asientos, desconfiados y temerosos de lo que les pudiera hacer. Ya habían retirado a sus dos compañeros muertos, pues no les vi en el suelo.

—Quiero que liberéis al guerrero del Norte que tenéis encerrado.

Los dos orcos se miraron entre sí.

—No podemos…

—¿Quieres morir?

No hizo falta decir más, cogió las llaves de las celdas y le seguí por el largo pasillo que olía a muerte. En cuanto abrió la celda donde Jordy estaba apresado, entré, y me encontré a un hombre esquelético, de cabellos enmarañados, sucios y descuidados, larga barba y con heridas por todo el cuerpo. Al abrir los ojos, me mostró una mirada tan azul como un cielo despejado y al verme frunció el ceño.

—El pequeño mago oscuro —dijo con voz áspera, muy diferente a la voz que me proyectaba mentalmente—. ¿Has venido a matarme?

—No, he venido a liberarte.

—No voy a servir a tu padre.

Me crucé de brazos.

—¿Y servirme a mí? —Me miró sin entender—. Aunque te advierto que quizá mi padre te mate cuando se entere que te he liberado.

—No te entiendo, pequeño mago oscuro.

—Los esclavos necesitan a alguien que detenga a los orcos —me expliqué—, como hacía Edmund; pero que al mismo tiempo me odie, así podrás ser el nuevo gobernador.

—¿Gobernador?

—Dirigirás la ciudad y eso implica que mandarás sobre los orcos.

—Eso me gusta.

—Pero también deberás elegir la víctima para los sacrificios de cada luna llena.

—Olvídalo, entonces.

—Ves, por eso quiero que seas el gobernador, a Edmund tampoco le gustaba tener que hacerlo, pero gracias a él las víctimas eran en su mayoría criminales o gente que no tenía ninguna posibilidad de sobrevivir. Si escogen los orcos será horrible, cogerán antes a un niño que a un violador o asesino, ¿entiendes? Puedes salvarles, aunque debas escoger igualmente a otros para morir.

El guerrero del Norte me miró vacilante.

—Si accedes, te prometo comida en condiciones todos los días, una habitación en el castillo y poder para mandar sobre los orcos.

Le tenté, pude verlo en su mirada.

—Está bien, pequeño mago oscuro, te serviré a ti, pero a tus padres ni pensarlo.

—¡Genial!

Una vez en el hospital, mientras Josep atendía las heridas del nuevo gobernador de Luzterm, jugué contento con el Grum que encontré herido tres meses atrás, y que dejé a cargo del médico. Ya estaba por completo recuperado.

—¡Vamos Grum! —Corrí por las camillas, el médico Josep me dio una protección para los ojos que él llamaba *gafas de sol*, de esa manera podía ver sin notar mis ojos resentidos por la luz, y correr sin peligro a que me golpeara con algo o alguien.

Grum saltó sobre mi cabeza y me detuve, derrapando.

—Gruuummm, gruuummm —decía contento de haberme cogido y reí, poniéndome bien las gafas de sol que me iban bastante grandes.

—¡Danter! —Me regañó Josep—. Recuerda que estás en un

hospital, esta gente necesita tranquilidad. Y como se te caigan las gafas y las rompas te las haré pagar, es de lo poco que traje de la Tierra.

—Perdón.

Volví a la camilla de Jordy que al parecer era tan rubio como el sol; después de lavarle a conciencia mostró incluso una piel más blanca que la mía. Pero tenía muy mal aspecto, una vez afeitado mostró un rostro hundido y en los huesos. Tenía treinta y dos años, pero aparentaba más de cuarenta.

—Pequeño mago oscuro —me llamó —. ¿Qué es ese bicho? Nunca vi algo parecido.

—Es como una ardilla pero de color morada, se la considera un ser mágico porque viven décadas y son muy listos.

Grum saltó sobre Jordy y el hombre del Norte lo acarició.

—Su pelaje es muy suave, serviría para unos guantes.

Lo cogí de inmediato, espantado, y Jordy empezó a reír.

—Era broma.

No me hizo ninguna gracia, me llevé a grum al castillo, subido a mi hombro. Era el único amigo que pensaba tener en Luzterm, el único que protegería con mi vida si era necesario, incluso de mis padres. Ahora ya sabía hacer el imbeltrus, no dejaría que lo mataran con tanta facilidad como mataron a Gris.

Primer sacrificio

La primera clase que mi padre me impartió para que me convirtiera en un mago oscuro fue un sacrificio. La luna llena trajo consigo un hombre destinado a morir en la mesa de mármol donde mis padres practicaban sus macabros rituales.

Temblé al ver lo que hacían y tuve que controlar el impulso de llorar. Jordy escogió a un ladrón que para llevarse un trozo de pan a la boca había matado de un golpe en la cabeza a una mujer, era una mala persona o quizá un desesperado, pero su sacrificio me supo igual de mal que si fuera un inocente.

Los ojos de aquel individuo nos miraban asustados. Su cuerpo estaba paralizado por una droga que le dio mi madre en un brebaje justo al empezar. Aun así, gemía intentando por todos los medios recobrar el control de su cuerpo, pues era consciente de todo lo que pasaba a su alrededor.

—Danter —mi padre, de pie a mi lado, me ofreció el cuchillo de sacrificio—. Haz los honores.

Negué con la cabeza, retirándome un paso.

—Vamos —cogió mi mano, acercándome, y me obligo a coger el puñal—. Sabes que no saldrás de aquí sin hacerlo, sé listo por una vez y haz lo que te ordeno.

Miré al hombre que me miraba con pánico, apretando los dientes.

—No —dije—. No está bien.

Mi padre entrecerró los ojos y sujetó más fuerte mi mano, impidiendo que pudiera soltar el cuchillo, acto seguido lo guio hacia el cuello de la víctima. Quise retroceder una vez más, pero no me lo permitió y sentí como la hoja se clavaba en la piel del hombre que gritó.

No pude evitarlo y unas lágrimas circularon por mis mejillas.

—Te acostumbrarás —dijo mi padre, mientras mi madre recogía la sangre del hombre con una copa de oro.

—Recuerda que la herida debe ser en el cuello, justo en la yugular, así es más fácil recoger la sangre —me instruyó mi madre.

Acto seguido, cuando el flujo de sangre fue más débil y la copa se llenó, se la acercó a los labios y bebió de ella. Mi padre me soltó la mano, no perdí tiempo en tirar el cuchillo, no queriéndolo tocar. Al volver la vista a él, éste cogía la copa que le ofrecía mi madre, bebió y luego me la tendió.

—Bebe —me ordenó.

Miré a la víctima que había cerrado los ojos, perdiendo la conciencia.

—Bebe —insistió.

Miré el contenido de la copa, era sangre, ¡sangre!

Sentí ganas de vomitar, pero me contuve.

—Maldita sea —me cogió del pelo, me inclinó la cabeza hacia atrás y puso la copa en mis labios, obligándome a beber.

Fue asqueroso, quise escupir pero me cerró la boca con una mano y me tapó la nariz con la otra, tirando la copa de sacrificio al suelo, para que no pudiera respirar. Al final, tuve que tragar la sangre del hombre que yacía encima de la mesa de mármol. En cuanto me soltó cogí una bocanada de aire; las arcadas vinieron casi de inmediato.

—Ni se te ocurra o te juro que sacrificamos a otro y hago matar a ese hombre del Norte que has osado poner de gobernador.

Me puse las dos manos en la boca, cumpliría su amenaza si vomitaba y, no sé cómo, logré contener mi estómago.

—Bien —dijo satisfecho mi padre, acto seguido miró a mi madre—. Bárbara.

Ella asintió y empezó a rociar el cuerpo de la víctima con aceite, luego le prendieron fuego. Mis padres cerraron los ojos, encarando sus rostros a la luna llena a través del agujero que había en el techo y permitía mirar el cielo.

Murmuraron algo que no supe entender y, de pronto, sentí una enorme energía estallar dentro de mí. Grité, asustado por la sensación, mis padres me miraron.

—¡¿Qué es esto?! —Dije lleno de miedo.

La energía iba creciendo en mi interior de forma imparable, notaba un poder descomunal recorrer toda la sangre de mi cuerpo. De pronto, el suelo empezó a temblar y de mi interior empezó a proyectarse hacia el exterior corrientes eléctricas que circularon por el suelo del templo.

Me abracé a mí mismo, temblando. No era capaz de controlar la magia que se iba acumulando en mi interior.

—Quizá nos hemos precipitado con él —dijo mi madre—. ¿Danter?

Caí de rodillas al suelo, sin dejar de temblar y notando que el terremoto era cada vez más fuerte, las paredes empezaron a resquebrajarse.

—¡Danter! —Gritó mi madre, rodeando la mesa de sacrificio para llegar a mí. Colocó sus manos en mi cabeza proyectándose en mi interior—. Danlos, ayúdame, está descontrolado.

Automáticamente mi padre también me sujetó la cabeza y su presencia se coló dentro de mí.

—Concéntrate, Danter —me ordenó mi padre y cerré los ojos—. Controla tu magia.

Visualicé un salón oscuro, donde una fuente de poder levitaba en el centro, de esa fuente, de mi energía mágica, había decenas de fugas que salían al exterior.

—Séllalas, rápido —la voz de mi madre fue firme—. Puedes hacerlo.

Es increíble la magia que tiene, escuché a mi padre mentalmente decir a mi madre, *no me lo esperaba.*

Tiene un poder natural muy superior a cualquier mago, respondió mi madre, *hemos forzado su barrera mágica, demasiado pequeño para hacer un sacrificio y acumular más energía.*

Mientras hablaban, intenté sellar las fugas. La presencia de mis padres me ayudaba, ya fuera para abrirme paso hasta el centro de mi poder o para guiarme a la hora de cerrar las brechas mágicas.

Poco a poco, logré que mi magia se restableciera en parte, pues llegó un punto en que no pude sellar más fugas sin abrir de nuevo las que logré contener.

De pronto, un temor repentino vino a mí, mis padres estaban metidos de lleno en mi cabeza, eso significaba que si hurgaban en mis pensamientos…

La imagen de Grum se materializó en un acto reflejo en mi memoria.

Abrí los ojos, los notaba ardiendo, quemaban incluso. Miré a mis padres, sabía que lo habían visto igual de bien que yo, y sacudí la cabeza para que me soltaran. La espada que me forjó Edmund estaba a salvo, pero Grum… no.

A mi alrededor, descargas eléctricas continuaban circulando por el suelo, aunque el terremoto había parado.

—Danter —mi padre entrecerró los ojos—, creí haberte enseñado que hay que sacrificar a los amigos.

—No le matarás —dije muy serio, notaba tanto poder en mi interior que me sentí capaz de enfrentarme a mi padre y empecé a crear un imbeltrus—. ¿Me escuchas? No le matarás como hiciste con Gris…

Mi padre se alzó de inmediato, retirándose un paso. Mi madre lo imitó.

—Como osas, mocoso insolente.

Le miré con todo el odio que sentía hacia él.

—Mataste a Gris, mataste a Sandra y mataste a Edmund… pero no matarás a Grum, antes tendrás que matarme a mí.

Me alcé del suelo lentamente, con un imbeltrus cada vez más grande en mi mano derecha.

Mi padre me miró, serio.

—¿Atacarás a tu propio padre?

—Tú no eres un padre, ¡eres un monstruo! —Respondí.

—¿A si me ves? —Dijo indignado, no enfadado como podía esperar—. ¿Como un monstruo?

—Sí, te odio, te odio con toda mi alma.

La expresión de mi padre no fue la esperada, en vez de mostrarse serio, frío, distante y siniestro conmigo, noté como si mis palabras le hiriesen y miró a mi madre. Luego volvió su vista a mí y sus ojos se tornaron rojos en un segundo, igual que los míos. Su rostro volvía a mostrar la expresión a la que estaba acostumbrado y más rápido de lo que pudiera esperar, recibí un puñetazo en todo el estómago.

Mi imbeltrus se desvaneció, la respiración se me cortó y caí de rodillas al suelo, no cayendo por completo porque mi padre me sostuvo con el mismo brazo que me golpeó.

—No vuelvas a querer enfrentarte a mí, nunca —me susurró en el oído—. Soy tu padre y me debes respeto. En cuanto al Grum, para que veas que no soy tan monstruo dejaré que lo tengas como mascota, siempre y cuando no olvides tus estudios. Si ese animalillo te distrae del camino que debes seguir para ser un mago oscuro, entonces, lo mataré sin dudar. Recuerda mis palabras.

De pronto, todo lo que tenía en el estómago lo vomité, incluida la sangre del sacrificio, y toda la energía que me aportó aquel ritual se desvaneció tan rápido como vino.

—Fuiste engendrado con magia negra, por eso tienes un poder sobrenatural, tu cuerpo no es capaz de aguantar más energía extra, de momento. Pero cuando seas más mayor volveremos a intentarlo, no lo dudes.

Me soltó y apoyé las manos en el suelo, quedando a cuatro patas. Respiraba con dificultad y me llevé una mano al estómago.

Mis padres abandonaron segundos después el templo con el Paso in Actus volviendo a Ofscar. Jordy entró a los pocos minutos en el templo y me encontró aún de rodillas en el suelo.

—Pequeño mago oscuro —dijo agachándose a mi altura—. ¿Te llevo al castillo?

—No —respondí y me puse en pie por mí mismo, rehusando su ayuda. Luego le miré a los ojos—. Soy un mago oscuro, es cierto, y por tu bien será mejor que me odies como el primer día. Sabes que ha sido un milagro que mi padre te deje vivir y aún más que te permita ser el gobernador, así que no mueras por ofrecerme tu ayuda. ¡Ódiame!

Jordy me miró a los ojos.

Finalmente, asintió.

Sanación

Desperté gritando, a pleno pulmón por así decirlo, cuando me di cuenta de que se trataba de una pesadilla. Me llevé una mano al pecho, sentado en la cama por el susto, el corazón me latía con rapidez y un sudor frío me cubría la frente.

Grum saltó de inmediato a mi cama y me miró.

—Gruuummm.

Miré alrededor, temeroso que la pesadilla se hiciese realidad y al comprobar que todo estaba tranquilo me dejé caer en la cama, exhausto, luego rompí a llorar.

Me estaba volviendo loco.

Loco, desde que mi padre me obligaba a matar esclavos porque sí.

—Un Domador del Fuego siempre debe proteger a la gente…

Recité el código de los domadores en voz alta, para tranquilizarme, pero solo pensaba en la clase que me dio el día anterior mi padre, cuando me obligó a matar a un hombre porque sí, bajo la amenaza de matar a diez si no le obedecía. Fue muy diferente a la vez que practiqué el sacrificio, distinto… peor.

>> … Protegerá la vida de sus compañeros…

Después de matar a aquel hombre, mi padre me revolvió el pelo y sonrió satisfecho, mientras yo estaba paralizado con el cuchillo manchado de sangre en mi mano.

—Feliz cumpleaños, Danter —dijo.

Y se marchó, acababa de cumplir nueve años.

Me levanté, ya era casi la hora del desayuno y debía darme prisa si quería llegar a tiempo. Lo tomé en el gran salón, ocupando la cabecera de la mesa como era mi obligación en ausencia de mi padre. Éric, el mayordomo, esperaba de pie en una esquina. No podía hablar con él, lo tenía prohibido a menos que fuera para ordenarle algo, por lo que siempre comía en silencio, solo.

Media hora después, tenía clase con el maestro Grigory, era estricto, no permitía ningún error en las respuestas y si vacilaba en algo blandía una regla de madera delante de mí. No me golpeaba, pero solo porque cuando lo intentó una vez hice que mis ojos se tornaran rojos y le amenacé con perder una mano. Tres horas después, con tan solo una pausa de veinte minutos para almorzar, el maestro Carlos me enseñaba ciencias. Él era diferente, más amable, no se cansaba de explicar diez veces una lección para que la entendiera, aunque al mismo tiempo, era algo asustadizo, así que nuestra relación se ceñía estrictamente de alumno a maestro. Sus lecciones duraban otras tres horas.

Una hora para comer y volvía a tener clase, esta vez de espada, arco y lucha con el gobernador Jordy. Continuaba llamándome pequeño mago oscuro, y era más duro en sus lecciones que Edmund. No tenía reparos a la hora de golpearme con la espada de entrenamiento si ello hacía que estuviera más atento. Sus clases duraban alrededor de otras dos horas.

Agotado, aún debía estudiar los hechizos que me mandaba mi padre aprender y podía pasar horas practicando hasta que era el turno de la cena. Llegaba hambriento, devoraba la comida, pues más de una vez dejaba de merendar para poder estudiar más. No podía llevarme comida a la habitación, lo tenía prohibido. Según mi madre, el señor del castillo debía tener unos horarios que cumplir y respetar, por consiguiente, nada podía salir de las cocinas si no era para servirlo en el salón, en caso de no llegar a tiempo, el hambre era mi castigo.

Ya por la noche, me permitía jugar un rato con Grum, era lo único bueno que tenía y pensaba conservarle costara lo que costara. De esa manera, cuando ya era tarde, caía rendido en la cama y me dormía pese a las pesadillas que me acompañaban cada noche, despertando al día siguiente con un grito cargado de pánico.

Una vez cada dos yetur, se me permitía descansar de mis obligaciones, pero en vez de eso, empleaba todas las horas del día en practicar el Paso in Actus…

Le di un puñetazo a la pared, rabioso, llevaba más de un año practicando la dichosa técnica de trasladarse de un lugar a otro en un segundo y no había logrado absolutamente nada. Los consejos de Daniel sobre la concentración y relajación no resultaron, y cada día odiaba más vivir en aquel asqueroso país. Quería conocer otros mundos, saber si lo que me habían contado Edmund y Daniel sobre el mundo exterior era verdad o una mera fantasía.

Me dejé caer en el suelo de mi habitación, vencido. Fuera ya amanecía, me había pasado todo el yetur y toda la noche practicando. Maldije que la semana empezara, significaba que no podría volver a intentarlo hasta catorce días después.

Grum vino a mí, colocándose en mi pecho.

—Grum —dijo echando sus orejas hacia atrás—. ¿Grum?

Le acaricié, siempre estaba a mi lado, no se apartaba de mí ni cuando estudiaba con Grigory, Carlos o Jordy, pero le encerraba en mi habitación cuando mi padre o mi madre venían a instruirme.

—Lo probaré una última vez, antes de ir a desayunar —dije levantándome, Grum saltó a mi escritorio y me observó.

Cerré los ojos e intenté relajarme, estar lo más calmado posible.

Hice que los sonidos que me rodeaban se despejaran de mi mente hasta apartarlos por completo. Me concentré en mi magia, que fluía por mi cuerpo como un río constante. Proyecté mi mente y percibí infinidad de lugares, uno de ellos tenía un poder mágico inigualable, raro a la vez, me dio escalofríos su presencia así que lo taché de inmediato. El siguiente que percibí estaba plagado de criaturas mágicas y un ser vivo muy peculiar, era como si proyectara vida a toda criatura viviente de Oyrun, su energía me gustó, era agradable. Pero otro punto del mundo desvió mi atención por la cantidad de energía mágica que desprendía, era como una concentración de diferentes vidas, todas de niveles parecidos de magia, todos magos.

—Gronland —entendí y fue, en ese preciso momento, cuando algo me empujó hacia delante, sentí un vacío, como si mis pies no tocaran el suelo y flotara en el aire. Cuando todo acabó, una intensa luz hizo que tuviera que protegerme los ojos con un brazo.

Escuché sonidos desconocidos para mí, como si mucha gente pasara a mí alrededor, risas, canciones, todo un tumulto de gente que se dirigía de un lugar para otro.

Alguien me empujó y abrí los ojos. El sol brillaba de forma cegadora y tardé varios segundos en acostumbrarme, pero cuando lo hice, quedé literalmente con la boca abierta.

Estaba en lo que creí un mercado, igual a aquellos que había leído en los cuentos. A mi lado, pasaban decenas de personas que ignoraban mi presencia. Un pasillo de paradas ocupaba la ancha vía donde me encontraba y los magos hacían gala de su magia. Miré el cielo azul, completamente despejado, no se veía ni una nube en la lejanía, todo lo contrario a Luzterm, que siempre se encontraba cubierto por una espesa capa de nubes grises. Solo diez o quince días al año podíamos disfrutar de días tan claros como el de Gronland, por eso su luz me sorprendió al principio.

No obstante, hacía frío, y una brisa heladora hizo que me cerrara bien la capa que llevaba sobre los hombros para protegerme del clima. Era negra, de lana gruesa, todo lo que llevaba debía ser negro como buen mago oscuro. Entonces recordé que debía ocultar el escudo que estaba bordado en mi jubón, y que me identificaba como mago negro, no quería tener problemas. Sobre todo porque me encontraba en el país que una vez intentó asesinarme.

—¡Tú, jovencito! —Me giré, al notar una mano en mi hombro y me encontré con un mago de cabellos rojizos de mirada seria—. Deberías estar en la escuela, ¿qué haces aquí?

Abrí la boca para luego cerrarla, no supe qué responder. El mago me cogió por los hombros y me encaró en dirección contraria.

—Vamos, te acompañaré —me obligó a caminar—. A Lord Zalman no le gusta que sus alumnos hagan campana, debes estudiar, ¿cómo te llamas?

—Dan —respondí—, ¿y usted?

Aquella pregunta le sorprendió y me miró a los ojos, pero no se detuvo, me obligaba a ir con él sí o sí, sin dejar de pasar un brazo por mis hombros.

—¿No sabes quién soy? —No le respondí, en ocasiones era mejor callar—. Soy Lord Tirso, mago del consejo.

—Encantado.

Me detuve y le tendí una mano.

—Esta juventud… —me estrechó la mano— ya no sabéis ni quien gobierna este país. De todas maneras, en alguna ocasión me habrás visto por la escuela.

—En realidad, yo no voy a la escuela —respondí, reanudando la marcha—. Nunca he estado en Gronland.

—¿Tus padres acaso son trotamundos? ¿Te enseñan ellos magia?

—Más o menos —llegamos a una calle donde uno de sus laterales era una muralla y a apenas unos metros a la derecha el acceso para pasar a su interior nos esperaba.

La entrada era extremadamente pequeña comparada con las dos salidas que teníamos en Luzterm; pues la muralla apenas alcanzaba los diez metros de altura, algo irrisorio comparándola con el gran muro de mi casa. Pero una vez pasamos al interior, abrí mucho los ojos, fascinado.

Delante de mí, un enorme patio con una fuente de agua en el centro se abría ante nosotros. El lugar estaba salpicado de bonitas plantas y un puñado de bancos. Una planta enredadera cubría parte de la fachada del castillo más bonito que vi en mi vida. Era tan grande que no alcanzaba a ver toda su envergadura, diría que incluso sobrepasaba el castillo de Luzterm y, ¡ya era decir!

—¡Qué bonito es todo! —Exclamé mientras caminábamos por aquel patio.

Quizá era por el sol, pero aquel lugar desprendía vida y no era oscuro como en casa. Allí, seguro que no tendría pesadillas. Al pensar en ello, me detuve y volví a mirar todo con atención.

—Es imposible —dije estupefacto—. ¡No hay orcos!

Tirso me miró, sin entender mi actitud.

Al fijarme bien, también me di cuenta de que las pocas personas que estaban en esos momentos en el patio, o entrando y saliendo de la muralla o incluso del castillo, se las veía relajadas, sanas y felices. Ninguna mostraba un aspecto deprimente o asustadizo.

—Aquí en Gronland no hay orcos —dijo Tirso—. Supongo que habrás visto alguno con tus padres, si habéis estado viajando por Oyrun.

—Sí —mentí a medias—. ¿Le importa que eche un vistazo?

—No —respondió—. Si pronto vas a estudiar aquí, es mejor que vayas conociendo el lugar. Pero no te pierdas, esta no es la única entrada que tiene el castillo de Gronland, hay quince accesos, y dile a tus padres que te matriculen en la escuela cuanto antes.

—Gracias.

Reí para mis adentros al verle marchar, dudaba que mis padres me dejaran estudiar en aquel lugar. Pero salté de alegría, ¡había logrado escapar de Luzterm!

Corrí hacia el interior del castillo, no quería perderme nada de aquel lugar, una sonrisa tonta cubría mi rostro, contento de ver que por fin era libre. Pero apenas unos minutos después, cuando acabé de subir una larga y bonita escalera, un pensamiento hizo que ralentizara mi marcha… Había escapado de Luzterm, pero ¡me había dejado a Grum allí! Añadido que no llevaba ni mi espada, ni la carta que debía dar a la hermana de Edmund.

—¡Idiota! —Me dije a mí mismo, dándome una palmada en la frente.

Debía volver, pero tampoco había prisa, en principio, ni mi padre, ni mi madre debía ir a Luzterm hasta unos días después…

—¡Eh! ¡Tú! ¡Mago oscuro! —Se me heló la sangre, pero al volverme vi que no se referían a mí, más bien a un niño que no contaba con más de seis o siete años—. ¡Ya eres nuestro, mago oscuro!

Los niños que le llamaron y que eran más mayores que yo, corrieron hacia él en cuanto vieron que quiso huir. El primero que lo alcanzó le cogió del pelo para detenerle.

—¡Ah! ¡Suéltame! —Exclamó el niño, tirando un libro que llevaba en las manos para coger el brazo del que le agarró. Los otros tres niños que acompañaban al primero le alcanzaron segundos después—. Se lo diré a mi papá y os expulsarán.

—¡Uh! ¡Qué miedo! —Se burlaron todos.

—¿Qué nos has traído? —Uno de ellos le quitó la bolsa que llevaba colgada de un hombro mientras el primero continuaba cogiéndole del pelo—. ¡Genial, chocolate!

Todos rieron mientras hurgaban en las cosas del pequeño, que empezaba a llorar de rabia e impotencia.

—Y también tiene unas monedas de bronce, ¿para la comida? —Le preguntó el que sujetaba su bolsa, quedándoselas—. Ya no hay nada más —acto seguido le lanzaron la bolsa a la cara—. Como digas algo, el próximo día te daremos una paliza.

Acto seguido cogieron al niño entre los cuatro, por brazos y piernas, y abrí mucho los ojos cuando vi lo que se disponían a hacer.

—¡No! ¡No! ¡Por favor! —Suplicó, pero fue inútil.

El pasillo donde nos encontrábamos daba a una zona exterior del castillo y solo una pared de poco más de un metro de alto impedía una caída a la planta baja. Corrí para ver el resultado y suspiré cuando comprobé que aterrizó en un gigantesco estanque, donde los patos se apartaron asustados.

Miré con rabia a aquellos que lo habían lanzado.

—¡Mirad! —Le señalaba uno de ellos, apoyado en el muro—. Los patos vuelven para picotearle.

El niño era atacado por tres patos que defendían su territorio, y llegué al límite.

Proyecté mi magia hacia el niño y más fácil de lo que pudiera parecer lo elevé los seis metros de altura que nos separaban, lo pasé por encima del muro y lo deposité con cuidado a mi lado.

Los cuatro niños que lo habían lanzado me miraron enfadados.

—¿Qué haces? ¿Quieres que te echemos a ti también?

—Más quisieras —le respondí—. Tened cuidado que no os eche yo al agua.

—Venga —el cabecilla me puso una mano en la cabeza y me revolvió el pelo—. Un niño como tú no puede contra los de segundo bloque, ¿cuántos años tienes?

—Nueve —respondí, aquellos sinvergüenzas me sobrepasaban

un palmo de altura, pero no me causaron ningún tipo de temor, eran unos imbéciles y estaba seguro de poder contra esos cuatro.

—Pues nosotros trece —respondió otro.

Miré al niño que había salvado.

—¿Cuántos años tienes tú?

—Ss… seis —respondió levantándose y temblando de frío, seguramente el agua estaba helada y tiritaba sin poderlo evitar.

—Así que… cuatro niños de trece años contra uno de seis —resumí—. ¡Sois unos cobardes!

Aquello no les gustó y uno me cogió del brazo como si pretendiera hacerme daño, pero yo le cogí a su vez también del brazo, empleando la magia, proyectando mi energía en mi mano para hacerme más fuerte. El niño empezó a gritar y acabó poniéndose de rodillas ante mí.

—Suéltame, me haces daño.

—Lo mismo que le estabas haciendo a… —miré al niño.

—Jon —se presentó.

—Lo mismo que le estabais haciendo a Jon. ¡Pedidle perdón!

—Ni hablar —otro de sus amigos se abalanzó sobre mí, pero había creado un escudo de antemano y rebotó cayendo al suelo.

—Os haré probar vuestra propia medicina —solté el brazo del que tenía apresado y proyecté mi magia contra los cuatro.

Intentaron zafarse de mi hechizo, pero les sometí con facilidad. Levitaron, moviendo brazos y piernas en el aire, hasta traspasar el muro. Les dejé suspendidos el tiempo suficiente para que me miraran despidiéndome de ellos con una mano.

Luego, corté mi hechizo y cayeron al vacío, directos al estanque.

Jon se asomó a la repisa del muro y juntos miramos como nadaban, al tiempo que maldecían, dirigiéndose a la orilla, atacados por los patos que volvían a defender su territorio.

—Gracias —me agradeció Jon, estaba tiritando de frío sin poder parar—. ¿Por qué… me has… ayudado?

—Porque no está bien lo que te hacían.

—¿Cómo… te llamas?

—Danter o Dan, como quieras —respondí.

—¿Cómo… te gusta… que te llamen?

—Dan.

—Pues… entonces… te llamaré Dan.

Sería el primero en llamarme Dan, desde la muerte de Edmund.

—Deberías cambiarte de ropa —sugerí, estaba empapado.

—Sí —se agitaba como un flan en un terremoto y al abrazarse a sí mismo me di cuenta de que tenía un corte en la mano.

—Deberías ir a un médico —le cogí de la muñeca, examinando la herida—. No creo que te den puntos, pero hay que desinfectar la zona.

—¿Me acompañas?

—Hmm… —vacilé, quería ir a investigar, pero Jon estaba herido y muerto de frío, no supe negarme—. Está bien, pero luego me marcho, se me acaba el tiempo.

Asintió.

Me deshice de mi capa y se la pasé por los hombros, no sin antes hechizar mi jubón para que no viera el escudo de la daga manando sangre.

—Gracias, eres muy amable. ¿En qué curso estás?

—En ninguno —respondí—. No estudio aquí.

—Vaya —dijo decepcionado—. Tenía ganas de tener un amigo.

—¿No tienes amigos?

Negó con la cabeza.

—Yo tampoco —confesé—. Bueno… tengo un Grum que es mi amigo, pero me lo he dejado en casa. Quiero venir a vivir aquí, pero no sé si podré, mis padres no me dejarán, así que tendré que ir a otro lugar para huir de ellos.

—¿Huir de tus padres? —Preguntó sin entender—. ¿Por qué?

—Eres pequeño, no lo entenderías. Por cierto, es la primera vez que vengo a Gronland así que te sigo, tú sabrás dónde hay un hospital.

—El hospital está cerca, vamos —empezamos a caminar—.

Una cosa, si yo no tengo amigos y tú tampoco, podríamos ser amigos, ¿no? —Sugirió mientras bajábamos unas escaleras.

—Me gustaría, pero no es buena idea —respondí.

Mi padre estaba empeñado en matar a todo aquel que quisiera ofrecerme amistad.

—¿Por qué? —Tiró de mi brazo para que fuera a mano derecha—. ¿No quieres tener amigos?

—Es complicado.

—¿Por qué?

—Deja de preguntar tanto por qué —me quejé, estábamos saliendo del castillo por una puerta distinta a la que entré, solo esperaba no volverme a encontrar a Lord Tirso.

—Es que no lo entiendo —respondió—. ¿Por qué no puedes ser mi amigo? ¿Es… porque la gente dice que soy un mago oscuro?

Le miré atentamente, no tenía pinta de ser un mago oscuro, ni mucho menos. Para empezar su túnica de mago era gris, no negra.

—¿Por qué te llaman mago oscuro?

Se encogió de hombros.

—Se supone que tengo un tío que sí es un mago oscuro, se llama Danlos.

Me detuve en el acto, y noté como la sangre me huía del rostro.

—¿Has dicho que tienes un tío que se llama Danlos? —Quise cerciorarme.

—Sí, vas a huir, ¿verdad? —Aquello le hizo llorar—. Vete, ya iré solo.

—No —intenté recomponerme—. ¿Cómo se llama tu padre?

—Dacio, y mi mamá Alegra —se limpió las lágrimas, serenándose.

Es mi primo, entendí.

Me señaló un edificio de tamaño considerable, todo a su alrededor eran jardines.

—Dime una cosa, ¿tus padres cuidan de un bebé que se llama Ed?

—Sí, ¿cómo lo sabes? Es mi hermano.

—Me gustaría hablar con tu padre —dije esperanzado, no creí que encontrarlo resultara tan fácil. Aunque una parte de mí tenía miedo, ¿y si no era como Edmund me garantizó en su carta? Podía ser tan malo como mi padre.

—Vendrá por la tarde a buscarme —dijo siguiendo el camino—. ¡Ay! ¡Empieza a escocer!

Se refería a su herida y no perdimos tiempo en entrar en el hospital.

Jon se aproximó a una ventanilla donde una chica parecía esperar a posibles pacientes. Yo me quedé mirando embobado el lugar, no era para nada como el hospital de Luzterm, este estaba limpio, no olía a muerte y su entrada era grande y acogedora. La luz natural entraba por unos grandes ventanales.

—Hola, me he caído y me he hecho un corte en la mano —escuché que le decía Jon.

—Eres Jon Morren, ¿verdad?

—Sí.

—Bien, espera en la sala —se la señaló con el dedo índice—. Buscaré a Virginia, sé que la conoces.

—Gracias —me miró—. Vamos.

Nos sentamos en unos bancos de una pequeña salita y por más que paré atención no escuché los gritos de los enfermos agonizando.

—Sería genial tener un hospital así en Luzterm —comenté para mí mismo.

—¿Luzterm?

—Olvídalo —le pedí—. Quiero que me cuentes cómo está Ed.

—Está muy bien, mamá dice que es pequeño para su edad pero que poco a poco será como el resto de niños. Ya empieza a querer caminar por sí solo aunque apenas logra sostenerse en pie.

Sonreí, seguro que había crecido un montón, pero lo más importante era que había sobrevivido, y todo gracias a Daniel que pudo llevárselo a Mair.

—¿Jon? —Una maga entró en ese instante en la salita donde esperábamos, tenía los cabellos oscuros y los llevaba cortados en media melena; se aproximó a mi primo—. Menudo corte y estás empapado, ¿tienes frío?

—Un poco, pero Dan me ha dejado su capa y estoy mejor.

La chica me miró y sonrió, parecía agradable.

—¿Es un amigo?

—Sí —respondió de inmediato y por algún motivo no lo negué.

—Me llamo Virginia —se presentó la maga y le tendí una mano que estrechó encantada—. Sabes, me recuerdas a alguien, pero ahora no caigo en quién —me tensé por un momento, pero volvió su atención a Jon—. Te atenderé en otra sala, venid los dos.

Nos llevó a una pequeña habitación y Virginia subió a Jon en una camilla, dejándolo sentado mientras yo permanecía en un rincón. Le retiró la capa, dejándola tendida en una silla cercana, puso sus manos encima de sus ropas y concentrándose se las secó rápidamente, luego le dio un aporte de calor que hizo que Jon dejara de tener frío. Acto seguido, puso una mano encima de su herida y una luz blanca empezó a curar, milagrosamente, el corte que tenía.

Puse los ojos como platos al ver aquello, me acerqué más incluso.

Percibí como la magia de Virginia cicatrizaba la herida de Jon.

—Gracias —le agradeció Jon cuando hubo acabado.

Sin pedir permiso, cogí la mano de mi primo y acaricié la zona donde antes tenía un corte muy feo. No había nada, ni tan siquiera una cicatriz.

—¡¿Cómo lo has hecho?! —Pregunté alucinado a Virginia—. Es… ¡es increíble! ¿Cómo le has podido curar tan rápido?

Virginia me miró extrañada.

—Es sanación —dijo como si fuera lo más normal del mundo.

—¿Sanación? —Nunca escuché hablar de esa técnica—. Quiero aprender, ¿cómo se hace?

Sonrió.

—Estás en el primer bloque y los magos no se especializan hasta que no alcanzan el quinto —respondió—. Pero deberías saberlo ya.

—¿No hay ningún libro donde pueda informarme más sobre sanación?

—En la biblioteca, pero… —se aproximó a una vitrina y sacó un pequeño libro—. Puedo dejarte este, en él encontrarás algunas técnicas, aunque aún eres pequeño para aprenderlas. No obstante, siempre es bueno empezar a estudiar anatomía; apréndete los músculos y huesos de memoria; luego ponle mucha atención al sistema nervioso, cuanto más sepas más fácil te será en un futuro aprender sanación.

—¿Ya tienes decidido qué especialidad vas a coger? —Me preguntó Jon bajándose de la camilla—. Yo aún no.

—¿Qué especialidades hay?

—¿Cómo no puedes saberlo? —Virginia parecía sorprendida con mis preguntas—. Puedes ser sanador, guerrero, constructor, inventor, mentalista, alquimista… Hay muchas especialidades.

Entendí que mi padre me estaba especializando para ser guerrero, pero ahora que sabía que podía ser sanador encontré algo con lo que, tal vez, la magia no fuera tan mala.

—Gracias por el libro —miré a Jon—. Voy a la biblioteca, nos vemos a la tarde.

—Te acompaño —propuso, pero Virginia le detuvo con una mano—. He llamado a tu padre, vendrá a ver cómo estás en unos minutos, quédate aquí.

—Pero…

—Si tu padre viene, volveré enseguida, quiero hablar con él —le garanticé—. Pero primero quiero ver la biblioteca. ¿Dónde está, por cierto?

—Volviendo al castillo, entra por la puerta por donde habéis venido, sigue el pasillo hasta el fondo y gira a mano izquierda, es la primera puerta que encuentres, no hay pérdida —me respondió Virginia.

—Gracias.

Me marché corriendo, se me estaba haciendo tarde y no sabía si después de hablar con mi tío Dacio tendría tiempo de investigar Gronland, añadido que debía volver cuanto antes a Luzterm, recoger a Grum, mi espada y la carta que debía entregar a Alegra personalmente.

Marta Sternecker

DACIO

Proteger los libros del día y la noche

Al abrir la puerta de la consulta donde se encontraba Jon, suspiré aliviado de ver con mis propios ojos que estaba perfectamente. La pluma morada que me mandó Virginia, auguraba otra sesión de llantos y súplicas por parte de mi hijo para que no le volviera a traer a la escuela, pero en vez de eso, lo encontré muy animado acompañado de la sanadora. Al verme llegar, Jon vino a mí de inmediato, abrazándose a mis piernas.

—Jon, ¿estás bien? —Le hice una friega en la espalda mientras él me abrazaba.

Me miró y sonrió.

—Muy bien, papá —respondió ensanchando su sonrisa—. ¡He hecho un amigo!

—¿Un amigo? —Pregunté sorprendido, a aquellas alturas que mi hijo tuviera un amigo era un milagro—. Es genial, invítalo un día a casa a jugar. ¿Cómo se llama?

—Se llama Danter, pero prefiere que le llamen Dan —respondió, miré a Virginia automáticamente, que se quedó paralizada ante aquel nombre. Nadie, ningún padre en su sano juicio, le pondría a su hijo el mismo nombre que el del hijo de la oscuridad—. Es un poco raro, conoce a Ed y me ha dicho que quiere hablar contigo.

—Virginia —el color de su cara se había tornado tan blanco como la nieve—, ¿le has visto?

—Sí, ha estado aquí —respondió aún sorprendida—. ¡Dios! ¿Cómo no me he dado cuenta? Ahora que lo pienso, es muy parecido a ti, bueno, a tu hermano, pero sus ojos son verdes como los de Bárbara. Era algo rarito, no sé… era como si no conociera nada de Gronland, ni siquiera sabía que existía la especialidad de sanación. No lo he encontrado normal, pero tampoco he insistido.

—Hay que avisar de inmediato al consejo.

¡Zalman! ¡Zalman! Le llamé a través de la mente.

¿Dacio? ¿Qué ocurre? Te noto alterado, respondió.

Los libros del día y la noche pueden estar en peligro. Danter, el hijo de Danlos, está en Gronland, no sabemos si mi hermano o Bárbara también podrían estar en la ciudad, le informé.

Enseguida pongo a todo el mundo alerta. ¿Danter está contigo?

No, luego te lo explico, hay que buscarlo.

Entendido.

—Le he prestado un libro de sanación, —me informó Virginia—, luego ha querido saber más cosas sobre esta especialidad y entonces… —abrió mucho los ojos—. ¡Está en la biblioteca! Ha dicho que quería ir para aprender más, quizá aún esté y no se haya movido.

—Eso si no nos ha engañado —repuse—. Hay que tener cuidado —miré a Jon—. Quédate con Virginia y haz todo lo que te diga.

—Ha dicho que volvería —comentó mi hijo—. Seguro que viene, pero no entiendo qué ocurre.

—Tú no te preocupes —le di un beso en la mejilla y miré a mi amiga—. Cuídalo Virginia.

Asintió y fui corriendo a la biblioteca.

Zalman, es posible que Danter esté en la biblioteca, le informé.

¡Mierda! Los libros del día y la noche se encuentran allí, aunque ya han sido protegidos por más magos, respondió, *enviaré a más guerreros de todas maneras, no escapará.*

Recuerda que es solo un niño, le reprendí, *deja que le busque y hable con él. Los magos que envíes que se encarguen de evacuar el lugar.*

Percibí duda en él.

¿Zalman? insistí, *es solo un niño, recuerda lo que nos dijo Daniel.*

Está bien, accedió a regañadientes.

La gran biblioteca de Gronland era la construcción más grande adjunta al castillo. Contaba con nueve entradas y acogía un pequeño zoológico, unos jardines e, incluso, un laboratorio. Era el lugar donde más de un millón de libros recopilaban cualquier tema que uno pudiera buscar: ciencias, arte, conjuros, hechizos… No había lugar en el mundo parecido.

Caminé por la sección donde estaban catalogadas todas las razas que había actualmente en nuestro mundo: magos, elfos, humanos, tribus del desierto de Sethcar, orcos, centauros, gigantes… Posteriormente, llegué a la zona de documentos antiguos, muy valiosos, algunos estaban restaurados o copiados, sustituyendo los ya viejos que por su antigüedad no podían ser utilizados.

Nadie había logrado jamás leer todos los libros que había en la gran biblioteca de Gronland y mucho menos había logrado aprender todos los conjuros y hechizos que se describían.

Justo en el centro de la biblioteca, había una pequeña sala conocida como la *biblioteca hija*. Allí se guardaban los libros más importantes, los conocidos libros del día y la noche, custodiados las veinticuatro horas del día por cinco magos que elevaban sus escudos sin descanso y solo permitían el acceso al consejo de magos. El libro de la noche, contenía todos los hechizos de magia negra que pudiera haber en el mundo; y el libro del día, eran los contrahechizos de dicha magia negra. Por ese motivo eran tan importantes.

Miré pasillo por pasillo, dirigiéndome a la sección de medicina, donde probablemente Danter se habría acercado. Los bibliotecarios ya habían sido evacuados, por lo que nadie podía ayudarme en su busca salvo los guerreros y, conociéndoles, serían menos sutiles con el chico si lo encontraban antes que yo, pero estando solo podía tardar horas en dar con él si se había dirigido a una sección distinta a la de medicina.

Al llegar al octavo pasillo de la sección de sanación, me detuve en el acto. Un niño de nueve años estaba solo, de espaldas a mí, con un libro abierto en sus manos, leyendo atentamente sin perder la concentración. Pasó una hoja con la mano y continuó leyendo sin percatarse de mi presencia.

—Danter —dio un respingo y se volvió enseguida. En un primer momento su mirada mostró miedo, luego desconcierto y, finalmente, comprensión.

—Eres mi tío, ¿verdad?

—Así es —respondí sin dejar de mirarle, era cierto que tenía unos ojos tan verdes como los de su madre, y se parecía a mi hermano y a mí.

—Jon me ha dicho que querías hablar conmigo.

—Sí —vaciló—. Quería ver un momento los libros de sanación y volver cuanto antes al hospital para esperarte, pero se me ha hecho tarde.

—No te preocupes, he venido yo, pero dime, ¿qué haces aquí?

Se mordió el labio, vacilante, luego suspiró como si tomara una decisión.

—Quiero escapar de mis padres —dijo con una sinceridad abrumadora—. Edmund me dejó una carta antes de morir, decía que debía confiar en ti, que no eras como mi padre, que me ayudarías.

Acortó la distancia que nos separaba, yo quedé paralizado, no le conocía de nada, pero ese chiquillo me miraba con ojos desesperados, pidiéndome ayuda a gritos, aunque el miedo a no saber si hacía bien en confiar en mí también fue palpable.

—Por favor, tío —agarró con fuerza el libro de sanación que llevaba en las manos—. Ayúdame.

—Danter —no era como lo esperaba por más que Daniel me dijo en su momento que nada tenía que ver con mi hermano—, debo saber primero una cosa —esperó expectante—. ¿Tus padres han venido contigo?

Me miró sin comprender.

—Claro que no, te he dicho que quiero escapar de ellos —dio un paso atrás, asustado al pensar que se había equivocado conmigo, viendo que yo desconfiaba de él.

—No, espera —le pedí alzando una mano—. Entiéndelo, debo asegurarme. ¿Cómo se supone que has logrado escapar de Luzterm?

—Con el Paso in Actus.

Fruncí el ceño, aquello era imposible.

—Es cierto —insistió—, llevo más de un año practicando, Daniel me dijo cómo hacerlo, qué errores no debía cometer.

Seguí dudando, mi hermano podía utilizar al niño para despistarnos mientras se infiltraba en Gronland para coger los libros del día y la noche.

¿Daniel? Le busqué mentalmente por el castillo, esperaba que no se encontrara en su casa, demasiado lejos para tener una conexión mental.

Dacio, respondió, *mi padre me ha informado de…*

¿Le distes unos consejos a Danter sobre el Paso in Actus? Le interrumpí, agradeciendo que se encontrara cerca.

Sí, ¿por qué?

Porque lo ha conseguido, dije asombrado, *es muy pequeño, ¿crees que me estará mintiendo?*

No, dijo seguro, *aproveché en leerle la mente la vez que le di una pequeña clase de lectura mental, me di cuenta de que era un genio, su padre lo sabe, por eso le exige tantos hechizos para aprender en un mes y de un nivel superior a su edad. Un niño normal, no lograría aprender ni uno de ellos en tan poco tiempo.*

Miré a Danter, aquel mocoso había batido el récord, había logrado controlar uno de los hechizos más difíciles que existían y aún no había cumplido ni los diez años.

—Está bien, voy a darte un voto de confianza —le dije a Danter—. Pero debo llevarte ante el consejo de Mair.

—No me matarán, ¿no? —Preguntó preocupado—. Hace unos años…

—Te doy mi palabra que nadie te tocará un pelo.

Le ofrecí mi mano que la miró vacilante, finalmente, la cogió, y me llevé a Danter fuera de la biblioteca camino al despacho de Zalman.

En cuanto Zalman vio al chico y comprobó lo sociable que era, nos sentamos en los sillones de su despacho para hablar más detenidamente con él. Lord Tirso y Lord Rónald vinieron minutos después.

Tirso abrió los ojos de par en par al ver al niño.

—¡Tú! —Lo señaló sorprendido, como si ya lo hubiera visto de antemano—. No puede ser.

—¿Os conocíais? —Preguntó Zalman sin comprender su actitud. Rónald tomó asiento mientras Tirso no dejaba de mirar a Danter perplejo—. Lo encontré en el mercado y pensé que era un estudiante que había hecho novillos, lo traje a la escuela. ¡Ahora lo entiendo! Por eso no sabías quién era, ¿verdad?

Danter asintió, un poco cohibido, y Tirso finalmente tomó asiento a mi lado.

—Danter, tus padres no saben que estás aquí —prosiguió Zalman y el niño volvió a asentir—. En cuanto se enteren querrán venirte a buscar.

—¿Lo entregaremos? —Preguntó Rónald.

—No quiero volver con mis padres —dijo Danter antes que alguien respondiera a su pregunta—. Pero de todas maneras, debo volver a Luzterm para recoger mis cosas. Vine aquí mientras practicaba el Paso in Actus, y me he dejado a mi Grum, mi espada y una carta que debo entregar a la hermana de Edmund.

—¿Una carta? —Le pregunté.

—Si hubiera sabido que lograría venir, la habría traído conmigo.

—Danter, si regresas, puede que no tengas otra oportunidad de volver a escapar. No puedes arriesgarte a recuperar esos objetos —le respondió Zalman.

—Grum no es un objeto, es mi amigo —rebatió—. La espada me la forjó Edmund para que rivalizara con la de mi padre, no encontraré otra igual y con ella podré ayudar a la elegida para que venza a mis padres.

—¿Quieres ayudar a la elegida? —Preguntó Rónald, sorprendido.

—Sí —respondió sin ninguna duda—, por ese motivo debo ir, y ya que estoy cogeré la carta que debo entregar a Alegra.

Los magos del consejo y yo, nos miramos. Nos sorprendió lo seguro que estaba de querer ayudar a la elegida. No obstante, el riesgo de volver a Creuzos era demasiado elevado.

—Danter —le miré a los ojos—, ¿recuerdas lo que me has dicho en la biblioteca? ¿Lo de confiar en mí y hacer lo que te pida como Edmund te aconsejó?

Asintió despacio.

>>Pues no debes volver a Creuzos —abrió mucho los ojos—. Aunque eso signifique dejar a tu grum, la espada y la carta en Luzterm.

—Pero grum es mi amigo.

—Los grums son muy listos —quise convencerle—, estoy convencido que buscará otros amigos cuando vea que no vuelves, y tú podrás hacer nuevos amigos aquí, en Mair.

Me miró decepcionado de pedirle aquello, y puse una mano en su brazo en un gesto de afecto.

—Lo digo por tu bien, créeme.

Bajó los hombros y asintió.

Ahora ya sabemos que Edmund terminó de forjar la espada a Danlos, transmitió Tirso, *es una pena no poder contar con la espada de Danter.*

Todos sabíamos, gracias al año que Edmund pasó en libertad, que Danlos estaba empeñado en que le forjara una espada inigualable en el mundo entero, para poderla hechizar con artes oscuras y que fuera invencible. Ahora, Danter, nos acababa de confirmar que el joven Domador del Fuego terminó el encargo para desgracia de todos.

En ese momento, alguien picó a la puerta del despacho de Zalman y pasó Daniel. Danter, al verle, abrió mucho los ojos.

—¡Sí que has crecido, Danter! —Exclamó al verle y el niño sonrió, avergonzado, supuse que a todos los niños les gustaba que les dijeran lo mayores que se hacían.

—Tú también tienes buen aspecto —le respondió el niño poniéndose en pie y le ofreció su mano, Dani le miró sorprendido por su ofrecimiento, pero un segundo después le estrechó la mano.

Zalman sonrió al ver lo educado que se mostró el pequeño.

—He llamado a Daniel para que te acompañe mientras nosotros decidimos cómo protegerte.

Mi sobrino me miró, buscando mi aprobación.

—Ve con él —le autoricé—. Luego, si no se hace tarde, puede que le pida a mi esposa que traiga a Ed para que lo veas.

Abrió mucho los ojos.

—¡Eso sería genial! —Respondió.

Justo cuando se iba a marchar con Dani, se volvió de nuevo a nosotros y dijo:

—Llamadme Dan, por favor. Danter no me gusta, así es como me llama mi padre.

—Claro —respondió Zalman—, Dan.

El niño asintió y se marchó acompañado de Dani.

Barrera de sangre

Salí del despacho de Zalman no muy convencido de poder proteger a Dan de sus padres, y las medidas para ello no eran las mejores para un niño de nueve años. Prácticamente viviría encerrado, custodiado las veinticuatro horas del día por guerreros, llevaría la vida de un preso, si descontábamos que el espacio donde se instalaría sería en una espaciosa habitación donde no le faltaría de nada, pero apenas podría salir, ¿acaso aquello sería vida?

No podía llevármelo a casa, mi hermano vendría a por él y no quería poner en peligro a mi familia. Ayla sería informada, ¿pero estaría dispuesta a venir a Mair para hacer frente a Danlos cuando se suponía que su hija debía ayudarla? Era una locura, Eleanor apenas era una niña. Aunque podíamos intentarlo, todo dependía de lo que decidiera la elegida, se valoraría con ella las opciones que teníamos. De todas maneras, en Launier era de noche, la diferencia horaria hizo que Zalman no fuera a informar de inmediato a Ayla. Esperaríamos a que fuera de día en el país de los elfos, aún faltaban cinco horas para ello.

Me dirigí a la biblioteca hija y los magos guerreros, encargados de custodiar los libros del día y la noche, se pusieron en guardia conmigo.

—Vengo a buscar a Lucio —dije.

Salió del interior.

—Ya me ha informado Zalman —dijo al verme—, quiere que estés tú presente cuando le hagamos la barrera de sangre al chico.

La barrera de sangre consistía en impedir que cualquier ser, ya fuera mago, humano, elfo o una de las razas que habitaban en Oyrun, pudiera acceder a un lugar prohibido como una ciudad —Gronland— o un lugar pequeño —la biblioteca hija—. De conseguir acceder a uno de estos lugares marcados o, simplemente, intentarlo, todos los magos de Gronland percibiríamos su presencia, lo que nos daba una señal para ir a combatir o reducir a dicho ser.

Podíamos fracasar en nuestro intento de proteger a Dan, así que más valía prevenir que curar, había que hacerle la barrera de sangre ahora que estábamos a tiempo. Danlos y Bárbara estaban fichados, de ahí que no pudieran acceder al interior de Gronland directamente con el Paso in Actus.

La técnica era sencilla de hacer, lo difícil era conseguir la gota de sangre de la persona a la que se quería practicar la barrera de sangre. Solo esperaba que Dan accediera a ello sin demasiadas complicaciones.

¿Daniel? Le llamé a través de la mente.

¿Ya habéis acabado? Respondió.

Sí, ¿dónde estáis?

En el comedor de estudiantes, estoy comiendo con Dan.

No os mováis, pedí.

Hice volar mi mente hacia el hospital.

¿Virginia? La llamé.

Dacio, ya era hora, ¿lo habéis encontrado?

Sí, hace rato. Perdona que no te haya informado, he estado liado, ¿Jon está bien?

Perfectamente, ¿quieres que te lo lleve?

Sí, por favor, estoy de camino al comedor de aprendices.

Vale, ahora vamos.

De camino al comedor, me encontré a Alegra, que al verme se dirigió a mí con paso apresurado, llevando a Ed en brazos.

—¿Se puede saber dónde estabas? —Me recriminó aproximándose a mí—. Me tenías preocupada. Te has marchado sin decirme nada y llevas horas fuera.

En cuanto llegamos el uno junto al otro ignoré su enfado besándola en los labios, luego le di un beso en la mejilla a Ed.

—Es complicado —respondí—. Una historia muy, muy larga.

—¿Jon está bien? Me estaba dirigiendo a su aula cuando te he visto.

—Está bien, no te preocupes por él —Ed extendió sus brazos hacia mí para que le cogiera y mi mujer me lo pasó—. Este no es el mejor momento para venir a Gronland, estamos en máxima alerta.

—Que venga con nosotros al comedor y así podrá llevarse a Jon a vuestra casa, estarán más seguros —propuso Lucio, que se había quedado un paso por detrás de mí.

—Hola, Lucio —le saludó Alegra, luego volvió su atención a mí—. ¿Qué ocurre?

Hice que nos acompañara al comedor y de camino le expliqué

lo sucedido.

—En buen momento he traído a Ed —comentó mi mujer justo antes de entrar en el comedor.

—No te preocupes por Dan —le pedí—. Es un buen chico, tal y como nos explicó Dani. Piensa que si no fuera por él, no tendríamos a Ed.

Suspiró, pero finalmente asintió.

Entramos en el comedor sin más dilación, no había estudiantes en esos momentos, era hora de estudio por lo que la gran mayoría se encontraba en sus aulas. Localicé a Dani, Virginia, Jon y Dan sentados en una de las largas mesas comiendo pastel de chocolate. Mi hijo vino corriendo al vernos con la boca manchada de tarta.

—¡Mami, he hecho un amigo! —Abrazó a Alegra al llegar junto a ella.

—Eso me han dicho, cariño —le sonrió y le limpió con un pañuelo las comisuras de la boca—. Te has puesto perdido de chocolate.

Miré a Dan, que miraba a mi mujer muy quieto. Se alzó y se dirigió con timidez a ella.

—¿Eres Alegra?

Mi mujer lo miró.

—Sí, y tú eres Dan, ¿verdad?

Asintió.

—Edmund me dejó una carta para ti, pero no la he podido traer, lo siento.

Alegra me miró un instante y luego le sonrió a Dan.

—Ya me lo ha explicado Dacio, no te preocupes.

—Dan, mira —encaré a Ed a él—. ¿Sabes quién es?

El niño abrió mucho los ojos.

—¡Es Ed! —Exclamó—. ¡Cuánto ha crecido!

Dejé a mi hijo en el suelo que se mantuvo de pie de forma inestable, agarrándose a mis manos que tendía hacia él para que tuviera un punto de apoyo.

—Es pequeño para su edad, ya debería caminar, pero los sanadores nos han dicho que en un par o tres de meses empezará a dar sus primeros pasos.

Dan se arrodilló en el suelo delante de Ed y lo observó.

—Te pareces a tu padre —le habló a mi hijo—. Pero tus ojos son los de tu madre.

Abrazó a Ed, emocionado.

>>Me alegro que hayas sobrevivido, tu padre era muy valiente y muy bueno.

Miré a Alegra, que miraba a Dan asombrada por la actitud del chico. Nos quedó claro que Edmund significó mucho para mi sobrino, más de lo que podíamos llegar a creer.

Lucio carraspeó la garganta en ese momento y le miré.

—Deberíamos empezar —dijo.

Asentí.

—Dan, tengo que pedirte un favor —apoyé mis manos en mis rodillas para estar a la altura del niño que se mantenía en el suelo abrazando a Ed.

—¿Qué? —Dejó de abrazar a mi hijo y lo sentó en su regazo.

—Necesito una gota de tu sangre —abrió mucho los ojos, receló casi de inmediato y se limpió las lágrimas de los ojos que aparecieron al emocionarse por volver a ver a Ed—. Es necesario para que te puedas quedar en Gronland. De esa manera sabremos si te metes en algún lugar que podría ser peligroso para ti.

—Solo será un pinchacito —añadió Lucio—. Apenas notarás nada —sacó una pequeña aguja y un trozo de papel blanco de uno de los bolsillos de su túnica.

—No quiero —respondió, enfadado, levantándose con el bebé en brazos.

Alegra se acercó para coger a nuestro hijo, y Dan se lo devolvió sin ningún problema. Aunque miró al pequeño como si el hecho de quitárselo fuera un castigo por negarse a hacer lo que le pedíamos.

—Es por tu bien —intenté convencerle—. Podremos protegerte mejor de tus padres.

—No entiendo cómo, solo sé que con una gota de sangre se

puede hacer mucha magia negra —respondió serio.

—Aquí no practicamos magia negra —le respondió Lucio—. Está castigada bajo la pena de muerte y esto es solo un control.

El niño dio un paso atrás, pero topó con Dani que lo cogió de los hombros y Dan le miró.

—Confía en nosotros, en tu tío, él vela por tu seguridad —le dijo mi hermano.

Vaciló aún.

—Estabas portándote muy bien —dije—. Si dejas que te saquemos una gota de sangre podrás ver a Ed de vez en cuando y nadie practicará magia negra con tu sangre, tienes mi palabra.

Dan miró a Lucio y, en el justo momento que iba a ofrecerle su mano para que le pinchara, una sabandija echó por tierra nuestros esfuerzos.

—¡Eran ciertos los rumores! ¡El hijo de la oscuridad está en Gronland!

—Víctor —mencioné de mala gana.

Mi eterno rival entraba en el comedor de aprendices, caminando con paso decidido hacia nosotros. Era un mago de tercer nivel con muy mala baba, rubio y de ojos azules. Desde pequeños nos odiábamos, por su culpa recibí más de una burla y agresión de niño.

—Víctor, lárgate —dijo Virginia de inmediato.

—Te recuerdo que no puedes estar cerca de mí —añadió también Alegra.

—Te equivocas, lo que no puedo es hablarte o dirigirme a ti.

—Pues lo estás haciendo —repliqué—. ¿Quieres que te condenen otros mil años a trabajar para Mair gratuitamente?

—Gracias a ello me he enterado que un pequeño mago oscuro está de visita en Gronland.

Lanzó una mirada fulminante a Dan, que miraba sin comprender la escena, Alegra pasó un brazo alrededor de los hombros del niño para que se sintiera protegido.

—No soy un mago oscuro —le dijo Dan a mi mujer—. De verdad, nunca he querido ser un mago oscuro.

—Lo sabemos, no te preocupes —le respondió Alegra.

—De verdad que no entiendo a esta mujer —habló Víctor dirigiéndose a todos y refiriéndose a mi esposa—. Danlos mata a su familia y parece que tenga especial cariño con...

Le di un puñetazo en toda la boca, no me pude contener.

Víctor cayó al suelo, mareado.

Mientras le observaba, agitando la mano con que le golpeé —tenía la cara dura y no solo de forma filosófica—, empezaron a caer plumas negras por todo el comedor de aprendices.

Un segundo después, Dani, Lucio y yo percibimos dos presencias malignas en Gronland.

—¿Por qué caen plumas negras? —Preguntó Jon, cogiendo una.

Miré a Alegra y a los niños, debía ponerles a salvo.

—Alegra, rápido, debéis regresar a casa. ¡Danlos y Bárbara están aquí!

Ni lo intentes, hermano

—¡Es imposible! —Exclamó Dan, asustado—. No tenían que volver a Luzterm hasta dentro de unos días. ¿Cómo lo han sabido?

—No lo sé, pero no dejaremos que se te lleven —dije.

Me miró a los ojos.

—Nadie puede contra mi padre, nadie puede vencerle, es mejor que me marche ahora que estoy a tiempo, no quiero que me castigue otra vez en las mazmorras.

Cerró los ojos, concentrándose.

—¡No! ¡Espera!

—Paso in Actus.

No se movió del lugar, continuó de pie junto a nosotros.

Al percatarse de la situación, el rostro del chico se tornó blanco como la nieve.

—¿Por qué? ¿Por qué no lo he conseguido? —Preguntó a Dani—. Esta mañana he podido.

—Dan —mi hermanastro le tocó un hombro en un gesto para tranquilizarle—, era la primera vez que lo conseguías. Debes practicar más para dominarlo por completo, el Paso in Actus no es fácil, pero no te preocupes, te protegeremos, cueste lo que cueste.

Ed empezó a llorar en brazos de Alegra al percibir que algo malo sucedía y Jon se aferró a mis pantalones.

—Debemos llegar a los armarios transportadores —les dije a Lucio y Dani, los únicos guerreros presentes, descontando a Víctor que se levantaba con ayuda de Virginia en ese momento, aún mareado por el puñetazo recibido, pero a ese, no le pediría ayuda en la vida aunque fuese el único guerrero que quedara en Mair—. Debo poner a mi familia a salvo —miré a Alegra—. En cuanto lleguéis a casa, alzaré una barrera para que nadie pueda entrar.

—Pol también está en la escuela —me recordó Alegra.

—Iré a buscarle, pero antes os pondremos a salvo a vosotros.

Cogí a Jon de una mano y a Dan de un brazo, pues mi sobrino estaba temblando muerto de miedo, paralizado sin poder caminar.

—Lo sabía —farfullaba Víctor mientras salíamos del comedor de aprendices—. Reunión familiar de magos oscuros, ¿eh?

—¡Cállate si no quieres que te tumbe de nuevo! —Le grité.

—Dacio —intervino Lucio—, Dan no puede ir con Alegra y los niños, hay que esconderlo cuanto antes. Deja que Virginia y yo pongamos a salvo a tu familia. Dani y tú encargaos de Dan.

—Creo que el mejor lugar para ponerle a salvo será la sala Magéstic —pensé.

—Puedo dejar a los niños con Saira, y volver para combatir a Danlos —sugirió Alegra.

—No —negué con la cabeza—, eres mortífera con la espada, pero no lo suficiente como para hacer frente a las artes oscuras de mi hermano.

Se mordió el labio, sabiendo que tenía razón. Luego se puso de puntillas para besarme en los labios.

—Ten cuidado.

—¡Oh! Vamos —exclamó Víctor al vernos—. ¿Os hacéis los remolones para que Danlos tenga más tiempo en poder conquistar la ciudad?

Alegra le lanzó una mirada fulminante, se volvió y junto con nuestros hijos siguió a Lucio y Virginia para ponerse a salvo. Al mirar a Dan, el muchacho aún no había recuperado el color de la cara.

—Dan, —alzó la vista— te pondremos a salvo.

Asintió, no muy convencido.

Le cogí de la mano y acompañados de Dani y Víctor, corrimos por los pasillos con el propósito de llevarlo hasta la sala Magéstic, el único lugar protegido por una potente barrera donde tenía la esperanza que Dan estuviera a salvo. Por el camino, escuchamos el rugido inconfundible de los orcos y una explosión que hizo vibrar el suelo bajo nuestros pies.

¡Todos los guerreros prestos para el combate! Escuchamos una llamada mental generalizada, transmitida por Lord Rónald.

Hubo repuestas mentales por parte de los altos mandos guerreros, informando que decenas de orcos intentaban atacar las aulas de los estudiantes.

Nos detuvimos cuando una voz distinta sonó en nuestras cabezas.

Soy Danlos Morren, hijo de Dirman, mis orcos mataran a todo aprendiz que encuentren refugiados en sus aulas, tienen fragmentos del colgante, así que vuestras patéticas barreras no funcionarán para protegerlos. Entregadme a mi hijo y me iré tan rápido como he venido.

—Hagámoslo —propuso Víctor, mirándonos a Dani y a mí—, es su hijo, es normal que venga a por él.

—Estregar a Danter significa que el niño podría acabar convirtiéndose en un mago oscuro —respondí, enojado de tenerlo como compañero de batalla.

—¡Ya es un mago oscuro! —Respondió, como si fuera increíble que no lo viera.

—¡No! —Gritó Dan—. No lo soy, soy un Domador del Fuego.

—¿Ah, sí? Dime, ¿a cuántas personas has matado?

Se quedó cortado y me miró de soslayo.

—¿Has matado a personas? —Quise saber.

—Mi padre me obliga —respondió avergonzado—. Yo no quiero, pero si no lo hago cuando él me lo ordena, acaba matando a más esclavos que si mato a aquel que me dice que lo haga.

—Veis, hay que entregarlo —convencido de tener que hacerlo, cerró los ojos.

—¡No, Víctor! —Gritamos Dani y yo a la vez.

—Víctor no lo hagas —supliqué—. ¡Eres un necio!

Abrió los ojos.

—Ya está hecho.

Dos segundos después, una explosión bajo nuestros pies nos lanzó a todos por los aires. Di vueltas sin control hasta que una pared se interpuso en mi camino, la atravesé, entrando en un aula, y me estampé contra un segundo muro, deteniéndome con un duro golpe en la espalda que me dejó sin respiración por unos segundos.

Tirado en el suelo, alcé de inmediato una barrera a mi alrededor y miré a ambos lados buscando a Dani, Víctor y Dan. El primero y el segundo, estaban prácticamente a mi lado, tendidos también en el suelo de la clase vacía donde llegamos por la onda expansiva.

A nuestro alrededor, los escombros nos rodeaban, el boquete formado en la pared y techo, era grande, pero no había rastro de mi sobrino por ningún sitio.

—¿Dan? —Me alcé, buscándole, cuando una oleada de orcos apareció queriendo entrar en el aula.

Invoqué un imbeltrus, Dani y Víctor invocaron cada uno el suyo. Logramos eliminarlos en apenas dos segundos y, juntos, salimos fuera del aula por el mismo agujero por el que entramos.

Lo que más temí se cumplió, Danlos había cogido a su hijo y le golpeaba sin parar mientras el pequeño le pedía que le perdonara.

—¡Veras cuando regresemos a casa! —Le gritó abofeteando al chaval.

Danter se cubría como podía con los brazos sin mucho éxito,

llorando.

—¡Danlos! —Se detuvo al escucharme y cogió a su hijo de un brazo para que no escapara—. Deja de pegarle, es tu hijo.

—¿Crees que no lo sé? —Dijo con los ojos rojos—. Pero cuando un hijo se escapa de casa merece un castigo, más cuando el muy tonto se le ocurre ir al mismo país que quiso asesinarle.

—No íbamos a matarle —dije de inmediato acercándome un paso a él.

En ese instante, diversos magos guerreros llegaron desde ambos lados del pasillo, rodeando a Danlos y Dan. Lord Rónald se colocó a mi lado.

—¿Dónde está Zalman? —Le pregunté.

Rónald me miró un instante.

—Ayudando en otro sector, centenares de orcos atacan las aulas de los aprendices con el apoyo de Bárbara. Intentamos evacuar a los estudiantes —miró a Danlos y empezó a invocar un imbeltrus, acto seguido los cuarenta magos o más que había a ambos lados del pasillo hicieron lo mismo.

Pese a todo no serían suficientes para matar a Danlos, pero sí para matar a Dan.

—¡Esperad! —Pedí—. Dan se verá afectado por el ataque.

—Danter está perdido —respondió Rónald.

Entonces entendí, que quizá el objetivo no fuera mi hermano, sino mi sobrino.

—¿Ahora lo entiendes? —Me preguntó Danlos directamente—. ¿Creías de verdad que mi hijo iba a ser protegido por el consejo?

—Lo íbamos a hacer —respondió Dani, a mi lado—. Tu hijo es distinto a ti.

—Mi hijo —le soltó del brazo, pero antes que pudiera escapar le rodeó con un brazo por los hombros y el pecho—, será muy poderoso e igual de sanguinario que yo. ¿Verdad? —Le preguntó directamente a su hijo.

Danter le miró, aterrorizado.

—Mírales —le pidió su padre—. ¿Acaso ves que te estén ayudando? Al contrario, están decididos a matarte solo para herirme a mí.

Los ojos de Dan me miraron suplicando ayuda.

—¿Tío?

Iba a avanzar hacia él.

—Ni lo intentes, hermano —me advirtió Danlos y el instinto hizo que me detuviera—. Por mi hijo, soy capaz de matarte si es necesario.

El miedo hizo que me detuviera, no era rival para Danlos, lo sabía. Dan supo en ese instante que nadie movería un dedo por él y nos miró a todos, defraudado. Pero yo no podía arriesgar mi vida y dejar huérfanos a mis hijos y viuda a la mujer que amaba.

—¡Atacad! —Ordenó Rónald a los magos.

Blanco como la nieve, vi impotente como todos los magos lanzaron sus imbeltrus, pero mi hermano desapareció con Dan antes que uno solo les diera alcance. Una nube de polvo se alzó al impactar los imbeltrus de un lado del pasillo con los otros imbeltrus que venían del lado contrario, causando un gran estruendo. Luego todo quedó en calma y solo una nube de polvo bañaba el lugar.

Mirando la escena, sentí una presión en el pecho al pensar que no pude proteger a mi sobrino de mi hermano, pero fue mucho peor no poder protegerle de Mair.

Posibles espías

El ataque de Gronland fue llevado por alrededor de dos mil orcos que se dispersaron por todo el castillo arrasándolo todo. Destrozaron aulas, salas, despachos, paredes, suelos… daba la sensación que un terremoto había asolado nuestra pequeña, pero hasta el momento infranqueable fortaleza. Los daños materiales fueron cuantiosos, pero todo quedó insignificante cuando encontraron los cadáveres de los niños de una clase entera. La maestra que los acompañaba yacía con ellos, agotó todas sus energías en intentar contener a los orcos y pedir ayuda a gritos mentalmente, pero la ayuda llegó tarde, pues no era la única clase donde se requería la fuerza de los guerreros.

Bárbara se trasladó con el Paso in Actus sorteando los ataques y destruyendo las barreras mágicas que se alzaban para proteger a los alumnos. Los orcos llevaban además fragmentos del colgante, tal y como advirtió mi hermano, eso los hacía más fuertes. Aunque los niños fallecidos, de entre nueve y diez años, presentaron batalla y mataron a veinte orcos antes de morir en un imbeltrus formado por Bárbara.

El funeral se celebró el día siguiente, se hizo un acto conmemorativo en el que participaron todos los estudiantes, padres de dichos alumnos, familiares, amigos, conocidos y todo aquel que quiso dar sus respetos a las familias.

Mi familia no fue, no seríamos bien recibidos por ser parientes de Danlos. A ojos de todos, éramos igual de oscuros que un mago negro.

Zalman me hizo llamar ese mismo día por la tarde, acabado el funeral, y me presenté en su despacho. También fue saqueado, pero gracias a los hechizos de construcción no lo parecía, salvo por un pilote de papeles que aún debía ordenar.

Me senté en una de las dos sillas de su despacho, mientras Zalman ocupaba su sillón.

Me miró pensativo, serio; su mirada de por si era penetrante y profunda, pero en aquel momento era más que eso, como si un agujero oscuro pudiera verse dentro de sus ojos.

— Creemos que hay un espía en Gronland —habló al fin.

—Lo sé —respondí—, Danter comentó que Danlos y Bárbara no debían volver a Luzterm hasta dentro de unos días, pero se enteraron de su presencia en Gronland en apenas unas horas. Alguien les tuvo que informar. ¿Sospechas de alguien?

—Por desgracia, de muchos —respondió—. Pero ninguno me da indicios suficientes para poder descartar.

—Víctor —propuse.

Frunció el ceño.

—¿Por qué?

—Fue el que los avisó de la posición en que nos encontrábamos —respondí seguro.

—La enemistad con él, enturbia tus sentidos —dijo—. Víctor es el que menos probabilidades tiene, dentro de la lista que estoy barajando. Informó a Danlos de donde estaba su hijo por miedo; es un cobarde, no un espía.

—¿Y bien?

Suspiró.

—Hay que tener paciencia —contestó—, y tener los ojos muy abiertos, tarde o temprano el espía cometerá un error.

—No tardéis tanto como la última vez —pensé en voz alta, con una nota de resentimiento; Zalman mostró su sorpresa—. Perdona.

—No —negó con la cabeza—, tienes razón, si en el pasado hubiéramos actuado más rápido, Urso no habría convencido a tu hermano, tu familia seguiría con vida y millones de personas no habrían muerto.

—No quiero hablar de ello, pero tendré los ojos muy abiertos y si puedo ayudar en algo para atrapar al espía, contad conmigo.

—De momento, le he dejado a Dani ese trabajo, pero quería que estuvieras informado y preparado por si te necesitamos.

Asentí.

Luego Zalman quedó un momento en silencio, pero algo más quería decirme, lo conocía bien.

—Sé la orden que dio Rónald —dijo, por fin.

—Lanzar medio centenar de imbeltrus cuando sabía que Danlos no moriría, pero su hijo, sí.

—Si lo ordenó, era porque vio muy claro que Danter estaba perdido.

—Y es un riesgo dejarle con vida —admití—. Dan acabará siendo corrompido por su padre, es un hecho, tarde o temprano, cansado y agotado, cederá a hacer y pensar como el monstruo de mi hermano. No estoy seguro de que una vez venzamos a Danlos y Bárbara, podamos hacer que vuelva a ser el niño de nueve años que hemos conocido. Me gustaría y lo intentaré, pero... —suspiré—. Cuando luchemos en el futuro, pensaré en proteger a la nueva familia que tanto me ha costado conseguir. No me arriesgaré que en el intento de salvar a mi sobrino en la batalla, mi hermano pueda vencer. Pero si logramos vencer, sin eliminarle, emplearé todo el tiempo del mundo en intentar reformarle y que vuelva a ser un chico con buen corazón.

Zalman me miró fijamente a los ojos; luego asintió.

—Serás un buen mago del consejo —parpadeé dos veces, sin entender—. Has demostrado en poco tiempo que serías el mejor candidato para sustituir a cualquiera de los tres: Rónald, Tirso o yo mismo.

—No digas tonterías —respondí incrédulo que estuviera hablando en serio—. No tengo las cualidades que hay que tener y, más importante, la gente nunca lo permitiría, me verían como el mago oscuro que ha conseguido meterse en el consejo.

—Las cualidades las tienes, créeme, y algún día, tengo la esperanza, que la gente olvide tus orígenes y te vean como la gran persona que eres.

—No lo harán viendo como tratan a mi hijo, es apenas un niño y ya le tienen miedo. Pero eso me lleva a otro asunto que quería comentarte, Alegra y yo, hemos decidido sacar a Jon de la escuela.

No le sorprendió nuestra decisión.

—Hemos hecho todo lo posible para que lo acepten, pero después de esto será imposible.

—Lo sabemos, por ese motivo le enseñaré magia en casa.

—Si creéis que es lo mejor, os apoyo, pero es una lástima que a su edad no pueda contar con amigos para jugar, es muy importante para su desarrollo.

—Lo sé, y estoy pensando en cómo solucionarlo, pero si de una cosa tengo claro es que aquí no los encontrará.

DANTER

No confiar en nadie

En cuanto mi padre me trajo de vuelta a Luzterm, me encerró en mi habitación y me ordenó que no saliera de ella hasta nueva orden. Temblé solo de pensar lo que me esperaba, aunque no me mandó a las mazmorras como creí que haría.

El primer día lloré desconsolado, solo. Grum no se encontraba presente, no supe dónde había ido. Estaba asustado por él, ¿y si mi padre le mataba como castigo por haberme escapado? Supliqué a cualquier dios que pudiera escucharme que le protegiera, era lo único que me quedaba en Luzterm. Estaba claro que nadie en el mundo, ni tan siquiera mi tío Dacio, me ayudaría en la vida.

Maldije ese hecho, maldije el haber sido tan tonto de confiar en alguien, debí volver a Luzterm, recoger mis cosas y marcharme rápido hacia otra parte, quizá así lo hubiera conseguido. No habría utilizado ni pizca de magia para que mis padres no me encontraran. Y ahora, por más que intentaba hacer el Paso in Actus, una barrera o algo parecido, se interponía en mi camino, no dejando que percibiera nada del mundo exterior.

Pasé hambre y sed, no tenía ni comida ni agua en mi habitación, por lo que lo único que pude hacer fue beber el agua de la lluvia que caía en Luzterm.

El tercer día desde mi intento de fuga, dormido en mi cama, noté como una mano acariciaba mi cabello alborotado. Automáticamente me desperté y vi a mi padre sentado en el lateral de mi cama, mirándome serio.

—Padre —me pasé una mano por los ojos, intentando despejar mi mente del sueño de la noche.

—Siéntate a mi lado —ordenó, dando una palmada en el colchón.

Así lo hice, notando un miedo que hice evidente al temblar en su presencia.

—Lo que hiciste estuvo mal —habló y le miré a los ojos, no estaban rojos, quizá aquello era buena señal—. Tu madre y yo estamos muy decepcionados contigo, no solo por escaparte sino por querer ir a Mair, a pedir ayuda al país donde una vez ordenó tu muerte. ¿Por qué escogiste Gronland?

—Yo solo practicaba el Paso in Actus, no supe que lo conseguiría —intenté explicarme—. Sentí varios lugares en el mundo, Mair era el que más magia percibí, hay un segundo lugar que también desprende magia, pero es muy rara, me sentí atraído también por él y al mismo tiempo recelé.

—Es la isla Gabriel —me explicó—, donde se dicta la profecía y donde empezó todo en el inicio de los tiempos. Pero ya estudiarás eso en su debido momento, ¿por qué no huiste de Gronland de inmediato? Si fue un accidente por estar practicando el Paso in Actus, debiste volver enseguida a casa al ver donde te encontrabas.

—Lo siento —me disculpé, agachando la cabeza.

—No me vale esa disculpa, ¿quiero saber por qué no huiste? Creo que eres inteligente para saber que ese no era lugar donde quedarse, así que tiene que haber un motivo —miré a mi padre asombrado, ¿de verdad creía que era inteligente?—. ¿Por qué me miras así, ahora?

—¿Crees que soy inteligente?

Mi padre frunció el ceño y respondió:

—No solo creo que eres inteligente, también extraordinario —abrí mucho los ojos y sentí una sensación extraña, ¿quizá orgullo por saber que mi padre tenía buena opinión de mí?—. Ahora, dime, ¿por qué no huiste de Gronland?

—Porque Edmund me explicó que tenía un tío que podía ayudarme.

—¿Dacio? —Preguntó extrañado—. ¿En qué quieres que te ayude?

Le miré serio.

—En huir de madre y de ti.

Cogió aire, mirándome muy enfadado, luego intentó relajarse.

—¿Y te ayudó o te dejó a tu suerte? —Me preguntó.

Noté mis ojos arder al saber la respuesta, pero me contuve, no podía llorar delante de mi padre, me vería como a un débil.

—Me dejó a mi suerte, me engañó, dijo que me protegería, pero no movió ni un dedo cuando empezó el ataque, es un... —apreté mis puños, hasta que los nudillos se me tornaron blancos— cobarde, le odio.

—¿Sabes qué lección has aprendido?

—Que no debo confiar en nadie, que estoy solo.

Mi padre asintió.

—Exacto, estás solo, solo puedes confiar en ti mismo y ser más rápido que los demás. Tu madre y yo, no obstante, siempre estaremos a tu lado, enseñándote cómo sobrevivir en este mundo —pasó un brazo alrededor de mis hombros—. Y para salir adelante hay que ser fuerte, implacable, duro y cruel según que veces, solo así podremos ser los amos del mundo.

Miré el suelo, confundido, no fue lo que me enseñó Edmund, pero él ya no estaba, en cambio, mis padres, sí.

—Sé egoísta, Danter —me pidió mi padre y volví a mirarle—. Edmund y su esposa, también te abandonaron. Él pudo luchar, pero no combatió como le ordené, si hubiera querido estar contigo se habría abierto paso entre todos aquellos orcos y soldados para seguir con vida, en cambio, decidió rendirse, seguir a su mujer. Ten claro que su amor por ti no fue más que una farsa, un intento de hacerme daño a través de ti.

—Él me quería —dije obstinado— y Sandra también.

—Te equivocas, tú únicamente fuiste un instrumento para él y así lograr su venganza contra mí.

—No es cierto —dije empezando a notar un nudo en la garganta—, Edmund y Sandra me querían, estoy seguro —luego sentí mucha rabia en mi interior, rabia que hizo que mis ojos se tornaran rojos como la sangre aunque las lágrimas empezaron a bajar por mis mejillas—. Tú y madre les matasteis, no creas que no lo sé. Ni matando a mil orcos hubieras dejado a Edmund vivir. Dudo que intentaras hacer un trato con el rey de Andalen para salvarlo.

Retiró su brazo alrededor de mis hombros y puso una mano en mi cabeza. De inmediato se apareció una escena en mi mente.

Edmund era atravesado por la espada de un hombre joven y, mientras caía al suelo, su voz y la de mi padre resonó en mi cabeza.

Vaya, vaya, así que el Domador del Fuego va a caer, escuché la voz de mi padre junto con su risa.

Pero mi venganza la he cumplido, respondió Edmund, *tu hijo nunca será un mago oscuro.*

La imagen en mi mente se cortó y quedé paralizado, notando como la sangre huía de mi rostro tornándome blanco.

—¿Aún crees que te quería? —Me preguntó mi padre y le miré sin ser capaz de pronunciar una sola palabra.

Se alzó de la cama y acarició mi rostro.

—No confíes en nadie, ni siquiera en los consejos que te dieron los que ya están muertos. Pero, sobre todo, no vuelvas a intentar huir, he alzado una barrera especial para que tú no puedas escapar con el Paso in Actus, pudiste sortear mi defensa porque llevas mi sangre, no esperes que se vuelva a repetir.

Dichas esas palabras abandonó la habitación.

Solo en mi cuarto, pensé en la imagen que acababa de enseñarme mi padre, de como Edmund admitía que fui una venganza para él.

Me abracé las rodillas, confundido, quizá era un truco de mi padre y aquella escena no era real, ¿verdad?

Sí, tenía que ser una trampa, no había otra respuesta.

—¡Ojalá, siguieras con vida! —Dije mirando al techo—. Así podrías decirme que es mentira. Dijiste que siempre estarías cuidándome aunque yo no te viera, mándame una señal, para saber que sigues aquí, por favor.

No ocurrió nada por más que esperé y esperé.

—Ya ni siquiera recuerdo tu cara, ni la de Sandra, vuestros rostros son borrosos cada día que pasa.

De pronto, el viento y la lluvia hizo que la ventana de mi habitación se abriera de golpe y me levanté de inmediato de la cama. Un libro que tenía encima de mi escritorio cayó al suelo, arrastrado por el viento. Cerré la ventana, no sin antes mirar al exterior y ver la ciudad donde me había tocado vivir, tan oscura y gris.

Cogí el libro del suelo y leí el título de la portada.

—*Principios de sanación, volumen I.*

Era el libro que me dejó la maga sanadora en Mair, lo guardé en mi capa y mi padre no se dio cuenta del libro que traje a casa.

Tragué saliva, si lo encontraba seguro que lo quemaría.

—Un mago oscuro no debería leer esto —me dije a mí mismo.

Dudé de si quemarlo yo mismo, pero… la curiosidad pudo conmigo y abrí el libro empezando a leer el primer capítulo.

LA APRENDIZ

Informadora

De pie, delante del monumento que se levantó recordando las víctimas de cinco días atrás, leía horrorizada los nombres de aquellos niños que murieron en el ataque. Llevaba desde entonces sin poder dormir, los remordimientos me acompañaban día y noche, pensando que pude evitarlo, que pude avisar del espía que se escondía entre nosotros, pero tenía miedo, si le delataba acabaría muerta.

Me limpié los ojos de lágrimas y al alzar la vista un escalofrío me recorrió de cuerpo entero. Yarek me miraba desde el otro extremo de la plaza, sus ojos castaños eran fríos, analizadores. Alzó una mano, y se llevó el dedo índice a los labios en un gesto para que guardara silencio.

Tuve que asentir con la cabeza, temblando de miedo al verle, pero de pronto desvió la vista y se marchó hacia el interior del castillo de Gronland como si tuviera prisa. Fue, entonces, cuando me di cuenta de que un mago se plantó a mi lado. Di un respingo del susto.

—Lo… Lord Daniel —tragué saliva, era el hijo de Lord Zalman, y éste me miró a los ojos.

—¿Cómo te llamas? —Quiso saber.

—Kaitlin —respondí cada vez más nerviosa—. Disculpe, debo marcharme.

Me cogió de un brazo, reteniéndome y le miré con pánico.

—¿De qué conoces a Yarek?

—De… nada —me zafé de su agarre y corrí hacia el interior del castillo.

El ambiente en clase era triste, uno de mis compañeros perdió a una hermana el día del ataque, nadie tenía cuerpo para gastar bromas, decir algún chiste o simplemente hablar de lo que haríamos ese fin de semana. La mañana pasó lenta, apenas escuché nada de las lecciones que nos impartían nuestros maestros.

En cuanto acabaron las clases, fui a recoger a mi hermano Dreic. Era un niño de ocho años, sus cabellos eran castaños y sus ojos marrones, la gente decía que nos parecíamos, pero no era verdad, salvo el físico, éramos completamente diferentes, yo solo pensaba en estudiar, ser responsable y tirar adelante en la familia que nos había tocado vivir; Dreic, en cambio, era alegre, con ganas de jugar pese a que en ocasiones no podíamos llevarnos ni un simple trozo de pan a la boca.

Nuestros padres no nos cuidaban, desde que tenía uso de razón mi madre se emborrachaba día sí, día también, y mi padre se gastaba todo el dinero que ganaba —cuando tenía trabajo— en el juego. Así que, entre bebida y juego no nos quedaba mucho para comprar comida.

Así empezó todo, por el estúpido juego de mi padre, que se endeudó con Yarek y éste ofreció saldar la deuda a cambio que yo le hiciera de informadora. Cualquier cosa relevante que escuchase debía decírselo por poco que fuera. La noticia que el hijo del mago oscuro se encontraba en Mair no fue a través de mí y daba gracias a Dios por ello. No sabía cómo podría continuar adelante siendo la causante del ataque y las muertes de aquellos niños, pero en el fondo sabía que si hubiera delatado a Yarek desde el principio, quizá las cosas hubieran sido muy diferentes.

Llegamos a los armarios transportadores y en dos segundos estuvimos en casa. Un boquete atravesaba la pared del comedor cuando entramos y el frío del invierno entraba por toda la casa.

Dreic se arrodilló ante nuestra madre que estaba estirada en el suelo con una botella de ron en la mano.

—Está borracha —dijo mi hermano.

—Como siempre —respondí, proyectando mi magia hacia la pared, reparando el destrozo que produjo al perder el control de sus poderes por el alcohol.

Vivíamos en una pequeña casucha, medio derruida y sucia, mis estudios en magia apenas alcanzaban la capacidad de reparar pequeñas cosas, y aún no había aprendido a hacer que una tabla de madera volviera a mostrar un aspecto nuevo, por lo que nuestra pequeña barraca empeoraba cada año que pasaba y a mis padres no parecía importarles.

Al abrir el bote de las galletas solo quedaba una y miré a mi hermano.

—Cómetela —le tendí el tarro—, yo tengo que volver a Gronland y estudiar.

—¿No te cansas de tanto estudiar? —Me preguntó—. Es lo único que haces.

Le miré.

—Es la única manera para llegar a ser un mago de primer nivel, en cuanto me gradúe podré tener un trabajo decente y salir de aquí, no nos faltará comida nunca más.

Mis tripas rugieron mientras estudiaba en la biblioteca, miré el reloj de cuerda que se encontraba en una de las paredes, marcaba las once y media de la noche. Llevaba desde el almuerzo sin probar bocado. Puse una mano en mi estómago, si me concentraba en los libros seguro que se pasaría.

Pocos minutos después, un mago guerrero entró en la biblioteca, le conocía, era uno de los guardianes que custodiaban los libros del día y la noche. Llegaba tarde, normalmente, el cambio de turno era a las once en punto.

Suspiré, y anoté su nombre y hora exacta de llegada en una pequeña libreta que disponía. Al percatarme que ya había llenado diez páginas con información útil, me di cuenta de a qué día estábamos y me asusté.

Cada *kerar* debía entregar esa libreta al mago Yarek. Fue pensarlo y una sombra cubrió el libro de alquimia que estaba leyendo.

—¿Cómo va todo? —Me preguntó su voz que conocía muy bien.

Sin mirarle, le entregué la libreta con todos los cambios de guardia que habían hecho los guardianes de los libros del día y la noche, durante la última semana.

—Esto está muy bien, haces un gran trabajo, sigue así —me alabó—. He estado hablando de ti a quién tú ya sabes, y está dispuesto a aceptarte en sus filas de forma permanente.

—La deuda de mi padre acaba dentro de un mes, eso fue lo acordado —respondí angustiada y alcé la cabeza para mirarle.

El mago Yarek entrecerró los ojos, luego de guardar la pequeña libreta, se sentó enfrente de mí y cruzó sus manos encima de la mesa.

—Eres joven e inteligente, puedes llegar lejos.

—Estudio mucho para ser una maga de primer nivel, no necesito...

—Tu padre es de segundo nivel y tu madre de tercero, es imposible que sus hijos lleguen al primer nivel de mago —me interrumpió.

Fruncí el ceño.

—Estudio mucho.

—Pero en el examen final no solo valoran conocimientos, también el nivel de magia que tiene la persona por nacimiento y tú, con suerte, tendrás el segundo nivel. Pero puedes garantizarte un nivel incluso superior al primero, podrías ser muy poderosa.

—Pero... —vacilé, sabía que tenía razón, pero una parte de mí creía que si lo intentaba con todas mis fuerzas lograría sacar tan buena nota en el examen final que hasta los evaluadores reconsiderarían mi nivel de magia.

—No me des una respuesta ahora, solo piénsalo —se levantó y me tendió otra pequeña libreta, esta sin usar aún—. Volveremos a vernos en una semana.

Pese a la conversación, continuaba teniendo hambre, no podía concentrarme en mi libro de magia, así que fui en busca de comida. Bajé hasta la ciudad, las tabernas tiraban los alimentos que ya no podían vender, o los restos de comida que dejaban los clientes en sus platos. Pero una sensación extraña hizo que me pusiera alerta al caminar por las calles de Gronland, no había muchos magos a aquellas horas, los comercios ya habían cerrado e incluso los bares empezaban a quedarse vacíos, por ese motivo, al escuchar unos pasos detrás de mí, acompasados a mi ritmo, me dieron malas vibraciones.

Me di la vuelta de pronto, pero solo encontré a dos magos saliendo en ese instante de una taberna, no parecían estar interesados en mí.

Mis tripas volvieron a rugir y, desesperada por encontrar algo de comer, continué mi camino creyendo que serían imaginaciones mías. Me colé en la parte trasera de la taberna *Cien Pies*, llegando a través de un estrecho pasillo que daba a la calle. Esperé entre las sombras, cerciorándome que no hubiera nadie y, con el corazón en un puño, me acerqué a los dos contenedores que esperaban resguardados en un pequeño porche.

Abrí el primero, rompí la primera bolsa de basura y encontré los restos de una tortilla. La cogí y olí, no parecía estar en mal estado, solo que alguien no había tenido más apetito para terminársela de comer.

En cuanto fui a llevármela a la boca un golpe mágico me empotró contra la pared, lanzándome dos metros al aire y notando un fuerte dolor en la muñeca derecha al torcerme el brazo y caer con todo mi peso en ella.

—¡Pequeña sabandija! —Escuché gritar al propietario de la taberna—. ¡Otra vez tú por aquí!

Le miré aterrada, era un mago con muy malas pulgas y se dirigió a mí con paso decidido. Alzó una mano y recibí otro golpe mágico, era como si una ráfaga de aire me empujara contra la pared.

—¡Alto! —Se alzó una voz.

Con lágrimas en los ojos vi como una figura entraba en escena, era un mago alto, de complexión atlética, con la capucha de la capa puesta.

—¿Quién eres? —Preguntó el tabernero sin dejarse amilanar—. ¿Eres amigo de esta sabandija?

El mago se quitó la capucha y abrí mucho los ojos al ver a Lord Daniel.

—¡Lord Daniel! —Exclamó el tabernero.

Ese mago era conocido gracias a su padre y nadie en su sano juicio se metería con él si no quería tener problemas.

—Es una niña —dijo lord Daniel—. ¿Cómo es capaz de tratarla así?

Se acercó a mí y se agachó a mi altura.

—¿Estás bien? —Me preguntó.

Tenerle tan cerca, mirándome con aquellos ojazos marrones, hizo que me ruborizara.

>>Veo que te has hecho daño en la muñeca —cogió mi mano que la mantenía hasta el momento en mi pecho y la observó, se me estaba inflamando por momentos—. Esto no quedará así —se dirigió al tabernero—, ha atacado a una menor.

—Solo he defendido lo que es mío —repuso el hombre —. Esa niña viene todas las semanas y revuelve mi basura…

—¡Exacto! ¡Basura! —Alzó la voz Lord Daniel poniéndose en pie—. Debió avisar a alguien de la situación de esta niña, no atacarla.

Me asusté al escuchar a Lord Daniel, si me quedaba más tiempo ahí me haría preguntas y cuando descubriera la situación en que vivíamos mi hermano y yo, los de protección a la infancia nos llevarían a casas de acogida distintas.

Me puse en pie como pude, pero a la que di un paso para escapar noté un dolor agudo en mi rodilla izquierda y caí de nuevo al suelo.

—No te muevas —me pidió Lord Daniel—. No estás bien.

—Sí, sí que lo estoy —respondí—. Solo debo llegar a casa.

—Ni hablar —pasó sus brazos por debajo de mi cuerpo y me alzó.

Un vuelco me dio el corazón al verme suspendida por él.

—Estoy bien, de verdad —insistí con un hilo de voz.

—No, te llevaré al hospital —le miré aterrada.

—No tengo dinero para pagar a un sanador.

—Corre de mi cuenta, no te preocupes —se volvió un instante al tabernero—. Y usted tendrá noticias mías dentro de poco.

Entramos por la puerta trasera de la taberna y salimos a la calle por la puerta de entrada.

—¿Cómo me ha encontrado? —Le pregunté con timidez.

—Te estaba siguiendo —dijo sin rodeos y le miré sin entender—. Creí que habías quedado con alguien que podía ser interesante para mí, poco pensaba que lo que hacías era buscar comida.

—Lo siento.

—¿Por qué? No has hecho nada malo. Pero dime, ¿y tus padres? ¿No te dan de comer? ¿Dónde está tu hermano?

—¿Cómo sabe que tengo un hermano?

—Me he informado.

Suspiré.

—Mi padre estará jugando a los dados en alguna ciudad de Mair, mi madre inconsciente después de haberse bebido una botella de ron, y mi hermano en casa, durmiendo, supongo. Pero estamos bien, yo cuido de mi hermano, procuro que no le falte un plato de comida, ni ropa.

—¿Y quién cuida de ti?

—Yo misma, no necesito a nadie.

—Eres muy pequeña aún para cuidar de ti misma.

—Ya tengo veintidós años.

—¿Y qué es eso? Si te comparamos con una humana, solo serían catorce.

Llegamos al hospital, donde un sanador atendió mis heridas. Al acabar, me dieron de comer y engullí la comida casi sin masticar. Escondí un poco de pan en mis bolsillos, y también la pieza de fruta que me dieron de postre. Le daría la manzana a mi hermano en cuanto volviera a casa.

Aun cuando estaba terminando de comer una natilla sola en la habitación, donde me dejó lord Daniel, la puerta se abrió y entró el mago del consejo, Lord Zalman, acompañado por una mujer de cabellos castaños y un elfo de cabellos dorados.

—Kaitlin, te presento a Ayla, es la elegida —dijo Zalman, señalándola con una mano, y abrí mucho los ojos—. Y él es Laranar, su protector y príncipe del país de Launier.

Quedé sin palabras y asustada dejé la natilla que me estaba comiendo. No supe qué decir o hacer. Ya era una sorpresa poder hablar con Lord Zalman, el primer mago del consejo, pero con la elegida y su protector, fue algo impresionante.

—Hola —mi voz apenas salió y carraspeé la garganta, volviéndolo a intentar—. Hola.

La elegida sonrió.

—Hola, Kaitlin, mi amigo Daniel nos ha explicado tu situación, pero sabemos que hay algo más y he venido desde Launier para que me expliques la relación que tienes con el mago Yarek.

Fue directa al grano, no se anduvo con rodeos.

—No hay nada —mentí.

Tenía miedo de decir la verdad, ¿qué consecuencias tendría para mi familia? Además, si delataba al espía de Danlos, podía venir el mago oscuro a por mí para vengarse.

—Kaitlin —la elegida se puso seria—, sabes que han muerto muchos niños a causa del chivatazo que le dio alguien al mago oscuro. Si sabes cualquier cosa que pueda ayudarnos para detener a ese mago o maga que esté colaborando con Danlos, nos sería de mucha ayuda.

—No sé nada —volví a repetir.

La elegida me miró decepcionada y luego miró a su protector.

—Kaitlin, ser aliado de los magos oscuros es traición y se paga con la muerte —me dijo Laranar—. Esta es tu oportunidad de decirnos qué sabes y quedar impune.

—Pero… yo no sé nada —insistí—. Yo no quiero ayudar a Yarek.

—No quieres, pero le estás ayudando, ¿verdad? —Preguntó Lord Zalman.

—Kaitlin, no nos mientas, sabemos la verdad —dijo la elegida y empecé a temblar—. Y tú sabes qué misión tengo, si colaboras con el enemigo eres mi enemiga y… —tocó lo que intuí un fragmento del colgante que colgaba de un hilo alrededor de su cuello.

La miré asustada, temblando, y empecé a llorar. La elegida soltó el colgante.

—Chicos, no sirvo para esto —dijo Ayla dirigiéndose a Zalman y Laranar, luego me miró y cogió mis manos—. No llores, eres una niña, no te atacaría a menos que me dieras motivos para ello. Pero debes decirme lo que sabes, prometo que no te pasará nada, nadie te juzgará.

—¿Seguro?

Asintió y limpió mis lágrimas con una mano, nunca nadie me mostró tanto afecto con un simple gesto.

—Está bien —dije sin dejar de llorar.

—Tranquilízate primero, estás a salvo.

Respiré hondo varias veces y mirándola a los ojos, confesé:

—A mi padre le encanta jugar a los dados y perder todo nuestro dinero en el juego. Se endeudó con Yarek y este le amenazó que o le pagaba lo que le debía o debía darle algo a cambio. Al final, llegaron a un acuerdo, yo haría de informadora para Yarek.

—¿Fuiste tú quién avisó a Yarek de la llegada de Danter a Gronland? —Preguntó Lord Zalman.

—No —negué con la cabeza—, yo estaba en clase, ni me enteré que estuvo aquí hasta después del ataque. Yarek lo supo porque os vio con el niño e informó a… Danlos —tuve miedo de decir su nombre en voz alta.

—¿Qué clase de información le has dado tú hasta el momento? —Preguntó Laranar.

—Pues… —vacilé.

—Kaitlin, dilo, debemos saberlo —pidió la elegida.

—Siempre estoy en la biblioteca después de clase, estudiando, así que veo los movimientos de los guerreros que se encargan de custodiar los libros del día y la noche. Yarek me pide sus cambios de turno, si hay alguno que no esté atento en su guardia o cosas así.

La elegida miró a lord Zalman, que me miró muy serio al escucharme.

—Eso que has hecho es muy grave —me acusó el mago consejero.

—Yo no quería hacerlo, de verdad. Pero mi padre me obligó y…

—Estabas asustada —acabó la elegida por mí y asentí—. ¿Cuál es el siguiente paso? —Preguntó al mago consejero.

—Ir a por Yarek —dijo Zalman—, buscar al padre de Kaitlin y traer a su madre, debemos saber si ella es consciente de todo esto.

—No lo es —dije con un hilo de voz—. En realidad, no es consciente de nada de lo que le rodea.

Zalman me miró a los ojos y, avergonzada, desvié la vista al suelo.

—Debemos buscar un hogar para ti y tu hermano —escuché que decía el mago—. De momento, vendréis a mi casa hasta que encontremos un lugar permanente donde alojaros.

Volví a mirarle, sorprendida, ¿iría a vivir a casa del mago consejero?

AYLA

Frekors

Cuando los magos de Mair nos informaron de lo sucedido en Gronland sobre la llegada inesperada de Danter, el ataque de Danlos y la muerte de unos niños, no pude quedarme de brazos cruzados e insistí en ayudar a capturar el posible espía que se escondía entre los muros de la fortaleza de los magos. Mi llegada a Mair, en concreto a la granja de Dacio, fue llevada en secreto, no queríamos que el posible espía se pusiera alerta al verme aparecer. Por lo que el trabajo de seguir los movimientos de los magos sospechosos fue llevado por Lord Daniel.

Lord Daniel, demostró tener intuición para esos asuntos, y algo le llamó la atención en aquella niña llamada Kaitlin el día que la encontró llorando delante del monumento que se alzó para recordar a los niños asesinados.

—Creo que nos podría llevar al espía —explicó entonces—. Yarek la miraba atento y es el principal sospechoso. Si logramos que Kaitlin confiese tendremos pruebas suficientes para detenerle y ejecutarle.

—¿De verdad me estás diciendo que una niña está ayudando a los magos oscuros? —Quise cerciorarme, Dacio me explicó que en comparación con los humanos esa alumna apenas aparentaría los catorce años, me parecía increíble que siendo tan joven ya se planteara seguir el camino oscuro.

—La seguiré, lloraba cuando la detuve, creo que no está del todo de acuerdo con lo que hicieron, quizá se lo esté replanteando.

—Puede que la obliguen bajo alguna amenaza —comentó Laranar, con nuestro hijo en brazos, durmiendo sobre su hombro.

Cristianlaas y Eleanor también vinieron con nosotros a Mair, pese a que en Launier más de mil elfos morirían por protegerles, estaba más tranquila teniéndolos a mi lado en caso de un posible ataque. Añadido que la profecía marcaba que mi hija debía estar junto a mí cuando combatiera contra los magos oscuros para mantener puro el colgante.

Pasada la medianoche, Lord Zalman se presentó en casa de Dacio y dijo que Kaitlin estaba en el hospital después que Daniel la llevara. Fue el momento que creímos oportuno para descubrirme, con suerte lograríamos sonsacar a esa niña la información que nos interesaba.

—Intentémoslo primero por las buenas —propuso Zalman—. Si vemos que se resiste a querer confesar, amenázala un poco Ayla.

—Exactamente, ¿cómo?

—Finge que vas a atacarla con el fragmento al considerarla una maga oscura.

Miré a Laranar que se encogió de hombros, pero a la que Daniel me explicó la historia de la muchacha y vi que la pobre tenía más miedo que otra cosa, comprendí que lo único que necesitaba era un poco de confianza y sentirse querida. No fui capaz de fingir mi papel amenazándola con el fragmento por mucho tiempo. Y acerté, la niña lo confesó todo en cuanto le demostré un poco de comprensión, nos dio lo que buscábamos y ya no tuvimos ninguna duda de quién era el espía en Mair.

Lord Daniel se llevó a Kaitlin a su casa, Lord Zalman mandó a Dacio y Lord Rónald a casa de la muchacha para que recogiera a su hermano Dreic y trajera a sus padres donde serían interrogados. Y yo, junto con Laranar, Lord Zalman, Lord Tirso y tres guerreros más, nos dirigimos a casa del ahora mago oscuro Yarek. Desconocíamos si había practicado magia negra o solo había pasado información a Danlos, pero para mí entraba en la categoría de mago oscuro.

—Ayla —Laranar me detuvo cogiéndome de un hombro, antes que entrara en el edificio donde vivía Yarek, en la misma ciudad de Gronland—, ten cuidado, llevas años sin enfrentarte a un enemigo.

—¿Quién fue a hablar? —Sonreí, era tan dulce cuando ponía aquella cara de preocupación por mí—. Te recuerdo que llevas el mismo tiempo que yo sin luchar. Y a fin de cuentas, no hace tanto que le di una paliza a Danlos.

—Sí, pero… —vaciló—. Tú, ten cuidado.

Le di un beso en los labios.

—Acabemos con esto y volvamos a nuestras tranquilas vidas por unos años más.

Sonrió y cuando fui a seguir a los magos, como éramos los últimos en entrar en el edificio, aprovechó y me dio una palmada en el culo.

—Laranar —le regañé, sonriendo como una tonta por algún motivo y me guiñó un ojo.

La vivienda de Yarek se encontraba en la segunda planta, subimos las escaleras en silencio y nos colocamos a un lado del pasillo. Lord Zalman nos miró a todos, y asentimos con la cabeza para indicarle que estábamos preparados.

Laranar tenía su espada desenvainada, yo tenía el fragmento del colgante en una mano, lista para utilizar los elementos, y los magos guerreros estaban preparados para conjurar imbeltrus que acabaran con el mago oscuro en caso de que nos atacara.

Sin más palabras, Lord Zalman reventó la puerta de entrada de la casa de Yarek con un hechizo, provocando que esta estallara en decenas de esquirlas y, como un río, todos entramos uno tras otro en el piso. Era pequeño, la cocina y el comedor se encontraban en el mismo espacio —no había nadie—, una habitación a lado izquierdo y otra a lado derecho, junto con un cuarto de baño, era toda la vivienda.

—¡Vacío! —Escuché gritar a dos magos desde la habitación de la izquierda.

—¡Está aquí! —Lord Zalman y Lord Tirso junto con otro mago arrastraban a Yarek al comedor.

Miré a ese individuo, de rodillas en el suelo, sacado de su cama en plena noche y con pijama, no parecía muy peligroso visto así, pero sus ojos me recordaron a alguien y cuando me miró desde el suelo y sonrió, caí en la cuenta.

—Tiene la misma mirada que Urso —le hablé en un susurro a Laranar—. La locura vive en él.

Apreté mis manos en puños hasta que mis nudillos se tornaron blancos, recordando al mago oscuro Urso, aquel que me secuestró años atrás y viví la peor experiencia de mi vida.

—Yarek, quedas detenido por traición —le habló Zalman.

El mago era inmovilizado por todos los magos presentes, ya fuera por sujetarle por los brazos y mantenerlo de rodillas en el suelo, o por conjuros que le paralizaban.

—Dime —Lord Tirso le echó la cabeza hacia atrás agarrándole del pelo para verle la cara—, ¿has practicado magia negra?

Yarek empezó a reír.

—No tenéis pruebas —dijo—. Exijo un juicio justo.

—Tenemos una testigo que confirma que eres espía del enemigo —le informó Zalman—. Y estamos seguros de que dice la verdad, así que hazte un favor a ti mismo y confiesa.

—Diga lo que diga ya estoy muerto —respondió y me miró—. Será un honor morir a manos de la elegida, podré compararme con magos tan fuertes como Falco, Valdemar o tan retorcidos como Urso, ¡adelante, elegida! ¡Mátame!

Miré a Laranar, no sentía pena por aquel mago, en absoluto, pero siempre que maté a uno de ellos fue en combates, era la primera vez que se me ofrecía uno a matarle en una ejecución.

—¿Tiene un nivel de magia que podáis controlar? —Le preguntó Laranar a Zalman.

—Parece que sí, no siento una energía extraordinaria como si hubiera practicado sacrificios.

—Danlos dijo que aún me necesitaba en Mair, no quería arriesgarse a que por aumentar mi poder me descubrierais.

—¿Hay más espías en Mair? —Le pregunté y empezó a reír como un loco.

—Desconozco cuántos le sirven, pero estoy seguro de que pocos o muchos no soy el único mago que le ha jurado lealtad.

—¡¿Fuiste tú quién le advirtió que su hijo se encontraba en Gronland?! —Le preguntó alzando la voz, Tirso.

Yarek sonrió, sin intención de responder y uno de los magos guerreros le golpeó en la cara, derrumbándolo.

—¡Responde! —Le exigió el que le propinó el puñetazo.

Yarek señaló una bolsa de terciopelo que se encontraba encima de una mesa.

—Esa información, la recompensó gratamente.

Me acerqué a la mesa, pero Laranar me detuvo.

—Puede ser una trampa —dijo y miró al guerrero que golpeó a Yarek, que se acercó y abrió la bolsa, derramando su contenido en la mesa.

Decenas de monedas de oro cayeron tintineando al chocar unas con otras.

—¿Oro? —Dijo el mago cogiendo una—. ¿Por un puñado de monedas te has vendido al enemigo?

De pronto, la moneda que sostenía se convirtió en algo parecido a un pequeño escarabajo, el mago quiso soltarlo de inmediato, pero antes que pudiera hacerlo el insecto le atravesó la piel de la mano y como un bulto, fue circulando por el interior de su cuerpo recorriéndole el brazo. El mago empezó a chillar, a darse golpes a medida que el insecto avanzaba.

Sin pensarlo, cogí una daga que guardaba a mi espalda —una costumbre que aprendí de Laranar— y agarré aquel bulto que se movía bajo la piel del mago, le hice un corte y con la punta del cuchillo lo atravesé, sacando el escarabajo de su interior.

Yarek, empezó a reír.

—Bien hecho, elegida —dijo—. Muy rápida.

—Gracias, elegida —me agradeció el mago guerrero—. Creí que...

—No me las des —respondí y miré a Zalman—. Deberían llevárselo.

—Será encarcelado en la prisión de Gronland, un lugar donde no podrá escapar, y mañana por la mañana lo ejecutaremos después de dictar sentencia delante del pueblo.

Asentí.

Al hacer que se levantara del suelo, los ojos de Yarek se tornaron rojos en una fracción de segundo, logró escapar del agarre de Lord Tirso soltándose de un brazo. Conjuró un imbeltrus un segundo después, encarándolo a mí...

Automáticamente, con el fragmento del colgante en la mano controlé el viento, al tiempo, Laranar bajaba su espada directo al brazo del mago cortándoselo de forma limpia, y yo lo lancé con un remolino lejos de mí.

El otro mago que lo agarraba lo soltó al no poder resistir la fuerza del viento, fue como si se lo arrancara de las manos. Yarek aterrizó sobre la mesa donde estaban las fingidas monedas de oro, rompiendo el mueble y cayendo al suelo.

—¡Me las pagarás! —Gritó al ver que le faltaba medio brazo y la sangre caía a mares de la herida.

—Yo me preocuparía de esas monedas de oro tuyas —le aconsejó Zalman.

Fue, en ese momento, cuando tomó plena conciencia de su situación y miró las monedas horrorizado, pues ya empezaban a cambiar de forma convirtiéndose en escarabajos carnívoros, que atraídos por el olor de la sangre de Yarek corrieron a él y empezaron a invadirle el cuerpo de la misma manera que intentó uno con el mago guerrero que salvé. Solo que Yarek tuvo que soportar decenas de escarabajos recorrer el interior de su cuerpo.

Sentí escalofríos al verlo, el mago oscuro empezó a chillar de puro dolor, se lo estaban comiendo por dentro.

—¿Pueden darle una muerte rápida? —Le pedí a lord Zalman.

—Ha estado a punto de matarte —respondió el mago consejero.

—Nadie se merece una muerte así —dije a mi vez.

Zalman miró a Tirso y el resto de magos guerreros, todos asintieron y alzando una mano, con la fuerza mágica de los cinco, le rompieron el cuello a Yarek para que no sufriera más. Acto seguido uno invocó una bola de fuego y lo lanzó contra el mago oscuro. Escuchamos unos pequeños chillidos, de los escarabajos que morían bajo el poder de las llamas.

—¿Qué eran esas criaturas? —Pregunté.

—Frekors —respondió Tirso—, provienen del desierto de Sethcar.

De vuelta al castillo de Gronland, cumplido mi trabajo, le cogí una mano a Laranar. Me miró a los ojos y sonrió.

—Gracias por protegerme esta noche, protector mío.

—Siempre es un placer, elegida.

Se detuvo y me dio un beso en los labios, yo pasé mis manos por su cabellera dorada y cuando acabamos miré sus bonitos ojos, donde al azul y el morado se mezclaban.

—Te quiero —le dije.

—Yo no solo te quiero, sino que eres mi vida y mi corazón —sonreí y volvimos a besarnos una vez más.

Cuando llegamos a casa de Dacio, éste nos informó que el padre de Kaitlin había sido detenido y llevado a la prisión de Gronland, la madre de Kaitlin se encontraba en el hospital ya que no despertaba de la cantidad de alcohol que tenía en sangre, estaba siendo atendida por los sanadores.

Había sido una noche larga, pero me faltaba hacer una última cosa, entré en la habitación de los niños, ambos los dejé durmiendo juntos al estar lejos de casa, me estiré con ellos y les observé. Eran tan parecidos a su padre, y les amaba igual o más que a él.

Miré el fragmento del colgante, al utilizarlo había empezado a perder el brillo transparente que le caracterizaba y estaba adquiriendo un color azulado. Cogí una mano de Eleanor que continuaba dormida y lo dejé caer en ella, automáticamente se purificó y yo abracé a mi pequeña.

LARANAR

Deber un favor

Un día después de haber descubierto al mago Yarek como espía de Danlos, nos dispusimos a volver a casa y recogíamos el equipaje que trajimos hasta la granja de Dacio.

—Tengo la sensación que me olvido algo —comentó Ayla cerrando la bolsa de los niños—. No sé… —miró alrededor—, parece que lo hemos guardado todo.

—No falta nada, tranquila —respondí, cerrando la bolsa que compartía con mi mujer.

En ese instante alguien picó a la puerta.

—¿Laranar? ¿Ayla?

—Adelante, Dacio —le autoricé.

El mago pasó al interior y observó la habitación que nos dejó utilizar los días que pasamos en su granja. Luego me miró, por algún motivo lo noté entre nervioso y preocupado.

—¿Puedo hablar un momento contigo antes que os marchéis?

—Claro —miré a Ayla—. Enseguida vuelvo.

Asintió.

Dacio me llevó a su biblioteca y tomé asiento en unos sillones forrados en piel.

—¿Ya han encontrado un hogar para Kaitlin y su hermano? —Le pregunté mientras el mago abría una botella de vino. Al fijarme en la etiqueta quedé sorprendido—. ¿Esa no es tu mejor reserva?

—Quién mejor que un amigo para compartirla —dijo y me sirvió una copa.

Al cogerla sonrió, y supe que algo tramaba.

Dacio tomó asiento enfrente de mí, solo nos separaba una pequeña mesa.

—De momento viven en casa de Zalman, su madre no está en condiciones de hacerse responsable de ellos, le han ofrecido ayuda médica para superar su adicción al alcohol pero no parece muy dispuesta. Creen que hay pocas posibilidades que se recupere con esa actitud, así que no puede hacerse cargo de sus hijos. En cuanto a su padre, lo han condenado a mil doscientos años de cárcel por obligar a su hija a colaborar con el enemigo, ha tenido suerte que le hayan perdonado el ser condenado a muerte, lo parezca o no, también está enfermo, su adicción al juego no es normal y al contrario que la madre de los niños, éste sí ha pedido ayuda. Pero de momento, Kaitlin y Dreic están solos. Tienen familia lejana, pero ninguno quiere hacerse cargo de ellos, ¿no es increíble? Creen que traerán problemas, como sus padres, aunque no sé por qué me sorprende, a mí me pasó igual.

—Pero a ti te adoptó Zalman —puntualicé.

—Tuve suerte en ese aspecto, la verdad —se encogió de hombros—. Pero esos niños… —negó con la cabeza—. Hay una familia dispuesta a hacerse cargo de Dreic, pero no de la chica.

—¿Los separarán?

—Si te soy sincero, creo que acabarán adoptándolos Zalman y su esposa Lilian, si no hay una familia que esté dispuesta a quedarse con los dos.

—Eso estaría muy bien —convine—. A veces Zalman puede parecer un poco serio, pero está claro que tiene un gran corazón.

—Solo representa su papel de mago del consejo, cuando llega a casa es completamente distinto, créeme, yo viví mucho tiempo con ellos.

Bebí un poco del vino de mi copa y paladeé su gusto intenso, era una delicia.

—Laranar, no te he hecho venir a la biblioteca para hablar de esos niños —dijo.

—Quieres pedirme algo —supe.

Asintió, muy serio.

—¿Recuerdas cuando Beltrán sumió en una oscuridad absoluta a Ayla?

—Como olvidarlo, fue una de las peores experiencias que he vivido, creí que no despertaría.

—¿Recuerdas que gracias a mi magia pudimos traerla de vuelta?

—Sí, pero, ¿dónde quieres ir a parar?

Cogió aire.

—Cuando Ayla regresó de esa oscuridad, me dijiste que me debías una.

—Lo recuerdo —dije serio, dejando la copa de vino encima de la mesa que nos separaba y le miré a los ojos—. Soy consciente que Ayla vive, en parte, gracias a ti. Si no hubieras estado con nosotros, ella estaría muerta, y mis hijos nunca hubieran nacido.

—Quiero pedirte un favor… muy grande.

—Si está en mi mano, dalo por hecho, hablé en serio aquella vez, estoy en deuda contigo.

Dacio se alzó y se acercó a una de las ventanas, le seguí y miré el exterior. Fuera nuestros hijos jugaban juntos. Eleanor, Jon y Cristianlaas jugaban al *pica pared*, un juego donde Jon se colocaba enfrente de un árbol —normalmente se hacía en una pared, de ahí el nombre del juego— y cantaba: *¡Un, dos, tres, pica pared!* Eleanor y Cristianlaas avanzaban acercándose a él y cuando Jon dejaba de cantar debían de quedarse muy quietos, si el pequeño mago les veía moverse mis hijos debían volver a la línea imaginaria de salida.

Cristianlaas se movió y Jon le hizo volver a empezar.

—Quité a Jon de la escuela de Gronland porque no paraban de acosarlo —Dacio me miró en ese instante, muy serio—. Quiero escolarizar a Jon en Sorania.

—¡¿Qué?! Pero… —quedé literalmente con la boca abierta, ¡estaba prohibido! Ningún niño que no fuera elfo o como mucho semielfo, podía ser escolarizado en Launier.

—Sé que vuestra raza es distinta, no apartarán a Jon por ser el sobrino de Danlos, podrá tener amigos, jugar como lo hace ahora con tus hijos.

—Nosotros no enseñamos magia —respondí—. Y sabes que es ley…

—Por eso te he recordado el favor que me debes, si lo dijiste en serio, esto es lo que te pido que hagas por mí si de verdad apreciaste que salvara a tu mujer de la oscuridad de Beltrán. En cuanto a estudiar magia, no te preocupes, eso se lo enseñaré yo. Solo quiero que mi hijo tenga amigos, nada más, es importante para su desarrollo.

—¿Y cómo lo haremos? ¿Virginia o Daniel lo traerán cada día a Sorania con el Paso in Actus?

—Creo que es más fácil que todos nos vayamos a vivir a Launier.

Quedé, literalmente, con la boca abierta.

—Sabes las leyes que hay en Launier —le recordé—. El permiso deberá dároslo mi padre.

—Pero tú te encargarás que nos lo de, eres su hijo y me debes una.

¡Madre mía! ¡En qué follón acababa de meterme Dacio! Las leyes en Launier eran muy estrictas. La gente extranjera solo podía llegar hasta Sanila, la ciudad fronteriza, pocos se les daba permiso para visitar Sorania, y nadie que no fuera elfo, podía vivir en Launier, menos escolarizar a sus hijos. Solo aquellos que por matrimonio se habían casado con un elfo o elfa, se les daba un permiso especial para vivir en Launier y, aún así, tenían prohibido llegar al

Valle de Nora.

Era una complicación, más aún si contábamos con el hecho que desde que me casé con Ayla, todas las miradas estaban puestas en mí para saber de mis decisiones, si cambiaría de alguna manera nuestras costumbres influenciado por mi mujer. Solo faltaba que autorizara a vivir a una familia entera de magos en la capital del reino, podían verlo como el principio de dejar pasar a toda raza existente a Launier y podrían haber revueltas, sobre todo, en el Valle de Nora, que era donde vivían los elfos más cerrados de mente.

—Ya he pensado en como explicárselo a tu pueblo —comentó Dacio—. Les dirás que voy como escolta de la elegida.

—Ayla ya tiene a más de un escolta —respondí.

—Mair ha sido atacada y pese a los magos guerreros toda una clase de niños a muerto, ese será el motivo por el que ahora se ha decidido que un mago también escolte a la elegida, no sabemos si Danlos podría venir alguna vez a Sorania en busca de Ayla o… de tus hijos, ¿verdad?

—Danlos habló con Ayla a través de los sueños, hicieron una tregua hasta que nuestros hijos fueran mayores, lo sabes.

—Si, pero tu pueblo no, además, las fronteras de tu país siguen estando bajo la amenaza de los ejércitos de orcos de mi hermano, ¿o no?

—Danlos no vendrá en persona a por Ayla o Eleanor, pero sí sus orcos —admití.

—Pues ya está, esa será toda explicación que debas dar a tu pueblo, y cuando la guerra acabe, en agradecimiento por los servicios prestados, tu país permitirá que vivamos siempre que nos sea necesario en Launier.

—Lo tienes todo bien calculado.

—Más vale prevenir que curar, Jon aún será adolescente cuando la guerra llegue a su fin, espero —suspiró—. Por favor, hazme este favor, te lo pido como amigo.

Suspiré.

—Está bien —asentí.

Hubo un momento de silencio entre los dos, mirando a nuestros hijos jugar. Luego Dacio volvió a mirarme a los ojos.

—¿Recuerdas aquella vez que…?

—¡La madre que te trajo! ¿Qué? —Exasperé.

—Necesito dos porciones de ambrosía —dijo como si tal cosa.

—¿Para quién? —Quise saber.

—Una para Pol, el niño que traje del desierto de Sethcar, aún es demasiado joven para tomarla, pero le he cogido especial cariño, llevo criándolo desde los ocho años, es casi como un hijo. Su hermana Saira ya está vinculada a su marido Arvin, así que por ella no hay problema. Ellos dos no nos acompañarán a Launier, no obstante, se quedarán en mi granja cuidándola.

—¿Y la segunda porción?

—Para Ed —dijo como si fuera evidente—, es mi hijo, aunque no sea de sangre.

—Vale —accedí—. ¿Cuántos favores más te debo?

Se paró a pensar.

—Ahora mismo no me acuerdo de ninguno más, pero si recuerdo alguno te lo haré saber, tranquilo.

Puse los ojos en blanco, pero luego pensé que si estuviera en su situación también haría lo mismo, ¿qué padre no haría cualquier cosa por sus hijos?

Días después, Jon empezó la escuela en Sorania. Su primer día, Eleanor lo saludó con alegría al verle llegar, pero el niño estaba entre enfadado y asustado.

—Me prometiste que no volvería a la escuela —le decía Jon a su madre—. ¿Por qué me haces esto?

—Cariño —Alegra le dio un beso en la mejilla—, aquí será diferente, te lo prometo. Además, ya eres amigo de Eleanor, y su hermano el año que viene empezará también la escuela —Alegra miró a mi hija—. ¿Verdad que le presentarás a tus amigos, Eleanor?

—¡Claro! ¡Vamos Jon! —Mi hija cogió al niño de un brazo y lo arrastró prácticamente al interior de la escuela, mientras, con una mano, se despedía de mí—. ¡Hasta luego, papá!

—Pórtate bien —le despedí con la mano y miré a Dacio y Alegra que miraban a su hijo, preocupados—. Estará bien.

Ambos asintieron.

De camino al palacio, empezó a nevar.

—Las primeras nieves de la temporada —dije para mí mismo.

—¡Laranar! —Me volví al escuchar a Raiben, venía directo a mí con una gran sonrisa en su rostro—. ¡Tengo una noticia que darte!

—¿Qué ocurre?

Llegó a mi altura, ambos estábamos a unos metros de la entrada al recinto real.

—Julia está embarazada.

—¡Enhorabuena! —Nos abrazamos—. Me alegro mucho por ti, amigo.

—Gracias —ensanchó si podía ser más su sonrisa—. Tengo que decírselo al resto de nuestros amigos, ¡nos vemos!

Me alegré mucho por él, desde que Julia entró en su vida Raiben había vuelto a ser feliz, y el niño o niña que esperaban sería el siguiente paso para que mi amigo pudiera realizar su sueño, ver crecer a su familia. Añadido que de esa forma Julia podría quedarse a vivir para siempre en Oyrun, pues daría una nueva vida en este mundo.

En cuanto entré en palacio, vi a Rayael, una de las doncellas de Ayla, regañando a Chovi por hacer caer una pequeña estatua.

—¿Qué ha ocurrido esta vez? —Les pregunté.

—¡Alteza! —Rayael se inclinó de inmediato al verme—. El duendecillo Chovi, ha vuelto a tropezar.

Chovi me miró, preocupado.

—Ha sido…

—Un accidente —adiviné y miré a Rayael—. Recógelo en cuanto puedas, Chovi ven conmigo.

Chovi me siguió con la cabeza gacha.

—Chovi lo siente —se disculpó.

—Sé que lo sientes y no lo haces a propósito, pero intenta tener más cuidado —le pedí—. Ya eres adulto, no aquel jovencito que empezó a seguirnos años atrás. En algún momento tienes que madurar.

—Lo sé —me miró a los ojos—. Chovi intenta no venir mucho a palacio, solo cuando se acaba la comida en mi cabaña del árbol.

—No se trata de eso —negué con la cabeza y me apoyé en las rodillas para estar a su altura, era un ser bajito—. Algún día querrás saldar la deuda de vida que te queda con Ayla, ¿verdad? —Asintió—. Pues debes empezar a entrenar esos pies que tienes para no tropezar.

—Entrenar —repitió—. ¿Cómo tú haces con la espada?

—Estoy convencido que si practicas dejarás de ser tan torpe. Me miró a los ojos.

—Chovi lo promete —se puso una mano en el corazón—. Quizá no deje de ser torpe nunca, pero juro que entrenaré para no ser tan patoso.

—Bien, empieza por ir a los sitios andando, no corriendo.

Asintió y, decidido, continuó su camino mirando atentamente en no tropezar contra ningún objeto.

Al llegar a mis aposentos, encontré a Ayla sentada en el suelo, con Akila en su regazo y Cristianlaas abrazando al lobo.

—¿Le ocurre algo? —Pregunté.

—No —negó con la cabeza—, solo le estoy dando un poco de mimitos, ¿verdad, Akila? —El lobo parecía muy cómodo apoyando su cabeza en el regazo de mi mujer—. Pobrecito, aún recuerdo cuando lo encontramos, apenas era un cachorro-adolescente, y mírale ahora, ya está mayor —Ayla le dio un beso en la cabeza—. Para ti ya se acabaron las batallas, ¿verdad, amigo?

—Siento que no le podamos dar la ambrosía —dije acariciando su pelaje gris, casi blanco—. Pero es una ley que tenemos, no se le puede dar a los animales salvajes. Sería peligroso al no ser ellos conscientes de su inmortalidad e irse reproduciendo. Los caballos inmortales que tenemos son hijos de los primeros corceles inmortales que mi pueblo tuvo, y somos conscientes de lo peligroso de dejarles libres, por ese motivo controlamos tanto su población y se debe pedir permiso si se quieren criar. Podríamos alterar el equilibrio de la naturaleza.

Ayla suspiró.

Akila ya era mayor, le quedaban pocos inviernos de vida, pero sus últimos años los pasaría en paz, siendo querido por los que le rodeaban. Nuestro peludo amigo, ya no estaría con nosotros cuando se reiniciara la misión y le echaríamos de menos, pero nunca le olvidaríamos, siempre estaría en nuestros corazones.

—Y pensar que no te quería en el grupo —le susurré al oído—. Que tonto fui, has sido el mejor compañero de batallas.

Akila, en respuesta, me dio un beso lobuno en la mejilla y sonreí.

—Laranar —miré a mi mujer y esta me dio un beso en los labios—, te quiero.

—Yo más.

Nuestro hijo dejó al lobo y nos abrazó a ambos.

—Yo también os quiero —dijo sonriendo.

Ayla y yo nos miramos, sonreímos y entre los dos abrazamos a nuestro hijo que empezó a reír, loco de amor.

Era, en esos momentos, cuando tenía claro que pasara lo que pasara en el futuro daría mi vida por proteger a mi familia contra Danlos, Bárbara y el futuro mago oscuro, Danter.

Marta Sternecker

EPÍLOGO

Mi madre me regañaba por haber dejado un libro de magia abierto encima de mi escritorio.

—Cuando acabes de estudiar debes dejarlo todo ordenado, ¡todo! —Puso el libro en su estantería—. Parece mentira que te lo tenga que repetir siempre que vengo, cuando no es esto, es tu ropa que no ordenas como te enseñé o la colcha de tu cama, que no debe tener nunca una arruga. Un mago oscuro siempre debe…

—¡Odio tener que ser un mago oscuro! —Exasperé, estaba harto, harto de mi madre y de sus absurdas normas, era una lunática con el orden. Todo debía estar colocado al milímetro, no podía estar algo fuera de lugar, ni siquiera un triste calcetín.

En respuesta, me dio una bofetada.

Me llevé una mano a la mejilla y la miré defraudado, hasta el momento ella nunca me había pegado.

—Que no te escuche tu padre decir algo así —me advirtió.

En ese instante, la puerta de mi habitación se abrió y miré horrorizado como mi padre entraba en mi cuarto.

—¿Qué no debo escuchar? —Preguntó, mirándome serio.

Miré a mi madre, buscando su ayuda.

—Nada —respondió ella.

Mi padre la observó, sabiendo que no le había dicho la verdad.

—Si has acabado con él, debo comprobar sus progresos de magia de este mes.

—Ya he terminado —respondió mi madre y me miró—. Volveré dentro de dos días.

Asentí.

Minutos después, mi padre me llevó al salón de las chimeneas, tomó asiento en su trono y yo permanecí de pie, por debajo de los dos escalones que alzaban su puesto.

—Acabas de cumplir trece años, quiero que invoques un rayo en este salón que haga honor a la edad que ya empiezas a tener.

Respiré hondo, concentrándome, y empecé a controlar el espacio que nos rodeaba, expulsando parte de mi magia hacia el exterior, alzando dicha energía hacia un punto en el techo. Luego, mi poder empezó a fluir a gran velocidad en un circuito pequeño y cerrado, causando una especie de nube negra que parecía acumular una gran cantidad de energía eléctrica.

Acto seguido la comprimí y lancé hacia el centro de la sala. El resultado fue un rayo de dimensiones considerables que hizo un boquete en el suelo.

—No está mal, pero se puede mejorar —dijo mi padre—. Ahora, un *nubelder*.

Un *nubelder* era como una explosión de aire que causaba tanto daño como si se tratara del impacto de una catapulta.

Cogí aire y, despejando mi mente, me concentré en el mismo punto que hice caer el rayo. Allí, dirigí mi magia y segundos más tarde hice que nada la controlara para, de esa manera, la energía liberada desde el centro de la sala se expandiera como una explosión de fuerza y poder.

El resultado fue destructivo y se abrió tal agujero en el suelo que pudimos ver el piso inferior.

—Creo que ya estás preparado para entrenar conmigo.

Le miré, sin saber a qué se refería.

Mi padre se alzó de su trono, se dirigió a mí y, poniendo una mano en mi hombro, me trasladó con el Paso in Actus a una enorme pradera.

—Nos encontramos en el Valle de Mengara —me informó—. Un lugar perfecto para entrenar, pues nadie se atreve a venir aquí por la historia que guarda este Valle.

—¿Y qué vamos a hacer, padre? —Le pregunté.

—Sabes invocar unos cuantos ataques de combate, pero saberlos hacer no es suficiente, debes aprender a escoger el más adecuado en un enfrentamiento, adquirir experiencia —me miró a los ojos—. Voy a hacer de ti el mejor guerrero de Oyrun, los magos de Mair te subestimarán dada tu juventud y cometerán un grave error.

Sacó un pañuelo rojo del bolsillo de su pantalón y se lo ató a un brazo.

>>Tu deber es quitarme este pañuelo utilizando todo lo aprendido. No tengas miedo de atacarme, porque yo te atacaré a ti, así que ya puedes aprender rápido a ser más veloz que yo.

Dichas esas palabras, sin esperármelo, me dio un puñetazo en la cara y me lanzó unos cuantos metros por el aire, pero antes de tocar el suelo, vi como mi padre venía de nuevo a mí, así que alcé un escudo a mi alrededor para evitar el siguiente golpe y contraataqué con un imbeltrus. Le hice retroceder y me detuve derrapando en el suelo.

Me pasé una mano por la nariz, me sangraba y miré a mi padre con odio.

—Vamos, Danter —me animó—. Has sabido ponerte de inmediato en guardia, eso ha estado bien.

Miré su pañuelo rojo, atado a su brazo izquierdo y corrí hacia él, concentrando mi magia en mis piernas para ser lo más veloz posible…

Cinco horas más tarde, empezó a hacerse de noche y aún no había logrado coger el pañuelo. Me dolía todo el cuerpo y estaba tendido en el suelo sin poderme mover de los golpes recibidos.

—¿Ya te has rendido? —Me preguntó, mirándome desde su altura—. ¡Qué decepción! Así no podrás ser nunca un mago oscuro.

—No quiero ser un mago oscuro —respondí, asqueado.

—¿Aún estás con esas? —Replicó enfadado—. ¿Sigues recitando el código de los Domadores del Fuego?

No le respondí, miré hacia otro lado.

—¿Sí o no? —Quiso saber.

—No —admití.

—Eso significa que dudas de lo que te enseñó Edmund.

Me mantuve callado, ya no me acordaba ni de la cara que tenía ese Domador del Fuego, era un recuerdo borroso en mi memoria.

—Tu destino es ser un mago oscuro.

—Yo lo único que quiero es vivir tranquilo, sin tanta norma ni regla absurda, lo demás me da igual. Me da igual el resto de la gente.

Medio sonrió, no entendí por qué.

—Solo piensas en ti —dijo y fruncí el ceño.

—¿Por qué voy a pensar en los demás? No hay nadie que piense en mí.

—Estás solo, es verdad. Edmund te abandonó, te utilizó para vengarse de mí y aquel en el que te aconsejó confiar, no movió ni un dedo por ayudarte en Mair, cuatro años atrás.

Le miré a los ojos.

—Odio a Dacio y a todo Mair.

—Odia también a la elegida y a su hija, ellas son las responsables que tenga que ser tan duro contigo, que debas estar recluido en Luzterm y no puedas salir de casa. Si ellas no existieran, tu madre y yo habríamos conquistado el mundo y serías libre de ir donde quisieras.

Apreté los dientes y me senté en el suelo.

—Ellas también querrán matarme, ¿verdad? —Le pregunté, muy serio.

—No dudarán en darte muerte si tienen una oportunidad. Eres mi hijo y tu destino es ser un mago oscuro, para eso naciste. Además, piensa que mientras tú te sientes solo, la hija de la luz es feliz, alejada de la batalla, siendo una mimada y una consentida. Ódiala, porque mientras ella vive una vida de cuento de hadas, tú estás aquí, herido y magullado para hacerte más fuerte, porque si no lo haces acabarás muriendo en el futuro por su culpa.

Apreté mis manos en puños, tenía razón, seguro que su vida era muy fácil, en cambio, la mía…

—Soy su enemigo y ella mi enemiga —supe—. Siempre lo seremos.

Puso una mano en mi cabeza y automáticamente bloqueé mis pensamientos.

—Empieza a ser difícil leer tu mente —dijo algo molesto, luego puso su mano en mi hombro y volvimos a casa con el Paso in Actus—. La próxima vez no pararemos hasta que logres quitarme el pañuelo.

Dicho esto, se marchó a Ofscar con su magia y yo apreté los dientes, notando mucha rabia e ira recorrer por todo mi cuerpo. Odiaba todo cuanto me rodeaba, y solo de pensar en esa niña semielfa me ponía enfermo, ¡¿por qué yo tenía que vivir en Luzterm, solo, y ella en Launier, feliz y libre?!

Magullado y con algún que otro corte por el cuerpo me dirigí al hospital. Al entrar, Grum vino corriendo a mí y saltó a mis brazos, le acaricié, siempre le dejaba con el médico cuando mis padres venían a instruirme.

—¡Danter! —Exclamó el médico al verme—. ¡Madre mía! ¿Pero qué te han hecho?

Estaba lleno de sangre, los ataques de mi padre impidiendo que le cogiera el puñetero pañuelo rojo no fueron suaves.

—Siéntate en la camilla, rápido —me ordenó.

No le hice caso, me dirigí al único mueble que había en todo el hospital y abrí un cajón sacando el libro de sanación que traje de Mair muchos años atrás. No podía guardarlo en mi habitación, si mi madre lo veía en alguna de sus inspecciones lo quemaría, estaba seguro. Una vez le hablé sutilmente del poder de la sanación y su respuesta fue que aquello solo era para los débiles, un mago poderoso no necesitaba aprender técnicas curativas pues nunca era herido.

Releí uno de los capítulos y puse mi mano encima de uno de los cortes del brazo izquierdo. Concentré mi magia en la herida e intenté sanarme, pero solo noté un leve picor. Intenté concentrarme todavía más, proyectando mi voluntad hacia el interior de mi cuerpo, dando energía a las células de mi piel, a la sangre que fluía por mis venas. En cuanto retiré mi mano, fruncí el ceño, no había logrado sanarme, aunque sí conseguí que la herida no estuviera tan abierta, quizá, con el tiempo, lograría sanar mis heridas en pocos segundos.

Miré el libro de sanación que disponía para aprender, era una disciplina muy difícil, más que la guerrera, llevaba años practicando sin muchos resultados. No obstante, igual que con el Paso in Actus, lo lograría tarde o temprano, estaba seguro. Aunque hubiera agradecido poder disponer de más libros de sanación, el que disponía era muy básico.

—Josep, cúrame —le ordené.

El médico empezó a lavar y desinfectar mis heridas, cosió algunas, vendó otras y dejó unas pocas para que curaran por sí solas al aire libre. Cuando terminó me alcé de la camilla y me dispuse a marchar.

—De nada —escuché replicar al médico.

Me volví, notando mis ojos arder.

—Un mago oscuro nunca da las gracias.

Salí del hospital con Grum sobre mi hombro. Era una noche despejada, algo raro en Luzterm, y observé las estrellas.

—Me abandonaste —dije mirándolas—. Me utilizaste y te odio a ti también. No pienso recitar nunca más el código de los Domadores del Fuego. ¿Me escuchas? —Cerré mis manos en puños, apreté los dientes y un nudo en la garganta casi hizo que me ahogara, pero, finalmente, después de cinco años desde su muerte, me rendí y dije en voz alta:— Yo soy un mago oscuro —mis ojos ardían de rabia e ira—. Seré muy poderoso y algún día mataré a esa hija de la luz, a mi enemiga, y conquistaré el mundo junto con mis padres. La gente temerá a Danter, hijo de Danlos.

CONTINUARÁ…

PERSONAJES

COMPONENTES DEL GRUPO

—*Ayla*. Elegida por la profecía y por el colgante de los cuatro elementos para derrotar a los magos oscuros y devolver la paz al mundo Oyrun (20 años).

—*Laranar, príncipe de Launier*. Elfo de dos mil trescientos años, asignado como protector de Ayla. Desafía la profecía iniciando una relación prohibida con la elegida.

—*Dacio Morren*. Mago de unos mil años de edad. Guardaespaldas de la elegida. Se unió al grupo que combate contra los magos oscuros para llevar a cabo su propia venganza.

—*Alegra, Domadora del Fuego*. Última guerrera de los Domadores del Fuego. Perdió a toda su familia y amigos a manos del mago oscuro Danlos. Se unió al grupo para vengar a su pueblo y rescatar a su hermano pequeño Edmund secuestrado por Danlos (25 años).

—*Akila*, lobo salvaje que acompaña al grupo.

MAGOS OSCUROS POR ELIMINAR

—*Danlos Morren*. El más poderoso de los siete magos oscuros. Mató a toda su familia cuando decidió practicar magia negra. Su mayor arma es la inteligencia y capacidad de aprender cualquier hechizo o conjuro con solo verlo.

—*Bárbara Casil*. Esposa de Danlos. Utiliza su belleza para atraer a sus víctimas. Tenaz, calculadora, egoísta y maliciosa. Su mayor arma son los hechizos mentales y su mayor defecto la impaciencia.

—*Danter Morren*. Hijo de Danlos y Bárbara.

MAGOS OSCUROS ELIMINADOS

—*Urso Lauerm*. Fue el maestro de Danlos. Incitó al resto de magos oscuros a practicar la magia negra.

—*Valdemar Dotdorior*. Mago oscuro que en la batalla contra la elegida predijo un futuro oscuro a Ayla justo antes de morir.

—*Numoní*. Una Frúncida, mitad mujer, mitad escorpión que consiguió su poder y fuerza gracias a Danlos. Asesinó a la hermana pequeña de Laranar y la esposa de Raiben, ambas fueron vengadas por la elegida.

—*Falco Guerim*. Mago oscuro que fue atraído por la magia negra de Urso.

—*Beltrán*. Fue el último de los seres Cónrad.

AMIGOS DE AYLA EN LA TIERRA.

—*David*. Mejor amigo de Ayla (21 años).

—*Esther*. Mejor amiga de Ayla (19 años).

—*Julia*. Hermana pequeña de David (12 años).

—*Álex*. Hermano pequeño de Esther (15 años).

—*Marc*. Hermano mayor de Esther (21 años).

ELFOS DE LAUNIER

—*Lessonar, rey de Launier.* Padre de Laranar.

—*Creao, reina de Launier.* Esposa de Lessonar y madre de Laranar.

—*Eleanor, princesa de Launier.* Hermana pequeña de Laranar (fallecida).

—*Raiben Carlsthalssas.* Elfo guerrero. Mejor amigo de Laranar.

—*Craiben Carlsthalssas.* General de la flota de Launier. Padre de Raiben.

—*Larnur, príncipe de Launier.* Primo de Laranar, segundo a la corona.

—*Margot, princesa de Launier.* Prima de Laranar, tercera a la corona.

—*Meran, príncipe de Launier.* Primo de Laranar, cuarto a la corona.

—*Lorden, antiguo rey de Launier.* Padre de Lessonar.

MAGOS DE MAIR

—*Lord Zalman.* Mago más poderoso de Mair. Preside el consejo de magos. En su juventud fue un mago perteneciente al grupo de Guerreros.

—*Lord Rónald.* Segundo mago del consejo de Mair. Miembro en activo de los magos guerreros.

—*Lord Tirso.* Tercer mago del consejo de Mair. Miembro en activo de los magos de alquimia.

—*Lady Virginia.* Maga sanadora y amiga de Dacio.

—*Lord Lucio.* Mago guerrero, miembro del grupo de guardianes que protege los libros del día y la noche. Amigo de Dacio.

—*Arvin.* Empleado de la granja de Dacio, responsable del campo de Citavelas.

—*Lord Víctor*. Eterno rival de Dacio desde la infancia.

—*Lord Andreo*. Rival de Dacio en la infancia.

REINO DE ANDALEN

—*Irene de la casa Brandeil por nacimiento y de la casa Cartsel por matrimonio*. Reina regente de Andalen, viuda del rey Gódric y madre del rey Aster (36 años).

—*Aarón*. Senescal del reino de Andalen y antiguo miembro del grupo de la elegida (43 años).

—*Aster de la casa Cartsel*. Rey de Andalen (10 años).

—*Tristán de la casa Cartsel*. Príncipe de Andalen, hermano del rey (8 años).

REINO DE RÓCLAND

—*Alexis*. Rey de Rócland (34 años).

—*Aurora*. Reina de Rócland y esposa de Alexis (24 años).

—*Alan*. Príncipe de Rócland y hermano del rey Alexis (25 años).

OTROS

—*Edmund, Domador del Fuego*. Hermano pequeño de Alegra y rehén de Danlos (16 años).

—*Ruwer*. Engendro creado por el mago oscuro Danlos. Es un ser de andares humanoides semejante a un lagarto.

—*Durdon*. Domador del fuego (30 años).

—*Chovi*. Duendecillo desterrado del país de Zargonia por ser un patoso consumado. Se unió al grupo de la elegida para saldar una deuda de vida que contrajo con Ayla.

—*Númeor.* Elfo fundador de la villa de los Domadores del Fuego; antepasado de Alegra y Edmund.

—*Griselda.* Elfa, esposa fallecida de Raiben.

—*Gabriel.* Dragona que instauró la raza de los magos al principio de los tiempos de Oyrun.

—*Ainhoa.* Primera humana que fue convertida en maga gracias a la dragona Gabriel.

—*Saira.* Esclava de la tribu Los jinetes de Almer (14 años).

—*Pol.* Esclavo de la tribu Los jinetes de Almer (8 años).

LUGARES

—*Oyrun.* Mundo donde es trasportada Ayla.

—*Launier.* País de los elfos. Consta de tres ciudades importantes: Sanila, Sorania y Nora.

● *Sanila.* Única ciudad donde se permite el paso a gente extranjera.

● *Sorania.* Capital de Launier y lugar donde reside la familia real.

● *Valle de Nora.* Única ciudad, protegida por montañas infranqueables, donde nunca ha entrado nadie que no sea elfo.

—*Yorsa.* Toda extensión de terreno ocupada por humanos. Abarca dos grandes reinos, y un gran desierto ocupado por hombres nómadas y salvajes de las arenas.

● *Reino de Andalen.* Reino de los hombres que comprende la ciudad de Barnabel, Tarmona y Caldea.

● *Reino del Norte.* Reino de los hombres del norte que comprende la ciudad de Rócland, las cuevas de Shurther y el valle de Wolfkan, junto con más tribus bárbaras que están unidas para combatir la guerra.

● *Desierto de Sethcar.* Gran desierto en el que habitan los nómadas del Sol, los nómadas del Fuego, los nómadas de Piedra Fuerte, los nómadas de la Serpiente, los jinetes de Almer, los guerreros de las Arenas y las Caravanas del Agua.

—*Mair.* País de los magos. Comprende una única fortaleza conocida como Gronland que hace las veces de universidad y escuela de los magos.

—*Zargonia.* País de los duendecillos, así como de diferentes razas mágicas, ya sean hadas, centauros, dragones, unicornios... En él se encuentra el árbol de la vida, adorado por elfos, duendecillos y casi todas las criaturas de Oyrun, excepto los humanos y los magos. Aunque todo aquel que lo ve queda maravillado por su grandeza. El árbol de la vida representa la vida en Oyrun, y es una representación de Natur (Diosa de la naturaleza).

—*Creuzos.* País dominado por los magos oscuros. La capital del reino es Luzterm. Y todo el territorio que comprende se encuentra rodeado por un gran muro negro alzado día a día por los esclavos que allí viven.

SOBRE LA AUTORA

Marta Sternecker nació en Barcelona en 1985 y vive actualmente en Caldes de Montbui. Es una lectora insaciable de obras literarias que la llevaron a querer crear su propia historia de fantasía conocida como Saga Oyrun.

En la actualidad, está sumergida en nuevos proyectos literarios de distintos géneros que espera poder publicar en un futuro cercano.

RRSS

www.martasternecker.com
Facebook.com/sagaoyrun/
Facebook.com/Marta.Sternecker.Autora/
Twitter: @MartaEstrella85
Instagram: @MartaEstrella85

www.ingramcontent.com/pod-product-compliance
Lightning Source LLC
Chambersburg PA
CBHW051927020726
47501CB00001B/22